稼軒詞編年箋註

中華書局印行

內　容　提　要

　　南宋愛國詞人辛稼軒一生所寫的詞很多，流傳到現在的共有六百多首。本書把這些詞的寫作年份加以探索，並依照其寫作先後加以排比。辛詞中某些篇章的本事和有關故實，見於詞題中的辛稼軒的親故友朋們的事迹，絕大部分都已鈎考了出來。對於辛詞中所使用的大量的典故，也盡量作了注釋，以便於讀者的誦習和理解。

稼軒長短句卷之十　〔圖〕

玉樓春

席上贈別上饒黃倅　嚴瀧徵雨

　　龍鍾雨嚴
　　堂名通判

往年龍鍾堂前路上人誇通判雨去年
頭嘗時民謠吏垂
頭亦渠備郡時事

桂枝過飄泉縣吏垂頭民嘆語　學竊聖

霧文章古清公窮時風味苦尊甫老淚不

成行明日送君天上去　效白樂天體

元大德廣信書院刊本稼軒長短句書影

辛棄疾手蹟

總目

略論辛稼軒及其詞

一、一個忠義奮發、始終一節的愛國志士

辛稼軒從事於各種社會活動、並且也從事於詩文歌詞創作活動的年代，是從西元一一六一到一二〇七（宋高宗紹興三十一年到寧宗開禧三年）這四十六年。

在這一時期之內，統治着淮水以北廣大中原華北地區的金國，其實力雖已逐漸衰頹下去，對中原華北地區漢族人民的橫暴的奴役和壓榨，卻不但絲毫沒有放鬆，且反而在隨時加緊；對於積貧積弱、腐朽無能的南宋政權，它也依然是一個極大的威脅。因而，貫通於這一時期的主要歷史課題，和它的稍前與稍後的幾十年內並不兩樣，是南方的漢族人民與其文化如何得免於女眞鐵騎的蹂躪、摧殘乃至毀滅，以及北方漢族人民如何從女眞貴族的奴役壓榨之下解脫出來的問題。所以，實際上作了這一特定時期的起訖標誌的，主要的還不是辛稼軒個人參加社會活動和他本人的死亡等事件，而是⋯⋯一一六一年爲金主完顏亮所發動、後來卻招致了自身潰敗後果的女眞兵馬的南侵之役，和一二〇六到一二〇七年爲韓侂冑所發動、後來也同樣招致了自身潰敗後果的南宋軍隊的北伐之役。這兩次戰役，以及介居於這兩次戰役之間的宋金國間的其他鬥爭，辛稼軒幾乎每一次都是很奮勇地投身在內，爲保護漢族人民及其文化的安全而貢獻出他的智能和力量。

完顏亮是在一一五三年把金的首都從東北的會寧府遷到燕京的，在此以後，他便連續不斷地向

略論辛稼軒及其詞

一

漢族地區居民大量地簽兵徵餉，積極從事於對南宋進行軍事侵犯的準備。到一一六一年，漢族人民對女眞統治者的『怨已深、痛已鉅、而怒已盈』[二]，便趁着完顏亮親自督率大軍南侵的時機，相互聚結起義。爆發於現今山東省中部、泰山周圍的山區中的起義軍，同時就有兩支：一支的領導人是濟南的一個農民，名叫耿京。，另一支的領導人便是剛滿二十一歲的青年知識分子辛稼軒。耿京領導的一支，發展得很快，辛稼軒當時卽帶領他所聚合的兩千人率先投歸耿京的旗幟下，擔任了耿京軍的『掌書記』，和耿京共同擘畫一切，使得這支起義軍更加迅速地發展壯大起來。

起義軍的活動，動搖了金政權在中原和華北地區的統治，也嚴重地影響了南侵金軍的士氣軍心。當完顏亮操切地迫令金軍於三日內渡江南下時，軍中將吏便同謀把他殺害，一面派人去與南宋議和，一面便引軍北還。南宋政府只以金軍撤退爲莫大之幸，不敢設想利用金國的混亂局勢，與中原華北地區的起義民軍密切配合，進一步反擊敵人。辛稼軒這時邃向耿京建議，要主動地去與南宋政府聯繫，以便雙方協同作戰，給予女眞統治者以致命打擊。嗣後他卽與賈瑞等人奉派爲起義軍的代表，去與南宋政府進行商洽。

不料在辛稼軒等人南下之後，起義軍中的部將張安國被金人所收買，把耿京陰謀殺害，把起義軍大部遣散，劫持着另一部分去投降了金人。金政府立卽派張安國去做濟州（今山東鉅野縣）的知州。

辛稼軒北返復命，抵達海州才得到這一事變的消息，就在那裏組合了五十名忠義軍人，馳騎直趨濟州，於五萬人衆中把叛徒張安國捉獲，縛置馬上，當場又號召了上萬的士兵起而反正，並即帶領他們南向急馳，渴不暇飲，飢不暇食，直到渡過淮水才得休息。

年輕的辛稼軒，初出茅廬，就以這樣一些英雄行爲受到各界的景仰稱讚，在反抗女眞統治者的鬥爭當中，長時期起着鼓舞人心的作用。

南宋政府從來就是害怕忠義民兵的，辛稼軒『壯歲旌旗擁萬夫』而南下之後，首先便被解除了武裝，稍後又被派往江陰軍去做簽判；他部衆萬餘人，只被當作南下的流民而散置在淮南各州縣當中。宋孝宗受禪繼位之後，起用主戰派的張浚主持軍政，於一一六三年對金發動軍事攻勢，不幸在符離地方爲金人所敗，於是張浚等人又被排斥出政府，主和派的人物和議論又在南宋政府中佔了優勢。

辛稼軒在這時不顧自身官職如何低微，挺身而出，獨抒所見，就宋金雙方的和與戰的前途具體分析，寫成論文十篇，名之曰美芹十論，於一一六五年奏陳給孝宗皇帝。在論文的序引當中，他首先指出，對金的戰爭亟應爭取主動，不要使『和戰之權常出於敵』。儘管張浚的符離之敗使宋方遭到很大損失，但與秦檜當政期內所奉行的屈辱政策相較，攻戰雖敗，終於還表現出一些生氣；而秦檜爲求媚敵，對士氣和民心極力加以摧抑銷鑠，其所起的壞作用却是十分酷烈的。因而，萬不可爲了這一戰役的挫敗，就要改變乃至放棄恢復大計。這些論斷充分表明，不論在如何艱困局勢下，辛稼軒對於對金戰爭的勝利信念都是堅定不移的。

十論的前三篇，論證了金國外強中乾的情況，分析了金政權統治區域內漢族人民對女眞統治者的憎惡、怨恨和仇視情緒之日甚，及金的最高統治集團中人互相傾軋，猜忌和殘殺的眞相，因而得出結論說，金不但不可怕，而且有『離合之釁』可乘。十論的後七篇，就南宋方面應如何充實其實力，轉被動爲主動，抓緊時機進軍恢復等事提出意見，並作了具體規劃。他以爲首先應當破除普遍存在於士大夫間的，認爲『南北有定勢，吳楚之脆弱不足以爭衡於中原』的一種謬見，破除了這種謬見，才可以有信心，談自治。他建議：遷都金陵，並停止交納給金朝的歲幣。這樣作，內可以作三軍之氣，外可以破敵人之心，造成進取的氣勢，中原之民也將有所恃而勇於起爲內應。他主張要主動地『出兵以攻人』，不要被動地『坐而待人之攻』；要進而戰於敵人之地，不要退而戰於自己之地。因此他具體指陳，出兵伐金應先從山東入手。山東民氣勁勇，樂爲內應，而金人在山東的軍事布置又比較薄弱，故兵出山東，則山東指日可下，攻下山東則河朔必望風而震，進攻幽燕也便大有可能了。

一一七〇年，虞允文正在南宋政府做宰相，他是曾於一一六一年在采石打敗過金軍的人，在當時的高級官員當中，他也是一個比較有朝氣、敢作敢爲的人。辛稼軒希望他眞能在抗金戰爭中建立一番功業，便又寫成九篇論文，名曰九議，陳獻給他。九議的內容，除包括了美芹十論中的一些重要論點而外，還有：一、對敵鬥爭應當『勿欲速』和『能任敗』不要因小勝小敗而輕易改變成算。二、應當盡可能利用敵方的弱點，擴大其內部的矛盾。三、打擊敵人，恢復國土，是關係到國家和生民的大業，不是屬於皇帝或宰相的私事，因而他們不能只着眼於私人利害而避開這一任務。

不論在十論或在九議當中，辛稼軒不但提供了自己的智計韜略，而且也貫注了充沛的熱情和必勝的信念。他希望藉此能對南宋的當權人物給以鼓舞，把他們拔出於消沉畏縮的氣氛之中，把勇氣和戰鬥情緒振作昂揚起來。然而，不論十論或九議，不論在宋孝宗或虞允文那裏，都沒有換囘辛稼軒所預期的反應，他們甚或根本就不曾加以重視。儘管如此，到十論和九議逐漸傳布開去之後，由於其中的議論『英偉磊落』⊝，却終於把一些希望、信心和力量結予了具有民族意識的漢人，喚起或提高了他們的戰鬥精神。剛滿三十歲的辛稼軒，不但早已以『氣節自負，以功業自許』當時的一些愛國志士以及更廣大的社會人羣，也都已認識出他是一個結合了多方面智計幹才的英雄豪傑人物，而以必能建立豐功偉業期待於他了。

但是，不論金國內部各種矛盾的爆發多少次給予南宋以可乘之機，不論中原和華北的漢族人民如何殷切地企望南宋政府用軍事力量把他們從女眞貴族的壓榨下拯救出來，自然更不論辛稼軒和其他愛國志士們如何殷切期待一個效命於民族鬥爭的機會，南宋的最高統治集團總是不敢把抗金鬥爭任務列入日程之內，不敢把全國人民的力量發動起來，把它引導到反抗金人的鬥爭上去。因此，辛稼軒不但在投歸南宋的最初幾年只是浮沉於僚吏之中，即在他的才幹謀略已經有所表見，已被公認爲英雄豪傑人物時，也還只是在江西、湖北、湖南等地作了幾任地方官。從一一八二年到一二○三年，在

⊝　劉克莊後村大全集卷九十八，辛稼軒集序。

略論辛稼軒及其詞

這漫長的二十年的歲月之內，除會一度出任福建路的提刑和安撫使共不滿三年外，他是完全被南宋政府棄置不用的。

一二〇三年，獲攬政治軍事大權的韓侂冑，爲求提高自身的威望，要起用一些負有時譽的人物，要發動對金的軍事攻勢，要建立一番功業。辛稼軒在這年之前本是韓侂冑所極力排斥的一人，這年夏天竟又被他起用爲浙江東路的安撫使。一二〇四年春初被皇帝召見，改命爲鎮江知府。當他被召見時，愛國詩人陸放翁特地寫了一首長詩送他，把他和管仲、蕭何相比，勸他不要介意於過去的受排斥，而要勇往直前地把克復中原的事業擔當起來〔一〕。當他到鎮江去上任之日，鎮江的學者劉宰也在歡迎書中把他比作張良和諸葛亮，而且說道：『敢因畫戟之來，遂賀輿圖之復。』〔二〕這些都反映出當時一般士大夫們對辛稼軒的期待之殷切與遠大。

辛稼軒這時一方面明確斷言金國必亂必亡，另方面卻又認爲南宋還並未曾具備對金用兵取勝的條件。他以爲，不應當像南朝宋文帝元嘉年中對拓跋魏的軍事那樣：不精確估計雙方實力的對比，就草率地盲目進取，那反而是只會『贏得倉皇北顧』的。因而，他向宋寧宗和韓侂冑強調提出：應當大力從事於準備工作，應當把對金用兵的事委託給元老重臣，『務爲倉猝可以應變之計』〔三〕。而這所謂元老

〔一〕陸游劍南詩稿卷五十七，送辛稼軒殿撰造朝詩。
〔二〕劉宰漫塘文集卷十五，賀辛待制棄疾知鎮江啓。
〔三〕李心傳建炎以來朝野雜記乙集卷十八，丙寅淮漢蜀口用兵事目。

重臣，他必是當仁不讓地也把自己包括在內的。所以他到鎮江上任之後，立即布置了軍事進取的準備工作：先派遣間諜深入金國，去偵察其兵馬數目、屯戍地點、將帥姓名、帑廩位置等，又趕做軍裝一萬套，要在沿邊各地招募土丁以應敵㊀。

韓侂冑和他所引進到政府中的，大都是一些紈絝之徒，他們和北宋末年的蔡京、童貫、王黼等是同一流的人物。對金作戰的主張既已取得社會輿論的贊同、支持，他們便認爲這是極易建立的功勳，是唾手可得的功名，竟不願意再假手別人，或與別人共成其事。因此，辛稼軒做鎮江知府還不滿十五個月，一切施設還沒有安排安當，便又被韓侂冑及其僂儸論劾爲『好色貪財』，把他罷免。一個老而益壯，生氣勃勃如虎㊁，而且自願獻身於抗金戰線上的辛稼軒，只得再囘到鉛山去過田園生活了。此後不久，韓侂冑以郭倬、皇甫斌等人率師伐金，不幸正如辛稼軒所擔憂的，這次戰役只換來一個慘敗的結局。到一二○七年秋，南宋的大仇未復，大恥未雪，辛稼軒的平生志願百無一酬㊂，這個一代英豪人物，還不滿六十八歲，就賚志以歿了。

㊀ 程洮洺水集（嘉靖本）丙子編對箚子之二。

㊁ 劉過龍洲集呈稼軒詩有『精神此老健於虎，紅頰白鬚雙眼青』句。陸游劍南詩稿卷八十寄趙昌甫詩亦有『君看幼安氣如虎，一病遽已歸荒壚』句。

㊂ 謝枋得叠山集卷七，祭辛稼軒先生慕詞。

二、一個有良心、有幹才的地方官

從一一七二到一二○七這三十五年內，辛稼軒先後兩次在上饒和鉛山賦閑家居，就佔去了二十年以上的歲月，另外的十多年雖仕宦於外，而被南宋政府所委派的職務，絕大多數是州郡的長官或某一路的監司。儘管當時士大夫有許多人都替他感到委屈，認爲這是『大材小用』，然而，凡是辛稼軒仕履所及之地，不論爲時久暫，在地方事業方面總都有一番興建。

一一七二年，辛稼軒被派作滁州的知州。滁州地僻且瘠，且屢經兵燹災荒，這時候的景況是：城郭已蕩然爲墟，人民則編茅結葦，寄居於瓦礫之場，市上沒有商販，居民甚至於養不起雞豚。辛稼軒到任之後，看到了這種蕭條景象，也看到了這裏的農民們都是樂於服田力穡，勤於治生的，他便首先申請南宋政府把這裏的民戶前此所欠繳的課稅全部豁免，把此後的課稅定額減輕，並把徵收期限放寬，以便農民能盡力於壠畝，流亡在外的也樂於再回到本鄉本業。對於行商坐賈的稅收額也加以輕減，並在州城之內興築了一些邸店客舍，以招徠商販，振興商業。在這一系列的措施之下，經過了半年多的時光，滁州的景象便大爲改觀，『人情樂生與事，荒陋之氣一洗而空』了。

從一一七五到一一八一這幾年，辛稼軒宦遊於江南東西和荊湖南北諸路，擔任過提點刑獄，轉運

（一）周孚蠹齋鉛刀編卷廿三，滁州奠枕樓記。崔敦禮宮教集卷六，代嚴子文作滁州奠枕樓記。

副使、安撫使等職務。從六十年代中葉開始，在上述地區之內曾屢次爆發過小規模起義事件：一一六

五年（宋孝宗乾道元年），以政府向各地民戶強制派銷乳香作爲導火線，在湖南郴州爆發了李金領導

的起義；一一七五年（孝宗淳熙二年），以賴文政爲首的幾百名販賣私茶的人起事於湖北，流轉於湖

南、江西等地，這次事變後來就是由辛稼軒帶兵到江西去撲滅了的；一一七八──七九兩年內，以政

府強制徵購糧米過於苛暴爲導火線，爆發了以連州的李晞、郴州的陳峒等人爲首的武裝暴動；一一

七九年在湖南廣西交界處還爆發了以李接、陳子明爲首的一支起義軍。這些事件反映了什麼問題？

爆發這些事件的基本原因何在？辛稼軒巡廻往復於這些地區，察視詢訪爲日旣久之後，對於這兩個

問題得到了具體的答案。他在一一七九年任湖南轉運判官時，上書給宋孝宗，對當時農民的疾苦之

所在，亦卽不斷爆發小規模武裝暴動的基本原因之所在，作了如下的描述和分析：

　　自臣到任之初，見百姓遮道自言嗷嗷困苦之狀。　臣以謂斯民無所懟，不去爲『盜』將安之乎？

　　臣一一按察，所謂誅之則不可勝誅。臣試爲陛下言其略：

　　陛下不許多取百姓斗面米，今有一歲所取及數倍於前者；陛下不許將百姓租米抗納見錢，今有一石折至三

　倍者。

　　幷『耗』言之，橫斂可知。

　　陛下不許科罰人戶錢貫，今則有旬日之間追二三千戶而科罰者；又有已納足租稅而復科納者；有已納足、

　復納足，文誑以違限而科罰者。

　　有違法科賣醋錢，寫狀紙、由子、戶帖之屬，其錢不可勝計者。

軍興之際，又有非軍行處所，公然分上中下戶而科錢，每都保至數百千者。

有以賤價抑買、貴價抑賣百姓之物，使之破蕩家業，自縊而死者。

有二、三月間便催夏稅錢者。

其他暴徵苛斂，不可勝數。然此特官府聚斂之弊爾；流弊之極，又有甚者……

州以趣辦財賦爲急，縣有殘民害物之政而州不敢問；縣以倂緣科斂爲急，吏有殘民害物之狀而縣不敢問；

吏以取乞貨賂爲急，豪民大姓有殘民害物之罪而吏不敢問。

故田野之民，郡以聚斂害之，縣以科率害之，吏以取乞害之，豪民大姓以兼幷害之，而又『盜賊』以剽殺攘奪害之，臣以謂『不去爲「盜」將安之乎』，正謂是耳。

且近年以來，年穀屢豐，粒米狼戾，而『盜賊』不禁乃如此，一有水旱乘之，臣知其弊有不可勝言者。

民者國之根本，而貪濁之吏迫使爲『盜』，今年剿除，明年掃蕩，譬之木焉，日刻月削，不損則折。臣不勝憂國之心，實有私憂過計者。欲望陛下深思致『盜』之由，講求弭『盜』之術，無恃其有『平盜』之兵也〇。

辛稼軒所說的上面這一段話，却完全是代表當時呻吟於苛暴的百姓說話，這在當時的政府官員中雖還不能說絕無而僅有，却也實在是很難得的。

辛稼軒任湖南轉運判官不久，卽改知潭州兼湖南安撫使。一一八〇年春，他下令給湖南路的各州

〇辛稼軒詩文鈔存，淳熙已亥論盜賊箚子。

郡，動用官倉中所存糧食，大募民工，濬築陂塘。其所以這樣做，一則要使官米能在青黃不接時候，眞

正爲貧苦勞動人民所食用，二則陂塘修成便可使一路農田大得灌漑之利㊀。在同一年內，他還創置

了一支二千五百人的飛虎軍，戰馬鐵甲，一應俱全。只是在修造營栅時候，適逢雨季，所需要的二

十萬片瓦無法燒造，辛稼軒下令給長沙城內外的居民，要每家供送二十片瓦，限兩日內送往營房基

地，當卽付與瓦價一百文。所需瓦片在兩天內便如數湊足。爲了擴展道路，所需石塊數量也很大，作爲

稼軒調發在押的囚徒到長沙城北馳嘴山去開鑿，按照各人罪情輕重，規定其所應供送石塊數目，作

贖罪代價。石塊也在短期內如數湊足㊁。一一八一年，辛稼軒改知隆興府兼江南西路安撫使，其時

江西各地正遭逢嚴重旱災，他到任之後，立卽在各州縣的大街要道上張貼出八個大字的布告：『閉糶

者配，強糶者斬』㊂。前一句是逼迫囤積糧米的人家必須把它糶賣出來，後一句是嚴禁缺糧人家向囤

糧戶强行劫奪。這一簡捷了當的措施，不但在當時收到了較好的效果，到元、明、清諸代也還被流傳

爲救荒史上的佳話。

辛稼軒對農民疾苦的深切關懷，積極爲農民興利除弊的作風，也和他的對於祖國的熱愛相同，是

㊂　宋史辛棄疾傳。

㊁　參據宋史辛棄疾傳和羅大經鶴林玉露卷十二臨事之智條。

㊀　輯本宋會要稿，水利四。

略論辛稼軒及其詞

一一

一直繼續到他的晚年而無或稍異的。一二○三年，他六十四歲，被起用爲知紹興府兼浙江東路安撫使，他到任後就向寧宗皇帝奏陳本路害農最甚的六件事，請求明令停罷，並着各路的監司和朝內監察人員糾察，凡州縣官吏犯有這類害農罪行的，卽加彈劾罷免。其所舉六事之一，便是：『輸納歲計有餘，又爲折變，高估趣納，以飽私囊。』㊀

從上舉事例，可以看出：辛稼軒的作風是，勇往直前，果決明快．；在他作地方官的時期內，他能够關心民瘼，的的確確會經推行了一些有利於人民的實政。像他這樣的一個地方長官，毫無疑問，是一定會受到他仕宦所在各地民衆的歡迎的。

三、論稼軒詞

辛稼軒一生所寫作的歌詞，爲數很多，流傳到現今的只是其中的一部分，共還有六百二十多首，在現存兩宋詞人的作品當中，是數量最多的一家。就辛稼軒所寫作的這些歌詞的形式和它的內容來說，其題材之廣闊，體裁之多種多樣，用以抒情，用以詠物，用以鋪陳事實或講說道理，有的『委婉清麗』，有的『穠纖綿密』，有的『奮發激越』，有的『悲歌慷慨』，其豐富多彩也是兩宋其他詞人的作品所不能比擬的。

㊀ 馬端臨文獻通考田賦考五。

然而，辛稼軒之所以比兩宋其他詞人獲得更高的聲譽，其所以在我國文學史上應該佔有崇高的地位，上述諸端也都是重要原因，而其最主要的原因卻還別有所在。

擺在南宋民眾面前的歷史課題和奮鬥任務，主要的是以下兩個：一個是，不但要能抵抗得住女真的兵馬，使其不至再隨時南侵，而且要更進一步，把女真貴族在中原和華北的統治根本推翻。這一歷史使命，就是從南宋統治的立場來看，為求解除嚴重的軍事威脅，也同樣是絕對必要的。在當時的歷史條件下，也只有善於把全國的力量加以組織和引導，才可能把這一任務勝利完成。另一個是，對於南宋政權的專制淫威和苛暴剝削，必須給以強有力的打擊，以求能把民眾自身的生活和生產條件稍加改善。

假如我們承認，一個真正的文藝作家，不會不關心其祖國的前途和命運，不會不關心其同時代民眾的休戚苦樂．；假如我們承認，真正的文學藝術作品，必須能反映它那時代的主要社會矛盾及其他現實問題．；那麼，南宋一代的文人學士們所應加以揭發或暴露、描繪或歌詠的，便只應當以與上述問題有關的事項為其主題和主體，而不應當是此外的其他任何東西。然而，南宋一代的文人學士們，一部分則鑽到『理學』的領域中去，雖也揭櫫出『民胞物與』的口號，卻把與『民』與『物』最密切相關的一些事全不加以理會，甚至把理財、用兵等事也全鄙為俗務、不屑於稍加之意，終日只是玩弄概念，故作玄虛，藉口於修身養性，正心誠意，實際上只是以此作為逃避現實的桃花源。還有一部分，則又只把目光和心力全部貫注在猥瑣庸俗的個人生活上面，吟風弄月，留連光景，在其作品中所描述、所

表現的，只是社會生活當中一些次要的乃至全無重要意義的節目，例如良辰美景、**離**愁別恨之類。詞藻雖或有巧拙美醜之不同，情致却大都頹廢低沉，是只可供清客貴婦人們淺斟低唱、娛情解悶之用的，全然缺乏生命力的一些靡靡之音。雖是寫在漫天烽火的緊張戰爭年代，其中却顯現不出絲毫的戰鬥緊張氣氛。

真正能够集中表現當時一般民衆的呼聲，因而也就成爲南宋文壇上的中流砥柱的，是陸放翁和辛稼軒等人。

辛稼軒既然是當時民族奮鬥火線上的一員戰士，是一個始終很英勇地參加這一火熱鬥爭的人，平生又『以氣節自負，以功業自許』，以這樣的一個人而藉歌詞作爲『陶寫之具』，這就顯然用不着證明，他的歌詞必和那一時代的現實本質有着血肉般的聯繫。這種與社會現實的密切關聯，就在辛稼軒的作品當中具體表現爲以下各種特點：

第一，辛稼軒對於侵佔了中原和華北的女眞統治者具有强烈的仇恨感，具有要復仇雪恥的强烈願望，因而，充盈於他的各個時期和各種形式的作品之內的，是一種躍然紙上的壯健奮發的積極進取精神。他以報仇雪恥、整頓乾坤的事業自勉，也經常以此策勵他的朋輩。例如，當他守滁州時，曾在一次登樓遠眺時觸景生情，因而寫成一首聲聲慢以見意：

憑欄望：放東南佳氣，西北神州！

今年太平萬里，罷長淮千騎臨秋！

對於做建康留守的史正志，他鼓勵他說：

袖裏珍奇五色，他年要補天西北。（滿江紅）

對於做宰相的葉衡，他鼓勵他說：

好都取山河獻君王，看父子貂蟬，玉京迎駕。（洞仙歌）

對於一個要到漢水流域赴任的人，他策勉他說：

漢水東流，都洗盡髭胡膏血。
人盡說，君家飛將，舊時英烈；
破敵金城雷貫耳，談兵玉帳冰生頰。
想王郎結髮賦從戎，傳遺棄。（滿江紅）

在餞送張堅去守漢中時，他首先想到漢中是西漢肇興王業的地方，在當前，豈不也是進取關中的大好基地嗎？他因而寫成木蘭花慢一首以示此意：

漢中開漢業，問此地，是耶非？
想劍指三秦，君王得意，一戰東歸。

然而他所面對的現實情況，卻又不能不使他有所感慨：

落日胡塵未斷，西風塞馬空肥！

當鄭汝諧在知信州任上被宋孝宗召見時，他賦詞相送，加以鼓舞，說道：

略論辛稼軒及其詞

一五

對於具有高度愛國熱情而却始終不得其用的陳亮，他更懷着無限敬愛和同情，特地『賦壯詞以寄

之』：

聞道是：君王着意，太平長策。
此老自當兵十萬，長安正在天西北。（滿江紅）

　　第二、南宋的政府官員中人，既大都是文恬武嬉，沉迷於醉夢腐朽的生活當中，而一般飄浮在社
會上層的文人學士，又大都寄情於聲色，或把時光消磨在玩弄虛玄概念上。對於這樣的政風和士習，
辛稼軒在其痛心和憎恨之餘，便時常在其歌詞當中給予一些潑辣尖銳的批評和抗議，冷諷和熱嘲。
例如，他的『休去倚危欄，斜陽正在煙柳斷腸處』之句，寓意雖並不十分顯露，然已使得宋孝宗大不高

醉裏挑燈看劍，夢囘吹角連營。
八百里分麾下炙，五十絃翻塞外聲。——
沙場秋點兵。
馬作的盧飛快，弓如霹靂弦驚。
了却君王天下事，贏得生前身後名。——
可憐白髮生！（破陣子）

興[一]；為慶祝韓元吉的壽辰而作的水龍吟，則很明顯地是藉于衍作為南宋政府官員和社會上層人物

[一] 羅大經鶴林玉露卷四，辛幼安詞條。

的替身而痛加指斥了：

渡江天馬南來，幾人眞是經綸手？

長安父老，新亭風景，可憐依舊！

夷甫諸人，神州沉陸，幾曾回首？

算平戎萬里，功名本是，眞儒事，公知否？

一般「騷人墨客」只把離愁別恨、兒女情懷作爲抒寫的主題，而整個國家、民族所遭遇到的嚴重災難和深仇大恨，却幾乎在他們的作品內容中佔不到地位，辛稼軒也在歌詞中對此有所責問：

今古恨，幾千般，

只應離合是悲歡？

江頭未是風波惡，

別有人間行路難！（鷓鴣天）

他自己，被南宋政府長時期投置閒散之地，有時雖也勉強找一些話語來開解自己，說什麼：

萬事到白髮，日月幾西東。

羊腸九折岐路，老我慣經從。

竹樹前溪風月，雞酒東家父老，一笑偶相逢。

此樂竟誰覺？天外有冥鴻。（水調歌頭）

而他的真情實況，却老是在殷切地繫念着國家民族興亡的大問題，他的愁和恨也全都集中在這裏：

近來愁似天來大，誰解相憐？
誰解相憐？又把愁來做個天。

都將今古無窮事，放在愁邊。
放在愁邊，却自移家向酒泉。（醜奴兒）

他對自己之壯志難伸，又被人隨意擺布，也常常在歌詞當中以諷刺、牢騷語句表示憤慨：

綠漲連雲翠拂空，
十分風月處，著衰翁。
垂楊影斷岸西東。
君恩重；教且種芙蓉！（小重山）

還自笑，人今老。
空有恨，縈懷抱。
記江湖十載，厭持旌纛。
孤落我材無所用，易除殆類無根漈！（滿江紅）

壯歲旌旗擁萬夫，錦襜突騎渡江初。

燕兵夜娖銀胡䩮，漢箭朝飛金僕姑。

追往事，嘆今吾：春風不染白髭鬚。

却將萬字平戎策，換得東家種樹書！（鷓鴣天）

不向長安路上行，却教山寺厭逢迎。

味無味處求吾樂，材不材間過此生！（鷓鴣天）

難道此生將終於再得不到爲國家、爲民族、爲生民而效命的機會了嗎？在實在感到不能忍耐時，他便

再藉歌詞來抒發這種鬱悶情懷：

笑吾廬，門掩草，逕生苔。

未應兩手無用，要把蟹螯杯！

說劍論詩餘事，醉舞狂歌欲倒，老子頗堪哀。

白髮寧有種，一一醒時栽。（水調歌頭）

老去渾身無著處，天教只住山林！

百年光景百年心。

略論辛稼軒及其詞

一九

更歡須歎息，無病也呻吟！（臨江仙）

第三、辛稼軒不但在仕宦期內能注意一般平民的疾苦，採取一些爲他們與利除害的措施，在其歌

詞當中，也常常流露出對農民問題的關切。穀物的豐收或歉斂，農夫的愁眉或笑語，便常是他所注意

的。例如，在他的一首浣溪沙詞中就有這樣的幾句描述：

父老爭言雨水勻。

眉頭不似去年顰。

殷勤謝却甑中塵。

對於正在仕宦途中的友朋，辛稼軒也總是勸勉他們能够做體察民隱、去民疾苦的好官吏。例如，在餞

送鄭如崙去做衡州守的席上所賦水調歌頭有句云：

文字起騷雅，刀劍化耕蠶。

看使君，於此事，定不凡。

莫信君門萬里，但使民歌五袴，歸詔鳳凰銜。

有的朋友如果真地這樣做到了，他更如以歌頌。例如，他在信州守桂王發離職時所賦水調歌頭有句

云：

我輩情鍾休問，父老田頭說尹，淚落獨憐渠。

秋水見毫髮，千尺定無魚。

在信州通判黃某離職時所賦玉樓春有句云：

往年龍袞堂前路，路上人誇通判雨。

去年拄杖過飄泉，縣吏垂頭民笑語。

第四，這才應當談到本節開端處所提及的那一特點：辛稼軒不但把詞用來詠物、抒情，而且用以寫景、敘事，用以寄感慨，發議論。唯其能够隨歌詠和抒寫對象之不同而隨心所欲地運用各種曲調，故就稼軒詞的體裁和形式而論，也都是脫落蹊徑，不主故常的，其繁富多樣也遂爲南宋其他詞人之所不能比擬。再則，他雖是在戎馬倉皇之中成長起來的，但他閱讀的書籍十分廣博，記憶力也很強。特別是在閒居上饒、鉛山期內，插架書籍甚多，可以經常地出則『搜羅萬象』，入則『馳騁百家』○胸中逐也貯有萬卷之富。所以在他寫作歌詞時候，能把經史百家隨心如意地驅策在他的筆下，因此，使用典故之多，也成爲稼軒詞的一個很突出的特點。凡此諸處，都可以體現出稼軒詞在藝術、技巧方面的卓越成就。

綜括上述諸事，即：辛稼軒對於國家和民族的熱愛，他的滿懷忠憤，他的奮鬥精神之始終昂揚，他對南宋的腐朽頹廢的封建統治者們的諷刺和指責，他對國人的生活與疾苦的關懷，他的敢於代表犬衆提出其要求和控訴，以及他的博學多聞，作品題材之廣闊與體裁之多種多樣，更通過他的圓熟精

○ 劉宰漫塘文集卷十五，賀辛待制知鎮江啓。

略論辛稼軒及其詞

二一

練的藝術手法表達出來，這種種條件合攏在一起，就使得稼軒詞充滿了生動深厚的現實內容，具有洪亮的聲響和充沛的感染力量。從南宋以來，雖即有人以爲稼軒詞豪放雄渾，非詞家正宗，但同時也就有人爲之辨解，以爲若不如此，而單在『風情婉孌』方面兜圈子，『則亦不足以啓人意』〔一〕。我是完全同意後一種議論的。正是因爲辛稼軒開拓了歌詞的領域，才使他能夠異軍特起，『於剪紅刻翠之外別立一宗』〔二〕的。也正因爲如此，當辛稼軒在世之時，他的詞就已成爲一般具有愛國思想的文人寫作歌詞時爭相摹擬的榜樣，他的朋輩更直接受到他的影響，因而也寫出了不少慷慨激越的篇章。在辛稼軒去世之後，涵蘊在他的作品中的這種發聾振瞶、喚醒戰鬥精神的雄偉力量，對後代讀者也繼續起着啓迪和鼓舞作用。

以上所論，是只指稼軒詞中最具特色、最富有代表性的一部分而言，是只指其中之足以致辛稼軒於不朽之域的那一部分而言，而不是說全部稼軒詞都是合於上舉諸條件的。在稼軒詞中，還有很多首是寫得『情致纏綿，詞意婉約』的。這一部分，正因其符合於詞家之所謂正宗的作風，它們的好處，也就和當時一般詞人的作品沒有本質上的差別了。歷來談及此事的，多舉『詠春』的祝英臺近一首爲證，以爲『此曲昵狎溫柔，魂銷意盡，才人伎倆眞不可測』。實則屬於這一類的單純抒情作品，在稼軒詞中

〔一〕　陳模懷古錄卷中，論稼軒詞條。

〔二〕　四庫全書總目提要詞曲類稼軒詞條。

是還可以舉出許多首的，這在范開第一次編刊稼軒詞時就已在序文中說，其中有許多是『清而麗、婉

而嫵媚』的了。這部分作品只足說明：所謂正宗詞人的長技者，在以豪放雄渾著名的辛稼軒的筆下，

不但並不短缺，較之別人且竟是更能懷爲之的。然而，不論怎樣，稼軒詞之所以可貴，却畢竟不在這

一方面。另外，稼軒詞中也有一些意與頹唐、意境凡近的篇章，這些詞歷來不曾受到重視，不曾發生

過多少影響，在我們，也姑且置之於存而不論之列吧。

最後，我要徵引宋人的一段筆記，通過其中一件故事來看取辛稼軒的創作態度。岳珂桯史中的

稼軒論詞條記一事說：

稼軒以詞名。每燕，必命侍姬歌其所作。特好歌賀新郎一詞。自誦其警句曰：『我見青山多嫵媚，料青山見我應如是。』又曰：『不恨古人吾不見，恨古人不見吾狂耳。』每至此，輒拊髀自笑，顧問座客何如，皆歡譽如出一口。

既而又作一永遇樂，序北府事。首章曰：『千古江山，英雄無覓孫仲謀處。』又曰：『尋常巷陌，人道寄奴曾住。』其寓感慨者則曰：『不堪回首，佛狸祠下，一片神鴉社皷。』憑誰問：廉頗老矣，尚能飯否？』『特置酒，召數客，使妓迭歌，益自擊節。徧問客，必使摘其疵，遜謝不可。客或措一二辭，不契其意，又弗答，然揮羽四視不止。余時年少，勇於言。偶坐於席側，稼軒因顧問再四，余率然對曰：『待制詞句，脫去今古轍，……童子何知，而敢有議？然必欲如范文正以千金求嚴陵祠記一字之易，則晚進倘竊有疑也。』稼軒喜，促膝亟使畢說。余曰：『前篇豪視一世，獨首尾二腔警語差相似。新作微覺用事多耳。』於是大喜，酌酒而謂座中曰：『夫君實中予痼！』乃味

改其語，日數十易，累月猶未竟。其刻意如此。

由此可見，辛稼軒的學識儘管博洽，才氣儘管磅礴，而他的作品，却大都是經過千錘百鍊的工夫才得完成，並不是靈感一到卽率爾操筆、一揮而就的。

一、辛詞刊本，系統凡二：曰四卷本，其總名爲稼軒詞，而分甲乙丙丁四集。今可得見者有汲古閣影宋鈔本，吳訥唐宋名賢百家詞本。曰十二卷本，名曰稼軒長短句，今可得見者有元大德己亥廣信書院刊本，明代王詔校刊、李濂批點本、汲古閣刊宋六十名家詞本，清末王氏四印齋刻本。兹編即依據上述各本，彙合比勘，益以法式善辛啓泰所輯辛詞補遺，及自永樂大典、清波別志、草堂詩餘等書中輯得之諸首，共得詞六百二十六首。

一、法式善辛啓泰所輯辛詞補遺，爲詞凡三十六首。據云皆輯自永樂大典者。其中見於四卷本及廣信書院本者共六首，誤收朱希眞樵歌者二首。所餘之二十八首，就其題中所涉及之人地事蹟考求，如『出塞春寒有感』等，與辛氏事歷多不能脗合，疑其間誤收者尚多，以無可確證，姑錄而存之。

一、趙裴雲萬里先生曾取黃昇花菴詞選、趙聞禮陽春白雪、陳沂孫全芳備祖，以及草堂詩餘、翰墨全書等，與四卷本及四印齋本譬校一過。兹編各詞校語，多有就趙先生校本中迻錄者。各詞正文之取捨從違，祇隨文義而定，並不專主一本。其間若有棄取失當之處，讀者仍可就詞後校語自行斟酌。

一、廣信書院之十二卷本，爲辛氏身後所刊布，其中所收詞視四卷本爲多，字句既多所改定，而題語亦較詳明，兹編各卷各詞字句，依從斯本之處爲獨多。故凡從四卷本某集，或從其他某書者，均

於校語中詳爲標舉；凡從廣信書院本者，則唯舉他書異文而不云茲從某本，藉免辭費。　其屬於
廣信書院本系統之諸刊本，相互間如有歧異，亦各分別列舉。

一、辛詞囊括經史，貫穿百家，鄭箋未作，讀者致憾。近年以來，應此需求而成書者，有已刊之梁啓勳
稼軒詞疏證及未刊之鄭騫稼軒詞校注。兩書作者於辛氏生平事歷均未加考求，故徵事均極疏
陋，編次亦俱失倫序。治絲愈棼，取義云何。爰不揣譾陋，妄爲此作。　雖疑文剩義，所在多有，究
未能盡愜於私衷；而時事古典，貫串證發，亦或不無一善之可取也。

一、茲編參考所及，範圍雖廣，而所偏重者則爲宋元二代之史籍、文集、志乘、筆記之屬。　諸書中之記
載，凡直接或間接足以考明辛氏友朋之事跡者，莫不盡量搜探，而其間亦有絕難者在：朋輩相稱，
不以官職，則以字號，而史籍志乘之著錄體例，則多直書姓名，不稱字銜。　彼此歧出，併合爲難。
即如見於水調歌頭（折盡武昌柳閣）題中之周總領，使非先由宋會要中考知其時總領兩湖之
人，則於八閩通志中所載周嗣武之事歷必致等閒滑過。　嗣後卽將姓名考知，又必茫然不記何書
曾記其事歷。　似此類者，勢不得不迴環翻讀各書。　凡其因翻檢之不周，迴環之未至而致遺漏者，
深願今後能續有所獲，加以補正。

一、茲編之注釋，唯以徵舉典實爲重。　其在詞藻方面，則融經鑄史、驅遣自如，原爲辛詞勝場之一，故
凡其確爲脫意前人或神化古句者，亦皆爲之尋根抉原，注明出典；至如字句之訓詁以及單詞片
語之偶與古合者，均略而不注。

一、明悉典實則詞中之涵義自見，揆度本事則作者之宅心可知。越此而往，舉凡鑿空無據之詞，游離寡要之說，所謂『祗謂攬心，胡爲析理』者，茲編概不闌入。寧冒釋事忘意之譏，庶免或臆或固之失。

一、關於辛詞之編年，梁任公啓超所編辛稼軒先生年譜中擬有『編年詞略例附說』云：『全集詞題中記某年作者僅十九首，詞句中可證明爲某年作者亦僅二十餘首。但先生歷年宦跡及家居年分略可考定，其中當然有有疑問者，但上下亦不過一兩年間。故題中句中地名，多足爲編年之助。在某地所與往還唱和之人，分別部居亦十得五六，故人名又可爲編年之助。又，宋四卷本之稼軒詞甲乙丙丁集，雖非純粹編年，然甲集爲先生門人范開手編，有淳熙戊申（十五年）元日自序，則所收諸作斷無在丁未除夕以後者可知。乙丙丁集編成年月雖無可考，然以吾鈞稽所得，則乙集無帥閫以後作，丙丁集無除夕以後作，幾可認爲絕對的原則。甲乙集時代頗分明，丙丁集則通各時代皆有。略以此本畫出一時代的粗綫，然後將各時代越以後作，居時之地與人互相證勘，其年分明確者隸於本年，不甚明確者則總載或附錄於某地宦跡之末一年，則雖不敢謂爲正確之編年，然失之亦不遠矣。』今案梁氏所舉各例，如謂甲集無丁未除夕以後之作，乙集無帥閫以後之作等，均未爲精當；然其所定區劃年限之方法則甚是。茲編之編年及彙列年分不甚明確諸詞，大體均以梁氏所提出之方法爲準則。比核史文，引據時事，苦心精力，所費至多。雖其中未能闔筍合鍵，與夫爲求詳審轉失穿鑿者，必所難免，唯是駕空騁詞，旣所未敢，則卽容有扞格紕漏之處，亦或不至過甚過多也。

言

例

三

稼軒詞編年箋注卷一目錄

江、淮、兩湖之什 共詞七十一首 起宋孝宗乾道三年（一一六七） 迄宋孝宗淳熙八年（一一八一）

卷一 目錄

稼軒詞編年箋注卷一　江、淮、兩湖之什

水調歌頭　壽趙漕介菴

千里渥洼種，名動帝王家。金鑾當日奏草，落筆萬龍蛇。帶得無邊春下，等待江山都老，教看鬢方鴉。莫管錢流地，且擬醉黃花。

唤雙成，歌弄玉，舞綠華。一觴為飲千歲，江海吸流霞。聞道清都帝所，要挽銀河仙浪，西北洗胡沙。回首日邊去，雲裏認飛車。

【箋注】

〔趙介菴〕南澗甲乙稿卷二十一，直寶文閣趙公墓誌銘：『吾友趙德莊，……諱彥端，德莊其字也。于宣祖皇帝為八世孫。……年十七應進士舉，逐登紹興八年禮部第。……以小疾得主管台州崇道觀。……餘干號佳山水，所居最勝。日與賓客觴詠自怡，好事者以為有曠達之風。……除直顯謨閣，為江南東路計度轉運副使。……享年五十有五，卒以淳熙二年七月四日。秋，馬生渥洼籍甚。……文，類之為十卷，自號介菴居士集云。』

〔錢流地〕新唐書劉晏傳：『諸道巡院皆募駛足，置驛相望。四方貨殖低仰，及它利害，雖甚遠，不數日即知。是能權萬貨重輕，使天下無甚貴賤而物常平，自言如見錢流地上。』

〔落筆句〕溫庭筠題秘書省賀知章草書詩：『出箴鸞鶴歸遼海，落筆龍蛇滿壞牆。』

〔渥洼〕漢書武帝紀：『元鼎四年六月，得寶鼎后土祠旁，秋，馬生渥洼水中，作寶鼎天馬之歌。』

〔雙成〕相傳有仙女，名蕫雙成，為西王母侍女，煉丹宅中，丹成得道，自吹玉簫，駕鶴昇去。漢武內傳：『王母命侍女蕫雙成吹雲和之笙。』

〔弄玉〕列仙

傳：『蕭史者，秦穆公時人，善吹簫。穆公女弄玉好之，公妻焉。弄玉日就蕭史學簫作鳳鳴，感鳳來止，一旦夫妻同隨鳳飛去。』 〔綠華〕眞誥運象篇：『萼綠華者，自云是南山人，女子，年可二十上下，青衣，顏色絕整。以升平三年十一月十日夜降羊權家，授權尸解藥，並詩一篇，火澣布手巾一方，金玉條脫各一枚。』 〔流霞〕論衡道虛篇：『河東項曼斯好道學仙，委家亡去，三年而返。曰：「去時有數仙人，將我上天，離月數里而止。居月之旁，其寒悽愴。口飢欲食，輒飲我流霞一杯。每飲一杯，數月不飢。」』 〔清都〕列子周穆王篇：『清都紫微，鈞天廣樂，帝之所居。』 〔要挽二句〕杜甫洗兵行：『安得壯士挽天河，淨洗甲兵長不用。』 〔日邊〕喚朝廷。 〔飛車〕帝王世紀：『奇肱氏能爲飛車，從風遠行。』

【編年】乾道四年（一一六八）九月。——據趙德莊墓誌銘及景定建康志，趙氏於乾道三年冬至五年春領江東漕事，其時稼軒亦正通判建康，此詞必卽是時所作。邱密文定公詞有『爲趙德莊壽』之水調歌頭一闋，後章云：『記長庚，曾入夢，恰而今。梔黃橘綠，可人風物是秋深。九日明朝佳節，得得天敎好景，供與醉時吟。從此壽千歲，一歲一登臨。』據知趙氏生辰當在重陽節前一二日，與此詞『醉黃花』句亦正相符也。

浣溪沙 贈子文侍人，名笑笑。

儂是欽崎可笑人，不妨開口笑時頻，有人一笑坐生春。

歌欲顰時還淺笑，醉逢笑處卻輕顰。宜顰宜笑越精神。

【箋注】 〔子文〕稼軒有與嚴子文唱和之水調歌頭一闋，崔敦禮宮敎集有代嚴子文作之爨枕樓記，知此子文嘗

即嚴子文。

鮑廉重修琴川志：「嚴煥字子文，登紹興十二年第。調徽州新安教授，通判建康府，知江陰軍，遷太常丞，出爲福建市舶，終朝奉大夫。煥長於詞，筆法尤精。」（儂是句）晉書桓彝傳：『桓彝字茂倫，雅爲周顗所重，顗嘗歎曰：「茂倫嶔崎歷落，固可笑人也。」（坐生春）韓愈詩：『金釵半醉座生春。』

【編年】乾道四年或五年（一一六八或一一六九）。——據景定建康志，嚴子文於乾道二年至五年通判建康府，稼軒與爲同官，其後二人行踪差池，因疑此詞作於此二年內。

滿江紅　建康史帥致道席上賦

鵬翼垂空，笑人世、蒼然無物。又還向、九重深處，玉階山立。佳麗地，文章伯。金縷唱，紅牙拍。看尊前、補天西北。且歸來、談笑護長江，波澄碧。　　料想寶香黃閣夢，依然畫舫青溪笛。待如今、端的約鍾山，長相識。飛下，日邊消息。

【題】（史致道）『史帥致道』四卷本甲集作『史致道留守』。

【校】（史帥致道）四卷本甲集作『史致道留守』。　（又還）四卷本作『還又』。　（青溪）廣信書院本作『清溪』，茲從四卷本。

【箋注】（史致道）乾隆揚州志卷二十八，人物門：『史正志字志道，紹興二十一年進士。丞相陳康伯薦於朝，除樞密院編修。……高宗視師江上，上恢復要覽五篇。車駕駐建康，言三國六朝形勢與今日不同，要當無事則都錢塘，有事則幸建康。詔下集議，從之。尋除司農寺丞。孝宗即位，除度支員外郎。後因論左帑南庫西庫窠名差互，忤時相，以散官謫永州，尋復原官。除右文殿修撰知靜江府，未赴而罷。後歸老姑蘇，號吳門老圃。

有建康志、菊譜。』景定建康志卷十四建炎以來年表:『乾道三年九月二十四日,左朝奉郎充集英殿修撰王志知府事,兼沿江水軍制置使兼提舉學事。』〔乾道六年二月二十二日改知成都府。』

〔鵬翼〕莊子逍遙遊:『有鳥焉,其名爲鵬,背若泰山,翼若垂天之雲。』

〔山立〕樂記:『揔干而山立。』

〔袖裏二句〕史記補三皇本紀:『女媧氏末年,諸侯有共工氏,與祝融戰,不勝而怒,乃頭觸不周山崩,天柱折,地維缺,女媧乃煉五色石以補天,斷鼇足以立四極,聚蘆灰以止滔水,以濟冀州。於是地平天成,不改舊物。』蘇軾詩:『我攜此石歸,袖中有東海。』

〔佳麗地〕謝朓入朝曲:『江南佳麗地,金陵帝王州。』

〔文章伯〕杜甫暮春過鄭監亭汎舟詩:『海內文章伯,湖邊意緒多。』

〔金縷〕杜牧杜秋娘詩:『勸君莫惜金縷衣,勸君惜取少年時。』

〔紅牙拍〕紅牙爲樂器名,卽拍板,亦名牙板,因其色紅,故曰紅牙。宋史錢俶傳:『太平興國三年,俶貢紅牙樂器二十二事。』俞文豹吹劍錄:『東坡在玉堂日,有幕士善歌,因問:「我詞比柳耆卿何如?」對曰:「柳郎中詞,只好十七八女孩兒,按執紅牙拍,歌楊柳岸曉風殘月;學士詞,須關西大漢,執鐵綽板,唱大江東去。公爲之絕倒。』

〔黃閣〕漢儀:『丞相聽事門曰黃閣。不敢洞開朱門,以別於人主,故以黃塗之,謂之黃閣。』

〔青溪〕景定建康志卷十八,溪澗:『青溪,吳大帝赤烏四年鑿,東渠名青溪,通城北塹潮溝,闊五丈,深八尺,以洩玄武湖水,發源鍾山而南流,經京,出今青溪閘口,接于秦淮。及楊溥城金陵,青溪始分爲二。在城外者自城濠合于淮,今城東竹橋西北接後湖者,青溪遺跡固在。但在城內者悉皆堙塞,惟上元縣治南迤邐而西,循府治東南出至府學牆下,皆青溪之舊曲。水通秦淮,而鍾山水源久絕矣。』 〔端的句〕猶云與鍾山切實相約也。 鍾山卽蔣山。 參本卷一剪梅(獨立蒼茫閣)箋注。

念奴嬌 登建康賞心亭，呈史留守致道。

我來弔古，上危樓贏得、閒愁千斛。虎踞龍蟠何處是？只有興亡滿目，柳外斜陽，水邊歸鳥，隴上吹喬木。片帆西去，一聲誰噴霜竹？

却憶安石風流，東山歲晚，淚落哀箏曲。兒輩功名都付與，長日惟消棋局。寶鏡難尋，碧雲將暮，誰勸杯中綠？江頭風怒，朝來波浪翻屋。

【校】〔題〕『史留守致道』四卷本甲集作『史致道留守』。花菴詞選題作『登賞心亭』。〔興亡〕王詔本作『江山』。

【箋注】〔賞心亭〕景定建康志卷二十二：『賞心亭在下水門之城上，下臨秦淮，盡觀覽之勝。』丁晉公謂建

〔虎踞龍蟠〕金陵圖經：『石頭城在建康府上元縣西五里。諸葛亮謂吳大帝曰：「秣陵地形，鍾山龍蟠，石城虎踞，

真帝王之都也。」』李商隱詠史詩：『北湖南埭水漫漫，一片降旗百尺竿。三百年間同曉夢，鍾山何處有龍盤？』

〔噴霜竹〕黃庭堅念奴嬌詞，題云：『八月十七日同諸甥待月，有客孫立著善吹笛，有名酒酌之。』其結句云…

『孫郎微笑，坐來聲欬霜竹。』〔却憶至棋局〕晉書謝安傳：『謝安字安石，寓居會稽，與王羲之及高陽許詢、桑

門支遁游處，出則漁弋山水，入則言詠屬文，無處世意。安雖放情丘壑，然每游賞必以妓女從。屢違朝旨，高

臥東山。時安弟萬為西中郎將，總落任之重，及萬廢黜，安始有仕進志。時符堅強盛，疆場多虞，諸將敗退相

繼，安遣弟石及兄子玄等應機征討，所在尅捷。玄等既破堅，有驛書至，安方對客圍棋，看書既竟，便攝放床

上，了無喜色，棋如故。客問之，徐答云：「小兒輩遂已破賊。」安雖受朝寄，然東山之志始末不渝。雅志未就，遂遇疾篤。』又，〈桓伊傳〉：『伊字叔夏，善音樂，盡一時之妙，為江左第一。時謝安壻王國寶專利無檢行，安惡其為人，每抑制之。及孝武末年，嗜酒好肉，以安功名盛極而構會之，嫌隙遂成。帝召伊飲讌，安侍坐，帝命伊吹笛，伊神色無忤，即吹為一弄，乃放笛云：「臣於箏分乃不及笛，然自足以韻合歌管，請以箏歌。」伊便撫箏而歌怨詩曰：「為君既不易，為臣良獨難，忠信事不顯，乃有見疑患。……」聲節慷慨，俯仰可觀。安泣下沾衿，乃越席而就之，捋其鬚曰：「使君於此不凡！」帝甚有愧色。』〔長日句〕張固幽閑鼓吹：『宣宗坐朝，令狐相進李遠為杭州，宣宗：「比聞李遠詩云：長日唯銷一局棋。豈可以臨郡哉？」對曰：「詩人之言不足有實也。」』〔江頭二句〕杜甫觀李固請司馬弟山水圖詩：『高浪垂翻屋，崩崖欲壓牀。』陸游南唐書史虛白傳：『元宗遊豫章，次蠡澤，虛白鶴裘藜杖，迎謁道旁，元宗駐蹕勞問曰：「處士居山亦嘗有所賦乎？」曰：「近得谿居詩一聯。」使誦之，曰：「風雨揭却屋，渾家醉不知。」元宗變色。』蘇軾次韻劉景文登介亭詩：『濤江少醞藉，高浪翻雪屋。』

千秋歲　金陵壽史帥致道。　時有版築役。

塞垣秋草，又報平安好。尊俎上，英雄表。金湯生氣象，珠玉霏談笑。春近也，梅花得似人難老。　莫惜金尊倒，鳳詔看看到。留不住，江東小。從容帷幄去，整頓乾坤了。千百歲，從今盡是中書考。

【校】〔題〕四卷本甲集作『為金陵史致道留守壽』。花菴詞選作『建康壽史致道』。　〔帷幄去〕花菴詞選作『帷

【箋注】〔版築役〕景定建康志卷十四，建炎以來年表，乾道四年記事有云：『正志以蔡寬夫宅基創貢院，重建新亭、東冶亭二水亭，移放生池於青溪，建青溪閣。』五年記事有云：『正志重修鎮淮橋、飲虹橋，上爲大屋數十楹，極其壯麗。』〔英雄表〕蘇軾張安道樂全堂詩：『我公天與英雄表，龍章鳳姿照魚鳥。』〔珠玉句〕『咳唾落九天，隨風生珠玉。』〔得似〕怎似也。〔看看〕猶言『轉眼』。〔從容句〕新唐書房琯傳贊：『遭時承平，從容帷幄，不失爲名宰。』張孝祥有水調歌頭一闋，題爲『凱歌，上劉恭父。』有句云：『聞道蹔畱頻下，看即沙堤歸路，帷幄且從容。』〔整頓句〕杜甫洗兵行：『二三豪俊爲時出，整頓乾坤濟時了。』〔中書考〕漢武帝置中書令，掌禁中書記。至唐則以中書、尚書、門下爲三省，其令長俱爲宰相。舊唐書郭子儀傳：『史臣裴泊曰：汾陽事上誠藎，臨下寬厚，天下以其身爲安危者殆二十年，校中書令考二十有四。富貴壽考，繁衍安泰，哀榮終始，人道之盛，此無缺焉。』

【編年】乾道五年（一一六九）。——丘崈文定公詞有『爲建康史帥道壽』之水龍吟一闋，其後章有『新築沙堤，暫占熊夢，恰經長至』等語，知史氏生辰適在冬至日之後。史氏帥建康時所興工役甚多，而最爲一時所稱道者，厥爲新亭、東冶二水亭，並鎮淮、飲虹二橋。據建康志所載丘崈東冶亭記，知二亭之修造在乾道五年春間，與史生辰時令不合。則此所謂版築之役，必指鎮淮、飲虹二橋之建造而言；『金湯生氣象』一語，亦唯此二橋足以當之。二橋之興造在二亭之後，知其必在乾道五年秋冬二季，此詞當卽是年冬作。餘二詞當亦其年前後所作，因彙錄於前。

滿江紅 題冷泉亭

直節堂堂，看來道冠纓拱立。漸翠谷、羣仙東下，佩環聲急。誰信天峯飛墮地，傍湖千丈開青壁。是當年、玉斧削方壺，無人識。　山木潤，琅玕溼。秋露下，瓊珠滴。向危亭橫跨，玉淵澄碧。醉舞且搖鸞鳳影，浩歌莫遣魚龍泣。恨此中、風物本吾家，今爲客。

【校】〔題〕廣信書院本無『題』字，茲從四卷本甲集。　〔誰信〕四卷本作『聞道』。　〔風物〕四卷本作『風月』。

【箋注】〔冷泉亭〕咸淳臨安志卷二十三：『冷泉亭在飛來峯下，唐刺史河南元藇建，刺史白居易記，剝石亭上。』

〔誰信句〕咸淳臨安志卷二十三，引晏元獻公輿地志：『鷲山之小嶺，不知何年飛來。佛在世日多爲仙靈所隱，今此亦復爾耶？』因掛錫造靈隱寺，號其峯曰飛來。

〔方壺〕列子湯問篇：『渤海之東，有大壑焉。……其中有五山焉：一曰岱輿，二曰員嶠，三曰方壺，四曰瀛洲，五曰蓬萊。其山高下周旋三萬里。……所居之人皆仙聖之種。』

又 再用前韻

照影溪梅，悵絕代佳人獨立。便小駐、雍容千騎，羽觴飛急。琴裏新聲風響珮，筆端醉墨鴉棲壁。是使君、文度舊知名，今方識。　高欲臥，雲還濕。清可漱，泉長滴。快晚風吹

一四

贈，滿懷空碧。寶馬嘶歸紅旆動，龍團試水銅瓶泣。怕他年、重到路應迷，桃源客。

【校】〔佳人〕四卷本甲集作『幽人』。〔文度〕廣信書院本及四卷本俱同。王詔校刊本、六十家詞本及四印齋本俱作『文雅』。〔今方識〕四卷本作『方相識』。〔高欲臥至泉長滴〕四卷本作『清可漱，泉長滴。高欲臥，雲還逕』。〔吹贈〕廣信書院本作『吹帽』，茲從四卷本。〔便小駐〕四卷本作『更小駐』。〔使君〕廣信書院本作『史君』，茲從四卷本。〔龍團〕四卷本作『團龍』。〔試水〕四卷本作『試碾』。

【箋注】〔悵絕代句〕李延年歌：『北方有佳人，遺世而獨立。』杜甫佳人詩：『絕代有佳人。』〔雍容〕史記司馬相如傳：『相如車騎，雍容甚都。』〔琴裏二句〕蘇轍詩：『筆端大字鴉棲壁。』按：琴裏句謂善琴，筆端句謂善書。〔龍團〕茶名。石林燕語：『建州歲貢大龍鳳團茶。仁宗時蔡君謨擇茶之精者為小龍團十斤以獻。』〔銅瓶泣〕蘇軾詩：『醒時夜向闌，卿卿銅瓶泣。』〔怕他年二句〕陶淵明桃花源記，謂武陵捕魚人至桃花源，中有人，乃避秦亂而至其地者，不復知世間興亡事。既出，便扶向路處處誌之。及郡下，詣太守說如此，太守即遣人隨之往，尋向所誌，遂迷不復得路。

念奴嬌　西湖和人韻

晚風吹雨，戰新荷聲亂，明珠蒼璧。誰把香奩收寶鏡，雲錦周遭紅碧。飛鳥翻空，遊魚吹浪，慣趁笙歌席。坐中豪氣，看君一飲千石。　　遙想處士風流，鶴隨人去，已作飛仙伯。

茆舍疏籬今在否，松竹已非疇昔。欲說當年，望湖樓下，水與雲寬窄。醉中休問，斷腸桃葉消息。

【校】〔調〕咸淳臨安志三十三引作『醉江月』。〔看君〕四卷本作『看公』。〔周遭紅碧〕四卷本甲集作『紅涵湖碧』。〔慣趁〕花菴詞選及臨安志並作『慣聽』。〔已作〕四卷本作『老作』。〔飛仙伯〕臨安志及王詔校刊本並作『飛仙客』。〔疏籬〕花菴詞選及臨安志並作『竹籬』。

【箋注】〔新荷、雲錦〕文同題守居園池橫湖詩：『一望見荷花，天機織雲錦。』〔貪看翠蓋擁紅粧，不覺湖邊一夜霜。卷卻天機雲錦段，從教匹練寫秋光。』〔鶴隨句〕詩話總龜：『林逋隱於武林之西湖，不娶，無子。所居多植梅蓄鶴。泛舟湖中，客至則放鶴致之。因謂梅妻鶴子云。』〔飛仙〕十洲記：『蓬萊山周迴五千里，有圓海繞山，無風而洪波百丈，不可往來，唯飛仙能到其處耳。』〔望湖樓〕臨安志卷三十二：『望湖樓在錢塘門外一里，一名看經樓。乾德五年錢忠懿王建。』〔桃葉〕古樂府注：『王獻之愛妾名桃葉，嘗渡此，獻之作歌送之曰：桃葉復桃葉，渡江不用楫。但渡無所苦，我自迎接汝。』〔處士〕林逋字君復，杭州錢塘人。結廬西湖之孤山，二十年足不及城市，號西湖處士。蘇軾和文與可洋川園池橫湖詩：

【編年】乾道六年或七年（一一七〇或一一七一）。——右三詞見四卷本甲集，當是隱居帶湖以前之作。查稼軒於隱居前凡三次居官臨安，其任期較長者，厥唯乾道六七兩年任司農寺主簿時，茲姑假定此三詞即該期內所作。

好事近　西湖

日日過西湖，冷浸一天寒玉。山色雖言如畫，想畫時難邈。　前絃後管夾歌鍾，繞斷又重續。相次藕花開也，幾蘭舟飛逐。

【箋注】【難邈】即難以描畫之意。韓愈楸樹詩有『不得畫師來貌取』句，一本『貌』即作『邈』。此詩後注云：『貌，晉邈。』後晉天福四年寫本漢將王陵變亦有句云：『詔太史官邈其夫人靈在金牌之上。』朱熹校昌黎集於用『貌』作描繪解者，唐宋間人蓋皆讀作『邈』字，間亦寫作『邈』字也。

【編年】右詞輯自《永樂大典》二二六五卷湖字韻，詞集各刊本均未收。作年無可考，姑附次西湖各詞之後。

新荷葉　和趙德莊韻

人已歸來，杜鵑欲勸誰歸？綠樹如雲，等閒付與鶯飛。兔葵燕麥，問劉郎、幾度沾衣。翠屏幽夢，覺來水繞山圍。　有酒重攜，小園隨意芳菲。往日繁華，而今物是人非。春風半面，記當年、初識崔徽。南雲雁少，錦書無箇因依。

【校】【付與】四卷本甲集作『借與』。

【箋注】【綠樹二句】丘遲與陳伯之書：『暮春三月，江南草長，雜花生樹，羣鶯亂飛。』【兔葵二句】本事詩：『劉

倘書禹錫,自屯田員外左遷朗州司馬,凡十年始徵還。方春,作贈看花諸君子詩曰:「紫陌紅塵拂面來,無人不

道看花回。玄都觀裏桃千樹,盡是劉郎去後栽。」其詩一出,傳於都下,有嫉妬其名者,白於執政,又誣其有怨

慎。他日見時宰,與坐,慰問甚厚,既辭,即曰:「近有新詩,未免爲累,奈何?」不數日,出爲連州刺史。其自敍

云:「貞元二十一年春,余爲屯田員外,時此觀未有花。是歲出牧連州,至荊南,又貶朗州司馬。居十年,詔至京

師,人人皆言:有道士手植仙桃滿觀,盛如紅霞,遂有前篇以記一時之事。旋又出牧,於今十四年,始爲主客郎

中,重遊玄都,蕩然無復一樹,唯兔葵燕麥動搖於春風耳。因再題二十八字,以俟後再遊。時大和二年三月

也。」詩曰:「百畝庭中半是苔,桃花淨盡菜花開。種桃道士歸何處,前度劉郎今又來。」〔崔徽〕蘇軾〔章質夫

寄惠崔徽眞詩〕宋援注:「崔徽,河中倡,裴敬中以興元幕使河中,與徽相從者累月。敬中使還,徽不能從,情懷

怨抑。後數月,東川幕白知退將自河中歸,徽乃託人寫眞,因捧書謂知退曰:『爲姜〔謂敬中〕崔徽一旦不及卷中

人,徽且爲卿死矣。』」

【附錄】 趙德莊彥端原唱二首 (見〈介庵詞〉)

新荷葉

欲暑還涼,如春若有意重歸。 春若歸來,任他篤老花飛。 輕雷澄雨,似晚風欺得單衣。 笙聲驚醉,起來新綠成

圍。 回首分攜,光風冉冉菲菲。 曾幾何時,故山疑夢還非。 鳴琴再撫,將清恨都入金徽。 永懷橋下,繫船溪

柳依依。

雨細梅黃,去年雙燕還歸。 多少繁紅,盡隨蝶舞蜂飛。 陰濃綠暗,正麥秋猶衣羅衣。 香凝沉水,雅宜簾幕重

悼。

綵扇仍攜，花枝塵染芳菲。　遙想當時，故交往往人非。　天涯再見，悅情話景仰清徽。　可人懷抱，晚期蓮

社相依。

又　再和前韻

春色如愁，行雲帶雨纔歸。　春意長閒，游絲盡日低飛。　閒愁幾許，更晚風特地吹衣。　小

窗人靜，棋聲似解重圍。　光景難攜，任他鷓鴣芳菲。　細數從前，不應詩酒皆非。　知音

絃斷，笑淵明空撫餘徽。　停杯對影，待邀明月相依。

【校】（題）四卷本甲集作『再和』。

【箋注】（鷓鴣芳菲）（離騷）：『恐鵜鴂之先鳴兮，使夫百草為之不芳。』漢書揚雄傳注『鵜鴂一名子規，一名杜鵑，常以立夏鳴，鳴則眾芳皆歇。』廣韻：『鵜鴂春分鳴則眾芳生，秋分鳴則眾芳歇。』（絃斷）晉書陶潛傳：『性不解音，而蓄素琴一張，絃徽不具。每朋酒之會，則撫而和之，曰：「但識琴中趣，何勞絃上聲。」』（停杯二句）李白月下獨酌詩：『舉杯邀明月，對影成三人。』

【編年】乾道六年或七年（一一七○或一一七一）。——南澗甲乙稿趙德莊墓誌關趙氏卒於淳熙二年，其卒前一二年為廢退家居時期，無與稼軒會晤機緣。趙氏原唱有『天涯再見』句，知此新荷葉二首必為淳熙以前所作。墓誌又謂趙氏於任江東轉運副使之後，『移福建提點刑獄使，過闕，請久任淮南郡守，上遣中貴人諭旨，留為左司郎中。　假戶部尚書充館件大金賀正使。……遷太常少卿，復弓外，除知寶文閣，知建寧府。』而於各任之

任事年月則概未標舉。查宋史孝宗紀乾道六年載：『三月癸丑用三省言，兩淮守帥宜久其任，後二年察其能否以行賞罰。』此必即由於趙氏之奏請而改定者。又查建寧府志謂趙氏於乾道七年始守該地。詞中首韻『人已歸來』，當作於趙氏任左司郎中之後，出守建寧之前。蓋其時稼軒方任職臨安，而趙氏則轉徙麗常，故有『兔葵燕麥』等語也。

感皇恩 滁州壽范倅

春事到清明，十分花柳。喚得笙歌勸君酒。酒如春好，春色年年依舊。青春元不老，君知否？ 席上看君：竹清松瘦。待與青春鬥長久。三山歸路，明日天香襟袖。更持金盞起，為君壽。

【校】〔題〕四卷本甲集作『為范倅壽』。 〔依舊〕四卷本作『如舊』。 〔金盞〕四卷本作『銀盞』。

【箋注】〔滁州〕東魏置南譙州，隋改置滁州，唐、宋因之。宋屬淮南東路。即今安徽滁縣。 〔范倅〕滁州府志，職官，通判：『范昂，乾道六年任。』宋會要六十五冊職官司勳部：『乾道八年正月十四日詔滁州州縣官到任滿，依次邊舒州州縣官推賞。先是，權通判滁州范昂陳請，故有是詔。』據知此范倅即范昂。唯范氏事歷別無可考，並其字里亦莫得而知。 〔三山〕福州城中有越王山、烏石山、于山，故其地亦稱三山。 鎮江之金山、焦山、北固山，亦有三山之稱。 〔天香襟袖〕蘇軾詞浣溪沙彭門送梁左藏：『歸來衫袖有天香。』

【編年】乾道八年（一一七二）春。——據周字燦枕樓記，知稼軒之守滁始於乾道八年春正月，又據滁州府志，

知范昂之繼任者爲燕世良，亦於八年涖任。更據稼軒送范氏之木蘭花慢，知范氏之去任當在八年中秋之前，而此詞則春間所作也。

又　壽范倅

七十古來稀，人人都道：不是陰功怎生到。松姿雖瘦，偏耐雪寒霜曉。看君雙鬢底，青青好。樓雪初晴，庭闈嬉笑。一醉何妨玉壺倒。從今康健，不用靈丹仙草。更看一百歲，人難老。

【校】〔題〕廣信書院本無，茲從四卷本乙集。〔雪寒霜曉〕四卷本作『雲寒霜冷』。

【箋注】〔范倅〕前闋滁州壽范倅之感皇恩，起句爲『春事到清明，十分花柳』，與本闋之『雪寒霜曉』及『樓雪初晴』諸語，時令不合，則此范倅與彼范倅蓋非一人。劉宰漫塘集三十四范如山行述，謂如山之父名邦彥，仕金爲蔡州之新息縣令，紹興辛巳以其縣歸宋。如山之女弟歸稼軒先生。牟巘陵陽集十五書范雷卿家譜，謂范邦彥南歸之後，添差湖州之長興縣丞，其後改簽書鎮江軍節度使判官廳事，召赴都堂審查，又改爲添差通判鎮江府。至順鎮江志，謂范邦彥之通判鎮江在乾道四年以後，年七十四卒於任所。范邦彥爲稼軒婦翁，似不應巡呼爲『范倅』，且據漫塘集及陵陽集，范邦彥並未仕則有『河朔孟嘗』之稱號，既仕爲金之新息縣令，則率豪傑開蔡州城以迎宋師，因與稼軒忠義相知。是則范邦彥並非庸庸碌碌、無志業可以稱述者，而詞中僅泛泛然稱道其『陰功』，則與范邦彥之行誼亦顯。襄曾據上引諸文，以爲此闋所壽之范倅應即爲范邦彥。然審思之亦殊未合。范邦彥爲稼軒婦翁，似不應遽呼爲『范倅』，且據漫塘集及陵陽集，范邦彥之新息縣丞，其後改簽書鎮江

不相符。因知舊日之箋注爲非是。至此范倅究爲何人，恐終難確考矣。 〔七十句〕杜甫詩曲江之二：『酒債尋常行處有，人生七十古來稀。』 〔難老〕詩魯頌泮水：『既飲旨酒，永錫難老。』

【編年】范倅既不知究係何人，此詞作年因亦難定。姑依廣信書院本次第，附次於滁州壽范倅一首之後。

聲聲慢 　滁州旅次登奠枕樓作，和李清宇韻。

征埃成陣，行客相逢，都道幻出層樓。指點簷牙高處，浪涌雲浮。今年太平萬里，罷長淮、千騎臨秋。憑欄望：有東南佳氣，西北神州。 　千古懷嵩人去，還笑我、身在楚尾吳頭。看取弓刀陌上，車馬如流。從今賞心樂事，剩安排、酒令詩籌。華胥夢，願年年、人似舊游。

【校】四卷本甲集作『旅次登樓作』。花菴詞選作『見說』。 〔浪涌〕四卷本作『浪擁』。 〔還笑〕四卷本作『應笑』。 〔看取〕花菴詞選作『見說』。

【題】四卷本甲集作『旅次登樓作』。花菴詞選『滁州作，奠枕樓』。

【筆注】〔奠枕樓〕稼軒於乾道八年守滁州時所創建，用以安輯民庶，收容商旅者也。崔敦禮宮教集奠枕樓記：『郡之酤肆、舊額廢不治，市區寂然，人無以爲樂，侯乃易而新之。……即館之旁，築逆旅之邸，宿息屏蔽，罔不畢備。納車聚櫜，各有其所。四方之至者，不求皆予之以歸。自是流逋四來，商旅畢集。……郎又揭樓於邸之上，名曰奠枕，使其民登臨而歌舞之。』 〔李清宇〕蠹齋鉛刀編卷二十四，送李清宇序：『延安李君清宇，予始識之于滁。與之語，歡甚。視其所去取與所趨避，鮮有不與予同者。』 〔千古句〕輿地紀勝卷四十二，滁州景物下：『懷嵩樓即今北樓，唐李德裕貶滁州，作此樓，取懷歸嵩洛之意。』滁州府志古蹟志：『贊皇樓，在州治後統軍

醉來時響空弦。

夜半承明,留敎視草;卻遣籌邊。長安故人問我,道愁腸殢酒只依然。目斷秋霄落雁,

風只管送歸船。秋晚蓴鱸江上,夜深兒女燈前。　征衫便好去朝天。玉殿正思賢。想

老來情味減,對別酒,怯流年。況屈指中秋,十分好月,不照人圓。無情水都不管,共西

木蘭花慢　滁州送范倅

【編年】乾道八年(一一七二)。——玩詞中語意,當是作於奠枕樓初成之時。

得。」

帝篇:『黃帝晝寢,而夢遊於華胥氏之國,其國無師長,自然而已;其民無嗜慾,自然而已。』黃帝旣悟,怡然自

謝靈運詩序:『天下良辰美景,賞心樂事,四者難並。』　〔剩安排〕此處『剩』字應作『僭』解。　〔華胥夢〕列子黃

可稱『楚尾吳頭』。　〔弓刀陌上〕黃庭堅寄叔父夷仲詩:『弓刀陌上望行色,兒女燈前語夜深。』〔賞心樂事〕

貼于後賢,斯乃無愧。」　〔楚尾吳頭〕方輿勝覽:「豫章之地爲楚尾吳頭。」按:滁州亦古代吳楚交界之地,故亦

榮。晨頫脊遊,皆有殊致。周視原野,永懷嵩峯。壁此佳名,且符夙尙。盡庾公不淺之意,寫仲宣望極之心。

依,凉飈罕至。余盡去危球,斂爲虛樓;剪榛木而始見前山,除密篠而近對嘉樹,延濤輝於月觀,留愛景於寒

憂傷所侵,疲茶多病,嘗驚北叟之福,豈忘東山之歸。此地舊陰曲軒,傍施僻塊,竹樹陰合,簷檻靈昏,喧雀所

池上。唐刺史李德裕建。後改名懷嵩,一名北樓。李文饒文集別集七,懷嵩樓記:「懷嵩,思解組也。……余

【校】〔題〕花菴詞選作『送滁州范倅』。〔悵流年〕花菴作『惜流年』。〔況〕花菴作『更』。〔只管〕四卷本甲集及花菴詞選並作『只等』。〔承明〕花菴詞選作『恩綸』。〔愁腸殢酒〕四卷本作『尋常泥酒』。〔鬻空弦〕四卷本作『鬻空絃』。

【箋注】〔對別酒二句〕蘇軾詞江城子東武雪中送客：『對尊前，惜流年。』〔秋晚句〕世說新語識鑒篇：『張季鷹辟齊王東曹掾，在洛，見秋風起，因思吳中菰菜蓴羹、鱸魚膾，曰：「人生貴得適意爾，何能羈宦數千里以要名爵。」遂命駕便歸。』〔夜深句〕參前闋『弓刀陌上』注。〔承明〕漢書嚴助傳：『君厭承明之廬，勞侍從之事。』注：『承明廬在石渠閣外。直宿所止曰廬。』西都賦：『承明金馬，著作之庭。大雅宏達，於茲為羣。』〔視草〕舊唐書職官志翰林院條：『玄宗即位，張說等召入禁中，謂之翰林待詔……或詔從中出，雖宸翰所揮，亦資其檢討，謂之視草。』〔愁腸殢酒〕韓偓有憶詩：『愁腸殢酒人千里。』〔目斷二句〕目斷猶云目極或目盡。〔鬻空弦〕戰國策楚策：『更羸與魏王處京臺之下，仰見飛鳥，更羸謂魏王曰：「臣為君引弓虛發而射鳥。」……有間鴈從東方來，更羸以虛發而下之。魏王曰：「然則射可至此乎？」更羸曰：「此孽也……故瘡未息而驚心未去也。聞弦音烈而高飛，故瘡隕也。」』蘇軾詩：『故應驚羽落空弦。』

【編年】乾道八年（一一七二）。

西江月　為范南伯壽

秀骨青松不老，新詞玉佩相磨。靈槎準擬泛銀河，剩摘天星幾箇。　南伯去歲七月生子。奠枕

二四

樓頭風月，駐春亭上笙歌。留君一醉意如何？金印明年斗大。

【校】〔題〕廣信書院本作『壽范南伯知縣』，茲從四卷本丁集。花菴詞選無題。　〔注〕〔筒〕字下注文，四卷本無。

〔樓頭〕四卷本及花菴詞選並作『樓東』。

【箋注】〔范南伯〕劉宰故公安范大夫行述：『公諱如山，字南伯，邢台人。……南軒先生張公帥荊南，志在經理中原，以公北土故家，知其豪傑，熟其形勢，辟差辰州盧溪令，改攝江陵之公安，實欲引以自近。公治官猶家，撫民若子，人思之至今。……女弟歸軒轅先生辛公棄疾，辛與公皆中州之豪，相得甚。辛詞有「萬里功名莫放休」之句，蓋以屬公。公賦詩自見，亦曰：「伊人固可笑，歷落復崎嶔。略無資身策，而有憂世心。窮途每爲慟，抱膝空長吟。」其志尙可想。公歲晚居貧而好客，客至輒飭家人趣治具，無則典衣繼之，須盡乃白。』軺軒卷曰：『是中有樂地，惟此翁知之。』……

〔靈槎句〕博物志：『天河與海通，近世有人居海渚者，年年八月有浮槎去來，不失期。人有奇志，立飛閣於槎上，多齎糧，乘槎而去。』〔剩摘〕此處『剩』字應作『多』解。〔駐春亭〕未詳，疑亦滁州之一亭也。〔金印句〕世說新語尤悔篇：『王大將軍起事，丞相兄弟詣闕謝，周侯深憂。諸王始入，甚有憂色，丞相呼周侯曰：「百口委卿。」周直過不應。既入，苦相存活。既釋，周大說，飲酒。及出，諸王故在門，周曰：「明年殺諸賊奴，當取金印如斗大，繫肘後。」』

【編年】乾道八年（一一七二）。——稼軒於乾道八年初蒞滁州即創建奠枕樓，據後章首句，當是范氏於其時

二五

至滁訪晤，稼軒因爲賦此詞也。

浣溪沙　別成上人，並送性禪師。

梅子生時到幾回，桃花開後不須猜。重來松竹意徘徊。　慣聽禽聲應可譜，飽觀魚陣已
能排。晚雲挾雨喚歸來。

【校】〔生時〕四卷本乙集作『熟時』。　〔應可〕四卷本作『渾可』。　〔晚雲〕廣信書院本及四卷本並同。王詔
校刊本改作『晚風』，六十家詞本及四印齋本並同。

【箋注】〔成上人，性禪師〕事歷並未詳。周孚鉛刀編卷三十有銘性上人朴菴文一首，疑性上人即性禪師也。
集中之性上人，則此詞必爲稼軒早年之作。信道卒於淳熙四年，乾道八年訪稼軒於滁州，是爲二人最末次之
會晤，其同識性禪師亦或即在該時，茲姑據以推定其作年如右。

【編年】乾道八年（一一七二）。——右詞作年無可確考。據結語，知必作於宦游之時。如性禪師果即周信道

水調歌頭

落日古城角，把酒勸君留。長安路遠，何事風雪敝貂裘？散盡黃金身世，不管秦樓人怨，
歸計狎沙鷗。明夜扁舟去，和月載離愁。　功名事，身未老，幾時休？詩書萬卷，致身須

到古伊周。莫學班超投筆，縱得封侯萬里，憔悴老邊州。何處依劉客，寂寞賦登樓。

【箋注】〔敝貂裘〕戰國策秦策：『蘇秦始將連橫說秦王，曾十上而說不行，黑貂之裘敝，黃金百斤盡。』餘參水調歌頭（落日塞垣起閑）箋注。　〔散盡句〕李白魏郡別蘇明府因北游詩：『洛陽蘇季子，劍戟森詞鋒。……黃金數百鎰，白璧有幾雙。散盡空掉臂，高歌賦還印。』　〔秦樓〕漢樂府『日出東南隅，照我秦氏樓。』　〔莫學三句〕後漢書班超傳：『班超字仲升，扶風平陵人。家貧，常為官傭書。嘗輟業投筆歎曰：「大丈夫無他志略，猶當效傳介子、張騫，立功異域，以取封侯，安能久事筆間乎？」其後行詣相者，相者指曰：「生燕頷虎頸，飛而食肉，此萬里侯相也。」留爲者半歲，慰撫之，於是西域五十餘國悉皆納質內屬焉。詔封超爲定遠侯。超在西域三十一歲，十四年至洛陽，拜爲射聲校尉，其年九月卒，年七十一。』　〔何處二句〕文選王粲登樓賦五臣注：『時董卓作亂，仲宣避難荊州依劉表，遂登江陵城樓，因懷歸而有此作，述其進退危懼之情也。』

【編年】淳熙元年（一一七四）冬。——玩右詞語意，當是送人赴行都之作。據『依劉客』語，疑是作於任江東安撫司參議官時。　蓋此後稼軒所任多爲方面大吏，似不得再以此自稱矣。

一剪梅　游蔣山，呈葉丞相。

獨立蒼茫醉不歸。日暮天寒，歸去來兮。探梅踏雪幾何時；今我來思，楊柳依依。白石岡頭曲岸西，一片閑愁；芳草萋萋。多情山鳥不須啼。桃李無言，下自成蹊。

【校】(題)四卷本乙集無題。 (白石岡)四卷本作『白石江』。

【箋注】(蔣山)景定建康志卷十七,山阜:『鍾山一名蔣山,在城東北一十五里,周迴六十里,高一百五十八丈。東連青龍山,西接青溪,南有鍾浦,下入秦淮,北接雉亭山。漢末有秣陵尉蔣子文逐盜死事於此,吳大帝爲立廟,封曰蔣侯。大帝祖諱鍾,因改曰蔣山。按丹陽記:京師南北並連山嶺,而蔣山岧嶢嶷異,其形象龍,實作揚都之鎮。諸葛亮云:「鍾山龍蟠」,蓋謂此也。』 (葉丞相)宋史葉衡傳:『葉衡字夢錫,婺州金華人。紹興十八年進士第。……有言江淮兵籍僞濫,詔衡按視,賜以袍帶鞍馬弓矢,且命衡措置民兵,咸稱得治兵之要。……知荊南、成都、建康府,除戶部尚書,除簽書樞密院事,拜參知政事。……拜右丞相兼樞密使。』 (獨立句)杜甫樂遊園歌:『此身飲罷無歸處,獨立蒼茫自詠詩。』 (今我二句)詩小雅采薇:『昔我往矣,楊柳依依。今我來思,雨雪霏霏。』 (白石岡)未詳。 景定建康志有石子岡,不知與此爲一爲二。 (桃李二句)史記李將軍列傳贊,太史公曰:『傳曰:「其身正,不令而行;;其身不正,雖令不從。」其李將軍之謂也。……諺曰:「桃李不言,下自成蹊。」』

【編年】淳熙元年甲午(一一七四)。——據景定建康志,葉氏於淳熙元年正月帥建康,二月郎召赴行在,其時稼軒正充帥屬。據詞中『探梅踏雪』及『楊柳依依』句,其必作於是年春初。葉氏於時未爲丞相,題中丞相之稱,蓋後來所追加也。

菩薩蠻　金陵賞心亭爲葉丞相賦

青山欲共高人語，聯翩萬馬來無數。煙雨却低回，望來終不來。　人言頭上髮，總向愁中白。拍手笑沙鷗，一身都是愁。

【校】〔題〕四卷本甲集無『金陵』二字。

【箋注】〔人言四句〕白居易白鷺詩：『人生四十未全衰，我爲愁多白髮垂。何故水邊雙白鷺，無愁頭上也垂絲。』

【編年】淳熙元年（一一七四）。

洞仙歌　壽葉丞相

江頭父老，說新來朝野，都道今年太平也。見朱顏綠鬢，玉帶金魚，相公是，舊日中朝司馬。　遙知宣勸處⋯東閣華燈，別賜仙韶接元夜。問天上，幾多春，只似人間，但長見、精神如畫。好都取山河獻君王；看父子貂蟬，玉京迎駕。

【校】〔題〕四卷本甲集作『爲葉丞相作』。　〔宣勸處〕花菴詞選作『宣勸後』。

【箋注】〔江頭至司馬〕宋史司馬光傳：『居洛陽十五年，天下以爲眞宰相，田夫野老皆號爲司馬相公，婦人孺子亦知其爲君實也。帝崩，赴闕臨，衞士望見，皆以手加額曰：「此司馬相公也。」所至民遮道聚觀，馬至不得行。』

〔玉帶金魚〕唐宋三品以上官之服飾。 韓愈示兒詩:『不知官高卑,玉帶懸金魚。』 〔東閣〕漢書公孫弘傳:『公

孫弘自起徒步,數年,至宰相封侯,於是起客館,開東閣,以延賢人,與參謀議。』 〔仙韶〕唐書禮樂志:『文宗詔太

常卿馮定朵開元雅樂,製雲韶法曲,樂成,改法曲爲仙韶曲。』 〔貂蟬〕參本卷破陣子(擲地劉郎玉斗鏗)箋注。

〔編年〕淳熙元年(一一七四)。 ── 據紹興十八年同年小錄,葉衡爲是年五甲第一百十八人,年二十七,正月

十九日生。 據詞中語意,知必作於葉氏入相之後,非淳熙元年卽二年。但後章首句既有『遙知』字樣,則必非

作於在倉部郎官時;,疑亦淳熙元年在建康日,爲慶祝葉氏五十三歲壽辰而作也。

太常引   建康中秋夜爲呂叔潛賦

一輪秋影轉金波。 飛鏡又重磨。 把酒問姮娥: 被白髮、欺人奈何! 乘風好去,長空

萬里,直下看山河。 斫去桂婆娑,人道是、清光更多。

〔校〕 〔題〕『呂叔潛』,茲從四卷本丙集。 四卷本無『夜』字。

〔箋注〕 〔呂叔潛〕汪應辰文定集卷十五有與呂潛書,中有『魏公再相』及『伯恭今安在,兩日前作書託寄無咎

附便』等語。 陳巖肖庚溪詩話卷下有呂叔潛大虬云云記事一則,因知呂氏名大虬,藍亦當時韋彥之一,其始末

則槪無可考。 〔金波〕謂月。 漢書禮樂志郊祀歌:『月穆穆以金波。』 〔白髮句〕薛能春日使府寓懷詩:『青春

背我堂堂去,白髮欺人故故生。』 〔斫去二句〕杜甫一百五日夜對月詩:『斫却月中桂,清光應更多。』

〔編年〕 淳熙元年(一一七四)。 ── 呂叔潛始末既未得詳,右詞作年因亦難得的知。但據『白髮欺人』句推

三〇

之，似以作於二次官建康時為較合也。

水龍吟　登建康賞心亭

楚天千里清秋，水隨天去秋無際。遙岑遠目，獻愁供恨；玉簪螺髻。落日樓頭，斷鴻聲裏，江南游子。把吳鉤看了，欄干拍徧，無人會，登臨意。

歸未？求田問舍，怕應羞見，劉郎才氣。可惜流年，憂愁風雨，樹猶如此！倩何人，喚取紅巾翠袖，搵英雄淚？

【校】（題）花菴詞選作『賞心亭』。（遠目）廣信書院本及花菴詞選並作『遠目』，四卷本甲集作『遠日』。（紅巾）四卷本作『盈盈』。

【箋注】（遙岑句）韓愈城南聯句：『遙岑出寸碧，遠目增雙明。』（吳鉤）吳越春秋闔閭內傳：『闔閭命於國中作金鉤，令曰：「能為善鉤者賞之百金。」有人殺其二子，以血釁金，成二鉤，獻於闔閭。……王曰：「何以異於眾夫子之鉤乎？」……鉤師向鉤而呼二子名：「吳鴻、扈稽，我在於此，王不知汝之神也。」聲絕於口，兩鉤俱飛，着父之胸。』皮日休縹緲峯詩：『似將青螺髻，撒在明月中。』（螺髻）古今注：『童子結髮為螺髻。言其形似螺殼。』（欄干句）王闢之澠水燕談錄卷四：『劉孟節先生概，青州壽光人。少師种放，篤古好學，酷嗜山水，而天姿絕俗，與世相齟齬，故久不

……少時多居龍興僧舍之西軒，往往憑欄靜立，懷想世事，吁唏獨語，或以手拍欄杆。嘗有詩曰：『讀書誤我四十年，幾回醉把欄干拍。』」〔無人會，登臨意〕宋僧文瑩湘山野錄卷上：『金陵賞心亭，丁晉公出鎮日重建也。秦淮絕致，濤在軒檻。取家篋所寶袁安臥雪圖張於亭之屛，乃唐周昉絕筆。……偶一帥遂竊去，以市畫蘆鴈掩之。後君玉王公琪復守是郡，登亭留詩曰：「千里秦淮在玉壺，江山清麗壯吳都。昔人已化遼天鶴，舊畫難尋臥雪圖。殘蟬不會登臨意，又噪西風入座隅。」此詩與江山相表裏，爲貢賮者之蕭斧也。』〔鱸魚二句〕見本卷木蘭花慢〈老來情味減閱〉箋注。〔求田三句〕三國志陳登傳：『許汜與劉備共在荊州牧劉表坐，表與備共論天下人，汜曰：「陳元龍湖海之士，豪氣不除。」備問汜：「君言豪，寧有事耶？」汜曰：「昔遭亂，過下邳，見元龍，元龍無客主之意，久不相與語，自上大牀臥，使客臥下牀。」備曰：「君有國士之名，今天下大亂，帝王失所，望君憂國忘家，有救世之意；而君求田問舍，言無可采，是元龍所諱也，何緣當與君語！如小人：欲臥百尺樓上，臥君於地，何但上下牀之間耶！」』〔樹猶如此〕世說新語言語篇：『桓公北征，經金城，見前爲琅邪時種柳已皆十圍，慨然曰：「木猶如此，人何以堪！」攀枝執條，泫然流淚。』按：庾信枯樹賦作『樹猶如此』。

【編年】淳熙元年（一一七四）。——右詞充滿牢騷憤激之氣，且有『樹猶如此』語，疑非首次官建康時作。蓋當南歸之初，自身之前途功業如何，尚難測度；嗣後乃仍復沉滯下僚，滿腹經綸，迄無所用，追重至建康，登高眺遠，胸中積鬱乃不能不以一吐爲快矣。

三一

望飛來、半空鷗鷺，須臾動地鼙鼓。截江組練驅山去，鏖戰未收貔虎。朝又暮。悄慣得、
吳兒不怕蛟龍怒。風波平步。看紅旆驚飛，跳魚直上，蹴踏浪花舞。　憑誰問，萬里長
鯨吞吐，人間兒戲千弩。滔天力倦知何事，白馬素車東去。堪恨處、人道是、屬鏤怨憤終
千古。功名自誤。謾教得陶朱，五湖西子，一舸弄煙雨。

【校】〔題〕陽春白雪（三）引題作『潮』。　〔悄慣〕四卷本甲集作『誚慣』。　〔屬鏤怨〕四卷本及陽春白雪並作
『子胥冤』。

【箋注】〔動地鼙鼓〕白居易長恨歌：『漁陽鼙鼓動地來，驚破霓裳羽衣曲。』〔組練〕左傳襄公三年：『春，楚子
重伐吳，……使鄧廖帥組甲三百，被練三千以侵吳。』蘇軾催試官考較戲作詩：『八月十五日看潮，壯觀天下無。鵬
鵬水擊三千里，組練長驅十萬夫。』〔悄慣得〕直縱容得之意。〔吳兒句〕蘇軾八月十五日看潮五絕『吳兒生
長狎濤淵，冒利輕生不自憐。』〔長鯨吞吐〕吳都賦：『長鯨吞航，修鯢吐浪。』〔人間句〕宋史河渠志：『浙江通
大海，日受兩潮。梁開平中錢武肅王始築捍海塘，在候潮門外，水晝夜衝激，版築不就，因命強弩數百以射潮
頭，又致禱胥山祠。既而潮避錢塘東擊西陵，遂造竹器積巨石，植以大木，〔白馬句〕
枚乘七發狀曲江波濤有云：『其少進也，浩浩溰溰，如素車白馬帷蓋之張。』〔屬鏤怨憤〕史記吳太伯世家：『十

一年復北伐齊，越王勾踐率其衆以朝吳，厚獻遺之，吳王喜，惟子胥懼，曰：『是棄吳也。』……吳王不聽，使子

於齊，子胥屬其子於齊鮑氏，還報吳王，吳王聞之大怒，賜子胥屬鏤之劍以死。將死，曰：『樹吾墓上以梓，令可

爲器，抉吾眼置之吳東門，以觀越之滅吳也。』集解：『王慍曰：「孤不使大夫得有見。」乃盛以鴟夷投之江。』正

義：『吳俗傳云：「子胥亡」後，越從松江北開渠至橫山東北，築城伐吳。子胥乃與越軍夢。』越

王即移向三江口岸，立壇殺白馬祭子胥，杯動酒盡，越乃開渠，子胥作濤，盪羅城東開入滅吳，令從東南入破吳。越

史記越王勾踐世家：『范蠡以爲大名之下，難以久居，且勾踐爲人，可與同患，難與處安樂，乃裝其輕寶珠玉

……浮海出齊，變姓名，自謂鴟夷子皮（索隱云：以吳王殺子胥而盛以鴟夷，今蠡自以有罪，故爲號也。）……

止於陶，以爲此天下之中，交易有無之路通，爲生可以致富矣。於是自謂陶朱公。』又，越絕書謂范蠡獻西施於

吳王，吳滅後，蠡復取西施同舟泛五湖而去。杜牧杜秋娘詩：『西子下姑蘇，一舸逐鴟夷。』

【編年】　淳熙元年（一一七四）。——據景定建康志及宋史葉衡傳，葉氏於淳熙元年春自建康被召入爲執政，

嗣即薦稼軒懷慨有大略，召見遷倉部郎官。葉氏旋爲右丞相，次年即罷黜。則此詞必爲元年秋稼軒至臨安後

所作也。

八聲甘州　壽建康帥胡長文給事。時方閲折紅梅之舞，且有錫帶之寵。

把江山好處付公來，金陵帝王州。想今年燕子，依然認得，王謝風流。只用平時尊俎，彈壓

萬貔貅。依舊鈞天夢，玉殿東頭。　看取黃金橫帶，是明年準擬，丞相封侯。有紅梅新

唱，香陣卷溫柔。且畫堂、通宵一醉，待從今、更數八千秋。公知否⋯邦人香火，夜半纔收。

酒泉子

【校】〔題〕『壽建康帥胡長文給事』，四卷本甲集作『爲建康胡長文留守壽』。〔畫堂〕四卷本作『華堂』。

【箋注】〔胡長文〕吳郡志卷二十七，人物門：『胡元質字長文，崑洲人。幼穎悟，年未冠，游太學，紹興十八年進士高第，亦有隱行。⋯⋯侍經帷，直史筆，參掌內外制，給事黃門，知貢舉。帝眷特厚，爲潛王襃聖主得賢臣頌及親製論以賜。出守當塗、建業、成都，皆有政績。』紹興十八年同年小錄：『胡元質，一甲第十人，字長文，年二十二，十月初三日生。』〔錫帶之寵〕宋制：凡各路撫帥之職務振舉者，多遭中使賜金帶。見於建康志者，有乾道五年十一月御札奬諭史正志及賜金帶一事。胡氏賜帶事無載。〔王謝風流〕晉南渡後，王、謝諸名族均居建康。景定建康志：『烏衣巷在秦淮南，晉南渡，王、謝諸名族居此。』〔鈞天夢〕史記趙世家：『趙簡子疾，五日不知人，大夫皆懼，醫扁鵲視之。⋯⋯居二日半，簡子寤，語大夫曰：「我之帝所甚樂，與百神游於鈞天廣樂，九奏萬舞。」』〔紅梅二句〕折紅梅爲一種樂舞。歌舞者疑均爲女子，一如唐明皇之所謂風流陣，故云『香陣卷溫柔』也。

【編年】淳熙元年（一一七四）。——據建康志卷十四，淳熙元年五月十一日朝議大夫充龍圖閣待制胡元質知府事。六月四日召赴行在癸事，七月除敷文閣直學士回府，十二月十一日召赴行在。是年十月初三日爲胡氏四十八歲壽辰，右詞必卽作於是日。

流水無情，潮到空城頭盡白。離歌一曲怨殘陽，斷人腸。東風官柳舞雕牆。三十六宮
花濺淚，春聲何處說興亡。燕雙雙。

【箋注】〔潮到句〕劉禹錫金陵五題：『山圍故國周遭在，潮打空城寂寞回。』〔三十六宮〕駱賓王詩帝京篇：『漢
家離宮三十六。』〔花濺淚〕杜甫春望詩：『感時花濺淚，恨別鳥驚心。』〔春聲二句〕周邦彥『咏金陵』之『西河』
詞：『燕子不知何世，入尋常、巷陌人家，相對如說興亡。』〔雕牆〕

【編年】右詞作年莫考，但據其感慨興亡之意，及『雕牆』『三十六宮』等語，知必作於一都城之內。據『潮到空
城』及『燕說興亡』句，可定爲在金陵時所作，因附編於二次官金陵諸作之後。

滿江紅 贛州席上呈太守陳季陵侍郎

落日蒼茫，風纔定、片帆無力。還記得、眉來眼去，水光山色。倦客不知身遠近，佳人已
卜歸消息。便歸來、只是賦行雲，襄王客。 些箇事，如何得？知有恨，休重憶。但楚天
特地，暮雲凝碧。過眼不如人意事，十常八九今頭白。笑江州、司馬太多情，青衫濕。

【校】〔題〕四卷本甲集作『贛州席上呈陳季陵太守』。〔遠近〕四卷本作『近遠』。

【箋注】〔贛州〕在今江西省南部，爲章、貢二水合流之地。隋、唐爲虔州，宋紹興二十三年改贛州。故治即今
江西贛縣。〔陳季陵〕贛州府志卷四十二，名宦：『陳天麟，字季陵，宜城人，紹興進士。由廣德簿知襄陽事，
所至有惠政。尋知贛州。時茶商寇贛、吉間，天麟預爲守備，民恃以安。江西憲臣辛棄疾討賊，天麟給餉補

軍，事平，棄疾奏：「今成功，實天麟之方略也。」宛陵露英集：「陳天麟字季陵，紹興中進士，累官集賢殿修撰。嘗編易三傳及西漢、南北史、左氏徵節等書，所著曰攟寧居士集。」〔賦行雲，襄王客〕楚襄王與宋玉游於雲夢之臺，望高唐之觀，其上獨有雲氣，崒兮直上，忽兮改容，須臾之間，變化無窮，玉因作高唐賦以紀其事。〔眉來二句〕王觀卜算子詞：「水是眼波橫，山是眉峯聚，欲問行人去那邊，眉眼盈盈處。」〔過眼句〕黃庭堅詩：「人生不如意，十事常八九。」〔笑江州二句〕白居易貶江州司馬，因送客湓浦，聞長安倡女夜彈琵琶，始覺有遷謫意，遂作琵琶行。其結句云：「座中泣下誰最多？江州司馬青衫濕。」

〔編年〕淳熙二年（一一七五）。——稼軒於淳熙二年任江西提刑，於是年九月撲滅茶商軍。陳氏於次年即去職（參年譜淳熙三年），知此詞必作於二年茶商軍既平之後也。

菩薩蠻　書江西造口壁

鬱孤臺下清江水，中間多少行人淚。西北望長安，可憐無數山。　青山遮不住，畢竟江流去。江晚正愁余，山深聞鷓鴣。

〔校〕〔西北望〕四卷本甲集作「東北是」。〔江流〕廣信書院本及四卷本並同。〔鷓鴣〕鶴林玉露卷四引此詞及王詔校刊本俱作「東流」。六十家詞本及四印齋本並同。

〔箋注〕〔造口〕在今江西萬安縣西南六十里，有皂口溪，水自此入贛江。皂口即造口也。唐李勉為刺史，登臺北望，慨然曰：「予〔鬱孤臺〕在今江西贛縣西南。贛州府志：「鬱孤臺，一名賀蘭山。隆阜鬱然孤峙，故名。

雖不及子牟，心在魏闕一也。鬱孤豈令名乎。乃易匾爲望闕。輿地紀勝：『鬱孤臺……隆阜鬱然，孤起平地數丈，冠冕一郡之形勝而襟帶千里之山川。』

〔清江〕江西袁江與贛江合流處，舊亦稱清江。此處當指贛江言。

〔西北句〕杜甫小寒食舟中詩：『愁看直北是長安。』

【附錄】

羅大經鶴林玉露卷四，辛幼安詞：『……其題江西造口詞云：「鬱孤臺下清江水，中間多少行人淚。西北是長安，可憐無數山。青山遮不住，畢竟東流去。江晚正愁余，山深聞鷓鴣。」蓋南渡之初，虜人追隆祐太后御舟至造口，不及而還，幼安自此起興。「聞鷓鴣」之句，謂恢復之事行不得也。』

按：自羅大經創爲此說，世之釋稼軒此詞者莫不承用以爲實據，而其實雜說非也。……既至洪州，議者言金人自蘄黃渡江，陸行二百餘里卽到洪州。帝愛之，命劉光世屯江州，光世不爲備，金人遂自大冶縣徑趨洪州。妃傳所記如下：『會防秋迫，命劉寧止制置浙江，衞太后往洪州。……仍命滕康、劉珏權知三省樞密院事，從行……康、珏俱遁，兵衞不滿百人，遂往虔州。』三朝北盟會編於建炎三年十一月二十三日記：康、珏牽太后行次吉州，金人追急，太后乘舟夜行，質明至太和縣，舟人景信反，楊惟忠兵潰，失官人一百六十。隆祐離吉州，『質明至太和縣，又進至萬安縣，兵衞不滿百人，滕康、劉珏、楊惟忠皆竄山谷中，惟有中官何漸、使臣王公濟，快行張明而已。金人追至太和縣，太后乃自萬安縣至皂口，捨舟而陸，遂幸虔州。』並不謂有追至造口之事。宋史高宗紀及護衞太后之劉珏、滕康二人傳並金史宗翰傳等，亦均未及其事。鶴林玉露金人追隆祐至造口不及而還之說凡數見，當俱出傳聞之誤。此詞前章『西北望長安』句，疑是用李勉登鬱孤臺北望故

事。亦即李白詩中所謂「長安不見使人愁」之意。蓋自李勉事流傳之後，至其地者即多聯想及此，故蘇軾虔州

八景圖詩亦有一首云：「濤頭寂寞打城還，章貢臺前暮靄寒。倦客登臨無限思，孤雲落日是長安。」此與詞中

『望長安』二句意境已極相近矣。此詞後章亦泛說行役，不關孟后。即使金兵確曾追孟后至造口，亦與此詞起

興全不相涉。稼軒恢復素志，勝利信心，自壯至老，不曾稍變，此詞作年甚早，更不應有如羅氏所云之感興

所謂『山深聞鷓鴣』者，蓋深慮自身恢復之志未即得遂行，非謂恢復之事決行不得也。

【編年】淳熙二、三年（一一七五或一一七六）。——右詞作年雖難確考，但據建炎以來繫年要錄，江南西路提

點刑獄司自紹興末年即設置贛州，迄孝宗時未再遷徙。鬱孤臺為贛州附近一名勝，亦稼軒任江西提刑時所

常經行之地，則此詞必作於此時期內。

水調歌頭　和王正之右司吳江觀雪見寄

造物故豪縱，千里玉鸞飛。等閒更把，萬斛瓊粉蓋玻璃。好卷垂虹千丈，只放冰壺一色，

雲海路應迷。老子舊遊處，回首夢耶非。　謫仙人，鷗鳥伴，兩忘機。掀髯把酒一笑，詩

在片帆西。寄語煙波舊侶：聞道蓴鱸正美，休裂芰荷衣。上界足官府，汗漫與君期。

【校】〔造物〕六十家詞及四印齋本俱作『造化』。　〔玻璃〕四卷本甲集作『顏黎』。　〔休裂〕四卷本作『休製』。

【箋注】〔王正之〕攻媿集卷九十九，朝議大夫祕閣修撰致仕王公（正已）墓誌銘：『紹興三十二年有旨：王正已

不畏彊禦，節概可稱，三省詳加訪問，其人如在，可與甄錄。尋召赴行在。……公字伯仁父，舊字正之，至今以

舊字行。……以「葉丞相之薦，除尚書吏部員外郎，權右司郎官，遂爲真。葉去國，公亦遭論，再奉祠。除嚴州，改婺州，內引奏事，尤加褒納。……慶元二年三月二日屬疾，卻藥不進，翌日終於正寢。享年七十有八。」寶慶四明志卷八，敘人：「王正己字正之，勱長子也。……以叔祖珆任爲豐城主簿，連帥張澄俾對，易理曹。時相姻黨王鈇家豫章，家舍亡瑞香花，與一富民有他憾，因誣之，帥諷理曹文致其罪，正己直之，忤帥意，稱疾棄醫以歸。孝宗聞之，既踐阼，詔以不畏強禦，節槪可嘉，自泰州海陵縣召對，改合入官。淳熙初，訪求廉吏，參政葉衡舉正己辭購事以聞，召對，上語輔臣曰：「王正己慷然，即之甚溫。」史忠定王浩再相，論朋黨事，上曰：「葉衡既去，人以『王正己爲其黨』，朕固留之。雖衡所引，其人自賢，則朕不以朋黨待臣下也。」正己凡四典郡，六爲部使者，終太府卿，祕閣修撰致仕。」　〔吳江〕即松江。吳郡志卷十八：「松江在郡南四十五里，禹貢三江之一也。……南與太湖接。」　〔造物句〕蘇軾遊泉山詩：「偉哉造物眞豪縱，攪土摶沙爲此弄。」　〔垂虹〕吳郡志卷十七：「利往橋即吳江長橋也。慶曆八年縣尉王廷堅所建。有亭曰垂虹，而世併以名橋。……續圖經云：「東西千餘尺，前臨太湖洞庭三山，橫跨松江，行者見漾天光水色中，海內絕景，唯遊者自知之，不可以筆舌形容也。」　〔雲海路〕蘇軾詞江城子東武雪中送客：「路漫漫，玉花翻，雲海光寬，何處是超然？」　〔謫仙人〕新唐書李白傳：「李白至長安，往見賀知章，知章見其文，歎曰：『子謫仙人也。』」　〔鷗鳥二句〕列子黃帝篇：「海上之人有好鷗鳥者，每旦之海上，從鷗鳥遊，鷗鳥之至者百數而不止。其父曰：『吾聞鷗鳥皆從汝游，汝取來吾玩之。』明日之海上，鷗鳥舞而不下也。」李商隱贈田叟詩：「鷗鳥忘機翻浹洽，交親得路昧平生。」　又〔太倉箴〕：「海翁忘機，鷗故不飛。」　〔尊鱸正美〕見本卷木蘭花慢（老來情味減閱）箋注。　〔休裂

句〕離騷:『製芰荷以爲衣兮，集芙蓉以爲裳。』北山移文:『焚芰製而裂荷衣，抗塵容而走俗狀。』文選五臣注:

『芰製荷衣，隱者之服。言皆棧裂之，舉骯髒俗之容狀。』〔上界句〕韓愈酬盧給事詩:『上界眞人足官府。』

〔汗漫〕淮南子道應訓:『盧敖游乎北海，見一士焉，曰:「吾與汗漫期於九垓之外，吾不可以久駐。」』

【編年】淳熙二、三年（一一七五或一一七六）。——據樓攻媿集，王正之於葉衡爲相時任右司郎官。另據宋

會要一○一冊黜降官第八，淳熙二年閏九月十九日有記事云:『右司員外郎王正己放罷。以言者論其所居之

職，廢法徇情，爲害滋甚，故有是命。』詞中有『尊罍正美，休裂芰荷衣』句，其唱和蓋在王氏已罷右司之後。

滿江紅

漢水東流，都洗盡、髭胡膏血。人盡說、君家飛將，舊時英烈。破敵金城雷過耳，談兵玉帳

冰生頰。想王郎、結髮賦從戎，傳遺業。　腰間劍，聊彈鋏。尊中酒，堪爲別。況故人新

擁，漢壇旌節。馬革裹屍當自誓，蛾眉伐性休重說。但從今、記取楚樓風，裴臺月。

【箋注】〔君家句〕史記李廣傳:『廣居右北平，匈奴聞之，號曰漢之飛將軍，避之數歲，不敢入右北平。』按詞中

有王郎云句，似是爲王姓友人而賦，然史冊中無王姓飛將。王昌齡詩:『但使龍城飛將在，不敎胡騎度陰山。』

亦係指李廣言。　〔金城玉帳〕顏之推觀我生賦:『守金城之湯池，轉絳宮之玉帳。』張淏雲谷雜記:『唐藝文志有

玉帳經二卷，乃兵家厭勝之方位，謂主將於其方置軍帳，則堅不可犯，猶玉帳然。』　〔王郎句〕漢書李廣傳:『結髮與匈奴大小七十餘戰。』

〔談兵句〕蘇軾寄高令詩:『論極冰霜繞齒牙。』又浣溪沙詞:『論兵齒頰帶風霜。』

又，曹操於建安二十年三月西征張魯於漢中，張魯降。是行也，侍中王粲作從軍詩五首以美其事。〔腰間二句〕戰國策齊策：『齊人有馮諼者，貧乏不能自存，使人屬孟嘗君，願寄食門下，孟嘗君笑而受之。』居有頃，倚柱彈其劍歌曰：『長鋏歸來乎，食無魚。』……〔馬革句〕後漢書馬援傳：『方今匈奴烏桓尚擾北邊，欲自請擊之。男兒要當死於邊野，以馬革裹屍還葬耳，何能臥牀上在兒女子手中耶！』〔蛾眉伐性〕枚乘七發：『皓齒蛾眉，命曰伐性之斧。；甘脆肥醲，命曰腐腸之藥。』〔楚樓〕袁說友東塘集卷七有詠楚樓七絕一首，題下自注云：『樓在沙市，規製宏廣，東西皆見江山，郡中以之為酒肆。』詩云：『東江風月夜潮平，西望巫山白帝城。』止為山川增楚觀，惜哉徒徙沸市塵聲。』〔裴臺〕未詳。

〔編年〕淳熙四年（一一七七）。——據楚樓句，知此詞當為稼軒居官江陵時送王姓友人之官他地之作。

水調歌頭　淳熙丁酉，自江陵移帥隆興，到官之三月被召，司馬監、趙卿、王漕餞別。司馬賦水調歌頭，席間次韻。　時王公明樞密薨，坐客終夕為興門戶之歎，故前章及之。

我飲不須勸，正怕酒罇空。別離亦復何恨，此別恨匆匆。頭上貂蟬貴客，苑外麒麟高塚，人世竟誰雄。一笑出門去，千里落花風。

孫劉輩，能使我，不為公。余髮種種如是，此事付渠儂。但覺平生湖海，除了醉吟風月，此外百無功。毫髮皆帝力，更乞鑑湖東。

〔校〕〔題〕四卷本乙集『三月』作『二月』。〔苑外〕四卷本、廣信書院本及王詔校刊本並作『花外』。茲從四印齋本。　〔一笑出門〕廣信書院本及四卷本並同。王詔校刊本、六十家詞本及四印齋本俱作『出門一笑』。

【箋注】〔司馬監〕據鷗鴻天（聚散匆匆不偶然閏）詞題，知司馬監即司馬漢章。漢章名倬，見洪邁夷堅志丁十六，浙西提舉條。　宋史司馬朴傳：『朴字文季。……靖康初，金人次汴郊，命朴使之，二酋間朴家世，具以告，喜曰：「賢者之後也。」待之加禮。……二帝將北遷，又貽書請存立趙氏，金人憚之，挾以北去，且悉取其孥。開封儀曹趙鼎爲匿其長子倬於蜀，故得免。』涑水司馬氏源流集略卷四：『馬騤撰修復宋太師溫國司馬文正公祠墓記：「初，金虜挾公姪孫兵部侍郎朴北去，悉取其孥，趙忠簡爲匿其長子倬於蜀，因家敍州。」按：宋史及司馬氏源流集略均不載司馬漢章之歷官本末，今據宋會要及建炎以來繫年要錄，知其於紹興末年曾知房州及德安府，乾道中知襄陽府，任戶部員外郎，江西京西湖北總領，淳熙中官至江南東路提點刑獄。　〔趙卿〕未詳何人。　〔王漕〕宋史王希呂傳：『淳熙二年除吏部員外郎。……加直寶文閣，江西轉運副使。五年，召爲起居郎，除中書舍人。』陳亮與呂伯恭正字書：『辛幼安、王仲衡俱召還。』仲衡爲王希呂之字。稼軒之被召還較王氏或稍早，則此詞題中所指必即希呂也。　〔王公明〕周必大玉堂雜記卷二：『乾道七年七月……是時參知政事王公明炎在蜀三年，屢求歸。』據知公明爲王炎之字。宋宰輔編年錄：『乾道九年正月己丑，王炎樞密使。　——炎自乾道四年二月除簽書樞密院事，五年二月除參知政事，七年七月拜樞密使，依前四川宣撫使。是年正月罷。執政凡五月。』餘詳年譜淳熙五年記事。　〔門戶之嘆〕一，宋史孝宗本紀：『乾道六年三月乙丑，以晁公武王炎不協，罷四川制置使，歸宣撫司。』二，周必大省齋文稿十四，王炎除樞密使御筆跋：『乾道七年七月二十六日，……國忌假，……御藥甘澤齎御札來，除王炎爲樞密使，依舊宣撫〔四川〕。……初，炎與宰相虞允文不相能，屢乞罷歸，允文薦權吏部侍郎王之奇爲代。……暨宣炎制，宰相以下皆莫測云。』三，宋宰輔編年錄：『王

稼軒詞編年箋注

炎，淳熙元年十二月以觀文殿學士太中大夫知潭州，二年五月臣僚論蔣芾、王炎、張說欺君之罪，並詔落職居

住。炎落觀文殿學士，袁州居住。三年七月上宣論龔茂良等曰：「有一事，累日欲與卿言。昨湯邦彥論蔣芾、

王炎、張說三人者，朕思之，王炎似無大過，非二人之比。」茂良等奏：「仰見聖明洞照。邦彥論王炎事多非其

實，人皆能言之。宜蒙聖恩寬貸。」上曰：「未欲便與差遣，且令自便。」三年十二月，中大夫新知荆南府王炎復

資政殿大學士，以赦恩檢舉也。」　〔頭上貂蟬〕宋史輿服志：『貂蟬冠一名籠巾，織籐，漆之，形正方如平巾幘，

飾以銀，前有銀花，上綴玳瑁蟬，左右為三小蟬，銜玉鼻，左插貂尾。三公親王侍祠、大朝會，則加於進賢冠而服

之。」　〔苑外句〕杜甫曲江詩：『江上小堂巢翡翠，苑邊高塚臥麒麟。』　〔孫劉三句〕三國志辛毗傳：『時中書監

劉放、令孫資見信於主，制斷時政，大臣莫不交好，而毗不與往來，毗子敞諫曰：『今劉孫用事，眾皆影附，大人

宜小降意，和光同塵，不然必有謗言。』毗正色曰：『主上雖未稱聰明，不為闇劣，吾之立身，自有本末，就與劉

孫不平，不過令吾不作三公而已，何危害之有焉。」　〔余髮句〕左傳昭三年：『齊侯田於莒，盧蒲嫳見，泣且請

曰：「余髮如此種種，余奚能為。」』　〔湖海〕見本卷水龍吟（楚天千里清秋闋）箋注。　〔除了二句〕用蘇軾秀州

報本禪院鄉僧文長老方丈詩『我除搜句百無功』句意。　〔毫髮句〕漢書張耳陳餘傳：『耳子敖嗣立，尚趙，

趙王體甚卑，高祖甚慢之，趙相貫高怒曰：「請為殺之。」敖曰：「君何言之誤！先王亡國，賴皇帝得復國，德流子

孫，秋毫皆帝力也。」』　〔鑑湖〕一名鏡湖。　在今浙江紹興縣南。　新唐書隱逸傳：『賀知章天寶初病，夢遊帝居，

乃請為道士，還鄉里，詔許之，以宅為千秋觀而居。又請周公湖數頃為放生池，有詔賜鏡湖剡川一曲。』蘇軾次

韻子由使契丹至涿州見寄四首：『那知老病渾無用，欲向君王乞鏡湖。』

四四

【編年】淳熙五年戊戌（一一七八）。——據詞題中語，知此詞之作與王炎之卒蓋在同時；唯王氏宋史無傳，宰輔編年亦不載其生卒。稼軒自隆興被召之年月，史亦無文可考。但題中雖云淳熙丁酉自江陵移帥隆興，而據在隆興帥任內之措施考之，知其涖任必在丁酉歲杪（參年譜）其被召離任，當在戊戌年之晚春也。

霜天曉角　旅興

吳頭楚尾，一棹人千里。休說舊愁新恨，長亭樹，今如此！　宦游吾倦矣，玉人留我醉：明日落花寒食，得且住，爲佳耳。

【校】（題）廣信書院本無題，王詔校刊本、四印齋本及四卷本甲集俱作『旅興』，花菴詞選作『惜別』。　〔落花〕四卷本甲集作『萬花』。

【箋注】〔吳頭句〕見本卷聲聲慢（征埃成陣闕）箋注。　〔樹今如此〕見本卷水龍吟（楚天千里清秋闕）箋注。　〔宦游句〕史記司馬相如傳：『相如歸而家貧，無以自業，素與臨邛令王吉相善，吉曰：「長卿久宦游不遂，而來過我。」』又：『長卿故倦游，雖貧，其人材足依也。』　〔明日二句〕晉人帖：『天氣殊未佳，汝定成行否？寒食近，且住爲佳爾。』

【編年】淳熙五年（一一七八）。——據此詞起句，知是離豫章時作。　稼軒前後二次帥江西，第二次之去職，事在淳熙八年冬季，與此詞所述時令不合，知此詞作於淳熙五年。

鷓鴣天 <small>離豫章，別司馬漢章大監。</small>

聚散匆匆不偶然，一年歷遍楚山川。但將痛飲酬風月，莫放離歌入管絃。　縈綠帶，點青錢。東湖春水碧連天。明朝放我東歸去，後夜相思月滿船。

【校】〔歷遍〕四卷本丙集作『遍歷』。

【箋注】〔聚散句〕歐陽修浪淘沙詞：『聚散苦匆匆，此恨無窮。』〔一年句〕稼軒於淳熙三年由江西提刑調京西轉運判官，四年差知江陵府兼湖北安撫，其年秋冬間又遷知隆興兼江西安撫，一年之內所至莫非楚地。〔莫放句〕莫放猶言莫教、莫使。歐陽修詩：『我亦且如常日醉，莫教管絃作離聲。』〔點青錢〕杜甫漫興詩：『糝徑楊花鋪白氈，點溪荷葉疊青錢。』〔東湖句〕韋莊菩薩蠻：『春水碧於天，畫船聽雨眠。』東湖在豫章郡治東南，詳後滿庭芳〔柳外尋春閣〕箋注。

【編年】淳熙五年（一一七八）。

念奴嬌 <small>書東流村壁</small>

野棠花落，又匆匆過了，清明時節。剗地東風欺客夢，一夜雲屏寒怯。曲岸持觴，垂楊繫馬，此地曾輕別。樓空人去，舊遊飛燕能說。　聞道綺陌東頭，行人曾見，簾底纖纖月。

舊恨春江流不斷，新恨雲山千疊。料得明朝，尊前重見，鏡裏花難折。也應驚問：近來多少華髮？

【校】〔調〕花菴詞選作『醉江月』。〔題〕花菴詞選作『春恨』。陽春白雪卷一引，無題。〔野棠〕廣信書院本、四卷本甲集、花菴詞選及陽春白雪並作『野塘』。〔又匆匆〕陽春白雪作『甚匆匆』。〔一夜〕廣信書院本、王詔校刊本、四卷本及陽春白雪並作『二夜』，六十家詞本及四印齋本俱作『一枕』。〔雲屏〕花菴詞選及陽春白雪並作『銀屏』。〔輕別〕花菴詞選及陽春白雪並作『經別』。〔曾見〕四卷本作『長見』。〔不斷〕四卷本作『未斷』，花菴詞選作『不盡』。

【箋注】〔東流村壁〕趙蕃淳熙稿卷四有重九前一日東流道中詩，首聯云：『明日乃重九，今晨更天涯。』韓淲澗泉集卷六有歸舟過東流丘簿清足軒詩，首聯云：『依船江頭看修竹，誰家有軒號清足。』又卷七有東流值雨詩，全詩云：『客恨何時了？蕭蕭雨未晴。異鄉無伴處，荒村少人行。樹色巡簷碧，江聲遶枕清。且憑閒景物，陶寫小詩成。』據諸詩語意，知東流為其時江行泊駐之所，且富遊觀之勝，故趙韓二氏均寶物興感而有所賦詠。其必為池州之東流縣，亦江行途中所作，則東流村壁者，乃指東流縣境內之某村，非村以東流名也。玩此詞各語，當無可疑。梁啓超於韻文與情感中解釋此詞，謂東流為『徽、欽二帝北行所經之地』，蓋誤。〔野棠句〕沈約早發定山詩：『野棠開未落，山英發欲然。』〔剗地〕有『只是』、『無端』、『依然』諸義。〔樓空二句〕蘇軾『夜宿燕子樓』之永遇樂詞：『燕子樓空，佳人何在，空鎖樓中燕。』〔行人二句〕蘇軾江城子詞：『門外行人，立馬看弓彎。』龍沐勛東坡樂府箋云：『弓彎，謂美人足也。』稼軒詞「聞道綺陌東頭，行人會見，簾底纖纖月」，疑從

坡詞脫化。』劉過沁園春詠美人足詞，結云：『知何似，似一鉤新月，淺碧籠雲。』　〔舊恨句〕李後主詞：『問君能

有幾多愁？恰似一江春水向東流。』

〔編年〕淳熙五年（一一七八）。——據詞中起語，知爲清明過後所作。淳熙十五年前，稼軒宦游蹤跡之可考

者，唯淳熙五年自江西帥召爲大理少卿，其時間適在清明節左右，因次於此。

鷓鴣天　東陽道中

撲面征塵去路遙，香篝漸覺水沉銷。山無重數周遭碧，花不知名分外嬌。　人歷歷，馬

蕭蕭。旌旗又過小紅橋。愁邊剩有相思句，搖斷吟鞭碧玉梢。

〔校〕〔題〕廣信書院本無題。四卷本甲集作『代人賦』茲從花菴詞選。　〔沉銷〕花菴詞選作『沉消』。

〔箋注〕〔山無句〕劉禹錫金陵懷古詩：『山圍故國周遭在。』　〔馬蕭蕭〕詩小雅車攻：『蕭蕭馬鳴。』

〔編年〕疑淳熙五年（一一七八）。——右詞見四卷本甲集，其作年自甚早。但據稼軒早年宦跡考之，似無緣

涉足東陽，唯當居官臨安之時，有可能因事而特至其地耳。

水調歌頭　舟次揚州，和楊濟翁、周顯先韻。

落日塞塵起，胡騎獵清秋。漢家組練十萬，列艦聳層樓。誰道投鞭飛渡，憶昔鳴髇血汚，

風雨佛狸愁。季子正年少，匹馬黑貂裘。　今老矣，搔白首，過揚州。倦游欲去江上，手

種橘千頭。二客東南名勝，萬卷詩書事業，嘗試與君謀。莫射南山虎，直覓富民侯。

【校】

〔鼪〕四卷本甲集作『舟次揚州和人韻』。 〔層樓〕四卷本作『高樓』。

【箋注】

〔楊濟翁〕名炎正，吉水人。楊邦乂之孫。楊萬里誠齋詩話：『予族弟炎正，字濟翁。……年五十二乃登第。初任寧遠簿，甚爲京丞相所知。』按：據宋會要職官門各卷之記事，知楊氏於慶元中任吏部閣架，嘉定中改大理司直，並歷守藤、瓊等州。 〔周顯先〕未詳。 〔組練〕見本卷摸魚兒（望飛來半空鷗鷺閒）箋注。 〔飛渡〕晉書杜預傳：『預又遣牙門管定、周旨、伍巢等率奇兵八百，汎舟夜渡，以襲樂鄉。』吳都督孫歆震怒，與伍延書曰：『北來諸軍乃飛渡江也。』 〔投鞭〕晉書符堅載記：『堅曰：「以吾之衆，投鞭於江，足斷其流。」』 〔憶昔二句〕史記匈奴傳謂匈奴頭曼單于之太子冒頓作鳴鏑，令左右曰：『鳴鏑所射而不悉射者斬之。』後從其父頭曼獵，以鳴鏑射頭曼，其左右亦皆隨鳴鏑而射殺頭曼。佛貍爲北魏太武帝小字。二句蓋指金主亮南侵爲部屬所殺而言。 〔季子二句〕戰國策趙策：『李兌送蘇秦明月之珠，和氏之璧，黑貂之裘，黃金百鎰，蘇秦得以爲用，西入於秦。』按：季子，蘇秦字。（宋高宗紹興三十一年辛巳，金主亮大舉南侵，稼軒與耿京舉義山東，其後金主亮師喪身死，稼軒亦奉表南歸。本闋前章云云，蓋均稼軒自述之詞也。） 〔橘千頭〕襄陽耆舊傳：『李衡爲丹陽太守，遣人往武陵龍陽泛洲上作宅，種橘千株。臨死，勅兒曰：「吾州里有千頭木奴，不貴汝食，歲上匹絹亦當足用耳。」』 〔莫射句〕史記李將軍列傳：『廣家居藍田南山中，射獵。所居郡閒有虎，嘗自射之。』 〔富民侯〕漢書食貨志：『武帝末年，悔征伐之事，迺封丞相爲富民侯。』又車千秋傳：『代劉屈氂爲丞相，封富民侯。』

【附錄】

楊濟翁炎正原唱（見西樵語業）

卷一 江、淮、兩湖之什

水調歌頭　登多景樓

寒眼亂空闊，客意不勝秋。強呼斗酒發興，特上最高樓。舒卷江山圖畫，應答龍魚悲嘯，不暇顧詩愁。風露巧欺客，分冷入衣裘。　　忽醒然，成感慨，望神州。可憐報國無路，空白一分頭。都把平生意氣，只做如今憔悴，歲晚若爲謀。此意仗江月，分付與沙鷗。

滿江紅　江行，簡楊濟翁、周顯先。

過眼溪山，怪都似、舊時曾識。還記得、夢中行遍，江南江北。佳處徑須攜杖去，能消幾緉平生屐。笑塵勞、三十九年非，長爲客。　　吳楚地，東南坼。英雄事，曹劉敵。被西風吹盡，了無塵跡。樓觀纔成人已去，旌旗未卷頭先白。歎人間、哀樂轉相尋，今猶昔。

【校】　〔題〕四卷本甲集作『江行，和楊濟翁韻』。花菴詞選作『感興』。　〔塵勞〕四卷本作『塵埃』。　〔東南坼〕四卷本作東南拆。　〔緉成〕廣信書院本、花菴詞選及四卷本俱作『緉成』。王詔校刊本及四印齋本俱作『甫成』。　〔還記得句〕四卷本作『是夢與尋常行遍』。　〔人間〕廣信書院本、四卷本及花菴詞選並作『人間』，王詔校刊本、四印齋本俱改作『人生』。

【箋注】　〔能消句〕世說方正篇：『祖士少好財，阮遙集好屐，並恆自經營，同是一累而未判其得失。人有詣祖，見料視財物；或有詣阮，見自吹火蠟屐，因歎曰：「未知一生當著幾量屐。」神色閑暢。於是勝負始分。』　〔三十九年非〕淮南子原道訓：『蘧伯玉年五十而有四十九年非。』　〔吳楚二句〕杜甫登岳陽樓詩：『吳楚東南坼，乾坤

日夜浮。』〔英雄二句〕蜀志先主傳:『獻帝舅車騎將軍董承辭受帝衣帶中密詔,當誅曹公,先主未發,是時曹公從容謂先主曰:「今天下英雄,唯使君與操耳,本初之徒,不足數也。」先主方食,失匕箸。』〔樓觀句〕蘇軾送鄒戶曹詩:『樓成君已去,人事固多乖。』

【編年】淳熙五年(一一七八)。——右二詞均爲江行之作,且均與楊、周二人相唱和者,自必作於同時。楊濟翁詞集西樵語業中與稼軒唱和之作甚多,就其『寄辛潭州』『呈辛隆興』諸題考之,知其與稼軒之相識必甚早。據『塵勞三十九年非』句,二詞似當作於稼軒四十之年,但稼軒行踪唯於淳熙五年由大理少卿出領湖北漕時有溯江之行,外此則均往返於湖、贛之間,揚州非所路經,故二詞必淳熙五年所作。是年稼軒三十九歲。

南鄉子 舟行記夢

欹枕艣聲邊,貪聽咿啞聒醉眠。夢裏笙歌花底去;依然,翠袖盈盈在眼前。 別後兩眉尖。欲說還休夢已闌。只記埋冤前夜月,相看,不管人愁獨自圓。

【校】〔題〕四卷本甲集作『舟中記夢』。〔夢裏〕四卷本作『變作』。

南歌子

萬萬千千恨,前前後後山。傍人道我嬌兒寬。不道被他遮得、望伊難。 今夜江頭樹,船

兒繫那邊。知他熱後甚時眠？萬萬不成眠後，有誰扇？

【箋注】〔萬萬不成眠後〕『後』爲語助詞，與『啊』同。意卽『萬一睡不着啊』。

西江月　江行采石岸，戲作漁父詞。

千丈懸崖削翠，一川落日鎔金。白鷗來往本無心，選甚風波一任。　別浦魚肥堪鱠，前村酒美重斟。千年往事已沉沉，閒管興亡則甚？

【校】〔題〕四卷本甲集作『漁父詞』。

【箋注】〔采石〕在今安徽當塗縣西北，爲江流最狹之地。歷代南北征戰，多於此渡江。後漢興平二年孫策渡江攻劉繇，晉咸寧五年王渾帥師取吳，梁太清二年侯景渡江趨建康，隋開皇九年韓擒虎濟師破陳，宋開寶七年曹彬渡江取南唐，紹興三十一年虞允文邀擊金主亮南犯之師，均在此地。據『千年往事』等語，蓋稼軒舟行至此，觸目興感，因賦此詞也。　〔選甚句〕詩話總龜卷三，志氣門引李元文雲齋廣錄云：『唐子方謫官，渡淮，至中流，風作，舟欲覆，作詩曰：「聖宋非狂楚，清淮異汨羅。平生使忠信，今日任風波。」』　〔閒管句〕蘇軾將軍樹詩：『不會人間閒草木，豫人何事管興亡？』『則甚』卽『做甚』。

【編年】繫淳熙五年（一一七八）。——右三詞均見四卷本甲集，甲集刊成於淳熙十四年，該年以前江行之可考者，唯淳熙五年之出領湖北漕一舉，因彙錄於此。

破陣子　為范南伯壽。時南伯為張南軒辟宰盧溪，南伯遲遲未行，因作此詞勉之。

擲地劉郎玉斗，挂帆西子扁舟。千古風流今在此，萬里功名莫放休。君王三百州。

燕雀豈知鴻鵠，貂蟬元出兜鍪。却笑盧溪如斗大，肯把牛刀試手不？壽君雙玉甌。

【校】〔題〕四卷本丁集「盧溪」作「邏溪」。「作此詞勉之」作「賦此詞勉之」。

【箋注】〔張南軒〕宋史張栻傳：『張栻字敬夫，丞相浚子也。……知靜江府，經略安撫廣南西路。孝宗閒栻治行，詔特進秩，知寶文閣修撰，荊湖北路轉運副使，改知江陵府，安撫本路。』按：南軒，張氏自號也。

〔盧溪〕縣名，宋屬辰州，隸荊湖北路。

〔擲地句〕史記項羽本紀：『沛公且從百餘騎來見項王，至鴻門。……項王即日因留沛公與飲。亞父者，范增也，數目項王，舉所佩玉玦以示之者三，項王默然不應。……坐須臾，沛公起如廁，於是遂去，乃令張良入謝曰：「沛公不勝桮杓，不能辭，謹使臣良奉白璧一雙，再拜獻大王足下；玉斗一雙，再拜奉大將軍足下。」……亞父受玉斗置之地，拔劍撞而破之，曰：「唉，豎子不足與謀！奪項王天下者必沛公也，吾屬今為之虜矣。」』

〔挂帆句〕春秋時，越之諸暨有苧羅山若耶溪，旁有東施家、西施家。西施色美，范蠡獻之吳王。其後吳滅，蠡復取西施乘扁舟遊五湖而不返。

〔貂蟬句〕南齊書周盤龍傳：『出為持節都督兗州緣淮諸軍事，……』

〔燕雀句〕史記陳涉世家：『陳涉少時，嘗與人傭耕，輟耕之壟上，悵恨久之，曰：「苟富貴，無相忘。」傭者笑而應曰：「若為傭耕，何富貴也！」陳涉太息曰：「嗟乎，燕雀安知鴻鵠之志哉！」』

平北將軍、兗州刺史，進爵侯，加領東平太守。……盤龍表年老才弱，不可鎮邊，求解職；見許，還為散騎常侍、光

祿大夫。世祖戲之曰：『卿著貂蟬，何如兜鍪？』盤龍曰：『此貂蟬從兜鍪中出耳。』按：兜鍪即盔，戰時所著之冠。貂蟬爲侍從貴臣所著冠上之飾，其制爲冠上加黃金璫，附蟬爲飾，並插以貂尾也。　〔如斗大〕南史宗慤傳：『慤爲豫州，典簽多所違執，慤怒曰：「我年六十，得一州如斗大，不能復與典簽共論之。」』　〔牛刀〕論語陽貨篇：『子之武城，聞弦歌之聲，夫子莞爾而笑曰：「割雞焉用牛刀！」』

【編年】淳熙五年（一一七八）。——據朱文公文集張敬夫神道碑，張氏於淳熙五年閏五月自靜江移帥荆湖北路，稼軒亦於是年出爲湖北漕副，此詞當爲已至湖北後所作。

臨江仙　爲岳母壽

住世都知菩薩行，仙家風骨精神。壽如山岳福如雲。金花湯沐誥，竹馬綺羅羣。　更願昇平添喜事，大家禱祝殷勤。明年此地慶佳辰。一杯千歲酒，重拜太夫人。

【校】〔都知〕四卷本乙集作『都無』。　〔綺羅羣〕廣信書院本及四卷本並作『綺羅鞶』。王詔校刊本及四印齋本俱改作『綺羅裙』。

【箋注】〔金花句〕宋敏求春明退朝錄卷中：『凡官誥之制，……郡夫人常使金花羅紙七張，法錦褾袋。』漢書外戚傳：『鄧皇后新野君湯沐邑萬戶。』顏師古注云：『凡言湯沐邑者，謂以其賦稅供湯沐之具也。』漫塘文集卷三十四，故公安范大夫及夫人張氏行述：『夫人張氏，家鉅鹿，少以同郡結姻，稟資孝敬。姑趙夫人，皇叔士經女，貴重，夫人事之惟謹，甚暑不敢挾扇。有以姑命至，必拱立而聽。』按：稼軒岳母爲皇叔士經之女，則此句之意，

蓋謂其旣享高壽，且將有封賞也。

蘇軾送程建用詩：『會看金花詔，湯沐奉朝請。』

【編年】至晚當在淳熙五年（一一七八）。——據『明年此地』句，知此詞非遠地寄奉者。稼軒岳家寓居鎭江，在淳熙六年以前，稼軒曾數度居官臨安，其時或有可能至鎭江爲岳母祝壽；非然者則是范南伯宰公安時，奉母以行，於時稼軒將漕湖北，公安適在部封之內，因得就近賦詞以賀。淳熙六年之後，稼軒宦游湘贛，無緣再得至其岳家矣。

摸魚兒

淳熙已亥，自湖北漕移湖南，同官王正之置酒小山亭，爲賦。

更能消、幾番風雨，匆匆春又歸去。惜春長怕花開早，何況落紅無數。春且住。見說道、天涯芳草無歸路。怨春不語。算只有殷勤，畫簷蛛網，盡日惹飛絮。　　長門事，準擬佳期又誤。蛾眉曾有人妬。千金縱買相如賦，脈脈此情誰訴？君莫舞。君不見、玉環飛燕皆塵土！閒愁最苦。休去倚危欄，斜陽正在，煙柳斷腸處。

【校】　〔題〕花菴詞選作『暮春』。草堂詩餘作『春晚』。絕妙好詞無題。　〔長怕〕四卷本甲集及陽春白雪卷三並作『長恨』。　〔無歸路〕四卷本作『迷歸路』。　〔縱買〕陽春白雪作『莫買』。　〔長門〕四卷本陽春白雪作『難訴』。　〔危欄〕四卷本作『危樓』。

【箋注】　〔小山亭〕輿地紀勝荊湖北路鄂州：『紹興二年復置荊湖北路轉運副使，治鄂州。有副使、判官東西二衙。』又：『小山在東漕衙之乖崖堂。』　〔更能消句〕消爲禁意，言經不起再有幾番風雨也。　〔長門〕昭明文選

長門賦序：『孝武皇帝陳皇后，時得幸，頗妒，別在長門宮，愁悶悲思，聞蜀郡成都司馬相如天下工爲文，奉黃金百斤，爲相如、文君取酒，因于解悲愁之辭。而相如爲文以悟主上，皇后復得幸。』〔蛾眉句〕離騷：『衆女嫉予之蛾眉兮，謠諑謂予以善淫。』〔玉環〕新唐書后妃傳：『玄宗貴妃楊氏，號太眞，得幸。善歌舞，邃曉音律，且智筭警穎，迎意輒悟，帝大悅，遂專房宴。宮中號娘子，儀體與皇后等。天寶初，進冊貴妃。安祿山反，以誅國忠爲名，且指言妃及諸姨罪。及西幸至馬嵬，陳玄禮等以天下計誅國忠，已死，軍不解，帝遣力士問故，曰：「禍本尙在。」帝不得已，與妃訣，引而去，縊路祠下。』按：〔玉環〕賓妃小字，見太眞外傳。　〔飛燕〕漢書外戚列傳…『孝成趙皇后，本長安宮人，學歌舞，號曰飛燕。成帝嘗微行出過陽阿主作樂，見飛燕而說之，召入宮，大幸。有女弟復召入，俱爲倢伃。』姊弟顓寵十餘年卒。」〔皆塵土〕趙飛燕外傳附伶玄自敍：「伶玄字子于，潞水人，學無不通。……哀帝時，子于老休，買妾樊通德，有才色，知書，頗能言趙飛燕姊弟故事。子于閑居命言，厭厭不倦。子于語通德曰：「斯人俱灰滅矣！當時疲精力馳騖嗜欲蠱惑之事，寧知終歸荒野草乎！」通德占袖顧際燭影，……悽然泣下，不勝其悲，子于亦然。通德奏子于曰：「……婢子所道趙后姊弟事，盛之至也。」主君悵然有荒田野草之悲，哀之至也。　婢子拊形屬影，識夫盛之不可留，衰之不可推，俄然相緣奄忽，雖婕好聞此，不少遭乎？幸主著其傳。」〕

【附錄一】

摸魚兒　和辛幼安韻

　　　　趙無咎善括和章（見應齋雜著）

喜連宵四郊春雨，紛紛一陣紅去。東君不愛閒桃李，春色尙餘分數。雲影佳。任繡勒香輪且阻尋芳路。農家

相語：漸南歃浮靑，西江漲綠，芳沼點萍絮。 西成事，端的今年不誤。 從他蝶恨蜂妬，鶯啼也怨春多雨，不

解與春分訴。 新燕舞。 猶記得雕梁舊日空巢土。 天涯勞苦。 望故國江山，東風吹淚，渺渺在何處。

【附錄二】

鶴林玉露卷四，辛幼安詞：『辛幼安晚春詞云：「更能消、幾番風雨，……」（按…所載詞句與四卷本全同）詞意殊怨。 斜陽煙柳之句，其與「休須愁日暮，天際乍輕陰」者異矣。 使在漢唐時，寧不買種豆種桃之禍哉。 愚聞壽皇見此詞頗不悅，然終不加罪，可謂盛德也已。』

【附錄三】

謝疊山注解唐詩選卷二，李涉春晚游鶴林寺詩注云：『此詩有愛惜人才之意。……辛稼軒中年被劾凡一十六章，不堪醜詆，遂賦摸魚兒云：「更能消、幾番風雨，匆匆春又歸去。 惜春長怕花開早，何況亂紅無數。」正得此詩遺意。』

按…謝說非也。 稼軒於淳熙己亥之前，宦游各地，雖大都未能久於其任，而其遷轉更調則非遭人彈劾所致。 追淳熙八年之後方屢爲言路所論列。 此詞題中旣已明著作年，知與被劾事毫無干涉。

【編年】 淳熙六年（一一七九）。

水調歌頭 淳熙己亥，自湖北漕移湖南，周總領、王漕、趙守置酒南樓，席上留別。

折盡武昌柳，挂席上瀟湘。 二年魚鳥江上，笑我往來忙。 富貴何時休問，離別中年堪恨，

憔悴鬢成霜。絲竹陶寫耳，急羽且飛觴。 序蘭亭，歌赤壁，繡衣香。 使君千騎鼓吹，風采漢侯王。 莫把離歌頻唱，可惜南樓佳處，風月已淒涼。 『在家貧亦好』，此語試平章。

【校】〔題〕四卷本甲集無『淳熙己亥』四字，『總』上脫『周』字，『王』字下脫『漕』字。 〔離歌〕四卷本作『驪駒』。

【箋注】〔周總領〕宋會要九一冊職官門遣使類，有淳熙四年三月十五日命度支員外郎周嗣武往四川總領所點檢驅磨五年內錢物收支記事一則；又一〇一冊職官門翻降官九，有淳熙六年九月二十七日總領周嗣武、漕臣陳延年劾罷知鄂州趙善括之記事一則。 參合兩事觀之，知周總領必即周嗣武。 八閩通志卷六十四，建寧府人物：『周嗣武字功甫，浦城人，因之孫。 祖蔭補官，知臨川縣，賑濟有方，催科不急。 赴闕奏利民三事，擢主管官告院，除太府丞，提舉江西常平事。 江西民輸役錢，官司規其羨，變省陌爲足陌，嗣武奏復舊。 改湖北提刑，以平蠻嵠功進直敷文閣。 召對，除度支郎官，命使蜀稽考財計，奏乞停成都、瀘川兩路科買一年，以寬民力，又奏蠲興元茶息錢引二十萬。 入對，除太府少卿，湖廣總領。 召爲戶部侍郎，尋卒。』 〔王漕〕據前闋摸魚兒題中『同官王正之』一語，知王漕即王正己。 〔趙守〕宋會要一〇一冊翻降官九。『淳熙六年九月二十七日知鄂州趙善括放罷。 以總領周嗣武、漕臣陳延年言趙善括增起稅務課額至十倍，多添民間實地錢，強令拍戶沽買私酒，白納利錢，侵都統司課額故也。』又，趙善括應齋雜著有和稼軒之摸魚兒一闋，知此趙守即趙善括。 楊萬里誠齋集卷八三應齋雜著序：『淳熙季年，孝宗皇帝一日御垂拱殿顧見廷臣，天顏怡愉，因問左右：「宗子在廷者爲誰，凡若干人？」皆謹對曰：「無之。」……而應齋居士趙無咎是時方高臥南州，狎東湖之鷗，弄西山之雲，遠追徐孺，近訪山谷，賦詩把酒，與一世相忘，訖不求諸公之舉，而諸公亦無求無咎者。……予自乾道辛卯在朝

列，時無咎爲蘇州別駕，已聞其名。後十八年予再補外，過豫章，始識之。至其家，見門巷蕭然，槐柳蔚然，知

其爲幽人高士之廬也，而其人老矣。……無咎譁善括，嘗知鄂州，終官朝請大夫。撥煩決疑，所至名跡焯焯

云。〔南樓〕輿地紀勝荊湖北路鄂州景物上：『南樓，在郡治正南黃鵠山頂，後改爲白雲閣。元祐間知州方澤

重建，復舊名。』〔二年句〕蘇軾常潤道中有懷錢塘寄述古：『二年魚鳥渾相識，三月鶯花付與公。』〔富貴句〕

楊憚報孫會宗書：『人生行樂耳，須富貴何時。』〔離別句〕世說新語言語篇：『謝太傅語王右軍曰：「中年傷於

哀樂，與親友別輒作數日惡。」王曰：「年在桑榆，自然至此。正賴絲竹陶寫。」』〔序蘭亭〕晉王羲之有蘭亭序，

作於永和九年之上巳日。〔歌赤壁〕蘇軾有赤壁賦二篇，又有赤壁懷古之念奴嬌一闋。按：赤壁爲周瑜大破

曹操大軍處，其地在今湖北嘉魚縣東北江濱。今武昌縣東南有地曰赤磯，亦名赤壁。〔使君二句〕漢樂府相和歌，羅

衣直指官，衣繡衣，持斧，分部逐捕盜賊。宋代各路之提點刑獄使卽其官也。〔繡衣〕漢武帝時置繡

敷自誇其夫壻之闊綽，有云：『東方千餘騎，夫壻居上頭。』〔可惜二句〕世說新語容止篇：『庾太尉在武昌，秋

夜，氣佳景清，使吏殷浩、王胡之徒，登南樓理詠。音調始遒，聞函道中有屐聲甚厲，定是庾公。俄而率左右

十許人步來，諸賢欲起避之，公徐云：「諸君少佳，老子於此處興復不淺。」因便據胡床與諸人詠謔竟坐，甚得任

樂。』〔在家句〕唐戎昱中秋感懷詩：『遠客歸去來，在家貧亦好。』

【編年】淳熙六年（一一七九）。

滿江紅　賀主帥宣子『平』湖南『寇』

笳鼓歸來，舉鞭問、何如諸葛？人道是、匆匆五月，渡瀘深入。白羽風生貔虎譟，青溪路斷龍蛇泣。早紅塵、一騎落平岡，捷書急。　三萬卷，龍頭客。渾未得，文章力。把詩書馬上，笑驅鋒鏑。金印明年如斗大，貂蟬却自兜鍪出。待刻公、勳業到雲霄，語溪石。

【校】〔題〕四卷本甲集及花菴詞選題中均無『帥』字。　〔人道是〕陽春白雪外集作『人盡道』。　〔白羽風生〕四卷本、花菴詞選及陽春白雪並同。廣信書院本『羽』誤『虎』，王詔校刊及四印齋本『風生』俱作『生風』。　〔貔虎譟〕花菴詞選及陽春白雪並作『貔虎嘯』。　〔貔題〕四卷本、花菴詞選及陽春白雪並作『猊韜』。　〔平岡〕花菴詞選作『平崗』。　〔龍頭〕四卷本作『龍韜』。　〔待刻〕陽春白雪作『待勒』。　〔到雲霄〕花菴詞選『到』作『等』。　四卷本作『到口雲』。　陽春白雪作『上磨崖』。

【箋注】〔王宣子〕『平』〔湖南『寇』〕渭南文集卷三十四，尚書王公墓誌銘：『公諱佐，字宣子，會稽山陰人。……二十有一以南省高選奉廷對，爲第一。……徙知潭州，連進祕閣修撰、集英殿修撰。淳熙六年正月郴州宜章縣民陳峒竊發，俄破道州之江華，桂陽軍之藍山、臨武、連州之陽山縣。旬日有衆數千，郴、道、連、永、桂陽軍皆驚。公度不可待，而見將校無可用者，流人馮湛適在州，……郎日令湛自選潭州廂禁軍及忠義寨凡八百人，即教場督師遺行。……上奏以擅遺湛待罪，且請亟發荊鄂軍。……五月朔日詰旦分五路進兵。賊初詐降，實欲繕治寨柵陰阻以抗官軍。公得其情，督兵甚峻。及馳入隘口，賊果立寨柵，未及成，聞官軍至，狼狽出戰。既敗，又退失所憑，乃皆潰走。……湛逐誅陳峒，帥前來獻。已而李晞以下，誅獲無

六〇

遺。宥其脅從，發倉粟振旅安輯之。案功行賞，悉如初令。且上其事於朝，振旅而還。……一日，嘗語某曰：『畢中或謂僕以誅殺衆，故多難；不知僕爲人除害也。湖湘鄉者盜相踵，今遂掃迹者二十年。綿地數州，深山窮谷之氓得以滋息，而僕以一身當禍譴，萬萬無悔。』

〔笳鼓二句〕南史曹景宗傳：『天監五年魏中山王英游鍾離，圍徐州刺史昌義之，武帝詔景宗督衆軍援義之。……凱旋之後，景宗振旅凱入，帝於華光殿宴飲連句，僕射沈約賦韻，景宗不得韻，意色不平，啓求賦詩，帝曰：「卿伎能甚多，人才英拔，何必止在一詩？」景宗已醉，求作不已，詔令約賦韻，時韻已盡，唯餘競病二字，景宗便操筆，斯須而成。其辭曰：「去時兒女悲，歸來笳鼓競。借問行路人，何如霍去病？」帝歎不已。』

〔舉鞭句〕晉書山簡傳謂簡鎮襄陽，每出嬉遊，有兒童歌曰：『舉鞭問葛彊，何如并州兒？』彊家在并州，簡愛將也。

〔匆匆二句〕據王宜子墓誌及宋史孝宗本紀謂王氏之『討』陳峒，以五月朔日分五路進兵，同月乙亥『郴寇平。』是其事始末與諸葛亮渡瀘南征之時令正同。諸葛亮出師表：『受命以來，夙夜憂歎，恐託付不效，以傷先帝之明，故五月渡瀘，深入不毛。』

〔白羽句〕裴秀語林：『諸葛武侯乘素輿，葛巾白羽扇，指麾三軍。』蘇軾與歐育等六人飲酒詩：『苦戰知君便白羽，……引杯看劍坐生風。』

〔紅塵句〕杜牧過華清宮絕句：『一騎紅塵妃子笑，無人知是荔支來。』又，蘇軾詞江城子密州出獵：『錦帽貂裘，千騎卷平岡。』平岡義同平野，未知此處取義爲何。

〔青溪〕當是王氏行軍所經由之路，未詳所在。

〔齦齫〕齦齫通作狺，或作猙。宋人每用以侮辱其時之少數民族。如宋史蠻夷傳有云：『狺齦之性，便於跳梁。或以離陳相尋，或以饑饉所逼，長嘯而起。』

〔平岡〕荊州記：『長沙縣南十里，有平岡，岡有金井數百，淺者四五尺，深者不測。』

〔龍頭客〕梁顥及第詩：『也知年少登科好，爭奈龍頭屬老成。』按：王宜子於紹興十八年戊辰……未知

舉進士第一。〔渾未得二句〕劉禹錫詩：『一生不得文章力，百口空爲飽煖家。』〔詩書馬上〕史記陸賈傳：

『陸生時時前說稱詩書，高帝罵之曰：迺公居馬上而得之，安事詩書！』陸生曰：「居馬上得之，寧可以馬上治

之乎？」〔金印句〕見本卷西江月〈秀骨青松不老鬪〉箋注。〔貂蟬句〕見本卷破陣子〈擲地劉郎玉斗鬪〉箋

注。〔浯溪石〕元結浯溪銘序：『溪在湘水之南，北匯於湘。愛其勝異，遂家溪畔，命曰浯溪。』又，元結大唐中興

頌：『湘江東西，中直浯溪，石崖天齊。可磨可鑴，刊此頌焉，可千萬年。』按：浯溪在今湖南祁陽縣西南五里。

【附錄】齊東野語卷七，王宣子『平「賊」』條

王宣子帥長沙日，『茶賊』陳豐聚衆數千人，出沒旁郡。朝廷命宣子討之。時馮太尉湜謫居在焉，宣子乃檄宜

用之。諜知『賊』巢所在，乘日晡放飯少休時，遣亡命卒三十人持短兵以前，湜自率五百人繼其後，徑入山寨。

豐方抱孫獨坐，其徒皆無在者，卒親官軍，錯愕不知所爲，亟鳴金嘯集，已無及矣。於是成擒，餘黨亦多就捕。

宜子乃以湛功聞於朝，於是湛以勞復元官，宜子增秩。辛幼安以詞賀之，有云：『三萬卷，龍頭客，渾未得，文章

力。把詩書馬上，笑驅鋒鏑。金印明年如斗大，貂蟬元自兜鍪出。』宜子得之，疑爲諷已，意頗銜之。殊不知陳

後山亦嘗用此語送蘇尙書知定州云：『枉讀平生三萬卷，貂蟬當復作兜鍪。』幼安正用此。然宜子尹京之時，嘗

有書與執政云：『佐本書生，歷官處自有本末，未嘗得罪於清議。今乃蒙置諸士大夫所不可爲之地，而與數君

子接踵而進，除目一傳，天下士人視佐爲何等類？終身之累，孰大於此！』是亦宜子之本心耳。

【編年】淳熙六年（一一七九）。

按：郴縣起事民軍首領各史傳均作陳峒，野語作陳豐，誤。

賀新郎

柳暗淩波路。送春歸、猛風暴雨，一番新綠。千里瀟湘葡萄漲，人解扁舟欲去。又檣燕、

留人相語。艇子飛來生塵步，唾花寒、唱我新番句。波似箭，催鳴櫓。　黃陵祠下山無

數。聽湘娥、泠泠曲罷，爲誰情苦。行到東吳春已暮，正江闊潮平穩渡。望金雀、觚稜翔

舞。前度劉郎今重到，問玄都、千樹花存否。愁爲倩，么絃訴。

【校】〔淩波〕四卷本乙集作『清波』。

【箋注】〔淩波、生塵〕曹植洛神賦：『淩波微步，羅襪生塵。』〔葡萄漲〕李白襄陽歌：『遙看漢水鴨頭綠，恰似葡

萄初醱醅。』蘇軾武昌西山詩：『春江綠漲葡萄醅，武昌官柳知誰栽。』〔檣燕句〕杜甫發潭州詩：『岸花飛送客，

檣燕語留人。』〔黃陵祠〕水經注湘水篠：『黃陵水上承大湖，湖水西流，逕二妃廟南，世謂之黃陵廟。』昔舜之

陟方也，二妃從征，溺於湘江，……故民爲立祠於水側。』按：黃陵山在今湖南湘潭縣北四十五里。　〔望金雀

句〕班固西都賦：『周廬千列，徼道綺錯，鑾路經營，修途飛閣。……設璧門之鳳闕，上觚稜而棲金爵。』文選五臣

注：『鳳闕，闕名也。　南有璧門。　觚稜，闕角也。　角上樓金爵，金爵，鳳也。』〔前度二句〕見本卷新荷葉（人已

歸來闋）箋注。　〔么絃〕唐詩紀事卷：『劉夢得曰：詩僧多出江右，么絃孤韻，瞥入人耳，非大音之樂。』按：么

絃，第四絃也。六一詞千秋歲：『莫把絲絃撥，怨極絃能說。』

【編年】淳熙七年（一一八○）。──玩詞中語意，當是在長沙時送人歸臨安之作。

滿江紅　暮春

可恨東君，把春去、春來無迹。便過眼、等閒輸了，三分之一。晝永暖翻紅杏雨，風晴扶起垂楊力。更天涯、芳草最關情，烘殘日。　湘浦岸，南塘驛。恨不盡，愁如織。算年年辜負，對他寒食。便恁歸來能幾許，風流早已非疇昔。憑畫欄、一線數飛鴻，沉空碧。

【校】（如織）四卷本甲集作『如積』。　（辜負）四卷本作『孤負』。　（早已）四卷本作『已自』。

【箋注】（南塘驛）未詳。

【編年】淳熙七年（一一八○）。──據『湘浦』句，知右詞必作於長沙。

阮郎歸　耒陽道中為張處父推官賦

山前燈火欲黃昏。山頭來去雲。鷓鴣聲裏數家村。瀟湘逢故人。　揮羽扇，整綸巾。少年鞍馬塵。如今憔悴賦招魂。儒冠多誤身。

【校】（題）四卷本甲集作『耒陽道中』。　（燈火）四卷本作『風雨』。

【箋注】（耒陽）縣名，宋屬衡州，隸荊湖南路。　（張處父）未詳。　（瀟湘句）梁柳惲江南曲：『汀洲採白蘋，日

落江南春。洞庭有歸客，瀟湘逢故人。……』　【羽扇綸巾】三才圖會：『諸葛武侯嘗服綸巾，執羽扇，指揮軍事。』　【招魂】楚辭篇名。　【儒冠句】杜甫贈韋左丞丈：『紈袴不餓死，儒冠多誤身。』

【編年】淳熙六年或七年（一一七九或一一八〇）。——稼軒於淳熙六年領湖南漕事，尋改湖南安撫使。此詞當是因按視州郡時忽逢故人張氏而作，其爲六年抑七年，則莫得確知。

霜天曉角

暮山層碧。掠岸西風急。一葉軟紅深處，應不是、利名客。　玉人還佇立。綠窗生怨泣。萬里衡陽歸恨，先倩雁、寄消息。

【箋注】【衡陽】縣名，宋屬衡州，即今湖南衡陽市。其地有回雁峯。

【編年】淳熙六年或七年（一一七九或一一八〇）。——據詞中『衡陽歸恨』句，知作於居官湖南時。因次於此。

減字木蘭花

長沙道中，壁上有婦人題字，若有恨者，用其意爲賦。

盈盈淚眼。往日青樓天樣遠。秋月春花。輪與尋常姊妹家。　水村山驛。日暮行雲無氣力。錦字偷裁。立盡西風雁不來。

【校】【題】四卷本甲集作『記壁間題』。

【箋注】【青樓】曹植美女篇:『借問女何居,乃在城南端。青樓臨大路,高門結重關。』

【編年】淳熙六年或七年(一一七九或一一八○)。

滿庭芳 和洪丞相景伯韻

傾國無媒,入宮見妒,古來顰損蛾眉。看公如月,光彩衆星稀。袖手高山流水,聽羣蛙、鼓吹荒池。文章手,直須補袞,藻火粲宗彝。 癡兒公事了,吳蠶纏繞,自吐餘絲。幸一枝粗穩。三徑新治。且約湖邊風月,功名事、欲使誰知。都休問,英雄千古,荒草沒殘碑。

【校】【題】四卷本丙集作『和洪景伯丞相韻』。

【箋注】【洪景伯】宋史洪适傳:『适字景伯,皓長子也。……皓使朔方,适年甫十三,能任家事。紹興十二年與弟遵同中博學宏詞科。……後三年,弟邁亦中是選。由是三洪文名滿天下。……乾道元年十二月拜尚書右僕射,同中書門下平章事、兼樞密使。未幾春霖,适引咎乞退,林安宅抗疏論适,既而臺臣復合奏。三月,除觀文殿學士,提舉江州太平興國宮,尋起知紹興府、浙東安撫使,再奉祠。淳熙十一年薨,年六十八。諡文惠。适以文學閑望,遭時遇主,自兩制一月入政府,又四閱月居相位,又三月罷政。然無大建明,以究其學。家居十有六年,兄弟鼎立,子孫森然,以著述吟詠自樂。近世備福,鮮有及之。』 【傾國句】韓愈詩:『誰爲傾國媒,自許連城價。』 【入宮二句】離騷:『衆女嫉余之蛾眉兮,謠諑謂余以善淫。』史記外戚世家:『傳曰「女無美惡,入室

見妬；士無賢不肖，入朝見嫉。美女多惡女之仇，豈不然哉。【看公二句】淮南子說林：「百星之明，不如一月之光。」【高山流水】列子湯問篇：「伯牙善鼓琴，鍾子期善聽琴。峨兮若泰山，志在流水，鍾子期曰：『善哉，洋洋兮若江河。』【聽聾蛙句】南齊書孔稚珪傳：『孔稚珪字德璋，會稽山陰人也。……不樂世務，居宅盛營山水，憑几獨酌，傍無雜事，門庭之內，草萊不剪，中有蛙鳴，或問之曰：「欲爲陳蕃乎？」稚珪笑曰：『我以此當兩部鼓吹，何必期效仲舉。』」【補袞】詩大雅烝民：「袞職有闕，維仲山甫補之。』【藻火句】尚書益稷：『予欲觀古人之象：日月星辰，山龍華蟲，作會；宗彝藻火，粉米黼黻絺繡，以五采彰施于五色，作服。』【凝兒句】晉書傅咸傳：『楊駿弟濟素與咸善，與咸書：「天下大器，未可稍了，而相觀每事欲了。生子癡，了官事，官事未易了也。」』【吳蜀二句】意謂洪氏雖躋相位，而經綸未究，自當於閒退時別抒所蘊也。〔一枝〕莊子逍遙游：『許由曰：「鷦鷯巢於深林，不過一枝。」』【三徑】陶淵明歸去來辭：『三徑就荒，松菊猶存。』

【附錄】洪景伯（适）原唱二首（見盤洲文集卷八十）

滿庭芳　辛丑春日作

華髮蒼顏，年年更變，白雪輕犯雙眉。　六旬過四，七十古來稀。　間柳零花興爛，扛筇杖，閒遶園池。　尊中有，青州從事，無意喚瓊蕤。　　人生何處樂？　模臺院落，吹竹彈絲。　奈壯懷銷鑠，病覺醫治。　漫道游魚聽瑟，絃絲綺，山水誰知。　盤洲怨，盟鷗間闊，瘞鶴立新碑。

又　景盧有南昌之行，用韻惜別，兼簡司馬漢章。

卷一　江、淮、兩湖之什

雨洗花林，春回柳岸，窗間列岫橫眉。老來光景，生怕聚談希。何事扁舟西去，收杖屨，契闊魚池。流觴近，詩筒屢歇，爲用虎文羲。　良辰懷舊事，海棠花下，笑摘垂絲。歎五年一別，萬病難治。幾處繡衣塵跡，歌舞地，鳥鵲會知。君今去，珠簾暮捲，山雨拂崇碑。（漢章作山雨樓，景盧爲之記。）

又

和洪丞相景伯韻，呈景盧內翰。

急管哀絃，長歌慢舞，連娟十樣宮眉。不堪紅紫，風雨曉來稀。誰將春色去？惟有楊花飛絮，依舊是、萍滿方池。酴醾在，青虬快剪，插遍古銅彝。　夢裏尋春不見，空腸斷，怎得春知？休悵恨，一觴一詠，絃斷朱絲。恨牡丹多病，也費醫治。

【校】（題）四卷本甲集作『和洪丞相韻，呈景盧舍人』。（曉來稀）廣信書院本作『曉稀稀』，茲從四卷本。　（方池）廣信書院本作『方池』，餘本皆作『芳池』。　（朱絲）王詔校刊本及四印齋本俱誤『蛛絲』。　（腸斷）王詔校刊本及四印齋本俱作『斷腸』。

【箋注】（景盧內翰）宋史洪邁傳：『邁字景盧。』皓季子也。……乾道二年復知吉州，入對，遂除起居舍人。……三年，遷起居郎，拜中書舍人，兼侍讀，直學士院，仍參史事。父忠宣，兄适、遵皆歷此三職，邁又踵之。……六年除知贛州，……尋知建寧府。……進龍圖閣學士。尋以端明殿學士致仕，是歲卒，年八十。贈光祿大夫，謚文敏。邁兄弟皆以文章取盛名，躋貴顯，邁尤以博洽受知，孝宗謂其文備衆體。邁考閱典故，漁獵經史，極鬼神事物之變。……』（急管句）鮑照白紵歌：『古稱淥水今白紵，催絃急管爲君舞。』（長歌慢舞）白居易長恨

歌：『綾歌慢舞凝絲竹，盡日君王看不足。』〔連娟〕宋玉神女賦：『眉聯娟以蛾揚兮，朱脣的其若丹。』〔十樣宮眉〕海錄碎事：『唐明皇令畫工畫十眉圖，一曰鴛鴦眉，二曰小山眉，三曰五嶽眉，四曰三峰眉，五曰垂珠眉，六曰月稜眉，七曰分稍眉，八曰涵烟眉，九曰拂雲眉，十曰倒暈眉。』〔楊花二句〕蘇軾水龍吟次韻章質夫楊花詞：『曉來雨過，遺蹤何在？一池萍碎。』自注云：『楊花落水爲浮萍，驗之信然。』〔鸞膠〕漢武外傳：『西海獻鸞膠，武帝弦斷，以膠續之，弦兩頭遂相著，終日射不斷。帝大悅，名續弦膠。』〔一觴二句〕王右軍蘭亭序：『一觴一詠，亦足以暢叙幽情。』

又　游豫章東湖再用韻

柳外尋春，花邊得句，怪公喜氣軒眉。陽春白雪，清唱古今稀。曾是金鑾舊客，記鳳凰、獨遶天池。揮毫罷，天顏有喜，催賜尚方彝。公在詞披嘗拜尚方寶彝之賜。只今江海上，鈞天夢覺，清淚如絲。算除非，痛把酒療花治。明日五湖佳興，扁舟去、一笑誰知。溪堂好，且拼一醉，倚杖讀韓碑。堂記公所製。

【校】〔題〕四卷本甲集無題。永樂大典卷二二六六湖字韻引作『遊東湖』。〔尚方〕四卷本作『上方』。〔注〕『寶彝』四卷本作『寶鼎』，永樂大典湖字韻同。〔江海上〕廣信書院本作『江遠上』，王詔校刊本及四印齋本作『江山遠』，茲從四卷本及永樂大典。

【箋注】〔豫章東湖〕輿地紀勝:『洪州,春秋戰國時屬楚,秦屬九江郡,漢高帝始置豫章郡。東湖在郡治東南,

周廣五里。』唐書地理志:『南昌縣南有東湖,元和三年刺史韋丹開南塘斗門以節江水。』〔陽春白雪〕宋玉對

楚王問:『客有歌於郢中者,其始曰下里巴人,國中屬而和者數十人;……其為陽阿薤露,國中屬而和者數百人;…

其為陽春白雪,國中屬而和者不過數十人。……其曲彌高,其和彌寡。』〔金鑾舊客〕文獻通考學士院:『故事:

學士掌內庭書詔,指揮邊事,曉達機謀,天子機事密命在焉,蓋防纖微間或漏省中語。故學

士院常在金鑾殿側。……前朝因金鑾坡以為門名,與翰林院相接,故為學士者稱金鑾以美之。』容齋隨筆卷

十六,『兄道西垣條:『紹興二十九年,予仲兄始入西省,至隆興二年伯兄繼之,乾道三年予又繼之,相距九歲。

予作謝表云:「父子相承,四上鑾坡之直;弟兄在望,三陪鳳閣之游。」』〔鳳凰遶天池〕天池謂禁苑中之池

沼,亦稱鳳池或鳳凰池。文獻通考中書省:『魏、晉以來中書監令掌贊詔命,記會時事,典作文書。以其地在樞

近,多承寵任,是以人因其位謂之鳳凰池焉。』〔五湖〕見本卷破陣子〔擲地劉郎玉斗閒〕箋注。〔溪堂、韓碑〕

韓愈有鄆州溪堂詩,詩前有長序,記溪堂修建因由,當時即將此詩刻石于鄆州。此處蓋以指司馬漢章之

山雨樓及洪景盧之山雨樓記。〔堂記公所製〕據詞中語句及自注,知稼軒此注次之遊東湖,蓋與洪景盧偕往。

洪景伯原唱自注謂『司馬漢章作山雨樓,景盧為之記』,稼軒此注當亦指此。予嘗以此注為指洪景盧所作之

稼軒記而言,蓋誤。稼軒上饒居第之經始,疑當稍晚於此時,且當洪景盧初抵豫章之日,亦不容於匆遽間又為

就稼軒記也。

【編年】淳熙八年(一一八一)春。——右滿庭芳三首,據洪景伯原唱題中語,知均作於淳熙八年春季。宋會

要一○一游職官門翻降官九，於淳熙七年五月載洪邁以求瓊花故而罷知建寧府事，其後當即家居鄱陽。八年春間有南昌之行，景伯賦詞餞送，稼軒因亦用韻而相與酬答。據景伯詞中『流觴近』句，其抵南昌時節當在上巳左右也。

滿江紅　席間和洪景盧舍人，兼簡司馬漢章大監。

天與文章，看萬斛、龍文筆力。聞道是：一詩曾換，千金顏色。欲說又休新意思，強啼偷笑真消息。算人人、合與共乘鸞，蠻坡客。

舊錦，衫裁新碧。鴛蝶一春花裏活，可堪風雨飄紅白。問誰家、却有燕歸梁，香泥濕。

【校】〔題〕四卷本甲集無『景盧』及『大監』四字。〔曾換〕四卷本作『曾賜』。〔乘鸞〕異聞錄：『開元中明皇與申天師遊月中，見縈娥十餘人，皓衣乘白鸞，笑舞於廣庭大桂樹下，樂音嘈雜清麗，明皇歸製霓裳羽衣曲。』

【箋注】〔萬斛句〕韓愈病中贈張籍詩：『龍文百斛鼎，筆力可獨扛。』〔傾國二句〕漢書外戚傳：『李延年性知音，善歌舞。武帝愛之，嘗侍上，起舞而歌曰：北方有佳人，絕世而獨立。一顧傾人城，再顧傾人國。寧不知傾城與傾國，佳人難再得。』〔問誰家二句〕據洪景伯送景盧往南昌之滿庭芳自注，司馬漢章其時已作山雨樓』二句云云，蓋即指山雨樓而言。

【編年】淳熙八年（一一八一）。——據洪文敏公年譜，自淳熙二年至七年，景盧均在建寧守任，知稼軒前此兩次官江西時均無緣與之相值，此詞當亦八年所賦。

賀新郎 賦滕王閣

高閣臨江渚。訪層城、空餘舊迹，黯然懷古。畫棟珠簾當日事，不見朝雲暮雨。但遺意、

西山南浦。天宇修眉浮新綠，映悠悠潭影長如故。空有恨，奈何許。 王郎健筆誇翹

楚。到如今、落霞孤鶩，競傳佳句。物換星移知幾度，夢想珠歌翠舞。為徙倚闌干凝竚。

目斷平蕪蒼波晚，快江風、一瞬澄襟暑。誰共飲，有詩侶。

【校】〔題〕四卷本丁集無題。

【箋注】〔滕王閣〕輿地紀勝：『滕王閣在南昌郡城之西，唐高祖之子滕王元嬰所建也。』夾以二亭，南曰壓江，北曰挹秀。』

〔高閣句〕王勃滕王閣詩：『滕王高閣臨江渚，佩玉鳴鸞罷歌舞。畫棟朝飛南浦雲，珠簾暮捲西山

雨。閒雲潭影日悠悠，物換星移幾度秋。閣中帝子今何在？檻外長江空自流。』〔天宇句〕韓愈詩：『天宇浮

修眉。』〔奈何許〕『許』字為語助詞。 〔王郎句〕新唐書王勃傳：『勃過鍾陵，九月九日，都督大宴滕王閣，宿

命其婿作序，以夸客；因出紙筆遍請，客莫敢當，至勃，抗然不辭。都督怒，起更衣，遣吏伺其文輒報，一再報，

語益奇，乃瞿然曰：「天才也。」』撝言：『閣公以紙筆巡讓賓客，勃不辭讓。公大怒，拂衣而起，專令人伺其下筆。

第一報云：「南昌故郡，洪都新府。」公曰：「亦是老生常談。」又報云：「星分翼軫，地接衡廬。」公聞之，沉吟不言。

又云：「落霞與孤鶩齊飛，秋水共長天一色。」公瞿然而起曰：「此真天才，當垂不朽矣。」』

【編年】淳熙八年（一一八一）夏。——據『江風一瞬澄襟暑』句，知右詞必作於夏季。 稼軒首次帥江西，為時，

僅三月而被召，去職時尚在暮春，因知此詞作於第二次帥江西時。

木蘭花慢　席上送張仲固帥興元

漢中開漢業，問此地、是耶非？想劍指三秦，君王得意，一戰東歸。追亡事，今不見；但山川滿目淚沾衣。落日胡塵未斷，西風塞馬空肥。

一編書是帝王師。小試去征西。更草草離筵，匆匆去路，愁滿旌旗。君思我、回首處，正江涵秋影雁初飛。安得車輪四角，不堪帶減腰圍。

【校】（題）四卷本甲集『送』作『呈』。花菴詞選無『席上』二字。　（一編）廣信書院本作『一篇』，茲從四卷本及花菴詞選。

【箋注】（張仲固）京口耆舊傳：『張堅字仲固，郊恩補承務郎，再擢紹興甲戌進士第。……湯公鵬舉為御史中丞，薦為臺簿，父綱亦以耆德召，父子連舟東上，時以為榮。……除江南西路轉運判官，居一歲，興元擇其人，遂畀帥節。在興元教閱義士，勸課農桑，惟日孜孜，……民甚德之。而堅以勤瘁得疾。八月除戶部郎中、四川總領，視事甫旬日卒。』　（興元句）漢高祖因漢中以成帝業。　（三秦）史記高祖本紀：『項羽自立為西楚霸王……更立沛公為漢王，王巴、蜀、漢中，都南鄭。三分關中，立秦三將：章邯為雍王，都廢丘；司馬欣為塞

王,都櫟陽;董翳為翟王,都高奴。」〔追亡事〕史記淮陰侯列傳:『信數與蕭何語,何奇之。至南鄭,諸將行道亡者數十人,信度何等已數言上,上不我用。即亡。何聞信亡,不及以聞,自追之。人有言上曰:「丞相何亡。」上大怒,如失左右手。居一二日,何來謁上,上且怒且喜,罵何曰:「若亡何也?」何曰:「臣不敢亡也,臣追亡者。」上曰:「若所追者誰?」曰:「韓信也。」上復罵曰:「諸將亡者以十數,公無所追;追信,詐也。」何曰:「諸將易得耳,至如信者,國士無雙。王必欲長王漢中,無所事信;必欲爭天下,非信無所與計事者……』〔山川句〕唐李嶠汾陰行:『山川滿目淚沾衣,富貴榮華能幾時?不見祇今汾水上,惟有年年秋雁飛。』〔一編句〕史記留侯世家:『良嘗閒,從容步游下邳圯上,有一老父,出一編書,曰:「讀此,則為王者師矣。」且日,視其書,乃太公兵法也。』〔江涵句〕杜牧九日齊山登高詩:『江涵秋影雁初飛,與客攜壺上翠微。』〔軍輪四角〕唐盧仝古意詩:『君心莫淡薄,妾意正栖託。願得雙車輪,一夜生四角。』〔帶減圍〕杜甫傷秋詩:『懶慢頭時櫛,頹難帶減圍。』沈約與徐勉書:『老病百日,數圍革帶常應移孔,以手握臂,率計月小半分。』

【編年】淳熙八年(一一八一)——稼軒於淳熙八年帥江西,其時張仲固適任江西選判,至該年秋,張氏有興元除命,稼軒餞送,因賦此詞。

昭君怨 〔豫章寄張守定叟〕

長記瀟湘秋晚,歌舞橘洲人散。走馬月明中,折芙蓉。　今日西山南浦,畫棟珠簾雲雨。風景不爭多,奈愁何。

七四

【校】〔題〕四卷本甲集無『守』字。

【箋注】〔張定叟〕名杓，淡之次子。……宋史張杓傳：『杓字定叟。……知衢州，兄栻喪，請祠以營葬事。主管五局觀，遷湖北提舉常平。奏事，帝大喜，論輔臣曰：『張淡有子如此。』改浙西，督理荒政。蘇、湖二州皆闕守，命兼攝焉。……遷兩浙轉運判官，未幾以直徽猷閣升副使，改知臨安府。……杓天分高爽，吏材敏給，遇事不凝滯，多隨宜變通，所至以治辦稱。南渡以來論尹京者以杓爲首。』〔橘洲〕在湖南長沙縣西湘江中。方輿勝覽：『湘江中有四洲，曰：橘洲、直洲、督洲、白水洲。夏月水泛，惟此不沒。土多美橘，故名。』

【編年】：淳熙八年（一一八一）。——據詞中前章數語，知是稼軒第二次帥豫章時所作。

水調歌頭　和趙景明知縣韻

官事未易了，且向酒邊來。君如無我，問君懷抱向誰開？但放平生丘壑，莫管旁人嘲罵，深蟄要驚雷。白髮還自笑，何地置衰頹。

五車書，千石飲，百篇才。新詞未到，瓊瑰先夢滿吾懷。已過西風重九，且要黃花入手，詩與未關梅。君要花滿縣，桃李趁時栽。

【箋注】〔趙景明〕名奇瞭，與葉水心、丘宗卿等俱相友善。於淳熙六年宰江陵縣，八年任滿替歸。《葉水心文集》卷六送趙景明知江陵縣詩云：『吾友趙景明，材絕世不近。疏通無流連，豪俊有細謹。尤精人間事，照見肝肺隱。忽然督嶺髾，萬事供指準。澹士興伐胡，唐軍業誅鎮。久已受羈封，誰能困嗢撋。四十七年前，時節變患

盡。〔去作〕江陵公，風雨結愁悒。……勉發才鉤機，一射強麞殖。』趙氏行誼據此略可概見。(餘參年譜淳熙八年

記事。) 〔官事句〕見本卷滿庭芳（「傾國無媒」闋）注。 〔深蟄句〕莊子天運篇：『蟄蟲始作，吾驚之以雷霆。』

〔五車書〕莊子天下篇：『惠施多方，其書五車。』 〔百篇才〕杜甫飲中八仙歌：『李白一斗詩百篇，長安市上酒家

眠。』 〔瓊瑰句〕左傳成公十七年：『聲伯夢涉洹，或與己瓊瑰食之，泣而爲瓊瑰，盈其懷。從而歌之曰：「濟洹

之水，贈我以瓊瑰。歸乎歸乎，瓊瑰盈吾懷乎。」』 〔詩興句〕杜甫和裴迪逢早梅相憶見寄詩：『東閣官梅動詩

興，還如何遜在揚州。』 〔花滿縣二句〕晉潘岳爲河陽縣令，於縣境內徧植桃李，時人稱爲花縣。庾信春賦：

『河陽一縣併是花。』韓詩外傳卷七：『春樹桃李，夏得蔭其下，秋得食其實。』唐狄仁傑喜薦士，遂有『天下桃李，

盡在公門』之譽。

【編年】 淳熙八年（一一八一）。——據項安世平安悔稿送趙令奇暐赴江陵及江陵送趙知縣二詩，知趙氏之

宰江陵，事在淳熙六年至八年。 項氏江陵送趙知縣次首云：『別離底處最堪憐，君已吳船我蜀船。從此相思

萬里，重來何止又三年。 司州刺史髭如戟（浙漕丘宗卿），國子先生瘦似椽（太學正葉正則）。二子有情須問訊，

爲言重九到西川。』據知趙氏之離江陵蓋在重九前不久。 此詞有『已過西風重九』句，必作於趙氏續道豫章聚

首時也。

沁園春 帶湖新居將成

三徑初成，鶴怨猿驚，稼軒未來。 甚雲山自許，平生意氣；衣冠人笑，抵死塵埃。 意倦須

還，身閒貴早，豈爲蓴羹鱸膾哉。秋江上，看驚弦雁避，駭浪船回。　東岡更葺茅齋。好都把、軒窗臨水開。要小舟行釣，先應種柳；疏籬護竹，莫礙觀梅。秋菊堪餐，春蘭可佩，留待先生手自栽。　沉吟久，怕君恩未許，此意徘徊。

【校】　(題)花菴詞選題作『退閒』。(貴早)花菴詞選作『要早』。(東岡)花菴詞選作『東崗』。

【箋注】　(帶湖)在信州府城北靈山下。(鶴怨句)孔稚珪北山移文：『至於還飈入幕，寫霧出楹，蕙帳空兮夜鶴怨，山人去兮曉猿驚。』(甚)當作『爲甚』解。(衣冠二句)白居易游悟寺詩：『斗擻塵埃衣，禮拜冰雪顏。』『抵死』作『老是』、『總是』解。(蓴羹鱸膾)見本卷木蘭花慢(老來情味減闋)箋注。(驚弦雁避)呂文靖嘗題詩云：『讓興麗前，雁落驚弦。』(軒窗句)陸游老學菴筆記六：『會稽鏡湖之東，地名東關，有天花寺云：『賀家湖上天花寺，一軒窗向水開。不用閉門防俗客，愛聞能有幾人來？』』蘇軾再和楊公濟梅花十絕：『白髮思家萬里回，小軒臨水爲花開。』(見應齋雜著卷六)

【附錄】　趙無咎善括和章二闋 (見應齋雜著卷六)

沁園春　和辛帥

虎嘯風生，龍躍雲飛，時不再來。　試邀高望遠，長淮清淺；傷今懷古，故國氛埃。　壯志求申，匈奴未滅，早以家爲何謂哉。　多應是、待著鞭事了，稅裌方回。　稼軒聊爾名齋。　笑學請，樊遲心未開。　似南陽高臥，幸郊自樂，磻磎韜略，傅野鹽梅。　植杖亭前，集山樓下，五桂三槐次第栽。　功名遂，向急流勇退，肯恁徘徊。

問舍東湖，招隱西山，惠然肯來。有閬香蘭桂，無窮幽趣；隔溪軍馬，何處輕埃。微利虛名，朝榮暮辱，笑爾焉，能洸我哉。閒欹枕，被幽禽喚覺，午夢驚回。　無晉獨坐南齋，好喚取芳樽相對開。待醒時重醉，疎籬透月；醉時邀醒，臺角吹梅。無用千金，休縣六印，荊棘誰能滿地栽。人間世，任遊鯤獨邁，斥鷃低徊。

又

送趙景明知縣東歸，再用前韻。

佇立瀟湘，黃鵠高飛，望君未來。被東風吹墮，西江對語；急呼斗酒，旋拂征埃。空贏得，道江南佳句，只有方回。　錦帆畫舫行齋。恨落帽山前，呼鷹臺下，人道花須滿縣栽。都休問；看雲霄高處，鵬翼徘徊。

雪浪、粘天江影開。記我行南浦，送君折柳；君逢驛使，為我攀梅。

姿，有如君者，猶欠封侯萬里哉。

【校】〔題〕四卷本甲集『趙景明知縣』作『趙江陵』。　〔未來〕四卷本作『不來』。　〔被東風〕廣信書院本作『塵埃
東風』，茲從四卷本。　〔吹墮〕廣信書院本作『吹斷』，茲從四卷本。　〔征埃〕廣信書院本作『快
本。

【箋注】〔望君句〕九歌湘君：『望夫君兮未來，吹參差兮誰思。』　〔江南二句〕宋賀鑄字方回。黃庭堅寄方回詩：
『少游醉臥古藤下，誰與愁眉唱一杯？』解道江南斷腸句，只今惟有賀方回。』　〔君逢二句〕荊州記：『陸凱與范
曄相善，自江南寄梅花一枝詣長安與曄。贈詩曰：「折梅逢驛使，寄與隴頭人。江南無所有，聊贈一枝春。」』
〔落帽山〕陶淵明集晉故征西大將軍長史孟府君傳：『君諱嘉，字萬年，……為征西大將軍譙國桓溫參軍。……

九月九日，溫遊龍山，參佐畢集，……有風吹君帽，墮落，溫目左右及賓客勿言，以觀其舉止，君初不自覺。」〔呼鷹臺〕水經注沔水條：『襄陽城東……沔水中有漁梁洲，……水南有層臺，號曰景升臺。蓋劉表治襄陽之所築也。』表性好鷹，嘗登此臺歌野鷹來曲。」〔花須滿縣栽〕見本卷〈水調歌頭〉（官事未易了闋）箋注。

〔附錄〕丘宗卿寄和章（見文定公詞）

沁園春　景明告行，頗動懷歸之念，儻得帥卿詞，因次其韻。前闋奉送，後闋以自見云。

雨趁輕寒，風作秋聲，燕蹕鴈來。勸天涯羈思，登山臨水；驚心節物，極目煙埃。客裏逢君，纔同一笑，何遽言歸如此哉。別離久，算不應興盡，卻棹船回。　主人下榻高齋，更點檢笙歌頻宴開。從教去，正危闌望斷，小倚徘徊。也須小駐，庭臘觀梅。花上盈盈，閨中脈脈，應念胡麻正好栽。放曠如君，拘攣如我，試問人生誰樂哉。眞難學，是留得且住，欲去須回。

匏繫彌年，江北江南，羨君去來。笑山橫南浦，朝來爽致；文書堆案，胸次生埃。何時竹屋茅齋，去相傍爲鄰三徑開。撰小窗臨水，危亭當爐；隨宜有竹，著處須梅。坐讀黃庭，手援紫蕣，一寸丹田時自栽。當餘暇，更與君來往，林下徘徊。

〔編年〕淳熙八年（一一八一）秋。——右沁園春二首，用同韻，自是同時作。據洪景盧稼軒記，知帶湖新居經始於稼軒第二次帥江西時。

菩薩蠻

稼軒日向兒童說：帶湖買得新風月。頭白早歸來，種花花已開。　功名渾是錯，更莫思

量着。見說小樓東，好山千萬重。

【校】〔見童〕辛啓泰補遺本作『見曹』，茲從四卷本甲集。廣信書院本無此首。

【箋注】〔頭白句〕蘇軾送表弟程六知楚州詩：『功成頭白早歸來，共藉梨花作寒食。』〔小樓〕洪邁稼軒記：『東岡西阜，北墅南麓，……集山有樓，婆娑有室，信步有亭，滌硯有渚。』小樓當即指集山樓言。

【編年】淳熙八年（一一八一）。——右詞亦帶湖宅第已成而尚未歸去時之作。

蝶戀花　和趙景明知縣韻

老去怕尋年少伴。畫棟珠簾，風月無人管。公子看花朱碧亂，新詞攪斷相思怨。　涼夜愁腸千百轉。一雁西風，錦字何時遣？畢竟啼烏才思短，喚回曉夢天涯遠。

【校】〔題〕四卷本乙集題作『和江陵趙宰』。

【箋注】〔朱碧亂〕王僧孺夜愁示諸賓詩：『誰知心眼亂，看朱忽成碧。』

【編年】淳熙八年（一一八一）。——據『畫棟珠簾』句，知此詞亦作於豫章。蓋必趙景明於離去豫章之後，有詞惜別，稼軒因賦和章以為報也。

西河　送錢仲耕自江西漕移守婺州

西江水，道似西江人淚。無情却解送行人，月明千里。從今日日倚高樓，傷心煙樹如薺。

會君難，別君易。草草不如人意。十年著破繡衣茸，種成桃李。問君可是厭承明，

東方鼓吹千騎。　對梅花更消一醉。看明年、調鼎風味。老病自憐憔悴。過吾廬定有、

幽人相問：歲晚淵明歸來未？

【校】（題）『移守婺州』四卷本甲集作『赴婺州』。　（道似句）四卷本作『道是西風人淚』。　（看明年）四卷本

作『有明年』。

【箋注】（錢仲耕）重修琴川志：『錢佃字仲耕，弱冠入太學，登紹興十五年進士第。……累遷左右司檢正，權兼

吏、兵、工三侍郎。出為江西路轉運副使。時盜賴文正起武陵，朝廷調兵討之，佃餽餉不乏。繼使福建，再使

江西，奏蠲諸郡之逋。淳熙八年，婺州饑，且缺守，上曰：「錢某可守郡。」既至，荐飢禱雨，鬚髮為白。勸分移

粟，所活口七十餘萬。政甲一路。……佃忠信恭寬，臨政不求赫赫聲，以安民為先務。所至得民。家不取盈，

損棄裝買田，贍合族，名曰義莊。』（煙樹如薺）羅浮山記：『望平地，樹如薺。』　（十年句）錢仲耕於淳熙初年

即出任江西運副，繼使福建，再使江西，雖尚未及十年，然爲時已甚久，故舉成數以言之也。　（種成桃李）李

紳和杜祁公致仕詩：『收得桑楡歸物外，種成桃李滿人間。』參本卷水調歌頭（官事未易了闋）箋注。　（承明）

見本卷木蘭花慢（老來情味減闋）箋注。　（東方句）見本卷水調歌頭（折盡武昌柳闋）箋注。　（對梅花二句）

尚書說命：『若作和羹，爾惟鹽梅。』

【編年】淳熙八年（一一八一）。

鷓鴣天 和張子志提舉

別恨粧成白髮新，空敎兒女笑陳人。醉尋夜雨旗亭酒，夢斷東風輦路塵。　騎騄駬，簛青雲。看公冠佩玉階春。忠言句句唐虞際，便是人間要路津。

【校】〔別恨〕王詔本、六十家詞本及四印齋本俱誤作『別後』。四卷本無此首。

【箋注】〔張子志〕名籍事蹟未詳。　〔陳人〕此爲『舊人』或『老人』之意。蘇軾次韻答陳述古詩：『但愁新進笑陳人。』　〔騄駬〕一作綠耳，爲周穆王八駿之一。淮南子：『蹺蹄騄耳，一日千里。』　〔簛青雲〕『簛』同『篩』。漢書禮樂志郊祀歌：『籭浮雲，晻上馳。』　〔忠言二句〕杜甫奉贈韋左丞丈二十二韻：『自謂頗挺出，立登要路津。致君堯舜上，再使風俗淳。』

又

樽俎風流有幾人，當年未遇已心親。金陵種柳歡娛地，庾嶺逢梅寂寞濱。　樽似海，筆如神。故人南北一般春。玉人好把新粧樣，淡畫眉兒淺注脣。

【箋注】〔當年句〕韓愈答楊子書：『不待相見，相信已熟；；既相見，不要約，已相親。』　〔庾嶺逢梅〕詩話總龜：『英州司馬植梅三十株，大庾嶺自此梅花夾道。』　〔寂寞濱〕韓愈答崔立之書：『耕于寬閒之野，釣于寂寞之

瀕。」

〔淡鬢句〕蘇軾成伯席上贈所出妓川人楊姐詩：「生來真個好相宜，深注唇兒淺畫眉。」

【編年】右鷓鴣天二首，據『竈路塵』及『庾嶺逢梅』句，知必作於稼軒居官臨安及任江西提刑之後，其確在何年

不可知，姑以附次中年宦遊時期諸作之後。

滿江紅

點火櫻桃，照一架、荼蘼如雪。春正好、見龍孫穿破，紫苔蒼壁。乳燕引雛飛力弱，流鶯喚

友嬌聲怯。問春歸、不肯帶愁歸，腸千結。　層樓望，春山疊。家何在？煙波隔。把古

今遺恨，向他誰說？蝴蝶不傳千里夢，子規叫斷三更月。　聽聲聲、枕上勸人歸，歸難得。

【箋注】〔龍孫〕僧贊寧筍譜雜說篇：『俗間呼筍爲龍孫。』　〔蝴蝶二句〕崔塗詩：『蝴蝶夢中家千里，杜鵑枝上月

三更。』

祝英臺近　晚春

寶釵分，桃葉渡，煙柳暗南浦。怕上層樓，十日九風雨。斷腸片片飛紅，都無人管；更誰

勸、啼鶯聲住。　鬢邊覷。試把花卜歸期，才簪又重數。羅帳燈昏，哽咽夢中語：是他春

帶愁來，春歸何處，却不解、帶將愁去。

【校】〔調〕四卷本甲集作『祝英臺令』。　〔題〕花菴詞選作『春晚』。　絕妙好詞及陽春白雪均無題。　〔片片〕

花菴詞選及絕妙好詞並作『點點』。 〔更誰勸〕四卷本、花菴詞選及絕妙好詞並作『倩誰喚』。 〔啼鶯〕四卷本及花菴詞選並作『流鶯』。 〔試把〕廣信書院本作『應把』，茲從四卷本及花菴詞選、陽春白雪。 〔歸期〕四卷本作『心期』。 〔哽咽〕四卷本、花菴詞選、陽春白雪並作『嗚咽』。 〔却不解〕花菴詞選作『又不解』。 〔帶將愁去〕四卷本作『將愁歸去』。陽春白雪作『和愁將去』。

【箋注】 【寶釵分】梁陸罩閨怨：『自憐斷帶日，偏恨分釵時。……欲以別離意，獨向蘼蕪悲。』白居易長恨歌：『惟將舊物表深情，鈿合金釵寄將去。釵留一股合一扇，釵擘黃金合分鈿。』元稹詩：『鳳凰寶釵爲郎戴。』王明清玉照新志卷四：『紹興乙卯，張安國爲右史，明清與仲信兄在左。鄭舉善、郭世模從范、李大正之、李泳子永多館於安國家。春日，諸友同遊西湖，至普安寺，於窗戶間得玉釵半股，靑蚨半文，想是遊人歡洽所分授，偶遺之者。各賦詩以記其事，歸以錄似安國，安國云：「我當爲諸公考校之。」明清云：「淒涼寶鈿初分際，愁絕淸光欲破時。」安國云：「仲言宜在第一。」』按，據此知分釵贈別之制，南宋猶盛行。 〔桃葉渡〕晉王獻之與妾作別處。見本卷〈念奴嬌〉（晚風吹雨闌）箋注。 〔南浦〕江淹別賦：『春草碧色，春水綠波，送君南浦，傷如之何。』 〔試把至重數〕花卜之法未詳，疑是以所簪花瓣之數目，占離人歸來之日期，故云『才簪又重數』也。 〔是他三句〕劉後村詩話前集（一）：『雍陶送春詩云：「今日已從愁裏去，明年更莫共愁來。」稼軒詞云：「是他春帶愁來，春歸何處，卻不解和愁將去。」雖用前語而反勝之。』

【附錄】

張端義貴耳集下：『呂孃，郎呂正己之妻，淳熙間姓名亦達天聽。……舊京畿有二漕，一呂掮，一呂正己。』掮家

諸姬甚盛，必約正己通宵飲。呂婆一日大怒，踰牆相詈，搏之子一，彈碎其冠。事徹孝皇，兩漕卽日罷。今止除一漕自此始。呂邊有女事辛幼安，因以微事觸其怒，竟逐之。今稼軒桃葉渡詞因此而作。」

按：據臨安志卷五十，呂正己與呂摺於乾道九年同任兩浙轉運判官。宋會要一〇一册黜降官第九，淳熙五年載呂正己龍浙西提刑之事云：『正己閨門之內，醜聲著聞。每所居官，政由內出。昨守鎭江，致禁囚越獄竄逸，乃歸過於司理以自兔。故有是命。』渭南文集夫人孫氏墓誌銘亦有云：『朝議大夫直顯謨閣呂公正己之夫人，性堅正，善持家法，凡家人必實以法度，不知者以爲過嚴。』是則貴耳集所記呂正己之仕歷及其夫人之嚴毅性行，並不誣罔。然呂氏身爲顯官，而謂其有女事稼軒，事甚難解。以別無相反或相成之材料可資參證，特附存其說，以俟再考。

又

鷓鴣天

綠楊堤，青草渡，花片水流去。百舌聲中，喚起海棠睡。斷腸幾點愁紅，啼痕猶在，多應怨、夜來風雨　別情苦。　馬蹄踏遍長亭，歸期又成誤。　簾捲靑樓，回首在何處？畫梁燕子雙雙，能言能語，不解說、相思一句。

一片歸心擬亂雲，春來諳盡惡黃昏。不堪向晚簷前雨，又待今宵滴夢魂。　爐燼冷，鼎香氛。酒寒誰遣爲重溫？何人柳外橫雙笛，客耳那堪不忍聞。

又

困不成眠奈夜何，情知歸未轉愁多。暗將往事思量遍，誰把多情惱亂他。　些底事，誤人哪。不成眞箇不思家。嬌癡卻妒香香睡，喚起醒鬆說夢些。

【校】〔醒鬆〕『醒』亦作『惺』，稼軒有贈人之鷓鴣仙詞，起句卽作『風流標格，惺鬆言語』。周邦彥詞有『惺鬆言，諳勝閒歌』句，毛滂詞有『略成輕醉早醒鬆』句。陳元龍片玉詞注：『惺鬆，猶淸輕也。』

【箋注】〔不成〕猶云『難道』也。　〔香香〕當是其時稼軒侍女之名。

菩薩蠻

西風都是行人恨，馬頭漸喜歸期近。試上小紅樓，飛鴻字字愁。　闌干閒倚處，一帶山無數。不似遠山橫，秋波相共明。

【編年】右起滿江紅（點火櫻桃閧）迄菩薩蠻，共詞六首，作年均無可確考，唯玩其語意，均似中年宦游思家之作，姑彙附於此。

水調歌頭 盟鷗

帶湖吾甚愛，千丈翠奩開。先生杖屨無事，一日走千回。凡我同盟鷗鷺，今日既盟之後，來往莫相猜。白鶴在何處，嘗試與偕來。　破青萍，排翠藻，立蒼苔。窺魚笑汝癡計，不解舉吾杯。廢沼荒丘疇昔，明月清風此夜，人世幾歡哀。東岸綠陰少，楊柳更須栽。

【校】〔杖屨無事〕花菴詞選作『無事杖屨』。〔鷗鷺〕四卷本甲集作『鷗鳥』。〔相猜〕花菴詞選作『嫌猜』。

【箋注】〔凡我三句〕左傳僖九年：『齊盟于葵丘曰：「凡我同盟之人，既盟之後，言歸于好。」』

又

嚴子文同傅安道和前韻，因再和謝之。

寄我五雲字，恰向酒邊開。東風過盡歸雁，不見客星回。聞道瑣窗風月，更着詩翁杖屨，合作雪堂猜。（子文作雪齋，寄書云：『近以旱，無以延客。』）歲旱莫留客，霖雨要渠來。　劍鋏，欲生苔。雕弓挂壁無用，照影落清杯。多病關心藥裹，小摘親鋤菜甲，老子政須哀。夜雨北窗竹，更倩野人栽。

【校】〔題〕四卷本乙集作『嚴子文同傅安道和盟鷗韻，和以謝之。』〔酒邊開〕四卷本作『酒邊來』。〔聞道〕

廣信書院本作『均道』，茲從四卷本。　〔注〕『猜』字下四卷本無注。　〔短燈檠〕四卷本作『短檠燈』。

【箋注】〔傅安道〕名自得，泉州人。歷任福建轉運副使、浙東提點刑獄等官。晚年閒廢，杜門自守，客云，則觴酒論文，道說古今，唱酬詩什，以相娛樂。蒼顏白髮，意氣偉然，未嘗以留落不偶幾微見於顏面。淳熙十年卒，年六十八。見朱文公文集傅氏行狀。李心傳建炎以來朝野雜記乙集卷八『傅安道不見曾覿』條亦謂傅氏『喜吏事，工文章，而性復高簡。』　〔五雲字〕新唐書韋陟傳：『常以五采牋為書記，使侍妾主之，其裁答受意而已，皆有楷法，陟唯署名。自謂所書陟字若五朵雲，時人慕之，號郇公五雲體。』按：陟為韋安石子，安石卒贈郇國公，陟襲其封號，故人稱郇公。　〔客星〕後漢書嚴光傳：『共偃臥，光以足加帝腹上。明日，太史奏：『客星犯御座甚急。』帝笑曰：『朕故人嚴子陵共臥耳。』』　〔雲堂〕蘇軾於元豐二年貶黃州，寓居臨皋亭，就東坡築雪堂，號東坡居士。見東坡先生年譜。　〔短燈檠〕韓愈短燈檠歌：『太學儒生東魯客，二十辭家來射策。夜書細字綴語言，兩目眵昏頭雪白。此時提攜當案前，看書到曉那能眠。一朝富貴還自恣，長檠高張照珠翠。吁嗟世事無不然，牆角君看短檠棄。』　〔雕弓二句〕應劭風俗通義卷九，世間多有見怪驚怖以自傷者條：『予之祖父郴為汲令，以夏至日詣見主簿杜宣，賜酒。時北壁上有懸赤弩，照于杯，形如虵，宣畏惡之，然不敢不飲，其日便得胸腹痛切。妨損飲食，大用羸露，攻治萬端不為愈。後郴因事過至宣家窺視，問其變故，云畏此虵，虵入腹中。郴還聽事，思惟良久，顧見懸弩，必是也。則使門下史將鈴下侍，徐扶輦載宣于故處設酒，杯中故復有虵。因謂宣：『此壁上弩影耳，非有他怪。』宣遂解，甚夷懌。由是瘳平。』又晉書樂廣傳載一事，與此相類。　〔多病句〕杜甫酬郭十五判官詩：『藥裹關心詩總廢，花枝照眼句還成。』　〔小摘句〕杜甫有客詩：『自鋤稀菜甲，小摘為情親。』

又　湯朝美司諫見和，用韻爲謝。

白日射金闕，虎豹九關開。見君諫疏頻上，談笑挽天回。千古忠肝義膽，萬里蠻煙瘴雨，往事莫驚猜。政恐不免耳，消息日邊來。　笑吾廬，門掩草，徑封苔。未應兩手無用，要把蟹螯杯。說劍論詩餘事，醉舞狂歌欲倒，老子頗堪哀。白髮寧有種，一一醒時栽。

【校】〔題〕四卷本甲集『湯朝美司諫』作『湯坡』。　〔談笑〕四卷本作『高論』。

【箋注】〔湯朝美〕京口耆舊傳卷八，湯邦彥傳：『邦彥，鵬舉孫，字朝美。以祖蔭入官。主盰山簿。未幾，中乾道壬辰博學宏詞科。丞相虞允文一見如舊，除樞密院編修官。允文宣撫四川，辟充大使司幹辦公事。明年允文薨。……時孝宗銳意遠略，邦彥自負功名，議論英發，上心傾向之，除祕書丞、起居舍人，兼中書舍人，擢左司諫兼侍讀。論事風生，權幸側目。上手書以賜，稱其「以身許國，志若金石，協濟大計，始終不移」。及其他聖意所疑，輒以諫問。使金還，坐貶。淳熙末，復故官，歸鄉里，其才益老，朝廷將收用之，未幾卒。』〔虎豹句〕楚辭招魂：『魂兮歸來，君無上天些。虎豹九關，啄害下人些。』　〔見君至義膽〕漫塘集頤菴集序：『頤堂先生司諫湯公，……薄擧子業不爲，去試博學鴻詞科，一上即中選。同時之士，亦有與公文相軋者，而公意氣激昂，議論慷慨，獨穎脫而出，故貴名之起如轟雷霆。……（淳熙二年）秋八月出使，又明年三月以使事謫。中間立蟬坳，登諫垣，演綸鳳閣，勸講金華，君臣之間，氣合道同，言聽諫行，僅期月耳。』　〔萬里句〕湯氏被謫送新州編管，新州爲今廣東新興縣。　〔政恐句〕世說新語排調篇：『初，謝安在東山居布衣時，兄弟已有富貴者，翕集家門，

傾動人物。劉夫人戲謂安曰：「大丈夫不當如此乎？」謝乃捉鼻曰：「但恐不免耳。」〔未應二句〕世說任誕

篇：『畢茂世云：「一手持蟹螯，一手持酒杯，……便足了一生。」』〔說劍句〕蘇軾與梁左藏會飲傳國博家：「將

軍破賊自草檄，論詩說劍均第一。」張祜詩：『逢人說劍三攘臂，對鏡吟詩一掉頭。』〔老子句〕後漢書馬援傳：

『諸曹時自外事，授輒曰：「此丞掾之任，何足相煩；顏哀老子，使得遨遊。」』〔白髮句〕黃庭堅次韻裴仲謀

同年詩：『白髮齊生如有種，青山好去坐無錢。』

〔編年〕淳熙九年（一一八二）。——右同韻水調歌頭三首，當是同時作。　稼軒於淳熙八年歲杪方罷官而歸，前

関必作於九年春初，其時骰子文必正任福建市舶，與傅安道同居泉州，稼軒以詞寄初，得其和章，因有次関之

作也。　劉宰頤堂集序謂湯朝美於淳熙二年被謫，謫後八年始得歸。　韓元吉送湯朝美還金壇詩有『幾年臥新

州，……楬來鹽山隈』等句，知湯氏於謫居新州數年後又量移信州。　據此詞推考，湯氏至晚於淳熙八年冬已移

居信州矣。

踏莎行　賦稼軒，集經句。

進退存亡，行藏用舍。　小人請學樊須稼。　衡門之下可棲遲，日之夕矣牛羊下。　　去衛靈

公，遭桓司馬。　東西南北之人也。　長沮桀溺耦而耕，丘何爲是栖栖者。

〔箋注〕〔進退句〕易乾文言：『亢之爲言也，知進而不知退，知存而不知亡，知得而不知喪。其惟聖人乎，知進

退存亡而不失其正者，其惟聖人乎。』　〔行藏句〕論語：『子謂顏淵曰：「用之則行，舍之則藏，唯我與爾有是

一〇二

夫。』〔樊須稼〕論語：『樊遲請學稼，子曰：「吾不如老農。」』史記仲尼弟子列傳：『樊須，字子遲。』〔衡門句〕詩陳風：『衡門之下，可以棲遲。泌之洋洋，可以樂飢。』〔去衞至司馬〕孟子萬章上：『孔子不悅於魯、衞，遭宋桓司馬，將要而殺之，微服而過宋。』〔日之夕句〕詩王風：『日之夕矣，牛羊下來。』〔東西句〕禮記檀弓上：『孔子既得合葬於防，曰：「吾聞之：古者墓而不墳。今丘也，東西南北之人也，不可以弗識也。」』〔長沮句〕論語：『長沮、桀溺耦而耕，孔子過之，使子路問津焉。』〔丘何爲句〕論語：『微生畝謂孔子曰：「丘何爲是栖栖者與？無乃爲佞乎？」孔子曰：「非敢爲佞也，疾固也。」』

〔編年〕淳熙九年（一一八二）。——右詞作年難確定。玩全詞語意，當是隱居帶湖之初所作，茲姑附次於盟鷗詞之後。

蝶戀花

和楊濟翁韻，首句用丘宗卿書中語。

點檢笙歌多釀酒。蝴蝶西園，暖日明花柳。醉倒東風眠永晝，覺來小院重攜手。　可惜春殘風雨又。收拾情懷，閒把詩僝僽。楊柳見人離別後，腰肢近日和他瘦。

〔校〕〔題〕四卷本甲集無『首句用丘宗卿書中語』九字。〔永晝〕廣信書院本作『晝錦』，王詔校刊本作『畫錦』，四印齋本作『錦晝』，茲從四卷本。〔雨又〕廣信書院本及王詔校刊本並作『又雨』，茲從四卷本。〔閒把〕四卷本作『長把』。

〔箋注〕〔丘宗卿〕宋史丘崈傳：『丘崈字宗卿，江陰軍人，隆興元年進士。爲建康府觀察推官，丞相虞允文奇其

才，奏除國子博士。……知鄂州，移江西轉運判官，提點浙東刑獄。……密儀狀魁傑，樓神英悟，嘗慷慨語人曰：「生無以報國，死願爲猛將以滅敵。」其忠義性然也。」〔聞把句〕猶言『聞來只以詩爲陶寫之具』也。

〔附錄〕楊濟翁炎正原唱（見《西樵語業》）

蝶戀花　稼軒坐間作，首句用丘六眷中語。

不放東風，獨自迷楊柳。院院翠陰停永晝，曲闌隨處堪垂手。　昨日解醒今夕又。消得情懷，長被春僝僽。門外馬嘶人去後，亂紅不管花消瘦。

點檢笙歌多釀酒。

又

繼楊濟翁韻錢范南伯知縣歸京口

淚眼送君傾似雨。　不折垂楊，只倩愁隨去。　有底風光留不住，煙波萬頃春江艣。　老馬臨流癡不渡，應惜障泥，忘了尋春路。　身在稼軒安穩處，書來不用多行數。

〔箋注〕〔京口〕即今鎮江。元和郡縣志：『孫權自吳徙治丹徒，號曰京城。後徙建業，於此置京口鎮。』〔有底風光〕意即所有的風光，亦即無限風光。〔老馬至障泥〕世說新語術解篇：『王武子（濟）善解馬性。嘗乘一馬，著連錢障泥，前有水，終日不肯渡。王云：「此必是惜障泥。」使人解去，便徑渡。』蘇軾詩：『癡馬惜障泥，臨流不肯渡。』按：障泥，馬韀之兩旁下垂者，用以障蔽塵土，故名。亦稱韀泥。

〔附錄〕楊濟翁炎正原唱（見《西樵語業》）

蝶戀花　別范南伯

離恨做成春夜雨。添得春江，剗地東流去。弱柳繫船都不住，爲君愁絕聽鳴艣。　君到南徐芳草渡，想得尋

春，依舊當年路。後夜獨憐回首處，亂山遮隔無重數。

又　席上贈楊濟翁侍兒

小小年華才月半。羅幕春風，幸自無人見。剛道羞郎低粉面，旁人瞥見回嬌盼。　昨夜

西池陪女伴。柳困花慵，見說歸來晚。勸客持觴渾未慣，未歌先覺花枝顫。

【校】〔年華〕四卷本甲集作『華年』。

【箋注】〔羞郎〕唐元稹會眞記中詩句：『爲郎憔悴却羞郎。』

【編年】癸淳熙九年（一一八二）。——右蝶戀花三首，其中『餞范南伯歸京口』一首爲四卷本所不載，餘二首並見四卷本甲集。其作年雖均難確考，然楊濟翁旣與丘宗卿甚相熟，疑楊氏曾在隆興任帥屬，迨稼軒罷職歸廣信，楊氏亦隨同前往，客居甚久，故得一同餞送范氏並接讀丘宗卿來書也。因推定其作年如上。

六么令　用陸氏事，送玉山令陸德隆侍親東歸吳中。

酒羣花隊，攀得短轅折。誰憐故山歸夢，千里蓴羹滑。便整松江一棹，點檢能言鴨。　長喜劉郎馬上，肯聽詩書說。誰對叔子風流，

人歡接。　醉懷霜橘，墮地金圓醒時覺。

直把曹劉壓？更看君侯事業，不負平生學。離觴愁怯。送君歸後，細寫茶經煑香雪。

【校】〔題〕四卷本甲集無『侍親東歸吳中』六字。　〔霜橘〕四卷本作『雙橘』。

【箋注】〔陸德隆〕按玉山縣志所著宋代縣令甚簡略，其中陸姓者有陸翼言一人，汪應辰文定集昭烈廟記則謂陸翼年曾於淳熙中任玉山令。蘇州府志選舉志謂翼年等爲吳縣人，知『翼』字爲吳縣陸族之聯名字，則翼言亦必爲吳縣人，疑即稼軒所餞送之陸德隆也。陸氏其他事歷莫考，唯曾丰緣督集有『別陸德隆』詩，起數語爲『辛丑隨浮梗，鍾陵得盍簪。潛藩門若市，斂板客如林。氣宇黃陂闊，詞源陸海深。二豪談正劇，一座口俱瘖』。

〔千里句〕世說新語言語篇：『陸機詣王武子，武子前置數斛羊酪，指以示陸曰：卿江東何以敵此？』陸云：『有千里蓴羹，但未下鹽豉耳。』

〔松江二句〕甫里文集附錄楊文公談苑：『唐陸龜蒙善爲賦，絕妙。……柏傳龜蒙多智數，狡獪，居笠澤。有內養自長安使杭州，舟出舍下，小童奴以小舟驅羣鴨出，內養彈其一綠頭雄鴨，折頭。龜蒙遽舍出，大呼云：此綠鴨有異，善人言，適將獻狀本州，貢天子，今持此死鴨以詣官自訴耳。內養少長宮禁，不知外事，信然，甚驚駭，厚以金帛遺之，龜蒙乃止。』

〔故人三句〕三國志吳志陸績傳：『績年六歲，於九江見袁術，術出橘，績懷三枚去，拜辭，墮地，術謂曰：陸郎作賓客而懷橘乎？』績跪答曰：『欲歸遺母。』術大奇之。』

〔劉郎二句〕劉郎指漢高帝。史記陸賈傳：『陸生時時前說稱詩書，高帝罵之曰：迺公居馬上而得之，安事詩書？』陸生曰：『居馬上得之，寧可以馬上治之乎？』』

〔誰對二句〕晉書羊祜傳：『祜字叔子，泰山南城人也。祜在軍，常輕裘緩帶，身不被甲。吳西陵督步闡舉城來降，吳將陸抗攻之甚急，詔祜迎闡，祜率兵五萬出江陵。祜與陸抗相對，使命交

通，抗稱祜之德量雖樂毅，諸葛孔明不能過也。抗嘗病，祜饋之藥，抗服之無疑心，人多諫抗，抗曰：『羊祜豈酖人者。』時談以爲華元，子反復見於今。』曹劉指魏與蜀。 〔不負句〕舊唐書陸贄傳：『贄以受人主殊遇，不敢愛身，事有不可，極言無隱。朋友規之，以爲太峻，贄曰：『吾上不負天子，下不負吾所學，不恤其他。』」 〔細爲句〕唐陸羽字鴻漸，竟陵人。隱苕溪，杜門著書，有茶經三卷。

又 再用前韻

倒冠一笑，華髮玉簪折。陽關自來淒斷，却怪歌聲滑。放浪兒童歸舍，莫惱比鄰鴨。水連山接。看君歸興，如醉中醒夢中覺。 江上吳儂問我，一一煩君說：坐客尊酒頻空，賸欠眞珠壓；手把漁竿未穩，長向滄浪學。問愁誰怯。可堪楊柳，先作東風滿城雪。

〔校〕廣信書院本缺此二字，茲從四卷本甲集。王韶校刊本及四印齋本俱作『珍珠』。 〔眞珠〕廣信書院本及四卷本同。王韶校刊本及四印齋本俱作『忍使』。

〔箋注〕〔放浪〕杜甫將赴成都草堂寄嚴鄭公詩：『休怪兒童延俗客，不教鵝鴨惱比鄰。』 〔賸欠句〕意即甚少釀造。 『眞珠』即酒。羅隱詩：『夜槽壓酒銀船滿。』李賀將進酒詩：『琉璃鍾，琥珀濃，小槽酒滴眞珠紅。』稼軒臨江仙詞（冷雁寒雲渠有恨關）亦有『多病近來渾止酒，小槽空壓新醅』句。

〔編年〕淳熙九年（一一八二）。——右六么令二首，當是同時作。玩其語意，亦均爲送別玉山令陸德隆者。查曾丰緣督集有別陸德隆黃叔萬詩，序云：『歲在辛丑，始識陸德隆、黃叔萬於江西帥辛大卿坐上，握手論交而

去。戊申又會於中都，德隆得倅婺，叔萬得宰公安，言別次韻贈之。』疑陸氏於此後即去爲玉山令。陳亮於淳

熙十年致書稼軒，有『去年東陽一宗子來自玉山，具說辱見問甚詳，且言欲幸臨教之』等語，知稼軒該年有玉山

之行。當是其時適值陸氏之去、因賦此詞以送之也。

太常引　壽韓南澗尙書

君王着意履聲間，便合押、紫宸班。今代又尊韓，道吏部、文章泰山。　一杯千歲，問公何

事，早伴赤松閒？功業後來看，似江左、風流謝安。

【校】〔題〕四卷本甲集作『壽南澗』。〔便合〕四卷本作『便令』。

【箋注】〔韓南澗〕上饒縣志寓賢：『韓元吉字無咎，開封人，維五世孫。……徙居上饒，所居之前有澗水，故號南

澗。澗南有園，築亭竹間，號蒼筤。』花菴詞選：『韓無咎名元吉，號南澗。名家文獻，政事文學爲一代冠冕。』

〔君王句〕漢書鄭崇傳：『鄭崇字子游，本高密大族，世與王家相嫁娶。……哀帝擢爲尙書僕射，數求見，諫爭，上

初納用之，每見曳革履，上笑曰：「我識鄭尙書履聲。」』〔押紫宸班〕宋制，凡朝會奏事，例由參知政事及宰相

分知印押班，每日曳革履隨班朝謁。押班蓋即領班之意。〔紫宸〕殿名。唐會要大明宮條：『開元十六年施敬本等連

名上疏曰：「紫宸殿者陛下所以饗萬國、朝諸侯，人臣致敬之所，猶玄極可見而不可升也。」』〔吏部句〕韓愈官

至吏部侍郎。新唐書韓愈傳贊：『自愈之沒，其言大行，學者仰之如泰山北斗云。』歐陽修詩：『翰林風月三千

首，吏部文章二百年。』〔赤松〕史記留侯世家：『今以三寸舌爲帝者師，封萬戶，位列侯，此布衣之極，於良足矣，

願棄人間事，欲從赤松子游耳。』　（江左風流謝安）南史王儉傳：『儉嘗謂人曰：「江左風流宰相惟有謝安。」』

【編年】淳熙九年（一一八二）。——稼軒於淳熙九年方定居廣信，南澗之卒在淳熙十四年，其間所賦韓氏壽詞，現存者凡有五闋，其水龍吟兩闋，題中已明著其作年為甲辰與乙巳，慶韓氏七十之水調歌頭一闋，為淳熙十四年作，所餘則此闋與『席上用王德和推官韻』之水調歌頭而已，王德和官信之年無可考，而此詞中有『問公何事早伴赤松閒』句，疑是壽韓詞中最早之一首。

蝶戀花

洗盡機心隨法喜。看取尊前，秋思如春意。誰與先生寬髮齒，醉時惟有歌而已。　歲月何須溪上記，千古黃花，自有淵明比。高臥石龍呼不起，微風不動天如醉。

【箋注】　〔法喜〕維摩經：『法喜以為妻，慈悲以為女。』蘇軾和淵明止酒詩：『子室有孟光，我室惟法喜。』按：佛語法喜，謂見法生歡喜。　〔寬髮齒〕人老則齒落髮白，故多用齒髮為年齡徵象。寬髮齒即覓延齒落髮白之期，亦即延年益壽之意。

又

何物能令公怒喜？山要人來，人要山無意。恰似哀箏絃下齒，千情萬意無時已。　自要

溪堂韓作記，今代機雲，好語花難比。老眼狂花空處起，銀鉤未見心先醉。

【箋注】〔何物句〕世說新語寵禮篇：『王恂、郗超並有奇才，爲大司馬所眷拔，恂爲主簿，超爲記室參軍。超爲人多須，恂狀短小，於時荊州爲之語曰：「髯參軍，短主簿，能令公喜，能令公怒。」』〔韓作記〕韓愈有鄆州溪堂詩，見卷一滿庭芳（柳外尋春闊）箋注。此處蓋兼指韓南澗。南澗從兄名元龍字子雲，仕終直龍圖閣，浙西提刑，與南澗俱以文學顯名當世，故下句擬之陸機、陸雲。　〔銀鉤〕書苑：『晉索靖草書絕代，名曰銀鉤蠆尾。』白居易距筆賦：『搦之而變成金距，書之而化出銀鉤。』

【編年】淳熙九年（一一八二）。——右蝶戀花二首，作年難考定。　攄後闋語意，疑是帶湖居第落成之後，賦此向南澗求作記文者，因編次於此。

水調歌頭　九日遊雲洞，和韓南澗尚書韻。

今日復何日，黃菊爲誰開。淵明謾愛重九，胸次正崔嵬。酒亦關人何事，政自不能不爾，誰遣白衣來。醉把西風扇，隨處障塵埃。　爲公飲，須一日，三百杯。此山高處東望，雲氣見蓬萊。翳鳳驂鸞公去，落佩倒冠吾事，抱病且登臺。歸路踏明月，人影共徘徊。

【校】〔題〕四卷本甲集無『尚書』二字。　〔謾〕四卷本作『漫』。　〔踏明月〕四卷本作『有明月』。

【箋注】〔雲洞〕南澗甲乙稿雲洞詩題下自注云：『在信州西。』上饒縣志卷五，山川志：『雲洞在縣西三十里開化

二一〇

鄉，天欲雨則興雲。」〔淵明句、白衣句〕續晉陽秋：「陶潛九日無酒，出籬邊悵望久之，見白衣人至，乃王弘送酒使也。」即便就酌，醉而後歸。」〔醉把二句〕世說新語輕詆篇：「庾公權重，足傾王公。庾在石頭，王在冶城坐，大風揚塵，王以扇拂塵曰：『元規塵汙人。』」〔須一日二句〕李白襄陽歌：「百年三萬六千日，一日須傾三百杯。」〔雲氣句〕史記封禪書：「蓬萊、方丈、瀛洲此三神山者，其傳在勃海中，未至、望之如雲」王直方詩話：『璧門金闕倚天開，五見宮花落古槐。明日扁舟滄海去，却將雲氣望蓬萊。」此劉貢甫詩也，自館中出知曹州時作。舊云「雲裏」，荊公改作「雲氣」。〔落佩句〕杜牧晚晴賦：「若予者則謂何如，倒冠落佩兮與世闊疏，敖敖休休兮真徇其愚而隱居者乎。」

【附錄】韓无咎元吉原唱（見南澗甲乙稿卷七）

水調歌頭　雲洞

今日我重九，莫負菊花開。試尋高處攜手，躡屐上崔嵬。放目蒼巖千仞，雲護曉霜成陣，知我與君來。古寺倚修竹，飛檻絕纖埃。　笑談間，風滿座，酒盈杯。仙人跨海休問，隨處是蓬萊。洞有仙骨嚴。落日平原西望，鼓角秋深悲壯，戲馬但荒臺。細把茱萸看，一醉且徘徊。

又　再用韻，呈南澗。

千古老蟾口，雲洞插天開。漲痕當日何事，洶湧到崔嵬。攫土搏沙兒戲，翠谷蒼崖幾變，風雨化人來。萬里須臾耳，野馬驟空埃。　笑年來，蕉鹿夢，畫蛇杯。黃花憔悴風露，野

碧漲荒來。此會明年誰健，後日猶今視昔，歌舞只空臺。愛酒陶元亮，無酒正徘徊。

【箋注】〔攫土句〕蘇軾遊白水山詩：「偉哉造物真豪縱，攫土搏沙為此弄。」〔野馬句〕莊子逍遙遊：「野馬也，塵埃也。」注：「青春之時，陽氣發動，遙望藪澤，猶如奔馬，故謂之野馬。揚土曰塵，塵之細者曰埃。」〔蕉鹿夢〕列子周穆王篇：「鄭人有薪於野者，遇駭鹿，禦而擊之，斃之，恐人見之，遽而藏諸隍中，覆之以蕉，不勝其喜；俄而遺其所藏之處，遂以為夢焉。順途而詠其事。傍人有聞者，用其言而取之，既歸，告其室人曰：『向薪者夢得鹿而不知其處，吾今得之，彼直真夢者矣。』室人曰：『若將是夢見薪者之得鹿耶，詎有薪者耶？今真得鹿，是若之夢真耶？』夫曰：『吾據得鹿，何用知我夢彼夢耶！』」〔畫蛇杯〕見本卷水調歌頭(寄我五雲字羅)箋注。〔此會句〕杜甫九日藍田崔氏莊詩：「明年此會知誰健，醉把茱萸仔細看。」五百家註杜詩云：「蘇氏曰：『阮瞻九日會親友曰：「人生如風中燭，樽酒何必拒其滿。不知明年今日再開此會，是誰強健。」』」〔後日句〕王羲之蘭亭序：「固知一死生為虛誕，齊彭殤為妄作，後之視今，亦猶今之視昔，悲夫！」〔愛酒句〕蘇軾乘舟過賈收詩：「愛酒陶元亮，能詩張志和。」

又　再用韻答李子永提幹

君莫賦幽憤，一語試相開：長安車馬道上，平地起崔嵬。我愧淵明久矣，猶借此翁瀡洗，素壁寫歸來。斜日透虛隙，一線萬飛埃。　斷吾生，左持蟹，右持杯。買山自種雲樹，山

下屬煙萊。百鍊都成繞指，萬事直須稱好，人世幾輿臺。劉郎更堪笑，剛賦看花回。

【校】〔題〕四卷本甲集無『提幹』二字。　〔猶借〕四卷本作『獨借』。

【箋注】〔李子永〕黃昇花菴詞選卷五：『李子永名泳。』又：『李子大名洪，家世同登桂籍，躋膴仕，號淮甸儒族。子大，其弟漳、泳、詮、湖，皆以文鳴，有李氏花菴詞五卷，其姪直倫爲之序。廬陵人。』陳振孫直齋書錄解題：『廬陵李氏兄弟五人：洪子大，漳子清，泳子永，詮子召，湖子秀，皆有官閥。』江西詩徵卷十六：『李泳字子永，號蘭澤，廬陵人，淳熙中嘗爲溧水令，又爲阬冶司幹官。』按：上引各書均謂李氏兄弟爲廬陵人，但花菴詞選則又謂李子大家世號淮甸儒族，殊爲牴牾。查樓鑰攻媿集卷五十二，樊菴居士文集序云：『江都李氏，名族也。余生晚，猶及識將作監端民平叔及其子泳，皆有詩聲。』是子永實揚州人也。又查李洪芸菴類稿陳貴謙序，謂洪爲李正民方叔之子，而李正民即已西航海記及大隱集之作者，亦揚州人也。蓋端民、正民俱系李定之孫。王明清揮麈前錄卷四有云：『李定字資深，元豐御史中丞。其孫方叔正民兄弟皆顯名一時。揚州人。』各書俱不載還徙之說，知花菴集中李氏輩從斷不得爲廬陵之李，正民亦不得爲廬陵人矣。因知花菴詞選中之『廬陵』必爲『廣陵』之誤。其後書錄解題及江西詩徵乃沿襲其誤而未加深考，世遂誤認諸李爲廬陵人也。（說本勞格讀書雜識。）　〔賦幽憤〕晉書稽康傳：『東平呂安服康高致，……康友而善之。後安以事繫獄，辭相引證，遂復收康。康性慎言行，一旦縲紲，乃作幽憤詩。』（一語句）東坡詞減字木蘭花：『一語相開，匹似當初本不來。』　〔長安二句〕意謂仕宦途中每多意外之風波也。詩卷耳：『陟彼崔嵬，我馬虺隤。』（素壁句）白氏六帖：『王子敬

過戴安道，飲酣，安道求子敬文，子敬攘臂大言曰：『我辭翰雖不如古人，與君一掃素壁。』今山陰草堂碑是也。』

〔斜日二句〕景德傳燈錄卷十三，圭峯禪源諸詮序：『虛隙日光，纖埃擾擾；清潭水底，影像昭昭。』〔斷〕了也。

〔左持蟹二句〕世說新語任誕篇：『畢茂世云：「一手持蟹螯，一手持酒杯，拍浮酒池中，便足了一生。」』〔買山〕

世說新語言語篇：『支道林因人就深公買印山，深公答曰：「未聞巢由買山而隱。」』〔山下句〕聶夷中田家詩：

『父耕原上田，子斸山下荒。六月禾未秀，官家已修倉。』〔百鍊句〕應劭漢書注云：『說者以金剛百鍊不耗。』

劉琨贈盧諶詩：『何意百鍊剛，化爲繞指柔。』〔萬事句〕世說新語注引司馬徽別傳：『徽有人倫鑒，居荊州，知

劉表性暗，必害善人，乃囊括不談議時人。有以人物問徽者，初不辨其高下，每輒言佳。其婦諫曰：「人質所

疑，君宜辨論，而一皆言佳，豈人所以咨君之意乎。」徽曰：「如君所言亦復佳。」其婉約逡遁如此。』黃庭堅詩：

『一錢不值程不識，萬事稱好司馬公。』〔輿臺〕左傳昭七年：『天有十日，人有十等：王臣公，公臣大夫，大夫臣

士，士臣皁，皁臣輿，輿臣隸，隸臣僚，僚臣僕，僕臣臺。』〔劉郎二句〕劉禹錫玄都觀詠看花君子詩『紫陌紅

塵拂面來，無人不道看花回。玄都觀裏桃千樹，盡是劉郎去後栽。』餘參卷一新荷葉（人已歸來閩）箋注。

〔編年〕淳熙九年（一一八二）。——右同韻水調歌頭三首，當爲同時作。弋陽縣志：『李泳子永，……淳熙六

年爲阮冶司幹官，分局信州，次年被檄至弋陽。』據知李氏之任期，適至淳熙九年而滿，稼軒與相過從，必卽在

初居信上之時。

又

　　提幹李君索余賦秀野、綠遶二詩，余詩尋醫久矣，姑合二榜之意，賦水調歌頭以遺之。然君才氣不減流輩，豈求田問舍而獨樂其身耶？

文字覷天巧，亭榭定風流。平生丘壑，歲晚也作稻粱謀。稻稏不勝秋。飯飽對花竹，可是便忘憂。

插架牙籤萬軸，射虎南山一騎，容我攬鬚不？更欲勸君酒，百尺臥高樓。鳥去悠悠。

【箋注】

〔詩尋醫〕蘇軾七月五日詩：『避謗詩尋醫，畏病酒入務。』　〔求田問舍〕見卷一水龍吟（楚天千里清秋闋）箋注。

〔文字句〕韓愈答孟東野詩：『規模背時利，文字覷天巧。』　〔丘壑〕漢書敍傳：『桓生欲借其書，（班）嗣報曰：「漁釣於一壑，則萬物不奸其志；栖遲於一丘，則天下不易其樂。」』

〔稻粱謀〕杜甫同諸公登慈恩寺塔詩：『君看隨陽雁，各有稻粱謀。』　〔五畝句〕蘇軾獨樂園詩：『中有五畝園，花竹秀而野。』　〔一水句〕王安石茅簷詩：『一水護田將綠遶，兩山排闥送青來。』　〔探禹穴〕史記太史公自序：『二十而南遊江、淮，上會稽，探禹穴。』杜甫送孔巢父謝病歸遊江東兼呈李白詩：『南尋禹穴見李白，道甫問訊今何如。』

〔插架句〕韓愈送諸葛覺往隨州讀書詩：『鄴侯家多書，插架三萬軸。一一懸牙籤，新若未觸手。』按：唐李泌封鄴侯。

〔射虎句〕史記李將軍列傳：『廣家居藍田南山中，射獵，嘗夜從一騎出，見草中石，以為虎而射之，中石沒鏃，視之，石也，因復更射之，不能復入石矣。』〔餘參本卷八聲甘州（故將軍飲罷夜歸來闋）箋注。

〔攬鬚〕蘇軾答邦直子由詩：『瀟灑使君殊不俗，尊前容我攬鬚不？』

小重山 席上和人韻送李子永提幹

旋製離歌唱未成，陽關先畫出、柳邊亭。中年懷抱管絃聲。難忘處：風月此時情。 夜雨共誰聽？儘敎清夢去，兩三程。商量詩價重連城。 相如老，漢殿舊知名。

【校】〔題〕四卷本甲集無『提幹』二字。

【箋注】〔陽關二句〕王維渭城曲：『渭城朝露浥情塵，客舍青青柳色新。勸君更盡一杯酒，西出陽關無故人。』〔中年句〕世說新語言語篇：『謝太傅語王右軍曰：「中年傷於哀樂，與親友別，輒作數日惡。」王曰：「年在桑榆，自然至此。正賴絲竹陶寫。」』〔連城〕史記藺相如傳：『趙惠文王時，得楚和氏璧，秦昭王聞之，使人遺趙王書，願以十五城請易璧。』後因藺和氏璧爲連城璧。 〔相如二句〕史記司馬相如傳：『相如既奏大人之頌，天子大說，相如病免，家居茂陵，天子曰：「司馬相如病甚，可往從悉取其書，若不然，後失之矣。」』

【編年】淳熙九年（一一八二）。──李氏之爲提幹，始於淳熙六年，則其去職至晚當在九年，韓元吉南澗甲乙稿有送李子永赴調改秩詩，中有句云：『會課未妨更美秩，趨班聊喜近天顏。』則子永離信後蓋即入爲朝官也。

滿江紅 送湯朝美司諫自便歸金壇

瘴雨蠻煙，十年夢、尊前休說。 春正好、故園桃李，待君花發。 兒女燈前和淚拜，雞豚社

裏歸時節。看依然、舌在齒牙牢，心如鐵。活國手，封侯骨。騰汗漫，排閶闔。待十分
做了，詩書勳業。當日念君歸去好，而今卻恨中年別。笑江頭、明月更多情，今宵缺。

【校】（題）四卷本甲集作：『送湯朝美自便歸』。　（活國）四卷本作『治國』。　（常日）四卷本作『常日』。

【箋注】（故園二句）唐語林卷六補遺：『韓退之有二妾，一曰絳桃，一曰柳枝，皆能歌舞。初使王庭湊，至壽陽
驛絕句云：……盡寄意二姝。逮歸，柳枝逾垣遁去，家人追獲，故鎮州初歸詩云：別來楊柳街頭樹，擺亂春風
只欲飛。惟有小園桃李在，留花不發待郎歸。』自是專寵絳桃矣。　（舌在句）說苑敬慎篇：『常摐有疾，老子往
問焉。……張其口而示老子曰：「吾舌存乎？」老子曰：「然。」「吾齒存乎？」老子曰：「亡。」老子曰：「子知之
乎？」老子曰：「夫舌之存也，豈非以其柔耶？齒之亡也，豈非以其剛耶？」曰：「嘻，是已。」』蘇軾送劉攽通判泰
州詩：『君不見阮嗣宗臧否不挂口，莫誇舌在牙齒牢，是中惟可飲醇酒。』　（活國）南史王廣之傳：『子珍國爲南
蕭太守，發米散財以賑窮乏，高帝手勅云：「卿愛人活國，甚副吾意。」按：湯氏亦有以私積賑窮乏事。京口耆
舊傳云：『邦彥性開爽，善論，樂施與，少時頗有積穀，蠹散以振鄉黨之急。平時周人之急，惟力是視。南歸坐
貪，自饋乾羲井云。』　（封侯骨）漢書翟方進傳：『爲小吏，號遲頓不及事，數爲掾史所詈辱。方進自傷，迺從汝
南蔡父相，問已能所宜，蔡父大奇其形貌，曰：「小史也，而有封侯骨，當以經術進。」』　（排閶闔）離騷：『倚閶闔
而望予。』淮南子原道訓：『昔者馮夷大丙之御也，……經紀山川，蹈騰崑崙，排閶闔，淪天門。』

【編年】淳熙十年（一一八三）。——據劉宰頤堂集序，知湯氏之歸金壇常在淳熙十年。詞中有『春正好』句，

必作於十年春間。

洞仙歌 開南溪初成賦

婆娑欲舞，怪青山歡喜。分得清溪半篙水。記平沙鷗鷺，落日漁樵，湘江上、風景依然如此。

東籬多種菊，待學淵明，酒興詩情不相似。十里漲春波，一棹歸來，只做箇、五湖范蠡。是則是、一般弄扁舟，爭知道他家，有箇西子。

【校】〔題〕四卷本丁集作『所居依山爲仙人舞袖形』。

【箋注】〔半篙水〕蘇軾鄆州新堂月夜詩：『池中半篙水，池上千尺柳。』 〔五湖至西子〕世傳范蠡相越，越滅吳後，范蠡棄官去，攜西子泛舟五湖。然其事不見所出。

【編年】淳熙十年（一一八三）。——右詞作年難確考。帶湖居第乃建於鉛山之隈者，據丁集詞題云云，知此詞當爲隱居帶湖初年所作。其時離湘未久，故湘江風景猶依稀未忘。今茲定爲淳熙十年者，以其有『東籬種菊』句，是必已曾於帶湖度一春秋矣。

臨江仙 卽席和韓南澗韻

風雨催春寒食近，平原一片丹青。溪頭喚渡柳邊行。花飛蝴蝶亂，桑嫩野蠶生。　　綠野

先生閒袖手，却尋詩酒功名。未知明日定陰晴。今宵成獨醉，却笑衆人醒。

【校】〔題〕四卷本乙集作『和南澗韻』。　〔溪頭〕四卷本作『溪邊』。

【箋注】〔綠野先生〕唐書裴度傳：『時閹豎擅威，天子擁虛器，搢紳道喪；度不復有經濟意，乃治第東都集賢里，沼石林叢，岑繚幽勝。午橋作別墅，具燠館涼臺，號綠野堂，激波其下。度野服蕭散，與白居易、劉禹錫爲文章，把酒窮晝夜相歡，不問人間事。』　〔獨醉二句〕楚辭漁父：『舉世皆濁我獨淸，衆人皆醉我獨醒，是以見放。』

【編年】右詞作年無可考，姑列於甲辰年壽韓詞之前。

水龍吟　甲辰歲壽韓南澗尚書

渡江天馬南來，幾人真是經綸手？長安父老，新亭風景，可憐依舊。夷甫諸人，神州沉陸，幾曾回首！算平戎萬里，功名本是，真儒事，公知否。　況有文章山斗，對桐陰、滿庭淸晝。當年墮地，而今試看：風雲犇走。綠野風煙，平泉草木，東山歌酒。待他年整頓，乾坤事了，爲先生壽。

【校】〔題〕四卷本甲集作『爲韓南澗尚書壽，甲辰歲』。　花菴詞選作『壽韓南澗』。　花草粹編卷十一引同。　〔公知否〕四卷本、花菴詞選及花草粹編並作『君知否』。

【箋注】〔長安父老〕晉書桓溫傳:「溫遂統步騎四萬發江陵,水軍自襄陽入均口,至南鄉,步自淅川,以征關中。……溫進至霸上,(苻)健以五千人深溝自固,人皆安堵復業,持牛酒迎溫於路者十八九,耆老感泣曰:「不圖今日復見官軍!」」〔新亭風景〕世說新語言語篇:「過江諸人,每至美日,輒相邀新亭,藉卉飲宴。周侯(顗)中坐而歎曰:「風景不殊,正自有山河之異!」皆相視流淚。唯王丞相(導)愀然變色曰:「當共勠力王室,克復神州,何至作楚囚相對。」」〔夷甫二句〕晉書桓溫傳:「溫自江陵北伐,……過淮、泗,踐北境,與諸僚屬登平乘樓眺矚中原,慨然曰:「遂使神州陸沉,百年丘墟,王夷甫諸人不得不任其責!」按:夷甫,王衍字。　〔文章山斗〕見本卷太常引(君王著意履聲閒)箋注。　〔桐陰〕按:北宋有兩韓氏並盛,一爲相州韓氏,一爲潁川韓氏。潁川韓氏京師第門前多植桐木,故世稱「桐木韓家」,以別於相州韓琦。韓无咎有桐陰舊話十卷,記其家世舊事。(參直齋書錄解題及四庫提要桐陰舊話條。)　〔綠野風煙〕見前闋臨江仙。　〔平泉草木〕劇談錄:「李德裕東都平泉莊,去洛城三十里,卉木臺榭,若造仙府。」有題平泉詩曰:「隴右諸侯供鳥語,日南太守迻名花。」〔東山歌酒〕晉書謝安傳:「謝安寓居會稽,雖放情丘壑,然每游賞,必以妓女從。」餘參卷一念奴嬌(我來弔古闋)箋注。　〔待他年二句〕見卷一千秋歲(塞垣秋草闋)箋注。

【附錄】

水龍吟　壽辛侍郎

韓无咎元吉原唱(見南澗詩餘)

南風五月江波,使君莫袖平戎手。燕然未勒,渡瀘聲在,宸衷懷舊。臥占湖山,樓橫百尺,詩成千首。正菖蒲萬老,芙蕖香嫩,高門瑞,人知否?

涼夜光躔牛斗,夢初回,長庚如晝。明年看取,藟旗南下,六蛟西走。功

囊涊酡，萬釘寶帶，百壺清酒。便留下，臕馥蟠桃分我，作歸來壽。

按：韓无咎此詞，聚珍叢書本南澗甲乙稿失收。彊村叢書中有南澗詩餘一卷，收南澗佚詞數十首，右詞亦在其中，云是攗吳宛伯校捕本南澗甲乙稿收錄者。吳氏校補原書未見，不知其輯自何處也。題云『壽辛侍郎』，當係後來所追改者，稼軒晚年方除兵部侍郎，其時南澗謝世已二十年矣。

【編年】淳熙十一年（一一八四）。

滿江紅 送李正之提刑入蜀

蜀道登天，一杯送繡衣行客。 還自歎：中年多病，不堪離別。 東北看驚諸葛表，西南更草相如檄。 把功名、收拾付君侯，如椽筆。

兒女淚，君休滴。 荊楚路，吾能說。 要新詩準備，廬山山色。 赤壁磯頭千古浪，銅鞮陌上三更月。 正梅花、萬里雪深時，須相憶。

【校】（題）四卷本甲集無『入蜀』二字。 （廬山）四卷本作『廬江』。

【箋注】（李正之）王明清玉照新志卷四：『紹興乙卯，張安國爲右史，明清與仲信兄在左。鄭與善、郭世模從范、李大正正之、李泳子永多餾於安國家。……俯仰今四十餘年矣，主賓六人俱爲泉下之塵。明清獨苟存於世。』知李正之名大正，與李子永諸人同爲張孝祥安國之客。建安縣志卷六，人物志：『李大正字正之，乾道中尉遂昌，去爲會稽令，念遂民不忘，求知其邑事。既至，剗滯案，均賦稅。淳熙中由提點知南安軍，理賦稅，計利害，皆窮源剔末，所涖事判決如流，毫髮快人心。』按：李氏仕歷建安縣志所載過簡，攗宋會要、朝野雜記及韓

南澗瞻泉銘所載，李氏於乾道中及淳熙中，曾兩度任江淮荊浙福建廣南路提點坑冶鑄錢公事，其後又任利州

路提刑及四川都大茶馬各官。據趙善瀚熙稿及南澗甲乙稿中與李氏往還各詩文觀之，李氏當時必亦寓居信

州，故與信上諸人過從均繁，友誼均深。坑冶司分設饒、贛二州，而信州在其時爲產銅主要地區，故李氏身任

泉使而常駐信州。又彭龜年止堂集卷十三迎李泉使啓：『擢從輔郡，出擁翩封。……恭惟某官文出胸中之渾

厚，學非紙上之拘攣。視天下事，無煩簡劇易之不周；置諸公間，以獻納論思而甚尤。嘗締班於九寺，旋分節於

三官，人皆惜施設之未充，士已知經畫之已立。』李氏學行，由此略可概見。　〔蜀道登天〕李白蜀道難：『蜀道

之難，難於上青天。』　〔中年二句〕謝安事，見本卷小重山（旋製離歌唱未成闋）。　〔諸葛表〕諸葛亮出師北伐

曹魏，有出師表上蜀漢後主。　〔相如檄〕司馬相如有喻巴蜀檄。　史記司馬相如傳：『相如爲郎數歲，會唐蒙使

略通夜郎西爽中，發巴蜀吏卒千人，郡又多爲發轉漕萬餘人，用軍興法誅其渠帥，巴蜀民大驚恐。上聞之，乃

使相如責唐蒙，因告喻巴蜀民以非上意。』　〔如椽筆〕晉書王珣傳：『珣夢人以大筆如椽與之。既覺，語人曰：

『此當有大手筆事。』』　〔赤壁磯〕一曰赤鼻磯，在今湖北黃岡縣西北，卽蘇東坡誤以爲周瑜破曹操之赤壁而爲

前後赤壁賦者也。　又，東坡赤壁懷古之念奴嬌，起云：『大江東去，浪淘盡千古風流人物。』　〔銅鞮〕隋書音樂

志上：『初，梁武帝在雍鎮，有童謠云：「襄陽白銅蹄，反縛揚州兒。」識者言白銅謂金色，蹄謂馬也。及義師之興，

寶以鐵騎，揚州之士皆面縛。果如謠言。』後人改蹄爲鞮，未知何義。　銅鞮陌謂襄陽。

〔編年〕淳熙十一年（一一八四）。——據韓南澗瞻泉銘（此文僅見鉛山縣志藝文志，輯本南澗甲乙稿失收）李

正之之再任諸路坑冶提點，事在淳熙八年，至十一年應卽任滿。　周益公文集有與『利路李憲大正』書稿二通，

蝶戀花

用趙文鼎提舉送李正之提刑韻,送鄭元英。

莫向樓頭聽漏點。說與行人,默默情千萬。總是離愁無近遠,人間兒女空恩怨。　錦繡
心胸冰雪面。舊日詩名,曾道空梁燕。傾蓋未償平日願,一杯早唱陽關勸。

【校】(題)四卷本乙集作『送鄭元英』。花菴詞選作『別意』。　(樓頭)四卷本及花菴詞選並作『城頭』。

【箋注】(趙文鼎)花菴詞選卷四:『趙文鼎,名善扛,號解林居士,詩詞甚富,蓋趙德莊之流也。』又趙舊淳熙稿
有『呈趙蘄州善扛』詩,知其曾任蘄州守;,有『寄趙文鼎』詩,起句爲『殷勤寄謝湖州牧』,知其曾任湖州守;,又
有『奉寄斯遠,兼屬文鼎處州、子永提屬』詩五首,則又曾守處州。　其守各州郡之年月,及其曾任何路提舉,則
均無可考。　但既與信州人士多所往還,必亦寓居上饒者。　章泉稿憶趙蘄州善扛詩有『吾州憶當南渡初,居有
曾『呂,守則徐。……爾來風流頗寂寞,南池二公也不惡。　李今作州大如斗,公更蘄春方待守』諸語,疑趙氏與
李正之爲比鄰也。　(鄭元英)據歸朝歡『萬里康成西走蜀關』及玉樓春(悠悠莫向文山去關)二詞題語,知其
爲福建文山人。　歸朝歡有『藥市船歸』句,蓋曾居官成都。　疑其入蜀與李正之在同時,故用趙文鼎送李韻以相
送也。　(人間句)韓愈聽穎師彈琴詩:『昵昵兒女語,恩怨相爾汝。』　(錦繡心胸)蘇軾寄高令詩:『詩成錦繡
開胸臆。』　(冰雪面)莊子逍遙遊:『藐姑射之山,有神人居焉,肌膚若冰雪,綽約若處子。』　(舊日二句)隋薛

道衡有『暗牖懸蛛網，空梁落燕泥』之句，最爲一時所傳誦。〔傾蓋句〕韓詩外傳卷二：『孔子遭齊程本子於剡
之間，傾蓋而語終日，有間，顧子路曰：「……夫詩不云乎…邂逅相遇，適我願兮。」』

【編年】淳熙十一年（一一八四）。

鷓鴣天　徐衡仲惠琴不受

千丈陰崖百丈溪，孤桐枝上鳳偏宜。玉音落落雖難合，橫理庚庚定自奇。山谷聽摘阮歌云：
『玄璧庚庚有橫理。』　人散後，月明時。試彈幽憤淚空垂。不如却付騷人手，留和南風解愠詩。

【校】〔題〕廣信書院本『徐衡仲』下有『撫幹』二字，茲從四卷本乙集。　〔玉音〕廣信書院本作『玉香』，茲從四
卷本。　〔注〕『奇』字下注文四卷本無。

【箋注】〔徐衡仲〕上饒縣志卷二十二孝友傳：『徐安國字衡仲，號西窗。紹興壬子進士。幼育於龔氏，後長，讀書取科第，事
氏父母，養生送死，克供子職。年逾五十，爲岳州學官，遷連山令。有感於正本明宗之義，嘗於朝，願歸徐姓，
詔可，遂別爲龔氏立後而身歸於徐。　時徐姓父母俱存，兄安仁安蹈，弟安通皆無故。相與孝養二老，名所居之
堂曰一樂堂，張南軒爲之記。』張南軒文集卷十三，一樂堂記：『上饒徐衡仲幼育於龔氏，後長，事
龔氏父母養生送終，克共其子事。　年踰五十矣，游宦四方，求友訪道，有感於昔人正本明宗之義，乃嘗於朝，願
歸徐姓，詔可其請。　方是時，衡仲之父母俱存，合百有五十六春秋，而其伯氏某、仲氏某及其季某亦皆無故。●
……他日伯氏取孟子所謂一樂者以名其居之堂，而衡仲求予爲記。予惟念往歲道岳陽，衡仲適爲其州學官，

相與語於洞庭之野,愴然及茲事。今衡仲中誠懇惻,卒能成就其志。又爲龔氏調護,立之後人。……衡仲名安

國,今爲連山令。』 〔玉音句〕後漢書耿弇傳:『帝謂弇曰:「將軍前在南陽,建此大策,常以爲落落難合;有志

者事竟成也。』 〔橫理庚庚〕漢書文帝紀:『代王報太后,計猶豫未定,卜之,兆得大橫。占曰:「大橫庚庚,余

爲天王,夏啓以光。」』服虔注云:『庚庚橫貌也。』 〔幽憤〕見本卷水調歌頭(君莫賦幽憤閣)箋注。 〔南風句〕

(文選琴賦注引)尸子:『舜作五絃之琴以歌南風:「南風之薰兮,可以解吾民之慍。」是舜歌也。』孔子家語:『舜

作五絃琴歌曰:「南風之薰兮,可以解吾民之慍兮。南風之時兮,可以阜吾民之財兮。」』

又

用前韻,和趙文鼎提舉賦雪。

莫上扁舟訪剡溪,淺斟低唱正相宜。從教犬吠千家白,且與梅成一段奇。 香暖處,酒

醒時,畫簷玉筋已偷垂。笑君解釋春風恨,倩拂蠻牋只費詩。

【校】 〔題〕四卷本乙集作『和趙文鼎雪』。 〔訪剡溪〕四卷本作『問剡溪』。 〔筋〕廣信書院本誤作『筯』。

【箋注】 〔莫上扁舟句〕世說新語任誕篇:『王子猷居山陰,夜大雪,眠覺,開室,命酌酒,四望皎然,因起徬徨,詠

左思招隱詩。忽憶戴安道,時戴在剡,卽便夜乘小舟就之,經宿方至。造門,不前而返。人間其故,王曰:「吾

本乘興而行,興盡而返,何必見戴。」』 〔淺斟句〕本草綱目載:『宋宜和年化成殿羊羔酒眞方,用糯米肥羊肉等

與麴同釀,十日熟,極甘滑云。 蘇軾趙成伯家有姝麗吟春雪蓮依元韻詩中有自注云:『世傳陶穀學士買得党太

尉家故妓，遇雪，陶取雪水烹團茶，謂妓曰：『黨家應不識此。』妓曰：『彼粗人，安有此景，但能於銷金暖帳中淺
斟低唱，喫羊羔兒酒耳。』陶默然，媿其言。』 （犬吠千家白）南方少雪，故犬見之多驚異而吠。柳宗元答韋中立
書：『僕來南二年，冬大雪，踰嶺，被南越中數州，數州之犬皆蒼黃吠噬狂走者累日。』 （一段奇）蘇軾次韻王
鞏留別：『不辭千里別，成此一段奇。』 （解釋春風恨）李白清平調：『解釋春風無限恨，沉香亭北倚闌干。』 （蠻
牋）韓浦詩：『十樣蠻牋出益州。』 天中記：『唐中國紙未備，故唐人詩多用「蠻牋」字。』

【編年】 疑淳熙十一年（一一八四）。——右鷓鴣天二首，用同韻，當作於一時。其作年雖無可考，唯次闋題中
既標明為和趙文鼎之作，與『送鄭元英』之蝶戀花當相先後。今即附編該詞之後。

水龍吟

次年南澗用前韻為僕壽，僕與公生日相去一日，再和以壽南澗。

玉皇殿閣微涼，看公重試薰風手。高門畫戟，桐陰閒道，青青如舊。蘭佩空芳，蛾眉誰
妒？無言搔首。甚年年却有，呼韓塞上，人爭問：公安否？ 金印明年如斗。向中州，錦
衣行晝。依然盛事：貂蟬前後，鳳麟飛走。富貴浮雲，我評軒冕，不如杯酒。待從公痛
飲，八千餘歲，伴莊椿壽。

【校】 （題）花菴詞選題作『再壽韓南澗』。 （殿閣）花菴詞選作『金殿』。 （重試）花菴詞選作『一試』。 【聞道】
四卷本甲集作『閒道』。 （行書）花菴詞選作『如晝』。 （從公）花菴作『從今』。 （莊椿）花菴作『莊松』。

【箋注】【玉皇二句】唐書柳公權傳：「文宗嘗召與聯句，帝曰：「人皆苦炎熱，我愛夏日長。」公權屬

南來，殿閣生微涼。」他學士亦屬繼，帝獨諷公權者，以爲情詞皆足。命題於殿壁。」餘參本卷鷓鴣天（千丈陰

崖百丈溪閣）箋注。　【桐陰二句】見本卷水龍吟（渡江天馬南來闋）箋注。　【呼韓】漢時匈奴有呼韓邪單于。

【金印句】西江月（秀骨青松不老闋）箋注。　【中州】南澗本潁川人，南渡後方寓居上饒。中州、河、濟之

間也。　【錦衣行畫】史記項羽本紀：「富貴不歸故鄉，如錦衣夜行，誰知之者。」後代遂以富貴歸故鄉爲錦衣

行晝。　【韓琦有晝錦堂。　【貂蟬句】見卷一破陣子（擲地劉郎玉斗闋）箋注。　【富貴句】論語：「不義而富且貴，

於我如浮雲。」　【我評二句】世說任誕篇：「張季鷹縱任不拘，時人號爲江東步兵。或謂之曰：「卿乃可縱適一

時，獨不爲身後名耶？」答曰：「使我有身後名，不如即時一杯酒。」」　【八千二句】莊子逍遙遊：「上古有大椿

者，以八千歲爲春，八千歲爲秋。」

【編年】淳熙十二年（一一八五）。

菩薩蠻　乙巳冬南澗舉似前作，因和之。

錦書誰寄相思語？天邊數徧飛鴻數。一夜夢千回，梅花入夢來。　　漲痕紛樹髮，霜落沙

洲白。心事莫驚鷗，人間千萬愁。

【校】【題】廣信書院本作『用前韻』，茲從四卷本乙集。『南澗』四卷本誤作『前澗』，茲改正。　【沙洲】廣信書院

本作『瀟湘』，茲從四卷本。

【箋注】【前作】指『金陵賞心亭為葉丞相賦』之菩薩蠻而言。　（驚鷗）杜甫題玄武禪師屋壁詩：『錫飛常近鶴，杯度不驚鷗。』

【編年】淳熙十二年（一一八五）。

水調歌頭　和信守鄭舜舉蔗菴韻

萬事到白髮，日月幾西東。羊腸九折歧路，老我慣經從。竹樹前溪風月，雞酒東家父老，一笑偶相逢。此樂竟誰覺，天外有冥鴻。味平生，公與我，定無同。玉堂金馬，自有佳處着詩翁。『好鎖雲煙窗戶，怕入丹青圖畫，飛去了無蹤。』此語更癡絕，真有虎頭風。

【校】（題）四卷本甲集無『信守』二字。

【箋注】（鄭舜舉）青田縣志，人物志：『鄭汝諧字舜舉，紹興丁丑進士。穎悟貫洽，出入五經，橫衡諸史。辛稼軒見之，曰：「老子胸中兵百萬。」丞相洪景伯薦於朝，孝宗書於御屏曰：「鄭汝諧威而能惠。」授兩浙轉運判官。時兩浙苦旱，舉行荒政。……入為大理少卿，持公論釋陳亮。歷官吏部侍郎。既老，以徽猷閣待制致仕。自號東谷居士。居鄉多惠愛，邑人生祠之。』元鄭陶孫論語意原跋：『曾大父東谷先生，宋紹熙初，由江南西路提點刑獄遷轉運副使，會帥府諸臺適皆闕官，躬佩五司之印而總攝之，曾不知其為煩劇也。暇則，

詣學，親爲諸生講析疑義。未幾被召。……〔蔗菴〕南澗甲乙稿題鄭舜舉蔗菴詩：『吾州富佳山，修竹連峻

嶺。……豈知刺史宅，跬步閱清景。古木盤城隅，石徑幽且迴。……鄭公開閣眼，獨步崑盧頂。曰『此氣象殊』，

逍遙步方永。……』據知蔗菴爲鄭氏居第，在上饒城隅一山嶺。　〔歧路〕列子說符：『楊子之鄰人亡羊，旣率其

黨，又請楊子之豎追之。楊子曰：「嘻，亡一羊何追者之衆？」鄰人曰：「多歧路。」旣反，問：「獲羊乎？」曰：「亡

之矣。」曰：「奚亡之？」曰：「歧路之中又有歧焉，吾不知所之，所以反也。」』　〔定無同〕世說新語文學篇：『阮宣子有令

聞，太尉王夷甫見而問曰：「老莊與聖教同異？」對曰：「將無同。」……』　〔玉堂金馬〕史記滑稽傳：『金馬門者，

官署門也，門傍有銅馬，故謂之金馬門。』揚雄解嘲：『今子幸得遭明聖之世，處不諱之朝，與羣賢同行，歷金門，

上玉堂，有日矣。』應劭曰：『金門，金馬門也。』晉灼曰：『黃圖有大玉堂、小玉堂殿也。』　〔好鎖三句〕賞均爲鄭

舜舉語。　〔此語二句〕世說文學篇注引宋明帝文章志曰：『桓溫云：「顧長康體中癡黠各半，合而論之，正平平

耳。」世云有三絕……畫絕、文絕、癡絕。』按：『穎愷之字長康，小字虎頭，見張彥遠歷代名畫記。

【編年】淳熙十二年（一一八五）。──據宋會要一六三册賦稅門，載淳熙十二年三月宰執進呈權發遺信州鄭

汝諧云云一事，及章泉稿附載余鑄記寧田事謂『淳熙十二年知州事鄭汝諧再撥下新收莊』云云，知鄭氏之守信

當始於十二年春，建造居第疑卽在該年內也。

千年調　蔗菴小閣名曰巵言，作此詞以嘲之。

厄酒向人時，和氣先傾倒。最要然然可可，萬事稱好。滑稽坐上，更對鴟夷笑。寒與熱，總隨人，甘國老。 少年使酒，出口人嫌拗。此簡和合道理，近日方曉：學人言語，未會十分巧。 看他們，得人憐，秦吉了。

【校】〔題〕『蔗菴』廣信書院本作『庶菴』，茲從王詔校刊本及四印齋本。

【箋注】〔厄言〕莊子寓言篇：『寓言十九，重言十七，厄言日出，和以天倪。』 〔然然可可〕莊子寓言篇：『惡乎然？然於然。惡乎不然？不然於不然。惡乎可？可於可。惡乎不可？不可於不可。物固有所然，物固有所可。无物不然，无物不可。』 〔萬事稱好〕用司馬徽一皆言佳事，見本卷水調歌頭（君莫賦幽憤閒）箋注。 〔滑稽二句〕揚雄酒賦：『鴟夷滑稽，腹如大壺。』 〔寒與熱三句〕本草草部上品之上：『甘草，國老，味甘平，無毒，主五臟六腑寒熱邪氣。』注引藥性論云：『甘草，……諸藥眾中為君，治七十二種乳石毒，解一千二百般草木毒，調和使諸藥有功，故號國老之名。』 〔秦吉了〕唐會要：『林邑國有結遼鳥，能言勝於鸚鵡，黑色，兩眉獨黃，即秦吉了也。』白居易新樂府秦吉了：『秦吉了，出南中。彩毛青黑花頸紅。耳聰心慧舌端巧，鳥語人言無不通。』范成大桂海虞衡志志禽篇：『秦吉了如鸜鵒，紺黑色，丹咮黃距，目下連頂有深黃文，頂毛有縫，如人分髮。能人言，比鸚鵡尤慧。大抵鸚鵡如兒女，吉了警則如丈夫。出邕州溪洞中。』

南歌子 獨坐蔗菴

【編年】右詞當作於和鄭舜舉蔗菴韻水調歌頭之後，因附於此。

玄入參同契，禪依不二門。細看斜日隙中塵，始覺人間，何處不紛紛。　病笑春先到，聞

知嬾是真。百般啼鳥苦撩人。除卻提壺，此外不堪聞。

【校】〔題〕『蔗菴』廣信書院本作『庶菴』，茲從四卷本乙集。〔細看〕四卷本乙集作『靜看』。〔先到〕四卷本

作『先老』。〔聞知〕四卷本作『聞慊』。

【箋注】〔參同契〕書名。葛洪神仙傳稱魏伯陽作。名參同契者，謂以周易、黃老、爐火三家相參同，歸於一方，

契大道也。〔禪依句〕『不二門』佛家語，即『不二法門』。佛教謂有八萬四千法門，不二法門在諸法門之上，能

直見聖道者也。維摩經：『文殊師利問維摩詰：「何等是不二法門？」維摩默然不應。殊曰：「善哉善哉，無有文

字言語，是真不二法門也。」』〔嬾是真〕杜甫漫成：『近識峨嵋老，知余嬾是真。』〔提壺〕鳥名。〔先到〕四卷本

【編年】疑淳熙十三年（一一八六）。——此詞作年難確知。唯稼軒之獨坐蔗菴，必在鄭舜舉倘未去信之前，

因編次於此。

杏花天

病來自是於春嬾。但別院、笙歌一片。蛛絲網遍玻瓈盞，更問舞裙歌扇！　有多少、驚

愁蝶怨，甚夢裏、春歸不管。楊花也笑人情淺，故故沾衣撲面。

【箋注】〔別院句〕秦觀詞：『宿酲未醒宮娥報，道別院笙歌會早。』〔更問〕意即豈可問。　〔故故〕可作『頻頻』

解，亦可作『故意』或『特意』解。

【編年】疑淳熙十三年（一一八六）。——右詞見四卷本甲集。『獨坐蘼蕪』之南歌子詞中有『病笑春先到，閒

知嬾是眞』語，與此詞之時令及『病來自是於春嬾』等語所述意與正相合，因附次於此。

水調歌頭　席上用王德和推官韻，壽南澗。

上界足官府，公是地行仙。青氈劍履舊物，玉立近天顏。莫怪新來白髮，恐是當年柱下，道德五千言。南澗舊活計，猿鶴且相安。

歌秦缶，寶康瓠，世皆然。不知淸廟鐘磬，零落有誰編。莫問行藏用舍，畢竟山林鐘鼎，底事有虧全？再拜荷公賜，雙鶴一千年。公以雙鶴見壽。

【校】〔題〕四卷本乙集作『和德和上南澗韻』，茲從廣信書院本。　〔近天顏〕四卷本作『侍天顏』。　〔莫問〕四卷本作『堪笑』。　〔王〕廣信書院本誤作『黃』，茲改正，考證詳箋注中。　〔畢竟〕四卷本作『試問』。　〔注〕『一千年』下注文四卷本無。

【箋注】〔王德和〕韓南澗甲乙稿卷五有送王德和赴調改秩詩，卷七有『席上次韻王德和』之水調歌頭一闋，用韻與稼軒此詞全同，知二人所和爲同一人，而其人姓氏，韓集中均作『王』不作『黃』。查上饒縣志秩官志中，淳熙間任推官者有王寧一人，而不著其人之字里。朝野雜記乙集卷二十，龍州番部寇邊條有『郭杲與總賦官王寧

德和不叶」等語，知王德和即王寧，而廣信書院本之作『黃德和』者，以黃王聲似而致誤也。江陰縣志卷十六，人物志，鄉賢：『王寧字德和，三魁鄉薦，乾道丙戌中乙科，終中奉大夫、直徽猷閣。遠事三朝，凡所歷歷，綽有休閒。有笑談集十卷。』〔上界句〕韓愈酬盧給事曲江荷花行寄詩：『上界真人足官府，豈如散仙鞚鸞鳳終日相追陪。』〔地行仙〕楞嚴經：『衆生堅固，服餌草木，藥道圓成，名地行仙。』蘇軾以拄杖壽張安道詩：『先生真是地行仙，佳世因循五百年。』顧況集五原訣：『番陽仙人王逸翠子高言：「下界功滿方超上界，上界多官府，不如地仙快活也。」』〔青氈句〕晉書王獻之傳：『夜臥齋中，有偷人入其室，盜物都盡，獻之徐曰：「偷兒，青氈我家舊物，可特置之。」』羣盜驚走。〔劍履〕漢官儀：『上公九命則劍履。』〔柱下〕史記張蒼傳索隱：『周秦皆有柱下史，謂御史也。所掌及侍立恆在殿柱之下，故老聃為周柱下史。』〔道德句〕老子有道德經五千言。〔歌秦缶〕李斯上秦始皇書：『夫擊甕扣缶，彈箏搏髀，而歌呼嗚嗚快耳者，真秦之聲也。』〔貨康瓠〕賈誼弔屈原賦：『斡棄周鼎兮而寶康瓠。』爾雅：『康瓠，大瓠也。』〔猿鶴句〕見卷一沁園春（三徑初成閣）箋注。〔行藏句〕見本卷踏莎行（進退存亡閒）箋注。〔山林鐘鼎〕杜甫清明詩：『鐘鼎山林各天性，濁醪粗飯任吾年。』

【附錄】

韓南澗詞（見南澗甲乙稿卷七）

水調歌頭　席上次韻王德和

世事不須問，我老但宜仙。南溪一曲，獨對蒼苹與孱顏。月白風清長夏，醉裏相逢林下，欲辯已忘言。無客問生死，有竹報平安。　少年期，功名事，覓燕然。如今憔悴，蕭蕭華髮抱塵編。萬里蓬萊歸路，一醉嶠臺風露，因酒得天全。笑指雲階夢，今夕是何年。

【編年】淳熙十三年（一一八六）。——右詞未著作於何年。王德和官信州之年歲亦無可考。但稼軒壽韓諸詞唯本闋與太常引一闋之作年難定。太常引既已推定爲壽韓詞中最早之一首，則此闋自當爲十三年之作矣。

念奴嬌 和韓南澗載酒見過雪樓觀雪

兔園舊賞，悵遺蹤飛鳥、千山都絕。縞帶銀杯江上路，惟有南枝香別。萬事新奇，青山一夜，對我頭先白。倚巖千樹，玉龍飛上瓊闕。 莫惜霧鬢雲鬟，試教騎鶴，去約尊前月。自與詩翁磨凍硯，看掃幽蘭新闋。便擬明年，人間揮汗，留取層冰潔。此君何事，晚來曾爲腰折。

【校】〔題〕四卷本甲集無『韓』字。〔雲鬢〕四卷本作『風鬢』。〔明年〕四卷本作『□□』。〔曾爲〕四卷本作『還爲』。

【箋注】〔兔園句〕西京雜記卷二：『梁孝王好營宮室苑囿之樂，作曜華之宮，築兔園，園中有百靈山，……鴈池，……其諸宮觀相連延，互數十里』。謝惠連雪賦：『歲將暮，時既昏，寒風積，愁雲繁。梁王不悅，遊於兔園。……』〔悵遺蹤二句〕柳宗元江雪詩：『千山鳥飛絕，萬徑人蹤滅。孤舟簑笠翁，獨釣寒江雪。』〔縞帶句〕韓愈詠雪贈張籍詩：『隨車翻縞帶，逐馬散銀杯。』〔青山二句〕劉禹錫蘇州白舍人寄新詩有『歎早白無兒』之句，因以贈之：『雪裏高山頭早白，海中仙果子生遲。』〔玉

龍句」蔡絛西清詩話：『華州狂子張元，天聖間坐累終身，每託興吟詠，如雪詩：「戰退玉龍三百萬，敗鱗殘甲滿空飛。」……怪譎類是。』

〔幽蘭新闋〕宋玉諷賦：『臣嘗行至，主人獨有一女，置臣蘭房之中，臣援琴而鼓之，為幽蘭白雪之曲。』〔此君〕謂竹。世說新語任誕篇：『王子猷嘗暫寄人空宅住，便令種竹。或問：「暫住何煩爾？」王嘯詠良久，直指竹曰：「何可一日無此君？」』

〔編年〕右詞不知作於何年。南澗卒於淳熙十四年夏，則此詞至晚當作於十三年冬，因附於十三年壽韓詞後。

清平樂 獨宿博山王氏菴

遶牀飢鼠，蝙蝠翻燈舞。屋上松風吹急雨，破紙窗間自語。 平生塞北江南，歸來華髮蒼顏。布被秋宵夢覺，眼前萬里江山。

〔筆注〕〔博山〕輿地紀勝：『博山在永豐西二十里，古名通元峯，以形似廬山玉爐峯，故改今名。』〔塞北〕稼軒於南歸前，曾兩隨計吏北抵燕山，見進美芹十論劄子，此當為稼軒足跡所至最北之地。參拙撰辛稼軒年譜。

江神子 博山道中書王氏壁

一川松竹任橫斜，有人家，被雲遮。雪後疎梅、時見兩三花。比着桃源溪上路，風景好，不爭多。 旗亭有酒徑須賒，晚寒些，怎禁他。醉裏匆匆、歸騎自隨車。白髮蒼顏吾老

矣，只此地，是生涯。

【校】【不爭多】廣信書院本作『不爭些』。【晚寒些】廣信書院本作『晚寒咱』。茲俱從四卷本甲集。

【箋注】【一川】即『一片』或『滿地』。【桃源】陶淵明桃花源記：『晉太元中，武陵人捕魚爲業，緣溪行，忽逢桃花林，夾岸數百步，中無雜樹，芳草鮮美，落英繽紛。』【不爭多】即差不多。廣信書院本作『不爭些』，即『不差些』意。

鷓鴣天　博山寺作

不向長安路上行，却教山寺厭逢迎。味無味處求吾樂，材不材間過此生。　寧作我，豈其卿。人間走遍却歸耕。一松一竹眞朋友，山鳥山花好弟兄。

【箋注】【博山寺】廣豐縣志：『博山寺在邑西南崇善鄉，本名能仁寺，五代時天台詔國師開山，有繡佛羅漢留寺中。宋紹興間悟本禪師奉詔開堂，辛稼軒爲記。』【味無味】老子：『爲無爲，事無事，味無味。』【材不材間】莊子山木篇：『明日弟子問於莊子曰：「昨日山中之木以不材得終其天年，今主人之雁以不材死，先生將何處？」莊子笑曰：「周將處乎材與不材之間。」』【寧作我】世說新語品藻篇：『桓公少與殷侯齊名，常有競心。桓問殷：「卿何如我？」殷云：「我與我周旋久，寧作我。」』【豈其卿】揚雄法言問神卷第五：『或曰：「君子病沒世而無名，盍勢諸名卿，可幾也。」曰：「君子德名爲幾，梁、齊、趙、楚之君，非不富且貴也，惡乎成名？」谷口鄭子眞，

不屈其志而耕乎礫石之下，名震於京師。豈其卿，豈其卿。』〔一松句〕元結丐論：『古人鄉無君子，則與雲山

為友；里無君子，則與松竹為友；座無君子，則與琴酒為友。』〔山鳥句〕杜甫岳麓山道林二寺行：『一重一掩

吾肺腑，山鳥山花共友于。』

醜奴兒　書博山道中壁

煙蕪露麥荒池柳，洗雨烘晴。洗雨烘晴，一樣春風幾樣青。　提壺脫袴催歸去，萬恨千

情。萬恨千情，各自無聊各自鳴。

【校】〔調〕四卷本甲集作『採桑子』。〔煙蕪露麥〕四卷本作『煙迷露麥』。王韶本、六十家詞本『麥』俱作『麰』。
疑當作『雾』。

【箋注】〔烘晴〕宋璟梅花賦：『愛日烘晴，桂蟾凍夜，又如神人，來自姑射。』〔提壺、脫袴〕俱鳥名，以其鳴聲
而得名者也。

又　書博山道中壁

少年不識愁滋味，愛上層樓。愛上層樓，為賦新詞強說愁。　而今識盡愁滋味，欲說還

休。欲說還休，却道『天涼好箇秋』！

又

此生自斷天休問，獨倚危樓。獨倚危樓，不信人間別有愁。　君來正是眠時節，君且歸

休。君且歸休，說與西風一任秋。

【校】〔題〕廣信書院本無，茲從四卷本丙集。

【箋注】〔欲說還休〕李清照鳳凰臺上憶吹簫詞：『生怕閒愁暗恨，多少事欲說還休。』

【箋注】〔此生句〕杜甫曲江三章：『自斷此生休問天，杜曲幸有桑麻田。』〔君來二句〕宋書陶潛傳：『貴賤造之

者，有酒輒設，潛若先醉，便語客：我醉欲眠卿可去。』莊子逍遙遊：…『歸休乎君，余無所用天下爲。』

清平樂　博山道中即事

柳邊飛鞚，露濕征衣重。宿鷺窺沙孤影動，應有魚蝦入夢。　一川明月疏星，浣紗人影

娉婷。笑背行人歸去，門前稚子啼聲。

【校】〔露濕〕王詔校刊本及四印齋本俱作『霧濕』。〔窺沙孤影〕四卷本甲集作『驚窺沙影』。〔明月〕四卷

本作『淡月』。〔浣紗〕廣信書院本、王詔校刊本及四卷本俱作『浣沙』。茲從四印齋本。

醜奴兒近　博山道中效李易安體

千峯雲起，驟雨一霎兒價。更遠樹斜陽風景，怎生圖畫！靑旗賣酒，山那畔別有人家。只消山水光中，無事過這一夏。

午醉醒時，松窗竹戶，萬千瀟灑。野鳥飛來，又是一般閑暇。却怪白鷗，覷着人欲下未下。舊盟都在，新來莫是，別有說話？

【校】（調）四卷本甲集脫『近』字。　（一霎兒）四卷本作『一霎時』。　（人家）四卷本作『人間』。　（這一夏）王詔校刊本及六十家詞本俱作『者一霎』，四印齋本作『者一夏』。　（又是一般）自『般』字以下，王詔校刊本及六十家詞本全脫。

【箋注】（李易安）李淸照號易安居士，北宋末南宋初人。禮部郞濟南李格非之女，建康帥趙明誠之妻。南渡後不久趙郞病故。淸照工詩文，尤以詞擅名。其所作詞，善於將尋常習用語言，隨手拈來，度入音律，鍊句精巧，意境淸新，卓然爲宋代一大家。所著李易安集十二卷已佚，現僅後人所輯之漱玉詞一卷行世。（舊題）稼軒於退隱帶湖新居之初，有『盟鷗』之水調歌頭一闋。

點絳脣　留博山寺，聞光風主人微恙而歸，時春漲斷橋。

隱隱輕雷，雨聲不受春回護。落梅如許，吹盡牆邊去。

訴？寄聲傳語，沒箇人知處。

【箋注】（光風主人）未詳。

春水無情，礙斷溪南路。憑誰

念奴嬌　賦雨巖，效朱希真體。

近來何處，有吾愁、何處還知吾樂。一點淒涼千古意，獨倚西風寥廓。並竹尋泉，和雲種樹，喚做真閑客。此心閑處，未應長藉丘壑。

休說往事皆非，而今云是，且把清尊酌。醉裏不知誰是我，非月非雲非鶴。露冷松梢，風高桂子，醉了還醒卻。北窗高臥，莫教啼鳥驚著。

【校】　〔題〕四卷本甲集無『效朱希真體』五字。　〔寥廓〕廣信書院本作『寥閬』，茲從四卷本。　〔並竹〕廣信書院本及四卷本俱作『並竹』，王詔校刊本及四印齋本俱作『剪竹』。　〔露冷松梢〕四卷本作『露冷風高』。　〔閑客〕廣信書院本作『閑篁』，茲從四卷本。　〔未應〕四卷本作『不應』。　〔風高桂子〕四卷本作『松梢桂子』。

【箋注】　〔雨巖〕澗泉集卷十二，有詩題爲『朱卿入雨巖，本約同遊，一詩呈之』。詩云：『雨巖只在博山隈，往往能令俗駕回。拄杖失從賢者去，住菴應喜謫仙來。中林臥壑先藏野，盤石鳴泉上有梅。早夕金華鹿田寺，斯遊重省又徘徊。』輿地紀勝：『博山在永豐縣西二十里。……唐德韶禪師建刹其中，寺後有卓錫泉。』

宋史卷四四五：『朱敦儒字希真，河南人。……志行高潔，雖爲布衣而有朝野之望。……素工詩及樂府，婉麗清暢。』花菴詞選：『朱希真名敦儒，博物洽聞，東都名士。南渡初以詞章擅名。天資曠遠，有神仙風致。』按：朱希真有樵歌三卷行於世。

〔休說二句〕陶淵明歸去來辭：『實迷途其未遠，覺今是而昨非。』　〔北窗高臥〕陶淵

一四〇

明與子儼等疏:『常言五六月中，北窗下臥，遇涼風暫至，自謂是羲皇上人。』

水龍吟

題雨巖。巖類今所畫觀音補陀。巖中有泉飛出，如風雨聲。

補陀大士虛空，翠巖誰記飛來處？蜂房萬點，似穿如礙，玲瓏窗戶。石髓千年，已垂未落，嶙峋冰柱。有怒濤聲遠，落花香在，人疑是、桃源路。　又說春雷鼻息，是臥龍、彎環如許。不然應是：洞庭張樂，湘靈來去。我意長松，倒生陰壑，細吟風雨。竟茫茫未曉，只應白髮，是開山祖。

【校】〔補陀〕王詔校刊本及四印齋本俱作『普陀』。

【箋注】〔觀音補陀、補陀大士〕觀音即觀世音之略稱，自唐初避李世民諱，故省去『世』字，菩薩名，亦稱觀自在菩薩。法華經『苦惱眾生，一心稱名，菩薩即時觀其音聲，皆得解脫，以是名觀世音。』『補陀』者，華嚴經謂有補陀洛伽山，且謂係善財童子第二十八參觀音菩薩說法處。稼軒此詞題中所稱之『觀音補陀』及首句所稱之『補陀大士』，當均指觀音菩薩而言。稼軒另有賦石中觀音像之玉樓春（琵琶亭畔多芳草闋）及本卷江神子（一川松竹任橫斜闋）二首，其中亦有『補陀大士神通妙』句。合此數者觀之，稼軒蓋誤以補陀大士為觀音菩薩之另一稱號也。

〔桃源路〕參卷一滿江紅（照影溪梅闋）及本卷題落星寺詩箋注。

〔蜂房三句〕黃庭堅題落星寺詩:『蜂房各自開戶牖。』

〔春雷鼻息〕元稹詩:『鼻息吼春雷，蹄聲裂寒瓦。』

〔洞庭張樂〕莊子天運篇:『北門成問於黃帝曰:「帝

張咸池之樂於洞庭之野，吾始聞之懼，復聞之怠，卒聞之而惑。蕩蕩默默，乃不自得。」帝曰：「汝殆其然哉。吾奏之以人，徵之以天，行之以禮義，建之以太清。」〔湘靈〕楚辭遠遊：『使湘靈鼓瑟兮，令海若舞馮夷。』〔開山祖〕釋氏多擇名山，建立寺觀。其始創基業者，謂之開山祖師。後來對於凡首創一宗一派者均以是稱之。

山鬼謠 〔雨巖有石，狀怪甚，取離騷九歌，名曰山鬼，因賦摸魚兒，改今名。〕

問何年、此山來此？西風落日無語。看君似是羲皇上，直作太初名汝。溪上路，算只有、紅塵不到今猶古。一杯誰舉？笑我醉呼君，崔嵬未起，山鳥覆杯去。 須記取：昨夜龍湫風雨。門前石浪掀舞。四更山鬼吹燈嘯，驚倒世間兒女。依約處，還問我：清游杖屨公良苦。神交心許。待萬里攜君，鞭笞鸞鳳，誦我遠遊賦。 〔石浪，菴外巨石也，長三十餘丈。

〔校〕〔調〕廣信書院本作『摸魚兒』，茲從四卷本甲集。 〔題〕廣信書院本『狀怪甚』作『狀甚怪』，『改今名』作『改名山鬼謠』，茲均從四卷本。 〔注〕『遠遊』下注文，四卷本無。

〔箋注〕 〔四更句〕杜甫移居公安山館詩：『山鬼吹燈滅，廚人語夜闌。』 〔鞭笞句〕見本卷水調歌頭（上界足官府闕）箋注。 〔遠遊賦〕遠遊，楚辭篇名。

生查子 獨游雨巖

溪邊照影行，天在清溪底。天上有行雲，人在行雲裏。　高歌誰和余？空谷清音起。　非
鬼亦非仙，一曲桃花水。

【校】（題）四卷本乙集無『獨』字。

【箋注】（非鬼句）蘇軾夜泛西湖五絕句：『湖光非鬼亦非仙，風恬浪靜光滿川。』（桃花水）水衡記：黄河二月
三月水，名桃花水。

蝶戀花　月下醉書雨巖石浪

九畹芳菲蘭佩好。空谷無人，自怨蛾眉巧。寶瑟冷冷千古調，朱絲絃斷知音少。　冉冉
年華吾自老。水滿汀洲，何處尋芳草？喚起湘纍歌未了。石龍舞罷松風曉。

【校】（題）四卷本甲集誤作『兩巖』。

【箋注】（九畹）離騷：『余旣滋蘭之九畹兮，又樹蕙之百畝。』（蘭佩）離騷：『扈江離與辟芷兮，紉秋蘭以爲
佩。』（自怨句）離騷：『衆女嫉余之蛾眉兮，謠諑謂余以善淫。』（冉冉句）離騷：『老冉冉其將至兮，恐修名之
不立。』（湘纍）揚雄反離騷：『欽弔楚之湘纍。』注：『諸不以罪死曰纍。』屈原赴湘死，故曰湘纍。』

又　用前韻，送人行。

意態愁生元自好。學畫鴉兒，舊日偏他巧。蜂蝶不禁花引調，西園人去春風少。 春已
無情秋又老。誰管閒愁，千里青青草。今夜倚簪黃菊了。斷腸明日霜天曉。

【校】〔題〕四卷本乙集作『送行人』。 〔明日〕四卷本作『明月』。

【箋注】〔意態三句〕隋遺錄：『煬帝幸江都，洛陽人獻合蒂迎輦花，帝令御車女袁寶兒持之，號曰司花女。時召
虞世南草征遼指揮德音勅於帝側，寶兒注視久之，帝謂世南曰：「昔傳飛燕可掌上舞，朕常韻儒生飾於文字，豈
人能若之乎？及今得寶兒，方昭前事。然多愁態。今注目於卿，卿才人，可便嘲之。」世南應詔爲絕句曰：「學畫
鴉黃半未成，垂肩嚲袖太愁生。 緣愁卻得君王惜，長把花枝傍輦行。』蘇軾浣溪沙（席上贈楚守田待問小鬟）
詞：『學畫鴉兒正妙年。』又，『愁生』之『生』字爲語助詞。 〔不禁〕意即不耐。 〔千里句〕後漢書五行志：『獻帝
踐阼之初，京師童謠曰：「千里草，何青青。 十日卜，不得生。」』按：『千里草』爲董，『十日卜』爲卓。

定風波 用藥名招婺源馬荀仲游雨巖。 馬善醫。

山路風來草木香。雨餘涼意到胡牀。泉石膏肓吾已甚，多病，隄防風月費篇章。 孤負
尋常山簡醉，獨自，故應知子草玄忙。 湖海早知身汗漫，誰伴？只甘松竹共淒涼。

【校】〔題〕四卷本乙集無『婺源』二字。

【箋注】〔馬荀仲〕事歷未詳。 〔雨餘涼〕音同爲餘糧，藥名。 〔石膏、防風〕均藥名。 〔泉石句〕新唐書田游

嚴陵：『入箕山，居許由祠旁，自號由東鄰。 高宗幸嵩山，親至其門，游巖野服出拜，帝謂曰：「先生比佳否？」對

曰：「臣所謂泉石膏肓，煙霞痼疾者。」 （山簡醉）見下烏夜啼（江頭醉倒山公闋）箋注。 （故應知）蘇軾張先

生詩：『熟視空堂竟不言，故應知我未天全。』『知子』音同梔子，藥名。 （草玄）漢揚雄著太玄以擬周易。參卷

四感皇恩（案上數編書闋）箋注。

又

再和前韻，藥名。

仄月高寒水石鄉。倚空青碧對禪房。白髮自憐心似鐵，風月，使君子細與平章。 平昔

生涯笻竹杖，來往，却慚沙鳥笑人忙。便好賸留黃絹句，誰賦，銀鈎小草晚天涼。

【校】（題）廣信書院本無『再和前韻』四字，茲從四卷本乙集。 〔平昔〕四卷本作『已判』。 （使君）廣信書院

本作『史君』，茲從四卷本。 （禪房）四卷本作『禪林』。

【箋注】（空青、使君子）均藥名。 （賸留）即多留。 〔小草〕即遠志，藥名。 （黃絹句）見本卷賀新郎（碧海成桑野闋）箋注。 （銀鈎）

見本卷蝶戀花（何物能令公怒喜闋）箋注。

【繫年】右起清平樂（遶林饑鼠闋）迄定風波（仄月高寒水石鄉闋）共詞十七首，當非一時所作，唯其中有數首

見於四卷本甲集，則是淳熙十四年（一一八七）以前之作爲多。 以其均與博山寺及雨巖有關，姑彙錄於此。

滿江紅 遊南巖，和范廓之韻。

笑拍洪崖，問『千丈翠巖誰削？』依舊是、西風白鳥，北村南郭。似整復斜僧屋亂，欲吞還吐林煙薄。覺人間、萬事到秋來，都搖落。 呼斗酒，同君酌。更小隱，尋幽約。且丁寧休負，北山猿鶴。有鹿從渠求鹿夢，非魚定未知魚樂。正仰看、飛鳥却膺人，回頭錯。

【校】（范廓之）廣信書院本作『范先之』，茲從四卷本甲集。 （白鳥）四卷本作『白馬』。

【箋注】（南巖）上饒縣志山川志：『南巖一名盧家巖，在縣治西南十里，朱子讀書處。谽然空嵌，可容數百人。巖下朱子祠及僧舍十數楹，不假瓦覆，雖大雨無簷漏聲。有文公祠、大義石、二滴泉、千人室、五級峯、百丈壁、開鑑塘、濯纓井八景。歷代名人多題詠焉。』 （范廓之）廣信書院本『廓之』均作『先之』，蓋爲避宋寧宗之嫌名而改者。 按：廓之當即編次稼軒詞甲集之范開，其事歷不詳，參年譜淳熙九年記事。 （笑拍洪崖）神仙傳：『衛叔卿歸華山，漢武帝令叔卿子度求之，見其父與數人博，度問曰：向與博者爲誰？』叔卿曰：是洪崖先生、王子晉、薛容也。』 郭璞遊仙詩：『左挹浮丘袖，右拍洪崖肩。』 （覺人間二句）楚辭九辯：『悲哉秋之爲氣也，蕭瑟兮草木搖落而變衰。』 （北山猿鶴）見卷一沁園春（三徑初成闋）箋注。 （有鹿句）本卷水調歌頭（子古老蟾口閣）箋注。 （非魚句）莊子秋水篇：『莊子與惠子遊於濠梁之上，莊子曰：「鯈魚出遊從容，是魚之樂也。」惠子曰：「子非魚，安知魚之樂？」』 （正仰看二句）杜甫漫成之二：『江皋已仲春，花下復清晨。仰面貪看鳥，回頭錯應人。』

又 和廓之雪

天上飛瓊，畢竟向人間情薄。還又跨，玉龍歸去，萬花搖落。雲破林梢添遠岫，月臨屋角分層閣。記少年、駿馬走韓盧，掀東郭。　吟凍雁，嘲飢鵲。人已老，歡猶昨。對瓊瑤滿地，與君酬酢。最愛霏霏迷遠近，却收擾擾還寥廓。待羔兒酒罷又烹茶，揚州鶴。

【校】〔題〕廣信書院本作『和范先之雪』，茲因避宋寧宗嫌名而改，茲從四卷本甲集。　〔月臨〕廣信書院本作『月明』，茲從四卷本。

【箋注】〔飛瓊〕漢武內傳：『王母乃命侍女許飛瓊鼓震靈之簧。』按：此處之飛瓊，意蓋雙關。所指為降雪之事，而所用則王母侍女之名，故有『向人間情薄』及『跨玉龍歸去』諸語。　〔走韓盧，掀東郭〕說苑：『韓氏之盧，天下疾狗也，見兔而指屬，則無失兔矣。』史記范睢傳：『以秦治天下，譬若眦韓盧而搏蹇兔。』韓愈毛穎傳：『居東郭者名䨲，狡而善走，與韓盧爭能，盧不及。盧怒，與宋鵲謀而殺之。』　〔羔兒酒〕見本卷鷓鴣天（莫上扁舟訪剡溪關）箋注。　〔揚州鶴〕殷芸小說：『有容相從，各言所志：或願為揚州刺史，或願多貲財，或願騎鶴上昇，其一人曰：「腰纏十萬貫，騎鶴上揚州，欲兼三者。」』　蘇軾於潛僧綠筠軒詩：『若對此君仍大嚼，世間那有揚州鶴。』

念奴嬌　賦白牡丹，和范廓之韻。

對花何似？似吳宮初教，翠圍紅陣。欲笑還愁羞不語，惟有傾城嬌韻。天香染露，曉來衣潤誰整？　最愛弄玉團酥，就中一朵，曾入揚州名字，舊賞那堪省。

詠。華屋金盤人未醒，燕子飛來春盡。最憶當年，沉香亭北，無限春風恨。醉中休問，夜深花睡香冷。

【校】〔題〕『范廓之』廣信書院本作『范先之』，茲從四卷本甲集。

【箋注】〔似吳宮二句〕史記孫子列傳：『孫子武者，齊人也。以兵法見於吳王闔廬，......闔廬曰：「可試以婦人乎？」曰：「可。」於是許之。出宮中美女，得百八十人，孫子分爲二隊，以王之寵姬二人各爲隊長，皆令持戟。......婦人左右前後跪起，皆中規矩繩墨，無敢出聲。』

〔弄玉團酥〕當均爲白牡丹之一種。

〔華屋金盤〕蘇軾詠海棠詩：『自然富貴出天姿，不待金盤薦華屋。』

〔沉香亭二句〕雲谿友議卷中辭雍氏條：『崔涯者吳楚之狂生也，與張祜齊名。每題一詩于倡肆，無不誦之于衢路。譽之則車馬繼來，毀之則杯盤失錯。......又嘲李端端「黃昏不語不知行，鼻似煙窓耳似鐺。......」端端得此詩，憂心如病。使院飲迴，遙見二子，再拜斂衽，伏望哀之。又重贈一絕句豪竸臻其戶。贈詩曰：「覓得黃騮被繡鞍，善和坊裏取端端。揚州近日渾成詫，一朵能行白牡丹。」〔一朵，揚州詠〕

松窗雜錄：『開元中，禁中初重木芍藥，即今牡丹也。......得四本：紅、紫、淺紅、通白者。上因移植於興慶池東沉香亭前。會花方繁開，上乘月夜，召太真妃，以步輦從。......命李龜年持金花箋宣賜翰林學士李白，進清平調詞三章。』清平調三首有云：『解釋春風無限恨，沉香亭北倚闌干。』雍錄：『興慶宮圖龍池東有沉香亭。』

〔夜深花睡〕蘇軾海棠詩：『只恐夜深花睡去，高燒銀燭照紅粧。』

烏夜啼　山行，約范廓之不至。

江頭醉倒山公。月明中。記得昨宵歸路，笑兒童。　溪欲轉，山已斷，兩三松。一段可憐
風月、欠詩翁。

【校】〔題〕『范廓之』廣信書院本作『范先之』，兹從四卷本甲集。

【箋注】〔江頭句〕世說新語任誕篇：『山季倫爲荊州，時出酣暢，人爲之歌曰：「山公時一醉，徑造高陽池。日暮
倒載歸，酩酊無所知。復能乘駿馬，倒著白接䍦。舉手問葛彊，何如并州兒。」高陽池在襄陽，彊是其愛將，并
州人也。』

又　廓之見和，復用前韻。

人言我不如公。酒頻中。更把平生湖海、問兒童。　千尺蔓，雲葉亂，繫長松。却笑一身
纏繞、似衰翁。

【校】〔廓之〕廣信書院本『廓之』作『先之』，『用前韻』作『用韻』，兹從四卷本甲集。　〔問〕廣信書院本誤作『聞』，其他各本俱不誤。　〔酒頻中〕廣信書院本作『酒
杯中』，兹從四卷本。

【箋注】〔人言句〕世說新語方正篇：『王述轉尙書令，事行便拜。』文度曰：『故應讓杜許。』藍田云：『汝謂我堪此

不？」文度曰：「何爲不堪，但克讓自是美事，恐不可闕。」藍田慨然曰：「既云堪，何爲復讓！人言汝勝我，定不
如我。」　〔酒頻中〕魏志徐邈傳：『時科禁酒，而邈私飲至於沉醉，校事趙達問以曹事，邈曰：「中聖人。」達白之
太祖，太祖甚怒。渡遼將軍鮮于輔進曰：「平日醉客謂酒清者爲聖人，濁者爲賢人。邈性修慎，偶醉言耳。」竟
坐得免。……車駕幸許昌，問邈曰：「頗復中聖人不？」邈曰：「不能自懲，時復中之。然宿瘤以醜傳，而臣以
醉見識。」帝大笑。』

鷓鴣天　送廓之秋試

白苧新袍入嫩涼，春蠶食葉響迴廊。禹門已準桃花浪，月殿先收桂子香。　　鵬北海，鳳
朝陽，又攜書劍路茫茫。明年此日青雲上，却笑人間舉子忙。

〔校〕〔廓之〕廣信書院本『廓之』作『范先之』；茲從四卷本乙集。　　〔頷〕四卷本作『青雲去』。　　〔白苧〕四卷本作『白紵』。　　〔新袍〕廣信書院本作『子袍』。茲從四卷本。　　〔青雲上〕四卷本作『青雲去』。

〔箋注〕〔白苧新袍〕王直方詩話：『梅聖俞在禮部考校時和歐公春雪詩云：「有夢皆蝴蝶，逢袍只紵麻。」按：宋
代舉子均著紵麻袍。　　〔春蠶句〕歐陽修禮部貢院閱進士就試詩：『無譁戰士衔枚勇，下筆春蠶食葉聲。』　　〔禹
門句〕龍門爲禹治洪水時所鑿，故亦稱禹門。三秦記：『河津一名龍門，桃花浪起，江海魚集龍門下。躍而上之，
躍過者化龍，否則點額暴腮。』杜甫春水詩：『三月桃花浪，江流復舊痕。』　　〔月殿句〕宋制，各州郡漕試解試均
於八月舉行，正桂子飄香時節。　　〔鵬北海〕莊子逍遙遊：『北冥有魚，其名爲鯤，……化而爲鳥，其名爲鵬。』注：

『北冥一作北溟，北海也。』 （鳳朝陽）詩大雅卷阿：『鳳凰鳴矣，于彼高岡；梧桐生矣，于彼朝陽。』 （青雲上）

史記范睢傳：『須賈頓首言死罪，曰：「賈不意君能自致於青雲之上。」』 （舉子忙）南部新書乙：『長安舉子自六

月巳後落第者不出京，謂之過夏。……七月後投獻新課，並於諸州府拔解，人爲語曰：槐花黃，舉子忙。』

又
　鵝湖寺道中

一榻清風殿影涼，涓涓流水響回廊。千章雲木鉤輈叫，十里溪風稑稑香。　衝急雨，趁

斜陽，山圍細路轉微茫。倦途却被行人笑：只爲林泉有底忙！

〔校〕 （題）廣信書院本無『寺』字，玆從四卷本甲集。 （響）四卷本作『響』。

〔箋注〕 （鵝湖寺）鉛山縣志：『鵝湖山在縣東北，周迴四十餘里。其影入於縣南西湖。諸峯聯絡，若獅象犀貑，

最高者峯頂三峯挺秀。郡陽記云：「鵝湖山上有湖多生荷，故名荷湖。」東晉人龔氏居山蓄鵝，其雙鵝育子數百，羽

翮成乃去，更名鵝湖。唐大曆中大義智孚禪師植錫山中，雙鵝復還。山麓有仁壽院，禪師所建，今名鵝湖寺。』

（千章句）林逋詩：『長松夾道搖蒼煙，十里絕如韙隱前。不見索鵝青幛裏，空餘碧水白雲邊。』喻良能香山集鵝湖寺詩：『氣埃斗

脫三千界，瀟洒疑通十九泉。五月人間正炎熱，清涼一覓北窗眠。』按：此詩與本詞所述鵝湖寺風物可相印證，

故備錄之。 〔千章句〕林逋詩：『草泥行郭索，雲木叫鉤輈。』遯齋閒覽云：『鉤輈格磔，謂鷓鴣聲也。』本草：『鷓

鴣生江南，形似母鷄，鳴云鈎輈格磔。』 （穄）杜牧郡齋獨酌詩：『穄稌稻名百頃稻，西風吹半黃。』 〔有底

忙）蘇軾大風留金山兩日詩：『細思城市有底忙，却笑蛟龍爲雖怒。』『底』爲如許意。

【編年】淳熙十三年丙午（一一八六）。——右同韻鷓鴣天二首，次闋既收入甲集，知均作於淳熙十五年前。查宋代科舉，例以子午卯酉爲解試年分，辰戌丑未爲省試年分，據知此二詞非淳熙十年癸卯所作，定即十三年丙午之作。范廓之於九年方來從遊，距十年解試之期過近，其與試當在次舉，因推定二詞之作年如右。其餘凡與范氏有關並收入甲集之作，均彙錄於此二首之前。

又
遊鵝湖，醉書酒家壁。

春入平原薺菜花，新耕雨後落羣鴉。多情白髮春無奈，晚日青帘酒易賒。　閒意態，細生涯，牛欄西畔有桑麻。青裙縞袂誰家女，去趁蠶生看外家。

【校】〔題〕廣信書院本作『春日即事題毛村酒壚』，茲從四卷本乙集。花菴詞選作『春日即事』。〔春入〕廣信書院本作『春日』，茲從四卷本及花菴詞選。

【箋注】〔青裙句〕蘇軾於潛女詩：『青裙縞袂於潛女，兩足如霜不穿屨。』

又
鵝湖歸，病起作。

翠木千尋上薛蘿，東湖經雨又增波。只因買得青山好，却恨歸來白髮多。　明畫燭，洗金荷，主人起舞客齊歌。醉中只恨歡娛少，無奈明朝酒醒何！

【校】〔題〕廣信書院本無題，兹從四卷本甲集。　〔翠木〕四卷本作『翠竹』。　〔無奈句〕四卷本作『明日醒時奈病何』。

【箋注】〔東湖〕豫章有東湖，已見『離豫章別司馬漢章』之鷓鴣天箋注。此詞題爲『鵝湖歸，病起作』，與豫章全不相涉，似不應再道及該處風物，則此東湖當即指帶湖而言。蓋與下二語相聯屬，謂旣有如此大好溪山，悔不及早歸來也。　〔只因二句〕鄭克詩：『只緣是處人情好，贏得平生醉日多。』

又

〔鵝湖歸，病起作。〕

【校】花菴詞選題作『秋意』。　〔如醉〕花菴詞選作『如怨』。

枕簟溪堂冷欲秋，斷雲依水晚來收。紅蓮相倚渾如醉，白鳥無言定自愁。書咄咄，且休休，一丘一壑也風流。不知筋力衰多少，但覺新來懶上樓。

【箋注】〔咄咄〕晉書殷浩傳：『浩雖被黜放，口無怨言，夷神委命，談詠不輟，雖家人不見其有流放之感。但終日書空，作「咄咄怪事」四字而已。』　〔如醉〕花菴詞選作『如怨』。　〔且休休〕唐書卓行傳：『司空圖字表聖……本居中條山王官谷，有先人田，遂隱不出。作亭觀素室，悉圖唐興節士文人，名亭曰休休，作文以見志，曰：「休，美也。旣休而美具。故量才一宜休，揣分二宜休，耄而瞶，三宜休。又，少也墮，長也率，老也迂，三者非齊時用，則又宜休。」』　〔不知二句〕用劉禹錫詩『筋力上樓知』句意。又俞文豹吹劍錄：『古今詩人，間見層出，極有佳句，無人收拾，盡成遺珠。……陳秋塘詩：「不知筋力衰多少，但覺新來懶上樓。」』……按……宋陳善字敬甫，號秋塘，福州羅源人，著有

們發新話及雪蓬夜話等書，其始末不可考，大約與稼軒爲同時代人。俞氏所記，僅摘錄共二句而未錄全詩，陳氏詩集又不傳，其何以與稼軒詞句全同，想來僅有兩種可能：一，此二句確爲陳氏詩句，因其頗爲一時所傳誦，故稼軒即取而逕用之於此詞之中；二，稼軒此詞見稼軒詞甲集，淳熙末已刊布，亦或俞文豹先讀稼軒此詞，其後誤記爲陳氏詩句，隨手札記，未檢原文，故逕不免張冠李戴也。況周頤蕙風詞話云：『按此二句乃稼軒詞鷓鴣天歇拍。稼軒倚聲大家，行輩在秋塘稍前，何至取材秋塘詩句。秋塘平昔以才氣自豪，亦豈肯沿襲近人所作。或者俞文豹氏誤記辛詞爲陳詩耶？此二句入詞則佳，入詩便稍覺未合。詩與詞體格不同處，其消息即此可參。』其所逃陳秋塘事不知何所依據。

又

[鵝湖歸，病起作。]

着意尋春嬾便回，何如信步兩三杯？山繚好處行還倦，詩未成時雨早去聲催。　攜竹杖，更芒鞋，朱朱粉粉野蒿開。誰家寒食歸寧女，笑語柔桑陌上來。

【校】（題）花菴詞選題作『春行即事』，廣信書院本無題，茲從四卷本乙集。　（注）四卷本『早』字下無『去聲』二字。

【箋注】（着意）即注意。　（詩未成句）杜甫丈八溝納涼詩：『片雲頭上黑，應是雨催詩。』

【編年】右鷓鴣天四首，見於甲集者二，題中均涉及鵝湖寺，後三首且均爲『鵝湖歸病起』之作，姑彙附於此。

滿江紅　病中俞山甫教授訪別，病起寄之。

曲几團蒲，記方丈君來問疾。更夜雨、匆匆別去，一杯南北。『萬事莫侵閒鬢髮，百年正要佳眠食。』最難忘、此語重殷勤，千金直。　西崦路，東巖石。攜手處，今塵迹。望重來猶有，舊盟如日。莫信蓬萊風浪隔，垂天自有扶搖力。對梅花、一夜苦相思，無消息。

【校】〔團蒲〕四卷本甲集作『蒲團』。　〔記方丈〕四卷本作『方丈裏』。　〔塵迹〕四卷本作『陳迹』。

【箋注】〔俞山甫〕未詳。　〔曲几句〕黃庭堅自和腸字韻茶詩：『曲几團蒲聽煮湯。』　〔記方丈句〕白居易詩：『方丈若能來問疾，不妨兼有散花天。』　〔垂天句〕莊子逍遙遊：『鵬之背不知其幾千里也，怒而飛，其翼若垂天之雲。……水擊三千里，搏扶搖而上者九萬里。』　〔莫信句〕史記封禪書：『自威宣燕昭使人入海求蓬萊、方丈、瀛洲，……未至，望之如雲，及到，三神山反居水下，臨之，風輒引去，終莫能至云。』　〔對梅花二句〕盧仝詩：『相思一夜梅花發，忽到窗前疑是君。』

【編年】右詞見四卷本甲集，作年亦難的知，以題中謂爲病後所作，姑附次『鵝湖歸，病起作』諸詞之後。

清平樂　檢校山園，書所見。

連雲松竹，萬事從今足。　拄杖東家分社肉，白酒牀頭初熟。　　西風梨棗山園，兒童偷把長竿。　莫遣旁人驚去，老夫靜處閒看。

【箋注】〔山園〕稼軒之帶湖居第，乃建於信州附郭靈山之隈者，故洪邁稼軒記有『東岡西阜，北墅南麓』等語，稼軒因亦自稱山園。

又　檢校山園，書所見。

斷崖脩竹，竹裏藏冰玉。　路轉清溪三百曲，香滿黃昏雪屋。　　行人繫馬疎籬，折殘猶有高枝。　留得東風數點，只緣嬌嬾春遲。

【校】〔題〕廣信書院本無，茲據四卷本甲集。　〔脩竹〕廣信書院本作『松竹』，茲從四卷本。　〔路轉〕四卷本作『路繞』。　〔嬌嬾〕廣信書院本作『嬌嫩』，茲從四卷本。

【箋注】〔路轉句〕蘇軾梅花二首：『幸有清溪三百曲，不辭相送到黃州。』

【編年】右清平樂二首，一作於秋季梨棗初熟之時，一作於春季梅花已殘之日，其各在何年均難考見，詳其語意，當作於隱居帶湖最初之三數年內。

滿江紅　送信守鄭舜舉被召

湖海平生，算不負蒼髯如戟。　聞道是、君王着意，太平長策。　此老自當兵十萬，長安正在天西北。　便鳳凰、飛詔下天來，催歸急。

車馬路，兒童泣。　風雨暗，旌旗濕。　看野梅官

柳，東風消息。莫向蔗菴追語笑，只今松竹無顏色。問人間、誰管別離愁，杯中物。

【校】〔題〕四卷本甲集作『送鄭舜舉郎中赴召』。花菴詞選作『送鄭舜舉赴召』。〔東風〕花菴詞選作『春風』。

〔語笑〕廣信書院本、四印齋本及四卷本俱作『語笑』，花菴詞選及王詔校刊本俱作『笑語』。

【箋注】〔鄭舜舉被召〕宋會要稿第六十五冊，職官一〇之三九。『（淳熙）十四年三月十五日，吏刑部曾令大理寺結絕公案批報，以革留滯之弊。以考功員外郎鄭汝諧申請……從之。』據知鄭氏被召至臨安之後即改官吏部之考功員外郎也。〔蒼髯如戟〕南史褚彥回傳：『公主謂曰：「君鬚髯如戟，何無丈夫意。」』李白司馬將軍歌：『紫髯如戟冠崔嵬。』〔旌旗溼〕杜甫對雨詩：『不愁巴道路，恐溼漢旌旗。』〔野梅官柳〕杜甫西郊詩：『市橋官柳細，江路野梅香。』

【編年】淳熙十三年（一一八六）冬。——南澗甲乙稿有『鄭舜舉別席侑觴』之菩薩蠻一首，起句云：『詔書昨夜先春到，留公一共梅花笑。』與此詞中『野梅官柳，東風消息』句意正相合。鄭氏於淳熙十二年始守信州，算南澗卒於淳熙十四年夏，因知鄭氏之被召必為十三年冬季事。

洞仙歌

訪泉於奇師村，得周氏泉，為賦。

飛流萬壑，共千巖爭秀。孤負平生弄泉手。歎輕衫短帽，幾許紅塵；還自喜：濯髮滄浪依舊。　人生行樂耳，身後虛名，何似生前一杯酒。便此地，結吾廬。待學淵明，更手種

門前五柳。且歸去，父老約重來；問如此青山，定重來否？

【校】　〔題〕『奇師村』廣信書院本作『期思』，蓋後來所追改，茲從四卷本甲集。

【箋注】　〔奇師村〕在鉛山縣，後由稼軒更名期思，詳後沁園春（有美人兮閣）題語。　〔人生句〕見卷一水調歌頭（折盡武昌柳閣）箋注。　〔身後二句〕見本卷水龍吟（玉皇殿閣微涼閣）箋注。　〔定〕作『究竟』解。

【編年】　淳熙十三年（一一八五或一一八六）。——右詞作年無可考。題中奇師村即期思村，周氏泉即後來經稼軒更名爲『瓢泉』者。稼軒『題瓢泉』之水龍吟，作於陳德明謫居上饒之時。據稼軒與陳氏唱和諸詞推考，陳氏之離上饒至晚當在淳熙十四年，此詞作於發見瓢泉之初，且在尚未更名爲瓢泉之時，則至晚當在淳熙十二三年頃也。

水龍吟
盤園任帥子嚴，挂冠得請，取執政書中語，以『高風』名其堂，來索詞，爲賦水龍吟。瀫林，侍郎向公告老所居，高宗皇帝御書所賜名也，與盤園相並云。

斷崖千丈孤松，挂冠更在松高處。平生袖手，故應休矣，功名良苦。笑指兒曹：『人間醉夢，莫嗔驚汝。』問黃金餘幾，旁人欲說，田園計、君推去。　嘆息瀫林舊隱，對先生、竹窗松戶。一花一草，一觴一詠，風流杖屨。野馬塵埃，扶搖下視，蒼然如許。恨當年、九老圖中，忘却畫、盤園路。

【校】　『盤園』廣信書院本作『盤園任子嚴寔撫挂冠得請，客以高風名其堂，暮來索詞，爲賦。』茲從四卷本乙集。

【箋注】　『盤園至相並』范成大驂鸞錄：『乾道癸巳閏月十四日，……遊蘋林及盤園。……盤園者，前湖南倅任詔子嚴所居，去蘋林里許。其蘋林，故戶部侍郎向公伯恭所作，本負郭平地，舊亦人家阡陌，故多古木修篁。……其始，酒家之後有古梅，盤結如蓋，可覆一畝，枝四垂，以木架之，如坐大酴醾下。子嚴以爲天下尤物，買得之。其時蘋林尙無恙，亦極歡賞，勸子嚴作淩雲閣以瞰之，迄今方能鳩工。梅後坡塢畇畇，子嚴悉進築焉。地廣過蘋林，種植大盛，桂徑梅坡，極其繁廡。』按：向子諲字伯恭，宋史有傳。任詔，宋史無傳，其高風堂，章穎茂獻曾爲作記，今已失傳。題中稱帥，未知任氏曾帥何路。　『莫嗔句』盧仝村醉詩：『昨夜村飮歸，健倒三四五。摸索青莓苔，莫嗔驚着汝。』　『問黃金四句』漢書疏廣傳：『廣旣歸鄉里，日令家共具設酒食，請族人故舊賓客與相娛樂。數問其家金餘尙有幾所，趣賣以共具。居歲餘，廣子孫竊謂其昆弟老人曰：「宜從丈人所，勸說君買田宅。」老人卽以閒暇時爲廣言此計。廣曰：「此金者聖主所以惠養老臣也。」　『野馬三句』莊子逍遙遊：『野馬也，塵埃也。生物之以息相吹也。天之蒼蒼，其正色耶？其遠而無所至極耶？』　『九老圖』新唐書白居易傳：『嘗與胡杲、吉旼、鄭據、劉眞、盧眞、張渾、狄兼謨、盧貞燕集，皆高年不事者，人慕之，繪爲『九老圖』。』　『一觴一詠』王羲之蘭亭序：『一觴一詠，亦足以暢敍幽情。』

【附錄】　項平甫安世高風臺歌　（見平安悔稿後編）

臺之高不知其幾仞兮，但見燕雀仰視如冥鴻。風之來不知其幾里兮，但見南海北海聲逢逢。我時醉臥洞庭之北巴山東，耳邊頒洞呼洶怖殺儂。起來欠伸拍鴻蒙，問誰作此狡獪變化驚盲聾，乃是清江江上盤園翁。翁本

自與時人同：袍帶韄笏從兒童。亦嘗隨牒作小史，亦嘗建纛稱元戎。偶然與盡自扳盤園中，恣行倦止由心胸，豈與郢中小兒論雌雄。兒曹顛倒鷄著籠，金朱眯眼視夢夢。仰見驥驥脫軼行靑空，便欲俎豆老子配食蚩廉宮。紛紛俗論安足窮：二三君子人中龍：南安太守科甲高，袖有桂館之香風（章茂獻作記），廬陵相公名位高，筆有造化之春風（周丞相作跋）；雨巖居士臥榻高，筆有造化之春風（辛幼安作詞）。三君合謀奏天公，急驅此老勿使慵。國於羊角九萬里，奄有九霄寒露之空濛。封師異伯爲附庸，不許抗表辭官封。向來掛冠冠愈穹，老子一笑朱顏紅。

【編年】 淳熙十三四年左右。—— 任子嚴以『高風』名堂之年月無可考。周益公文集有跋臨江軍任（詔）盤園高風堂記一文，末署『紹熙改元二月既望』，中有云：『任侯子嚴，出於名家，少年已負雋聲，下筆輒數百言，涖官所至辦治。……惟其才高志大，不肯下人，以是屢起屢仆，在官之日少，閒居之日多。斂藏智略，盡力斯園，殆與蓮林爲鴻雁行。數上書致仕，予頃在榻前，明言其才，願勿聽所請，仍畀祠祿待它日之用，天子然之。而侯必欲希蹤向公，懇請弗已，後二年竟伸其志，是可貴也。郡人南安太守章君茂獻嘗作高風堂記，誦侯之美，識者韙之。』此中之所謂『仍畀祠祿』，當與詞題中之『挂冠得請』同指一事，然周必大執政之年歲甚久，任氏閒退之年歲仍不能藉此考定。章氏乞高風堂記，必作於任氏初以『高風』名堂之時，此詞亦當作於其時，周氏跋文既云『嘗作』，是去記文作成之歲月已不甚近。今姑定此詞爲淳熙十三四年所作，或亦不中不遠乎。

水調歌頭　慶韓南澗尚書七十

上古八千歲，纔是一春秋。不應此日，剛把七十壽君侯。看取垂天雲翼，九萬里風在下，與造物同游。君欲計歲月，嘗試問莊周。

醉淋浪，歌窈窕，舞溫柔。從今杖履南澗，白日爲君留。聞道鈞天帝所，頻上玉巵春酒，冠蓋擁龍樓。快上星辰去，名姓動金甌。

【校】　（題）四卷本甲集無『荷書』二字。　（嘗試）四卷本作『當試』。　（冠蓋）四卷本作『冠珮』。

【箋注】　（上古二句）見本卷水龍吟（玉皇殿閣微涼闋）箋注。　（看取二句）莊子逍遙遊：『鵬之背不知其幾千里也，怒而飛，其翼若垂天之雲，……摶扶搖而上者九萬里，……風之積也不厚，則其負大翼也無力，故九萬里則風斯在下矣。』　（與造物句）莊子天下篇：『上與造物者遊而下與外死生無終始者爲友。』　（鈞天帝所）見卷一八聲甘州（把江山好處付公來闋）箋注。　（春酒）詩豳風七月：『爲此春酒，以介眉壽。』　（醉淋浪）韓愈醉客詩：『淋浪身上衣，顛倒筆下字。』　（玉巵）漢書成帝紀：『帝爲太子，居桂宮，上嘗急召，太子出龍樓門，不敢絕馳道。』顏師古注：『門樓上有銅龍，若白鶴飛廉之爲名也。』　按：宋孝宗本太祖之後，高宗無嗣，選入以外藩承大統。而能始終奉身以盡宮庭之孝，父子怡愉，同享高壽，最爲一時所稱頌。稼軒詞中『聞道鈞天』以下三語，當亦指此。　（龍樓）漢書高帝紀：『上置酒未央宮前殿，奉玉巵爲太上皇壽。』　（金甌）新唐書崔琳傳：『明皇每命相，先書其名。一日，書琳等名，覆以金甌，會太子入，帝謂曰：此宰相名，若自意之，誰乎？』太子曰：『非崔琳盧從愿乎？』帝曰『然。』」

【編年】　淳熙十四年（一一八七）。——據南澗甲乙稿南劍道中詩自注，稱『生於戊戌，至甲子年二十七。』查戊

戊爲徽宗重和元年，至淳熙十四年丁未，恰爲七十歲。又按：陸放翁劍南詩稿，有聞韓无咎下世詩，題下注云：『丁未夏。』是韓氏於七十壽辰後不久即下世矣。

最高樓 醉中有索四時歌者，爲賦。

長安道，投老倦遊歸。七十古來稀。藕花雨濕前湖夜，桂枝風澹小山時。怎消除？須殢酒，更吟詩。　也莫向、竹邊辜負雪，也莫向、柳邊辜負月。閒過了，總成癡。種花事業無人問，惜花情緒只天知。笑山中：雲出早，鳥歸遲。

【校】 〔題〕廣信書院本無『者』字，茲從四卷本甲集。　〔辜負〕四卷本均作『孤負』。　〔惜花情緒〕四卷本作『對花情味』。

又 和楊民瞻席上用前韻，賦牡丹。

西園買，誰載萬金歸？多病勝遊稀。風斜畫燭天香夜，涼生翠蓋酒酣時。待重尋，居士譜，謫仙詩。　看黃底、御袍元自貴，看紅底、狀元新得意。如斗大，笑花癡。漢妃翠被嬌無奈，吳娃粉陣恨誰知。但紛紛，蜂蝶亂，笑春遲。

【校】 〔題〕廣信書院本『用前韻』作『用韻』，茲從四卷本甲集。又四卷本無『和』字。　〔笑花癡〕四卷本作『只花

擬』。 (笑春遲)四卷本作『送春遲』。

【箋注】 (楊民瞻)其名莫考，當亦居上饒者。澗泉集聞民瞻久歸，一詩寄之：『我居溪南望城北，最高園臺竹樹

碧。眼前帶湖歌舞空，耳畔茶山陸子宅。知君纔自天竺歸，那得緇塵染客衣？日攜研席過阿連，怡神散髮思

朵薇。』淳熙稿以歸來後與斯遠倡酬詩卷寄辛卿：『人家諫歲何所爲？紛紛酒肉相攜持。我曹餓歲復何有，酬

倡之詩十餘首。……公乎比復何所作？想亦高吟勸清酌。賓朋雜遝執爲佳？咸推楊、范工詞華……』按：所

謂『楊、范工詞華』，范必指范廓之，楊則民瞻當與范廓之一同從遊於稼軒者。惜其

生平別無可考耳。 (天香夜，酒酣時)見本卷念奴嬌(對花何似嫵)箋注。 (居士譜)歐陽修號六一居士，著

有牡丹譜。 (謫仙詩)指李白清平調官，見本卷念奴嬌(對花何似嫵)箋注。 (看黃底二句)御袍黃、狀元紅

均牡丹之一種。洛陽牡丹記：『御袍黃，千葉黃花也。色與開頭大率類女眞黃。元豐時，應天院神御花圍中植

山箆數百，忽於其中變此一種，因目之爲御袍黃。』又云：『狀元紅，千葉深紅花也。色類丹砂而淺。葉杪微淡，

近尊漸深。有紫檀心。開頭可七八寸。其色甚美，迴出衆花之上，故洛人以狀元呼之。其花出於安國寺張氏

家，熙寧初方有之。』 (漢妃翠被)未詳。 (吳娃粉陣)見本卷念奴嬌(對花何似嫵)。

菩薩蠻 (雪樓賞牡丹，席上用楊民瞻韻)。

紅牙籤上羣仙格，翠羅蓋底傾城色。和雨淚闌干，沉香亭北看。 東風休放去，怕有流

鶯訴。試問賞花人：曉粧勻未勻？

一六三

【箋注】（和雨句）白居易長恨歌：『玉容寂寞淚闌干，梨花一枝春帶雨。』（沉香亭）見本卷念奴嬌（對花何似
闕）箋注。

生查子 山行，寄楊民瞻。

昨宵醉裏行，山吐三更月。不見可憐人，一夜頭如雪。　今宵醉裏歸，明月關山笛。　收
拾錦囊詩，要寄揚雄宅。

【箋注】（山吐句）杜甫月詩：『四更山吐月，殘夜水明樓。』蘇軾江月五首：『三更山吐月，棲鳥亦驚起。』（錦
囊）新唐書李賀傳：『每旦日出，騎弱馬，從小奚奴，背古錦囊，遇所得，書投囊中，及暮歸，足成之。』（揚雄宅）
漢書揚雄傳：『揚雄，蜀郡成都人也。其先揚季，元鼎間避仇，遡江上處岷山之陽，曰郫，有田一廛，有宅一區。』
左思詠史詩：『寂寂揚子宅，門無卿相輿。』

又 民瞻見和，復用前韻。

誰傾滄海珠，簸弄千明月？喚取酒邊來，軟語裁春雪。　人間無鳳凰，空費穿雲笛。　醉
裏却歸來，松菊陶潛宅。

【校】（題）廣信書院本作『民瞻見和，再用韻』，茲從四卷本甲集。　（醉裏）四卷本作『醉倒』。

【箋注】〔人間二句〕有蕭史者善吹簫，作鸞鳳之音，秦穆公以女弄玉妻焉。弄玉日就蕭史學簫作鳳鳴，鳳凰感而來止，其後弄玉與蕭史分乘龍鳳飛昇而去。事見列仙傳。　〔穿雲笛〕蘇軾贈吹笛侍兒之水龍吟詞『一聲雲杪』句下傅榦注云：『諸樂器中，惟笛有穿雲裂石之聲。』

西江月　和楊民瞻賦牡丹韻

宮粉厭塗嬌額，濃粧要壓秋花。西眞人醉憶仙家，飛佩丹霞羽化。　十里芬芳未足，一亭風露先加。杏腮桃臉費鉛華，終慣秋蟾影下。

【校】〔題〕四卷本乙集作『賦丹桂』。　〔要壓〕王詔校刊本及四印齋本俱作『再壓』。

【箋注】〔宮粉句〕黃庭堅詩：『漢宮嬌額半塗黃，肌骨濃薰篤耨香。』　〔西眞人〕稼軒有念奴嬌詞，起云：『西眞姊妹，料凡心忽起，共辭瑤闕。』因疑西眞人爲指西王母言，西眞姊妹則指西王母侍女董雙成，許飛瓊等而言。

【編年】右詞六首，起最高樓(長安道閣)迄西江月，均與楊民瞻唱和之作，以共多見於甲集，且民瞻爲與范廓之同時從學於稼軒之人，因附次與廓之唱和諸詞之後。

八聲甘州　夜讀李廣傳，不能寐，因念晁楚老、楊民瞻約同居山間，戲用李廣事，賦以寄之。

故將軍飲罷夜歸來，長亭解雕鞍。　恨灞陵醉尉，匆匆未識，桃李無言。　射虎山橫一騎，裂

石響驚弦。落魄封侯事，歲晚田園。誰向桑麻杜曲，要短衣匹馬，移住南山。看風流慷慨，譚笑過殘年。漢開邊、功名萬里，甚當時、健者也曾閑。紗窗外、斜風細雨，一陣輕寒。

【校】　〔落魄〕四卷本丙集作『落托』。　〔田園〕四卷本作『田間』。　〔一陣〕四卷本作『一障』。

【箋注】　〔晁楚老〕上饒縣志卷二十三，寓賢：『晁謙之字恭祖，澶州人，渡江親族離散，極力收恤，因居信州。仕宋，官敷文閣直學士，卒葬鉛山鵝湖，子孫因家焉。』按…晁楚老始末未詳，疑即謙之之後人也。

〔李廣傳〕史記李將軍列傳略云：『李將軍廣者，隴西成紀人也。……廣家與故潁陰侯孫屏野居藍田南山中，射獵，嘗夜從一騎出，從人田間飲。還至霸陵亭，霸陵尉醉，呵止廣。廣騎曰：「故李將軍。」尉曰：「今將軍尚不得夜行，何乃故也。」止廣宿亭下。……廣出獵，見草中石，以爲虎而射之，中石沒鏃，視之，石也。……諸廣之軍吏及士卒，或取封侯，廣嘗與望氣王朔燕語曰：「自漢擊匈奴而廣未嘗不在其中，而諸部校尉以下，才能不及中人，然以擊胡軍功取侯者數十人，而廣不爲後人，然無尺寸之功以得封邑者何也？豈吾相不當侯耶？且固命也？」……太史公曰：余睹李將軍，悛悛如鄙人，口不能道辭；及死之日，天下知與不知，皆爲盡哀，彼其忠實心誠，信於士大夫也。諺曰：「桃李不言，下自成蹊。」此言雖小，可以諭大也。』

〔誰向至殘年〕杜甫曲江三章：『自斷此生休問天，杜曲幸有桑麻田。故將移住南山邊，短衣匹馬隨李廣，看射猛虎終殘年。』

〔也曾閑〕閑爲『等閑』、『落空』之意，指李廣未封侯，未受應有之重視也。

〔紗窗外三句〕用蘇軾和劉道原詠

史詩『獨掩陳編弔興廢，窗前山雨夜浪浪』句意。

【編年】 右詞作年無可考，姑附於與楊民瞻唱和諸作之後。

昭君怨 送晁楚老游荊門

夜雨剪殘春韭，明日重斟別酒。 君去問曹瞞，好公安。

試看如今白髮，却爲中年離別。 風雨正崔嵬，早歸來。

【箋注】 〔荊門〕今湖北宜都縣西北，大江南岸，有荊門山。 宋於其地置荊門軍。 〔夜雨句〕杜甫贈衞八處士詩：『夜雨剪春韭，新炊間黄粱。』 〔君去二句〕曹操小字阿瞞。 公安，縣名，三國蜀置。 宋屬江陵府，隸荊湖北路。 二句語意未詳。 〔中年離別〕見卷一水調歌頭（折盡武昌柳閱）箋注。

【編年】 右詞作年無可考，以晁氏已見前閱詞題中，姑附次於此。

臨江仙 醉宿崇福寺，寄祐之弟。 祐之以僕醉先歸。

莫向空山吹玉笛，壯懷酒醒心驚。 四更霜月太寒生。 被翻紅錦浪，酒滿玉壺冰。 小陸

未須臨水笑，山林我輩鍾情。 今宵依舊醉中行。 試尋殘菊處，中路候淵明。

【校】 〔題〕四卷本甲集無『祐之弟』三字。

【箋注】〔崇福寺〕廣信府志:『崇福寺在上饒附郭之乾元鄉。』宋淳化中建。〔祐之〕陳傅良止齋文集卷四十

二,跋辛簡穆公書云:『簡穆公行藏見國史,且天下能道之,余不復道。襲余守桂陽,歲旱,流言往往以郴桂間

民略死徙矣。祐之時在長沙幕府,具以所聞言之故帥直徽猷閣潘公德鄜,潘公下其說兩郡,蓋甚侵余與丁端

叔也。余二人心頗恨,然忌幕府不敢白。已而識祐之,乃佳士耳。余既相得,會他郡巡檢下軍人廩不繼,屬祐

之即其廬勞苦之。天大寒,彌兩月,雨雪沒馬股;祐之崎嶇行盡圍郡,得軍中人之心以歸。余方恨賢勞,而祐

之欣欣無一咎言。以是益知其人:苟便於民,雖極言不以為口過;苟不便於身,雖忘言可也。簡穆公為有後

矣。』韓元吉跋辛企李得孫詩云:『辛公以直道勁節竟忤時相,閒廢退藏者十有餘年。既得一孫,賦詩自慰。……

晚預大政,名德昭垂,以享高壽。今其孫顧然出而世其家矣,天之祐善顧可量耶?』據此二文,知祐之為辛交庸

之孫。又,稼軒有西江月一首,廣信本題為『壽祐之弟』,四卷本丁集則為『壽錢塘弟』,是必祐之曾為錢塘縣

令。 查咸淳臨安志所載南宋錢塘令中,程松即范氏四婿之一也。〔助〕與〔祐〕義頗相屬,其即為祐之當無疑。又查

劉宰撰范南伯行述,謂范氏有女四人,辛助即范氏四塔之一也。〔被翻句〕李清照詞:『被翻紅浪。』〔小陸

句〕晉書陸雲傳:『少與兄機齊名,雖文章不及機而持論過之,號曰二陸。……吳平入洛。機初詣張華,華問雲

何在?機曰:『雲有笑疾,未敢自見。』俄而雲至。華為人多姿制,又好帛繩纏鬚,雲見而大笑不能自已。先是,

嘗著縗絰上船,於水中顧見其影,因大笑落水,人救獲免。』〔我輩鍾情〕世說新語有『情之所鍾,正在我輩』句

群後水調歌頭(酒罷且勿起闋)箋注。〔中路句〕宋書陶潛傳:『江州刺史王宏欲識之,不能致也。潛嘗往廬

山,宏令潛故人龐通之齎酒具於半道栗里要之。潛有腳疾,使一門生二兒舁籃輿,既至,欣然便共飲酌。俄頃

宏至，亦無忤也。』蘇軾次韻答孫侔詩：『但得低頭拜東野，不辭中路候淵明。』

又　再用韻送祐之弟歸浮梁

鍾鼎山林都是夢，人間寵辱休驚。只消閒處過平生：酒杯秋吸露，詩句夜裁冰。　記取
小窗風雨夜，對牀燈火多情。問誰千里伴君行？曉山眉樣翠，秋水鏡般明。

【校】〔題〕四卷本甲集作『和前韻』。　〔曉山〕四卷本作『晚山』。

【箋注】〔浮梁〕縣名，宋屬饒州。浮梁縣志官司志：『辛次膺字企李，萊州人，政和二年進士，靖康初，舉親來知浮梁，遂留居溪東之南城最高山下。』〔鍾鼎句〕杜甫清明二首之一：『鍾鼎山林各天性，濁醪麤飯任吾年。』〔寵辱休驚〕老子：『得之若驚，失之若驚，是謂寵辱若驚。』〔記取二句〕王直方詩話：『東坡喜韋蘇州詩「寧知風雨夜，復此對牀眠」之句；故在鄭別子由云：「寒燈相對記疇昔，夜雨何時聽蕭瑟。」……在東府者有云：「對牀空悠悠，夜雨今蕭瑟。」……又云：「對牀老兄弟，夜雨鳴竹屋。」此其兄弟所賦也。』

菩薩蠻　送祐之弟歸浮梁

無情最是江頭柳，長條折盡還依舊。　木葉下平湖，雁來書有無？　　雁無書尚可，好語憑
誰和？　風雨斷腸時，小山生桂枝。

【校】【好語】四卷本甲集作『妙語』。

【箋注】【木葉句】九歌湘夫人：『嫋嫋兮秋風，洞庭波兮木葉下。』（小山句）楚辭招隱士：『桂樹叢生兮山之幽。』

蝶戀花　送祐之弟

【校】（斜陽）四卷本甲集及花菴詞選並作『殘陽』。　（整頓）廣信書院本作『頓整』。

衰草斜陽三萬頃，不算飄零，天外孤鴻影。幾許淒涼須痛飲，行人自向江頭醒。　會少離多看兩鬢，萬縷千絲，何況新來病。不是離愁難整頓，被他引惹其他恨。

鵲橋仙　和范先之送祐之弟歸浮梁

【校】（題）四卷本乙集作『送祐之弟歸浮梁』。花菴詞選作『和廓之弟送祐之弟歸浮梁』。

【箋注】（更管得）意卽那管得。　（青氈）見本卷水調歌頭（上界足官府闕）箋注。　（日近句）世說新語夙慧篇：

小窗風雨，從今便憶，中夜笑談清軟。啼鴉衰柳自無聊，更管得、離人腸斷。　詩書事業，青氈猶在，頭上貂蟬會見。莫貪風月臥江湖，道日近、長安路遠。

『晉明帝數歲，坐元帝膝上，有人從長安來。……因問明帝：「汝意長安何如日遠？」答曰：「日遠。不聞人從日

邊來，居然可知。」元帝異之。明日柴虜臣賽會，告以此意，更重問之，乃答曰：「日近。」元帝失色曰：「爾何故異昨日之言耶？」答曰：「舉目見日，不見長安。」

滿江紅 和楊民瞻送祐之弟還侍浮梁

塵土西風，便無限淒涼行色。還記取、明朝應恨，今宵輕別。珠淚爭垂華燭暗，雁行欲斷哀箏切。看扁舟、幸自澀清溪，休催發。　白石路，長亭側。千樹柳，千絲結。怕行人西去，棹歌聲闋。黃卷莫教詩酒污，玉階不信仙凡隔。但從今、伴我又隨君，佳哉月。

【校】〔題〕四卷本甲集無『楊』字。　〔欲斷〕四卷本作『中斷』。　〔白石〕四卷本作『白首』。　〔長亭側〕四卷本作『長亭仄』。

【箋注】〔雁行〕禮記曲禮：『兄之齒雁行。』　〔黃卷〕新唐書狄仁傑傳：『仁傑爲兒時，門人有被害者，吏就詰，衆爭辯對，仁傑誦書不置，吏讓之，答曰：「黃卷中方與聖賢對，何暇偶俗吏語耶？」』　〔玉階〕漢張衡思玄賦：『勵自強而不息兮，蹈玉階之嶢崢。』按，詞中玉階蓋指朝廷。

朝中措 崇福寺道中，歸寄祐之弟。

籃輿嫋嫋破重岡，玉笛兩紅粧。這裏都愁酒盡，那邊正和詩忙。　爲誰醉倒，爲誰歸去，

都莫思量。白水東邊籬落，斜陽欲下牛羊。

【校】（題）廣信書院本作『醉歸寄祐之弟』，茲從四卷本甲集。

【箋注】（斜陽句）詩王風：『日之夕矣，牛羊下來。』

鷓鴣天

木落山高一夜霜，北風驅雁又離行。無言每覺情懷好，不飲能令興味長。　頻聚散，試思量，爲誰春草夢池塘？中年長作東山恨，莫遣離歌苦斷腸。

【箋注】（春草夢池塘）南史謝惠連傳：『謝惠連年十歲能屬文，族兄靈運加賞之，云：「每有篇章，對惠連輒得佳句。」嘗於永嘉西堂思詩，竟日不就，忽夢見惠連，即得「池塘生春草」，大以爲工。常云：「此語有神工，非吾語也。」』（中年句）謝安中年傷別事，見本卷小重山（旋製離歌唱未成闋）箋注。

又　席上再用韻

水底明霞十頃光，天教鋪錦襯鴛鴦。最憐楊柳如張緒，却笑蓮花似六郎。　方竹簟，小胡牀，晚來消得許多涼。背人白鳥都飛去，落日殘鴉更斷腸。

【校】（晚來）四卷本乙集作『晚風』。（殘鴉）汲古閣影抄四卷本原作『殘鴉』，後用粉塗去『鴉』字，未補。

【箋注】〔水底鋪錦〕開成錄:『文宗論德宗奢靡云:聞得禁中老宮人,每引泉先於池底鋪錦。王建宮詞曰:「魚藥宮中鎖翠娥,先皇行處不曾過。只今池底休鋪錦,菱角雞頭積教多」是也。』〔楊柳如張緒〕南史張緒傳:『張緒字思曼。……宋明帝每見緒,輒歎其清淡。……劉悛之為益州,獻蜀柳數株,樹條甚長,狀若絲縷。時舊宮芳林苑始成,武帝以植於太昌靈和殿前,常賞玩咨嗟,曰「此楊柳風流可愛,似張緒當年時」。其見賞愛如此。』〔蓮花似六郎〕楊再思諂諛張昌宗語,參卷四喜遷鶯(暑風涼月閣)箋注。

【編年】淳熙十四年(一一八七)前。——右詞九首,起臨江仙(莫向空山吹玉笛閣),迄鷓鴣天,均與辛祐之之還浮梁及范廓之、楊民瞻有關。各詞亦多見於甲集,知祐之之歸至晚當在淳熙十四年,因將以上各詞彙錄於此。

念奴嬌 雙陸,和陳仁和韻。

少年橫槊,氣憑陵、酒聖詩豪餘事。袖手旁觀初未識,兩兩三三而已。變化須臾,鷗翻石鏡,鵲抵星橋外。搗殘秋練,玉砧猶想纖指。 堪笑千古爭心,等閒一勝,拚了光陰費。老子忘機渾邊與,鴻鵠飛來天際。武姬宮中,韋娘局上,休把興亡記。布衣百萬,看君一笑沉醉。

【校】〔題〕四卷本乙集作『雙陸,和坐客韻』。 〔橫槊〕四卷本作『握槊』。 〔袖手〕四卷本作『縮手』。 〔鷗翻〕

四卷本作『鷗飛』。

【箋注】〔雙陸〕博具，五雜俎：『雙陸本是胡戲。……子隨骰行，若得雙六則無不勝，故名。』洪遵雙陸序：『以異木爲槃，槃中彼此內外各有六梁，故名。』〔陳仁和〕稼軒『送陳仁和自便東歸』之永遇樂，四卷本乙集題作『送陳光宗知縣』，是陳氏必曾作縣於仁和，而光宗則其字也。按皇宋中興兩朝聖政卷六十三載一事云：『淳熙十三年冬十月，仁和知縣陳德明坐贓污不法，免真決，刺面配信州。其元舉主葉翥、齊慶冑、郭棣各貶秩三等。』據知光宗必卽陳德明之字。咸淳臨安志所載南宋一代仁和縣令極詳備，唯均不載其到任及去職之年月。陳德明名列陳鞏之後，而陳鞏則在名宦傳中載有簡歷云：『陳鞏，簡齋之孫，淳熙十一年爲仁和令，以能稱……』另據周必大省齋文稿卷十八『跋陳去非帖』有云：『陳公之子本之藏手澤甚富，……本之之子仁和宰□復示此軸。』下署『淳熙丙午二月十三日』。頗似其時陳鞏尚在仁和任上者。若然，則二陳之交代最早應爲淳熙十三年春夏間。而是年十月陳德明卽失官謫居信州，則其任仁和縣令最多不過半年而已。陳德明其餘事歷俱不詳。

〔橫槊〕南史垣榮祖傳：『榮祖少學騎射，或曰：「何不學書？」榮祖曰：「曹操、曹丕，上馬橫槊，下馬談論，此可不負飲食矣。君輩無自全之伎，無異犬羊乎。」』按：稼軒於南歸前曾聚鳩衆數千人隸耿京軍中，此云『少年橫槊』，亦自道其舊事也。〔鷗翻二句，搗後二句〕當謂戲雙陸情狀。詩話總龜卷十三，警句門引邵閣雅談：『廖凝字熙績，十歲，詠棋詩云：「滿汀鷗不散，一局黑全輸。」』〔鴻鵠句〕孟子告子上：『弈秋，通國之善弈者也。使弈秋誨二人弈，其一人專心致志，惟弈秋之爲聽；一人雖聽之，一心以爲有鴻鵠將至，思援弓繳而射之。雖與之俱學，弗若之矣。』〔渾謾與〕姑漫然應付之意。杜甫江上值水詩：『老去詩篇渾漫與，春來花鳥莫深愁。』

矣。』

〔武媚宮中〕新唐書高宗后武氏傳：『太宗聞士彠女美，召爲才人，……賜號武媚。』狄仁傑家傳：『武后語仁傑曰：「朕昨夜夢與人雙陸，頻不勝，何也？」對曰：「雙陸輸者，蓋謂宮中無子。此是上天之意，假此以示陛下，安可虛儲位哉。」』按雙陸博局有『宮』，故狄仁傑引申其義而諷武后立儲也。　〔韋娘局上〕新唐書中宗后韋氏傳：『初，帝幽廢，與后約：「一朝見天日，不相制。」至是，與〈武〉三思升御牀博戲，帝從旁典籌，不爲忤。』〔布衣百萬〕晉書劉毅傳：『於東府聚樗蒲，大擲，一判應至數百萬。』杜甫今夕行：『咸陽客舍一事無，相與博塞爲歡娛。……君莫笑劉毅從來布衣願，家無儋石輸百萬。』

水龍吟　題瓢泉

〔校〕〔題〕廣信書院本無『題』字，茲從四卷本乙集。　　〔零落〕四卷本作『流落』。

〔筆注〕〔瓢泉〕鉛山縣志：『瓢泉在縣東二十五里，辛棄疾得而名之。其一規圓如臼，其一直規如瓢。周圍皆石徑，廣四尺許，水從半山噴下，流入臼中，而後入瓢。其水澄渟可鑑。』按，據鉛山志，期思渡亦在縣東二十五

稼軒何必長貧，放泉簷外瓊珠瀉。樂天知命，古來誰會，行藏用舍？人不堪憂，一瓢自樂，賢哉回也。料當年曾問：『飯蔬飲水，何爲是、栖栖者？』　　且對浮雲山上，莫匆匆、去流山下。蒼顏照影，故應零落，輕裘肥馬。遠齒冰霜，滿懷芳乳，先生飲罷。笑挂瓢風樹，一鳴渠碎，問何如啞。

里，則瓢泉者當即稼軒訪泉於期思村所得之周氏泉也。　〔樂天句〕易繫辭：『旁行而不流，樂天知命故不憂。』

〔人不三句〕論語：『子曰：賢哉回也，一簞食，一瓢飲，在陋巷，人不堪其憂，回也不改其樂，賢哉回也。』　〔飯蔬

飲水〕論語：『子曰：飯蔬食飲水，曲肱而枕之，樂亦在其中矣。』　〔輕裘肥馬〕論語：『赤之適齊也，乘肥馬，衣輕裘。』

〔遺齒句〕蘇軾寄高令詩：『詩成錦繡開胸臆，論極冰霜繞

齒牙。』　〔挂瓢句〕逸士傳：『許由手捧水飲，人遺一瓢，飲訖，挂木上，風吹有聲，由以爲煩，去之。』

又

用瓢泉韻戲陳仁和，兼簡諸葛元亮，且督和詞。

被公驚倒瓢泉，倒流三峽詞源瀉。長安紙貴，流傳一字，千金爭舍。割肉懷歸，先生自

笑，又何廉也。渠坐事失官。但銜杯莫問：『人間豈有，如孺子、長貧者。』　誰識稼軒心事，

似風乎、舞雩之下。回頭落日，蒼茫萬里，塵埃野馬。更想隆中，臥龍千尺，高吟纔罷。倩

何人與問：『雷鳴瓦釜，甚黃鍾啞？』

〔校〕　〔注〕『也』字下注文，廣信書院本無，茲從四卷本丁集。

〔箋注〕　〔諸葛元亮〕事歷未詳。　〔倒流句〕杜甫醉歌行：『詞源倒流三峽水，筆陣獨掃千人軍。』　〔長安紙貴〕

晉書左思傳：『思欲賦三都，遂構思十年。……及賦成，時人未之貴，皇甫謐爲共賦序，張載爲注魏都，劉逵注

吳、蜀，於是豪貴之家競相傳寫，洛陽爲之紙貴。』　〔割肉三句〕漢書東方朔傳：『伏日，詔賜從官肉，大官丞日

宴不來，朔獨拔劍割肉，謂其同官曰：「伏日當早歸，請受賜。」即懷肉去。大官奏之，朔入，上曰：「昨賜肉，不待詔，以劍割肉而去之，何也？」朔免冠謝。上曰：「先生起自責也。」朔再拜曰：「朔來！朔來！受賜不待詔，何無禮也；拔劍割肉，壹何壯也；割之不多，又何廉也；歸遺細君，又何仁也！」上笑曰：「使生自責，迺反自譽。」復賜酒一石，肉百斤，歸遺細君。」〔人間二句〕史記陳丞相世家：『張負女孫五嫁而夫輒死，人莫敢娶，平欲得之。……張負隨其子仲曰：「吾欲以女孫予陳平。」張仲曰：「平貧，不事事，一縣中盡笑其所為，獨奈何予女乎？」負曰：「人固有好美如陳平而長貧賤者乎？」卒予女。』〔隆中三句〕後漢末，諸葛亮於隆中山畔結草廬，隱居其中。好為梁父吟。時人稱為臥龍。〔雷鳴二句〕楚辭卜居：『黃鍾毀棄，瓦釜雷鳴。』〔風乎舞雩〕論語：『浴乎沂，風乎舞雩，詠而歸。』〔與問〕蓋即『為問』。

江神子　和陳仁和韻

玉簫聲遠憶驂鸞。幾悲歡，帶羅寬。且對花前、痛飲莫留殘。歸去小窗明月在，雲一縷，玉千竿。　　吳霜應點鬢雲斑。綺窗閒，夢連環。說與東風，歸興有無間。芳草姑蘇臺下路，和淚看，小屏山。

【校】〔歸興〕四卷本甲集作『歸意』。

【箋注】〔玉簫三句〕詳此數句語意，此詞似慰陳氏別姬人。〔且對句〕山谷詞：『杯行到手莫留殘。』〔姑蘇臺〕

詞漁家傲：『雲垂玉枕屏山小。』

在今江蘇吳縣西南姑蘇山上。越絕書：『胥門外有九曲路，闔閭造以遊姑胥之臺而望太湖。』（小屏山）〔六〕

又　和陳仁和韻

寶釵飛鳳鬢驚鸞。望重歡，水雲寬。腸斷新來、翠被粉香殘。待得來時春盡也：梅着子，箏成竿。　湘筠簾捲淚痕斑。珮聲閒，玉垂環。簡裹溫柔，容我老其間。却笑將軍三羽箭，何日去，定天山？

【校】〔題〕廣信書院本無題，茲從四卷本乙集。〔粉香〕汲古閣影鈔四卷本原作『暗香』，後用粉塗去『暗』字，未補。〔梅着子〕廣信書院本作『梅結子』，茲從四卷本。〔溫柔〕王詔校刊本及四印齋本俱誤作『柔溫』。〔將軍〕廣信書院本作『平生』，茲從四卷本。

【箋注】〔湘筠〕即湘竹，亦稱湘妃竹。博物志：『堯之二女，舜之二妃，曰湘夫人。』舜崩蒼梧，二妃追至，哭帝極哀，淚染於竹，故斑斑如淚痕。」〔溫柔二句〕飛燕外傳：『后進合德，帝大悅，以輔屬體，無所不靡，謂爲溫柔鄉。曰：「吾老是鄉矣。不能效武皇帝求白雲鄉也。」』〔却笑三句〕新唐書薛仁貴傳：『薛仁貴絳州龍門人。……詔副鄭仁泰爲鐵勒道行軍總管。……時九姓衆十餘萬，令驍騎數十來挑戰，仁貴發三矢輒殺三人，於是虜氣懾，皆降。仁貴慮爲後患，皆阬之。……軍中歌曰：「將軍三箭定天山，壯士長歌入漢關。」』

永遇樂　送陳仁和自便東歸。陳至上饒之一年，得子，甚喜。

紫陌長安，看花年少，無限歌舞。白髮憐君，尋芳較晚，捲地驚風雨。問君知否：鴟夷載酒，不似井瓶身誤。細思量、悲歡夢裏，覺來總無尋處。　芒鞋竹杖，天教還了，千古玉溪佳句。落魄東歸，風流贏得，掌上明珠去。起看清鏡，南冠好在，拂了舊時塵土。向君道：雲霄萬里，這回穩步。

【校】〔題〕四卷本乙集作『送陳光宗知縣』。

【箋注】〔紫陌二句〕見本卷〈水調歌頭（君莫賦幽憤閒）〉箋注。　〔鴟夷二句〕揚雄酒賦：『觀瓶之居，居酒之眉。……身提黃泉，骨肉爲泥。自用如此，不如鴟夷。鴟夷滑稽，腹如大壺。盡日盛酒，人復借酤。』釋寶月估客樂：『有信數寄書，無信心相憶。莫作瓶落井，一去無消息。』李白寄遠十二首之八：『金瓶落井無消息，令人行嘆復坐思。』毛升玉樓春詞：『金瓶落井翻相誤，可惜馨香隨手故。』　〔芒鞋三句〕玉溪疑卽指信江言，信江發源懷玉山，故亦有玉溪之稱。稼軒送施聖與帥江西之水調歌頭有『千丈石打玉溪流』句，卽指信江。三句云云，蓋謂信江勝槩，遇陳氏詩句方得表述也。　〔尋芳句〕杜牧歎花詩：『自是尋春去較遲，不須惆悵怨芳時。』　〔明珠〕蘇軾虎兒詩：『舊聞老蚌生明珠，未省老兔生於菟。』（事出北齊書陸卬傳。）　〔南冠〕左傳成九年：『晉侯觀於軍府，見鍾儀，問之曰：「南冠而縶者誰也？」有司對曰：「鄭人所獻楚囚也。」

【編年】淳熙十四年(一一八七)。──右起『雙陸和陳仁和韻』之念奴嬌,迄『送陳仁和自便東歸』之永遇樂,

共詞六首。其中江神子一闋,見四卷本甲集,中有『歸去小窗明月在』及『歸輿有無間』等句,知陳氏之得旨自

便及離信東歸,必在淳熙十五年之前。

滿江紅 中秋寄遠

快上西樓,怕天放浮雲遮月。但平聲喚取、玉纖橫管,一聲吹裂。誰做冰壺涼世界,最憐

玉斧修時節。問嫦娥、孤令有愁無?應華髮。 雲液滿,瓊杯滑。長袖舞,清歌咽。歎十

常八九,欲磨還缺。但願長圓如此夜,人情未必看承別。把從前、離恨總成歡,歸時說。

【校】(但)廣信書院本『但』字下無『平聲』二字,茲從四卷本甲集。 (橫管)四卷本『橫笛』。 (涼世界)四

卷本作『浮世界』。 (孤令)四卷本作『孤冷』。 (長袖舞)四卷本作『長袖起』。 (但願)四卷本作『若得』。

(總成歡)王詔校刊本及六十家詞本俱作『總包藏』。

【箋注】(玉纖二句)葉夢得石林詩話卷上:『晏元獻公留守南都,王君玉為府簽判。賓主相得,日以飲酒賦詩

為樂,佳時勝日未嘗輒廢。嘗遇中秋陰晦,齋廚夙為備,公適無命。既至夜,君玉密使人伺公,曰已寢矣。君

玉亟為詩以入,曰:「只在浮雲最深處,試憑絃管一吹開。」公枕上得詩大喜,即索衣起,徑召客治具,大合樂,

至夜分,果月出,遂樂飲達旦。』 (玉斧句)酉陽雜俎天咫門…『鄭仁本表弟遊嵩山,見一人枕一幞物,方眠熟,

即呼之,且問共所自,其人笑曰:『君知月乃七寶合成乎?常有八萬二千戶修之,予即一數。』因開襆,有斤鑿數

事。』〔但願句〕蘇軾水調歌頭詞:『但願人長久,千里共嬋娟。』〔看承別〕意即別樣看待。 郭應祥中秋後一

夕作鷓鴣天詞,亦有『自緣人意看承別,未必清輝減一分』句。

聲聲慢 嘲紅木犀。 余兒時嘗入京禁中凝碧池,因書當時所見。

開元盛日,天上栽花,月殿桂影重重。十里芬芳,一枝金粟玲瓏。管絃凝碧池上,記當時、
風月愁儂。翠華遠,但江南草木,煙鎖深宮。 只為天姿冷澹,被西風醞釀,徹骨香濃。枉
學丹蕉,葉底偷染妖紅。道人取次裝束,是自家、香底家風。又怕是,為淒涼,長在醉中。

【校】 〔題〕四卷本甲集『嘲』作『賦』。 〔葉底〕四卷本作『葉展』。

【箋注】 〔京師禁中凝碧池〕京師指開封。李濂汴京遺蹟志卷八,臺池園苑門載:『凝碧池在陳州門裏繁臺之東
南。唐為牧澤,宋真宗時改為池。』按:陳州門為開封外城南門之一,非皇城門,所記凝碧池之方位與稼軒所云
在禁中者不合,不知何故。 〔開元句〕唐玄宗年號。 共時唐稱極盛,蓋以喻北宋盛時。 杜甫憶昔二首:『憶昔
開元全盛日,小邑猶藏萬家室。』 〔管絃句〕明皇雜錄:『天寶末,祿山陷西京,大會凝碧池,梨園子弟,歔歉泣
下。 樂工雷海青擲樂器西向大慟。』 王維陷賊中,潛賦詩云:『秋槐零落深宮裏,凝碧池頭奏管絃。』 〔翠華
遠〕皇帝之旗以翠羽為飾。此指宋徽宗、欽宗為金人所擄北去事。 〔道人句〕芎藥譜:『取次妝,淡紅多葉也。』

色絕淡，條葉正類緋，多葉亦平頭也。』取次即造次，作『隨便』或『草草』解。

賀新郎 賦水仙

雲臥衣裳冷。看蕭然、風前月下，水邊幽影。羅襪生塵凌波去，湯沐煙波萬頃。愛一點、嬌黃成暈。不記相逢曾解佩，甚多情、爲我香成陣。待和淚，收殘粉。

記當時、匆匆忘把，此仙題品。煙雨淒迷僝僽損，翠袂搖搖誰整？謾寫入、瑤琴幽憤。絃斷招魂無人賦，但金杯、的皪銀臺潤。愁殢酒，又獨醒。

【校】（調）陽春白雪作『賀新涼』。 （題）陽春白雪作『賦』字。 （生塵）四卷本甲集作『塵生』，陽春白雪及全芳備祖前集引並同四卷本。 （煙波）四卷本作『煙江』。 （收殘粉）陽春白雪及全芳備祖並作『搵殘粉』。 （記當時）四卷本作『□當時』。陽春白雪及全芳備祖並作『恨當時』。 （此仙）全芳備祖及翰墨全書後戊集卷五引並作『此花』。 （搖搖）翰墨大全作『輕輕』。 （獨醒）全芳備祖作『還醒』。

【箋注】（雲臥句）杜甫遊龍門奉先寺詩：『天闕象緯逼，雲臥衣裳冷。』 （解佩句）神仙傳：『江妃二女，游於江濱，逢鄭交甫，交甫不知何人也，目而挑之，女遂解佩與之，行數步，空懷無佩，女亦不見。』 （靈均句）史記屈原列傳：『上官大夫短屈原於頃襄王，頃襄王怒而遷之。』屈原至於江濱，……乃作懷沙之賦。』 （瑤琴句）

（僝僽損）僝僽爲折磨、憔悴或煩惱之意。僝僽謂煩惱煞也。

翠調有水仙操。〔晉稽康有幽憤詩〕〔金杯句〕楊萬里千葉水仙花詩有序云：『世以水仙爲金盞玉臺，蓋單葉者甚似真有一酒盞，深黃而金色。至千葉水仙，其中花片捲皺，密蹙一片之中，下輕黃而上淡白，如染一截者，與酒杯之狀殊不相似，而千葉者乃真水仙云。』

江神子 和人韻

【校】〔畫樓〕四卷本甲集作『畫橋』。

【箋注】〔爲誰容〕變用『女爲悅己者容』句意。

梅梅柳柳鬭纖穠。亂山中，爲誰容？試着春衫、依舊怯東風。何處踏青人未去？呼女伴，認嬌驄。　兒家門戶幾重重。記相逢，畫樓東。明日重來、風雨暗殘紅。可惜行雲春不管，裙帶褪，鬢雲鬆。

又 和人韻

臢雲殘日弄陰晴。晚山明，小溪横。枝上綿蠻、休作斷腸聲。但是青山山下路，春到處，綠堪行。　當年綵筆賦燕城。憶平生，若爲情？試把靈槎、歸路問君平。花底夜深寒較甚，須拚却，玉山傾。

【校】〔春到處〕廣信書院本作『青到處』，茲從四卷本甲集。 〔試把〕四卷本作『試取』。 〔寒較甚〕四卷本作『寒色重』。

【箋注】〔綿蠻〕詩小雅：『綿蠻黃鳥，止于丘隅。』 〔賦蕪城〕鮑照有蕪城賦。文選五臣注云：『宋孝武帝時臨海王子頊鎮荊州，明遠爲其下參軍，隨至廣陵，子頊叛逆，爲漢所滅，照以子頊事同於潯，遂感爲此賦以諷之。』〔鹽槎二句〕博物志：『天河與海通，近世有人居海渚者，年年八月有浮槎去來不失期。人有奇志，立飛閣於槎上，多齎糧，乘槎而去。至一處，有城郭甚嚴，遙望宮中多織婦，見一丈夫牽牛渚次飲之，此人問此是何處，答曰：「君還至蜀郡問嚴君平則知之。」』 〔玉山傾〕世說新語容止篇：『山公曰：「嵇叔夜之爲人也，巖巖若孤松之獨立；其醉也，傀俄若玉山之將崩。」』 劉肅大唐新語卷十：『舊制：京城內，金吾曉暝傳呼以戒行者；馬周獻封章，始置街鼓，俗號鼕鼕，公私便焉。有道人裴懷然，雅有篇詠，善畫，好酒，常戲爲渭川歌，詞曰：「遮莫鼕鼕動，須傾湛湛杯。金吾儻借問，報道玉山頹。」甚爲時人所賞。』

又 和人韻

梨花着雨晚來晴。 月朧明，淚縱橫。 繡閣香濃、深鎖鳳簫聲。 未必人知春意思，還獨自，遶花行。

酒兵昨夜壓愁城。 太狂生，轉關情。 寫盡胸中、磈磊未全平。 却與平章珠玉價，看醉裏，錦囊傾。

朝中措

綠萍池沼絮飛忙，花入蜜脾香。長怪春歸何處，誰知箇裏迷藏。　　殘雲賸雨，些兒意思，直恁思量。不是流鶯驚覺，夢中啼損紅粧。

【校】〔流鶯〕四卷本甲集作『鶯聲』。

【箋注】〔迷藏〕致虛閣雜組：『明皇與玉真恆於皎月之下，以錦帕蒙目，在方丈之間互相捉戲，謂之捉迷藏。』

鷓鴣天　送人

唱徹陽關淚未乾，功名餘事且加餐。浮天水送無窮樹，帶雨雲埋一半山。　　今古恨，幾千般；只應離合是悲歡？江頭未是風波惡，別有人間行路難。

【校】〔題〕廣信書院本無題，茲從四卷本乙集。　　〔月朧〕廣信書院本誤作『月籠』，其他各本俱不誤。

【箋注】〔鳳籠〕見本卷生查子（誰傾滄海珠閣）箋注。　　〔月朧〕南史陳暄傳：『江諮議有言：酒猶兵也，兵可千日而不用，不可一日而不備；酒可千日而不飲，不可一飲而不醉。』　　〔太狂生〕生字在此爲語助詞。　　〔胸中磈磊〕磈磊亦作壘塊，謂鬱結不平之氣也。世說新語任誕篇：『王孝伯問王大：「阮籍何如司馬相如？」王大曰：「阮籍胸中壘塊，故須酒澆之。」』　　〔錦囊〕見本卷生查子（昨宵醉裏行闌）箋注。

【校】〔題〕廣信書院本無題，茲從四卷本甲集。　〔只應〕四卷本及廣信書院本俱作『只應』，王詔校刊本及四印齋本俱作『只今』。

又　代人賦

晚日寒鴉一片愁，柳塘新綠却溫柔。若教眼底無離恨，不信人間有白頭。　腸已斷，淚難收。相思重上小紅樓。情知已被山遮斷，頻倚闌干不自由。

【校】〔山〕六十家詞本及四印齋本俱作『雲』。

定風波　暮春漫興

少日春懷似酒濃，插花走馬醉千鍾。老去逢春如病酒，唯有：茶甌香篆小簾櫳。　卷盡殘花風未定，休恨；花開元自要春風。試問春歸誰得見？飛燕，來時相遇夕陽中。

【校】〔題〕廣信書院本無題，茲從四卷本甲集。

菩薩蠻　席上分賦得櫻桃

香浮乳酪玻璃盌，年年醉裏嘗新慣。何物比春風？歌脣一點紅。　江湖清夢斷，翠籠明

光殿。

【校】〔題〕四卷本甲集作『坐中賦櫻桃』。

萬顆寫輕勻，低頭愧野人。

〔寫輕勻〕廣信書院本作『瀉輕勻』，茲從四卷本。

【箋注】〔翠籠兩句〕杜甫野人送朱櫻詩：『西蜀櫻桃也自紅，野人相贈滿筠籠。數回細寫愁仍破，萬顆勻圓訝許同。憶昨賜霑門下省，退朝擎出大明宮。金盤玉筯無消息，此日嘗新任轉蓬。』韓愈和張水部勅賜櫻桃詩：『漢家舊種明光殿，炎帝還書本草經。豈似滿朝承雨露，共看傳賜出青冥。香隨翠籠擎初到，色映銀盤寫未停。食罷自知無所報，空然慚汗仰皇扃。』〔低頭句〕杜甫獨酌成詩：『苦被微官縛，低頭愧野人。』

鵲橋仙　為人慶八十席上戲作

朱顏暈酒，方瞳點漆，閑傍松邊倚杖。不須更展畫圖看，自是箇、壽星模樣。　今朝盛事，一杯深勸，更把新詞齊唱。人間八十最風流，長貼在、兒兒額上。

【校】〔題〕四卷本甲集作『席間』。　〔長貼〕四卷本作『長帖』。

【箋注】〔方瞳〕拾遺記：『老聃居山，有父老五人，方瞳，握青筠杖，共談天地五方五行之精。』〔人間至額上〕兒兒即孩兒。宋代語容止篇：『王右軍見杜弘治，歎曰：「面如凝脂，眼如點漆，此神仙中人。」』故陳藻丘叔喬八十詩有『大家於此且貪生，八十孩兒題向額』之習俗，每朱書『八十』字於小兒額上以求長生。　周必大三月三日會客詩有『兄弟相看俱八十，研朱贏得祝嬰孩』之句，吳潛丁巳壽叔之賀新郎詞有『只比兒

兒額上壽，尚有時光如許』之句。顧千里跋稼軒詞，以為『兒兒或是奴家之稱，二語之意，當以八字作眉字解。』

蓋誤。

踏歌

攧厥。看精神、壓一龐兒劣，更言語、一似春鶯滑。一團兒美滿香和雪。 去也。 把春衫、換却同心結。 向人道，『不怕輕離別』，問昨宵因甚歌聲咽？ 秋被夢，春閨月。 舊家事、却對何人說。 告第一莫趁蜂和蝶，有春歸花落時節。

【校】〔調〕朱疆村云：『按此為變曳頭調，原本分二段，以「問昨宵」句作過片，據朱敦儒樵歌改正。』〔第一二四卷本甲集作『弟弟』，茲從辛啟泰補遺本。廣信書院本無此首。

【箋注】〔攧厥〕攧讀如顛。攧厥蓋形容體態輕盈狀。唐攄言卷十二，酒失門：『崔櫓酒後失，虔州陸郎中眩以詩謝之曰：「醉時顛蹶醒時羞，翹蹺催人不自由。……」』淮海詞品令：『天然箇，品格于中壓一。』〔精神壓一〕謂精神飽滿，壓倒一切也。〔更言語句〕白居易詩：『間關鶯語花底滑。』〔舊家事〕猶云昔事或舊來事。

青玉案 元夕

東風夜放花千樹。 更吹落、星如雨。 寶馬雕車香滿路。 鳳簫聲動，玉壺光轉，一夜魚龍

一八八

舞。　蛾兒雪柳黃金縷，笑語盈盈暗香去。眾裏尋他千百度，驀然迴首，那人却在，燈火闌珊處。

【校】〔題〕陽春白雪引無題。　〔夜放〕陽春白雪作『未放』。　〔更吹〕陽春白雪作『早吹』。　〔笑語〕陽春白雪作『笑醒』。

【箋注】〔花千樹、星如雨。〕皆謂燈。東京夢華錄正月十六日條謂，是日京城各坊巷『各以竹竿出燈毬於半空，遠近高低，若飛星然。』　〔玉壺〕指宮漏。李商隱詩:『玉壺傳點咽銅龍』。　〔一夜句〕漢書西域傳贊『漫衍魚龍角抵之戲』句下師古注云:『魚龍者爲舍利之獸，先戲于庭極，畢乃入殿前，激水化成比目魚，跳躍漱水，作霧障日，畢，化成黃龍八丈，出水敖戲于庭，炫燿日光。』　〔蛾兒雪柳〕東京夢華錄正月十六日條:『市人賣玉梅、夜蛾、蜂兒、雪柳……』宣和遺事十二月預賞元宵條:『宣和六年正月十四夜，奉聖旨宣萬姓。有那快行家，手中把着金字牌，喝道「宣萬姓」。少刻，京師民有似雲浪，蠶頭上帶着玉梅、雪柳、鬧蛾兒，直到鰲山下看燈。』

小重山　茉莉

倩得薰風染綠衣。國香收不起、透冰肌。略開些箇未多時。窗兒外、却早被人知。　越惜越嬌癡。一枝雲鬢上、那人宜。莫將他去比荼蘼，分明是、他更韻些兒。

【校】〔些箇〕四卷本甲集作『些子』。　〔更韻〕四卷本作『更的』。

臨江仙　探梅

老去惜花心已嬾，愛梅猶遶江村。一枝先破玉溪春。更無花態度，全是雪精神。　臕向

青山餐秀色，爲渠着句清新。竹根流水帶溪雲。醉中渾不記，歸路月黃昏。

【校】〔全是〕四卷本甲集作『全有』。　〔臕向〕全芳備祖前集一引作『勝向』。　〔青山〕四卷本及全芳備祖並

作『空山』。

一落索　閨思

羞見鑑鸞孤却，倩人梳掠。一春長是爲花愁，甚夜夜、東風惡。　行遶翠簾珠箔，錦牋誰

託？玉觴淚滿却停觴，怕酒似、郎情薄。

清平樂　村居

茅簷低小，溪上青青草。醉裏吳音相媚好，白髮誰家翁媼？　大兒鋤豆溪東。中兒正織

雞籠。最喜小兒亡頼，溪頭臥剝蓮蓬。

【校】〔題〕四卷本甲集及廣信書院本均無題，茲從花菴詞選。　〔吳音〕四卷本作『鑾音』。　〔中兒〕花菴詞選作

『中男』。

【筆注】〔茅簷句〕杜甫絕句漫興：『熟知茅齋絕低小，江上燕子故來頻。』　〔亡賴〕漢書高祖紀：『始大人常以臣亡賴，不能治產業。』注云：『江淮之間，謂小兒多詐，狡獪爲亡賴。』

【編年】右詞十八首，起『中秋寄遠』之滿江紅，迄『村居』之清平樂，作年均莫得確考，以其均見四卷本甲集（內唯江神子一闋不見甲集，而用韻與甲集之江神子同），知其至晚當作於淳熙十四年，故依甲集次第彙錄於此。

好事近

醫者索酬勞，那得許多錢物？只有一箇整整，也盒盤盛得。　下官歌舞轉悽惶，賑得幾枝笛。覷著這般火色，告媽媽將息。

【筆注】〔告媽媽句〕『告』爲請求意。『將息』爲『珍重』『保重』意。

【附錄】周煇清波別志卷下記事一則

稼軒樂府，辛幼安酒邊游戲之作也。詞與音叶，好事者爭傳之。在上饒，屬其室病，呼醫對脈。吹笛婢名整整，者侍側，乃指以謂醫曰：『老妻病安，以此人爲贈。』不數日，果勿藥，乃踐前約。整整既去，因口占好事近云：……一時戲謔，風調不羣。稼軒所縞遺此。

【編年】淳熙十五年（一一八八）前。　——右詞僅見清波別志。周煇與稼軒爲同時人，其所記當可信，因卽據

以收錄。別志成書於紹熙五年甲寅，其時稼軒詞僅有甲集刊布，其所稱『稼軒所編』者，必即指甲集而言，因又

知右詞之作在甲集編定之前。作年既難確考，亦姑附於甲集諸作之後。

清平樂　爲兒鐵柱作

靈皇醮罷，福祿都來也。試引鵁鶄花樹下，斷了驚驚怕怕。　從今日日聰明，更宜潭妹嵩兒。　看取辛家鐵柱，無災無難公卿。

【箋注】〔鐵柱〕當是乳名，未詳爲稼軒第幾子。　〔靈皇二句〕當係宋代爲兒童祈福之一種習俗。　〔試引二句〕當係宋代爲兒童避除驚嚇之一種習俗。　〔潭妹嵩兒〕珣未詳爲稼軒第幾子女。　〔無災句〕蘇軾洗兒詩：『人皆養子望聰明，我被聰明悞一生。惟願孩兒愚且魯，無災無難到公卿。』

【編年】右詞作年難確考。　玩全詞語意，似作於子嗣倘尚未甚多之時，其時間當不得在淳熙十四年後，因附次於甲集各詞之後。

鵲橋仙·慶岳母八十

八旬慶會，人間盛事，齊勸一杯春釀。臙脂小字點眉間，猶記得、舊時宮樣。　綵衣更着，功名富貴，直過太公以上。　大家着意記新詞，遇着箇、十年便唱。

【校】（題）四卷本乙集作『爲岳母慶八十』。（十年）四卷本作『十字』。

【箋注】（臙脂句）見本卷鵲橋仙（朱顏量酒閱）末兩句箋注。

【編年】據漫塘集范南伯行述，南伯生於建炎四年（一一三〇），其時以每年二十歲推之，此詞當作於淳熙十五年（一一八八）左右。但稼軒婦翁范子美卒於乾道晚年，年已七十四歲，其夫婦間之年歲若不甚懸殊，則此詞之作年更須提前方合，今姑附於甲集各詞之後。

蝶戀花　戊申，元日立春，席間作。

誰向椒盤簪綵勝？整整韶華，爭上春風鬢。往日不堪重記省，爲花長把新春恨。　春未來時先借問，晚恨開遲，早又飄零近。今歲花期消息定，只愁風雨無憑準。

【校】（題）廣信書院本作『元日立春』花菴詞選作『戊申，元日立春』，兹從四卷本乙集。（長把）王詔校刊本及四印齋本並作『常把』，花菴詞選作『長抱』。

【箋注】（椒盤）爾雅翼：『後世率以正月一日以盤進椒，號椒盤。』（綵勝）即旛勝。宋代士大夫家多於立春日剪綵爲春旛，或懸於家人之頭，或綴於花枝之下，或剪爲春蝶春錢春勝以爲戲。

【編年】淳熙十五年（一一八八）。

水調歌頭　送鄭厚卿赴衡州

寒食不小住，千騎擁春衫。衡陽石鼓城下，記我舊停驂。襟以瀟湘桂嶺，帶以洞庭青草，紫蓋屹西南。文字起騷雅，刀劍化耕蠶。看使君，於此事，定不凡。奮髯抵几堂上，尊俎自高談。莫信君門萬里，但使民歌五袴，歸詔鳳凰卿。君去我誰飲，明月影成三。

【校】
（襟以、帶以）四卷本乙集「以」均作「似」。
（青草）四卷本作『春草』。
（西南）四卷本作『東南』。

【箋注】
（鄭厚卿）見下首。
（寒食句）見卷一霜天曉角（吳頭楚尾閣）箋注。
（城下句）稼軒於淳熙六年任湖南轉運副使，繼改湖南安撫使，衡州爲其屬郡，當時必以按視而一再至其地也。
（桂嶺）亦名香花嶺，在今湖南臨武縣北。
（洞庭、青草）均湖名。張舜民南遷錄：『岳州洞庭湖，南名青草，北名洞庭，所謂重湖也。』范致明岳陽風土記：『青草湖在磊石山，與洞庭相通，其南羅水出焉。荊江出巴蜀，自高注下，濁流洶湧。夏秋暴漲，則逆泛洞庭，瀟湘清流，頓皆混濁，岳人謂之翻流水。南至青草湖，或三五日乃還。俗云神水朝君山。』
（紫蓋）荊州記：『衡山有三峯極秀，曰：紫蓋、石囷、芙蓉。仙在衡州城東三里也。』長沙記：『衡山軒翔聳拔，九千餘丈，崒卒差次，七十二峯。最大者五：芙蓉、紫蓋、石廩、天柱、祝融。紫蓋爲最高。』
（刀劍句）漢書龔遂傳：『遂見齊俗奢侈，好末技，不田作，迺躬率以儉約，勸民務農桑，……民有帶持刀劍者，使賣劍買牛，賣刀買犢。』
（看使君三句）見卷一念奴嬌（我來弔古閣）箋注。
（奮髯句）漢書朱博傳：『博遷琅琊太守，齊部舒緩養名，博新視事，右曹掾史皆移病臥，博奮髯抵几曰：「觀齊兒欲以此爲俗耶！」……皆罷斥諸病吏。』
（民歌五袴）後漢書廉范傳：『建初中遷蜀郡太守，……舊制禁民夜作以防火災，而更相隱

薇，燒者日屬。范乃毀創先令，但嚴使儲水而已。百姓爲便，乃歌之曰：『廉叔度，來何暮。不禁火，民安作。』

平生無襦今五袴。』　〔歸詔句〕見本卷滿江紅（湖海平生關）箋注。　〔君去二句〕李白月下獨酌詩：『花間一

壺酒，獨酌無相親。舉杯邀明月，對影成三人。』

滿江紅　餞鄭衡州厚卿席上再賦

莫折荼蘼，且留取、一分春色。還記得：青梅如豆，共伊同摘。少日對花渾醉夢，而今醒眼看風月。恨牡丹、笑我倚東風，頭如雪。　　榆莢陣，菖蒲葉。時節換，繁華歇。算怎禁風雨，怎禁鵜鴂。老冉冉兮花共柳，是栖栖者蜂和蝶。也不因、春去有閒愁，因離別。

【校】〔題〕四卷甲集作『稼軒居士花下與鄭使君惜別，醉賦。侍者飛卿奉命書。』　〔莫折〕四卷本作『折盡』。　〔且留取〕四卷本作『尙留得』。　〔記得〕四卷本作『記取』。　〔如豆〕四卷本作『如彈』。　〔渾醉〕四卷本作『昏醉』。　〔頭如雪〕四卷本作『形如雪』。　〔榆莢至鵜鴂〕四卷本作『人漸遠，君休說。榆莢陣，菖蒲葉。算不因風雨，只因鵜鴂』。

【箋注】〔青梅句〕李白長干行：『郎騎竹馬來，遶床弄青梅。』歐陽修詞阮郎歸：『南園春半踏青時，風和聞馬嘶。青梅如豆柳如眉，日長蝴蝶飛。』　〔老冉冉兮〕見本卷蝶戀花（九畹芳菲蘭佩好關）箋注。　〔是栖栖者〕見本卷踏莎行（進退存亡關）箋注。

【編年】淳熙十五年（一一八八）。——右水調歌頭、滿江紅各一闋，均為送鄭厚卿赴衡州而作。水調歌頭有『衡陽石鼓，記我舊停驂』句，知二詞必作於淳熙七年之後。鄭厚卿始末不詳，唯查淳熙七年後至稼軒州卒前，衡州守之鄭姓者僅有鄭如崙一人，為繼劉清之之後任者。永樂大典卷八六四七至四八衡字韻引有宋衡州府圖經志全文，其郡守題名中有：『鄭如崙，朝散郎，淳熙十五年四月到，紹熙元年正月罷。』宋會要一〇一冊職官門﹝﹞降官第八亦載鄭如崙罷職因緣云：『淳熙十六年十二月二十六日，詔知衡州鄭如崙放罷。以本路漕臣葵如崙於總領所合解大軍糧米，輒憑葵檢，固拒不解；於法合行給還民間之錢，輒貪利不顧，橫欲拘沒。故有是命。』據衡州圖經志所載其抵任年月，知右二詞必作於淳熙十五年春。其滿江紅一闋，見四卷本甲集，依范開序文所署年月推論，似可證其至晚亦當作於十四年內；然查甲集之編次，凡同調諸詞莫不彙集一處，唯聲聲慢、滿江紅二調，前後複出，卷尾滿江紅共七首，右『折盡荼蘼』闋即『寄』與『厚』義甚相近，知厚卿必卽如崙之字。『寄』其中之一。凡此必為甲集已經刊成之後，又陸續附入者，則右二詞固仍須為十五年春季之作也。

沁園春　戊申歲，葵邸忽騰報謂余以病挂冠，因賦此。

老子平生，笑盡人間，兒女怨恩。　況白頭能幾，定應獨往；青雲得意，見說長存。　抖擻衣冠，憐渠無恙，合挂當年神武門。　都如夢；算能爭幾許，雞曉鐘昏。　　此心無有親冤，況抱甕、年來自灌園。　但凄涼顧影，頻悲往事；慇懃對佛，欲問前因。　却怕青山，也妨賢路，

休闢尊前見在身。山中友，試高吟楚些，重與招魂。

【校】（怨恩）王詔校刊本作『怨根』。　（親寃）廣信書院本作『新寃』，歷代詩餘改作『親寃』。按稼軒丙寅年所作『來年將告老』詩有句云：『有我故應還起滅，無求何自別寃親？』則此處以作『親寃』爲是。

【箋注】（奏邸騰報）宋朝於京城置進奏院，諸路州郡各有進奏吏。下後省逐日編爲定本，經宰執審閱，報行四方，是爲邸報，亦稱朝報。至南宋，乃有所謂小報，由門寺監知雜司及進奏官悉皆傳授，坐獲不貲之利。以至遍達於州郡監司。邸報與小報間雜流布，眞僞亦遂不辨。出局之後，省部探報此等事爲生，或得於省院之漏泄，或得於街市之剽聞，或即任意杜撰，以無爲有者。朝報未報之事，或是官員陳乞未曾施行之事，且有撰造命令，妄傳事端，當時竟有閤門院子專以朝報未報之事，或即任意杜撰。

（以上據宋會要稿刑法二之一二五，紹熙四年十月四日臣僚論小報奏章所述。）稼軒於淳熙八年因王藺之彈章罷官，嗣即閒居信州，乃於六年之後而復有『以病挂冠』之說，則此一消息必卽『小報』所憑空撰造者。（兒女怨恩）見本卷蝶戀花（莫向樓頭聽漏點關）箋注。　（白頭、獨往）、（親寃）、（青山、妨賢路）葉夢得避暑錄話卷上：『白樂天……不汲汲于進而志在於退，是以能安于去就愛憎之際，每裕然有餘也。……至甘露十家之禍，乃有「當君白首同歸日，是我青山獨往時」之句，得非爲王涯發乎？覽之使人太息。空花、妄想，初何所有，而況寃親相尋，繳繞何已？』樂天不唯能外世故，固自以爲深得于佛氏，猶不能曠然一洗，電掃冰釋于無所有之地，習氣難除至是。要之，若飄瓦之擊，虛舟之觸，莊周以爲至人之用心也，宜乎？』五燈會元：『佛敎慈悲，寃親平等。』　（抖擻三句）南史陶弘景傳：『陶弘景字通明，丹陽秣陵人也。……善琴棋，工草隸。末弱冠，齊高帝作

相，引爲諸王侍讀，除奉朝請。雖在朱門，閉影不交外物。……永明十年，脫朝服挂神武門，上表辭祿，詔許之。』〔抱甕句〕莊子天地篇：『子貢南遊於楚，反於晉，過漢陰，見一丈人，方將爲圃畦，鑿隧而入井，抱甕而出灌。搰搰然用力甚多而見功寡。』〔休關句〕牛僧孺席上贈劉夢得詩：『休論世上升沉事，且鬭尊前見在身。』『鬭』字在此處有『受用』意。

按：稼軒之帥江西，本以被劾去職，洎淳熙十五年戊申，隱居信上爲時已五六載矣，而奏邸乃反有以病挂冠之訛傳，稼軒於山居時見邸報，覺其可笑，故賦此詞解嘲。梁啓超編稼軒年譜，於戊申年下曾有大段之考證文字，其解釋此詞語意者，有云：『先生落職，本緣被劾，而邸報誤爲引疾，詞中「笑盡兒女怨恩」「此心無有親冤」，謂胸中絕無芥蒂，被劾與引退原可視同一律也。「白頭能幾，定應獨往」「衣冠無恙，合挂當年神武門」，言早當勇退，不必待劾也。「都如夢，算能爭幾許，雞曉鐘昏」，言奏邸竟我延長若干年做官生涯，然所差能幾，不足較也。「抱甕年來自灌園」「淒涼顧影，頻悲往事」，此則是罷斥後情狀。……「卻怕青山，也妨賢路」，極言憂讒畏譏，恐雖山居猶不免物議也。「山友重與招魂」，言本已罷官，奏邸又爲我再能一次，山友不妨再賦招隱也。』

【編年】淳熙十五年（一一八八）。

賀新郎

陳同父自東陽來過余，留十日，與之同遊鵝湖，且會朱晦菴於紫溪，不至，飄然東歸。既別之明日，余意中殊戀戀，復欲追路，至鷺鷥林，則雪深泥滑，不得前矣。獨飲方村，悵然久之，頗恨挽留之不遂也。

夜半投宿吳氏泉湖四望樓，聞鄰笛悲甚，爲賦乳燕飛以見意。又五日，同父書來索詞，心所同然者如此，可發千里一笑。

看淵明、風流酷似，臥龍諸葛。何處飛來林間鵲，蹙踏松梢殘雪。要破帽、多添華髮。剩水殘山無態度，被疏梅、料理成風月。兩三雁，也蕭瑟。

佳人重約還輕別。悵清江、天寒不渡，水深冰合。路斷車輪生四角，此地行人銷骨。問誰使、君來愁絕？鑄就而今相思錯，料當初、費盡人間鐵。長夜笛，莫吹裂。

【校】（題）四卷本乙集『吳氏泉湖』作『泉湖吳氏』『乳燕飛』作『賀新郎』。陽春白雪外集引題作『寄同甫』。

（看淵明）陽春白雪作『愛淵明』。 （殘雪）四卷本作『微雪』。

【箋注】（陳同父）宋史陳亮傳：『陳亮字同甫，婺州永康人。生而目光有芒，爲人才氣超邁，喜談兵，議論風生，下筆數千言立就。光宗策進士，問以禮樂刑政之要，亮以君道師道對，奏名第三，御筆擢第一。志存經濟，軍許可，人人見其肺肝，與人言必本於君臣父子之義。雖爲布衣，薦士恐弗及；家僅中產，畸人寒士衣食之不衰。』 （朱晦菴）名熹，徽州婺源人，父松官福建，因家焉。晚年築舍武夷山，講學其中。爲南宋理學宗師。宋史卷四百二十九有傳。 （紫溪）鎮名，在江西鉛山縣南四十里，路通甌閩，居民麕集。 朱文公文集戊申與陳同甫書有『承見訪於鉛溪』甚幸』等語，鉛溪疑爲紫溪之別稱。 （鵝鵝林）未詳所在。 韓淲澗泉集及俞德鄰佩韋齋集均有『詠鵝鵝林詩』 查常山縣志載有鵝鵝山，謂在縣治文筆峯西麓。 常山縣爲由鉛入浙之道，疑鵝鵝林即在鵝鵝山之附近也。 （方村）常山縣志載有芳村溪，謂在縣東北四十里，不知與此爲一爲二。 （吳氏泉

〔湖四望樓〕未詳。 〔鄰笛悲甚〕向秀思舊賦序，謂經行嵇康呂安竹林舊居時，『日薄虞淵，寒冰淒然，鄰人有吹笛者，發聲寥亮，追思曩昔遊宴之好，感音而歎，故作賦云。』〔路斷句〕見〈一木蘭花慢〉〈漢中開漢業閣〉箋注。〔銷骨〕孟東野答韓愈觀因獻張徐州詩：『富別愁在顏，貧別愁銷骨。』〔鑄就二句〕通鑑卷二六五：『朱全忠留魏半歲，羅紹威供億所殺牛羊豕近七十萬，資糧稱是，所賂遺又近百萬。比去，蓄積爲之一空。紹威雖去其逼，而魏兵自是衰弱。紹威悔之，謂人曰：『合六州四十三縣鐵不能爲此錯也。』按：孫光憲北夢瑣言卷四亦載此事，與通鑑所載稍不同。 〔長夜笛，莫吹裂〕太平廣記卷二〇四李謩條引逸史：『開元中吹笛爲第一部，近代無比。有故，自教坊請假至越州，公私更讌，以觀其妙。時州客同會鏡湖，遂李生湖上吹之。會中有一獨孤生者，年老，久處田野，人事不知。時輕雲蒙籠，微風拂浪，浪波陸起。李生捧笛，其聲始發之後，昏瞳齊開，水木森然。坐客皆更贊詠之，以爲鈞天之樂不如也。獨孤生乃無一言，會者皆怒。李生爲輕已，意甚忿之。良久又靜思作一曲，更加妙絕，無不賞駭，獨孤生又無言。李生曰：『公如是，是輕薄爲復是好手？』獨孤生乃徐曰：『公安知僕不會也！』李生更有一笛，拂拭以進，獨孤視之，曰：『此都不堪取執者，粗通耳。』乃換之，曰：『此至入破必裂，得無恡惜否？』李生曰：『不敢。』遂吹。聲發入雲，四座震慄，李生蹶踏不敢動。及入破，笛遂敗裂，不復終曲。李生再拜，眾皆帖息，乃散。』

【附錄】陳同甫和章〔見龍川文集卷十七〕

賀新郎 寄辛幼安和見懷韻

老去憑誰說？看幾番神奇臭腐，夏裘冬葛。父老長安今餘幾，後死無讎可雪。猶未燥當時生髮！二十五弦多

少恨，算世間那有平分月。胡婦弄，漢宮瑟。　樹猶如此堪重別。　只使君從來與我，話頭多合。　行矣置之無

足問，誰換妍皮癡骨。　但莫使伯牙絃絕。　九轉丹砂牢拾取，管精金只是尋常鐵！　龍共虎，應聲裂。

【編年】淳熙十五年冬(一一八九)。——據陳同甫與稼軒及朱熹往復各書推考，陳氏之至上饒相訪，應在淳熙

十五年歲杪。右詞當即作於是時。（參拙編稼軒年譜淳熙十五年記事。）

又　同父見和，再用韻答之。

老大那堪說。　似而今、元龍臭味，孟公瓜葛。　我病君來高歌飲，驚散樓頭飛雪。　笑富貴千

鈞如髮。　硬語盤空誰來聽？　記當時，只有西窗月。　重進酒，換鳴瑟。　事無兩樣人心別。

最憐君中宵舞，道『男兒、到死心如鐵。　看試手、補天裂。』

問渠儂：神州畢竟，幾番離合？　汗血鹽車無人顧，千里空收駿骨。　正目斷、關河路絕。　我

【校】【題】四卷本乙集作『同父見和，再用前韻』。　〔那堪〕四卷本作『猶堪』。　〔換鳴瑟〕四卷本作『喚鳴瑟』。

【箋注】〔元龍句〕三國陳登字元龍，許汜謂爲『湖海之士，豪氣不除』。見卷一〈水龍吟〉(楚天千里清秋闋)箋注。

〔孟公句〕漢書游俠列傳：『陳遵字孟公，杜陵人也。……居長安中，列侯、近臣、貴戚皆貴重之。牧守當之官，及

郡國豪傑至京師者，莫不相因到邊門。　遵嗜酒，每大飲，賓客滿堂，輒關門取客車轄投井中，雖有急，終不得

去。』　〔硬語句〕韓愈答孟東野詩：『橫空盤硬語，安帖力排奡。』　〔汗血〕漢書武帝紀應劭注：『大宛舊有天馬

種，蹋石汗血，汗從前肩轉出如血，號一日千里。」〔鹽車〕戰國策楚策：『驥之齒至矣，服鹽車而上太行，蹄申膝折，尾湛胕潰，漉汁灑地，白汗交流，外阪遷延，負轅而不能止。』〔千里句〕戰國策燕策一：『燕昭王即位，卑身厚幣以招賢者，欲將報讐，故往見郭隗先生。……郭隗先生曰：「臣聞古之君人有以千金求千里馬者，三年不能得，涓人言於君曰：請求之。君遣之，三月得千里馬，馬已死，買其首五百金，反以報君。君大怒曰：所求者生馬，安事死馬，而捐五百金！消人對曰：死馬且買之五百金，況生馬乎？天下必以王爲能市馬，馬今至矣。於是不期年千里馬之至者三。一今王誠欲致士，先從隗始。」〔隗〕愛重之意。 〔中宵舞〕晉書祖逖傳：『與司空劉琨俱爲司州主簿，共被同寢。中夜，聞荒雞鳴，蹴琨覺曰：「此非惡聲也。」因起舞。』

【附錄】

賀新郎 陳同甫和章

酬辛幼安再用韻見寄

離亂從頭說。愛吾民金繒不愛，蔓藤纍葛。壯氣盡消人脆好，冠蓋陰山觀雪。虧殺我一星星髮。涕出女吳成倒轉，問魯爲齊弱何年月。丘也幸，由之瑟。 斬新換出旗麾別。把當時、一樁大義，拆開收合。據地一呼吾往矣，萬里搖肢動骨。這話欄只成癡絕。天地洪爐誰扇韝，算於中安得長堅鐵。淝水破，關東裂。

又 懷辛幼安用前韻

話殺渾閑說。不成教齊民也解，爲伊爲葛。尊酒相逢成二老，卻憶去年風雪。新著了幾莖華髮。百世尋人猶接踵，歎只今兩地三人月。寫舊恨，向誰惡？ 男兒何用傷離別。況古來、幾番際會，風從雲合。千里情親長晤對，妙體本心次骨。臥百尺高樓斗絕。天下適安耕且老，看買犁賣劍平家鐵。壯士淚，肺肝裂。

又　用前韻送杜叔高

細把君詩說：恍餘音、鈞天浩蕩，洞庭膠葛。千丈陰崖塵不到，惟有層冰積雪。乍一見寒生毛髮。自昔佳人多薄命，對古來、一片傷心月。金屋冷，夜調瑟。去天尺五君家別。

看乘空魚龍慘淡，風雲開合。起望衣冠神州路，白日消殘戰骨。歎夷甫諸人清絕！夜半狂歌悲風起，聽錚錚、陣馬簷間鐵。南共北，正分裂。

【校】　【題】廣信書院本作『用前韻贈金華杜仲高』，茲從四卷本乙集。　【恍餘音】四卷本作『悵餘音』。　【千丈】四卷本作『千尺』。　【消】四卷本作『銷』。

【箋注】　【杜叔高】名斿，金華蘭谿人。兄旟，字伯高；斿，字仲高；弟㜎，字季高；簷，字幼高。五人俱博學工文，人稱金華五高。端平初，以布衣與稼軒壻范黃中(炎)及劉後村等八人同時受召。中興館閣續錄祕閣校勘門：『紹定以後二人：杜斿字叔高，婺州人。六年十一月以布衣特補迪功郎，差充。端平元年七月與在外合入羑遺。』龍川文集卷十九復杜仲高書：『伯高之賦，如奔風逸足，而鳴以和鸞；叔高之詩，如干戈森立，有呑虎食牛之氣；而左右發春妍以輝映於其間，非獨一門之盛，可謂一時之豪。』水心文集卷七，贈杜幼高詩：『杜子五兄弟，詞林俱上頭。規模古樂府，接續後春秋。奇嶇令誰賞，羈棲浪自愁。故園如鏡水，日日抱村流。』　【鈞天】見卷一八聲甘州(把江山好處付公來閱)箋注。　【洞庭膠葛】莊子天運篇：『黃帝張咸池之樂於洞庭之野，……其聲能短能長，能柔能剛，變化齊一，不主故常。』司馬相如上林賦：『張樂乎膠葛之寓。』　【去天句】辛氏

三秦記：「城南韋、杜，去天尺五。」杜甫贈韋七贊善詩：「鄉里衣冠不乏賢，杜陵韋曲未央前。爾家最近魁三象，時論同歸尺五天。」〔欸夷甫句〕晉書王衍傳：「衍字夷甫，神情明秀，風姿詳雅。……口不論世事，唯雅詠玄虛而已。……既有盛才美貌，明悟若神。常自比子貢。鋋壁名藉甚，傾動當世，妙善玄言、唯談老、莊為事。每捉玉柄麈尾，與手同色。……眾共推衍為元帥。……俄而舉軍為石勒所破，勒呼王公，與之相見，……使人夜排牆填殺之。衍將死，顧而言曰：『嗚呼，吾曹雖不如古人，向若不祖尚浮虛，戮力以匡天下，猶可不至今日。』餘參本卷水龍吟（渡江天馬南來闋）箋注。 按：南宋時士大夫間亦有趣尚清談風氣，孝宗亦曾以為言（見建炎以來朝野雜記），故稼軒於此深致慨歎。 〔錚錚句〕芸窗私志：「元帝時臨池觀竹，竹既枯，后每思其響，夜不能寐，帝為作薄玉龍數十枚，以縷線懸於簷外，夜中因風相擊，聽之與竹無異。民間效之，不敢用龍，以什駿代。今之鐵馬，是其遺制。」

破陣子　為陳同甫賦壯詞以寄之

【編年】淳熙十六年（一一八九）春。——據陳同甫和章中『卻憶去年風雲』句，知『老大那堪說』闋為十六年春間寄陳之作。是時杜叔高或適來訪晤，故又用同韻賦詞送之。

【校】〔題〕四卷本丁集作『為陳同父賦壯語以寄』。　〔炙〕廣信書院本作『𩜾』，即『炙』之別寫。

醉裏挑燈看劍，夢回吹角連營。八百里分麾下炙，五十絃翻塞外聲。沙場秋點兵。　馬作的盧飛快，弓如霹靂弦驚。了却君王天下事，贏得生前身後名。可憐白髮生！

【筆注】[八百里]謂牛。世說新語汰侈篇：『王君夫(愷)有牛，名八百里駮，常瑩其蹄角。王武子(濟)語君夫；

我射不如卿，今指賭卿牛，以千萬對之。』君夫既恃手快，且謂駿物無有殺理，便相然可，令武子先射。武子一

起便破的，却據胡床，叱左右：『速探牛心來！』須臾炙至，一臠便去。』韓愈元和聖德詩：『萬牛臠炙，萬甕行

酒。』蘇軾詩：『要當啖公八百里，豪氣一洗儒生酸。』雲谿友議卷下雜嘲戲條載李日新題仙娥驛詩曰：『商山

食店大悠悠，陳䵺飩飥古餛頭。更有臺中牛肉炙，尚盤數臠紫光毬。』[五十絃]李商隱錦瑟詩：『錦瑟

無端五十絃。』　[的盧]相馬經：『馬白額入口齒者，名曰榆雁，一名的盧。』　蜀志先主傳注引世語：『劉備屯樊

城，劉表憚其為人，不甚信用。曾請備宴會，蔡瑁欲因會取備，備覺之，潛遁出。所乘馬名的盧，騎的盧

走渡襄陽城西檀溪水中，溺不得出，備急曰：『的盧，今日厄矣，可努力！』的盧乃一踊三丈，遂得過。』[弓如

句]南史曹景宗傳：『景宗謂所親曰：『我昔在鄉里，騎快馬如龍，與年少輩數十騎，拓弓弦作霹靂聲，箭如餓鴟

叫，……此樂使人忘死，不知老之將至。』

【編年】右詞作年莫考，姑附綴於與陳同甫唱和諸詞之後。

水調歌頭 元日投宿博山寺，見者驚歎其老。

頭白齒牙缺，君勿笑衰翁。無窮天地今古，人在四之中。臭腐神奇俱盡，貴賤賢愚等耳，

造物也兒童。老佛更堪笑，談妙說虛空。　坐堆豗，行答颯，立龍鍾。有時三盞兩盞，淡

酒醉蒙鴻。四十九年前事，一百八盤狹路，拄杖倚牆東。老境竟何似？只與少年同。

【校】〔老境〕王韶校刊本及六十家詞本俱作『老景』。〔竟何似〕四卷本乙集作『何所似』。

【箋注】〔博山寺〕見本卷鷓鴣天（不向長安路上行闕）箋注。〔臭腐神奇〕莊子知北遊：『故萬物一也。是其所美者為神奇，其所惡者為臭腐；臭腐復化為神奇，神奇復化為臭腐。故曰通天下一氣耳。聖人故貴一。』

〔堆豗〕豗晉灰，歐陽修詩：『三日不出門，堆豗類寒鴉。』〔答颯〕南史鄭鮮之傳：『時傅亮、謝晦位遇日隆，范泰嘗衆中讓誚鮮之曰：卿與傳、謝俱從聖主有功關洛，卿乃居僚首，今日答颯，去人遼遠，何不肯之甚！鮮之熟視不對。』〔一百八盤〕苕溪漁隱叢話：余嘗有詩云：『壯圖鵬翼九萬里，末路羊腸百八盤。』蓋言老而多艱耳。

【編年】淳熙十六年（一一八九）。——據詞中『四十九年前』句，知此詞作於稼軒五十歲時，即淳熙十六年也。陳同甫於十五年歲杪至上饒相訪，別後戀戀，追路至驚鶯林，以雪深泥滑，遂躑然而返，均見賀新郎題中。歸途適在元日，乃投宿博山寺中，故舊重見，驚歎其老，因有感而賦此詞。

卜算子 齒落

剛者不堅牢，柔底難摧挫。不信張開口角看，舌在牙先墮。已闕兩邊廂，又豁中間箇。說與兒曹莫笑翁，狗竇從君過。

【校】〔柔底〕四卷本丁集作『柔者』，王韶校刊本及四印齋本作『柔的』。〔口角〕四卷本及廣信書院本並作『口

了」，王詔校刊本及四印齋本俱改作『口角』。

【箋注】〔剛者四句〕見本卷滿江紅（瘴雨蠻煙圀）箋注。　〔狗竇句〕世說新語排調篇：『張吳興年八歲，齒齼，

先達知其不常，故戲之曰：「君口中何爲開狗竇？」張應聲答曰：「正使君輩從此中出入。」』

【編年】右詞作年無可考，以水調歌頭有『頭白齒牙缺』句，姑依類附次於此。

最高樓　送丁懷忠教授入廣。渠赴調都下，久不得書，或謂從人辟置，或謂徑歸閩中矣。

相思苦，君與我同心。魚沒雁沉沉。是夢他松後追軒冕，是化爲鶴後去山林？對西風，
直悵望，到如今。　待不飲、奈何君有恨；待痛飲、奈何吾又病。君起舞，試重斟。蒼梧
雲外湘妃淚，鼻亭山下鷓鴣吟。早歸來，流水外，有知音。

【校】〔題〕四卷本乙集作『送丁懷忠』。　〔吾又病〕四卷本作『吾有病』。

【箋注】〔丁懷忠〕淳熙稿卷五有送丁懷忠朝佐赴象州教授詩。歐陽文忠公文集卷末附載編定校正人姓名中有
公文集者。周必大跋歐陽文集有云：『承直郎丁朝佐，博覽叢書，尤長考證』。陳傅良止齋集有送丁懷忠教授象
云：『紹熙三年承直郎前桂陽軍軍學教授丁朝佐字懷忠。』據知懷忠名朝佐，即曾與曾三異等同編校歐陽文忠
州詩。歐集卷一丁氏校語有云：『蝦蟆碚詩，諸本皆作碚。朝佐考字書無此字。今祕書正字項安世嘗自蜀來，
云土人寫作背字，音佩。』據知一時名流與丁氏交游者甚多。據詞題及丁氏跋玉堂雜記自著『樵溪丁朝佐』，知

丁氏為閩人。〔洪邁夷堅丁志卷二張注夢條有云：『邵武人張注，紹興丁卯秋試，……既而不利。至乾道已丑始

以免舉再行，而同里丁朝佐亦預計偕，二人同登科。　朝佐正生於丁卯。』據知丁氏為閩之邵武縣人。〔邵武縣

志不載丁氏行實。〕〔夢佗松句〕吳錄：『丁固，夢松樹生其腹上，人謂曰：松字，十八公也；後十八年，其為公

乎。』〔化為鶴句〕陶潛搜神後記：『丁令威本遼東人，學道於靈虛山，後化鶴歸遼，集郡城門華表柱，時有少年

舉弓欲射之，鶴乃飛，徘徊空中而言曰：「我是丁令威，去家千年今始歸，城郭如故人民非，何不學仙塚纍纍。」

遂高上沖天。』〕〔蒼梧句〕舜南巡，崩於蒼梧之野，二妃追至，哭之極哀，後投水而死，為湘水之神，遂稱湘妃，

亦曰湘君或湘夫人。　〔鼻亭山〕湖南道州境內之有庳壚，相傳舜封其弟象於此。其地有山，原名鼻壚山，括

地志作鼻亭山。山下有象廟，唐元和中道州刺史薛伯高撤其壓、壚其地。柳宗元為作道州毀鼻亭神記以刻於

山石。

【編年】淳熙十六年（一一八九）春。——據止齋集送丁詩自注云：『應仲實帥廣西。』查應仲實名孟明，其帥廣

西始於淳熙十五年秋，十六年春正月有寒論廣西鹽法事，均見朝野雜記乙集十六廣西鹽法條。趙蕃送丁詩亦

有『我今方從湖外歸，君行重向湖外去』之句，趙氏之自湖南歸信上，事在十五年秋，知丁氏赴桂必在十六。

止齋時方提舉湖南，其詩結句為『所恨冥冥雨，梅天不肯開』。依此逆推丁氏行程，其由廣信啟行時節必在春初。

水調歌頭

送信守王桂發

酒罷且勿起，重挽使君鬚。一身都是和氣，別去意何如。我輩情鍾休問，父老田頭說尹，淚落獨憐渠。秋水見毛髮，千尺定無魚。　望清闕，左黃閣，右紫樞。東風桃李陌上，下馬拜除書。屈指吾生餘幾，多病妨人痛飲，此事正愁余。江湖有歸雁，能寄草堂無？

【校】〔題〕四卷本乙集作『送太守王秉』。　〔使君〕廣信書院本及四卷本並作『史君』，王詔校刊本及四印齋本並作『使君』。　〔妨人〕四卷本作『故人』。

【箋注】〔王桂發〕據四卷本題，知桂發名秉。　唯廣信府志職官志中未及其人，其守信州之年月亦別無可考。〔重挽句〕蘇軾慶源宣義王丈求紅帶戲作詩：『青衫半作霜葉枯，遇民如兒吏如奴。吏民莫作官長看，我是識字耕田夫。妻啼兒號刺史怒，時有野人來挽鬚。拂衣自注下下考，芋魁飯豆吾豈無。』　〔我輩句〕世說新語傷逝篇：『王戎喪兒萬子，山簡往省之，王悲不自勝，簡曰：「孩抱中物，何至於此？」王曰：「聖人忘情，最下不及情；情之所鍾，正在我輩。」』　〔父老句〕杜甫遭田父泥飲美嚴中丞詩：『酒酣誇新尹，畜眼未見有。……語多雖雜亂，說尹終在口。』　〔秋水二句〕東方朔答客難：『水至清則無魚，人至察則無徒。』　〔黃閣〕謂中書門下省。〔紫樞〕謂樞密院。

【編年】淳熙末年（一一八九）。——王桂發守信年月無可考，右詞作年遂亦難定。　以其有『多病妨人痛飲』句，與前闋『最高樓中語意正相同，疑作於同時。　稼軒寓居帶湖期內，信守之更替大都可考，史闕無徵者亦唯淳熙末之二三年，其時當即王氏爲守時也。

鵲橋仙　己酉山行書所見

松岡避暑，茆簷避雨，閒去閒來幾度。醉扶怪石看飛泉，又却是、前回醒處。　東家娶婦，西家歸女，燈火門前笑語。釀成千頃稻花香，夜夜費、一天風露。

【校】【題】四卷本乙集無『己酉』二字。（怪石）四卷本作『孤石』。

【編年】淳熙十六年（一一八九）。

滿江紅　送徐撫幹衡仲之官三山，時馬叔會侍郎帥閩。

絕代佳人，曾一笑、傾城傾國。休更歎、舊時青鏡，而今華髮。明日伏波堂上客，『老當益壯』翁應說。恨苦遭、鄧禹笑人來，長寂寂。　詩酒社，江山筆。松菊徑，雲煙屐。怕一觴一詠，風流絃絕。我夢橫江孤鶴去，覺來却與君相別。記功名、萬里要吾身，佳眠食。

【校】【題】廣信書院本作『送徐行仲撫幹』，茲從四卷本乙集。　【青鏡】四卷本作『清鏡』。

【箋注】【三山】今福建省會福州。　【馬叔會】嚴州續志卷三人物門：『馬大同字會叔，邠人。登紹興二十四年進士第。自爲小官，即以剛介聞。改秩，除國子監簿。』對便殿，上與語，輒奏不然，明日，謂宰執曰：「夜來馬大同奏對，朕與之辯論，凡

二一〇

不然朕說者三，氣節可喜。」由是簡知孝廟，有大用意。後每對上，輒陳恢復大計。歷中外要官，必求靈職，以

洗寃澤物爲己任。所至雖邅僻，童孺無不知公名。仕至戶部侍郎。』按：據上引二志，知大同字會叔，題作『叔

會」，蓋刻本誤倒。　〔紹代三句〕見卷一〈滿江紅〉(天與文章關)箋注。　〔明日二句〕後漢書馬援傳：『馬援字文

淵，扶風茂陵人也。……常謂賓客曰：「丈夫爲志，窮當益堅，老當益壯。」……交阯女子徵側及女弟徵貳反，

……倒自立爲王，於是璽書拜授伏波將軍。』　〔恨苦二句〕南史王融傳：『融躁於名利，自恃人地，三十內望爲

公輔。及爲中書郎，嘗撫案歎曰：「爲爾寂寂，鄧禹笑人。」』　〔松菊徑〕陶淵明歸去辭：『三徑就荒，松菊猶

存。」　〔我夢二句〕蘇軾後赤壁賦：『時夜將半，四顧寂寥，適有孤鶴，橫江東來。』

【編年】　淳熙十六年(一一八九)。——據淳熙三山志，馬大同於淳熙十六年四月以朝散大夫直顯謨閣帥福建，

於紹熙元年三月被召。

御街行　山中問盛復之提幹行期

【校】　〔笑我〕四卷本乙集作『自笑』。

山城甲子冥冥雨，門外青泥路。杜鵑只是等閒啼，莫被他催歸去。垂楊不語，行人去後，也會風前絮。　情知夢裏尋鴻鷺，玉殿追班處。怕君不飲太愁生，不是苦留君住。白頭笑我，年年送客，自喚春江渡。

【箋注】【盛復之】夷堅志支丁卷七靈山水精條：『水精出於信州靈山之下，唯以大為貴。……麗水人盛庶字復

之，名士也。曾仕於信，得二片，高四寸許，闊稱之。』麗水縣志選舉門載盛庶於淳熙五年姚穎榜進士及第，仕

至福建提舉。　【山城句】朝野僉載：『俚諺云：春雨甲子，赤地千里。夏雨甲子，乘舟入市。秋雨甲子，禾頭生

耳。』杜甫雨詩：『冥冥甲子雨，已度立春時。』　【情知二句】鵷鷺謂朝官之行列，因其整齊有序如鵷與鷺也。岑

參詩：『鵷鷺千官列，魚龍百戲浮。』　【太愁生】生字為形容詞後之語助詞，即李白戲杜甫詩中『借問別來太瘦

生』之用法也。

又

闌干四面山無數。供望眼、朝與暮。好風催雨過山來，吹盡一簾煩暑。紗廚如霧，簟紋

如水，別有生涼處。　冰肌不受鉛華汚，更旎旎、眞香聚。臨風一曲最妖嬌，唱得行雲且

住。　藕花都放，木犀開後，待與乘鸞去。

【校】〔行雲〕四卷本乙集作『行人』。

【箋注】〔簟紋句〕蘇軾南堂五首：『掃地焚香閉閣眠，簟紋如水帳如煙。客來夢覺知何處，挂起西窗浪接天。』

〔唱得句〕列子湯問篇：『薛譚學謳於秦青，未窮青之技，自謂盡之，遂辭歸，秦青弗止，餞於郊衢，撫節悲歌，聲

振林木，響遏行雲。』　〔乘鸞〕異聞錄：『開元中，明皇與申天師遊月中，見素娥十餘人，皓衣乘白鸞，笑舞於廣

庭大桂樹下，樂音嘈雜清麗，明皇歸製霓裳羽衣曲。」

【編年】至晚當在淳熙末年。——夷堅志支丁成書於慶元二年春間，其中謂盛復之『曾仕於信』，知其事必在慶元以前。洪邁於此條記事下注云，其事『得之張恩順』，不云得之其子莘之，知盛氏之仕於信必猶在紹熙之前（洪莘之於紹熙初爲信州通判），故至晚當在淳熙末年也。第二首以同見乙集，因東附載於此。

卜算子 聞李正之茶馬訃音

欲行且起行，欲坐重來坐。坐坐行行有倦時，更枕閒書臥。　病是近來身，嬾是從前我。靜掃瓢泉竹樹陰，且恁隨緣過。

【校】【題】四卷本丁集無。　【靜掃】四卷本同，王詔校刊本及四印齋本俱作『淨掃』。

【編年】淳熙十六年或紹熙元年（一一八九或一一九〇）。——據朝野雜記及宋會要參互推考，李正之由利州路提點刑獄改任茶馬提舉，其事當在淳熙十四年。據澗泉集卷九李正之丈提刑換詩中『符節多遺愛，璽書行九遷。豈期歸蜀道，乃爾閟重泉』諸語，是李氏之卒，乃在茶馬任滿東歸途中，至晚當在紹熙元年。因推定此詞作年如上。但詳詞中語意，與題語不相應，似非追悼李氏之作，疑是另有閒訃之卜算子一首，原置右詞之前，當廣信書院本編刊時偶爾奪落也。

歸朝歡 寄題三山鄭元英巢經樓。

樓之側有尙友齋，欲借書者就齋中取讀，書不借出。

萬里康成西走蜀，藥市船歸書滿屋。有時光彩射星躔，何人汗簡讎天祿？好之寧有足。
請看良賈藏金玉。記斯文，千年未喪，四壁聞絲竹。試問辛勤攜一束，何似牙籤三萬
軸。古來不作借人癡，有朋只就雲窗讀。憶君清夢熟。覺來笑我便便腹。倚危樓，人間
誰舞，掃地八風曲。

【校】〔題〕『三山鄭元英巢經樓』四卷本丁集作『鄭元英文山巢經樓』。〔雲窗〕四卷本同。王詔本及六十家詞本俱作『芸窗』。〔誰舞〕四卷本作『何處』。

【箋注】〔巢經樓，尚友齋〕箋注。〔藥市句〕成都古今記：『正月燈市，二月花市，……九月藥市，十月酒市。』〔西走蜀〕參蝶戀花（莫向樓頭聽漏點閱）箋注。蹟址已無可考。〔康成〕後漢鄭玄字康成，此以喻鄭元英。

老學菴筆記：『成都藥市以玉局化為最盛，用九月九日，楊文公談苑云二月花市七月，誤也。』按：韓淲澗泉集挽李正之詩有『為約言猶在，收書德不孤』句，自注云：『公作墳約，先公跋之。公在蜀收書，將為義學。』據知南宋一代蜀中最多書，游宦其地多載書而歸。則鄭氏巢經樓中所儲，亦必多從蜀中得來者也。〔汗簡〕後漢書吳祐傳注：『以火炙簡令汗，取其青，易書，復不蠹，謂之殺青，亦謂汗簡。』風俗通謂：『讎校者，一人讀書，校其上下，得謬誤，為校；一人持本，一人讀書，如怨家相對，為讎。』〔讎天祿〕劉向別傳：『向校書天祿閣，夜暗，獨坐誦書，有老人，黃衣，植青藜杖，叩閣而入，吹杖端煙燃，與向說開闢以前，向因受五行洪範之文，至曙而去，曰：「我太乙之精，天帝聞卯金之子有博學者，下而觀焉。」』〔記斯文二句〕論語：『子曰：天之將喪斯文也，後死者不得

玉樓春　寄題文山鄭元英巢經樓

悠悠莫向文山去，要把襟裾牛馬汝。遙知書帶草邊行，正在雀羅門裏住。侵天且擬鳳凰巢，掃地從他鸛鶴舞。平生插架昌黎句，不似拾柴東野苦。

【箋注】〔文山〕大明一統名勝志，福州侯官縣名勝：『稍南爲文山，宋隱士鄭育居之，太守黃裳數造訪焉，因砌石爲路，榜曰文山。文山有小浦縈繞而納潮汐，江口萬安橋跨之。』〔要把句〕韓愈符讀書城南詩：『人不通古

……與於斯文也；天之未喪斯文也，匡人其如予何？』〔四壁句〕水經注泗水條：『漢武帝時，魯恭王壞孔子舊宅，得尚書、春秋、論語、孝經，於時聞堂上有金石絲竹之音，乃不壞。』〔牙籤三萬軸〕見本卷水調歌頭（文字覷天巧）一闋箋注。〔試問句〕韓愈示兒詩：『昔我來長安，只攜書一束。』〔古來句〕李匡乂資暇集（上借子亦反，下借子夜反）俗曰借一癡，借二癡，索三癡，還四癡。』〔便便腹〕後漢書邊韶傳：『韶曾晝日假臥，弟子私嘲之曰：「邊孝先，腹便便，懶讀書，但欲眠。」韶潛聞之，應時對曰：「邊爲姓，孝爲字，腹便便，五經笥。但欲眠，思經事。寐與周公通夢，靜與孔子同意。師而可嘲，出何典記？」』〔掃地句〕新唐書祝欽明傳：『祝欽明字文思，京兆始平人。……擢明經，爲弘文館學士。……初，后屬婚，上食禁中，帝與羣臣宴，欽明自言能八風舞，帝許之。欽明體肥醜，據地搖頭眄目左右顧盻，帝大笑，吏部侍郎盧藏用歎曰：「是舉五經掃地矣。」』

今，馬牛而襟裾。」〔書帶草〕三齊記略：『鄭康成居不其城南山中教授，山下草如薤，葉長尺餘，人號康成書帶草。』〔雀羅門〕史記汲黯鄭當時傳贊：『夫以汲鄭之賢，有勢則賓客十倍，無勢則否，況衆人乎！下邽翟公有言，始翟公爲廷尉，賓客闐門；及廢，門外可設雀羅。』按史記謂門可羅雀者爲下邽翟公，非鄭當時，稼軒用爲鄭氏事，蓋誤。〔平生句〕見本卷水調歌頭（文字觀天巧閱）箋注。〔不似句〕孟郊字東野，湖州人。張爲取郊詩：『……食薺腸亦苦，強歌聲無歡……』等句以爲清奇僻苦主。郊有喜盧仝書船歸洛詩云：『我願拾遺柴，巢經於空虛。』〔鳳凰巢〕韓愈南山有高樹行：『南山有高樹，花葉何衰衰，上有鳳凰巢，鳳凰乳且棲。』〔掃地〕見前首注。〔鵯鷃舞〕晉書謝尙傳：『司徒王導辟爲掾，始到府通謁，導謂曰：「聞君能作鴝鵒舞，一座傾想，寧有此理不？」尙曰：「佳。」便著衣幘而舞。』

【編年】淳熙末年（一一八九）。──鄭元英於淳熙十一年入蜀，見蝶戀花（莫向樓頭聽漏閱）箋注。其東歸事在何年，雖絕無可考，但以宋代士人仕宦恆例推之，元英在蜀至多不過三數年。攜書而歸，建樓以貯，樓成而函索品題，稼軒因賦二詞以寄。以其節次推之，二詞之作應在稼軒入閩之前，姑編入淳熙之末。（黃裳於北宋末守福州，則元英必卽鄭育之後人也。）

聲聲慢　送上饒黃倅秩滿赴調

東南形勝，人物風流，白頭見君恨晚。便覺君家叔度，去人未遠。長憐士元驥足，道直

須、別駕方展。問箇裏、待怎生銷殺，胸中萬卷？ 況有星辰劍履，是傳家，合在玉皇香案。零落新詩，我欠可人消遣。留君再三不住，便直饒、萬家淚眼，怎抵得，這眉間、黃色一點？

【校】〔題〕王韶校刊本、六十家詞本及四印齋本俱作『職』。

【箋注】〔黃倅〕未詳。〔君家叔度〕後漢書黃憲傳：『黃憲字叔度，汝南慎陽人也。……郭林宗少游汝南，先過袁閬，不宿而退。進往從憲，累日方還。或以問林宗，林宗曰：「奉高之器，譬諸汎濫，雖清而易挹；叔度汪汪若千頃陂，澄之不清，淆之不濁，不可量也。」』〔長憐二句〕蜀志龐統傳：『龐統字士元，襄陽人也。……先主領荊州，統以從事守耒陽令，在縣不治，免官。吳將魯肅遺先主書曰：「龐士元非百里才也，使處治中別駕之任，始當展其驥足耳。」』〔玉皇香案〕元稹以州宅夸樂天詩：『我是玉皇香案吏，謫居猶得住蓬萊。』〔便直饒三句〕韓愈贈馬侍郎馮李二員外詩：『城上赤雲呈勝色，眉間黃色見歸期。』蘇軾詞浣溪沙彭門送梁左藏：『怪見眉間一點黃，詔書催發羽書忙。從教嬌淚洗紅妝。』又送李公恕赴闕詩：『忽然眉上有黃氣，吾君漸欲收英髦。』

玉樓春 席上贈別上饒黃倅。

往年龍袞堂前路，路上人誇通判雨。 去年拄杖過瓢泉，縣吏垂頭民嘆語。 學窺聖處文章古，清到窮時風味苦。 尊前老淚不成行，明日送君天上去。

龍袞，雨巖堂名。 通判雨，當時民謠。 吏垂頭，亦渠攝郡時事。

【校】〔題〕四卷本乙集作『席上爲黃倅賦』。『寵嬖』雨嚴堂名」云云一段注語，廣信書院本及四卷本俱在題語之下，王詔校刊本及六十家詞本全刪去，四印齋本移置詞後。〔嘆語〕四卷本作『笑語』。

【編年】至晚當在淳熙末年（一一八九）。——右詞二首作年無可考。但紹熙中倅上饒者爲洪莘之，屢見稼軒詞題中，則此二首至晚當作於淳熙之末也。

水調歌頭　送楊民瞻

日月如磨蟻，萬事且浮休。君看簷外江水，滾滾自東流。風雨瓢泉夜半，花草雪樓春到，老子已菟裘。歲晚問無恙，歸計橘千頭。

長劍倚天誰問，夷甫諸人堪笑，西北有神州。此事君自了，千古一扁舟。黃雞白酒，君去村社一番秋。夢連環，歌彈鋏，賦登樓。

【箋注】〔日月句〕晉書天文志：『周髀家云：日月東行而天牽之以西沒，譬之蟻行磨石之上，磨左旋而蟻右去，磨急而蟻遲，故不得不隨磨以左旋焉。』〔浮休〕莊子刻意篇：『其生若浮，其死若休。』〔菟裘〕左傳隱公十一年：『羽父請殺桓公，將以求太宰，公曰：「爲其少故也，吾將授之矣。使營菟裘，吾將老焉。」』〔橘千頭〕見卷一滿江紅（漢水東流闋）箋注。〔君看二句〕蘇軾詩：『長江袞袞空自流，白髮紛紛寧少借。』〔夢連環〕黃山谷詩：『昨宵連環夢。』〔歌彈鋏〕見卷一滿江紅（漢水東流闋）箋注。〔賦登樓〕見卷一水調歌頭（落日塞塵起闋）箋注。〔黃雞白酒〕李白南陵別兒童入京詩：『白酒新熟山中歸，黃雞啄黍秋正肥。』〔長劍句〕宋古城角闋）箋注。

玉大矜賦：『長劍耿介，倚天之外。』　（夷甫二句）見本卷水龍吟（渡江天馬南來闕）箋注。　（此事句）晉書山

濤傳：『鍾會作亂於蜀，而文帝將西征，時魏氏諸王公並在鄴，帝謂濤曰：「西偏吾自了之，後事深以委卿。」

（扁舟）見卷一破陣子（擲地劉郎玉斗闕）箋注。

【編年】淳熙紹熙之間（一一八九或一一九〇）。——據『風雨瓢泉』及『花草雪樓』二句，知此詞之作，必在已

經買得瓢泉之後，帶湖居第猶未焚燬之前，是則當在淳熙末或紹熙初也。

柳梢青　和范先之席上賦牡丹

【校】（題）四卷本乙集作『賦牡丹』。

【箋注】（姚魏）洛陽牡丹記：『姚黃者千葉黃花，出於民姚氏家。魏家花者千葉肉紅花，出於魏相仁溥家。』

（攬斷）即『攬盡』或『攬佳』，與『把斷』義同。　（解釋句）李白清平調：『解釋春風無限恨，沉香亭北倚闌干。』

（染盡句）李正封牡丹詩：『國色朝酣酒，天香夜染衣。』

謁金門　和廓之五月雪樓小集韻

姚魏名流，年年攬斷，雨恨風愁。　解釋春光，剩須破費，酒令詩籌。　玉肌紅粉溫柔，更

染盡、天香未休。　今夜簪花，他年第一，玉殿東頭。

遮素月，雲外金蛇明滅。翻樹啼鴉聲未徹，雨聲驚落葉。　寶炬成行嫌熱，玉腕藕絲誰

雪？流水高山絃斷絕，怒蛙聲自咽。

又

【校】〔題〕廣信書院本無，王詔校刊本及四印齋本俱作『無題』，茲從四卷本丁集。　〔寶炬〕四卷本作『寶燭』。

〔藕絲〕四卷本作『藕花』。

【箋注】〔金蛇〕蘇軾望海樓晚景五絕：『雨過潮平江海碧，電光時掣紫金蛇。』　〔玉腕句〕杜甫陪諸貴公子丈八

溝攜妓納涼詩：『公子調冰水，佳人雪藕絲。』　〔流水句〕見卷一滿庭芳（傾國無媒棄）箋注。　范廓之善鼓琴，見

下醉翁操題語。

山吐月，畫燭從敎風滅。一曲瑤琴纔聽徹，金蕉三兩葉。　驟雨微涼還熱，似欠舞瓊歌

雪。近日醉鄉音問絕，有時清淚咽。

【箋注】〔山吐月〕杜甫月詩：『四更山吐月，殘夜水明樓。』　〔金蕉句〕金蕉謂酒杯。意卽飲酒三兩杯也。　蘇軾

題跋：『吾少年望見酒盞而醉，今亦能三蕉葉矣。』

定風波　席上送范廓之游建康

聽我尊前醉後歌，人生無奈別離何。但使情親千里近；須信：無情對面是山河。　寄語

石頭城下水……居士，而今渾不怕風波。借使未成鷗鳥伴；經慣，也應學得老漁蓑。

【校】〔題〕廣信書院本『廓之』作『先之』，『建康』作『建鄴』，茲從四卷本乙集。〔未成鷗鳥伴〕王詔校刊本及四印齋本『鳥』均作『鷺』。四卷本作『未如鷗鳥慣』。〔經慣〕四卷本作『相伴』。

【筆注】〔石頭城〕元和郡縣志：『石頭城在上元縣西四里，即楚之金陵城也。吳改爲石頭。』

醉翁操

頃予從廓之求觀家譜，見其冠冕蟬聯，世載勳德。廓之甚文而好修，意其昌未艾也。今天子即位，覃慶中外，命國朝勳臣子孫之無見任者官之；先是，朝廷屢詔甄錄元祐黨籍家，合是二者，廓之應仕矣。將告諸朝，行有日，請予作詩以贈。屬予避謗，持此戒甚力，不得如廓之請。又念廓之與予遊八年，日從事詩酒間，意相得歡甚，於其別也，何獨能恝然。顧廓之臝於楚詞，而妙於琴，輒擬醉翁操，爲之詞以敍別。異時廓之縉組東歸，僕當買羊沽酒，廓之爲鼓一再行，以爲山中盛事云。

長松，之風。如公，肯余從，山中。人心與吾今誰同？湛湛千里之江，上有楓。噫送子于東，望君之門兮九重。女無悅已，誰適爲容？不龜手藥，或一朝兮取封。昔與遊兮皆童，我獨窮兮今翁。一魚兮一龍，勞心兮忡忡。噫命與時逢。子取之食兮萬鍾。

【校】（題）（一）『予從廓之求觀家譜』廣信書院本作『余從范先之』。又『廓之』均作『先之』。（二）『今天子至官之』廣信書院本作『時覃慶，勳臣子孫無見仕者，命官之』。（三）『朝廷屢詔』廣信書院本無『朝廷』二字。（四）『如廓之

請】廣信書院本作『如先之之請』。以上皆從四卷本丁集。『作詩』四卷本作『作歌』。〔于東〕四卷本脫『于』
字。廣信書院本『東』係墨釘。 〔一朝兮〕四卷本無『兮』字。 〔子取之食〕四卷本同，王詔校刊本及四印齋
本俱作『子之所食』。

【箋注】 〔買羊沽酒〕韓愈詩：『買羊沽酒謝不敏。』 〔長松，之風〕世說新語言語篇：『劉尹云：人想王荆產佳，此
想長松下當有清風耳。』 〔人心句〕楚辭九章哀郢：『何靈魂之信直兮，人之心不與吾心同。』 〔湛湛句〕楚辭
招魂：『湛湛江水兮上有楓，目極千里兮傷春心。』 〔望君句〕楚辭九辯：『豈不鬱陶而思君兮，君之門以九重。』
〔女無悅已〕司馬遷報任少卿書：『士為知已者用，女為悅已者容。』 〔誰適為容〕詩衛風伯兮：『自伯之東，首如
飛蓬。豈無膏沐，誰適為容。』 〔不龜二句〕莊子逍遙遊：『宋人有善為不龜手之藥者，世世以洴澼絖為事。客
聞之，請買其方百金，聚族而謀曰：「我世世為洴澼絖，不過數金，今一朝而鬻技百金，請與之。」客得之，以說吳
王。越有難，吳王使之將，冬與越人水戰，大敗越人。裂地而封之。能不龜手一也，或以封，或不免於洴澼絖，
則所用之異也。』 〔一魚句〕龍可飛騰於天，魚則只能浮沉水中，亦猶雲泥異路之意。 〔勞心忡忡〕詩召南草
蟲：『未見君子，憂心忡忡。』 〔萬鍾〕孟子：『養弟子以萬鍾。』又：『萬鍾於我何加焉。』

【編年】光宗紹熙元年（一一九〇）。—— 宋寧宗名擴，卽位後凡『擴』字之同音字均須避諱。廓之於淳熙九年來從稼軒受學，至紹
作『廓之』，知所謂『今天子卽位』者，乃指光宗。廓之於淳熙九年（參年譜淳熙九年紀事）。右醉翁操詞題中猶
熙元年，因朝廷甄錄元祐黨籍家，遂前往臨安，以家世告諸朝，並預定順路作建康之遊，因疑定風波、醉翁操乃
同時之作。其外柳梢青一闋，謁金門二闋，既未經廓之編入甲集之內，當作於淳熙十五年後者，因亦彙錄於右。

踏莎行　庚戌中秋後二夕，帶湖篆岡小酌。

夜月樓臺，秋香院宇，笑吟吟地人來去。是誰秋到便淒涼？當年宋玉悲如許。　隨分杯盤，等閑歌舞，問他有甚堪悲處？思量却也有悲時：重陽節近多風雨。

【校】〔題〕廣信書院本、王詔校刊本俱脫『夕』字，六十家詞本及四印齋本俱補入，茲從之。

【箋注】〔當年句〕宋玉九辯：『悲哉秋之爲氣也，蕭瑟兮草木搖落而變衰。』〔重陽句〕宋潘邠老詩：『滿城風雨近重陽。』

【編年】紹熙元年（一一九○）。

鷓鴣天　鄭守厚卿席上謝余伯山，用其韻。

夢斷京華故倦遊，只今芳草替人愁。陽關莫作三疊唱，越女應須爲我留。　看逸韻，自名流，青衫司馬且江州。君家兄弟眞堪笑，箇箇能修五鳳樓。

【箋注】〔余伯山〕名禹績，上饒人，淳熙二年進士。官太府丞。見上饒縣志選舉志。紹熙中會任江州學教授。永樂大典卷六六九七江字韻九江府志碑碣門載有江州重建煙水亭記，末署『紹熙甲寅孟冬望日，文林郎充江州州學教授余禹績撰。』岳珂桯史卷十三，范碑詩跋：『趙履常（崇憲）所刊四說堂山谷范滂傳，余前記之

矣。後見跋卷，迺太府丞余伯山（禹績）之六世祖若著倅宜州日，因山谷謫居是邦，……一日攜紙求書……

伯山前聲老成，嘗爲九江校官，余猶及同班行。」　〔故倦遊〕史記司馬相如傳：『長卿故倦遊。』集解引郭璞云：

『厭遊宦也。』　〔陽關句〕王維送元二使安西詩：『渭城朝雨裛輕塵，客舍青青柳色新。勸君更盡一杯酒，西出

陽關無故人。』後爲歌者探以入樂，將每句均裁截爲二字、四字、三字三段落，重疊歌唱之，遂有陽關三疊之

稱。　〔越女句〕韓愈詩：『洪濤春天禹穴幽，越女一笑三年留。』　〔逸韻〕李白與常贊府遊五松山詩：『逸韻動海

上，高情出人間。』　〔青衫句〕見卷一滿江紅（落日蒼茫閣）箋注。　〔君家二句〕楊文公談苑：『韓浦、韓洎能爲

古文，泊常輕浦，語人曰：「吾兄爲文，譬如繩縋草舍，庇風雨而已。予之文造五鳳樓手。」浦聞其實，因人遺蜀

箋，作詩與泊曰：「十樣蠻牋出益州，寄來新自浣溪頭。老兄得此全無用，助爾添修五鳳樓。」』

又　和人韻，有所贈。

趁得春風汗漫游，見他歌後怎生愁。事如芳草春長在，人似浮雲影不留。　眉黛斂，眼

波流，十年薄倖謾揚州。明朝短棹輕衫夢，只在溪南罨畫樓。

【校】〔春風〕四卷本丁集作『東風』。王詔校刊本及四印齋本俱作『西風』。　〔謾〕四卷本同，王詔校刊本及四

印齋本俱作『說』。

【箋注】〔十年句〕全唐詩話：『杜牧不拘細行，故詩有「十年一覺揚州夢，贏得青樓薄倖名。」』　〔罨畫樓〕高似

孫緯略卷七，『罨畫』條：「墨客揮犀曰：『罨畫，今之生色也。』余嘗謂五朵彰施於五服，此固生色之始也。秦韶玉

詩：『花明驛路胭脂暖，山入江亭罨畫開。』盧贄元詩：『花外小樓雲罨畫，杏波晴葉退微紅。』李商隱愛義興罨畫

溪者，亦以其如畫也。」

【編年】紹熙初（一一九〇）。 ——右鷓鴣天二首，用同韻，當是同時作。 前闋題中稱『鄭守厚卿』，知必作於

鄭氏罷衡州守復歸上饒家居之時，非紹熙元年當即二年也。

菩薩蠻 送鄭守厚卿赴闕

送君直上金鑾殿，情知不久須相見。一日甚三秋，愁來不自由。 九重天一笑，定是留

中了。白髮少經過，此時愁奈何！

【箋注】〔一日句〕詩王風采葛：『一日不見，如三秋兮。』〔天一笑〕杜甫能畫詩：『每蒙天一笑，復似物皆春。』

〔留中〕留在朝廷供職。

【編年】宋會要一〇三册職官黜降官門載：『慶元四年二月二十四日，朝請大夫主管建寧府武夷山冲佑觀鄭如

嶽放罷。以臣僚言如嶽昨知荆門軍，未赴，中風，其子公庠強其官，并不出廳，凡狀牒並公庠代之，不問曲

直，非錢不行。根刷坊場，監決流血，人不堪命。』據此記事，頗疑鄭氏之赴闕，當在已罷衡州之後，未赴荆門之

前。以難確知，姑附次於此。

定風波 施樞密聖與席上賦

春到蓬壺特地晴，神仙隊裏相公行。翠玉相挨呼小字，須記：笑簪花底是飛瓊。　總是傾城來一處，誰妒？誰攜歌舞到園亭？柳妒腰肢花妒豔，聽看：流鶯直是妒歌聲。

【校】〔題〕四卷本乙集作『施樞密席上』。

【箋注】〔施樞密聖與〕《宋史三百八十五施師點傳》：『施師點字聖與，上饒人。……淳熙十四年除知樞密院事。……十五年春，以資政殿大學士知泉州，除提舉臨安府洞霄宮。紹熙二年除知隆興府、江西安撫使。師點嘗謂諸子曰：「吾平生仕宦，皆任其升沉，初未嘗容心其間。不枉道附麗。獨人主知之，遂至顯用。夫人窮達有命，不在巧圖，惟忠孝乃吾事也。」』　〔飛瓊〕見本卷滿江紅（天上飛瓊）箋注。

【編年】紹熙元年（一一九〇）。——據宋史施師點傳及宋宰輔編年錄，知施氏於罷樞密後，唯紹熙元年得家居上饒，次年春即除知隆興矣。

念奴嬌 瓢泉酒酣，和東坡韻。

倘來軒冕，問還是、今古人間何物？舊日重城愁萬里，風月而今堅壁。藥籠功名，酒壚身世，可惜蒙頭雪。浩歌一曲，坐中人物三傑。　休歎黃菊凋零，孤標應也，有梅花爭發。

醉裏重揩西望眼，惟有孤鴻明滅。萬事從敎，浮雲來去，枉了衝冠髮。故人何在，長庚應伴殘月。

【校】〔題〕四卷本乙集作『用東坡赤壁韻』。〔今古〕四卷本，王詔校刊本及六十家詞本並同，四印齋本作『古今』。〔三傑〕四卷本作『之傑』。〔休歇〕四卷本作『堪歇』。〔萬事〕四卷本作『世事』。〔長庚〕四卷本作『長歌』。

【箋注】〔和東坡韻〕此詞用蘇東坡『赤壁懷古』之念奴嬌韻。〔倘來句〕莊子繕性篇：『軒冕在身，非性命也，物之倘來，寄者也。』〔衝冠髮〕史記藺相如傳：『相如奉璧西入秦，相如視秦王無意償趙城，因持璧卻立，倚柱怒，髮上衝冠。』〔長庚句〕詩小雅大東：『東有啓明，西有長庚。』韓愈東方半明詩：『東方半明大星沒，猶有太白配殘月。』

又　再用前韻，和洪莘之通判丹桂詞。

道人元是，道家風、來作煙霞中物。翠幰裁犀遮不定，紅透玲瓏油壁。憔悴何處芳枝，十郎手種，看明年花發。借得春工，惹將秋露，薰做江梅雪。我評花譜，便應推此爲傑。

坐斷虛空香色界，不怕西風起滅。別駕風流，多情更要，簪滿常娥髮。等閒折盡，玉斧重倩修月。

【校】〔題〕四卷本乙集作『用前韻，和丹桂』。　〔坐斷〕四卷本作『坐對』。　〔常娥〕四卷本作『姮娥』。

【箋注】〔洪莘之〕名樺。洪邁長子。錢大昕洪文敏公年譜：『紹熙三年，長子樺通判信州。』洪邁夷堅志支丁卷

七，信州鹿鳴燕條：『紹熙三年秋，信州解試，揭榜畢，當作鹿鳴燕以享隨計之士。……時大兒通判州事，張振之

監贍軍酒庫。』　〔十郎句〕未詳。　〔坐斷〕即坐定、住定之意。　〔別駕句〕別駕，官名，漢置，爲州刺史之佐

吏。從刺史行部，別乘傳車，故稱別駕。宋初創藩鎮權，命朝臣通判州軍事，與知州共治政事，改稱通判。蘇軾

與梁左藏會飲詩：『風流別駕貴公子，欲把笙歌煖鋒鏑。』　〔玉斧〕見本卷滿江紅（快上西樓闌）箋注。

又

洞庭春晚，□舊傳、恐是人間尤物。收拾瑤池傾國豔，來向朱欄一壁。透戶龍香，隔簾鶯

語，料得肌如雪。月妖真態，是誰教避人傑？　酒罷歸對寒窗，相留昨夜，應是梅花發。

賦了高唐猶想像，不管孤燈明滅。半面難期，多情易感，愁點星星髮。繞梁聲在，爲伊忘

味三月。

【箋注】〔月妖二句〕甘澤謠：『素娥者，武三思之伎人，相州鳳陽門宋媼女。善彈五弦，世之殊色。』三思以帛三、

百段聘焉。　素娥既至，三思盛宴以出素娥，公卿畢集，唯納言狄仁傑稱疾不來；三思怒，於座中有言。後數日

復宴，梁公至，蒼頭出曰：『素娥藏匿，不知所在。』三思自入召之，皆不見，忽於堂奧陳中、閒閤霧芬馥，乃附耳而

聽，卽素娥語音也。三思問其由，曰：「某乃花月之妖，上帝遣來，亦以蕩公之心，今梁公乃時之正人，某固不敢

見。」言訖更問，亦不應也。　〔昨夜二句〕盧仝有所思：『相思一夜梅花發，忽到窗前疑是君。』　〔賦了高唐〕宋

玉有高唐賦。　〔忘味三月〕論語：『子在齊聞韶，三月不知肉味。』

〔繞梁句〕列子湯問篇：『韓娥東之齊，匱糧，過雍門，鬻歌假食，既去，而餘音繞梁欐，三日不
絕。』

【編年】紹熙元年或二年（一一九〇或一一九一）。——右念奴嬌三首，用同韻，當是同時作。紹熙三年丹桂
開時稼軒早已赴閩，知其必作於元年或二年秋冬之際也。

瑞鶴仙　壽上饒倅洪莘之　時攝郡事，且將赴漕舉。

黃金堆到斗，怎得似長年，畫堂勸酒。　蛾眉最明秀。　向水沉煙裏，兩行紅袖，笙歌擁就。
爭說道、明年時候，被姮娥做了慇懃，仙桂一枝入手。　　知否。風流別駕，近日人呼，文章
太守。天長地久，歲歲上、洒翁壽。記從來人道，相門出相，金印纍纍儘有。但直須、周
公拜前，魯公拜後。

【校】〔題〕四卷本乙集及花菴詞選並作『上洪倅壽』。　〔擁就〕四卷本及花菴詞選並作『擁就』，廣信書院本作
『擁就』。　〔姮娥〕花菴作『常娥』。

【箋注】〔擁就〕宋人常用語，此處當為『溫存體貼』之意。　〔仙桂句〕晉書郤詵傳：『累遷雍州刺史。』武帝於東堂

會送，間詭曰：「卿自以爲如何？」詭對曰：「臣擧賢良，對策爲天下第一，猶桂林之一枝，崑山之片玉。」」　〔風

流別駕〕見本卷念奴嬌（道人元是閬）箋注。　〔文章太守〕歐陽修朝中措平山堂詞：「文章太守，揮毫萬字，一飮

千鍾。」　〔天長地久〕白居易長恨歌：「天長地久有時盡。」　〔相門出相〕史記孟嘗君列傳：「文聞將門必有將，

相門必有相。」　〔金印句〕漢書石顯傳：『與中書僕射牢梁、少府五鹿充宗爲黨，附者得位，民歌之曰：「牢耶？

石耶？五鹿客耶？印何累累，綬何若若耶？」」　〔周公二句〕公羊傳文十三年：『周公何以稱大廟於魯？封魯

公以爲周公也。周公拜乎前，魯公拜乎後，曰：生以養周公，死以爲周公主。』

【編年】紹熙二年（一一九一）。——《夷堅志》謂洪萃之於紹熙三年適通判信州，知此詞當作於稼軒赴閩之前。二年秋稼軒有壽信守王道夫詞，守郡有人，無須兼攝，又知此詞當更作於二年秋季之前。查宋會要對換官門，紹熙二年春載信守張稜與章冲兩易事，嗣後又有章冲王道夫之更替，洪氏之得攝郡符，必卽在此二次新舊交替之期。三年壬子適爲解試之年，詞中謂『明年時候……丹桂一枝入手』亦正是二年語也。

水調歌頭　送施樞密聖與帥江西。信之讖云：『水打烏龜石，方人也大奇。』『方人也』實『施』字。

相公倦台鼎，要伴赤松遊。高牙千里東下，笳鼓萬貔貅。試問東山風月，更著中年絲竹，留得謝公不？孺子宅邊水，雲影自悠悠。　　占古語，方人也，正黑頭。穹龜突兀，千丈石打玉溪流。金印沙堤時節，畫棟珠簾雲雨，一醉早歸休。賤子親再拜，西北有神州。

〔校〕（題）四卷本丙集『施樞密與』作『施聖與樞密』，『帥江西』作『帥隆興』，茲均從廣信書院本。又，廣信書院本『實施字』上原無『方人也』三字，茲據四卷本增。　（親再拜）廣信書院本作『祝再拜』，茲從四卷本。

〔箋注〕（烏龜石）參本卷漁家傲（道德文章傳幾世覦）詞題及箋注。（相公句）韓愈送鄭十校理詩：『相公倦台鼎，分正新洛邑。』（要伴句）見本卷太常引（君王著意履聲間閱）箋注。（東山風月）見卷一念奴嬌（我來弔古閱）箋注。　（中年絲竹）見卷一水調歌頭（折盡武昌柳閱）箋注。　（孺子宅二句）後漢徐穉字孺子，南昌人。　餘參卷一賀新郎（高閣臨江渚閱）箋注。　（黑頭）世說新語識鑒篇：『諸葛道明初過江左，自名道明，名亞王、庾之下。先爲臨沂令，丞相調曰：「明府當爲黑頭公。」』（沙堤）唐故事：宰相初拜，京兆使人戢沙塡路，自私第至於城東街，名沙堤。　（金印）漢書百官公卿表：『相國、丞相皆秦官，金印、紫綬。』（畫棟）見卷一賀新郎（高閣臨江渚閱）箋注。　（賤子）漢書樓護傳：『成都侯商，子邑，貴重，商故人皆敬事邑，唯護自安如舊節。時請召賓客，邑居樽下稱賤子上壽。』杜甫奉贈韋左丞詩：『丈人試靜聽，賤子請具陳。』

〔編年〕紹熙二年（一一九一）。

清平樂　壽信守王道夫

此身長健，還却功名願。枉讀平生三萬卷，滿酌金杯聽勸。　　男兒玉帶金魚，能消幾許

詩書？料得今宵醉也，兩行紅袖爭扶。

【校】〔題〕四卷本乙集作『壽道夫』。

【箋注】〔王道夫〕魏鶴山大全集卷七十六，宋故藉田令知信州王公墓誌銘：『淳熙十年，分水縣令王公自中以中書舍人王公蘭薦，召赴都堂審察。……奏對之明日，特命改令入官，除藉田令。數語大臣：『朕急欲用自中，可與超遷。』未幾，又語大臣：『自中必有善類，令舉其所知。』……公名自中，淳熙元年就試兩浙轉運司，爲詩賦第一。四年再舉，登明年進士第。……慶元五年八月癸未竟志以歿。……紹熙二年入見，光宗皇帝云：『聞卿有忠直之譽。』又問：『常時作郡來，當爲何官？』欲留之，公固辭。翌日，帝謂宰執曰：『王自中以母老，再三不肯留，近郡執闕守？』以常、信對，遂差知信州。……期年，被命奏事。』〔柱讀句〕陳后山送蘇尙書知定州詩：『柱讀平生三萬卷，貂蟬當復作兜鍪。』〔男兒二句〕韓愈示兒詩：『開門問誰來，無非卿大夫。不知官高卑，玉帶縣金魚。』

【編年】紹熙二年（一一九一）秋。——王道夫於紹熙二年知信州，次年春稼軒卽赴閩憲任，知此詞必作於二年。——陳龍川集有三部樂詞一闋，題云：『七月二十六日壽王道甫。』右詞亦當作於二年之七月二十六日也。

一落索 信守王道夫席上，用趙達夫賦金林檎韻。

錦帳如雲處，高不知重數。 夜深銀燭淚成行，算都把、心期付。 莫待燕飛泥污。 問花

花訴。不知花定有情無，似却怕、新詞妬。

【校】〔錦帳如雲處高〕廣信書院本、王詔本、六十家詞本及四印齋本俱同。四卷本無此首。萬樹詞律謂此調前後整齊，首句應爲『錦帳如雲高處』，諸本之刻作『處高』者乃誤倒，非另有此體。

【箋注】〔趙達夫〕絜齋集卷十八，運判龍圖趙公墓誌銘：『公諱充夫，字可大，魏悼王之七世孫也。始名達夫，字彙善，孝宗爲更名，公併字易爲。……從外舅寓居信之鉛山。……通判湖州，守臨汀、嘉禾、吳興三郡，奉祠……攝提舉淮東常平茶鹽公事，直祕閣、福建轉運判官，告老，……陞龍圖閣致其事。』〔莫待句〕杜甫漫興；『熟知茅簷絕低小，江上燕子故來頻。衡泥點汚琴書內，更接飛蟲打着人。』〔定〕作『究竟』解。

【編年】紹熙二年（一一九一）。——金林檎熟於初秋，此詞之作，疑當在王氏誕辰後不久也。

虞美人　壽趙文鼎提舉

翠屏羅幙遮前後，舞袖翻長壽。紫霄冠佩御爐香，看取明年歸奉、萬年觴。　寶煙飛焰萬花濃，試看中間白鶴、駕仙風。　今宵池上蟠桃席，咫尺長安日。

【校】〔題〕四卷本乙集作『趙文鼎生日』。

【箋注】〔歸奉句〕後漢書班超傳：『班超字仲升，扶風平陵人。使西域，超欲因此巨平諸國，乃上書請兵曰：……驕翼未便僵仆，目見西域平定，陛下舉萬年之觴，薦勳祖廟，布大喜於天下。』書奏，帝知其功可成。』……劉

實父詩話：「自唐以來，試進士詩號省題，近時能詩者亦時有佳句。滕甫西旅來王云：「……傳聞漢都護，歸奉萬年觴。」」

又　送趙達夫

一杯莫落他人後，富貴功名壽。胸中書傳有餘香，看寫蘭亭小字、記流觴。　問誰分我漁樵席，江海消閒日。　看君天上拜恩濃，却怕畫樓無處、着春風。

【校】　〔題〕廣信書院本作『用前韻』，茲從四卷本乙集。　〔他人〕四卷本作『吾人』。　〔看寫〕廣信書院本及四卷本同。王詔校刊本脫『看』字，六十家詞本及四印齋本作『寫得』。　〔看君〕廣信書院本作『看看』，茲從四卷本乙集。　〔却怕〕四卷本作『却恐』。　〔春風〕四卷本作『東風』。

又

夜深困倚屏風後，試請毛延壽。寶釵小立白翻香，旋唱新詞猶誤、笑持觴。　四更山月寒侵席，歌舞催時日。　問他何處最情濃？却道『小梅搖落、不禁風』。

【箋注】　〔毛延壽〕漢杜陵人，善畫人形，醜好老少必得其真。　〔四更句〕杜甫月詩：『四更山吐月。』

【編年】　右同韻虞美人三首，當為同時作。淳熙十一年冬有『用趙文鼎提舉送李正之提刑韻送鄭元英』之〈蝶戀

花；『紹熙二年育『信守王道夫席上用趙達夫賦金林檎韻』之一落索；右三詞疑亦同一時期內所作。今湖州市

南儀鳳橋石柱上尙有『紹熙四年九月初六日朝請郞知湖州軍州事趙充夫建』之題誌，則此『送趙達夫』之一首，

蓋卽爲送其赴湖州任而作也。

好事近　席上和王道夫賦元夕立春

綵勝鬪華燈，平把東風吹却。喚取雪中明月，伴使君行樂。　紅旗鐵馬響春冰，老去此

情薄。惟有前村梅在，倩一枝隨着。

【校】〔題〕四卷本乙集僅『元夕立春』四字。　〔平把〕四卷本作『平地』。

【箋注】〔綵勝〕卽旛勝。續漢禮儀志：『立春之日，立靑旛於門外。』賈充典戒：『人日造華勝相遺，像瑞圖金勝

之形，又像西王母戴勝。』文昌雜錄：『唐制，立春日賜三省官綵勝有差。』又，東京夢華錄：『立春日自郞官、御

史、寺監長貳以上，皆賜春旛勝，以羅爲之。宰執親王近臣，皆賜金銀旛勝。入賀訖，戴歸私第。』又，宋代士大

夫家亦多於立春日剪綵爲小旛，或懸於家人之頭，謂之春旛，或綴於花枝之下，或剪爲春蝶春錢春勝以爲戲。

蘇東坡立春日饋旛勝過其弟子由，諸子姪笑指曰：『伯伯老人，亦簪旛勝耶？』

【編年】紹熙三年（一一九二）正月。——王道夫於紹熙二年知信州，其去職在何時雖無可考，但紹熙三年春

稼軒卽離信赴閩，至紹熙五年秋方歸，因知此詞必作於三年春赴閩之前者。

念奴嬌 和信守王道夫席上韻

風狂雨橫，是邀勒園林，幾多桃李。待上層樓無氣力，塵滿欄干誰倚？就火添衣，移香傍枕，莫捲珠簾起。元宵過也，春寒猶自如此。　　為問幾日新晴，鳩鳴屋上，鵲報簷前喜。揩拭老來詩句眼，要看拍堤春水。月下憑肩，花邊繫馬，此興今休矣。溪南酒賤，光陰只在彈指。

【箋注】〔風狂句〕歐陽修蝶戀花：『雨橫風狂三月暮。』〔鳩鳴句〕埤雅：『鳩，陰則屏逐其婦，晴則呼之。語曰：天欲雨，鳩逐婦；既雨，鳩呼婦。』又，歐陽修詩：『天雨止，鳩呼婦歸鳴且喜，婦不亟歸鳴不已。』〔鵲報句〕鵲性最惡溼，故遇雨後新晴，則喜而噪。田家雜占：『鵲噪簷前，主有佳客及喜事。』

【編年】紹熙三年（一一九二）正月。──據『元宵過也』句，知此詞之作，蓋稍後於『元夕立春』之好事近。

最高樓 慶洪景盧內翰七十

金閨老，眉壽正如川。七十且華筵。樂天詩句香山裏，杜陵酒債曲江邊。問何如，歌窈窕，舞嬋娟？　　更十歲、太公方出將；又十歲、武公方入相。留盛事、看明年。直須腰下添金印，莫教頭上欠貂蟬。向人間，長富貴，地行仙。

【校】（題）四卷本乙集作『爲洪內翰慶七十』。花菴詞選作『洪內翰慶七十』。（方入相）四卷本及花菴詞選並

作『才入相』。

【箋注】〔洪景盧〕見前。　（金閨）謝朓始出尙書省詩：『旣通金閨籍，復酌瓊筵醴。』江海別賦：『金閨之諸彥，蘭

臺之羣英。』文選李善注本『金閨』作『金門』。注云：『承明金馬，著作之庭。東方朔云公孫弘等待詔金馬門是也。』

〔眉壽〕詩小雅七月：『爲此春酒，以介眉壽。』疏云：『人年老者，必有毫毛秀出。』方言：『齊東謂老曰眉。』　（如

川）詩小雅天保：『天保定爾，以莫不興。……如川之方至，以莫不增。』　〔樂天句〕新唐書白居易傳：『白居易字

樂天。東都所居履道里，疏沼種樹，構石樓，香山鑿八節灘，自號醉吟先生，爲之傳。暮節惑浮屠道尤甚，至經月不

食葷，稱香山居士。嘗與胡杲、吉旼、鄭據……燕集，皆高年不事者。人慕之，繪爲九老圖。』　〔杜陵句〕杜甫居杜

陵，自稱杜陵布衣。其送賈閣老出汝州詩有『酒債尋常行處有』之句。康駢劇談錄：『曲江池本秦隑州。開元中疏

鑿爲勝境。其南有紫雲樓、芙蓉苑，其西有杏園、慈恩寺。花卉環列，煙水明媚，都人遊賞，盛於中和上巳二節。』

〔更十歲二句〕世傳姜太公年七十餘釣於渭濱，其後周文王出獵，遇於渭水之陽，載與俱歸，立爲師，時太公已八

十矣。　〔又十歲句〕史記衛世家：『武公卽位，修康叔之政，百姓和集。四十二年犬戎殺周幽王，武公將兵往佐周，

平戎，甚有功，周平王命武公爲公。』國語楚語上：『昔衛武公年數九十有五矣，猶箴儆於國曰：「自卿以下，至于

師長士，無謂我老耄而舍我，必恭恪於朝，朝夕以交戒我。」』　〔地行仙〕見本卷水調歌頭（上界足官府閒）箋注。

【編年】紹熙三年（一一九二）春。——據洪文敏公年譜，紹熙三年洪景盧年七十。是年辛稼軒猶在信州通判

任，此詞之作必尙在稼軒赴閩之前也。

水調歌頭　題永豐楊少游提點一枝堂

萬事幾時足，日月自西東。無窮宇宙，人是一粟太倉中。一葛一裘經歲，一鉢一瓶終日，老子舊家風。更着一杯酒，夢覺大槐宮。　記當年，嚇腐鼠，歎冥鴻。衣冠神武門外，驚倒幾兒童。休說須彌芥子，看取鵾鵬斥鷃，小大若爲司？君欲論齊物，須訪一枝翁。

【箋注】

〔永豐〕縣名，宋屬信州。　〔楊少游〕事歷未詳。　〔無窮二句〕莊子秋水篇：『計中國之在海內，不似稊米之在太倉乎？』　〔一鉢一瓶〕傳燈錄：『守清禪師，……有僧問如何是和尚家風，曰：「一瓶一鉢垂垂老，萬水千山得得來。」』貫休陳情獻蜀皇帝：『一瓶一鉢垂垂老，萬水千山得得來。』　〔夢覺句〕李公佐南柯太守傳，謂有淳于棼者，吳楚游俠之士，一日酒醉，夢有二紫衣使者邀彼至槐安國，至則尚尚公主，並奉命爲南柯郡太守。凡二十餘年，郡政大理。夢醒時日尚未斜，往尋夢中所至之地，則古槐一穴。所謂南柯郡者僅一南向之槐枝而已。　〔嚇腐鼠〕莊子秋水篇：『夫鵷鶵發於南海而飛於北海，非梧桐不止，非練實不食，非醴泉不飲。於是鴟得腐鼠，鵷鶵過之，仰而視之，曰「嚇！」』　〔衣冠句〕見本卷沁園春（老子平生閟）箋注。　〔冥鴻〕見本卷水調歌頭（萬事到白髮閟）箋注。　〔須彌芥子〕維摩詰經：『若菩薩是解脫者，以須彌之高廣，內芥子中，無所增減。』按……須彌山喻高大，芥子喻渺小。　〔鵾鵬斥鷃〕莊子逍遙遊：『有魚焉，其廣數千里，未有知其修者，其名爲鯤；有鳥焉，其名爲鵬，背若泰山，翼若垂天之雲；搏扶搖羊角而上者九萬里，……斥鷃笑之曰：「彼且奚適也？」我騰

躍而上，不過數仞而下，翱翔蓬蒿之間，此亦飛之至也。」而彼且奚適也？」此小大之辨也。」〔若爲〕若何也。

〔論齊物〕莊子有齊物論。

【編年】疑紹熙二、三年（一一九一或一一九二）。——朱文公文集旌忠愍節廟碑云：『紹熙三年十月，王道夫請建旌忠愍節廟，旋召還。四年五月後，丙、潘兩令又更調而去。』又與潘文叔明府書：『辛幼安過此，極談佳政。』疑稼軒於赴閩憲前曾有永豐之行，而此詞或即賦於其時也。

浣溪沙 席上趙景山提幹賦溪臺，和韻。

臺倚崩崖玉滅瘢，青山却作捧心顰。遠林煙火幾家村。 引入滄浪魚得計，展成寥闊鶴能言。幾時高處見層軒？

【校】〔題〕四卷本丙集作『偶趙景山席上用賦溪臺和韻』。〔瘢〕王詔校刊本及四印齋本俱改作『痕』，下首同。

夏敬觀跋毛鈔本稼軒詞云：『稼軒詞往往以鄉音叶韻，全集中不勝枚舉。如浣溪沙詞用元寒韻之瘢、言、軒與眞諄韻顰、村同叶，殆亦其鄉音如此。而三本瘢皆作痕，匪特不典，且忘言軒亦在元寒韻。此類妄竄改之迹賓不可掩。』

【箋注】〔趙景山〕名籍事歷均不詳。王質雪山集卷十四有詩題云：『趙景山、程德紹視旱，有詩成編。』〔溪臺〕未詳。〔玉滅瘢〕漢書王莽傳：『後莽疾，孔休候之，莽緣恩意，進其玉具寶劍，欲以爲好，休不肯受。莽因

曰:「誠見君面有瘢,美玉可以滅瘢。」顏師古注云:「瘢,創痕也。」〔捧心顰〕莊子天運篇:「西施病心而矉其
里,其里之醜人見而美之,歸亦捧心而矉其里。」按矉同顰。〔引入二句〕『引入滄浪』切『溪』字,『展成寨開』

句謂臺高且廣,鶴亦得有活動餘地也。

又

無言。主人席次兩眉軒。

妙手都無斧鑿瘢,飽參佳處却成顰。恰如春入浣花村。筆墨今宵光有豔,管絃從此悄

〔箋注〕〔飽參佳處〕蘇軾詩:「每逢佳處輒參禪。」〔浣花村〕杜甫在成都所居處。胡宗愈成都草堂詩碑序:「先
生自同谷入蜀,遂卜成都浣花江上萬里橋之西,爲草堂以居焉。」〔主人句〕孔稚珪北山移文:『眉軒席次,袂
聳筵上。』注云:『軒,舉也。舉眉謂喜也。』

〔編年〕右同韻浣溪沙二首,均係和趙景山『賦溪臺』韻者,其在何年雖難確知,但提幹爲『坑冶司提舉幹官』之
簡稱,疑趙氏或卽繼李子永之後任者,故附帶湖諸詞之後。

漁家傲　爲余伯熙察院壽。信之讖云:『水打烏龜石,三台出此時。』伯熙舊居城西,直龜山之北。溪水龜山
足矣,意伯熙嘗之耶?伯熙學道有新功,一日語余云:『溪上嘗得異石,有文隱然,如記姓名,且有長生等
字。』余未之見也。因其生朝,姑撫二事爲詞以壽之。

道德文章傳幾世，到君合上三台位。自是君家門戶事。當此際，龜山正抱西江水。　三

萬六千排日醉，鬢毛只恁青青地。江裏石頭爭獻瑞，分明是、中間有箇『長生』字。

【校】〔題〕『爲余伯熙察院壽』四卷本乙集作『爲金伯熙壽』。

【箋注】〔余伯熙〕事歷未詳，據此詞題，知爲信州人。『余』四卷本作『金』。　〔烏龜石〕廣信府志：『烏龜山在上饒西南五里，一名五桂山。』諺云：『水打烏龜石，信州出狀元。』　〔三台〕後漢稱尚書爲中台，御史爲憲台，謁者爲外台，合稱三台。　〔自是句〕晉書孫盛傳：『盛著魏氏春秋、晉陽秋、晉陽秋詞直而理正，咸稱良史爲。既而桓溫見之，怒謂盛子曰：「枋頭誠爲失利，何至乃如尊君所說？若此史遂行，自是關君門戶事。」』　〔三萬句〕李白襄陽歌：『百年三萬六千日，一日須傾三百杯。』

鵲橋仙　壽余伯熙察院

多冠風采，繡衣聲價，曾把經綸少試。看看有詔日邊來，便入侍、明光殿裏。　東君未老，花明柳媚，且引玉船沉醉。好將三萬六千場，自今日、從頭數起。

【校】此從廣信書院本。王詔校刊本及四印齋本『余』俱誤『徐』。四卷本乙集作『賀余察院生日』。　〔玉船〕四卷本作『玉塵』。

【箋注】〔多冠〕爲獬豸冠之簡稱。後漢書輿服志：『法冠，一曰柱後，……執法者服之，侍御史廷尉正監平也。

或謂之獅豸冠。獅豸神羊，能別曲直，楚王嘗獲之，故以爲冠。秦滅楚，以其君服賜執法近臣御史服之。』

〔繡衣〕見卷一〔水調歌頭〕（折盡武昌柳閣）箋注。 〔明光殿〕漢〔官儀〕：『尙書奏事於明光殿。』 〔玉船〕酒器。武

林舊事卷七，乾淳奉親：『淳熙六年三月十五日，車駕過宮，恭請太上、太后幸聚景園。……上親捧玉酒船上壽

酒。酒滿玉船，船中人物多能舉動如活。』

【編年】右二詞作年無可考，以余氏爲上饒人，姑附於帶湖諸作之後。

沁園春

期思舊呼奇獅，或云碁師，皆非也。余考之荀卿書云：孫叔敖，期思之鄙人也。期思屬弋陽郡。此

地舊屬弋陽縣。雖古之弋陽、期思，見之圖記者不同，然有弋陽則有期思也。橋壞復成，父老請余賦，作

沁園春以證之。

有美人兮，玉佩瓊琚，吾夢見之。 問斜陽猶照，漁樵故里；長橋誰記，今古期思？物化蒼

茫，神遊彷彿，春與猿吟秋鶴飛。 還驚笑：向晴波忽見，千丈虹霓。 覺來西望崔嵬，更

上有青楓下有溪。 待空山自薦，寒泉秋菊；中流却送，桂棹蘭旗。萬事長嗟，百年雙鬢，

吾非斯人誰與歸。 憑闌久，正清愁未了，醉墨休題。

【箋注】 〔美人二句〕詩鄭風：『有女同車，顏如舜華。將翱將翔，佩玉瓊琚。彼美孟姜，洵美且都。』 〔物化〕莊

子齊物論：『昔者莊周夢爲胡蝶，栩栩然胡蝶也。……俄然覺，則蘧蘧然周也。……此之謂物化。』 〔神遊〕蘇軾

〔念奴嬌〕：『故國神遊。』 〔春與句〕韓愈羅池廟碑：『春與猿吟兮秋鶴與飛。』 〔待空山二句〕蘇軾書林逋詩後：

又　答余叔良

我試評君，君定何如，玉川似之。記李花初發，乘雲共語；梅花開後，對月相思。白髮重來，畫橋一望，秋水長天孤鶩飛。同吟處，看珮搖明月，衣捲青霓。

此處耕嚴與釣溪。被西風吹盡，村簫社鼓；青山留得，松蓋雲旗。弔古愁濃，懷人日暮，一片心從天外歸。新詞好，似淒涼楚些，字字堪題。

『我笑吳人不好事，好作祠堂傍修竹。不然配食水仙王，一盞寒泉薦秋菊。』 （桂棹蘭槳）楚辭九歌：『桂櫂兮蘭槳。』又，『荃橈兮蘭旌。』 （吾非句）范仲淹岳陽樓記：『微斯人吾誰與歸。』

【箋注】

（余叔良）事歷未詳。據其與稼軒酬唱之跡推考之，當爲信州人。

（玉川）新唐書盧仝傳：『盧仝居東都，（韓）愈爲河南令，愛其詩，厚禮之。全自號玉川子。韓愈寒食日出遊詩：「李花初發君始病。」又，李花詩：「誰將平地萬堆雪，剪刻作此連天花。」日句』均玉川子事。嘗爲月蝕詩，譏切元和逆黨，愈稱其工。

（李花四句）李花詩：『買羊沽酒謝不敏，偶逢明月曜桃李。』盧仝全有所思：『娟娟姮娥月，三五盈又缺。……相思一夜梅花發，忽到窗前疑是君。』

（秋水句）見卷一賀新郎（高閣臨江渚閣）箋注。

（珮搖二句）楚詞九章涉江：『被明月兮珮寶璐。』又九歌東君：『青雲衣兮白霓裳。』

（耕嚴、釣溪）傅說隱於傅嚴，太公釣於磻溪。

（雲旗）九歌：『乘回風兮載雲旗。』又九歌東君：『青雲衣兮白霓裳。』 （一片句）詩

話總龜卷十,雅什門引郡閣雅談:『劉禹昭字休明,婺州人。少師林寬,為詩刻苦,不憚風雪。有句云:「句向夜深得,心從天外歸。」』

又

答楊世長

我醉狂吟,君作新聲,倚歌和之。算芬芳定向,梅間得意;輕清多是,雪裏尋思。朱雀橋邊,何人會道,野草斜陽春燕飛。都休問、甚元無霽雨,卻有晴霓。

看君才未數,曹劉敵手;風騷合受,屈宋降旗。誰識相如,平生自許,有筆如山墨作溪。長安路,問垂虹千柱,何處曾題?

【箋注】〔楊世長〕事歷未詳,疑亦信州人也。〔朱雀橋 至 燕飛〕劉禹錫金陵五題烏衣巷云:『朱雀橋邊野草花,烏衣巷口夕陽斜。舊時王謝堂前燕,飛入尋常百姓家。』〔甚元無二句〕杜牧阿房宮賦:『複道行空,不霽何虹?』按霽即虹。〔曹劉屈宋〕謂曹植、劉楨、屈原、宋玉也。杜甫壯遊詩:『歸帆拂天姥,中歲貢舊鄉。氣劘屈賈壘,目短曹劉牆。』〔相如 至 曾題〕成都記:『司馬相如初西去,過昇仙橋,題柱曰:「不乘高車駟馬,不過此橋。」』

【編年】紹熙三年(一一九二)前。——右同韻沁園春三首,當為同時作。紹熙晚年自閩歸來後所賦之沁園春〔一水西來關〕題云『再到期思卜築』,而右第一首題中方在詳述其改『奇獅』為『期思』之故,當是作於赴閩之前

者。因亦次帶湖諸作之後。

江神子　賦梅，寄余叔良。

暗香橫路雪垂垂，晚風吹，曉風吹。花意爭春、先出歲寒枝。畢竟一年春事了，緣太早，却成遲。　未應全是雪霜姿，欲開時，未開時。粉面朱脣、一半點胭脂。醉裏謗花花莫恨；渾冷澹，有誰知。

【箋注】〔暗香〕林逋詠梅詩：『疏影橫斜水清淺，暗香浮動月黃昏。』〔雪霜姿〕蘇軾詞：『伽餘孤瘦雪霜姿。』〔謗花〕蘇軾詞：『謗花面有慚紅。』〔雪垂垂〕吳防雪梅賦：『帶冷雪之垂垂。』

朝中措　九日小集，時楊世長將赴南宮。

年年團扇怨秋風，愁絕寶杯空。山下臥龍丰度，臺前戲馬英雄。　而今休也，花殘人似，人老花同。莫怪東籬韻減，只今丹桂香濃。

【校】〔題〕四卷本丙集作『九日小集，世長將赴省』。〔休也〕四卷本作『休矣』。〔人似〕廣信書院本作『一似』，茲從四卷本。

【箋注】〔南宮〕謂禮部。　〔年年句〕漢書外戚傳載班婕妤怨歌行云：『新裂齊紈素，皎潔如霜雪。裁爲合歡扇，團團似明月。出入君懷袖，動搖微風發。常恐秋節至，涼風奪炎熱。棄捐篋笥中，恩情中道絕。』　〔丹桂句〕謂楊氏得鄉薦。　〔臺前句〕山川古今記：『彭城西南有項羽戲馬臺，宋武帝嘗九日登之。』

【編年】右江神子、朝中措二首，作年無可考，以余叔良楊世長均見前沁園春題中，姑彙次於此。

清平樂　憶吳江賞木樨

少年痛飲，憶向吳江醒。　明月團團高樹影，十里水沉煙冷。　大都一點宮黃，人間直恁芬芳。　怕是秋天風露，染教世界都香。

【校】〔題〕四卷本丙集作『謝叔良惠木樨』。　〔團團〕四卷本作『團圓』。全芳備祖前集十三、桂花門引同。　〔水沉煙冷〕四卷本及全芳備祖並作『薔薇水冷』。　〔秋天〕四卷本作『九天』。

【箋注】〔大都〕此處應作『不過』解。　〔直恁〕就如此。

【編年】據四卷本題語，知右詞亦爲與余叔良酬答之作，因附於此。

又　題上盧橋

清泉奔快，不管青山礙。　十里盤盤平世界，更着溪山襟帶。　古今陵谷茫茫，市朝往往

耕桑。此地居然形勝，似曾小小興亡。

〔校〕〔清泉〕四卷本乙集作『清溪』。　〔十里〕四卷本作『千里』。

〔箋注〕〔上盧橋〕在上饒境內。　〔不管〕作『不准』解。　〔更著〕『著』字在此作『有』或『添加』解。

〔編年〕右詞作年無可考，姑附於帶湖諸作之後。

水龍吟　寄題京口范南伯家文官花。花先白，次綠，次緋，次紫。〈唐會要載學士院有之。〉

倚欄看碧成朱，等閒褪了香袍粉。上林高選，匆匆又換，紫雲衣潤。幾許春風，朝薰暮染，為花忙損。笑舊家桃李，東塗西抹，有多少、淒涼恨。　擬倩流鶯說與：記榮華、易消難整。人間得意，千紅百紫，轉頭春盡。白髮憐君，儒冠曾誤，平生官冷。算風流未減，年年醉裏，把花枝問。

〔校〕〔題〕廣信書院本無『次綠』二字，茲從四卷本乙集。又廣信書院本『范南伯』下有『知縣』二字。　〔百紫〕廣信書院本及四卷本俱作『百紫』，王詔校刊本及四印齋本俱改作『萬紫』。

〔箋注〕〔范南伯家文官花〕李壁《陵陽集》卷十五，題范氏文官花：『韓魏公守維揚，邦圃芍藥有腰金紫者四，置酒召同僚王岐公、荊公，而陳秀公亦與。四人皆先後為首相，亦異矣。……京口鶴林亭花，久歸闤苑，近世稱盛。邢臺范氏文官花，粉碧緋紫見於一日之間，變態尤異於腰金紫。　辛稼軒嘗為賦水龍吟，「白髮儒冠誤」，蓋屬盧

溪令君。……休寧令君，盧溪孫而稼軒外諸孫，刻其詞置花右，至今猶存，若有護持之者。其子雷卿遂以斯文發祥。領學事，主文盟，文官之應不虛矣。人皆曰：「花，范氏瑞也。」夫以雷卿之賢，兩家百年忠義之脈，文物之傳，在其一身，宜造物以功名事業付之。花本出唐翰苑中，雷卿即爲翰林主人，花亦榮耀。吾方賀茲花之遭。然則花瑞范氏乎？范氏瑞花乎？」〔看碧成朱〕王僧孺夜愁示諸賓詩：「誰知心眼亂，看朱忽成碧。」〔東塗西抹〕唐攄賈卷三：『薛監晚年厄於宦途，嘗策蹇赴朝，值新進士榜下綴行而出，時進士團所由輩數十人，見逢行李蕭條，前導曰：「迴避新郎君。」逢躓然，即遣一介語之曰：「報道莫貧相，阿婆三五少年時，也曾東塗西抹來。」〔人間得意三句〕唐詩紀事卷三十五：『孟郊及第，有詩曰：「……靑春得意馬蹄疾，一日看盡長安花。」一日之間，花即看盡，何其速也。」〔儒冠句〕杜甫奉贈韋左丞丈詩：「紈袴不餓死，儒冠多誤身。」〔平生官冷〕杜甫醉時歌：『諸公袞袞登臺省，廣文先生官獨冷。』按：范氏一生唯曾任盧溪令及公安令，官終忠訓郎，詳見劉宰漫塘集故公安范大夫行述。

【編年】右詞作年絕無可考。范南伯卒於慶元二年，此詞當爲淳熙或紹熙間所作，今姑附於帶湖諸作之後。

生查子·獨遊西巖

靑山招不來，偃蹇誰憐汝。歲晚太寒生，喚我溪邊住。　山頭明月來，本在天高處。夜夜入淸溪，聽讀離騷去。

【校】【題】廣信書院本無，茲從四卷本丁集。　【天高】四卷本作『高高』。

【箋注】【西岩】上饒縣志山川門：『西岩在縣南六十里，岩石拔起，中空如洞，內有懸石如螺，滴水垂下，味甘冷。』【青山二句】蘇軾越州張中舍壽樂堂詩：『青山偃蹇如高人，常時不肯入官府。』【太寒生】『生』字在此為語助詞。

又　獨遊西岩

青山非不佳，未解留儂住。　赤腳踏層冰，為愛清溪故。　朝來山鳥啼，勸上山高處。　我意不關渠，自在尋詩去。

【校】【題】廣信書院本無題，茲從四卷本乙集。　【層冰】四卷本作『滄浪』。　【清溪】廣信書院本作『青溪』，茲從四卷本。　【我意】廣信書院本作『裁意』。茲從四卷本。　【自在尋詩】四卷本作『自要尋蘭』。

【箋注】【青山二句】李德裕登崖州城樓詩：『獨上高樓望帝京，鳥飛猶是半年程。青山似欲留人住，百匝千遭遶郡城。』【赤腳句】杜甫早秋苦熱堆案相仍詩：『南望青松架短壑，安得赤腳踏層冰。』

浣溪沙　黃沙嶺

寸步人間百尺樓，孤城春水一沙鷗。　天風吹樹幾時休。　突兀趁人山石狠，朦朧避路野

花羞。人家平水廟東頭。

【箋注】〔黃沙嶺〕上饒縣志:『黃沙嶺在縣西四十里乾元鄉,高約十五丈。徐衍敞豁,可容百人。下有兩泉,水自石中流出,可溉田十餘畝。』陳文蔚克齋集游山記:『嘉定己巳秋九月,博嚴叟拉予與周伯輝履傳嚴之約。乙未,度北岸橋,過黃沙辛稼軒之書堂,感物懷人,凝然以悲。』〔突兀句〕杜甫青陽峽詩:『突兀猶趁人,及茲歎冥漠。』

鷓鴣天 黃沙道中即事

句裏春風正剪裁,溪山一片畫圖開。輕鷗自趁虛船去,荒犬還迎野婦回。 松共竹,翠成堆。要擎殘雪鬭疏梅。亂鴉畢竟無才思,時把瓊瑤蹴下來。

【校】〔題〕四卷本丙集無『即事』二字。 〔松共竹〕四卷本作『松菊竹』。

【箋注】〔無才思〕韓愈晚春詩:『楊花榆莢無才思,惟解漫天作雪飛。』

西江月 夜行黃沙道中

明月別枝驚鵲,清風半夜鳴蟬。稻花香裏說豐年,聽取蛙聲一片。 七八箇星天外,兩三點雨山前。舊時茅店社林邊,路轉溪橋忽見。

【筆注】（明月句）蘇軾杭州牡丹詩：「天靜傷鴻猶戢翼，月明驚鵲未安枝。」〔七八箇星二句〕何光遠鑑誡錄卷

五，『容易格』條：『王蜀盧侍郎延讓吟詩，多着尋常容易言語。有松門寺詩云：「兩三條電欲爲雨，七八箇星猶在天。」』

【編年】右詞五首，起『獨遊西岩』之生查子，迄『夜行黃沙道中』之西江月，作年均無可考，以西岩與黃沙嶺均

在上饒縣境內，故附次於此。

金菊對芙蓉　重陽

遠水生光，遙山聳翠，霽煙深鎖梧桐。正零瀼玉露，淡蕩金風。東籬菊有黃花吐，對映水、幾簇芙蓉。重陽佳致，可堪此景，酒醞花濃。　追念景物無窮。歎少年胸襟，忒煞英雄。把黃英紅萼，甚物堪同。除非腰佩黃金印，座中擁、紅粉嬌容。此時方稱情懷，盡拚一飲千鍾。

【筆注】（零瀼句）詩鄭風：『野有蔓草，零露瀼瀼。』　（盡拚句）歐陽修朝中措詞：『文章太守，揮毫萬字，一飲千鍾。』

【編年】右金菊對芙蓉一闋，各本俱不收，唯見草堂詩餘後集節序門。草堂詩餘成書在慶元以前（見四庫提要），謂係稼軒所作，當可憑信。因附於帶湖期內諸作之後。

稼軒詞編年箋注卷三目錄

七閩之什 共詞三十二首 起宋光宗紹熙三年（一一九二）迄宋光宗紹熙五年（一一九四）

浣溪沙　壬子春，赴閩憲，別瓢泉。

細聽春山杜宇啼，一聲聲是送行詩。朝來白鳥背人飛。　對鄭子眞巖石臥，赴陶元亮菊花期。而今堪誦北山移。

【校】〔題〕四卷本丙集作『泉湖道中赴閩憲別諸君』。　〔赴〕四卷本作『趁』。

【箋注】〔鄭子眞句〕揚子法言問神篇：『谷口鄭子眞，不屈其志而耕乎巖石之下，名震於京師。豈其卿，豈其卿。』按，鄭子眞名樸，漢成帝時人。　〔北山移〕屢見。

臨江仙　和信守王道夫韻，謝其爲壽。時僕作閩憲。

記取年年爲壽客，只今明月相隨。莫敎絃管便生衣。海山問我幾時歸。棗瓜如可啖，直欲覓安期。清風詞更好，細書白蠒烏絲。引壺觴自酌，須富貴何時。　入手

【校】〔題〕四卷本丁集『信守王道夫』作『王道夫信守』。又脫『僕』字。

【箋注】〔絃管生衣〕謂絃管如久置不御，則將蛛網塵封也。　蘇軾次韻劉貢父李公擇見寄二首：『何人勤我此間來，絃管生衣飽有埃。』〔引壺句〕歸去來辭：『引壺觴以自酌，眄庭柯以怡顏。』　〔須富貴句〕楊憚報孫會宗

書:「人生行樂耳,須富貴何時?」 〔清風〕詩大雅烝民:「吉甫作誦,穆如清風。」 〔白氎烏絲〕均絹帛之屬,用

以書寫者。 李肇國史補:「宋、亳間,有織成界道絹素,謂之烏絲欄。」 蘇軾文與可有詩見寄次韻答之詩:「爲

愛鵝溪白繭光,掃殘雞距紫毫鋩。」 〔棗瓜二句〕史記封禪書:「是時李少君亦以祠竈穀道卻老方見上,言上

曰:「臣常游海上,見安期生,安期生食巨棗大如瓜。安期生仙者,通蓬萊中,合則見人,不合則隱。」於是天子

始親祠竈,遣方士入海求蓬萊安期生之屬,而事化丹沙諸藥齊爲黃金矣。」

【編年】 紹熙三年(一一九二)夏。

水調歌頭 三山用趙丞相韻,答帥幕王君,且有感於中秋近事,併見之末章。

說與西湖客,觀水更觀山。 淡粧濃抹西子,喚起一時觀。 種柳人今天上,對酒歌翻水調,

醉墨捲秋瀾。 老子興不淺,歌舞莫教閒。

誰唱黃雞白酒,猶記紅旗清夜,千騎月臨關。 莫說西州路,且盡一杯看。

看尊前,輕聚散,少悲歡。 城頭無限今古,落

日曉霜寒。

【箋注】 〔趙丞相〕宋史趙汝愚傳:『趙汝愚字子直,漢恭憲王元佐七世孫,居饒之餘干縣。 早有大志,每曰:「大

丈夫得汗青一幅紙,始不負此生。」擢進士第一。 孝宗方銳意恢復,始見卽陳自治之策,孝宗稱善。 以集英殿

修撰帥福建,進直學士,制置四川兼知成都府。 進敷文閣學士,知福州。 紹熙二年,召爲吏部尚書。 除同知樞

密院事。 爲光祿大夫右丞相。』 〔帥幕王君,中秋近事〕均未詳所指。

筆注。 〔觀水句〕黃庭堅詩:『觀山觀水皆得妙,更將何物汚靈臺。』 〔淡粧句〕蘇軾湖上初雨詩:『水光瀲灔

二五八

晴偏好，山色空濛雨亦奇。欲把西湖比西子，淡粧濃抹總相宜。』　〔種柳人句〕劉光祖宋丞相忠定趙公墓誌銘：

『〔福〕州有二湖，附郭田數萬畝，旱則湖可溉，澇則可泄，故無凶歲。或租其瀦水澤各封域之，官利其入，不之禁，湖以塞。公奏罷之；浚西湖使與南湖通，築長堤，植杉柳，創六閘堰，以時瀦泄，遂爲一方永久之利。』按…

趙汝愚以紹熙二年召入爲吏部尙書，其後歷遷至右丞相，數年之內，均居朝內，所謂『天上』當指此言。　〔老子句〕見卷一水調歌頭（折盡武昌柳閞）箋注。

啄黍秋正肥。』　〔紅旗〕白居易與劉十九同宿詩：『紅旗破賊非吾事，黃紙除書無我名。』　〔莫說句〕按：東坡有

『寄參寥子』八聲甘州一闋，後章云：『記取西湖西畔，正春山好處，空翠煙霏。算詩人相得，如我與君稀。約他

年東還海道，願謝公雅志莫相違。西州路，不應回首，爲我沾衣。』稼軒蓋以福州西湖而憶及東坡此詞，故櫽括

其意爲此語，其感慨所寄，疑當爲趙汝愚之某事也。　晉書謝安傳：『安雖受朝寄，然東山之志，始末不渝，每形

於言色。及鎭新城，盡室而行。造泛海之裝，欲須經略粗定，自江道還東。雅志未就，遂遇疾篤，上疏請量移

旟旆。詔遣侍中慰勞，盡還都。聞當輿入西州門，自以本志不遂，深自慨失。　〔羊曇者，太山人，知名士也，爲安

所愛重。安薨後，輟樂彌年，行不由西州路。嘗因石頭大醉，扶路唱樂，不覺至州門，左右白曰：『此西州門。』

曩悲感不已，以馬策扣扉，誦曹子建詩曰：『生存華屋處，零落歸山丘。』因慟哭而去。』

【編年】紹熙三年（一一九二）秋。──據淳熙三山志，稼軒之帥閩，始紹熙四年八月，至翌年七月被劾去職，

知此詞決非帥閩時作，乃作於紹熙三年閩憲任內也。　趙汝愚於紹熙五年八月拜右丞相，已在稼軒二次離閩之

後，題中趙丞相之稱必是後來所改。

賀新郎 三山雨中游西湖，有懷趙丞相經始。

翠浪吞平野。挽天河、誰來照影，臥龍山下。煙雨偏宜晴更好，約略西施未嫁。待細把、江山圖畫。千頃光中堆灩澦，似扁舟欲下瞿塘馬。中有句，浩難寫。

詩人例入西湖社。記風流、重來手種，綠成陰也。陌上游人誇故國，十里水晶臺榭。更複道橫空清夜。粉黛中洲歌妙曲，問當年魚鳥無存者。堂上燕，又長夏。

【校】〔題〕四卷本丙集作『福州遊西湖』。 〔成陰〕廣信書院本及四卷本俱作『陰成』。王詔校刊本脫『陰』字，四印齋本作『成陰』。 〔中洲〕四卷本『中』下空一格，無『洲』字。 〔妙曲〕廣信書院本作『何曲』，四卷本、王詔校刊本及四印齋本俱作『妙曲』。

【箋注】〔題〕按據淳熙三山志及宋中興百官題名，趙汝愚於淳熙九年五月除集英殿修撰帥福建，到任半年後，上疏論福州便民事，其首項即為『疏浚西湖舊跡』事，略謂：『契勘本州元有西湖，在城西三里，迤邐並城，南流接大濠、通南湖，瀦蓄水澤，灌溉民田，事載圖中記甚詳。父老相傳，舊時湖周回十數里，天時旱暵，則發其所潴，高田無乾涸之憂；時雨泛漲，則泄而歸浦，卑田無淹浸之患。……歲時浸久，壩淤殆盡。今來若不申明朝廷，誠恐向後轉見湮廢，難以興復，並湖之民，永被其害。欲乞聖慈特降指揮，行下本州，告示有田之家，許於農事之隙，稍循舊跡開浚，令附城為壕，上下流注。雖未能盡復古來丈尺，庶幾西湖與南湖通接，負郭之田盡沾水利而長享有年之效。』 〔挽天河〕杜甫洗兵行：『安得壯士挽天河，淨洗甲兵長不用。』 〔臥龍山〕三山志：……

二六〇

『臥龍山在北關外。』舊記云：「陳寶應時，此山有巨石，無故自移。」有得慶亭，筆經臺」（堆灩澦、瞿塘馬）太

平寰宇記：『灩澦堆周圍二十丈，在蜀江中心瞿塘峽口。』李肇國史補：『蜀之三峽，最號峻急，四月五月尤險。故

行者歌之曰：「灩澦大如牛，瞿唐不可留。灩澦大如馬，瞿唐不可下。」』（中有二句）朱文公大全集卷二十九

與趙汝愚書：『去冬見議開湖事，熹謂須計所廢田若干，所溉田若干，所用工料若干，灼見利多害少，然後爲

之。後來但見恩恩興役，至今議者猶以費多利少爲疑。浮說萬端，雖不足聽，然恐亦初計之未審也。』又別集

卷六與林擇之書：『趙帥久不得書，湖事想已畢，自此宜且安靜，勿興工役爲佳。相見亦可力勸之也。』按據二

書語意，知趙氏於開浚西湖事必曾遭受若干責難，詞中云云，必亦指此而言。　（西湖社）夢粱錄卷十九，社會

條：『文士有西湖詩社，此乃行都紳縉之士及四方流寓儒人寄興適情，賦詠膾炙人口，流傳四方，非其他社集

之比。』（重來）據淳熙三山志，趙氏第一次帥閩事在淳熙九年至十二年，第二次在紹熙元年至二年。　（故

國）五代時王審知受梁封爲閩王，所據地卽福州。後其子鏻更建國稱帝，爲其時十國之一。　（水晶臺樹）十

國春秋：『閩王延鈞於城西築水晶宮，與其后陳金鳳棄蓮湖中，后製樂遊曲，宮女倚聲歌之。』　（複道橫空）閩

都記：『西湖周回十數里，閩王延鈞築室其上，號水晶宮。　時攜後庭遊宴，不出莊陌，乃由子城複道跨羅城而

下，不數十步至其所。』

又　和前韻

覓句如東野。想錢塘、風流處士，水仙祠下。更憶小孤煙浪裏，望斷彭郎欲嫁。是一色空

濛難畫。誰解胸中吞雲夢，試呼來、草賦看司馬。須更把、上林寫。　雜豚舊日漁樵社。問先生：帶湖春漲，幾時歸也？爲愛琉璃三萬頃，正臥水亭煙樹。對玉塔、微瀾深夜。　鴈鳬如雲休報事，被詩逢敵手皆勍者。春草夢，也宜夏。

【校】　〔題〕四卷本丙集無。　〔更憶〕四卷本作『更隱』。

【箋注】　〔東野〕唐孟郊字東野，其詩均苦思而得，深爲韓愈所推重。　〔風流處士〕指林逋。曹額。未知此處果何所指。　〔水仙祠〕在杭州西湖。蘇軾題林逋詩：『不然待配水仙王，一盞寒泉薦秋菊。』咸淳臨安志七十一，祠祀一，載袁韶水仙祠記有云：『質諸臨安志，廣潤龍君祠即水仙王廟。按錢塘水仙之事，始見於蘇文忠公詩。石本今存，自書其左方曰：「今西湖有水仙王廟。」仙之廟於湖，公在守時蓋無恙。後莫知廟所在。……故趙君蘷注蘇公詩，考驗無所得。』　〔小孤、彭郎〕歸田錄卷二：『江南有大小孤山，在江水中，巋然獨立。世俗轉孤爲姑。江側有二石磯，謂之澎浪磯，逐轉爲彭郎磯。云彭郎者小姑壻也。』按：小孤山在今江西彭澤縣北，安徽宿松縣東。彭郎磯在其對岸。　〔誰解至上林寫〕司馬相如子虛賦：『秋田乎青丘，彷徨乎海外，吞若雲夢者八九于其胸中，曾不蔕芥。』史記司馬相如傳：『蜀人楊得意爲狗監，侍上，上讀子虛賦而善之，曰：「朕獨不得與此人同時哉。」得意曰：「臣邑人司馬相如自言爲此賦。」上驚，乃召問相如，相如曰：「有是。然此乃諸侯之事，未足觀也，請爲天子游獵賦。」賦成，奏之，天子大說。』其辭曰：「楚則失矣，齊亦未爲得也。獨不聞天子之上林乎？……」』　〔鷄豚句〕韓愈南溪始泛詩：『願爲同社人，鷄豚燕春

又

又和

碧海桑成野。笑人間、江翻平陸，水雲高下。自是三山顏色好，更着雨婚煙嫁。料未必龍眠能畫。擬向詩人求幼婦，倩諸君、妙手皆談馬。莫吟詩，莫抛尊酒，是吾盟也。　　千騎而今遮白髮，忘却滄浪亭樹。但記得瀨陵呵夜。我輩從來文字飲，怕壯懷激烈須歌者。蟬噪也，綠陰夏。

【校】　〔桑成〕王詔校刊本同，六十家詞本及四印齋本作『成桑』。四卷本無此首。

【箋注】　〔碧海句〕用滄海桑田意。　〔江翻句〕陶淵明停雲詩：『八表同昏，平陸成江。』　〔龍眠〕宋史李公麟傳：『李公麟字伯時，舒州人。第進士。元符三年病痺，遂致仕。既歸老，肆意於龍眠山巖壑間。雅善畫，自作山莊圖，爲世寶傳。寫人物尤精。識者以爲顧愷之、張僧繇之亞。』　〔幼婦〕世說新語捷悟篇：『魏武嘗過曹娥碑下，楊修從，碑背上見題作「黃絹幼婦，外孫齏臼」八字，魏武謂修曰：「解不？」答曰：「解。」魏武曰：「卿未可言，待我思之。」行三十里，魏武乃曰：「吾已得。」令修別記所知，修曰：「黃絹，色絲也；於字爲絕。幼婦，少女也；於字爲妙。外孫，女子也；於字爲好。齏臼，受辛也；於字爲辭。所謂絕妙好辭也。」』　〔談馬〕青箱

秋。』〔琉璃〕杜甫滿陂行：『波濤萬頃堆琉璃。』　〔對玉塔句〕蘇軾江月五首：『一更山吐月，玉塔臥微瀾。』

〔春草二句〕見卷二鷓鴣天（木落山高一夜霜閣）箋注。

雜記卷七：『徐鉉父延休，博物多學，嘗事徐溫爲義興令。縣有後漢太守許馘廟，廟碑即許劭記，歲久多磨滅。

至開元中，許氏諸孫重刻之。碑陰有八字云：「談馬礪畢，壬田數七。」時人多不能曉。延休一見爲之解曰：『談

馬，音午；礪畢，石卑；；石卑，碑字。壬田，千里；千里，重字。數七，是六一；六一，立字。』此亦

楊修辨盤白之比也。』　〔灞陵句〕見卷二八聲甘州（故將軍飲罷夜歸來闋）箋注。　〔文字飲〕韓愈詩：『長安衆

富兒，盤饌羅羶葷。不解文字飲，惟能醉紅裙。』　〔壯懷激烈〕岳飛滿江紅詞句。

小重山 三山與客泛西湖

綠漲連雲翠拂空。十分風月處，着蓑翁。垂楊影斷岸西東。君恩重、敎且種芙蓉。　十
里水晶宮。有時騎馬去，笑兒童。殷勤却謝打頭風。船兒住、且醉浪花中。

〔校〕〔題〕四卷本丙集無『三山』二字，『泛』作『遊』。

〔箋注〕〔打頭風〕歐陽修歸田錄及葉夢得避暑錄話俱謂『打』晉滴耿反，則當讀若『頂』，即今所稱頂頭風也。

添字浣溪沙 三山戲作

記得瓢泉快活時，長年耽酒更吟詩。驀地捉將來斷送，老頭皮。　遠屋人扶行不得，閉
窗學得鷓鴣啼。却有杜鵑能勸道：不如歸！

【箋注】（長年三句）苕溪漁隱叢話前集四十二：『宋真宗旣東封，訪天下隱者，杞人楊朴能爲詩，召對，自言不能。上問：「臨行有人作詩送卿否？」朴曰：惟臣妻有一首云：「更休落魄耽杯酒，且莫猖狂愛詠詩。今日捉將官裏去，這回斷送老頭皮。」上大笑，放還山。』（遶屋二句）本草謂鷓鴣鳴聲如云：『行不得也，哥哥。』（杜鵑二句）本草謂杜宇鳴聲若曰：『不如歸去。』

西江月 三山作

貪數明朝重九，不知過了中秋。人生有得許多愁，只有黃花如舊。　萬象亭中殢酒，九仙閣上扶頭。城鴉喚我醉歸休，細雨斜風時候。

【校】（只有）四卷本丁集作『惟有』。（九仙）四卷本作『九江』。

【箋注】（萬象亭）南澗甲乙稿卷一，萬象亭賦序：『紹興十有三年，石林先生自建康留鑰移帥長樂。……時閩人歲饑，餘「盜」且擾；曾未易歲，旣懷且威。倉廩羨贏，野無燧煙，民飽而歌。乃闢府治燕廄後，築臺建亭，翼攬四山之勝，字曰萬象。公時以宴客觴酒賦詩，以紀一時之盛。』淳熙三山志卷七，公廳：『九仙樓，樓下：東衣錦閣，西五雲閣。舊小廳之西南有清風樓、爽心閣，卽此也。樓，舊有之；閣，嘉祐八年元給事絳創。熙寧間更名九仙樓、萬象亭，燕堂之北。紹興十四年葉觀文夢得創。』（九仙閣）淳熙三山志卷七公廳：『九仙樓，樓下：東衣錦閣，西五雲閣……』（細雨句）張志和漁父詞：『青箬笠，綠蓑衣，斜風細雨不須歸。』

熙三年閩憲任內所作。

水調歌頭　壬子三山被召，陳端仁給事飲餞席上作。

長恨復長恨，裁作短歌行。何人爲我楚舞，聽我楚狂聲？余既滋蘭九畹，又樹蕙之百畞，秋菊更餐英。門外滄浪水，可以濯吾纓。

一杯酒，問何似，身後名。人間萬事，毫髮常重泰山輕。悲莫悲生離別，樂莫樂新相識，兒女古今情。富貴非吾事，歸與白鷗盟。

【校】（題）四卷本丙集作『壬子被召，端仁相餞，席上作』。

【箋注】〔陳端仁〕淳熙三山志卷二十九，科名志謂陳峴字端仁，閩縣人，狀元陳誠之之子，紹興二十七年王十朋牓進士。另據朝野雜記甲集卷十七公使庫條及乙集卷十二蜀帥聘幣不入私家者三人條之記事，知其於淳熙中曾帥四川。據宋史食貨志及宋會要各門，知其於帥四川前曾任平江守、兩浙轉運判官及福建市舶等官，其罷免蜀帥事在淳熙九年。攻媿集有繳陳峴差知靖江府之奏劄，中有『閒廢雖久，衆尙斷斷』諸語。樓鑰於熙三年後方入詞披，其繳駁劄子當即紹熙四年左右所奏進者。據知陳氏其時正在廢退家居，故得於稼軒被召時置酒相送也。〔何人二句〕史記留侯世家：『戚夫人泣，上曰：「爲我楚舞，吾爲若楚歌。」歌數闋，戚夫人嘘唏流涕，上起去，罷酒。』〔余既三句〕離騷：『余既滋蘭之九畹兮，又樹蕙之百畞。』又『朝飲木蘭之墜露兮，夕

餐秋菊之落英。」　〔門外二句〕孟子：『滄浪之水清兮，可以濯我纓；滄浪之水濁兮，可以濯我足。』　〔一杯酒三句〕見卷二水龍吟（玉皇閣微涼閒）箋注。　〔悲莫悲二句〕九歌少司命：『悲莫悲兮生別離，樂莫樂兮新相識。』　〔富貴句〕歸去來辭：『富貴非吾願，帝鄉不可期。』　〔歸與句〕黃庭堅詩：『萬里歸船弄長笛，此心吾與白鷗盟。』

【編年】　紹熙三年歲杪（一一九三年二月）。

鷓鴣天　三山道中

抛却山中詩酒窠，却來官府聽笙歌。閒愁做弄天來大，白髮栽埋日許多。　新劍戟，舊風波。天生予嬾奈予何。此身已覺渾無事，却教兒童莫恨癡。

【箋注】　〔天生句〕論語：『天生德於予，匡人其如予何。』　〔此身句〕蘇軾歸宜興留題竹西寺詩：『此身已覺都無事，今歲仍逢大有年。』

西江月　癸丑正月四日，自三山被召，經從建安，席上和陳安行舍人韻。

風月亭危致爽，管絃聲脆休催。主人只是舊情懷，錦瑟旁邊須醉。　看看紅藥又翻階，趁取西湖春會。堤正要公來。　玉殿何須儂去，沙

【校】（題）四卷本丁集作『正月四日和建寧陳安行舍人。時被召。』　（情懷）四卷本作『時懷』。　（何須）廣信書院本及四卷本俱作『何須』，王詔校刊本及四印齋本俱誤作『何會』。　（正要）四卷本作『只要』。

【箋注】（陳安行）攻媿集卷八十九，華文閣直學士奉政大夫致仕贈金紫光祿大夫陳公行狀：『本貫興化軍莆田縣，陳公居仁字安行，紹興二十一年登進士科。隆興二年，特旨轉行朝議大夫，壽春魏公使金，公嘗學事之，辟公爲書狀官。卒遂成禮減歲幣而還，公之贊畫爲多。……除戶部右曹郎官，特旨轉行朝議大夫，且語丞相曰：『治行方爲天下第一二官不足道。』……會樞屬闕員，上曰：『豈有人才如陳某而可久爲郎乎。』即除樞密院檢詳諸房文字。……兼直學士院。王言俱出公手，應之不繁。上曰：『向來中書或用三人，今內外制獨陳某一人當之，略不見其難。』……丞相、汪端明應辰，進學不倦，文亦愈工。尙書韓公元吉稱之曰：『文詞溫潤，有制誥體，異時必以名世。』周益公尤愛公之文，時以佳句誦於百僚上，又薦之孝宗，曰：『某交游多矣，耐歲寒者，惟公一人。』此相知之最深者……紹熙三年進煥章閣待制，移建寧府。建去行在所不遠，朝家益知公爲羣。少以文受知於魏也。』　（錦瑟句）杜甫曲江對雨詩：『何時詔此金錢會，暫醉佳人錦瑟傍。』　（沙堤）見卷二水調歌頭（相公倦台鼎關）箋注。　（看看）轉眼之意。　（紅藥翻階）謝朓直中書省詩：『紅藥當階翻，蒼苔依砌上。』

【編年】紹熙四年（一一九三）。

又　用韻，和李象濟提舉。

且對東君痛飲，莫教華髮空催。瓊瑰千字已盈懷，消得津頭一醉。　休唱陽關別去，只

今鳳詔歸來。　五雲兩兩望三台，已覺精神聚會。

【箋注】　〔李兼濟〕朱文公大全集續集二，答蔡季通書：『北方之傳果爾，趙已罷去。薦新用李兼濟作諫官，一章便行。未知誰代其任，此深可慮。』宋史趙汝愚傳：『侂胄欲逐汝愚，而難其名，擢其黨將作監李沐爲正言。沐，彥穎之子也。嘗求節度使於汝愚，不得。奏汝愚以同姓居相位，將不利於社稷，乞罷其政。汝愚出浙江亭待罪，遂罷右相。』參合上文，知李沐字兼濟，卽慶元黨事之首難者也。查楊萬里淳熙薦士錄中，李沐亦被薦之一人，其評語爲：『大臣之子而綽有寒畯之操，甲科之雋而益勵交辭之事。』朱文公大全集偶讀漫記中亦記李氏與詹元善往還之事，知李氏在黨榮未發之先，固亦甚負時譽之一人也。福建通志卷九十，職官志提舉茶鹽公事門：『李沐，德清人，乾道八年進士，紹熙間任。』按：福建提舉常平設司於建安。　（官事未易了闕）箋注。　〔消得〕猶言『值得』。　〔五雲〕杜甫送李八祕書赴杜相公幕詩：『南極一星朝北斗，五雲多處是三台。』晉書天文志：『三台六星，兩兩而居，起文昌列抵太微，一曰天柱，三公之位也，在人曰三公，在天曰三台，主開德宣符也。』

【編年】　紹熙四年（一一九三）正月。

滿江紅　和盧國華

漢節東南，看馹馬光華周道。須信是、七閩還有，福星來到。庭草自生心意足，榕陰不動

秋光好。問不知、何處着君侯，蓬萊島。還自笑，人今老；空有恨，縈懷抱。記江湖十載，厭持旌纛。漊落我材無所用，易除殆類無根潦。但欲搜、好語謝新詞，羞瓊報。

【箋注】〔盧國華〕麗水縣志：『盧彥德字國華。知廣德軍建平縣。舊籍有絕戶物力錢，抑民代輸絹匹，民苦之，多逃亡；彥德至，大搜隱漏，所入三倍於舊，遂以充賦。削盧戶二千有餘，逃者復歸。兩守蜀郡，再歷憲漕，並著聲績。召為戶部郎官，除福建轉運判官，官至朝請大夫。』福建通志職官志，提點刑獄文臣提刑門：『盧彥德，麗水人，紹興二十四年進士，紹熙間任。』〔漢節〕漢代置繡衣使者，均衣繡持節，捕逐盗賊。宋代之提刑使即其官。〔七閩〕周禮職方氏：『掌天下之圖，以掌天下之地，辨其邦國都鄙、四夷、八蠻、七閩、九貉、五戎、六狄之人民。』疏：『叔熊避難於濮蠻，隨其俗後分七種，故謂之七閩。』〔榕陰〕榕為常綠喬木，高四五丈。幹既生枝，枝復生根，下垂至地，又復為幹，故其陰極廣大。福州最多生之，故亦號榕城。〔記江湖二句〕稼軒自乾道八年（一一七二）至淳熙八年（一一八一），曾屢任郡守、提刑、漕使、安撫使等職，為期恰為十年左右。〔漊落句〕莊子逍遙遊：『惠子謂莊子曰：「魏王貽我大瓠之種，我樹之成，而實五石......剖之以為瓢，則瓠落無所容。非不呺然大也，吾為其無用而掊之。」』按：瓠亦作漊。蘇軾與金山長老詩：『我材漊落本無用，虛名驚世終何益。』〔易除句〕韓愈符讀書城南詩：『潢潦無根源，朝滿夕已除。』〔瓊報〕詩衞風木瓜：『投我以木桃，報之以瓊瑤。匪報也，永以為好也。』

【編年】紹熙四年（一一九三）。——據福建通志，盧氏之任提刑乃繼稼軒之後任者，因知此詞必為稼軒帥閩時作。

二七〇

鷓鴣天

指點齋尊特地開，風帆莫引酒船回。方驚共折津頭柳，却喜重尋嶺上梅。　催月上，喚風來，莫愁餅罄恥金罍。只愁畫角樓頭起，急管哀絃次第催。

【箋注】〔嶺上梅〕白氏六帖：『庾嶺上花，南枝已落，北枝方開，寒暖之候異也。』　〔莫愁句〕詩小雅蓼莪：『餅之罄矣，維罍之恥。』

【編年】紹熙四年（一一九三）。——據『重尋』『畫角』等句，疑右詞爲帥閩時作。罷帥在紹熙五年秋間，此詞當作於四年冬季。

菩薩蠻　和盧國華提刑

旌旗依舊長亭路，尊前試點鶯花數。何處捧心顰，人間別樣春。　功名君自許，少日聞雞舞。詩句到梅花，春風十萬家。時籍中有放自便者。

【校】〔題〕四卷本丙集無。

【箋注】〔捧心顰〕見卷二浣溪沙（臺倚崩崖玉減瘢闋）箋注。　〔聞雞舞〕見卷二賀新郎（老大那堪說闋）箋注。

定風波　三山送盧國華提刑，約上元重來。

少日猶堪話別離，老來怕作送行詩。極目南雲無過雁，君看：梅花也解寄相思。　無限

江山行未了，父老，不須和淚看旌旗。後會丁寧何日是？須記：春風十里放燈時。

【校】〔題〕四卷本丙集作『送盧提刑，約上元重來』。　〔過雁〕廣信書院本及王詔校刊本俱作『雁過』，四卷本丙集及四印齋本並作『過雁』。　〔父老〕廣信書院本及王詔校刊本俱作『父母』，四卷本及四印齋本俱作『父老』。　〔何日是〕汲古閣影抄四卷本原作『何日是』，後用粉塗去『是』字，未補。　〔十里〕四卷本作『十日』。

又　再用韻。　時國華置酒，歌舞甚盛。

莫望中州歎黍離，元和聖德要君詩。老去不堪誰似我？歸臥，青山活計費尋思。　誰築

詩壇高十丈？直上，看君斬將更搴旗。歌舞正濃還有語：記取，鬚髯不似少年時。

【校】〔題〕四卷本丙集作『再用韻，盧置歌舞甚盛』。廣信書院本無『再』字，茲從四卷本補。　〔詩壇〕四卷本作『詩牆』。

【箋注】〔黍離〕詩王風篇名。毛詩序云：『黍離，閔宗周也。周大夫行役，至於宗周，過故宗廟宮室，閔周室之顛覆，彷徨不忍去而作是詩也。』　〔元和句〕韓愈有元和聖德詩，歌頌唐憲宗之德業。　〔斬將搴旗〕史記貨殖傳：『壯士在軍，攻城先登，陷陣却敵，斬將搴旗，蒙矢石不避湯火者，爲重賞使也。』

又　自和

金印纍纍佩陸離，河梁更賦斷腸詩。莫擁旌旗眞箇去，何處？玉堂元自要論思。　且約

風流三學士，同醉，春風看試幾槍旗。從此酒酣明月夜，耳熱，那邊應是說儂時。

【箋注】〔金印纍纍〕見卷二瑞鶴仙（黃金堆到斗關）箋注。　〔河梁句〕李陵與蘇武詩：『攜手上河梁，遊子暮何之？』　〔佩陸離〕離騷：『高余冠之岌岌兮，長余佩之陸離。』按：『陸離』，參差衆多貌。　〔玉堂句〕蘇軾次韻蔣穎叔詩：『豈敢便爲雞黍約，玉堂金殿要論思。』　〔槍旗〕葉夢得避暑錄話卷四：『草茶極品唯雙井、顧渚。……蓋茶味雖均，其精者在嫩芽，取其初萌如雀舌者謂之槍，稍敷而爲葉者謂之旗。』　〔酒酣耳熱二句〕楊惲報孫會宗書：『酒後耳熱，仰天拊缶，而呼嗚嗚。』曹丕與吳質書：『每至觴酌流行，絲竹並奏，酒酣耳熱，仰而賦詩，當此之時，忽然不自知樂也。』

滿江紅　盧國華由閩憲移漕建安，陳端仁給事同諸公餞別，余爲酒困，臥青涂堂上，三鼓方醒。國華賦詞留別，席上和韻。　青涂，端仁堂名也。

宿酒醒時，算只有清愁而已。人正在、青涂堂上，月華如洗。紙帳梅花歸夢覺，蓴羹鱸鱠

秋風起。問人生、得意幾何時，吾歸矣。　君若問，相思事，料長在，歌聲裏。　這情懷只

是，中年如此。明月何妨千里隔，顧君與我如何耳。　向尊前、重約幾時來，江山美。

【校】〔題〕四卷本丙集無『國華由閩』四字，『建安』作『建寧』，『國華賦詞』作『盧賦詞』。　〔如何〕四卷本作『何

如』。

【箋注】〔紙帳梅花〕宋林洪山家清事梅花紙帳條：『法用獨牀，勞置四黑漆柱，各掛以半錫瓶，插梅數枝，後設黑漆板約二尺，自地及頂，欲靠以清坐。左右設橫木一，可掛衣，角安斑竹書貯二，藏書三四，掛白塵一。上作大方目頂，用細白楮衾作帳罩之。前安小踏牀，於左植綠漆小荷葉一，寘香鼎，然紫藤香。中只用布單、楮衾、菊枕、蒲褥，乃相稱「道人還了鴛鴦債，紙帳梅花醉夢間」之意。古語云：「服藥千朝，不如獨宿一宵。」儻未能以此爲戒，宜亟移去梅花，毋汙之。』明高濂遵生八牋卷八，起居安樂牋，晨昏怡養動用事具：『紙帳，用藤皮繭紙纏於木上，以索纏緊，勒作縐紋，不用糊，以線折縫縫之。頂不用紙，以稀布爲頂，取其透氣。或畫以梅花、或畫以蝴蝶，自是分外清致。』　〔夤緣句，情懷二句〕均見前。　〔明月句〕謝莊月賦：『美人邁兮音塵闕，隔千里兮共明月。』

鷓鴣天

點盡蒼苔色欲空，竹籬茅舍要詩翁。花餘歌舞歡娛外，詩在經營慘澹中。　聽軟語，笑衰容，一枝斜墜翠鬟鬆。淺顰深笑誰堪醉，看取瀟然林下風。

【校】〔深笑〕四卷本丙集作『輕笑』。　〔瀟然〕四卷本作『蕭然』。

【箋注】〔詩在句〕杜甫丹青引：『詔謂將軍拂絹素，意匠慘澹經營中。』　〔林下風〕世說新語賢媛篇：『王夫人神情散朗，故有林下風氣。顧家婦清心玉映，自是閨房之秀。』

病繞梅花酒不空，齒牙牢在莫欺翁。恨無飛雪青松畔，却放疎花翠葉中。冰作骨，玉為容，常年宮額鬢雲鬆。直須爛醉燒銀燭，橫笛難堪一再風。

【校】（題）四卷本丙集無『前』字。

【箋注】（酒不空）後漢書孔融傳：『融嘗曰：「座上客常滿，樽中酒不空，吾無憂矣。」』（常年）四卷本作『當年』。（齒牙句）見卷二滿江紅（摛雨鬟塱關）箋注。（燒銀燭）蘇軾海棠詩：『只恐夜深花睡去，高燒銀燭照紅粧。』（橫笛）橫笛調名有落梅花。

又

桃李漫山過眼空，也曾惱損杜陵翁。若將玉骨冰姿比，李蔡為人在下中。尋驛使，寄芳容，隴頭休放馬蹄鬆。吾家籬落黃昏後，剩有西湖處士風。

【校】（也曾）王韶本、六十家詞本、四印齋本俱作『也宜』。四卷本無此首。

【箋注】（桃李二句）蘇軾定惠院海棠詩：『嫣然一笑竹籬間，桃李漫山總粗俗。』九首大意皆言春不暫留，風摧花敗，不勝惱恨也。又江畔獨步尋花詩有云：『江上被花惱不徹。』（玉骨冰姿）謂梅。　稼軒咏紅梅之洞仙歌，起云：『冰姿玉骨。』（李蔡句）史記李將軍列傳：『初，廣之從弟李蔡，與廣俱事孝文帝。……蔡為人在下中，名聲出廣下甚遠，然

廣不得爵邑，官不過九卿，而蔡爲列侯，位至三公。』餘參卷二八聲甘州（故將軍飲罷夜歸來闋）箋注。按，此句指桃李。

〔逢驛使三句〕陸凱寄范曄詩：『折梅逢驛使，寄與隴頭人。江南無所有，聊贈一枝春。』〔吾家句〕林逋咏梅花詩：『眾芳搖落獨鮮妍，占斷風情向小園。疏影橫斜水清淺，暗香浮動月黃昏。』〔剩有句〕『剩有』郎『甚有』、『頗有』意。『西湖處士』指林逋。詳見卷四念奴嬌（未須草草閣）箋注。

〔編年〕紹熙四年（一一九三）。──右鷓鴣天三首，用同韻，自是同時作。紹熙三年赴閩憲任時已在梅花開後，知此三詞爲四年冬間作。

行香子 三山作

好雨當春，要趁歸耕。況而今已是清明。小窗坐地，側聽簷聲。恨夜來風，夜來月，夜來雲。　花絮飄零，鶯燕丁寧，怕妨儂湖上閒行。天心肯後，費甚心情。放霎時陰，霎時雨，霎時晴。

〔校〕〔題〕四卷本丙集作『福州作』。

〔箋注〕〔好雨句〕杜甫春夜喜雨詩：『好雨知時節，當春乃發生。』梁啓超編稼軒年譜，於紹熙五年之考證中釋此詞云：『此告歸未得請時作也。』──發端云：『好雨當春，要趁歸耕，況而今已是清明。』直出本意，文義甚明。次云：『小窗坐地，側聽簷聲。恨夜來風，夜來月，夜來雲。』謂受讒謗迫擾，不能堪忍也。下半闋云：『花絮飄零，鶯語丁寧，怕妨儂湖上閒行。』倘慮有種種牽制，不得自由歸去也。次云：『天心肯後，費甚心情。放霎時

陰，愛時雨，愛時晴。」請只要俞旨一允，萬事便了」，卻是君意難測，然疑聞作，令人悶殺也。此時人比興之惜，意內言外，細繹自見。　先生雖功名之士，然其所惓惓者，在雪大耻，復大讎，旣不得所藉手，則區區專圉虛榮，殊非所願。……蓋已知國夙願不復能償，而厭棄此官抑甚矣。度自去冬今春，已累疏乞休，而朝旨沉吟，久無所決，故不免焦慮也。』　〔坐地〕此處『地』字爲語助詞，『坐地』即『坐著』。

【編年】紹熙五年春(一一九四)。—— 紹熙三年春稼軒方至福州，不應郎作『要趁歸耕』之語；紹熙四年春則已被名入朝，不在福州；因知此詞必作於五年春間。梁氏之說是也。

水調歌頭　題張晉英提舉玉峯樓

木末翠樓出，詩眼巧安排。 天公一夜，削出四面玉崔嵬。 疇昔此山安在，應爲先生見晚，萬馬一時來。 白鳥飛不盡，却帶夕陽回。

勸公飮，左手蟹，右手杯。 人間萬事變滅，今古幾池臺。 君看莊生達者，猶對山林皐壤，哀樂未忘懷。 我老尙能賦，風月試追陪。

【校】〔見晚〕四卷本丁集作『見挽』。　〔勸公〕四卷本同，王詔校刊本及四印齋本俱作『勸君』。

【箋注】〔張晉英〕夷堅志支乙卷八駱將仕家條：『淳熙癸卯歲，張晉英濤自西外宗敎授入爲勅令刪定官，挈家到都城，未得官舍，僦冷水巷駱將仕屋暫處。……其地卑濕特甚，不數月徙去。』據知晉英名濤。 攻媿集卷三十九，福建提舉張濤提點坑冶鑄錢制詞：『國家分道遣使，各揚乃職，惟貨泉之寄，總六道百郡之權歸於一大有司，視漢之鍾官辯銅其重甚矣，非得通儒，不以輕畀。以爾抱負不凡，詞章精贍；出入朝行，見謂老成；使于

二部，皆有聲績，舉以命汝。其爲朕謹調度，察姦欺，使邦財阜通，朕豈久汝于外哉。」南宋館閣續錄卷九，『同

修國史』門及『實錄院同修撰』門中均載張濤於嘉泰二年八月以中書舍人兼領其事。蔡戡定齋集卷十七，張晉

英侍郎挽詩二首：『當代推耆舊，如公能幾人。典型唐國老，風采漢廷臣。直筆書靑史，巍冠侍紫宸。壺公非

不過，猶未究經編。寶傳方年少，詞場屬策勳。鳳闕馳雋響，仕路藹淸芬。德望三朝重，聲名四海聞。仙遊

向何許，地下亦修文。』據此可略知張氏行誼及事歷，其緒貫則仍不詳。（按：南宋館閣錄『史館修撰』門另有一

張濤，名下注云：『字子公，鄱陽人。』查此乃張燾之誤。張燾宋史有傳，卒於隆興二年。）（玉筆樓）未詳。

【詩眼】蘇軾詩：『天工爭向背，詩眼巧增損。』（疇昔二句）史記主父偃傳：『主父偃入也。』……上書

闕下，朝奏，暮召入見。……是時趙人徐樂、齊人嚴安俱上書言世務。……天子召見三人，謂曰：『公等皆安在，

何相見之晚也。」（左手蟹，右手杯）見卷二水調歌頭（君莫賦幽憤閣）箋注。（君看三句）莊子知北遊：『山

林與，皋壤與，使我欣欣然而樂與。樂未畢也，哀又繼之。哀樂之來，吾不能禦；其去，弗能止。悲夫，世人直

爲物逆旅耳。」

【編年】紹熙五年（一一九四）。——據福建通志，張濤之任福建路提舉茶鹽公事，爲繼李沐之後任者。上年

稼軒由閩赴召，經由建安時，李沐尙在提舉任上，則張氏之任福建提舉最早當始於紹熙四年，而此詞則稼軒任

閩帥時所作也。

最高樓

吾擬乞歸，犬子以田產未置止我，賦此罵之。

吾衰矣，須富貴何時。富貴是危機。暫忘設醴抽身去，未曾得米棄官歸。　穆先生，陶縣
令，是吾師。　待葺箇、園兒名『佚老』，更作箇、亭兒名『亦好』，閒飲酒、醉吟詩。千年田
換八百主，一人口插幾張匙。便休休，更說甚，是和非。

【校】　（題）廣信書院本及小草齋本俱作『名了』，茲從四卷本乙集。王詔校刊本及四印齋本標題俱與四卷本同。
（便休休）四卷本作『休休休』。　王詔校刊本及六十家詞本，末三句俱作『咄喏奴，愁產業，豈佳兒』。

【箋注】　論語：『子曰：甚矣吾衰矣，久矣吾不復夢見周公。』　（須富貴句）歐
陽修六一筆記富貴貧賤說條：『貧賤常思富貴，富貴必履危機，此古人之所歎也。』『晚覺文
章真小技，早知富貴有危機。』　（暫忘句、穆先生）漢書楚元王傳：『元王既至楚，以穆生、白生、申公爲中大夫。
穆生不嗜酒，元王每置酒，常爲穆生設醴。及王戊即位，忘設焉，穆生退曰：「可以逝矣。醴酒不設，王之意怠，
不去矣，楚人將鉗我於市。」遂謝病去。』　（未曾句、陶縣令）宋書陶潛傳：『爲彭澤令，郡遣督郵至，縣吏白，應束
帶見之，潛歎曰：「我不能爲五斗米折腰向鄉里小人。」即日解印綬去職，賦歸去來。』　（亦好）當係用戎昱中秋
感懷詩『遠客歸去來，在家貧亦好』句意。　（休休）見卷二鷓鴣天（枕簟溪堂冷欲秋闋）箋注。

【編年】　紹熙五年（一一九四）。——梁啓超編稼軒年譜，列右詞於閩中諸作之後，並附考證云：『此詞題中雖
無三山等字樣，細推當爲閩中作。蓋先生之去湖南乃調任，其去江西乃被劾，皆非乞歸也。若帥越時又太老，
其子不應不解事乃爾。故以附閩詞之末。』　按：稼軒之帥閩，亦由被劾去職，此詞當作於被劾之前。梁氏所

持理由，大體均是，茲從之。

清平樂　壽趙民則提刑。時新除，且素不喜飲。

詩書萬卷，合上明光殿。案上文書看未遍，眉裏陰功早見。　十分竹瘦松堅，看君自是長年。若解尊前痛飲，精神便是神仙。

【箋注】

〔趙民則〕誠齋集卷二一九，朝請大夫將作少監趙公行狀：『公諱像之，字民則，；秦悼王之六世孫也。今居高安。……孝宗詔侍從舉宗室文學政事可爲中外之用者各二人，吏部尙書蕭公燧首以公應書，除知鄞州。……拜福建路提點刑獄公事，建臺之始，風采一新。……公少無官情，年未三十，卽治別墅，號曰南囑。……一觴一詠，左琴右書，飄然有遺世之想。』紹興十八年同年小錄：『趙像之，一甲第三十三人，字民則。年二十一，三月十七日生。』

〔明光殿〕漢官儀：『漢尙書奏事於明光殿。』

【編年】

紹熙五年（一一九四）。——據福建通志，趙像之繼盧彥德任福建提刑，盧之去職在紹熙四年歲暮，趙氏之就任當在五年歲初，而此詞則是年三月十七日爲慶祝其六十七歲晬辰而作也。

瑞鶴仙　賦梅

雁霜寒透幙。正護月雲輕，嫩冰猶薄。溪奩照梳掠。想含香弄粉，豔粧難學。玉肌瘦弱，更重重、龍綃襯着。倚東風、一笑嫣然，轉盼萬花羞落。　寂寞。家山何在？雪後園林，

水邊樓閣。瑤池舊約，鱗鴻更，仗誰託？粉蝶兒只解，尋桃覓柳，開遍南枝未覺。但傷心、冷落黃昏，數聲畫角。

【校】〔豔粧〕絕妙好詞作『靚粧』。〔鱗鴻〕花草粹編十一引，作『鄰翁』。〔尋桃〕陽春白雪二、全芳備祖前集一及絕妙好詞並作『尋花』。〔冷落〕絕妙好詞作『冷淡』。

【箋注】〔雪後二句〕林逋梅花詩：『雪後園林才半樹，水邊籬落忽橫枝。』

念奴嬌 題梅

疏疏淡淡，問阿誰、堪比天真顏色？笑殺東君虛占斷，多少朱朱白白。雪裏溫柔，水邊明秀，不借春工力。骨清香嫩，迥然天與奇絕。

嘗記寶鑰寒輕，瑣窗人睡起，玉纖輕摘。萬里風煙，一溪霜月，未怕欺他得。不如歸去，閬苑有箇人惜。

【校】〔題〕廣信書院本作『韻梅』，四卷本乙集作『梅』，茲從王詔校刊本及四印齋本。〔天真〕四卷本同，王詔校刊本及四印齋本俱改作『太真』。〔閬苑〕廣信書院本作『閬風』，茲從四卷本。〔人惜〕四卷本作『人憶』。

【箋注】〔朱朱白白〕韓愈詩：『同遊百花林，朱朱兼白白。』〔閬苑〕神仙傳：『崑崙閬風苑有玉樓十二層，左瑤池，右翠水。』

【編年】　右瑞鶴仙、念奴嬌各一首，中有『家山何在』及『漂泊天涯』等語，知必作於仕宦期內。以閩地多梅，姑彙附於此。

水龍吟　過南劍雙溪樓

舉頭西北浮雲，倚天萬里須長劍。人言此地，夜深長見，斗牛光焰。我覺山高，潭空水冷，月明星淡。待燃犀下看，憑欄却怕，風雷怒，魚龍慘。　峽束蒼江對起，過危樓，欲飛還斂。元龍老矣，不妨高臥，冰壺涼簟。千古興亡，百年悲笑，一時登覽。問何人又卸，片帆沙岸，繫斜陽纜。

【校】王詔校刊本及四印齋本『南劍』俱誤作『南澗』。花菴詞選『過』作『題』。　〔蒼江〕吳訥唐宋名賢百家詞本及花菴詞選並作『滄江』。　汲古閣影鈔四卷本原亦作『蒼江』，後用粉塗去『蒼』字，未補。　〔沙岸〕花菴詞選作『沙際』。

【箋注】〔南劍〕州名。十國閩王延政置鐔州，南唐曰劍州，宋改稱南劍州，屬福建路。元改延平府。　〔雙溪樓〕弘治八閩通志：『延平府，負山阻水，爲七閩襟喉。劍溪環其左，樵川帶其右。（宋余良弼雙溪樓記：七閩號東南山水佳處，延平又冠絕於他郡云云。）二水交流，……占溪山之雄，當水陸之會。（宋黃裳雙溪閣致語：樵帶高下，甌閩占溪水之雄；舟車往來，延平當水陸之會。）』　〔舉頭句〕古詩十九首：『西北有高樓，上與浮雲齊。』

曹丕雜詩：『西北有浮雲，亭亭如車蓋。』　〔倚天句〕宋玉大言賦：『方地爲車，圓天爲蓋，長劍耿耿倚天外。』

〔人言三句〕晉書張華傳：『初，吳之未滅也，斗牛之間常有紫氣；……及吳平之後，紫氣愈明。華聞豫章人雷

煥妙達緯象，乃要煥宿，屛人曰：「可共尋天文，知將來吉凶。」煥曰：「僕察之久矣，惟斗牛之間頗有異氣。」華曰：「是何祥也？」煥曰：「寶劍之精上徹於天耳。」……因問曰：「在何郡？」煥曰：「在豫章豐城。」

華大喜，即補煥爲豐城令。煥到縣掘獄屋基，入地四丈餘，得一石函，光氣非常，有雙劍並刻題，一曰龍

泉，一曰太阿。其夕，斗牛間氣不復見焉。……華得劍，寶愛之，常置坐側。……華誅，失劍所在。煥卒，子華爲

州從事，持劍行經延平津，劍忽於腰間躍出，墮水，使人沒水取之，不見劍，但見兩龍，各長數丈，蟠縈有文章。

沒者懼而反。須臾，光彩照水，波浪驚沸。』　〔燃犀〕晉書溫嶠傳：『至牛渚磯，水深不可測，世云其下多怪物，

嶠遂燃犀角而照之，須臾見水族覆火，奇形異狀，或乘馬車，著赤衣者。』　〔峽束句〕杜甫秋日夔府詠懷：『峽束

蒼江起，巖排古樹圓。』　〔元龍二句〕見卷一冰龍吟〔楚天千里清秋閣〕箋注。

瑞鶴仙　南劍雙溪樓

片帆何太急？望一點須臾，去天咫尺。舟人好看客，似三峽風濤，嵯峨劍戟，溪南溪北。

正遅想、幽人泉石。看漁樵、指點危樓，却羨舞筵歌席。　嘆息。山林鍾鼎，意倦情遷，

本無欣戚。轉頭陳迹。飛鳥外，晚煙碧。問誰憐舊日，南樓老子，最愛月明吹笛？到而

今、撲面黃塵，欲歸未得。

【校】　〔題〕王詔校刊本及四印齋本『南劍』俱誤作『南澗』。花菴詞選『南劍』上有『題』字。

【箋注】　〔山林鍾鼎〕杜甫清明二首：『鍾鼎山林各天性。』　〔南樓二句〕見卷一水調歌頭（折盡武昌柳閣）箋注。

【編年】　右二詞當在閩中按部時所作，其確在何年無可考，姑附於此。

柳梢青　三山歸途，代白鷗見嘲。

白鳥相迎，相憐相笑，滿面塵埃。華髮蒼顏，去時曾勸，聞早歸來。　而今豈是高懷，爲千里蓴羹計哉！好把移文，從今日日，讀取千回。

【箋注】　〔聞早〕即『趁早』。　〔而今至計哉〕稼軒之帥閩，於紹熙五年秋爲言者論擊放罷，非出於自身之乞請，故藉白鷗之口而爲是語以自嘲也。　參拙編年譜紹熙五年各條。　〔蓴羹句〕屢見前注。　〔移文〕謂孔稚珪之北山移文，參卷四水調歌頭（十里深窈窕閣）箋注。

【編年】　紹熙五年（一一九四）秋。

稼軒詞編年箋注卷四目錄

瓢泉之什　共詞一百七十三首　起宋光宗紹熙五年（一一九四）迄宋寧宗嘉泰二年（一二○二）

卷四 目錄

沁園春 再到期思卜築

一水西來，千丈晴虹，十里翠屏。喜草堂經歲，重來杜老；斜川好景，不負淵明。老鶴高飛，一枝投宿，長笑蝸牛戴屋行。平章了，待十分佳處，着箇茅亭。　青山意氣崢嶸，似爲我、歸來嫵媚生。解頻教花鳥，前歌後舞；更催雲水，暮送朝迎。酒聖詩豪，可能無勢，我乃而今駕馭卿。清溪上，被山靈却笑：白髮歸耕。

【校】〔題〕廣信書院本無『再到』二字，茲從四卷本乙集。

【箋注】〔喜草堂二句〕杜甫於唐肅宗乾元二年以關輔饑，棄官入蜀依嚴武，上元元年於成都浣花溪卜築草堂。代宗寶應元年，西川兵馬使徐知道反，遂往梓州。其後往來漢州、閬州、梓州間，至廣德二年春，嚴武再鎭蜀，方得重歸成都草堂。〔斜川二句〕陶淵明有遊斜川詩，序云：『辛丑正月五日，天氣澄和，風物閑美，與二三鄰曲同遊斜川。臨長流，望曾城，魴鯉躍鱗於將夕，水鷗乘和以翻飛。……曾城旁無依接，獨秀中臯，遙想靈山，有愛嘉名，欣對不足，率爾成詩。』〔可能二句〕陶淵明集晉故征西大將軍長史孟府君傳：『君諱嘉，字萬年，江夏鄂人也。爲江州別駕、巴邱令、征西大將軍譙國桓溫參軍，俄遷長史。嘗會神情獨得，便超然命駕，逕之龍山，顧影酣宴，造夕乃歸。溫從容謂君曰：「人不可無勢，我乃能駕御卿！」』

【編年】紹熙五年(一一九四)。——據『草堂經歲重來杜老』句,知此詞不作於帶湖隱居期內。更據『青山意氣崢嶸,似爲我歸來嫵媚生』及『白髮歸耕』等句,均可證知此詞爲罷閩帥初歸信上時所作。稼軒於赴閩之前,即時往來於帶湖、瓢泉之間,則其地必原有可供憩居之所,所謂『草堂』者當指此。此次之卜築,當係自行相度,擇其更可意處而修造耳。

浣溪沙 壽內子

壽酒同斟喜有餘,朱顏却對白髭鬚。兩人百歲恰乘除。 婚嫁剩添兒女拜,平安頻拆外家書。年年堂上壽星圖。

【箋注】〔乘除〕宋會要食貨六之二八,載淳熙十三年湖廣總領趙彥逾言,有『一歲一歉所收,以高下相乘除,不過六七斗』之語,其乘除二字當作『截長補短』或『平均』解。 稼軒詞中此句之意,則當爲:兩人年齡相加恰足一百歲也。 〔剩添〕當作『屢添』、『多添』解。

【編年】疑紹熙五年(一一九四)。——右詞作年無可考。稼軒妻兄范南伯長於稼軒十歲,則稼軒夫婦間之年齡相差不得過十歲。前片雖有『朱顏』云云,而就『婚嫁』句推考,其時稼軒夫人必已在四十五歲以上。今姑假定此詞爲稼軒罷閩帥任重歸上饒之後所作,其年稼軒爲五十五歲也。

祝英臺近　與客飲瓢泉，客以泉聲喧靜爲間，余醉，未及答，或者以『蟬噪林逾靜』代對，意甚美矣，翌日爲賦此詞以褒之。

水縱橫，山遠近，拄杖占千頃。老眼羞明，水底看山影。試敎水動山搖，吾生堪笑，似此箇、青山無定。　　一瓢飲，人問『翁愛飛泉，來尋箇中靜；遶屋聲喧，怎做靜中境？』『我眠君且歸休，維摩方丈，待天女、散花時問。』

【校】〔題〕四卷本丁集『余醉，未及答』作『予未及答』，『以褒之』作『褒之也』。

【箋注】〔蟬噪句〕王籍若溪詩：『蟬噪林逾靜，鳥鳴山更幽。』〔羞明〕詩人玉屑卷六，點石化金條引西淸詩話：『王君玉謂人曰：詩家不妨間用俗語，尤見工夫。雪止未消者俗謂之待伴，嘗有雪詩：「待伴不禁鴛瓦冷，羞明常怯玉鈎斜。」待伴、羞明皆俗語，而採拾入句，了無痕纇，此點瓦礫爲黃金手也。』〔一瓢飲〕見卷二水龍吟（稼軒何必長貧窶）箋注。〔我眠句〕宋書陶潛傳：『貴賤造之者，有酒輒設，潛若先醉，便語客：「我醉欲眠卿可去。」其眞率如此。』〔維摩二句〕維摩詰經：『維摩詰以身疾，廣爲說法。佛告文殊師利：「汝詣問疾。」時維摩室有一天女，見諸天人，聞所說法，便現其身，即以天花散諸菩薩大弟子上。花至諸菩薩即皆墮落，至大弟子便著不墮。』

【編年】疑紹熙五年或慶元元年（一一九四或一一九五）。——右詞作年難確考。據『吾生堪笑，似此箇、青山無定』句，當是作於自閩歸後者，疑當在紹熙末或慶元初。

水龍吟 用些語再題瓢泉，歌以飲客，聲韻甚諧，客皆為之醉。

聽兮清珮瓊瑤些。明兮鏡秋毫些。君無去此，流昏漲膩，生蓬蒿些。虎豹甘人，渴而飲汝，寧猿猱些。大而流江海，覆舟如芥，君無助，狂濤些。塊予獨處無聊些。冬槽春盎，歸來為我，製松醪些。其外芳芬，團龍片鳳，煮雲膏些。古人兮既往，嗟予之樂，樂簞瓢些。

【校】(題)四卷本乙集無『皆』字。 (塊予)四卷本、王詔校刊本及四印齋本俱作『芬芳』。 (芳芬)廣信書院本及四卷本俱作『芳芬』，王詔校刊本及四印齋本俱作『愧余』。

【箋注】(漲膩)杜牧阿房宮賦：『渭流漲膩，棄脂水也。』 (覆舟句)莊子逍遙遊：『水之積也不厚，則其負大舟也無力。覆杯水於坳堂之上，則芥為之舟，置杯焉則膠，水淺而舟大也。』 (甘人)招魂有『此皆甘人』句，注謂『言此物食人以為甘美。』 (塊予句)漢書楊王孫傳：『塊然獨處。』 (松醪)酒史謂蘇軾守定州時，於曲陽得松醪酒，作中山松醪賦。 (團龍片鳳)均茶名。

【編年】右詞作年無可考。云『再題瓢泉』，或承前首呪英臺近而言，姑附於此。

蘭陵王 賦一丘一壑

一丘壑，老子風流占却。茅簷上，松月桂雲，脈脈石泉逗山脚。尋思前事錯，惱殺，晨猿夜鶴。終須是，鄧禹輩人，錦繡麻霞坐黃閣。 長歌自深酌。 看天闊鳶飛，淵靜魚躍，西風黃菊香噴薄。悵日暮雲合，佳人何處，綴蘭結佩帶杜若。 入江海曾約。 遇合。 事難託。莫擊磬門前，荷蕢人過，仰天大笑冠簪落。 待說與窮達，不須疑着。 古來賢者，進亦樂，退亦樂。

【校】 〔香噴薄〕四卷本丙集作『蕳噴薄』。

【箋注】
〔一丘一壑〕漢書自叙傳:『(班)嗣雖修儒學，然貴老、嚴之術。桓生欲借其書，嗣報曰:「若夫嚴(莊)子者，……漁釣於一壑，則萬物不奸其志；栖遲於一丘，則天下不易其樂。不絓賢人之羈，不嬰驕君之餌，蕩然肆志，談者不得而名焉，故可貴也。」』按:此處蓋稼軒用以自名其瓢泉居第附近之溪山也。 〔晨猿夜鶴〕見卷二〔沁園春(三徑初成闋)箋注。〕 〔鄧禹二句〕此蓋用王融『爲爾寂寂，鄧禹笑人』故事。意謂只有鄧禹輩人方能早登公輔之位也。 參卷二滿江紅(絕代佳人闋)箋注。 〔看天闊二句〕詩大雅旱麓:『鳶飛戾天，魚躍於淵，豈弟君子，遐不作人。』 〔日暮二句〕江淹雜體詩三十首擬休上人怨別詩:『日暮碧雲合，佳人殊未來。』 〔擊磬二句〕論語:『子擊磬於衛，有荷蕢而過孔氏之門者，曰:「有心哉，擊磬乎!」既而曰:「鄙哉硜硜乎，莫己知

也……』子曰：「果哉，末之難矣。」　（仰天句）史記淳于髡傳：『淳于髡仰天大笑，冠纓索絕。』　（古來三句）

莊子讓王：『子貢曰：「古之得道者，窮亦樂，通亦樂；」所樂非窮通也，道德於此，則窮通爲寒暑風雨之序矣。』

【編年】　慶元元年（一一九五）。──右詞作年雖難確考，玩全詞語意，當在瓢泉居第初成之時，即慶元初年。

據『西風黃菊』句，則在秋季也。

卜算子　飲酒不寫書

一飲動連宵，一醉長三日。廢盡寒溫不寫書，富貴何由得！　請看塚中人，塚似當年筆。

萬札千書只恁休，且進杯中物。

【校】　（寒溫）四卷本丁集作『寒暄』。

【箋注】　（一飲句）白居易祝蒼華詩：『痛飲困連宵，悲吟饑過午。』　（廢盡二句）杜甫題柏學士茅屋詩：『富貴必

從勤苦得，男兒須讀五車書。』　（請看二句）國史補：『長沙僧懷素好草書，自言得草聖三昧，棄筆堆積埋於山

下，號曰筆塚。』書斷卷二僧智永條引尚書故實云：『僧智永積年學書，有禿筆十甕，每甕皆數石。後取筆頭瘞

之，號爲退筆塚。』　（且進句）陶潛責子詩：『天運苟如此，且進杯中物。』

又　飲酒成病

一箇去學仙，一箇去學佛。仙飲千杯醉似泥，皮骨如金石。　不飲便康強，佛壽須千百。

八十餘年入涅槃，且進杯中物。

圓寂。

【箋注】〔醉似泥〕後漢書周澤傳：「一日不齋醉如泥。」李白襄陽歌：「傍人借問笑何事，笑殺山翁醉似泥。」

〔八十句〕佛家謂釋迦牟尼年八十，示寂於跋陀河之遮羅雙樹間。『涅槃』謂永離諸趣，入不生不滅之門。亦曰圓寂。

又　飲酒敗德

盜跖儻名丘，孔子還名跖，跖聖丘愚直到今，美惡無眞實。　簡策寫虛名，螻蟻侵枯骨。

千古光陰一霎時，且進杯中物。

【校】〔還名〕廣信書院本及四卷本丁集俱作『邊名』，王詔校刊本及四印齋本俱作『如名』。　〔到今〕四卷本作『至今』。　〔簡策〕四卷本作『簡册』。

【箋注】〔盜跖〕莊子盜跖篇：『柳下季之弟名曰盜跖，盜跖從卒九千人，橫行天下，侵暴諸侯：穴室樞戶，驅人牛馬，取人婦女，貪得忘親，不顧父母兄弟，不祭先祖；所過之邑，大國守城，小國入保，萬民苦之。』

【編年】慶元元年（一一九五）。——右卜算子三首，意境與用韻均甚相近，疑作於同時。稼軒於慶元二年移居瓢泉新第，時正以病止酒，其因酒廢事與因酒致疾，或卽是時以前之事，因推定其作年如上。

鷓鴣天 登一丘一壑偶成

莫殢春光花下遊，便須準備落花愁。百年雨打風吹却，萬事三平二滿休。　將擾擾，付
悠悠。此生於世百無憂。新愁次第相抛舍，要伴春歸天盡頭。

【箋注】〔三平二滿〕潁川語小卷下：「俗言三平二滿，蓋三過平、二過滿，皆平穩得過之日。」黃庭堅四休居士詩
序：「太醫孫昉號四休居士，山谷間其說，四休笑曰：『粗羹淡飯飽即休；補破遮寒煖即休；三平二滿過即休；
不貪不妬老即休。』山谷曰：『此安樂法也。』」

【編年】慶元二年春（一一九六）。——右詞疑亦作於瓢泉居第初成之時。據詞語，當作於春季。

添字浣溪沙 答傳巖叟酬春之約

豔杏妖桃兩行排，莫攜歌舞去相催。次第未堪供醉眼，去年栽。　春意纔從梅裏過，人
情都向柳邊來。咫尺東家還又有，海棠開。

【校】〔調〕四卷本丙集作『浣溪沙』。〔題〕四卷本丙集作『偶作』。

【箋注】〔傳巖叟〕陳克齋文集傳講書生祠記：『鉛山傳巖叟，幼親師學，肆儒業，壯而欲行愛人利物之志。命與
時違，抑而弗信。……時稼軒辛公有時望，欲諷廟堂薦官之，巖叟以非其志，辭。辛不能奪，議遂寢。……巖叟雖

無軒冕之榮，開徑延賓，竹深荷淨，暇日勝時，飲酒賦詩，自適其適，不知有王公之貴。……嚴叟名爲棟，管爲鄂，

州州學講書。』」

又　用前韻謝嚴叟瑞香之惠

句裏明珠字字排，多情應也被春催。怪得名花和淚送，雨中栽。　赤腳未安芳斜穩，蛾

眉早把橘枝來。　報道錦熏籠底下，麝臍開。

【箋注】〔怪得〕驚訝之意。　〔錦熏籠〕天祿識餘：『瑞香一名錦熏籠，一名錦被堆。』咸淳臨安志卷五十八，物

產門：『今馬塍瑞香種最多，大者名錦熏籠。』　〔麝臍〕花小名：『瑞香一名麝囊。』

【編年】慶元二年（一一九六）。——右同韻添字浣溪沙二首，據前闋語意，當是鉛山居第營建初成時作。其

時或與傅嚴叟初相識也。

歸朝歡　靈山齊菴菖蒲港，皆長松茂林，獨野櫻花一株，山上盛開，照映可愛。不數日，風雨摧敗殆盡。意

有感，因效介菴體爲賦，且以『菖蒲綠』名之。丙辰歲三月三日也。

山下千林花太俗，山上一枝看不足。　春風正在此花邊，菖蒲自蘸清溪綠。　與花同草木，

問誰風雨飄零速。　莫悲歌，夜深嚴下，驚動白雲宿。　病怯殘年頻自卜，老愛遺篇難細

苦無妙手畫於菟，人間雕刻眞成鵠。夢中人似玉，覺來更憶腰如束。許多愁，問君
有酒，何不日絲竹？

【校】　（題）四卷本丙集無『靈山』二字，『野櫻花』作『野梅花』。　（莫悲歌）四卷本作『莫怨歌』。　（遺篇）四卷
本作『遺編』。

【箋注】　（靈山）廣信府志：『靈山在府城西北七十里上饒縣境內，信之鎭山也。高千有餘丈，綿亙百餘里。』
（介葊）見卷一水調歌頭（千里渥洼種類閒）箋注。　（夜深二句）變用陶淵明擬古詩『白雲宿簷端』句之意。　（腰
如束）登徒子好色賦：『腰
（苦無二句）左傳宣四年：『楚人謂乳，穀；謂虎，於菟。』馬援誠兄子書：『劾伯高不得，猶爲謹勅之士，所謂刻鵠
不成尙類鶩者也。效季良不得，陷爲天下輕薄子，所謂畫虎不成反類狗者也。』
如束素。』

【編年】　慶元二年（一一九六）。

沁園春　靈山齊菴賦。時築偃湖未成。

疊嶂西馳，萬馬回旋，衆山欲東。　正驚湍直下，跳珠倒濺；小橋橫截，缺月初弓。　老合投
閒，天教多事，檢校長身十萬松。　吾廬小，在龍蛇影外，風雨聲中。　爭先見面重重。
看爽氣、朝來三數峯。　似謝家子弟，衣冠磊落；相如庭戶，車騎雍容。　我覺其閒，雄深雅

健，如對文章太史公。新堤路，問偃湖何日，煙水濛濛？

【箋注】（龍蛇二句）疑皆承上句松言。蘇軾戲作種松詩：『我昔少年日，種松滿東岡。……不見十餘年，想作龍蛇長』句。白居易草堂記亦有『夾澗有古松，如龍蛇走』句。（爽氣句）世說新語簡傲篇：『王子猷作桓車騎參軍，桓謂王曰：「卿在府久，比當相料理。」初不答，直高視，以手版拄頰云：「西山朝來，致有爽氣。」』（雄深二句）新唐書柳宗元傳：『宗元少時嗜句）史記司馬相如列傳：『相如之臨邛，從車騎雍容閒雅甚都。』（相如二進，謂功業可就，既坐廢，遂不振。然其才實高，名蓋一時。韓愈評其文曰：「雄深雅健，似司馬子長」，崔、蔡不足多也。』】

南歌子　新開池，戲作。

散髮披襟處，浮瓜沉李杯。涓涓流水細侵階。鑿箇池兒，喚箇月兒來。

畫棟頻搖動，紅葉盡倒開。鬭勻紅粉照香腮。有箇人人，把做鏡兒猜。

【校】（紅蕖）四卷本丙集作『紅葵』。

【箋注】（散髮句）世說新語德行篇注引王隱晉書：『魏末，阮籍嗜酒荒放，露頭散髮，裸袒箕踞。』又文學篇：『王逸少作會稽，初至，支道林在焉。……因論莊子逍遙遊，支作數千言，才藻新奇，花爛映發，王遂披襟解帶，留連不能已。』（浮瓜沉李）曹丕與朝歌令吳質書：『每念昔日南皮之游，誠不可忘……浮甘瓜於清泉，沉朱李於

寒水，白日既匿，繼以朗月，同乘並載，以游後園。」

玉樓春 〔隱湖戲作〕

客來底事逢迎晚？竹裏鳴禽尋未見。日高猶苦聖賢中，門外誰酣蠻觸戰？ 多方為渴泉尋徧，何日成陰松種滿。不辭長向水雲來，只怕頻頻魚鳥倦。

【校】〔泉尋徧〕四卷本丁集作『尋泉徧』。

【箋注】〔隱湖〕未詳。 〔底事〕即『何事』。 〔頻頻〕四卷本作『頻煩』。 〔聖賢〕魏志徐邈傳：『鮮于輔進曰：「平日醉客謂酒清者為聖人，濁者為賢人。」』 〔蠻觸戰〕莊子則陽篇：『有國於蝸之左角者，曰觸氏，有國於蝸之右角者，曰蠻氏，時相與爭地而戰，伏尸數萬，逐北旬有五日而後反。』

【編年】右三詞作年莫考。 頗疑隱湖、傴湖與新開池俱指一事言，因彙附於靈山齊菴所作之歸朝歡後。

賀新郎 和徐斯遠下第謝諸公載酒相訪韻

逸氣軒眉宇。似王良、輕車熟路，驊騮欲舞。我覺君非池中物，咫尺蛟龍雲雨。時與命、猶須天付。蘭珮芳菲無人問，歎靈均、欲向重華訴。空壹鬱，共誰語？ 兒曹不料揚雄賦。 怪當年、甘泉誤說，青蔥玉樹。 風引船回滄溟闊，目斷三山伊阻。 但笑指、吾廬何

門外蒼官千百輩，盡堂堂、八尺鬚髯古。　誰載酒，帶湖去？

【校】(題)廣信書院本無『相訪』二字，茲從四卷本。　(天付)廣信書院本作『天賦』，茲從四卷本。

(千百)廣信書院本作『三百』，茲從四卷本。

【箋注】(徐斯遠)方回瀛奎律髓：『樟邱徐文卿字斯遠，玉山人。嘉定四年進士。』葉水心文集卷十二，徐斯遠文集序：『斯遠有物外不移之好，負山林沉痼之疾，而師友問學，小心抑畏，異方名聞之士，未嘗不退嘆長想，千里而同席也。……斯遠與趙昌父，韓仲止扶植遺緒，固窮一節，難合而易忤，觀榮利如土梗，以文達志，爲後生法。凡此皆強於善者之所宜知也。』　(王良)淮南子寶冥訓：『昔者王良，造父之御也，上車攝轡，馬爲整齊而斂諧，投足調均，勞逸若一，心怡氣和，體便輕畢，安勞樂進，馳騖若滅。』高誘注：『王良，晉大夫郵無恤子良也。所謂御良也。一名孫無政，爲趙簡子御。』　(驊騮)良馬名，爲周穆王八駿之一。　(我覽二句)吳志周瑜傳：『劉備以梟雄之姿，而有關羽、張飛熊虎之將，必非久屈爲人用者，恐蛟龍得雲雨，終非池中物也。』　(時與命句)蘇軾與毛令方尉遊西菩寺詩：『人生此樂須天付，莫遣兒郎取次知。』離騷：『名余曰正則兮，字余曰靈均。……扈江離與辟芷兮，紉秋蘭以爲佩。忳鬱邑余佗傺兮，吾獨窮困乎此時也。佩繽紛其繁飾兮，芳菲菲其彌章。彼不可戶說兮，孰云察余之中情？溷沉湘以南征兮，就重華而敶詞。』　(兒曹三句)揚雄甘泉賦：『翠玉樹之青蔥兮，璧馬犀之璘㻞。』左思三都賦序：『然相如賦上林而引盧橘夏熟，揚雄賦甘泉而陳玉樹青葱，假稱珍怪，以爲潤色，考之果木則生非其壤，校之神物則出非其所。於辭則易爲藻飾，於義則虛而無徵。』又進雕賦表：『臣之述作，雖不足以鼓吹六經，先鳴諸子，至於杜甫奉贈韋左丞詩：『賦料揚雄敵，詩看子建親。』文進雕賦表：『臣之述作，雖不足以鼓吹六經，先鳴諸子，至於

沉鬱頓挫，隨時敏捷，而揚雄枚皋之流，庶可跂及也。』〔風引二句〕史記封禪書：『自威、宣、燕昭使人入海求

蓬萊、方丈、瀛洲，此三神山者，其傳在勃海中，去人不遠。患且至則船風引而去。蓋嘗有至者，諸仙人及不死

之藥皆在焉。其物禽獸盡白而黃金銀爲宮闕，未至，望之如雲，及到，三神山反居水下，臨之，風輒引去，終莫

能至云。』〔蒼官二句〕指松檜。樊宗師絳守居園池記：『蒼官青士，權列與槐朋友。』王安石詩：『歲晚蒼官纔

自保。』蘇軾遊蔣山詩：『夾路蒼髯古，迎人翠麓偏。』又：『山中只有蒼冉叟，數里蕭蕭管迎送。』

【附錄】黃機和徐斯遠韻（見竹齋詩餘）

乳燕飛　次徐斯遠韻寄稼軒

興澄元同宇，喚君來，浮君大白，爲君起舞。滿斑斑功名酒淚，百歲風吹急雨。愁與恨，憑誰分付？醉裏狂歌

空漫觸，且休歌，只倩琵琶訴。人不語，紞自語。　詩成更將君自賦。渺樓頭煙迷碧草，雲連方樹。草樹那能

知人意，恨望關河夢阻。有心事，賤天天許。纔帽輕裘真男子，政何須紙上今古。未辦得，賦歸去。

【編年】慶元二年。——劉宰漫塘文集送洪季揚（揚祖）教授橫川序云：『紹熙庚戌余與嚴陵洪叔誼兄弟同登進

士第，慶元乙卯又與叔誼同校文上饒。』其回艾節幹慶長啟又云：『徐斯遠尚友好學，安貧守道，不愧古人。頃歲

校文上饒，惟以親得此人爲喜。』據此則徐斯遠之初領鄉薦蓋在慶元元年，次年之禮部省試勢須參與。此詞疑

即二年徐氏落第後相與酬答之作。　慶元二年之後稼軒移居瓢泉新第，與詞中『誰載酒帶湖去』一語不相應矣。

浣溪沙　瓢泉偶作

新葺茆簷次第成，青山恰對小窗橫。　去年曾共燕經營。　病怯杯盤甘止酒，老依香火苦翻經。　夜來依舊管絃聲。

【校】〔題〕四卷本丙集無。　〔病怯〕廣信書院本作『病却』，茲從四卷本。

【編年】慶元二年（一一九六）。——再到期思卜築，事在紹熙五年自閩歸來之後，其起始修造當在慶元元年春季，詩集答趙昌甫問訊新居之作有『草堂經始上元初』句可證。此詞既有『去年曾共燕經營』句，則必作於慶元二年。

水調歌頭　將遷新居不成，有感，戲作。　時以病止酒，且遣去歌者，末章及之。

我亦卜居者，歲晚望三閭。　昂昂千里，泛泛不作水中鳧。　好在書攜一束，莫問家徒四壁，往日置錐無。　借車載家具，家具少於車。　舞烏有，歌亡是，飲子虛。　二三子者愛我，此外故人疏。　幽事欲論誰共，白鶴飛來似可，忽去復何如？　眾鳥欣有託，吾亦愛吾廬。

【校】〔題〕廣信書院本無『有感』二字，茲據四卷本丙集

【箋注】〔我亦二句〕王逸楚辭章句：『屈原與楚同姓，仕於懷王，爲三閭大夫。』又，『卜居者屈原之所作也。卜已居世，何所宜行，故曰卜居也。』　〔昂昂二句〕楚辭卜居：『寧昂昂若千里之駒乎？將氾氾若水中之鳧，與波上下，偷以全吾軀乎？』　〔書攜一束〕韓愈示兒詩：『始我來京師，止攜一束書。』　〔家徒四壁〕史記司馬相如

傳：『文君夜亡奔相如，相如乃與馳歸，家居徒四壁立。』 〔往日句〕傳燈錄：『去年貧無卓錐之地，今年貧到錐

也無。』 〔借車二句〕孟郊遷居詩句。 〔舞烏有三句〕司馬相如子虛賦：『楚使子虛使於齊，王悉發車騎與使

者出畋，畋罷，子虛過奼烏有先生，亡是公在焉。』 〔眾烏二句〕陶淵明讀山海經詩句。

【編年】慶元二年（一一九六）夏。——稼軒於鉛山縣期思渡所營新居，經始於紹熙五年，落成於慶元元年，就

前後各詞均可證明。據節次推考，其移居鉛山當在慶元二年秋冬之際。此云『將遷新居不成』，又有『眾烏欣

有託』等句，知其當作於二年夏也。

沁園春　將止酒，戒酒杯使勿近。

杯汝來前，老子今朝，點檢形骸。甚長年抱渴，咽如焦釜；於今喜睡，氣似奔雷。汝說

『劉伶，古今達者，醉後何妨死便埋。』渾如此，歎汝於知己，眞少恩哉！ 更憑歌舞為

媒。算合作、人間鴆毒猜。況怨無小大，生於所愛；物無美惡，過則為災。與汝成言：『勿

留亟退，吾力猶能肆汝杯。』杯再拜，道『麾之即去，招亦須來。』

【校】〔題〕花菴詞選無『使勿近』三字。 〔來前〕四卷本丙集及花菴詞選並同，王詔校刊本及四印齋本並作

『前來』。 〔抱渴〕花菴詞選作『抱病』。 〔喜睡〕廣信書院本作『喜眩』，茲從四卷本。 〔如此〕廣信書院本作

『如許』，茲從四卷本及花菴詞選。 〔人間〕四卷本及花菴詞選並作『平居』。 〔怨〕花菴詞選作『愁』。

〔小大〕四卷本作『大小』。　〔亦須〕四卷本作『則須』，花菴作『即須』。

【箋注】　〔抱渇〕世說新語任誕篇：『劉伶病酒，渇甚，從婦求酒。』　〔汝說三句〕世說新語文學篇注引名士傳：

〔劉〕伶字伯倫，沛郡人。肆意放蕩，以宇宙為狹。常乘鹿車，攜一壺酒，使人荷鍤隨之，云：「死便掘地以埋。」

土木形骸，遨遊一世。』　〔渾如此〕『渾』作『竟』或『直』解。　〔更憑二句〕離騷：『吾令鴆為媒兮，鴆告余以不

好。』後漢書霍諝傳：『觸冒死禍，以解細微，譬猶療飢於附子，止渇於酖毒。未入腸胃，已絕咽喉，豈可為哉。』

〔成言〕左傳襄二十七年：『壬戌，楚公子黑肱先至，成言於晉。丁卯，宋向戌如陳，從子木成言於楚。』　〔吾力

句〕論語：『公伯寮愬子路於季孫，子服景伯以告，曰：「夫子固有惑志於公伯寮，吾力猶能肆諸市朝。」』　〔麾之

二句〕漢書汲黯傳：『使黯任職居官，亡以瘉人；』然至其輔少主，守城深堅，招之不來，麾之不去，雖自謂賁育弗

能奪也。』

又
　　城中諸公載酒入山，余不得以止酒為解，遂破戒一醉，再用韻。

杯汝知乎：酒泉罷侯，鴟夷乞骸。更高陽入謁，都稱蠆臼；杜康初筮，正得雲雷。細數從
前，不堪餘恨，歲月都將麴蘗埋。君詩好，似提壺却勸，沽酒何哉。　君言病豈無媒，似
壁上、雕弓蛇暗猜。記醉眠陶令，終全至樂；獨醒屈子，未免沉菑。欲聽公言，慙非勇
者，司馬家兒解覆杯。還堪笑，借今宵一醉，為故人來。　　用邠原事。

【校】〔餘恨〕四卷本丙集作『余恨』。 〔注〕結句下原注,四卷本丙集無。

【箋注】〔酒泉句〕漢書地理志:『酒泉郡,武帝太初元年開。』注云:『城下有金泉,味如酒。』杜甫飲中八仙歌『知章乘馬似乘船,眼花落井水底眠。汝陽三斗始朝天。道逢麴車口流涎,恨不移封向酒泉。』按:此處云云。 〔高陽二句〕史記酈生傳:『酈生食其者,陳留高陽人也。沛公至高陽傳舍,酈生踵軍門上謁曰:「沛公敬謝先生,方以天下為事,未暇見儒人也。」酈生瞋目按劍叱使者曰:「走復入言沛公:吾高陽酒徒也,非儒人也。」』 〔釃白〕見卷三賀新郎(碧海桑成野閱)箋注。按:高陽寓酒徒,釃白寅辭字。 〔杜康二句〕杜康,古代善釀酒者。易蒙卦:『初筮告,再三瀆,瀆則不告。』又屯卦:『雲雷屯,君子以經綸。』按:二句云云,意謂杜康筮仕得雲雷,必當出而經綸世務,今後亦不得再從事於釀造之業也。 〔似壁上句〕見卷二水調歌頭(寄我五雲字闋)箋注。 〔醉眠四句〕沈湎指屈原投沒汨羅江而言。餘均屢見。 〔司馬句〕世說新語規箴篇注引鄧粲晉紀:『上(晉元帝司馬睿)身服儉約,以先時務。性素好酒,將渡江,王導深以諫,帝乃令左右進觴,飲而覆之,自是遂不復飲。克己復禮,官修其方,而中興之業隆焉。』 〔今宵二句〕三國志注引邴原別傳:『原舊能飲酒,後八九年間酒不向口。卑步負笈,苦身持力。臨別,師友以原不飲酒,會米肉送原,原曰:「本能飲酒,以荒思廢業,故斷之耳。今當遠別,因見貺餞,可一飲燕。」於是共坐飲酒,終日不醉。』

【編年】 慶元二年(一一九六)。—— 右同韻沁園春二首,均止酒之初所作。

添字浣溪沙　簡傅巖叟

總把平生入醉鄉，大都三萬六千場。今古悠悠多少事，莫思量。無尋處野花香。年去年來還又笑…燕飛忙。微有寒些春雨好，更

【校】〔題〕四卷本丙集無。〔寒些〕四卷本同，王詔校刊本及四印齋本俱作『些寒』。

【箋注】（三萬六千場）李白襄陽歌：『百年三萬六千日，一日須傾三百杯。』

又　用前韻謝傅巖叟餽名花鮮蕈

楊柳溫柔是故鄉，紛紛蜂蝶去年場。大率一春風雨事，最難量。滿把攜來紅粉面，堆盤更覺紫芝香。幸自麴生閒去了，又教忙。纔止酒。

【箋注】（麴生）開天傳信記：『道士葉法善精於符籙之術。嘗有朝客數十人詣之，解帶淹留，滿座思酒。忽有人叩門，云麴秀才，……傲睨直入。年二十餘，肥白可觀。笑揖諸公，居末席，伉聲談論，援引古人。法善密以小劍擊之，隨手喪元，墜於階下，化爲瓶榼。一座驚懼。遽視其所，乃盈瓶醞醞也。成大笑。飲之，其味甚佳。坐客醉而揖其瓶曰：「麴生風味不可忘也。」』

【編年】慶元二年（一一九六）。——右添字浣溪沙二首，用同韻，必作於同時。據後闋自注，知亦止酒期內之作。

臨江仙 侍者阿錢將行，賦錢字以贈之。

一自酒情詩興嬾，舞裙歌扇闌珊。好天良夜月團團。杜陵眞好事，留得一錢看。　歲晚人欺程不識，怎教阿堵留連。楊花楡莢雪漫天。從今花影下，只看綠苔圓。

【箋注】〔阿錢〕書史會要卷六：『田田、錢錢，辛棄疾二妾也。皆因其姓而名之。皆善筆札，常代棄疾答尺牘。』阿錢當卽錢錢也。　〔舞裙句〕蘇軾答陳逃古二首：『聞道使君歸去後，舞衫歌扇總成塵。』　〔杜陵二句〕杜甫空囊詩：『囊空恐羞澀，留得一錢看。』　〔歲晚句〕史記灌夫傳：『飲酒酣，武安起爲壽，坐皆避席伏。已，魏其侯爲壽獨故人避席耳，餘半膝席，灌夫不悅。行酒次至臨汝侯，臨汝侯方與程不識耳語，又不避席，夫無所發怒，乃罵臨汝侯曰：「生平毀程不識不値一錢，今日長者爲壽，乃效女兒呫囁耳語！」』　〔阿堵〕世說新語規箴篇：『王夷甫雅尙玄遠，常嫉其婦貪濁，口未嘗言錢字。婦欲試之，令婢以錢繞床不得行，夷甫晨起，見錢閡行，呼婢曰：「舉却阿堵物。」』　〔楊花句〕韓愈晚春詩：『楊花楡莢無才思，惟解漫天作雪飛。』楡莢亦稱楡錢。又，秦有楡莢錢，見漢書食貨志。　〔綠苔句〕古今註草木篇：『空室無人行則生苔蘚，或紫或靑，名曰圓蘚，又曰綠蘚，亦曰綠錢。』

又

諸葛元亮席上見和，再用韻。

夜語南堂新瓦響，三更急雨珊珊。交情莫作碎沙圝。死生貧富際，試向此中看。　記取
他年耆舊傳，與君名字牽連。清風一枕晚涼天。覺來還自笑，此夢倩誰圓？

【校】〔題〕四卷本丁集無『諸葛』二字。　〔碎沙〕四卷本作『細沙』。

【箋注】〔諸葛元亮〕未詳。　〔夜語二句〕蘇軾南堂詩：『他時夜雨困移床，坐厭愁聲點客腸。一聽南堂新瓦響，似聞東塢小荷香。』　〔交情三句〕漢書鄭當時傳：『下邽翟公爲廷尉，賓客亦填門，及廢，門外可設雀羅。後復爲廷尉，客欲往，翟公大署其門曰：「一死一生，迺知交情。一貧一富，迺知交態。一貴一賤，交情迺見。」』蘇軾〔看舊傳〕晉習鑿齒撰襄陽耆舊記，亦名襄陽耆傳。諸葛亮少時家于襄陽之鄧縣，在襄陽城西二十里。耆舊傳中記諸葛亮生平事跡。　稼軒此句語意，蓋謂諸葛元亮再答喬太博段屯田詩：『親友如摶沙，放手還復散。』事跡亦將繼孔明之後而見載于史傳中也。　〔此夢句〕正字通謂占夢以決吉凶曰圓夢。

又　再用圓字韻

窄樣金杯較換了，房櫳試聽珊珊。莫教秋扇雪團團。古今悲笑事，長付後人看。　記取
桔橰春雨後，短畦菊艾相連。拙於人處巧於天。君看流地水，難得正方圓。

【校】〔流墁水〕王詔校刊本及四印齋本俱作『流水地』。四卷本無此首。

【箋注】〔窄樣二句〕白居易新栽竹詩：『君籠煙幕幕，珠瀝雨珊珊。』詞語云云，謂已改變舊來之把杯生涯，新來

只坐小窗聞聽雨聲矣。〔君看二句〕世說新語文學篇:「殷中軍問:「自然無心於稟受,何以正善人少,惡人多?」諸人莫有言者。劉尹答曰:「譬如寫水著地,正自縱橫流漫,略無正方圓者。」一時絕歎,以爲名通。」

【編年】慶元二年(一一九六)。——右臨江仙三首,據第一首及第三首起語,知作於止酒期內。止酒始於慶元二年,但二年春『瓢泉偶作』之浣溪沙,猶有『夜來依舊管絃聲』句,則遣去阿錢事當在稍後。三首用同韻,其作成之先後必不甚相遠也。

鷓鴣天

一夜清霜變鬢絲,怕愁剛把酒禁持。玉人今夜相思不?想見頻將翠枕移。 真箇恨,未多時。也應香雪減些兒。菱花照面須頻記:曾道偏宜淺畫眉。

【箋注】〔一夜句〕秦觀春日詩:『一夕輕雷落萬絲。』〔也應句〕蘇軾三部樂詞:『問爲誰減動,一分香雪?』〔淺畫眉〕見卷一鷓鴣天(樽俎風流有幾人閣)箋注。

【編年】慶元二年(一一九六)。——右詞亦止酒期內之作。據全詞語意,知是作於遣去阿錢之後,因附次於此。

謁金門

歸去未,風雨送春行李。一枕離愁頭徹尾,如何消遣是! 遙想歸舟天際,綠鬢瓏璁慵

理。好夢未成驚喚起，粉香猶有殘。

【箋注】〔歸舟句〕謝朓之宣城出新林浦向板橋詩：『天際識歸舟，雲中辨江樹。』

醜奴兒

尋常中酒扶頭後，歌舞支持。歌舞支持，誰把新詞喚住伊。臨歧也有旁人笑，笑已爭知，笑已爭知：明月樓空燕子飛。

【編年】右二詞俱不見四卷本，作年亦無可考。玩語意，疑亦阿錢去後惜別之作。

臨江仙 和葉仲洽賦羊桃

商山餘四老，橘中自釀秋醅。試呼名品細推排。重重香肺腑，偏殢聖賢杯。憶醉三山芳樹下，幾曾風韻忘懷。黃金顏色五花開。味如盧橘熟，貴似荔枝來。聞道

【校】〔肺腑〕四卷本丁集作『腑臟』。

【箋注】〔葉仲洽〕名籍事歷均未詳。陳克齋集有『和葉仲洽喜雨』詩，與此詞語意相參詳，知其亦為信州人。

〔羊桃〕范成大桂海虞衡志果門：『五棱子，形甚詭異，瓣五出，如田家碌碡狀。味酸，永嚼微甜。閩中謂之羊桃。』游宦紀聞：『閩中嘉果，荔枝、龍眼、橄欖之外，又有……菩提果、羊桃，皆他處所無。』竹窗雜錄：『三山羊

又

冷雁寒雲渠有恨，春風自滿余懷。更教無日不花開。未須愁菊盡，相次有梅來。　多病

近來渾止酒，小槽空壓新醅。青山却自要安排。不須連日醉，且進兩三杯。

【編年】　慶元中。

　　　——右同韻臨江仙二首，均止酒期內之作。

【箋注】　〔更教句〕西清詩話：『歐公守滁陽，築醒心、醉翁兩亭於琅邪幽谷，且命幕客謝某者雜植花卉其間。謝以狀問名品，公卽書紙尾云：「淺深紅白宜相間，先後仍須次第栽。我欲四時攜酒去，莫敎一日不花開。」其清放如此。』　〔小槽句〕羅隱詩：『夜槽壓酒銀船滿。』李賀詩：『小槽酒滴眞珠紅。』

鷓鴣天　寄葉仲洽

是處移花是處開，古今與廢幾池臺。背人翠羽偷魚去，抱藥黃鬚趁蝶來。　掀老甕，撥

新醅，客來且進兩三杯。日高盤饌供何晚？市遠魚鮭買未回。

桃，七八月熟，味酸而有韻。』　〔荔枝來〕杜牧過華淸宮絕句：『一騎紅塵妃子笑，無人知是荔支來。』〔商山四老〕參後踏莎行（吾道悠悠閒）箋注。　〔推排〕考較、評定之意。　〔聖賢杯〕魏志徐邈傳：『鮮于輔曰：「醉客謂酒清者爲聖人，濁者爲賢人。」』

三二〇

【箋注】（是處句）『是處』爲到處或處處之意。　（黃鬚）謂黃蜂。　（掀老甕二句）白居易醉吟先生傳：『吟罷

自哂，揭甕撥醅，又飲數杯，兀然而醉。』

【編年】　慶元中。　——右詞與前闋臨江仙均與葉氏相唱和，或爲同時所作，因附編於此。

臨江仙

昨日得家報，牡丹漸開，連日少雨多晴，常年未有。僕留龍安蕭寺，諸君亦不果來，豈牡丹留不住

爲可恨耶。因取來韻爲牡丹下一轉語。

祇恐牡丹留不住，與春約束分明；未開微雨半開晴。耍花開定準，又更與花盟。　魏紫

朝來將進酒，玉盤盂樣先呈。輕紅似向舞腰橫。風流人不見，錦繡夜間行。

【箋注】（龍安）當爲市鎮名。未詳所在。　（魏紫）牡丹之一種，亦稱魏紅。　歐陽修洛陽牡丹記：『魏家花者，

千葉，肉紅花，出魏相（仁溥家）。』又歐陽修詩：『伊川洛浦尋芳遍，魏紫姚黃照眼明。』（玉盤盂）蘇軾玉盤盂詩二

首，有序云：『東武舊俗，每歲四月大會於南禪資福兩寺，以芍藥供佛。而今歲最盛，凡七千餘朵，皆重跗累萼，

繁麗豐碩。中有白花，正圓如覆盂，其下十餘葉稍大，承之如盤，姿格絕異，獨出於七千朵之上。云得之於城

北蘇氏園中——周宰相（莒公之別業也。）而其名俚甚，乃爲易之。』詩中有一聯云：『兩寺粧成寶瑶珞，一枝爭

看玉盤盂。』按蘇氏爲白芍藥取名爲玉盤盂，稼軒此詞則係用以指白色牡丹。　（輕紅）牡丹之一種。洛陽牡

丹記：『輕紅者，單葉，深紅花，出青州，亦曰青州紅。……其色類腰帶輕，故謂之輕紅。』（錦繡句）見卷二水龍

吟〈玉皇殿閣微涼圈〉箋注。

玉樓春 戲賦雲山

何人半夜推山去？四面浮雲猜是汝。常時相對兩三峯，走遍溪頭無覓處。 西風瞥起雲橫度，忽見東南天一柱。 老僧拍手笑相夸，且喜青山依舊住。

【箋注】〔何人句〕黃庭堅次韻東坡壺中九華詩：『有人夜半持山去，頓覺浮嵐暖翠空。』

又 用韻答傅巖叟、葉仲洽、趙國興。

青山不解乘雲去，怕有愚公驚着汝。 人間踏地出租錢，借使移將無着處。 三星昨夜光移度，妙語來題橋上柱。 黃花不插滿頭歸，定倩白雲遮且住。

【校】〔題〕四卷本丁集作『用韻答仲洽、國興、巖叟』。 〔不解〕四卷本作『不會』。

【箋注】〔趙國興〕當是趙晉臣、茂嘉諸人子姪，事歷未詳。 〔愚公〕列子湯問篇：『太行、王屋二山，方七百里，高萬仞，本在冀州之南，河陽之北。 北山愚公者，年且九十，面山而居，懲出入之迂也，聚室而謀曰：「吾與汝畢力平險，指通豫南，達於漢陰，可乎？」雜然相許。 遂率子孫叩石墾壤。 ……河曲智叟笑而止之，……愚公長息曰：「……雖我之死，有子存焉；子又生孫，孫又生子；子子孫孫，無窮匱也；而山不加增，何苦而不平。」操蛇

之神閟之，懼其不已也，告之於帝，帝感其誠，命夸娥氏二子負二山，一厝朔東，一厝雍南。自此，冀之南，漢之陰無隴斷焉。』〔人間句〕新唐書食貨志：『武宗卽位，鹽鐵轉運使崔珙又增江淮茶稅。是時茶商所過州縣有重稅，或掠奪舟車，露積雨中，諸道置邸以抽稅，謂之塌地錢。故私販益起。』蘇軾魚蠻子詩：『人間行路難，踏地出賦租。』〔三星句〕詩唐風綢繆：『三星在戶。』按：此處指題中三客言。〔黃花句〕杜牧九月齊山登高詩：『人世難逢開口笑，菊花須插滿頭歸。』

又

無心雲自來還去，元共青山相爾汝。靄時迎雨障崔嵬，雨過却尋歸路處。　侵天翠竹何曾度，遙見屹然星砥柱。今朝不管亂雲深，來伴仙翁山下住。

【筆注】〔爾汝〕杜甫醉時歌：『忘形到爾汝，痛飲真吾師。』

又

瘦筇倦作登高去，却怕黃花相爾汝。嶺頭拭目望龍安，更在雲煙遮斷處。　思量落帽人風度，休說當年功紀柱。謝公直是愛東山，畢竟東山留不住。

【筆注】〔龍安〕臨江仙（祇恐牡丹留不住關）題中有『僕留龍安蕭寺』句，此處當亦指該地言，唯未詳其果在何

處耳。　〔落帽人〕見卷一〈沁園春〉(佇立瀟湘閣)箋注。　〔謝公二句〕見卷一〈念奴嬌〉(我來弔古閣)及卷三〈水調

歌頭〉(說與西湖客閣)箋注。

水調歌頭　席上爲葉仲洽賦

高馬勿捶面，千里事難量。長魚變化雲雨，無使寸鱗傷。一壑一丘吾事，一斗一石皆醉，

風月幾千場。鬚作蝟毛磔，筆作劍鋒長。　我憐君，癡絕似，顧長康。綸巾羽扇顛倒，又

似竹林狂。解道澄江如練，準備停雲堂上，千首買秋光。怨調爲誰賦，一斛貯檳榔。

【校】〔澄江〕廣信書院本作『長江』，茲從四卷本丁集。

【箋注】〔高馬四句〕杜甫三韻三篇，其二云：『高馬勿捶面，長魚無損鱗。辱馬馬毛焦，困魚魚有神。君看磊落

士，不肯易其身。』　〔一壑一丘〕見本卷〈蘭陵王〉(一丘一壑閣)箋注。　〔一斗一石〕史記淳于髡傳：『威王置酒後

宮，召髡，賜之酒，問曰：「先生能飲幾何而醉？」對曰：「臣飲一斗亦醉，一石亦醉。」……』　〔鬚作句〕晉書桓溫

傳：『溫豪爽有風概，姿貌甚偉。劉惔嘗稱之曰：「溫眼如紫石稜，鬚作蝟毛磔，孫仲謀、晉宣王之流亞也。」』

〔癡絕二句〕見卷二〈水調歌頭〉(萬事到白髮閣)箋注。　〔綸巾二句〕世說新語任誕篇：『陳留阮籍、譙國嵇康、河

內山濤，三人年皆相比，康年少亞之。預此契者：沛國劉伶、陳留阮咸、河內向秀、琅邪王戎。七人常集於竹林

之下，肆意酣暢，故世謂竹林七賢。』餘參卷四〈南歌子〉(散髮披襟處閣)箋注。　〔解道句〕謝朓晚登三山還望京

詩：『餘霞散成綺，澄江淨如練。』李白金陵城西樓月下吟：『解道澄江淨如練，令人長憶謝玄暉。』〔一斛句〕南

史劉穆之傳：『穆之少時家貧，誕節嗜酒食，不修拘檢。好往妻兄家乞食，多見辱，不以為恥。其妻江嗣女甚

明識，每禁不令往。江氏後有慶會，屬令勿來，穆之猶往。食畢，求檳榔，江氏兄弟戲之曰：「檳榔消食，君乃常

飢，何忽須此？」妻復截髮市肴饌為其兄弟以飼穆之，自此不對穆之梳沐。及穆之為丹陽尹，將召妻兄弟，妻

泣而稽顙以致謝，穆之曰：「本不匿怨，無所致憂。」及至，醉，穆之乃令廚人以金柈貯檳榔一斛以進之。』

【編年】右玉樓春四首，水調歌頭一首，作年均無可考，姑附於與傅巖叟、葉仲洽諸人唱和各詞之後。

踏莎行　和趙國興知錄韻

吾道悠悠，憂心悄悄，最無聊處秋光到。西風林外有啼鴉，斜陽山下多衰草。　長憶商
山，當年四老，塵埃也走咸陽道。為誰書到便幡然，至今此意無人曉。

【箋注】〔吾道句〕杜甫發秦州詩：『大哉乾坤內，吾道長悠悠。』〔憂心句〕詩邶風柏舟：『憂心悄悄，慍於

群小。』〔商山三句〕史記留侯世家：『上欲廢太子，立戚夫人子趙王如意，呂后恐，使建成侯呂澤劫留侯曰：「君

常為上謀臣，今上欲易太子，君安得高枕而臥乎？」留侯曰：「此難以口舌爭也。顧上有不能致者，天下有四

人，四人者年老矣，皆以上慢侮人，故逃匿山中，義不為漢臣。令太子為書，卑辭安車，因使辯士固請，宜

來；」則一助也。」於是呂后令呂澤使人奉太子書，卑辭厚禮，迎此四人從太子，年皆八十有餘，鬚眉皓白，衣冠

甚偉。上怪之，問曰：「彼何爲者？」四人前對，各言姓名，曰：「東園公、甪里先生、綺里季、夏黃公。」上乃大

驚。』孟子：『既而幡然改曰。』

念奴嬌　和趙國興知錄韻

爲沽美酒，過溪來、誰道幽人難致。更覺元龍樓百尺，湖海平生豪氣。自歎年來，看花索句，老不如人意。東風歸路，一川松竹如醉。　怎得身似莊周，夢中蝴蝶，花底人間世。記取江頭三月暮，風雨不爲春計。萬斛愁來，金貂頭上，不抵銀餅貴。無多笑我，此篇聊當賓戲。

【校】〔題〕四卷本丙集作『和趙錄國興韻』。

【箋注】〔元龍二句〕見卷一水龍吟〔楚天千里清秋闋〕箋注。　〔莊周三句〕莊子齊物論：『昔者莊周夢爲胡蝶，栩栩然胡蝶也。』人間世，莊子篇名。　〔金貂二句〕晉書阮孚傳：『孚遷黃門侍郎散騎常侍，常以金貂換酒，復爲所司彈劾，帝宥之。』　〔無多笑我〕漢書蓋寬饒傳：『無多酌我，我乃酒狂。』　〔賓戲〕班固答賓戲序云：『永平中爲郎，典校秘書，專篤志於儒學，以著述爲業。或戲以無功，又感東方朔、揚雄自喻以不遭蘇、張、范、蔡之時，曾不折之以正道，明君子之所守，故聊復應焉。』

【編年】右詞二首，作年均無可考，以趙國興已見玉樓春題中，姑附於其後。

行李溪頭，有釣車茶具，曲几團蒲。兒童認得，前度過者籃輿。時時照影，甚此身、徧滿江湖。悵野老，行歌不住，定堪與語難呼。

一自東籬搖落，問淵明歲晚，心賞何如？梅花政自不惡，曾有詩無？知翁止酒，待重教、蓮社人沽。空悵望、風流已矣，江山特地愁余。

【箋注】

〔悵野老三句〕列子天瑞：「林類年且百歲，底春被裘，拾遺穗於故畦，並歌並進。孔子適衛，望之於野，顧謂弟子曰：『彼叟可與言者，試往訊之。』子貢請行，逆之隴端，面之而歎曰：『先生曾不悔乎，而行歌拾穗。』林類行不留，歌不輟。」

〔知翁二句〕陶淵明有止酒詩。　蓮社高賢傳：「時遠法師與諸賢結蓮社，以書招淵明，淵明明日：『若許飲則往。』許之，遂造焉。」

驀山溪 趙昌父賦一丘一壑，格律高古，因效其體。

飯蔬飲水，客莫嘲吾拙。高處看浮雲，一丘壑、中間甚樂。功名妙手，壯也不如人；今老矣，尚何堪？堪釣前溪月。

病來止酒，辜負鸕鶿杓。歲晚念平生，待都與、鄰翁細說。深雪裏，一枝開，春事梅先覺。人間萬事，先覺者賢乎？

【箋注】〔趙昌父〕漫塘文集三十二，章泉趙先生墓表：「先生姓趙氏，諱蕃，字昌父，居信之玉山。曾祖暘，歿葬

玉山之章泉，先生因家焉，故世號章泉先生。為吉之太和簿，辰之司理參軍，最後監衡之安仁贍軍酒庫，已至

未上而歸，遂奉祠家居。積祠庭之考至三十有三。……自少喜作詩，答書亦或以詩代。授筆立成，不經意，而

平淡有趣，讀者以為有陶靖節之風。歲時賓友聚會，尊酒從容，浩歌長吟，心融意適，見者又以為有浴沂詠歸

氣象。』〔飯蔬至甚樂〕論語：『子曰：飯疏食飲水，曲肱而枕之，樂亦在其中矣。不義而富且貴，於我如浮雲。』

〔壯也二句〕左傳僖公三十年。『使燭之武見秦君，……辭曰：「臣之壯也猶不如人，今老矣，無能為也已。」』

〔鸕鷀杓〕酒具。李白襄陽歌：『鸕鷀杓，鸚鵡杯，百年三萬六千日，一日須傾三百杯。』

鷓鴣天 和章泉趙昌父

萬事紛紛一笑中。淵明把菊對秋風。細看爽氣今猶在，惟有南山一似翁。　情味好，語

言工。三賢高會古來同。誰知止酒停雲老，獨立斜陽數過鴻。

【校】〔題〕四卷本丙集作『和昌父』。

【箋注】〔章泉〕戴復古石屏詩集卷二有詩題云：『玉山章泉，本章氏所居，趙昌甫遷居於此，章泉之名遂顯。』詩

云：『茲山自開闢，有此一泓泉。姓自章而立，名因趙以傳。源從番水出，地與瑞峯連。寄語山中友，臨流著數

椽。』〔一笑中〕蘇軾和邵同年戲贈賈收詩：『傾蓋相歡一笑中。』〔止酒停雲〕淵明有止酒詩、停雲詩。〔獨

立句〕蘇軾縱筆三首：『溪邊大路三岔口，獨立斜陽數過人。』

清平樂 呈趙昌甫。時僕以病止酒。昌甫日作詩數篇，末章及之。

雲煙草樹，山北山南雨。溪上行人相背去。惟有啼鴉一處。　門前萬斛春寒，梅花可噢摧殘？使我長忘酒易，要君不作詩難。

【校】【題】四卷本丁集『呈趙昌甫』作『呈昌父』。廣信書院本無『日』字、「章」字，茲均從四卷本補入。

【箋注】【可煞】即『可然』，猶言『可是』，疑問詞。

【編年】右詞四首，均有『止酒』字樣，因彙錄於止酒期所作各詞之後。

滿庭芳 和章泉趙昌父

西崦斜陽，東江流水，物華不爲人留。錚然一葉，天下已知秋。屈指人間得意，問誰是、騎鶴揚州？君知我，從來雅興，未老已滄洲。　無窮身外事，百年能幾，一醉都休。恨兒曹抵死，謂我心憂。況有溪山杖屨，阮籍輩、須我來游。還堪笑，機心早覺，海上有驚鷗。

【校】【題】四卷本丙集作『和昌父』。　【錚然】廣信書院本作『崢然』，茲從四卷本。　【雅興】四卷本作『雅意』。

【箋注】【錚然二句】淮南子：『一葉落而天下已知秋。』　【騎鶴揚州】見卷二滿江紅（天上飛瓊闕）箋注。　【滄洲】猶言江湖，喻高士隱居遁跡之地也。南史袁粲傳：『粲負才尙氣，愛好虛遠，嘗作五言詩，曾『訪跡雖中宇，

循跡乃滄洲。』蓋其志也。』 〔無窮二句〕杜甫絕句漫興九首：『莫思身外無窮事，且盡生前有限杯。』〔抵死〕

『總是』『老是』之意。 〔謂我句〕詩王風黍離：『彼黍離離，彼稷之苗。行邁靡靡，中心搖搖。知我者謂我心憂，

不知我者謂我何求。』 〔阮籍輩句〕見本卷水調歌頭（高馬勿捶面闊）箋注。 〔機心二句〕見卷一水調歌頭（造

物故豪縱闊）箋注。

滿江紅 喬趙茂嘉郎中。前章記兼濟倉事。

我對君侯，怪長見兩眉陰德。還夢見玉皇金闕，姓名仙籍。舊歲炊煙渾欲斷，被公扶起

千人活。算胸中、除却五車書，都無物。 山左右，溪南北。花遠近，雲朝夕。看風流杖

履，蒼髯如戟。種柳已成陶令宅，散花更滿維摩室。勸人間、且住五千年，如金石。

〔校〕〔題〕四卷本丁集作『呈茂中。前章記廣濟倉事。』 〔怪長〕四卷本作『長怪』。 〔還夢見〕四卷本作『更

長夢』。 〔山左右二句〕四卷本作『溪左右，山南北。』

〔箋注〕〔趙茂嘉〕徐元杰楳埜集卷十八，嘉遯趙公贊：『公名不遏，字茂嘉，自幼有聲，能文，登進士第。初為清

湘令，請以所增之秩封其母，孝廟褒而從之。居鄉無異韋布，不恃氣凌人，不屑意貨殖，訓子弟以禮法，勿撓寅

邑。 置兼濟倉。 冬糶夏糶，直損於糶時。 里閭德之，繪像勒石祠焉。 慶元間州狀其事於上，詔除直秘閣，以示

旌異。 繼陞華文閣。 年八十餘終於家。』嚴州圖經卷一知州題名：『趙不遏，紹熙四年二月初五日以朝奉大夫

權知，五年六月初七日除江西提刑。』　〔兼濟倉〕鉛山縣志卷八倉儲志：『兼濟倉在天王寺之左，直華文閣趙不

湯所立。初慕兼濟平糶之意，以穀賤時糶，至明年穀貴，損價以糶。淳熙十五年米始百斛，歲時增益至千

斛。意欲自少至多，自近及遠，不為立額。鄉人德之。慶元五年，狀其事於州：州以聞，詔除直秘閣，以慰父老

德之之心。』永樂大典卷七五一四倉字韻第三十四葉引廣信府永平志所載趙不湯兼濟倉文：『夫兼濟倉者，因

張乖崖垂瞽之言，慕黃兼濟平糶之意，肆為此舉，初無妄心。始謀粗用於餘糧，逐歲遞增於百斛。從微至著，

自邇及遐。庶窮民無艱食之憂，同此身有一飽之樂。大為編秩，永紀章程。高厚實鑑於本情，毫髮踰容於失

度。』　〔玉皇〕道家謂昊天或上帝均為玉皇，世人遂亦沿用之。　元稹〈以州宅夸樂天〉詩：『我是玉皇香案吏，謫居

猶得住蓬萊。』曹唐〈小遊仙〉詩：『外人欲壓長生籍，拜請飛瓊報玉皇。』　〔仙籍〕雲笈七籤：『呼吸太和，保守自

然，先榮其氣，氣為生源。所謂易益之道：益者益精也，易者易形也。能益能易，名上仙籍。』　〔千人活〕漢書

元帝后傳：『王賀字翁孺，……以奉使不稱免，歎曰：「吾聞活千人者有封子孫，吾所活者萬人，後世其興乎。」』　〔散花句〕

〔五車書〕見卷一〈水調歌頭〉（官事未易了闋）箋注。　　〔蒼鬢句〕見卷二〈滿江紅〉（湖海平生闋）箋注。

見本卷〈祝英臺近〉（水縱橫闋）箋注。

聲聲慢　　隱括淵明〈停雲〉詩

【編年】　慶元二、三年（一一九六或一一九七）。──稼軒居帶湖時期似無與趙氏酬唱之作，其相識疑在移居

瓢泉之後。題中稱趙為郎中，詞中亦未及其除直秘閣事，知此詞之作在慶元四、五年前，當為移居瓢泉之初也。

停雲靄靄，八表同昏，盡日時雨濛濛。搔首良朋，門前平陸成江。春醪湛湛獨撫，恨彌襟、

閑飲東窗。空延佇，恨舟車南北，欲往何從。 嘆息東園佳樹，列初榮枝葉，再競春風。

日月于征，安得促席從容。翩翩何處飛鳥，息庭柯、好語和同。當年事，問幾人、親友似翁。

【校】（翩翩）此從廣信書院本，餘本俱作『翾翾』。 （庭柯）四卷本內集作『庭樹』。

【箋注】（淵明停雲詩）停雲詩序云：『停雲，思親友也。』罇湛新醪，園列初榮，願言不從，歎息彌襟。』全詩云：

『靄靄停雲，濛濛時雨，八表同昏，平路阻伊。靜寄東軒，春醪獨撫。良朋悠邈，搔首延佇。停雲靄靄，時雨

濛濛。八表同昏，平陸成江。有酒有酒，閑飲東窗。願言懷人，舟車靡從。 東園之樹，枝條再榮。競用新

好，以招余情。人亦有言，日月于征。安得促席，說彼平生。 翩翩飛鳥，息我庭柯。斂翮閑止，好聲相和。

豈無他人，念子實多。願言不獲，抱恨如何。』

永遇樂‧檢校停雲新種杉松，戲作。 時欲作親舊報書，紙筆偶爲大風吹去，末章因及之。

投老空山，萬松手種，政爾堪嘆。 何日成陰，吾年有幾，似見兒孫晚。 古來池館，雲煙草

棘，長使後人悽斷。 想當年、良辰已恨：夜闌酒空人散。 停雲高處，誰知老子，萬事不

關心眼。 夢覺東窗，聊復爾耳，起欲題書簡。 雲時風怒，倒翻筆硯，天也只教吾懶。 又何

事、催詩雨急，片雲斗暗。

【校】〔題〕四卷本丙集無『因』字。〔懷斷〕王詔校刊本及四印齋本俱作『淒斷』。〔爾耳〕王詔校刊本及四印齋本俱作『爾爾』。〔雨急〕廣信書院本作『急雨』，茲從四卷本。

【箋注】〔投老〕即臨老或到老意。王羲之帖：「賓望投老有田里骨肉之歡。」王安石拜相日題詩壁間曰：『霜松雪竹鍾山寺，投老歸歟寄此生。」〔成陰至兒孫晚〕杜牧歎花詩：『狂風落盡深紅色，綠葉成陰子滿枝。』〔萬事句〕王維酬張少府詩：「晚年惟好靜，萬事不關心。」〔聊復句〕世說新語任誕篇：「阮仲容步兵居道南，諸阮居道北。北阮皆富，南阮貧。七月七日，北阮盛曬衣，皆紗羅錦綺；仲容以竿挂大布犢鼻褌於中庭，人或怪之，答曰：『未能免俗，聊復爾耳。』」〔催詩雨二句〕杜甫陪諸貴公子丈八溝攜妓納涼晚際遇雨詩：『片雲頭上黑，應是雨催詩。」

浣溪沙 種松竹未成

草木於人也作疏，秋來咫尺異榮枯。空山歲晚孰華予？孤竹君窮猶抱節，赤松子嫩已生鬢。主人相愛肯留無？

【校】〔異〕四卷本丙集作『共』。〔歲晚〕四卷本作『晚翠』。

【箋注】〔秋來句〕杜甫自京赴奉先縣詠懷：「朱門酒肉臭，路有凍死骨。榮枯咫尺異，惆恨難再述。」〔空山句〕九歌山鬼：『留靈脩兮憺忘歸，歲既晏兮孰華予？』〔孤竹君、赤松子〕謂竹與松。

臨江仙 停雲偶作

偶向停雲堂上坐，曉猿夜鶴驚猜。主人何事太塵埃？低頭還說向：『被召又還來。』 多

謝北山山下老，殷勤一語佳哉：『借君竹杖與芒鞋。』徑須從此去，深入白雲堆。

【校】〔還來〕此從廣信書院本。王詔校刊本、六十家詞本及四印齋本俱作『重來』。

【箋注】〔曉猿句〕見卷一《沁園春》(三徑初成關)箋注。

驀山溪 停雲竹徑初成

小橋流水，欲下前溪去。喚取故人來，伴先生、風煙杖屨。行穿窈窕，時歷小崎嶇。斜帶

水，半遮山，翠竹栽成路。 一尊遲想，剩有淵明趣。山上有停雲，看山下、濛濛細雨，

野花啼鳥，不肯入詩來，還一似，笑翁詩，自沒安排處。

【校】〔喚取〕廣信書院本作『喚起』，茲從四卷本丙集。 〔自沒〕四卷本作『句沒』。

【箋注】〔行穿二句〕陶淵明歸去來辭：『既窈窕以尋壑，亦崎嶇而經丘。』

【編年】右五詞作年難確考，玩題中語意，當是在移居瓢泉未久之時。姑編入慶元三四年內。

君聽取：尺布尙堪縫，斗粟也堪舂。人間朋友猶能合，古來兄弟不相容。隸華詩，悲二

叔，弔周公。　長歎息，養令原上急；重歎息，豆萁煎正泣；形則異、氣應同。　周家五世

將軍後，前岡千載義居風。看明朝，丹鳳詔，紫泥封。

【校】（題）四卷本丙集無『前岡』二字。　（前岡千載）四卷本作『前江千載』。

【箋注】〔周氏旅表〕韓元吉南澗甲乙稿卷十六，鉛山周氏義居記：『周氏世爲舒蘄人，繼遷金陵，避五季之亂，來家鵝峯之下，蓋三百年矣。有祠號將軍者，最其始祖也。……至處士欽若，字彥恭，有聲三舍間。……欲與其伯仲同居而不異籍，自以身在季，不得專，切切爲恨。逮其病亟，當紹興二十二年六月也，索紙書字二百餘以遺其四子，有曰：「吾平生敎汝讀書，固不專於利祿，……汝等盡孝以事母，當以義協居。……」越六日而逝。其配虞氏，賢而守義。……淳熙四年，其子曰藻、曰芸、曰苾、曰苐，稍長矣，虞乃以遺命陳於民部，祈給之牒。……而藻等孝友孜孜，克成其父母之志，餘三十年，後將弗墜，周氏其自此興乎。……周氏歲入不能二千斛，內外幾六百指，養其偏親，時其祭祀，給其嫁婚，皆有定式。歲又以十萬錢招延儒士，俾其幼稚學禮無缺。儉以足用，是可則云。』江西通志：『鉛山周欽若，字彥恭。……子四：藻、芸、苾、苐，守遺訓同居。至慶元，已三世矣。三年，州以狀聞，朝廷旌表其閭，長吏致禮，免本家差役。』　〔尺布至不相容〕史記淮南厲王傳：『淮南厲王長者，

高祖少子也。……孝文帝初卽位，淮南王自以爲最親，驕蹇數不奉法，……出入稱警蹕，稱制，自爲法令，擬於天子。……以輂車四十乘，反谷口，令人使閩越匈奴。事覺，治之，使使召淮南王。……乃不食死。……孝文十二年，民有作歌，歌淮南厲王曰：『一尺布，尚可縫；一斗粟，尚可舂。兄弟二人，不能相容。』　〔棣華至周公〕詩小雅常棣。『常棣之華，鄂不韡韡。凡今之人，莫如兄弟。』序云：『常棣，燕兄弟也。閔管、蔡之失道，故作常棣焉。』　〔春令句〕常棣詩：『春令在原，兄弟急難。每有良朋，況也永歎。』　〔豆其句〕世說新語文學篇：『文帝（曹丕）嘗令東阿王（植）七步中作詩，不成者行大法。應聲便爲詩曰：「煮豆持作羹，漉菽以爲汁。其在釜下然，豆在釜中泣。本自同根生，相煎何太急！」帝深有慚色。』

南鄉子　慶前岡周氏旌表

無處着春光，天上飛來詔十行。父老歡呼童稚舞，前岡，千載周家孝義鄉。　草木盡芳，更覺溪頭水也香。我道烏頭門側畔，諸郎，準備他年晝錦堂。

【校】　〔題〕四卷本丙集無『前岡』二字。　〔春光〕廣信書院本作『風光』，茲從四卷本。　〔前岡〕四卷本作『前江』。

【箋注】　〔晝錦堂〕宋韓琦有晝錦堂，歐陽修爲作記。　晝錦者謂富貴而歸故鄉，似衣錦晝行也。

【編年】慶元四年（一一九八）戊午。——江西通志謂『慶元三年州以狀聞，朝廷旌表其閭』。廣信府志則謂『慶元四年詔旌其閭。』或三年州以狀聞，四年春方有旌表事也。　因將右二詞俱編次於四年。

鷓鴣天 戊午拜復職奉祠之命

老退何曾說着官，今朝放罪上恩寬：便支香火眞祠俸，更綴文書舊殿班。 扶病脚，洗衰顏，快從老病借衣冠。 此身忘世渾容易，使世相忘却自難。

【編年】慶元四年（一一九八）。

【箋注】〔復職〕稼軒紹熙四年秋以集英殿修撰知福州，五年秋七月放罷，而集英殿修撰之貼職尚在。其年九月以御史中丞謝深甫論奏，降充秘閣修撰，慶元元年十月又以何澹論奏而落職。據詞中『更綴文書舊殿班』句，知此處所謂復職，當為復秘閣修撰。（參年譜有關各年紀事。）〔奉祠〕宋會要於慶元二年九月十九日有『朝散大夫主管建寧府武夷山冲佑觀辛棄疾罷宮觀』之紀事。稼軒集抄存引朱熹稼軒譜序亦云：『戊午，公復起，來主冲佑觀，益相親切。』知此處所謂奉祠，仍為原來之宮觀也。（參年譜有關各年紀事。）

木蘭花慢 題上饒郡圃翠微樓

舊時樓上客，愛把酒、對南山。笑白髮如今，天敎放浪，來往其間。登樓更誰念我，却回頭西北望層欄。 雲雨珠簾畫棟，笙歌霧鬢風鬟。 近來堪入畫圖看。父老願公歡。甚拄笏悠然，朝來爽氣，正爾相關。難忘使君後日，便一花一草報平安。 與客攜壺且醉，雁

飛秋影江寒。

【校】（對南山）四卷本丙集作『向南山』。　（風聲）吳訥唐宋名賢百家詞本作『雲聲』。汲古閣影抄四卷本原

作『風聲』，後用粉塗去『風』字，未補。

【箋注】（翠微樓）上饒縣志古蹟志：『翠微樓在縣治南，宋慶元間知州趙伯璹所建。』（雲雨句）王勃滕王閣

詩：『畫棟朝飛南浦雲，珠簾暮捲西山雨。』（甚挂笏二句）世說新語簡傲篇：『王子猷作桓車騎參軍，桓問王

曰：「卿在府久，比當相料理。」初不答，直高視，以手版拄頰云：「西山朝來，致有爽氣。」』（報平安）酉陽雜俎

續集十支植篇下：『竇子寺有竹一窠，纔長數尺。相傳其寺綱維每日報竹平安。』（與客二句）杜牧九日齊山

登山詩：『江涵秋影雁初飛，與客攜壺上翠微。』

【編年】　慶元中。——上饒縣志謂翠微樓爲信守趙伯璹所營建，而趙氏守信年月則無可考。以詞中『舊時』『如

今』等句推考之，翠微樓之初建，必在稼軒尚未移居之時，而此詞則作於稼軒業經移居之後也。

賀新郎　邑中園亭，僕皆爲賦此詞。一日，獨坐停雲，水聲山色，競來相娛，意溪山欲援例者，遂作數語，庶

幾彷彿淵明思親友之意云。

甚矣吾衰矣。悵平生、交游零落，只今餘幾！白髮空垂三千丈，一笑人間萬事。問何物、

能令公喜？我見青山多嫵媚，料青山、見我應如是。情與貌，略相似。　一尊搔首東窗

裏。想淵明、停雲詩就，此時風味。江左沉酣求名者，豈識濁醪妙理。回首叫、雲飛風起。不恨古人吾不見，恨古人、不見吾狂耳。知我者，二三子。

【箋注】

〔甚矣句〕論語：『子曰：「甚矣吾衰矣，久矣吾不復夢見周公。」』　〔白髮句〕李白秋浦歌：『白髮三千丈，緣愁似箇長。』　〔能令公喜〕見卷二蝶戀花(何物能令公怒喜闋)箋注。　〔我見句〕新唐書魏徵傳：『帝曰：「人言徵舉動疏慢，我但見其嫵媚耳。」』冷齋夜話：『東坡曰：「世間之物未有無對者。太宗曰：「我見魏徵常嫵媚」，則德宗乃曰：「人言盧杞是奸邪。」』　〔二尊二句〕參本卷聲聲慢(停雲靄靄闋)箋注。　〔江左二句〕蘇軾和陶淵明飲酒詩：『道喪士失己，出語輒不情。江左風流人，醉中亦求名。淵明獨清眞，談笑得此生。』杜甫晦日尋崔戢李封詩：『濁醪有妙理，庶用慰沉浮。』　〔雲飛句〕漢高帝大風歌：『大風起兮雲飛揚，威加海內兮歸故鄉，安得猛士兮守四方。』　〔不恨句〕南史張融傳：『融常歎云：「不恨我不見古人，所恨古人不見我。」』餘參卷六《永遇樂(千古江山闋)附錄岳珂桯史稼軒論詞條。

又　再用前韻

鳥倦飛還矣。笑淵明、餅中儲粟，有無能幾。蓮社高人留翁語，我醉寧論許事。試沾酒、重斟翁喜。一見蕭然音韻古，想東籬、醉臥參差是。千載下，竟誰似。　元龍百尺高樓裏，把新詩、慇懃問我，停雲情味。北夏門高從拉攞，何事須人料理。翁會道：『繁華朝

起。』塵土人言寧可用，顧青山、與我何如耳。歌且和，楚狂子。

【箋注】〔鳥倦句〕歸去來辭：『雲無心以出岫，鳥倦飛而知還。』〔笑淵明二句〕淵明歸去來辭序：『余家貧，耕

植不足以自給，幼稚盈室，缾無儲粟。』陶靖節集注引蘇東坡云：『予偶讀淵明歸去來辭，云：「幼稚盈室，缾無儲

粟」……使缾有儲粟，亦甚微矣。此翁平生只於缾中見粟也耶？』〔蓮社句〕見本卷漢宮春（行李溪頭闋）箋

注。〔元龍句〕見卷一水龍吟（楚天千里清秋闋）箋注。〔北夏句〕世說新語任誕篇：『任愷既失權勢，不復

自檢括，或謂和嶠曰：「卿何以坐視元裒敗而不救？」和曰：「元裒如北夏門，拉攞欲自壞，非一木所能支。」

〔須人料理〕見本卷木蘭花慢（舊時樓上客闋）箋注。　〔繁華句〕淵明榮木詩：『采采榮木，於茲托根。繁華朝

起，慨暮不存。』〔歌且和二句〕論語：『楚狂接輿歌而過孔子曰：「鳳兮鳳兮，何德之衰。往者不可諫，來者猶

可追。已而，已而，今之從政者殆而。」』

【編年】慶元中。——右用同韻賀新郎二首，當是同時作。前闋詞題中既謂『邑中園林』已『皆爲賦此詞』，應

非移居鉛山縣初年所作，因約略定其作年如右。

又　題趙兼善龍圖東山園小魯亭

下馬東山路。恍臨風、周情孔思，悠然千古。寂寞東家丘何在？縹緲危亭小魯。試重

上、嚴嚴高處。更憶公歸西悲日，正濛濛、陌上多零雨。嗟費却，幾章句。　謝公雅志還

成趣。記風流、中年懷抱，長攜歌舞。改爾良難君臣事，晚聽秦箏聲苦。快滿眼松篁千

畝。把似渠垂功名淚，算何如、且作溪山主。雙白鳥，又飛去。

【校】【題】四卷本丁集無『龍圖』二字。　廣信書院本無『園』字，從四卷本。　【謝公】四卷本作『謝安』。

【箋注】【趙彙善】即趙達夫。見卷二一落索（錦帳如雲處闋）箋注。　【東山園】鉛山縣志卷三山川志：『東山，

在縣東三里，翠微間有亭，紹聖五年縣尹蘇堅題曰攜遊。宋春陵守趙充夫治其地爲東園。』絜齋集趙彙善墓誌

銘：『守吳興時，忤時宰之親，遄歸故里，結亭二十有五，放懷嚴壑，若將終身；彊而後起，……有樓曰一經，有

館曰東塾。』　【小魯亭】孟子：『孔子登東山而小魯，登太山而小天下。』　【周情孔思】李漢韓吏部文集序：『周

情孔思，日光玉潔。』按：周公東征，三年而歸，大夫美之，爲賦『我徂東山』詩。　孔子登東山而小魯。趙氏旣

建亭於東山，且以『小魯』爲名，故引周、孔事以褒美之。　【東家丘】孔子家語：『孔子西家有愚夫，不知孔子爲

聖人，乃曰：「彼東家丘。」』三國志注引邴原別傳：『原遠遊學，詣安丘孫崧，崧辭曰：「君鄉里鄭君，學者之師模

也，君乃舍之，躧屣千里，所謂以鄭爲東家丘也。」』原曰：『人各有志，所規不同，君謂僕以鄭爲東家丘，君以僕爲

西家愚夫耶？』　【更憶二句】詩豳風東山：『我徂東山，慆慆不歸。我來自東，零雨其濛。我東曰歸，我心西悲。』

【嚴嚴】詩魯頌閟宮：『太山巖巖，魯邦所瞻。』按：此蓋謂旣已登東山而

小天下也。

【謝公五句】世說新語排調篇：『謝公在東山，朝命屢降而不動。後出爲桓宣武司馬，將發新亭，朝士咸出瞻送。

高靈時爲中丞，亦往相祖。先時多少飲酒，因倚如醉，戲曰：「卿屢違朝旨，高臥東山，諸人每相與言：『安石不

肯出，將如蒼生何。」今亦蒼生將如卿何？」謝笑而不答。」餘參卷一念奴嬌〈我來弔古閟〉水調歌頭〈折盡武昌

柳閟〉及卷三水調歌頭（說與西湖客閟）箋注。又，黃庭堅戲答俞清老道人寒夜三首：『有人夢超俗，去髮脫儒

冠。平明視清鏡，政爾良獨難。』〔把似〕『把』字有『與其』、『假使』二義。

〔編年〕據嘉泰吳興志郡守題名，趙彥善之守吳興，事在紹熙四年，於三月到任，至九月卽罷去。墓誌謂結亭

事在歸自吳興之後，則此詞之作必在稼軒歸隱瓢泉期內。

哨遍 秋水觀

蝸角蠻爭，左觸右蠻，一戰連千里。君試思，方寸此心微。總虛空幷包無際。喻此理，何言泰山毫末，從來天地一稊米。嗟小大相形，鳩鵬自樂，之二蟲又何知？記跖行仁義孔丘非；更殤樂長年老彭悲。火鼠論寒，冰蠶語熱，定誰同異。　噫。貴賤隨時，連城纔換一羊皮。誰與齊萬物？莊周吾夢見之。正商略遺篇，翩然顧笑，空堂夢覺題秋水。有客問洪河，百川灌雨，涇流不辨涯涘。於是焉河伯欣然喜，以天下之美盡在己。渺滄溟、望洋東視，逡巡向若驚歎，謂我非逢子，大方達觀之家未免，長見悠然笑耳。此堂之水幾何其？但清溪、一曲而已。

〔校〕　〔小大〕四卷本丙集作『大小』。　〔悠然〕四卷本作『猶然』。　〔此堂〕四卷本作『北堂』。

【箋注】(秋水觀)徐元杰辛稼軒傳贊謂『所居有瓢泉、秋水』，稼軒菩薩蠻(葛巾自向滄浪濯閩)題云：『畫眠秋水。』六州歌頭(晨來問疾閩)有云：『秋水堂前，曲沿明於鏡，可燭眉髮。』秋水觀必卽秋水堂，當與停雲堂同為瓢泉居第中之一重要建築。　(蝸角三句)莊子則陽篇：『有國於蝸之左角者，曰觸氏，有國於蝸之右角者，曰蠻氏，時相與爭地而戰，伏尸數萬，逐北旬有五日而後反。』　(泰山二句)莊子秋水篇：『計中國之在海內，不似稊米之在太倉乎？……知天地之為稊米也，知豪末之為丘山也，則差數等矣。』　(鳩鵬二句)莊子逍遙遊：『鵬之徙於南冥也，水擊三千里，摶扶搖而上者九萬里……蜩與學鳩笑之曰：「我決起而飛，槍榆枋，時則不至，而控於地而已矣，奚以之九萬里而南為！」適莽蒼者三飡而反，腹猶果然，適百里者宿舂糧，適千里者三月聚糧。之二蟲，又何知。』　(跖行句)莊子盜跖篇記盜跖與孔子論辯事。　(殤樂句)莊子秋水篇：『莫壽於殤子而彭祖為夭。』　(火鼠二句)蘇軾徐大正閒軒詩：『冰蠶不知寒，火鼠不知暑。』拾遺記卷十：『員嶠山有冰蠶，……以霜雪覆之，然後作繭，長一尺，其色五采，織為文錦，入水不濡，以之投火，經宿不燎。』太平御覽引吳錄：『日南比景縣有火鼠，取毛為布，燒之而精，名火浣布。』　(連城)史記廉頗藺相如列傳：『趙惠文王時得楚和氏璧，秦昭王聞之，使人遺趙王書，願以十五城請易璧。』後世因稱其璧為連城之璧。　(齊萬物二句)莊子有齊物論。　(百川至悠然笑耳)莊子秋水篇：『秋水時至，百川灌河，涇流之大，兩涘渚涯之間，不辯牛馬。於是焉河伯欣然自喜，以天下之美為盡在己。順流而東行，至於北海，東面而視，不見水端，於是焉河伯始旋其面目，望洋向若而歎曰：「……吾非至於子之門，則殆矣。吾長見笑於大方之家。」……』

又　用前韻

一壑自專，五柳笑人，晚乃歸田里。問誰知：幾者動之微。望飛鴻，冥冥天際。論妙理，濁醪正堪長醉，從今自釀躬耕米。嗟美惡難齊，盈虛如代，天耶何必人知。嘻。物諱窮時，豐狐文豹罪因皮。富貴非吾願，皇皇乎欲何之？正萬籟都沉，月明中夜，心彌萬里清如水。卻自覺神遊，歸來坐對，依稀淮岸江涘。看一時魚鳥忘情喜，會我已忘機更忘已。又何曾、物我相視。非魚濠上遺意，要是吾非子。但教河伯休慚海若，小大均為水耳。世間喜慍更何其，笑先生、三仕三已。

【校】〔非魚濠上〕四卷本丙集作『非會濠梁』。　〔小大〕王詔校刊本及四印齋本俱作『大小』。

【箋注】〔一壑句〕莊子秋水篇：『且夫擅一壑之水，而跨跱埳井之樂，此亦至矣。』王安石詩：『我亦暮年專一壑，偶閱車馬便驚猜。』莊子秋水篇。　〔幾者句〕易繫辭：『幾者動之微，吉之先見者也。』　〔妙理濁醪〕見本卷賀新郎（甚矣吾衰矣闋）箋注。　〔鴻冥冥〕見卷二水調歌頭（萬事到白髮闋）箋注。　〔五十九年非〕莊子寓言篇：『孔子行年六十而六十化，始時所是，卒而非之，未知今之所謂是之非五十九年非也。』　〔夔乃憐蚿〕莊子秋水篇：『夔憐蚿。……夔謂蚿曰：「吾以一足趻踔而行，予無如矣，今子之使萬足獨奈何？」蚿

曰：「今予勤吾天機而不知其所以然。」〔穀亦亡羊〕莊子駢拇篇：『臧與穀二人相與牧羊，而俱亡其羊。問臧奚事，則挾筴讀書；問穀奚事，則博塞以遊。二人者，事業不同，其於亡羊均也。』〔譚窮〕莊子秋水篇：『孔子曰：「我譚窮久矣，而不免，命也；求通久矣，而不得，時也。」』〔豐狐句〕莊子達生篇：『夫豐狐文豹，棲於山林，伏於巖穴，靜也；夜行晝居，戒也；雖飢渴隱約，猶且胥疏於江湖之上而求食焉，定也；然且不免於罔羅機辟之患，是何罪之有哉，其皮爲之災也。』〔富貴二句〕歸去來辭：『已矣乎，寓形宇內復幾時，曷不委心任去留。胡爲乎遑遑欲何之？富貴非吾願，帝鄉不可期。』〔忘機已〕見卷一水調歌頭〔造物故豪縱闊〕箋注。〔但教句〕見前首箋注。〔世間二句〕論語：『令尹子文三仕爲令尹，無喜色；三已之，無慍色。』

【編年】慶元五年（一一九九）。——右二首用同韻，當是同時作。據『試回頭五十九年非』句，知作於稼軒六十歲時，即慶元五年也。

菩薩蠻　豐眠秋水

葛巾自向滄浪濯，朝來漉酒那堪著。高樹莫鳴蟬，晚涼秋水眠。　竹牀能幾尺，上有華胥國。山上咽飛泉，夢中琴斷絃。

【箋注】〔葛巾二句〕宋書陶潛傳：『陶潛字淵明。……郡將候潛，值其酒熟，取頭上葛巾漉酒，畢，還復著之。』子：『滄浪之水清兮，可以濯吾纓；滄浪之水濁兮，可以濯吾足。』〔高樹句〕吳越春秋夫差內傳：『夫秋蟬登高

樹,飲清露,隨風搖撓,長吟悲鳴,自以爲安,不知螳螂趯枝緣條,曳腰聳距而稷其形。』〔華胥國〕見卷一〈聲聲

慢(征埃成陣闋)〉箋注。

【編年】 右詞作年無可考,姑附於此。

蘭陵王 己未八月二十日夜,夢有人以石研屏見饟者,其色如玉,光潤可愛。中有一牛,礪角作闘狀。云

『湘潭里中有張其姓者,多力善闘,號張難敵。一日,與人搏,偶敗,忿赴河而死,居三日,其家人來視之,浮

水上,則牛耳。自後並水之山往往有此石,或得之,里中輒不利。』夢中異之,爲作詩數百言,大抵皆取古之

怨憤變化異物等事,覺而忘其言,後三日,賦詞以識其異。

恨之極,恨極銷磨不得。萇弘事,人道後來,其血三年化爲碧。鄭人緩也泣:『吾父,攻儒

助墨。十年夢,沈痛化余,秋柏之間既爲實。』 相思重相憶。被怨結中腸,潛動精魄,

望夫江上巖巖立。嗟一念中變,後期長絕。君看啓母憤所激,又俄頃爲石。難敵。

最多力。甚一忿沉淵,精氣爲物,依然困鬭牛礪角。便影入山骨,至今雕琢。尋思人世,

只合化,夢中蝶。

【箋注】 〔萇弘二句〕莊子外物篇:『萇弘死於蜀,藏其血,三年化而爲碧。』注云:『萇弘放歸蜀,自恨忠而遭

譖,剖腸而死,蜀人感之,以匱盛其血,三年而化爲碧玉。』 〔鄭人三句〕莊子列禦寇篇:『鄭人緩也,呻吟裘氏

之地，祇三年而綬爲儒。河潤九里，澤及三族。使其弟爲墨。儒墨相與辯，其父助翟，十年而綬自殺。其父夢

之，曰：「使而子爲墨者予也，闔胡嘗視其良，旣爲秋柏之實矣。」注：「綬見夢其父，曾弟之爲墨，是我之力，何

不試視我家上，所種秋柏已結實矣。冤魂告語，深致其怨。」〔望夫句〕幽明錄：「武昌北山上有望夫石，相傳

昔有貞女，攜子餞夫從役，立望而死，形化爲石。」〔啓母至爲石〕漢書武帝本紀：「朕用事華山，至於中岳，見

夏后啓母石。」注：「啓生而母化爲石。」　〔甚一念〕此處『甚』當作『是』解。　〔山骨〕謂石。石鼎聯句有『巧匠

斲山骨』句。　〔化夢中蝶〕見卷二沁園春（有美人兮關）『物化』箋注。

【附錄】

（一）沈曾植稼軒長短句小箋云：『蘭陵王已未八月二十日。按己未爲慶元五年，是時偽冒方嚴僞學之禁，趙忠簡

卒於貶所。葚弘血碧，儒墨相爭，託意甚微，非偶然涉筆也。』（二）夏承燾教授云：『此詞首片用二男事，次片用

二女事，疑有微意。』（三）梁啓超編稼軒年譜釋此詞云：『詞文恢詭冤憤，蓋借以攄其積年胸中磈磊不平之氣。』

【編年】　慶元五年（一一九九）。

六州歌頭　屬得疾，暴甚，醫者莫曉其狀。小愈，困臥無聊，戲作以自釋。

吾語汝：『只三事，太愁余：病難扶，手種青松樹，礙梅塢，妨花

逕，繞數尺，如人立，却須鋤。　其一。秋水堂前，曲沼明於鏡，可燭眉鬚。被山頭急雨，耕犂

晨來問疾，有鶴止庭隅。

灌泥塗。誰使吾廬，映汚渠？ 其二。 歎青山好，簷外竹，遮欲盡，有還無。刪竹去，吾乍

可，食無魚，愛扶疎，又欲爲山計。千百慮，累吾軀。 其三。 凡病此，吾過矣，子奚如？

口不能言臆對：『雖盧扁藥石難除。有要言妙道，事見七發。往問北山愚，庶有瘳乎。』

【校】（調）按本調廣信書院本作四疊，王詔校刊本作三疊，茲從四卷本丙集作雙調。 （其一、其二、其三）廣

信書院本無，茲從四卷本。 （盧扁）四卷本作『扁鵲』。 （事見七發）四卷本在『瘳乎』二字下。

【箋注】（鶴止庭隅）蘇軾鶴歎詩：『園中有鶴馴可呼，我欲呼之立坐隅。』 （映汚渠）韓愈詩：『三十漸乖張，清溝映汚渠。』 （乍可）寧可

也。 （食無魚）見卷一滿江紅（漢水東流閟）箋注。 （吾過矣）禮記檀弓：『子夏投其杖而拜曰：「吾過矣，吾

過矣，吾離羣而索居，亦已久矣。」』 （口不句）賈誼鵬鳥賦：『鵬乃歎息，舉首奮翼，口不能言，請對以臆。』蘇軾

鶴歎：『鶴有難色側睨予，豈欲臆對如鵬乎？』 （盧扁）扁鵲爲古代名醫，以其家於盧，因又稱盧扁。 （要言

妙道）枚乘七發：『客曰：「今太子之病，可無藥石，針刺、灸療而已，可以要言妙道說而去也。」』 （北山愚）見本

卷玉樓春（青山不解乘雲去闋）箋注。

添字浣溪沙 病起，獨坐停雲。

彊欲加餐竟未佳，只宜長伴病僧齋。 心似風吹香篆過，也無灰。 山上朝來雲出岫，隨

風一去未曾回。次第前村行雨了，合歸來。

【校】〔題〕四卷本丙集作『賦清虛』。〔山上〕廣信書院本作『山下』，茲從四卷本。

【箋注】〔雲出岫〕歸去來辭：『雲無心以出岫。』〔次第〕此處應爲『待到』之意。

【編年】右《六州歌頭》、添字浣溪沙各一首，作年莫考。姑附於秋水停雲各詞之後。

沁園春　壽趙茂嘉郎中，時以置兼濟倉賑濟里中，除直祕閣。

甲子相高，亥首曾疑，絳縣老人。看長身玉立，鶴般風度；方頤鬚磔，虎樣精神。文爛卿雲，詩凌鮑謝，筆勢駸駸更右軍。渾餘事，羨仙都夢覺，金闕名存。

奎閣新襃詔語溫。記他年帷幄，須依日月；只今劍履，快上星辰。人道陰功，天教多壽，門前父老忻忻。煥看到貂蟬七葉孫。君家裏，是幾枝丹桂，幾樹靈椿？

【校】〔題〕四卷本丁集『道』上有『制』字，『賑濟里中』作『里中賑濟』。〔磔〕廣信書院本誤作『傑』，其他各本俱不誤。

【箋注】〔甲子三句〕左傳襄公三十年：『晉悼夫人食輿人之城杞者，絳縣人或年長矣，無子，往與於食。有與疑年，使之年，曰：「臣小人也，不知紀年。臣生之歲，正月甲子朔，四百有四十五甲子矣。其季於今，三之一也。」史趙曰：「亥有二首六身，下二如身，是其日數也。」士文伯曰：「然則吏走問諸朝，師曠曰：「......七十三年矣。」

二萬二千六百有六旬也。」 （巀礴）見本卷水調歌頭（高馬勿捶面閧）箋注。 （文爛句）卿雲歌：「卿雲爛兮。」

（詩凌句）杜甫遣興五首：「吾憐孟浩然，荏褐卽長夜。賦詩何必多，往往凌鮑謝。」 按：鮑謂鮑明遠，謝謂謝靈

運、惠連、玄暉也。 （煥奎閣）未詳。 疑是趙茂嘉家中閣名。 （貂蟬句）左思詠史詩：「金張藉舊業，七葉珥

漢貂。」

【編年】 慶元五年（一一九九）。 ——鉛山縣志謂趙氏於慶元五年除直祕閣，右詞題中云云，當卽作於是年。

又 和吳子似縣尉

我見君來，頓覺吾廬，溪山美哉。 悵平生肝膽，都成楚越；只今膠漆，誰是陳雷？ 搔首踟

躕，愛而不見，要得詩來渴望梅。 還知否：快淸風入手，日看千回。 直須抖擻塵埃。 人

怪我柴門今始開。 向松間乍可，從他喝道；庭中且莫，踏破蒼苔。 豈有文章，謾勞車馬，

待喚靑芻白飯來。 君非我，任功名意氣，莫恁徘徊。

【校】 （題）四卷本丙集作『和吳尉子似』。

【箋注】 （吳子似）安仁縣志人物志：『吳紹古』；『吳紹古字子似』，通經術，從陸象山遊。 授承直郎，荊湖南路提舉茶鹽使幹

辦公事。』鉛山縣志十一，名宦：『吳紹古，字子嗣，鄱陽人。 慶元五年任鉛山尉，多所建白。 有史才，纂永平志，

條分類舉，先民故實搜羅殆盡。 建居養院以濟窮民及旅處之有病阨者。』按：吳氏尉鉛山始於慶元四年，見趙

昌父劉之道祠記，縣志作五年，誤。（參年譜慶元四年。）（肝膽二句）莊子德充符：「自其異者視之，肝膽楚越也。」自其同者視之，萬物皆一也。」（膠漆二句）後漢書獨行傳：「陳重字景公，豫章宜春人也。少與同郡雷義為友。……太守張雲舉孝廉，重以讓義，前後十餘通記，雲不聽。……雷義字仲公，豫章鄱陽人也。……舉茂才，讓於陳重，刺史不聽，義遂陽狂被髮走，不應命。鄉里為之語曰：「膠漆自謂堅，不如雷與陳。」三府同時俱辟二人。」（搔首二句）詩邶風靜女：「靜女其姝，俟我於城隅，愛而不見，搔首踟躕。」（渴望梅）世說新語假譎篇：「魏武行役，失汲道，軍皆渴，乃令曰：『前有大梅林，饒子，甘酸可以解渴。』士卒聞之，口皆出水，乘此得及前源。」（清風）詩大雅烝民：『吉甫作誦，穆如清風。』（抖擻塵埃）孟郊詩：『抖擻塵埃衣。』（人怪我句）杜甫客至詩：『花徑不曾緣客掃，蓬門今始為君開。』（松間二句）義山雜篡：『殺風景事，一日花間喝道。』『乍可』作『寧可』或『只可』解。（庭中二句）宋淏水僧寶曇詩：『滿院秋光濃欲滴，老僧倚杖秋松側。只怪高聲問不響，瞋余踏破蒼苔色。』引見蘇軾『書曇公詩後』一詩小序中。（豈有二句）杜甫有客詩：『豈有文章驚海內，謖勞車馬駐江干。』（青芻白飯）杜甫入奏行贈西山檢察使竇侍御：『江花未落還成都，肯訪浣花老翁無？爲君酤酒滿眼酤，與奴白飯馬青芻。』（君非我三句）謂子似當以立功名爲已志，不可如我之徘徊丘壑。恁，如此也。

鷓鴣天　尋菊花無有，戲作。

掩鼻人間臭腐場，古來惟有酒偏香。自從來住雲煙畔，直到而今歌舞忙。　呼老伴，共

秋光。 黃花何處避重陽? 要知爛熳開時節，直待西風一夜霜。

【校】〔古來〕四卷本丙集同，王詔校刊本及四印齋本俱作『古今』。 〔來住〕四卷本作『歸佳』。 〔何處〕四卷本作『何事』。

【箋注】〔掩鼻〕孟子:『西子蒙不潔，則人皆掩鼻而過之。』

又

席上吳子似諸友見和，再用韻答之。

翰墨諸公久擅場，胸中書傳許多香。 都無絲竹唧杯樂，却看龍蛇落筆忙。 閒意思，老風光，酒徒今有幾高陽? 黃花不怕西風冷，只怕詩人兩鬢霜。

【校】〔題〕四卷本丙集作『席上子似諸公和韻』。 〔諸公〕四卷本作『諸君』。 〔都無〕四卷本作『苦無』。 〔西風〕四卷本作『秋風』。 〔高陽〕見本卷沁園春〔杯汝知乎闕〕箋注。 〔却看〕廣信書院本及四卷本俱作『却看』，王詔校刊本及四印齋本俱作『却有』。

【箋注】〔却看句〕蘇軾偶至野人汪氏居仍用前韻詩:『已聞龜策通神語，更看龍蛇落筆痕。』箋注。

又

和吳子似山行韻

誰共春光管日華? 朱朱粉粉野蒿花。 閒愁投老無多子，酒病而今較減些。 山遠近，路

橫斜，正無聊處管絃譁。去年醉處猶能記，細數溪邊第幾家。

【校】〔題〕四卷本丙集無『吳』字。

新荷葉 上巳日，吳子似謂古今無此詞，漫賦。

曲水流觴，賞心樂事良辰。蘭蕙光風，轉頭天氣還新。明眸皓齒，看江頭、有女如雲。折花歸去，綺羅陌上芳塵。　能幾春？試聽啼鳥殷勤，對景興懷，向來哀樂紛紛。且題醉墨，似蘭亭、列敘時人。後之覽者，又將有感斯文。

【校】〔題〕四卷本丙集無『吳』字。　〔對景〕四卷本作『覽物』。

【箋注】

〔曲水句〕續齊諧記：『秦昭王三日置酒河曲，見有金人出奉水心劍，……乃因其處立爲曲水。二漢相沿，皆爲盛集。』王羲之蘭亭序：『又有清流激湍，映帶左右，引以爲流觴曲水，列坐其次。』

〔賞心句〕謝靈運擬魏太子鄴中集詩序：『天下良辰、美景、賞心、樂事，四者難并。』

〔蘭蕙句〕楚辭招魂：『光風轉蕙，泛崇蘭些。』

〔天氣句〕杜甫麗人行：『三月三日天氣新，長安水邊多麗人。』

〔明眸句〕杜甫哀江頭：『明眸皓齒今何在，血污遊魂歸不得。』

〔對景句〕蘭亭序：『向之所欣，俛仰之間，已爲陳迹，猶不能不以之興懷。』

〔有女句〕詩鄭風：『出其東門，有女如雲。』

〔蘭亭三句〕蘭亭序：『故列敘時人，錄其所述。雖世殊事異，所以興懷，其致一也。後之覽者，亦將有

感於斯文。」

又　徐思上巳乃子似生日，因改定。

曲水流觴，賞心樂事良辰。今幾千年，風流禊事如新。明眸皓齒，看江頭、有女如雲。折花歸去，綺羅陌上芳塵。　絲竹紛紛，楊花飛鳥銜巾。爭似羣賢，茂林脩竹蘭亭。一觴一詠，亦足以、暢敘幽情。清歡未了，不如留住青春。

【校】〔題〕四卷本丁集無『上巳』二字。『生日』作『生朝』，『因』下有『爲』字。

【箋注】〔楊花句〕杜甫〈麗人行〉：『楊花雪落覆白蘋，青鳥飛去銜紅巾。』　〔爭似〕即『怎似』。　〔羣賢四句〕蘭亭序：『永和九年，歲在癸丑，暮春之初，會於會稽山陰之蘭亭，修禊事也。　羣賢畢至，少長咸集。　此地有崇山峻嶺，茂林修竹，……一觴一詠，亦足以暢敘幽情。』

水調歌頭　題吳子似縣尉璵山經德堂。堂，陸象山所名也。

喚起子陸子，經德問何如。萬鍾於我何有，不負古人書。聞道千章松桂，剩有四時柯葉，霜雪歲寒餘。此是璵山境，還似象山無？　耕也餒，學也祿，孔之徒。青衫畢竟升斗，此意政關渠。天地清寧高下，日月東西寒暑，何用着工夫。兩字君勿惜，借我榜吾廬。

【校】

〔題〕『吴子似縣尉』四卷本丁集作『子似』。廣信書院本『所名』作『取名』，兹從四卷本。

〔青衫〕王詔校刊本及四印齋本俱誤作『青山』。

〔政關〕王詔校刊本及四印齋本俱作『顏關』。

【箋注】

〔瑱山〕安仁縣志卷四，山川志：『玉真山在縣治後，左右石趾如鉗，瞰臨錦江。頂有石壁，高數仞。石上有鐫字，曰：「玉真。」世傳仙人指書。』按：『瑱』字為『玉真』二字之合體，當時或亦有此稱。

〔經德堂〕象山先生全集卷十九經德堂記：『堂名取諸孟子「經德不回，非以干祿也。」……雲錦吳生紹古而來從余游，求名其讀書之堂，余既名之而書之，且為其說，使歸而求之。』

〔陸象山〕宋史儒林傳：『陸九淵字子靜，……自號象山翁，學者稱為象山先生。』

〔喚起句〕按象山先生年譜，陸氏卒於紹熙三年冬十二月，吳氏尉鉛山時陸氏卒已數年，故云云。

〔萬鍾句〕孟子：『萬鍾則不辨禮義而受之，萬鍾於我何加焉。』

〔象山〕在江西貴溪縣，原名應天山。象山先生年譜：『淳熙十四年登貴溪應天山講學。初，門人彭興宗世昌訪舊於貴溪應天山麓張氏，因登山遊覽，則陵高而谷邃，林茂而泉清。乃與諸張議結廬以迎先生講學，先生登而樂之，乃建精舍居焉。……淳熙十五年易應天山名為象山。』

〔耕也餒二句〕論語：『子曰：「君子謀道不謀食。耕也餒在其中矣，學也祿在其中矣。君子憂道不憂貧。」』

〔青衫二句〕經德堂記有云：『孟子曰：「古之人修其天爵而人爵從之，今之人修其天爵以要人爵，既得人爵而棄其天爵，則惑之甚者也。」後世發策決科而高第可以文藝取，積資累考而大官可以歲月致，則又有不必修其天爵者矣。生其早辨而謹思之。』青衫二句當即隱括此段意旨而言。盖謂陸氏之所致意者，為科名之無足重輕也。

〔天地清寧〕老子：『天得一以清，地得一以寧，王侯得一以為天下貞。』

又

趙昌父七月望日用東坡韻叙太白、東坡事見寄，過相襃借，且有秋水之約；八月十四日余臥病博山寺中，因用韻爲謝，兼寄吳子似。

我志在寥闊，疇昔夢登天。摩挲素月，人世俛仰已千年。有客驂鸞並鳳，云遇青山、赤壁，相約上高寒。酌酒援北斗，我亦蝨其間。　少歌曰：『神甚放，形則眠。鴻鵠一再高舉，天地睹方圓。』欲重歌兮夢覺，推枕惘然獨念：人事底虧全？有美人可語，秋水隔嬋娟。

【校】〔題〕『兼寄吳子似』四卷本丁集作『兼簡子似』。又『余臥病』廣信書院本少『余』字，茲據四卷本補。

〔驂鸞〕四卷本作『驂驎』。　〔嬋娟〕四卷本作『娟娟』。

【箋注】〔用東坡韻叙太白東坡事〕東坡詞有水調歌頭一闋，題爲『丙辰中秋歡飲達旦，大醉，作此篇，兼懷子由』。前章云：『明月幾時有？把酒問青天。不知天上宮闕，今夕是何年。我欲乘風歸去，唯恐瓊樓玉宇，高處不勝寒。起舞弄清影，何似在人間。』稼軒此篇全用其韻，『相約上高寒』句，當亦由此脫化而出。又，東坡於七月望日曾與客泛舟遊赤壁，並有赤壁賦二篇，趙氏詞中所叙當即此事，惜原詞已佚，叙太白何事則莫可考矣。

〔寥闊〕即寥廓。以避寧宗嫌名，故改用闊字。　〔赤壁〕指蘇軾。因其有赤壁賦。　〔我亦句〕韓愈詩瀧吏篇：『得無蝨其間，不武亦不文。』

〔青山〕指李白。李白墓在青山。

〔疇昔句〕楚辭九章『昔余夢登天兮』句。　〔酌酒句〕楚辭九歌有『援北斗兮酌桂漿』句。

〔少歌〕楚辭九章抽思有『少歌』，王逸注謂『小吟謳謠以樂志

也。〔少亦作小〕。　〔有美人二句〕杜甫寄韓諫議詩：「美人娟娟隔秋水。」　〔鴻鵠二句〕賈誼惜誓：「黃鵠之一舉

今，知山川之紆曲，再舉兮睹天地之圓方。」

破陣子　〔硤石道中有懷吳子似縣尉〕

宿麥畦中雉鷕，柔桑陌上蠶生。騎火須防花月暗，玉唾長攜綵筆行。隔牆人笑聲。　莫

說弓刀事業，依然詩酒功名。千載圖中今古事，萬石溪頭長短亭。小塘風浪平。　時修圖經，

築亭壠。

【校】　〔題〕四卷本丙棐無『吳』字及『縣尉』二字。　〔雉鷕、柔桑〕此從廣信書院本及四卷本。王詔校刊本及四

印齋本俱作『雉雛、桑葉』。　〔綵筆〕四卷本作『彩筆』。　〔平〕字下注文四卷本無。

【箋注】　〔硤石〕鉛山縣志：『硤石在縣西二十里，兩崖對峙，蒼翠壁立，中有泉石之勝。』　〔雉鷕〕詩邶風匏有苦

葉：『有鷕雉鳴。』傳：『鷕，鷕雉聲也。』　〔騎火〕夜騎時用以照明之物。韓愈夜次襄城詩：『欲知迎候盛，騎火萬

星攢。』　〔玉唾句〕稼軒鷓鴣天（歎息頻年屢未高閎）有『乾玉唾，禿錐毛』句，均以筆與玉唾連舉，因疑玉唾應

指硯滴滴而言。研北雜志卷下：『李仲芳家有南唐金銅蟾蜍硯滴，……腹下有篆銘云：「捨月宿，伏桃几，爲我用，

貯清泚。端溪石，澄心紙。陳玄氏，毛錐子，……微吾潤澤烏用汝。」』

鷓鴣天

石壁虛雲積漸高，溪聲遶屋幾週遭。自從一雨花零落，却愛微風草動搖。　呼玉友，薦溪毛，殷勤野老苦相邀。杖藜忽避行人去，認是翁來却過橋。

【校】〔零落〕四卷本丙集作『零亂』。

【箋注】〔玉友〕珊瑚鉤詩話：『以糯米藥麴作白醪，號玉友。』〔薦溪毛〕左傳隱公三年：『苟有明信，澗溪沼沚之毛，蘋蘩薀藻之菜，筐筥錡釜之器，潢汙行潦之水，可薦於鬼神，可羞於王公。』

又

過硯石，用韻答吳子似。

歎息頻年廪未高，新詞空賀此丘遭。遙知醉帽時時落，見說吟鞭步步搖。　乾玉唾，禿錐毛，只今明月費招邀。最憐烏鵲南飛句，不解風流見二喬。

【校】〔題〕四卷本丁集作『硯石用前韻答子似』。

【箋注】〔廪未高〕詩周頌豐年：『豐年多黍多稌，亦有高廪，萬億及秭，爲酒爲醴。』蘇軾詩東坡八首：『嗟然釋末歎，我廪何時高。』〔賀此丘遭〕柳宗元鈷鉧潭西小丘記：『書於石，所以賀茲丘之遭也。』〔最憐二句〕曹操詩：『月明星稀，烏鵲南飛。』吳志周瑜傳：『喬公（玄）兩女皆國色也，策自納大喬，瑜納小喬。』按，稼軒此二句，

葢翻用杜牧「東風不與周郎便，銅雀春深鎖二喬」句意，嘲曹操之不能得二喬也。

又　吳子似過秋水

秋水長廊水石間，有誰來共聽潺潺。羨君人物東西晉，分我詩名大小山。　窮自樂，嬾

方閒，人間路窄酒杯寬。看君不了癡兒事，又似風流靖長官。

【校】〔潺潺〕四卷本丁集作『潺溪』。　〔嬾〕廣信書院本作『晚』，茲從四卷本。

【箋注】〔大小山〕王逸楚辭章句：『招隱士者，淮南小山之所作也。昔淮南王安博雅好古，招懷天下俊偉之士，

自八公之徒，咸慕其德而歸其仁。各竭才智，著作篇章。分造辭賦，以類相從，故或稱小山，或稱大山，其義猶

詩有小雅、大雅也。』〔不了癡兒事〕見卷一滿庭芳（傾國無媒閣）箋注。　〔靖長官〕曾慥集仙傳：『靖不知何

許人，唐僖宗時為登封令，旣而棄官學道，遂仙去。隱其姓而以名顯，故世謂之靖長官。』蘇軾送范景仁詩：『試

與劉夫子，重尋靖長官。』自注云：『劉几云，曾見人萬山幽絕處，眼光如貓，意其為靖長官也。』

又　壽吳子似縣尉，時攝事城中。

上巳風光好放懷，故人猶未看花回。茂林映帶誰家竹，曲水流傳第幾杯？　摛錦繡，寫

瓊瑰，長年富貴屬多才。要知此日生男好，曾有周公祓禊來。

〔校〕〔題〕四卷本丁集無〔吳〕字及『縣尉』二字。 〔故人〕四卷本作『憶君』。

〔箋注〕〔看花回〕見卷二水調歌頭〔君莫賦幽憤闋〕箋注。 〔茂林,曲水〕蘭亭序:『此地有崇山峻嶺,茂林修竹。』餘參本卷新荷葉〔曲水流觴〕箋注。 〔瓊瑰〕見卷一水調歌頭〔官事未易了闋〕箋注。 〔周公被褐〕續齊諧:『昔周公成洛邑,因流水以泛酒,故逸詩曰:「羽觴隨流波。」』按:子似上巳生日,故二句云云。

〔編年〕寶元四年至六年(一一九六至一二○○)。──右詞十三首,起沁園春(我見君來闋)至鷗鴆夫(上巳風光闋),必均為吳子似任鉛山尉時所作,以其年月均不能確考,姑略依四卷本各集之次第,彙錄於此。

賀新郎 題傅嚴叟悠然閣

路入門前柳。到君家、悠然細說,淵明重九。歲晚淒其無諸葛,惟有黃花入手。更風雨、是中不減康廬秀。倩西風為君喚起,翁能來否?鳥倦飛還平林去,雲自無心出岫。賸準備、新詩幾首。欲辨忘言當年意,慨遙遙、我去羲農久。天下事,可無酒!

東籬依舊。陡頓南山高如許,是先生、拄杖歸來後。山不記,何年有。

〔校〕〔歲晚〕廣信書院本作『晚歲』,茲從四卷本丁集。 〔陡頓〕四卷本作『斗頓』。 〔雲自〕四卷本作『雲肯』。

〔箋注〕〔門前柳〕陶淵明五柳先生傳:『門前有五柳樹,因以為號焉。』 〔淵明三句〕蕭統陶淵明傳:『嘗九月九日出宅邊菊叢中,坐久之,滿手把菊,值(王)宏送酒至,即便就酌,醉而後歸。』又,淵明有九日閒居詩。 〔歲

晚句）謝靈運初發石首城詩：『欽聖若旦暮，懷賢亦淒其。』杜甫晚登瀼上堂詩：『淒其望呂葛，不復夢周孔。』黃庭堅宿舊彭澤懷陶令詩：『歲晚以字行，更始號元亮。淒其無諸葛，愾儷猶漢相。』〔康廬〕稼軒交游韓淲書姜夔昔遊詩後有『吾嘗泛大江，只見康廬松』句，項安世答杜仲高哭兄及辛待制詩有『康廬之麓蠹之鼻，太息書生杜仲高』句，蓋廬山亦名匡山，亦稱匡廬。宋人避趙匡胤諱，故改稱康廬也。陶淵明隱居柴桑，其地在廬山下。陶詩所謂『悠然見南山』者，即指廬山言。〔鳥倦二句〕淵明歸去來辭：『雲無心以出岫，鳥倦飛而知還。』〔欲辨句〕淵明飲酒詩第五：『此中有真意，欲辨已忘言。』〔我去句〕淵明飲酒詩第二十：『羲農去我久，舉世少復真。……若復不快飲，空負頭上巾。』

又

用前韻再賦

肘後俄生柳。歎人生、不如意事，十常八九。右手淋浪才有用，閒却持螯左手。謾贏得、傷今感舊。投閣先生惟寂寞，笑是非、不了身前後。持此語，問烏有。　青山幸自重重秀。問新來、蕭蕭木落，頗堪秋否？總被西風都瘦損，依舊千巖萬岫。把萬事、無言搔首。翁比渠儂人誰好，是我常、與我周旋久。寧作我，一杯酒。

【箋注】〔肘後句〕莊子至樂篇：『支離叔與滑介叔觀於冥伯之丘，崑崙之虛，黃帝之所休，俄而柳生其左肘。』注云：『瘤作柳壁，轉借字。』〔右手二句〕見卷二水調歌頭（君莫賦幽憤閣）箋注。〔投閣句〕漢書揚雄傳：『王

莽時，劉歆、甄豐皆爲上公。莽旣以符命自立，卽位之後，欲絕其原，以神前事；而豐子尋、歆子棻復獻之，莽

誅豐父子，投棻四裔，辭所連及，便收不請。……京師爲之語曰：『惟寂寞，自投閣；爰淸靜，作符命。』師古曰：『以雄解嘲之言譏之也。』

上自投下，幾死。……時雄校書天祿閣上，治獄使者來，欲收雄；雄恐不能自免，迺從閣

〔烏有〕司馬相如子虛賦：『楚使子虛使於齊，……子虛過姹烏有先生，而亡是公在焉。』

詩：『無邊落木蕭蕭下，不盡長江滾滾來。萬里悲秋常作客，百年多病獨登臺。』　〔蕭蕭二句〕杜甫登高

篇：『桓公（溫）少與殷侯（浩）齊名，常有競心。桓問殷：「卿何如我？」殷云：「我與我周旋久，寧作我。」』　〔翁比三句〕世說新語品藻

水調歌頭　賦傅巖叟悠然閣

歲歲有黃菊，千載一東籬。悠然政須兩字，長笑退之詩。此意有誰知。君起更斟酒，我醉不須辭。回首處，雲正出，鳥倦飛。重來樓上，一句端的與君期。都把軒窗寫遍，更使兒童誦得，歸去來兮辭。萬卷有時用，植杖且耘耔。

【箋注】

〔退之詩〕韓愈南山詩凡百有二韻。　〔植杖句〕歸去來辭：『懷良辰以孤往，或植杖而耘耔。』

【編年】慶元中。——右詞三首，作年難確考。下列新荷葉二関，作於趙晉臣已歸鉛山之後，題中已云『再題』，知此數関當作於慶元六年前。就水調歌頭『重來樓上』句觀之，或其時與嚴叟之往還尚未頻數也。

未須草草，賦梅花，多少騷人詞客。總被西湖林處士，不肯分留風月。疏影橫斜，暗香浮動，把斷春消息。試將花品，細參今古人物。看取香月堂前，歲寒相對，楚兩襲之潔。怕是當年，香山老子，姓白來江國。謫仙人，字太白，還又名白。自與詩家成一種，不係南昌仙籍。

〔校〕〔題〕四卷本丙集作『賦梅花』。　〔把斷春〕四卷本『把斷』二字缺。　〔試將〕四卷本作『尚餘』。　〔細參〕四卷本作『未悉』。

〔箋注〕〔香月堂兩梅〕陳克齋集卷十四，答趙昌甫送徐天錫詩自注云：『雙梅在岩叟家香月堂，清古可愛，昌甫每與稼軒同領略之。柱爲稼軒題。』　〔林處士四句〕宋史隱逸列傳：『林逋字君復，杭州錢塘人。少孤力學，不爲章句。性恬淡好古，弗趨榮利。家貧，衣食不足，晏如也。初放遊江淮間，久之，歸杭州，結廬西湖之孤山，二十年足不及城市。……既卒，賜諡和靖先生。逋善行書，喜爲詩，其詞澄浹峭特，多奇句。』其山園小梅詩有云：『衆芳搖落獨暄妍，占盡風情向小園。疏影橫斜水清淺，暗香浮動月黃昏。』　〔把斷〕『把持住』、『把攬住』意。　〔楚兩襲句〕漢書兩龔列傳：『兩龔，皆楚人也。』　勝字君賓，　舍字君倩，二人相友，並著名節，故世謂之楚兩龔。』法言問明篇：『楚兩龔之絜，其清矣乎。』　〔南昌仙籍〕漢書梅福傳：『梅福字子真，九江壽春人也。……

居家常讀書養性爲事。至元始中，王莽顓政，福一朝棄妻子去九江，至今傳以爲仙。其後人有見福於會稽者，變名姓爲吳市門卒云。』按：此謂香月堂兩梅唯應受詩人歌詠，不與他梅同一族類也。　〔香山二句〕白居易曾被謫爲江州司馬，晚年自號香山居士。　〔謫仙三句〕李白字太白，以詩往見賀知章，賀目：『子謫仙人也。』後代因稱李爲謫仙。　按：香月堂之梅花當爲白色，故末章云云。

又

許之，且用前篇體製戲賦

余旣爲傅巖叟兩梅賦詞，傅君用席上有請云：『家有四古梅，今百年矣，未有以品題，乞援香月堂例。』欣然

我傾倒。

我向東鄰曾醉裏，喚起詩家二老。　拄杖而今，婆娑雪裏，又識商山皓。　請君置酒，看渠與

謝，何況霜天曉。　芬芳一世，料君長被花惱。　惆悵立馬行人，一枝最愛，竹外橫斜好。

是誰調護，歲寒枝、都把蒼苔封了。　茆舍疎籬江上路，清夜月高山小。　摸索應知，曹劉沈

〔箋注〕

〔傅君用〕事歷未詳。　詞中謂與巖叟爲鄰，疑亦巖叟族人。　〔摸索二句〕劉餗隋唐嘉話（中）：『許敬宗性輕傲，見人多忘之，或謂其不聽，許曰：「卿自難記，若遇何、劉、沈、謝，暗中摸索着亦可識。」』按許敬宗所稱『何、劉、沈、謝』當指南朝之何遜、劉孝綽、沈約、謝朓言。　梁書何遜傳謂：『遜八歲能賦詩，弱冠州舉秀才。一文一詠，范雲輒嗟賞。　沈約亦愛其文。……遜文章與劉孝綽並見重於世，世謂之何、劉。』劉孝綽傳謂：『孝綽七歲

能屬文。每作一篇，朝成暮遍，好事者咸諷誦傳寫，流聞絕域，當世取則。謝玄暉（朓）善爲詩，任彥昇工於文章，約兼而有之，然不能過也。」又沈約傳謂：「約該悉舊章，博物洽聞，當世取

此云『曹、劉』當由一時誤記爲曹植、劉楨也。　〔被花惱〕杜甫江畔獨步尋花七絕：『江上被花惱不徹。』〔一

枝二句〕蘇軾梅詩：『竹外一枝斜更好。』　〔東鄰二句〕謂傅巖叟香月堂兩梅花。詩家二老卽李白及白居易。

〔商山皓〕高士傳：『四皓者，皆河內軹人也。或在汲。始皇時見秦政虐，乃退入藍田山，……共入商雒，隱地肺

山以待天下定。及秦敗，漢高聞而徵之，不至。』餘參本卷踏莎行（吾道悠悠閒）箋注。按：傅君用家有四梅，故

詞中以商山皓爲比，不唯其數符同，蓋亦兼寓四古梅之色也。

【編年】　慶元六年（一二○○）前。——右二詞作年無可考。據次闋題中語意推之，其時稼軒當尚未至傅君用

之家園，故僅依據其席上之請而爲之賦。　稼軒另有『題傅君用山園』之賀新郎一闋，作於慶元六年，知此二闋

必均作於六年之前。

滿江紅　和傅巖叟香月韻

半山佳句，最好是吹香隔屋。　又還怪冰霜側畔，蜂兒成簇。　更把香來薰了月，却敎影去
斜侵竹。　似神清、骨冷住西湖，何由俗。　　根老大，穿坤軸。　枝夭嬌，蟠龍斛。　快酒兵長
俊，詩壇高築。　一再人來風味惡，兩三杯後花緣熟。　記五更、聯句失彌明，龍啣燭。

【箋注】「半山至隔屋」王安石號半山老人。其金陵即事詩有云：「背人照影無窮柳，隔屋吹香併是梅。」〔神清

二句〕蘇軾題林逋詩後：「先生可是絕俗人，神清骨冷無由俗。」〔坤軸〕張嘉貞恆山碑銘：「其頂也，上扶乾門

黑帝之宮觀；其足也，下捺坤軸元神之都府。」〔酒兵，詩壇〕蘇軾詩：「君家文律冠西京，旋築詩壇按酒兵。」

參卷二江神子（梨花著雨晚來晴闋）箋注。〔記五更句〕韓愈石鼎聯句詩序：「道士倚牆睡，鼻息如雷鳴。二子

怳然失色，不敢喘。斯須，曙鼓動鼕鼕，二子亦困，遂坐睡。及覺，日已上，驚顧，覓道士不見。……二子驚愕自

責，若有失者。……嘗聞有隱君子彌明，豈其人耶？」參本卷江神子（五雲高處望西清闋）箋注。〔龍唧燭〕楚

辭天問篇：「日安不到，燭龍何照。」注云：「天西北有幽冥無日之國，有龍銜燭而照之。」

〔繫年〕右詞作年無可考，姑附次於此。

水調歌頭 即席和金華杜仲高韻，併壽諸友，惟爾乃佳耳。

萬事一杯酒，長歌復長歌。杜陵有客，剛賦雲外築婆娑。須信功名兒輩，誰識年來心事，古井不生波。種種看余髮，積雪就中多。　二三子，問丹桂，倩素娥。　平生螢雪，男兒無奈五車何。看取長安得意，莫恨春風看盡，花柳自蹉跎。今夕且歡笑，明月鏡新磨。

【箋注】〔杜仲高〕金華縣志：「杜斿字仲高，與兄伯高，弟叔高等兄弟五人俱有詩名，時稱『杜氏五高』。所著有辯齋小集。」陳亮龍川文集卷十九，復杜仲高書：「忽永康遞到所惠教，副以高文麗句，讀之一過，見所謂「半開

半落花有恨，一晴一雨春無力」，已令人眼動。及讀到「別攬髻時風度緊，離腸盡處花飛急」，然後知晏叔原之「落花人獨立，微雨燕雙飛」，不得專擅美矣。……蓋亦可謂一時之豪矣。高藁菊磵詩選有喜杜仲高移居清河詩，題下有自注云：「稼軒爲仲高開山田，仲高有辛田記。」據知稼軒與仲高之交誼甚深。　〔古井句〕孟郊烈女操詩：「波瀾誓不起，妾心井中水。」蘇軾出都來陳所乘船上有題小詩八首聊爲和之：「年來煩惱盡，古井無由波。」　〔種種句〕見卷一〈水調歌頭〉（我飲不須勸）箋注。　〔問丹桂〕意謂準備舉業也。世以登科第爲折桂，故〔寶鈞〕禹鈞五子相繼登科，馮道贈詩有「靈椿一枝長，丹桂五枝芳」之句。　〔倩素娥〕羅公遠傳：「明皇遊月宮，見素娥十餘人，皓衣，乘白鸞，遊於桂下。」又，月裏嫦娥，亦稱素娥。又，甘澤謠謂素娥爲花月之妖，引見卷二〈念奴嬌〉（洞庭春晚閒）箋注。　〔平生二句〕晉車胤嘗以囊盛螢照讀，孫康嘗於冬夜映雪讀書。　〔看取二句〕唐詩紀事卷三十五：「孟郊及第，有詩曰：「昔人齷齪不足嗟，今朝曠蕩恩無涯。青春得意馬蹄疾，一日看盡長安花。」一日之間，花卽看盡，何其速也。　果不達。」

【編年】　右詞作年無可考，姑編置慶元六年與杜叔高唱和諸詞之前。

浣溪沙　偕杜叔高吳子似宿山寺戲作

花向今朝粉面勻，柳因何事翠眉顰？東風吹雨細於塵。　自笑好山如好色，只今懷樹更懷人。　閒愁閒恨一番新。

【校】（題）四卷本丙集無『杜』、『吳』二字。

【箋注】（好山句）論語：『子曰：「我未見好德如好色者也。」』蘇軾自徑山回和呂察推詩：『多君貴公子，愛山如愛色。』

又

歌串如珠箇箇勻，被花勾引笑和顰。　向來驚動畫梁塵。　莫倚笙歌多樂事，相看紅紫又拋人。　舊巢還有燕泥新。

【箋注】（向來）即『適來』、『適纔』之意。

又

父老爭言雨水勻，眉頭不似去年顰。　殷勤謝却甑中塵。　啼鳥有時能勸客，小桃無賴已撩人。　梨花也作白頭新。

【箋注】（甑中塵）後漢書獨行傳：『范冉字史雲，陳留內黃人也。……桓帝時以冉爲萊蕪長。……所止單陋，有時絕粒。窮居自若，言貌無改。閭里歌之曰：「甑中生塵范史雲，釜中生魚范萊蕪。」』

【編年】慶元六年（一二○○）。——右三詞用同韻，當作於同時。杜叔高於慶元六年春至鉛山相訪，見稼軒

婆羅門引　別杜叔高。叔高長於楚詞。

落花時節，杜鵑聲裏送君歸。未消文字湘纍，只怕蛟龍雲雨，後會渺難期。更何人念我，老大傷悲？已而已而。算此意、只君知。記取岐亭買酒，雲洞題詩。爭如不見，纔相見、便有別離時。千里月、兩地相思。

【校】（題）四卷本丙集無『杜』字。（岐亭）四卷本作『歧亭』。

【箋注】（湘纍）見卷二【蝶戀花（九畹芳菲蘭佩好闋）】箋注。（蛟龍雲雨）三國志周瑜傳：『劉備領荊州牧，治公安。備詣京見權，瑜上疏曰：「劉備以梟雄之姿而有關羽張飛熊虎之將，必非久屈為人用者，……恐蛟龍得雲雨，終非池中物也。」』（老大傷悲）古詩：『少壯不努力，老大徒傷悲。』（已而句）論語：『已而已而，今之從政者殆而。』（岐亭、雲洞）岐亭，未詳。雲洞，見卷二【水調歌頭（今日復何日闋）】。（爭如不見）司馬光【西江月】詞：『相見爭如不見。』（千里月）謝莊月賦：『隔千里兮共明月。』

又　用韻別郭逢道

綠陰啼鳥，陽關未徹早催歸。歌珠悽斷纍纍。回首海山何處，千里共襟期。歎高山流

水，絃斷堪悲。中心悵而。似風雨、落花知。更擬停雲君去，細和陶詩。見君何日？

待瓊林、宴罷醉歸時。人爭看、寶馬來思。

【箋注】〔郭逢道〕未詳。 〔歌珠〕禮記樂記：『纍纍乎端如貫珠。』元稹有善歌如貫珠賦。 〔風雨、落花〕孟浩然春曉詩：『夜來風雨聲，花落知多少？』 〔高山流水〕見卷一滿庭芳（傾國無媒閫）箋注。 〔瓊林宴〕即新舉進士及第者之恩榮宴也。以在瓊林苑中舉行，故曰瓊林宴。石林燕語：『瓊林苑，乾德中置。……歲賜二府從官宴及進士聞喜宴，皆在其間。』東京夢華錄：『瓊林苑，在順天門大街，面北，與金明池相對。』

又 用韻答傅先之，時傅宰龍泉歸。

龍泉佳處，種花滿縣却東歸。腰間玉若金纍。須信功名富貴，長與少年期。悵高山流水，古調今悲。臥龍暫而。算天上、有人知。最好五十學易，三百篇詩。男兒事業，看一日、須有致君時。端的了、休更尋思。

【校】〔題〕四卷本丁集作『用韻答先之』。 〔休更〕廣信書院本作『休便』，茲從四卷本。

【箋注】〔傅先之〕鉛山縣志卷十二、選舉志：『傅兆，字先之，淳熙八年進士，城北人，湖州通判。』龍泉縣志卷八、政績：『傅兆，上饒人，慶元初知縣。爲民備荒，出所得俸錢六十萬有奇，會歲豐穀賤，盡以博糴，爲米三百餘斛，置倉別貯。俟農事方殷，舊穀將沒，則如其價以出之，至秋復斂。名其倉曰勸儲，擇邑有行誼者司之。議

率爲常,民懷其惠。』按:宋有二龍泉縣,一屬處州,一屬吉州,傅氏所任爲處州龍泉宰。　〔種花句〕見卷一水
調歌頭(官事未易了闋)箋注。　〔玉若金甃〕詳見卷二瑞鶴仙(黃金堆到斗闋)箋注。　〔五十學易〕論語:『子
曰:「假我數年,五十以學易,可以無大過矣。」』　〔致君〕杜甫奉贈韋左丞丈二十二韻:『致君堯、舜上,再使風
俗淳。』　〔端的了〕即明白了,懂得了之意。

又　用韻答趙晉臣敷文

不堪鶗鴂,早敎百草放春歸。江頭愁殺吾儕。却覺君侯雅句,千載共心期。便留春甚
樂,樂了須悲。　瓊而素而。被花惱,只鶯知。正要千鍾角酒,五字裁詩。江東日暮,道
繡斧、人去未多時,還又要、玉殿論思。

【箋注】〔趙晉臣〕上饒縣志寓賢傳:『趙不迂,字晉臣,嘗創書樓於上饒,吟咏自適。』鉛山縣志選舉志:『趙不
迂,士祛四子,紹興二十四年進士,中奉大夫,直敷文閣學士。』夷堅三志壬六,《滕王閣火條:『慶元四年七月二
十六日夜,細民家失火,……滕王閣外廡遂罹鬱攸之害。趙不迂晉臣以漕使兼府事,出次城頭,遙望西山,焚
香禱於旌陽眞君。西風方熾,忽然反東,火隨以息。』曹學佺大明一統名勝志,江西南昌府:『樂圍即宋漕司花
園,紹興中轉運判官趙奇符翔,……至慶元五年祕閣趙不迂榜以今名。』　〔吾儕〕見卷二蝶戀花(九畹芳菲蘭
佩好闋)箋注。　〔瓊而素而〕詩齊風著:『俟我於著乎而,充耳以素乎而,尚之以瓊華乎而。』　〔被花惱〕杜甫

江畔獨步尋花絕句：『江上被花惱不徹，無處告訴只顛狂。』〔千鍾角酒〕孔叢子：『昔平原君與子高飲，強子高酒，曰：「昔有遺諺：堯、舜千鍾，孔子百觚，子路嗑嗑，尚飲十榼。古之聖賢無不能飲也。」』〔繡斧〕宋代各路提點刑獄及轉運，常平通稱監司，提刑即漢代繡衣持斧使者。趙氏曾任何路提刑，未詳。〔玉殿論思〕蘇軾

次韻蔣穎叔詩：『豈敢便爲雞黍約，玉堂金殿要論思。』

〔編年〕慶元六年(一二〇〇)春。——右同韻婆羅門引四首，當是同時作。傅先之於慶元間知龍泉縣事，於何時卸任歸鉛山，雖無史文可考，但趙晉臣於慶元五年尚在江西漕使任，而杜叔高之至鉛山相會，又有稼軒詩題明標其年月，則右詞四首必均作於六年春杜氏離鉛山前後。 時晉臣蓋罷職初歸也。

念奴嬌　重九席上

龍山何處？記當年高會，重陽佳節。誰與老兵供一笑，落帽參軍華髮。莫倚忘懷，西風也解，點檢尊前客。淒涼今古，眼中三兩飛蝶。 須信采菊東籬，高情千載，只有陶彭澤。愛說琴中如得趣，絃上何勞聲切。試把空杯，翁還肯道，何必杯中物。臨風一笑，請翁同醉今夕。

〔校〕〔也解〕四卷本丁集作『也會』。

〔箋注〕〔龍山五句〕見卷一沁園春(佇立瀟湘闊)箋注。　〔老兵〕晉書謝奕傳：『與桓溫善，溫辟爲安西司馬，

猶推布衣好。……常逼溫飲,溫走入南康主門避之,突遣攜酒就聽事引溫一兵帥共飲,曰:「失一老兵,得一老

兵,亦何所在。」溫不之寶。　〔愛說二句〕見卷一新荷葉(春色如愁闥)箋注。

又

用韻答傅先之

浯詩好處,似鄒魯儒家,還有奇節。下筆如神彊押韻,遺恨都無毫髮。炙手炎來,掉頭冷

去,無限長安客。丁寧黃菊,未消勾引蜂蝶。　天上絳闕清都,聽君歸去;,我自癯山澤。

人道君才剛百鍊,美玉都成泥切。我愛風流,醉中傾倒,丘壑胸中物。一杯相屬,莫孤風

月今夕。

【校】(題)廣信書院本『先之』下有『提舉』二字,茲從四卷本丁集。　〔押韻〕四卷本作『壓韻』。　〔傾倒〕四卷

本作『顛倒』。

【箋注】〔下筆句〕杜甫奉贈韋左丞丈詩:『甫昔少年日,早充觀國賓。讀書破萬卷,下筆如有神。』南史王筠傳:

『筠又嘗爲詩,能用彊韻,每公宴並作,辭必妍靡。』蘇軾詩:『君看押彊韻,已膝郊與島。』　〔遺恨句〕杜甫贈鄭

諫議詩:『毫髮無遺憾,波瀾獨老成。』　〔炙手〕新唐書崔鉉傳:『鉉爲尚書左僕射,兼門下侍郎,所善鄭魯、楊紹

復、段瓖、薛蒙,頗參議論,時語曰:「鄭、楊、段、薛,炙手可熱。欲得命通,魯、紹、瓖、蒙。」』　〔掉頭〕莊子在宥

篇:『鴻蒙拊髀雀躍掉頭曰:「吾弗知,吾弗知。」』　〔癯山澤〕史記司馬相如傳:『相如以爲列僊之傳居山澤間,

形容甚腴，此非帝王之儇意也，乃遂就大人賦。」　〔剛百鍊〕應劭漢官儀：「今取堅剛百鍊而不耗。」劉琨贈盧諶詩：『何意百鍊剛，化爲繞指柔。』　〔美玉句〕十洲記：『流洲上多山川積石，名爲昆吾，冶其石成鐵，作劍，光明洞照，如水精狀。割玉物如切泥。』　〔丘壑句〕黃庭堅詩：『胸中元自有丘壑，故作老木蟠風霜。』　〔風月今夕〕南史徐勉傳：『勉居選官，嘗與門人夜集，客有虞暠，求詹事五官，勉正色答曰「今夕止可談風月，不宜及公事。」今時人服其無私。』　〔一杯句〕韓愈八月十五夜贈功曹詩：『沙平水息聲影絕，一杯相屬君當歌。』

〔編年〕　慶元、嘉泰間。——右二詞用同韻，當爲同時作。四卷本次首題中未著傅先之官職，疑其時尙在傅氏倅吳興之前，則當在慶元、嘉泰間也。（廣信書院本題中提舉二字當爲後來追加者。）

最高樓　客有敗棋者，代賦梅。

花知否：花一似何郎，又似沈東陽：瘦稜稜地天然白，冷淸淸地許多香。笑東君，還又向，北枝忙。　着一陣、霎時間底雪，更一箇、缺些兒底月。山下路、水邊牆。風流怕有人知處，影兒守定竹旁廂。且饒他，桃李趁，少年場。

〔校〕　〔題〕花菴詞選作『梅花』。　〔又向〕花菴詞選作『又趁』。　〔更一箇〕花菴詞作『着一箇』。　〔風流〕花菴作『淸香』，全芳備祖前集（一）引同。　〔影兒至趁〕花菴詞選作『蒼松側畔竹旁廂，怎禁他，桃與李』。

〔箋注〕　〔何郎〕謂何晏。世說新語容止篇：『何平叔美姿儀，面至白，魏明帝疑其傅粉。正夏月，與熱湯麨，旣

噉,大汗出,以朱衣自拭,色轉皎然。』〔沈東陽〕指沈約。南史沈約傳謂隆昌元年約除吏部郎,出爲東陽太守。李商隱寄呈韓冬郎兼呈畏之員外詩:『爲憑何遜休聯句,瘦盡東陽姓沈人。』〔着一陣〕即『來一陣』之意。　〔且饒〕即『且讓』、『且任』之意。

又　用韻答趙晉臣敷文

花好處,不趁綠衣郎,縞袂立斜陽。面皮兒上因誰白,骨頭兒裏幾多香?儘饒他,心似鐵,也須忙。　甚喚得、雪來白倒雪,更喚得、月來香殺月。誰立馬、更窺牆?將軍止渴山南畔,相公調鼎殿東廂。忒高才,經濟地,戰爭場。

【校】〔題〕四卷本乙集作『答晉臣』。　〔更喚得〕王詔校刊本及四印齋本『更』俱作『便』。汲古閣抄四卷本此字用粉塗去,未補。

【箋注】〔心似二句〕皮日休桃花賦序:『余常慕宋廣平(璟)之爲相,正姿勁質,剛態毅狀,疑其鐵腸石心,不能吐婉媚辭,然覩其文而有梅花賦,清便富豔,得南朝徐庾之體。』　〔立馬二句〕白居易新樂府井底引銀瓶:『馬上牆頭遙相見。』　〔將軍句〕見卷四沁園春(我見君來閱)箋注。

歸朝歡　題趙晉臣敷文積翠巖

我笑共工緣底怒，觸斷峨峨天一柱。補天又笑女媧忙，却將此石投閑處。野煙荒草路。

先生拄杖來看汝。倚蒼苔，摩挲試問：千古幾風雨？　長被兒童敲火苦，時有牛羊磨

角去。霍然千丈翠巖屏，鏘然一滴甘泉乳。結亭三四五。　會相暖熱攜歌舞。細思量：古

來寒士，不遇有時遇。

【校】〔題〕四卷本乙集無『趙』字及『敷文』二字。

【箋注】〔我笑三句〕見卷一滿江紅〔鵬翼垂空閒〕箋注。　〔長被二句〕韓愈石鼓歌：『牧兒敲火牛礪角，誰復著

手爲摩挲。』　〔古來二句〕董仲舒有士不遇賦。

鵲橋仙　席上和趙晉臣敷文

少年風月，少年歌舞，老去方知堪羨。歡折腰五斗賦歸來，問走了、羊腸幾遍？　高車駟

馬，金章紫綬，傳語渠儂穩便。問東湖、帶得幾多春，且看凌雲筆健。

【箋注】〔歡折腰句〕宋書陶潛傳：『爲彭澤令，……郡遣督郵至，縣吏白應束帶見之，潛歎曰：「我不能爲五斗米

折腰向鄉里小人！」即日解印綬去職，賦歸去來。』　〔傳語句〕意謂請其任意隨便而爲之。　〔凌雲筆健〕杜甫

戲爲六絕之一：『庾信文章老更成，凌雲健筆意縱橫。』

【編年】慶元六年（一二〇〇）春。——據『賦歸來』及『問東湖』句，知作於趙氏歸自豫章之初，當亦在慶元六

上西平 送杜叔高

恨如新,新恨了,又重新。看天上、多少浮雲?江南好景,落花時節又逢君。夜來風雨,何時重與細論文?綠楊陰裏,聽陽關、門掩黃昏。

【校】〔更能〕廣信書院本、王詔校刊本及四印齋本俱脫『更』字,茲據六十家詞本及歷代詩餘補。四卷本無此首。

【箋注】〔杜叔高〕見卷二賀新郎(細把君詩說閱)箋注。 〔江南二句〕杜甫江南逢李龜年詩:『正是江南好風景,落花時節又逢君。』 〔江天二句〕杜甫春日憶李白詩:『渭北春天樹,江東日暮雲。何時一尊酒,重與細論文?』

錦帳春 席上和杜叔高韻

春色難留,酒杯常淺,更舊恨新愁相間。 五更風,千里夢。看飛紅幾片,這般庭院。幾許風流,幾般嬌嫩,問相見何如不見? 燕飛忙,鶯語亂。恨重簾不捲,翠屏平遠。

【校】〔題〕廣信書院本及四印齋本無『韻』字，玆據四卷本丙集補。又四卷本丙集作『杜叔高席上』。〔更舊恨〕四卷本丙集作『把舊恨』。〔千里〕廣信書院本作『杜』字。王詔校刊本及六十家詞本、六十家詞本及四印齋本亦俱作『千里』。

浣溪沙 別杜叔高

這裏裁詩話別離，那邊應是望歸期。人言心急馬行遲。　去雁無憑傳錦字，春泥抵死污人衣。海棠過了有荼蘼。

玉蝴蝶 追別杜叔高

古道行人來去，香紅滿樹，風雨殘花。望斷青山，高處都被雲遮。客重來、風流觴詠，人家：疏疏翠竹，陰陰綠樹，淺淺寒沙。　醉兀籃輿，夜來豪飲太狂些。到如今、都齊醒却，只依舊、無奈愁何。試聽呵：寒食近也，且住爲佳。

【校】〔杜叔高〕廣信書院本作『杜仲高』，玆從四卷本丙集。

【箋注】〔寒食二句〕見卷一霜天曉角（吳頭楚尾闊）箋注。

【編年】慶元六年(一二〇〇)。——據朱文公文集與杜叔高書及稼軒賀新郎詞,知杜氏曾於淳熙十六年春至上饒與稼軒會晤。稼軒詩集有題云:『同杜叔高、祝彥集觀天保菴瀑布,主人留飲兩日,且約牡丹之飲。』自注云:『庚申歲二月二十八日也。』則是慶元六年杜氏又至鉛山相會。右詞有『客重來』句,知其非作於淳熙十六年者。又據『風流艤詠』及『寒食近』等語,其時令亦與詩題全相合。廣信書院本改叔高為仲高,雖仲高之是否亦曾相訪不可考知,而據上舉諸佐證,知此詞決係與叔高相酬唱者。上西平等三首,當亦同時之作,因彙錄焉。

又

叔高書來戒酒,用韻。

貴賤偶然渾似:隨風簾幌,籬落飛花。空使兒曹,馬上羞面頻遮。向空江、誰捐玉珮;寄離恨、應折疏麻。暮雲多。佳人何處?數盡歸鴉。　儂家:生涯蠟屐,功名破甑,交友搏沙。往日會論,淵明似勝臥龍些。算從來、人生行樂,休更說、日飲亡何。快斟呵;裁詩未穩,得酒良佳。

【校】〔題〕『叔高』廣信書院本作『杜仲高』;茲從四卷本丁集。　〔簾幌〕廣信書院本作『簾幕』,茲從四卷本。　〔算從來〕四卷本作『記從來』。　〔休更說〕四卷本作『休更問』。

【箋注】〔貴賤三句〕南史范縝傳:『子良問曰:「君不信因果,何得富貴貧賤?」縝答曰:「人生如樹花同發,隨風而墮,自有拂簾幌墜於茵席之上,自有關籬牆落於糞溷之中。墜茵席者殿下是也;落糞溷者下官是也。」貴賤

雖復殊途，因果竟在何處。」 〔向空江句〕九歌湘君：『捐余玦兮江中，遺余佩兮醴浦。』餘參卷二賀新郎(綠臥

衣裳冷闔〕箋注。 〔折疏麻〕九歌大司命：『折疏麻兮瑤華，將以遺兮離居。』 〔生涯蠟屐〕世說雅量篇：『祖士

少好財，阮遙集好屐，並恆自經營，同是一累而未判其得失。人有詣祖，見料視財物，客至，屏當未盡，餘兩小

簏著背後，傾身障之，意未能平。或有詣阮，見自吹火蠟屐，因歎曰：「未知一生當著幾量屐。」神色閑暢。於是

勝負始分。』 〔功名二句〕後漢書郭太傳：『孟敏荷甑墮地，不顧而去，林宗問其意，對曰：「甑已破矣，視之何

益。」』林宗異之。』 〔蘇軾遊徑山詩：『功名一破甑，棄置何用顧。』又，再答喬太博段屯田詩：『親友如摶沙，放手還

復散。』 〔日飲亡何〕漢書袁盎傳：『徙為吳相，辭行，種謂盎曰：「南方卑溼，君能日飲無何，時說王毋反而已。」』

【編年】慶元六年(一二〇〇)。──右詞與前闋用同韻，當是叔高於別去之後即來訪以止酒為勸，稼軒因以

賦此詞也。

玉樓春 效白樂天體

少年才把笙歌餞，夏日非長秋夜短。因他老病不相饒，把好心情都做嬾。

故人別後書來勸∶乍可停杯彊喫飯。云何相見酒邊時，却道達人須飲滿？

【校】〔相見〕四卷本丁集作『相遇』。 〔飲滿〕四印齋本作『引滿』。

【箋注】〔故人句〕據玉蝴蝶詞題，知此所指當即杜叔高也。 〔乍可〕此處當作『寧可』解。

狂歌擊碎村醪餞，欲舞還憐衫袖短。心如溪上釣磯閒，身似道旁官堠嬾。山中有酒提
壺勸，好語憐君堪鮓飯。至今有句落人間，渭水秋風黃葉滿。諺云：饞如鶻子，嬾如堠子。

【校】（題）四卷本丁集作『用韻呈仲洽』。（心如）四卷本作『身如』。（身似）四卷本作『心似』。（憐君）四卷本作『多君』。（秋風）四卷本作『西風』。

【箋注】（欲舞句）古詩：『長袖善舞，多財善賈。』（注）『滿』字下四卷本無注。（渭水句）賈島憶江上吳處士詩：『秋風吹渭水，落葉滿長安。』

又　用韻答吳子似縣尉

君如九醞臺粘餞，我似茅柴風味短。幾時秋水美人來，長恐扁舟乘興嬾。向來珠履玉簪人，頗覺斗量車載滿。高懷自飲無
人勸，馬有青芻奴白飯。

【校】（題）四卷本丁集作『用韻答子似』。

【箋注】（九醞句）西京雜記卷一：『漢制：宗廟八月飲酎，用九醞、太牢。以正月旦作酒，八月成，名曰酎，一曰
九醞。』白居易薔薇正開春酒初熟招人同飲詩：『甕頭竹葉經春熟，階底薔薇入夏開。』似火淺深紅壓架，如錫氣

昧綠黏臺。」　〔茅柴〕酒史謂惡酒曰茅柴。韓駒茅柴酒詩:『慣飲茅柴諳苦硬,不知如蜜有香醒。』　〔幾時二

句〕上句用杜詩,下句用王子猷雪夜訪戴遠故事。俱已見。　〔馬有句〕杜甫入奏行:『爲君酤酒滿眼酤,與奴

白飯馬青芻。』　〔斗量車載〕三國志吳志:『趙咨使魏,文帝善之,曰:「吳如大夫者幾人?」咨曰:「聰明特達者

八九十人,如臣之比,車載斗量,不可勝數。」』

【編年】慶元六年(一二〇〇)。——右同韻玉樓春三闋,自是同時作。據首闋『故人別後書來勸』句,知作於

杜叔高別去之後。

感皇恩　讀莊子,聞朱晦菴即世。

案上數編書,非莊即老。會說忘言始知道;萬言千句,不自能忘堪笑。今朝梅雨霽,青

天好。　一壑一丘,輕衫短帽。白髮多時故人少。子雲何在,應有玄經遺草。江河流日

夜,何時了。

【校】〔題〕四卷本丙集作『讀莊子有所思』。　〔不自〕四卷本作『自不』。　〔今朝〕四卷本作『朝來』。　〔青天〕

四卷本作『青青』。

【箋注】〔忘言句〕莊子外物篇:『言者所以在意,得意而忘言;吾安得忘言之人而與之言哉。』又列禦寇篇:『知

道易,勿言難。』　〔子雲二句〕漢書揚雄傳:『實好古而樂道,其意欲求文章成名於後世,以爲經莫大於易,故作

太玄；傳莫大於論語，作法言。』〔江河二句〕杜甫戲爲六絕句：『爾曹身與名俱滅，不廢江河萬古流。』謝朓暫
使下都贈西府同僚詩：『大江流日夜，客心悲未央。』按：右詞上片皆讀莊子之所感，下片云云，則以揚子朱
熹，謂將垂名不朽也。

【附錄】

宋史稼軒本傳云：『棄疾嘗同朱熹遊武夷山，賦九曲櫂歌，熹書「克己復禮」「夙興夜寐」題其二齋室。熹歿，僞學
禁方嚴，門生故舊至無送葬者，棄疾爲文往哭之，曰：「所不朽者，垂萬世名。孰謂公死，凜凜猶生。」』

【編年】 慶元六年（一二○○）。——據朱子年譜，朱氏卒於慶元六年三月甲子，詞中有『梅雨』句，當是作於初
聞朱氏凶訊時。

賀新郎 題傅君用山園

曾與東山約，爲儵魚、從容分得，清泉一勺。堪笑高人讀書處，多少松窗竹閣。甚長彼、
遊人占却。萬卷何言達時用，土方窮、早去聲與人同樂。　山頭怪石蹲
秋鶚。　俯人間、塵埃野馬，孤撐高攫。拄杖危亭扶未到，已覺雲生兩脚。更換却、朝來毛
髮。此地千年曾物化，莫呼猿、且自多招鶴。吾亦有，一丘壑。

【校】 〔題〕四卷本丁集無『傅』字。　〔早〕廣信書院本『早』字下無『去聲』二字，茲從四卷本丁集。

【箋注】〔儵魚句〕莊子秋水篇：『儵魚出游從容，是魚之樂也。』　〔高人讀書〕蘇軾詩：『高人讀書夜達旦。』

〔更換句〕論衡舊虛篇：『傳書或言顏淵與孔子俱上魯泰山，孔子東南望吳閶門外有繫白馬，引顏淵指以示之，

曰：『若見閶門乎？』顏淵曰：『見之。』孔子曰：『門外何有？』曰：『有如繫練之狀。』孔子撫其目而止之。因與俱

下。下而顏淵髮白齒落。』　〔呼猿，招鶴〕參卷二沁園春(三徑初成關)箋注。

又

用韻題趙晉臣敷文積翠巖，余謂當築陂於其前。

拄杖重來約。對東風、洞庭張樂，滿空簫勺。巨海拔犀頭角出，來向此山高閣。尚依舊、

爭前又却。老我傷懷登臨際，問何方、可以平哀樂？唯是酒，萬金藥。　勸君且作橫空

鶚。便休論、人間腥腐，紛紛烏攫。九萬里風斯在下，翻覆雲頭雨腳。快直上、崑崙濯

髮。好臥長虹陂十里，是誰言、聽取雙黃鶴。推翠影，浸雲壑。

【校】〔題〕『韻當』四卷本丁集作『欲令』。　〔對東風〕廣信書院本作『到東風』，茲從四卷本。　〔來向此山〕廣

信書院本作『東向北山』，王詔校刊本及四印齋本『來』，茲從四卷本。　〔便休〕王詔校刊本及四印齋本俱作『東』，茲從四卷本。　〔依舊爭前又却〕四卷本作

『兩兩三三前却』。　〔是酒〕四卷本作『酒是』。　〔推〕王詔校刊本及四印齋本俱改作『更休』。　〔快直上〕

四卷本作『更直上』。　王詔校刊本及四印齋本俱作『攄』。

【箋注】〔洞庭句〕見卷二水龍吟(楠陀大士虛空閶)箋注。　〔簫勺〕簫，舜樂；勺，周樂。　〔巨海句〕南越志：

『高州巨海有大犀，出入有光。』〔老我句〕杜甫登樓詩：『花近高樓傷客心，萬方多難此登臨。』〔烏攫〕漢書

黃霸傳：『爲潁川太守，嘗欲有所伺察，擇長年廉吏遣行，屬令周密。吏出，不敢舍郵亭，食於道旁，烏攫其肉。』

〔九萬句〕莊子逍遙遊：『鵬之徙於南冥也，水擊三千里，摶扶搖而上者九萬里。……風之積也不厚，則其負大翼

也無力，故九萬里則風斯在下矣。』〔雙黃鶴〕雲笈七籤：『朱庫者，不知何許人也，不飢不渴，強丁不老，忽云

應得仙，剋日發，與親友別，云當有迎者，須臾有兩黃鶴下庭中，庫便度世。』

又　韓仲止制院山中見訪，席上用前韻。

聽我三章約。用世說語。有談功、談名者舞，談經深酌。作賦相如親滌器，識字子雲投閣。

算枉把、精神費却。此會不如公榮者，莫呼來、政爾妨人樂。當年衆

鳥看孤鶚。　意飄然　橫空直把，曹吞劉攫。老我山中誰來伴？醫俗士，苦無藥。

還生僧髮。　自斷此生天休問，倩何人、說與乘軒鶴。吾有志，在丘壑。

〔校〕〔約〕『約』字下注文，王詔校刊本及四卷本丁集並同，六十家詞本四字全脫，四印齋本移置『丘壑』二字

下，作『起用世說語』。　〔丘壑〕四卷本作『溝壑』。

〔箋注〕〔韓仲止〕韓淲字仲止，吏部韓元吉之子，仕履始末無可考。載復古石屏集有挽韓仲止詩云：『雅志不

同俗，休官二十年，隱居溪上宅，清酌澗中泉。』又，韓氏自號澗泉，甚有詩名，時人與趙蕃並稱，所謂『信上二

泉』也。（參四庫提要間泉日記條）　〔聽我句〕世說新語排調篇：『魏長齊雅有體量，而才學非所經。初宦，當

出，虞存嘲之曰：「與卿約法三章：談者死，文筆者刑，商略抵罪。」魏怡然而笑，無忤於色。』　〔作賦句〕史記司

馬相如傳：『文君夜亡奔相如，相如乃與馳歸，……與俱之臨邛，盡賣其車騎，買一酒舍酤酒，而令文君當鑪，相

如身自著犢鼻褌，與保庸雜作，滌器於市中。』　〔識字句〕見本卷賀新郎〔時後俄生柳間〕箋注。

『相如逸才親滌器，子雲識字終投閣。』　〔此會二句〕世說新語簡傲篇：『王戎弱冠詣阮籍，時劉公榮在坐，阮謂

王曰：「偶有二斗美酒，當與君共飲。彼劉公榮者無預焉。」二人交觴酬酢，公榮遂不得一杯，而言語談戲，三人

無異。或有間之者，阮答曰：「勝公榮者不得不與飲，不如公榮者不可不與飲，唯公榮可不與飲酒。」故時共飲。』〔同書排調

篇：『嵇、阮、山、劉，在竹林酣飲，王戎後往，步兵曰：「俗物已復來敗人意。」王笑曰：「卿輩意亦復可敗耶！」』

〔醫俗士二句〕蘇軾詩：『人瘦尚可肥，士俗不可醫。』　〔自斷句〕杜甫詩句，見卷二八鉴甘州（故將軍飲罷夜歸

來閣）箋注。　〔乘軒鶴〕左傳閔二年：『狄人伐衛，衛懿公好鶴，鶴有乘軒者。將戰，國人受甲者皆曰：「使鶴

鶴實有祿位，余焉能戰。』」

【附錄】　張功甫鎡和章（見南湖集卷十）

賀新郎　次辛稼軒韻齊呈

邂逅非專約。記當年：林堂對竹，豔歌春酌。一笑乘鸞明月影，餘事丹青麟閣。待宇宙長繩穿却。念我中原

空有夢，渺風塵萬里迷長樂。愁易老，欠鹽藥。　別來幾度霜天鶚。厭紛紛，吞腥啄腐，狗偷鳥攫。東晉風流

象慷慨，公自陽春有脚。妙悟處不存毫髮。何日相從雲水去，看精神峭聚芝田鶴。書壯語，遍嚴壑。

【編年】慶元六年（一二○○）。——右同韻賀新郎三首，末闋有『醫俗士，苦無藥』句，與寄吳子似之生查子語意相同，當作於同時。趙晉臣於慶元六年春歸鉛山，吳子似於是年冬離鉛山，則此三詞定當作於是年夏秋二季。

生查子　簡吳子似縣尉

高人千丈崖，太古儲冰雪。六月火雲時，一見森毛髮。　俗人如盜泉，照影都昏濁。高處掛吾瓢，不飲吾寧渴。

【校】〔題〕四卷本丁集作『簡子似』。　〔太古〕四卷本作『千古』。　〔照影都〕四卷本同。六十家詞本及四印齋本俱作『照影成』。

【箋注】〔盜泉、吾寧渴〕尸子：『孔子過於盜泉，渴矣而不飲，惡其名也。』　〔掛瓢〕見卷二水龍吟（稼軒何必長貧閑）箋注。

【編年】慶元六年（一二○○）。——詞中以『高人』『俗人』相比，當爲不勝俗客之苦時所作，『韓仲止山中見訪』之賀新郎亦有『醫俗士，苦無藥』句，二詞當作於同時。其時既已與趙晉臣唱和，是必在慶元六年趙氏既歸之後，吳氏尙未離去鉛山之前也。

夜游宮　苦俗客

幾箇相知可喜，才廝見、說山說水。顛倒爛熟只這是。怎奈向，一回說，一回美。　有箇
尖新底，說底話、非名卽利。說得口乾罪過你。且不罪；俺略起，去洗耳。

【校】〔奈向〕四卷本丙集同，王詔校刊本、六十家詞本及四印齋本俱作『奈何』。　〔說得〕王詔校刊本、六十家詞本及四印齋本俱作『說的』。　〔卽利〕王詔校刊本及六十家詞本俱誤作『非利』。　〔才廝見〕意卽『一相見』。　〔尖新底〕卽『特殊的』、『別致的』。　〔罪過你〕意謂咎由自取也。　〔洗耳〕高士傳：『許由字武仲，堯致天下而讓焉，由以爲汚，乃臨池洗耳。』

【箋注】

【編年】慶元六年（一二〇〇）。——據題語，疑與寄吳子似之生查子及『韓仲止山中見訪』之賀新郎作於同一期內。

雨中花慢　登新樓，有懷趙昌甫、徐斯遠、韓仲止、吳子似、楊民瞻。

舊雨常來，今雨不來，佳人倦塞誰留？幸山中芋栗，今歲全收。貧賤交情落落，古今吾道悠悠。怪新來却見：文反離騷，詩發秦州。　功名只道，無之不樂；那知有更堪憂。怎奈向、兒曹抵死，喚不回頭！石臥山前認虎，蟻喧牀下聞牛。爲誰西望，憑欄一餉，却下層樓。

【校】〔題〕四卷本丙集無『趙』、『徐』、『韓』、『吳』、『楊』五字。

馬上三年，醉帽吟鞭，錦囊詩卷長留。悵溪山舊管，風月新收。明便關河杳杳，去應日月

又

吳子似見和，再用韻爲別。

【箋注】〔舊雨二句〕杜甫秋述：『秋，杜子臥病長安旅次，多雨生魚，青苔及楊，常時車馬之客，舊雨來今雨不來。』〔幸山中二句〕杜甫南鄰詩：『錦里先生烏角巾，園收芋栗未全貧。〔貧賤句〕漢書鄭當時傳：『下邽翟公爲廷尉，賓客亦填門，及廢，門外可設雀羅。後復爲廷尉，客欲往，翟公大署其門曰：「一死一生，迺知交情；一貧一富，迺知交態；一貴一賤，交情迺見。」〔吾道句〕杜甫發秦州詩：『大哉乾坤內，吾道長悠悠。』〔文反句〕漢書揚雄傳：『又怪屈原文過相如，至不容，作離騷，自投江而死，悲其文，讀之未嘗不流涕也。以爲君子得時則大行，不得時則龍蛇，遇不遇命也，何必湛身哉。迺作書，往往摭離騷文而反之，自岷山投諸江流，以弔屈原，名曰反離騷。』〔詩發句〕杜甫有發秦州詩。〔怨奈二句〕苕溪漁隱叢話：『三分光陰二早過，靈臺一點不揩磨。貪生逐日區區去，喚不回頭爭奈何。』按，稼軒詞作『怎奈向』，亦宋人詞中慣用語，與『怎奈何』義同。陳世宜宋詞舉謂『向』字讀亨，去聲；宋時方言，郎晉人語『甯馨』，今吳諺之『那亭』。『抵死』作『總是』、『老是』解。〔石臥句〕史記李將軍列傳：『廣出獵，見草中石，以爲虎而射之，中石沒鏃，視之，石也。』〔蟻喧句〕世說新語紕漏篇：『殷仲堪父病虛悸，聞牀下蟻動，謂是牛鬭。』〔一餉〕即一晌，霎時之意。

樓？

解、傾身一飽，淛米矛頭。心似傷弓寒雁，身如喘月吳牛。曉天涼夜，月明誰伴，吹笛南

悠悠。笑千篇索價，未抵蒲桃，五斗涼州。停雲老子，有酒盈尊，琴書端可銷憂。渾未

【校】〔題〕四卷本丁集無『吳』字。　〔吟鞭〕廣信書院本作『吟歎』，茲從四卷本。　〔未解〕四卷本作『未辨』。

〔塞雁〕四卷本、六十家詞本、四印齋本俱作『塞雁』。　〔曉天涼夜〕四卷本作『晚天涼也』。

【箋注】〔錦囊句〕杜甫送孔巢父詩：『詩卷長留天地間。』錦囊見卷二生查子（昨宵醉裏行闋）箋注。　〔笑千篇三句〕意謂吳氏對所作詩篇之珍視，不及其對涼州之葡萄

酒也。　三輔決錄注：『孟佗以蒲桃酒一斗遺張讓，讓即拜佗爲涼州刺史。』　〔日月悠悠〕詩邶風雄雉：『瞻彼日月，悠悠我思。』　〔淛米句〕晉書顧愷之傳：『桓玄時與愷之同在仲堪坐，共作了語。……復作

危語。玄曰：『矛頭淅米劍頭炊。』仲堪曰：『百歲老翁攀枯枝。』……』　〔身如句〕世說言語篇：『滿奮畏風，在武

帝琉璃屏內坐，實密似疎，奮有難色，帝問之，答曰：『臣猶吳牛，見月而喘。』』　〔月明二句〕見卷一水調歌頭（折

徑就荒，松菊猶存。攜幼入室，有酒盈罇。……悅親戚之情話，樂琴書以消憂。）　〔傾身句〕陶淵明飲酒詩第

十：『傾身營一飽，少許便有餘。』　〔有酒二句〕陶淵明歸去來辭：『三

盡武昌柳闋）箋注。

【編年】慶元六年（一二〇〇）。——右二詞用同韻，當爲同時作。吳子似於慶元四年任鉛山尉，六年春杜叔

高至鉛山訪稼軒時，子似亦曾同宿山寺（見浣溪沙詞題），知其時子似猶未去職。據前闋『山中芋栗』句，則此

二詞之作當在六年秋也。

浪淘沙　送吳子似縣尉

金玉舊情懷，風月追陪，扁舟千里興佳哉。不似子猷行半路，却棹船回。　來歲菊花開，記我清杯。西風雁過填山臺。把似倩他書不到，好與同來。

【校】（題）四卷本乙集作『送子似』。

【箋注】（子猷句）見卷二鷓鴣天（莫上扁舟訪剡關）注。　〔填山臺〕安仁縣志卷七，古蹟：『玉眞臺在縣治後，進士柳敞德寓此讀書，刻玉眞臺三字於石壁。』參本卷水調歌頭（喚起子陸子闋）箋注。　〔把似〕意即假如。

【編年】慶元六年（一二〇〇）。

江神子　別吳子似，末章寄潘德久。

看君人物漢西都。過吾廬，笑談初，便說『公卿、元自要通儒』。一自梅花開了後，長怕說，賦歸歟。　而今別恨滿江湖，怎消除？算何如：杖屨當時、聞早放教疏？今代故交新貴後，渾不寄，數行書。

【校】（題）廣信書院本無『章』字，茲從四卷本丁集。又，四卷本無『吳』字。　（消除）四卷本作『銷除』。

【箋注】（潘德久）溫州府志：『潘檉字德久，永嘉人，仕閤門舍人，授福建兵馬鈐轄，詩名籍甚，永嘉言唐詩者，自檉始。有〈轉菴集〉。』（閒早）趁早也。宋詞屢見。（放教疏）蘇軾送楊奉禮詩：『更誰衰老子，令得放疏慵。』又，滿庭芳詞：『且趁閒身未老，須放我些子疏狂。』按：放與教義同。（故交三句）蘇軾醉落魄：『舊交新貴音書絕。』

【編年】慶元六年（一二〇〇）。

行香子　博山戲呈趙昌甫、韓仲止。

少日嘗聞：『富不如貧。貴不如賤者長存。』由來至樂，總屬閒人。且飲瓢泉，弄秋水，看停雲。　歲晚情親，老語彌眞。記前時勸我慇懃：『都休殢酒，也莫論文。把相牛經，種魚法，教兒孫。』

【校】〔題〕四卷本丁集作『博山簡昌甫、仲止』。

【箋注】（富不如二句）後漢書逸民傳：『向長字子平，河內朝歌人也。……潛隱於家，讀易至損益卦，喟然歎曰：「吾已知富不如貧，貴不如賤，但未知死何如生耳。」』（殢酒論文）見本卷上〈西平（恨如新闋〉箋注。

鷓鴣天　有客慨然談功名，因追念少年時事，戲作。

壯歲旌旗擁萬夫，錦襜突騎渡江初。燕兵夜娖〔側角切〕銀胡䩷，漢箭朝飛金僕姑。　追往

事，歎今吾，春風不染白髭鬚。却將萬字平戎策，換得東家種樹書。

【校】〔却將〕四卷本丁集作『都將』。

【箋注】〔少年時事〕宋史稼軒本傳:『金主亮死，中原豪傑並起，耿京聚兵山東，稱天平節度使，節制山東、河北忠義軍馬。棄疾為掌書記，即勸京決策南向......紹興三十二年，京令棄疾奉表歸宋，高宗勞師建康，召見，嘉納之......倂以節使印告召京。會張安國、邵進已殺京降金，棄疾還至海州，與衆謀曰:「我緣主帥命來歸朝，不期事變，何以復命?」乃約統制王世隆及忠義人馬全福等徑趨金營，安國方與金將酣飲，即衆中縛之以歸，獻俘行在，斬安國於市。......棄疾時年二十三。』稼軒乾道乙酉進美芹十論劄子:『粵辛巳歲，逆亮南寇，中原之民，屯聚蜂起，臣嘗鳩衆二千，隸耿京，為掌書記，與圖恢復，共籍兵二十五萬，納款於朝。』洪邁稼軒記:『余謂侯本以中州雋人，抱忠仗義，章顯聞於南邦。齊虜巧負國，赤手領五十騎，縛取於五萬衆中，如挾兔，束馬銜枚，間關西奏淮，至通晝夜不粒食。』〔壯歲句〕黃庭堅送范德孺知慶州詩:『春風旌旗擁萬夫。』〔錦襜突騎〕張孝祥于湖詞『凱歌上劉恭父』之水調歌頭:『少年荊楚劍客，突騎鎪襜紅。』〔燕兵句〕當指入金營擒張安國事。〔娖〕同『捉』，意為整捉。〔銀胡䩷〕新唐書儀衛志:『諸隊仗佩弓箭胡祿出鋪立廊下。』〔春風句〕歐陽修詞聖無憂:『好景能消光景，胡鞵亦作弧籙。　廣韻:『弧籙，箭室也。』五代期內割據幽州之劉仁恭，其部隊編制中尚有『銀胡鞵都』之名。〔金僕姑〕箭也。左傳莊公十一年:『公以金僕姑射南宮長萬。』

春風不染髭鬚。』　〔平戎策〕稼軒屢有奏疏論對金事，今集中尙存美芹十論等數篇。　〔東家種樹書〕史記秦

始皇本紀：『所不去者，醫藥卜筮種樹之書。』漢書王吉傳：『吉少時，學問，居長安。東家有大棗樹，垂吉庭中。

吉婦取棗以啖吉。吉後知之，乃去婦。東家聞而欲伐其樹，鄰里共止之，因共請吉令還婦。里中爲之語曰：

「東家有樹，王陽婦去；東家棗完，去婦復還。』韓愈送石洪詩：『長把種樹書，人罕避世士。』

【編年】右二詞作年均無可考，以其意境甚相近，姑一倂附次與韓、趙諸人唱和諸作之後。

哨遍

趙昌父之祖季思學士，退居鄉圃，有亭名魚計，字文叔通爲作古賦。今昌父之弟成父，於所居鑿池築

亭，榜以舊名，昌父爲成父作詩，屬余賦詞，余爲賦哨遍。莊周論『於蟻棄知，於魚得計，於羊棄意』。其義美

矣；然上文論盍託於豕而得焚，羊肉爲蟻所慕而致殘，下文將倂結二義，乃獨置豕蝱不言，而遽論魚，其義

無所從起；又間於羊蟻兩句之間，使羊蟻之義離而不相屬，何耶？其必有深意存焉，顧後人未之曉耳。或言

蟻得水而死，羊得水而病，魚得水而活；此最穿鑿，不成義趣。余嘗反復尋繹，終未能得；意世必有能讀

此書而了其義者，他日倘見之而問焉。　姑先識余疑於此詞云爾。

池上主人，人適忘魚，魚適還忘水。　洋洋乎，翠藻靑萍裏。　想魚兮無便於此。　嘗試思：莊

周正談兩事，一明豕蝱一羊蟻。　說蟻慕於羶，於蟻棄知；又說於羊棄意。　甚蝱焚於豕獨

忘之，却驟說於魚爲得計？　千古遺文，我不知言，以我非子。　噫。　子固非魚，魚之爲計

子焉知。　河水深且廣，風濤萬頃堪依。　有網罟如雲，鵜鶘成陣，過而留泣計應非。　其外

海茫茫，下有龍伯，飢時一啖千里。更任公五十犗爲餌，使海上人人厭腥味。似鷗鵬、變、
化能幾。東遊入海此計，直以命爲嬉。古來謬算狂圖，五鼎烹死，指爲平地。嗟魚欲事．
遠遊時，請三思，而行可矣。

【校】〔義趣〕王詔校刊本及四印齋本俱改作『意趣』。　〔噫〕廣信書院本及王詔校刊本『噫』字均在『子固非魚』
下，兹從四印齋本。

【箋注】〔季思學士〕劉宰漫塘文集章泉趙先生墓表：『先生姓趙氏，諱蕃，字昌父，其先自杭徙汴，由汴而鄭、南
渡居信之玉山。曾祖賜，朝散大夫直龍圖閣，提舉江州太平觀。祖澤，迪功郎，海州朐山縣主簿，贈承議郎，南
周必大平園續稿跋魚計亭賦：『蜀人宇文公虛中爲滎陽趙公歟作魚計亭賦，引物連類，開闔古今，深得東坡、潁
濱之筆勢。……趙公字彥思，熙寧六年進士。其子諱賜字義若，紹聖元年甲科。子澤，終朐山簿，生渙，終舉議
郎，通判沅州。』按：魚計亭爲趙歟所造，各書所載均同，唯此詞題中稱季思學士，平園跋文則謂歟字彥思，未知
孰是。又，據漫塘文及平園跋，均謂歟爲昌父之高祖，題中謂爲『昌父之祖』亦誤。　〔宇文叔通〕宇文虛中字
叔通，華陽人，大觀進士。宋室南渡，使金被留，金人號爲國師。後被誣謀反，全家焚死。宋人以其不忘故國，
贈謚鹔愍。　宋史金史均有傳。　〔成父〕平園續稿跋魚計亭賦：『渙，……二子：蕃，學問過人，恬於進取，連任
嶽祠，居以詩名。弟藏（一本作臧），亦嗜學好修。有子曰适，慶元已未擢第。距熙寧已百年而家學不絕。』玉
山縣志卷十雜類：『史載趙蕃年八十七，亦不言兄弟。　按：昌父弟成父，號定菴，見戴復古二老歌〔葉水心魚計

亭詩。〔鷗林玉露〕謂章泉趙昌甫兄弟隱玉山之下，蒼顏華髮，相從於泉石之間，皆年近九十。眞人間至樂之

事，亦人間希有之事也。」〔莊周至不相屬〕莊子徐無鬼篇：「有暖姝者，有濡需者，有卷婁者。……濡需者豕蝨

是也。……擇疏鬣，自以為廣宮大囿；奎蹄曲隈，乳閒股脚，自以為安室利處；不知屠者之一旦鼓臂布草，操煙火，

而己與豕俱焦也。……卷婁者，舜也。羊肉不慕蟻，蟻慕羊肉，羊肉羶也。舜有羶行，百姓悅之。故三徙成都。

……是以神人惡衆至，……故無所甚親，無所甚疏，抱德煬和，以順天下，此謂眞人。於蟻棄知，於魚得計，於

羊棄意。」〔洋洋乎〕孟子……『昔者有饋生魚於鄭子產，子產使校人畜之池，校人烹之，反命曰：「始舍之，圉圉

焉，少則洋洋焉，悠然而適。」〔不知言〕論語：「不知言無以知人也。」〔子固二句〕莊子秋水篇：「惠子曰：

『我非子，固不知子矣；子固非魚矣，子之不知魚之樂全矣。』」〔網罟二句〕莊子外物篇：「魚不畏網而畏鵜

鶘。」〔過而句〕古樂府：「枯魚過河泣，何時悔復及。」〔龍伯〕列子湯問篇：「龍伯之國有大人，舉足不盈數

千，而暨五山之所，一釣而連六鼇，合負而趣歸其國。」〔任公三句〕莊子外物篇：「任公子爲大鉤巨緇，五十犗

以爲餌，……已而大魚食之。……〔任公子得若魚，離而腊之，自制河以東，蒼梧以北，莫不厭若魚者。」〔五鼎

句〕漢書主父偃傳：『大丈夫生不五鼎食，死則五鼎烹耳。」〔請三思句〕論語：『季文子三思而後行，子聞之曰：

「再斯可矣。」」

【編年】　右詞作年莫考，澗泉集題魚計編後有『鄭圃賦留南渡久，瓢泉曲到老來平』句，據知此詞非作於移居瓢

泉之初。　疑晨早亦當在慶元末年也。

種豆南山，零落一頃爲萁。歲晚淵明，也吟草盛苗稀。風流剗地，向尊前、采菊題詩。悠然忽見，此山正繞東籬。千載襟期，高情想像當時。小閣橫空，朝來翠撲人衣。是中真趣，問騁懷、遊目誰知。無心出岫，白雲一片孤飛。

【箋注】〔種豆四句〕楊憚報孫會宗書：『其詩曰：「田彼南山，蕪穢不治，種一頃豆，落而爲萁。」』陶淵明歸田園居：『種豆南山下，草盛豆苗稀。』〔剗地〕此處當作『依舊』解。〔悠然二句〕屢見。〔是中真趣〕陶淵明歡酒詩：『此中有真意，欲辯已忘言。』〔聘懷遊目〕王羲之蘭亭序：『所以遊目騁懷，足以極視聽之娛，信可樂也。』〔無心句〕歸去來辭：『雲無心以出岫，鳥倦飛而知還。』

又

趙茂嘉趙晉臣和韻，見約初秋訪悠然，再用韻。

物盛還衰，眼看春葉秋萁。貴賤交情，翟公門外人稀。酒酣耳熱，又何須、幽憤裁詩。茂林修竹，小園曲逕疎籬。秋以爲期，西風黃菊開時。挂杖敲門，任他顛倒裳衣。去年塊笑，醉題詩、醒後方知。而今東望，心隨去鳥先飛。

【校】〔題〕四卷本乙集作『初秋訪悠然』。　〔任他〕四卷本作『從他』。

【箋注】 〔貴賤二句〕見本卷雨中花慢(舊雨常來閣)箋注。 〔酒酣句〕見卷三定風波(金印纍纍佩陸離閣)箋

注。 〔幽憤裁詩〕見卷二水調歌頭(君莫賦幽憤閣)箋注。 〔茂林修竹〕王羲之蘭亭序:『其地有崇山峻嶺,

茂林修竹。』 〔秋以爲期〕詩衛風氓之蚩蚩:『將子無怒,秋以爲期。』 〔拄杖敲門〕蘇軾定惠院海棠詩:『不論

人家與僧舍,拄杖敲門看修竹。』 〔顛倒裳衣〕詩齊風東方未明:『東方未晞,顛倒裳衣。』

【編年】 嶷慶元六年(一二○○)。 —— 右同韻新荷葉二首,當作於趙晉臣宦游初歸之年。 姑次於此。 其餘與

晉臣有關各首,凡其作年不得確考者,均依四卷本及廣信書院本之次第彙次於後。

婆羅門引

趙晉臣敷文張燈甚盛,索賦,偶憶舊游,末章因及之。

落星萬點,一天寶焰下層霄。 人間疊作僊鰲。 最愛金蓮側畔,紅粉裛花梢。 更鳴鼉擊

鼓,噴玉吹簫。 曲江畫橋,記花月、可憐宵。 想見閒愁未了,宿酒纔消。 東風搖蕩,似

楊柳、十五女兒腰。 人共柳、那箇無聊?

【校】 〔題〕四卷本丙集『趙晉臣敷文』作『晉臣』。 『索賦』上有『席上』二字。

【箋注】 〔金蓮〕謂燈燭。 新唐書令狐綯傳:『還爲翰林承旨。 夜對禁中,燭盡,帝以乘與金蓮華炬送還。 院吏

望見,……皆驚。』 范成大上元紀吳中節物詩自注亦謂:『蓮花燈最多。』 〔似楊柳句〕杜甫絕句漫興九首:『隔

戶楊柳弱嬋嬋,恰似十五女兒腰。』

一以我爲牛，一以我爲馬。人與之名受不辭，善學莊周者。　江海任虛舟，風雨從飄瓦。醉者乘車墜不傷，全得於天也。

【校】〔我爲馬〕四卷本丁集作『吾爲馬』。

【箋注】〔一以二句〕莊子應帝王篇：『泰氏，其臥徐徐，其覺于于，一以己爲馬，一以己爲牛，其知情信，其德甚真，而未始入於非人。』　〔江海句〕莊子山木篇：『君其涉於江而浮於海，望之而不見其崖，愈往而不知其所窮。……人能虛己以遊，世其孰能害之。』　〔風雨三句〕莊子達生篇：『夫醉者之墜車，雖疾不死。骨節與人同而犯害與人異，其神全也。……彼得全於酒而猶若是，而況得全於天乎？聖人藏於天，故莫之能傷也。　復讎者不折鏌干，雖有忮心者不怨飄瓦，是以天下平均，故無攻戰之亂。』

又　漫興三首

夜雨醉瓜廬，春水行秧馬。點檢田間快活人，未有如翁者。　掃禿兔毫錐，磨透銅臺瓦。誰伴揚雄作解嘲，烏有先生也。

【校】【題】廣信書院本及四卷本丁集俱無題，茲從王詔校刊本補入。（掃禿）四卷本作『禿盡』。

【筆注】【秧馬】農具。蘇軾秧馬歌序：『予昔遊武昌，見農夫皆騎秧馬，以楡棗爲腹，欲其滑；以楸桐爲背，欲其輕；腹如小舟，昂其首尾；背如覆瓦，以便兩髀雀躍於泥中；繫束藁其首以縛秧。日行千畦。』（銅臺瓦）文房四譜：『古瓦硯出相州魏銅雀臺，里人掘土，往往得之，貯水數日不滲。』（烏有先生）見本卷水調歌頭（我亦卜居者閩）箋注。

又

珠玉作泥沙，山谷量牛馬。試上嬴嬴丘壠看，誰是強梁者？ 水浸淺深簷，山壓高低瓦。山水朝來笑問人：『翁早（去聲）歸來也？』

【校】【翁早】廣信書院本『早』字下無『去聲』二字，茲從四卷本丁集。

【筆注】【山谷句】史記貨殖列傳：『烏氏倮，畜牧，及衆，斥賣，求奇繒物間，獻遺戎王，戎王什倍其償，與之畜，畜至用谷量牛馬。』（強梁）老子：『強梁者不得其死。』（早）此處當爲『早晚』意，卽何時也。

又

千古李將軍，奪得胡兒馬。李蔡爲人在下中，却是封侯者。芸草去陳根，筧竹添新瓦。

萬一朝家舉力田，舍我其誰也。

【校】〔千古〕王詔校刊本及六十家詞本俱作『漢代』。　〔朝家〕四卷本丁集同，王詔校刊本、六十家詞本及四印齋本俱改作『朝廷』。

【箋注】〔李將軍四句〕史記李將軍列傳：『李將軍廣者，隴西成紀人也。……以衞尉爲將軍，出鴈門擊匈奴，匈奴兵多，破敗廣軍，生得廣。……廣時傷病，置廣兩馬間，絡而盛臥廣，行十餘里，廣佯死，睨其旁有一胡兒騎善馬，廣暫騰而上胡兒馬，取其弓，鞭馬南馳數十里，復得其餘軍。……初，廣之從弟李蔡，與廣俱事孝文帝。……元狩二年，代公孫弘爲丞相。蔡爲人在下中，名聲出廣下甚遠，然廣不得爵邑，官不過九卿，而蔡爲列侯，位至三公。』　〔力田〕漢書：惠帝四年舉民孝弟力田者復其身。又，文帝十二年詔賜三老孝弟力田等帛各有差。　〔舍我句〕孟子：『夫天未欲治平天下也；如欲治平天下，當今之世，舍我其誰也。』

又

用韻答趙晉臣敷文，趙有眞得歸、方是閒二堂。

百郡怯登車，千里輪流馬。乞得膠膠擾擾身，却笑區區者。　野水玉鳴渠，急雨珠跳瓦。

一榻清風方是閒，眞得歸來也。

【校】〔題〕四卷本乙集作『答晉臣，渠有方是閒、眞得歸二堂』，廣信書院本無『二』字，茲依四卷本增。　〔眞得〕廣信書院本作『眞是』，茲從四卷本。

【箋注】〔膠膠擾擾〕動亂貌。莊子天道:『然則膠膠擾擾乎?』郭象注謂:『自嫌有事。』〔方是閒〕遯齋閑覽:

『予嘗於驛壁見人題兩句云:「謀生待足何時足?未老得閑方是閑。」』

又

萬里齃浮雲,一噴空凡馬。歎息曹瞞老驥詩,伏櫪如公者。　山鳥呼窺簷,野鼠飢翻瓦。

老我癡頑合住山,此地菭蓑也。

【箋注】〔齃浮雲〕漢書禮樂志郊祀歌:『太乙況,天馬下。……齃浮雲,晻上馳。』〔一噴句〕杜甫丹青引:『斯須

九重真龍出,一洗萬古凡馬空。』　〔曹瞞二句〕曹操龜雖壽詩:『老驥伏櫪,志在千里。 烈士暮年,壯心不已。』

〔菭蓑〕見卷二水調歌頭〔日月如磨蟻閒〕箋注。

定風波　賦杜鵑花

百紫千紅過了春,杜鵑聲苦不堪聞。 却解啼敎春小住,風雨,空山招得海棠魂。　恰似

蜀宮當日女,無數,猩猩血染赭羅巾。 畢竟花開誰作主?記取:大都花屬惜花人。

【校】〔題〕四卷本乙集無『賦』字。 〔恰似〕四卷本及全芳備祖前集十七引並作『一似』。

【箋注】〔杜鵑句〕華陽國志蜀志謂當七國時,蜀有王曰杜宇,後改稱帝,號曰望帝。 及禪位,隱於西山。 時適

二月子鵑鳥鳴，故蜀人悲子鵑鳥鳴。成都記：『望帝死，其魂化爲鳥，名曰杜鵑。』華陽風俗錄：『杜鵑大如鵲而

羽烏，其聲哀而吻有血。土人云：春至則鳴。聞其初聲則有離別之苦，人惡聞之。惟田家候其鳴則興農事。』

司空曙杜鵑行：『古時杜宇稱望帝，魂作杜鵑何微細。……豈思昔日居深宮，嬪嬙左右如花紅。』

又 再用韻和趙晉臣敷文

【箋注】（舊知聞）即舊交、舊友意。

野草閑花不當春，杜鵑却是舊知聞。謾道不如歸去住，梅雨，石榴花又是離魂。 前殿

羣臣深殿女，□數，赭袍一點萬紅巾。 莫問興亡今幾主，聽取，花前毛羽已羞人。

粉蝶兒 和趙晉臣敷文賦落梅

昨日春如，十三女兒學繡，一枝枝、不教花瘦。 甚無情，便下得，雨僝風僽，向園林，鋪作

地衣紅縐。 而今春似，輕薄蕩子難久。 記前時、送春歸後，把春波，都釀作，一江醇酎，

約淸愁，楊柳岸邊相候。

【校】（題）四卷本丙集作『和晉臣賦落花』。 （醇酎）四卷本作『春酎』。

【箋注】（甚無情）意即『眞無情』。 （便下得句）猶云『便忍使風雨來相折磨也』。

生查子 和趙晉臣敷文春雪

漫天春雪來，纔抵梅花半。最愛雪邊人，楚些裁成亂。雪兒偏解歌，只要金杯滿。誰道雪天寒？翠袖闌干暖。

【校】〔題〕四卷本丙集無。

【箋注】〔楚些句〕楚辭招魂篇，句末均用『些』字。又各篇多用『亂曰』云作結。〔雪兒句〕詩話總龜卷廿八故事門：『韓定辭爲鎮州王鎔書記，聘燕，帥劉仁恭舍于賓館，令幕客馬郁延接。馬有詩贈韓，意在試其學問，韓即席答之，曰：「……盛德好將銀管述，麗詞堪與雪兒歌。」他日郁問以銀管、雪兒之事，韓曰：「……雪兒，孝密之愛姬，能歌舞，每見賓僚文章有奇麗中意者，即付雪兒叶音律以歌之。」』〔誰道二句〕反用杜甫佳人詩中『天寒翠袖薄』句意。

菩薩蠻 趙晉臣席上。時張菩提葉燈，趙茂嘉扶病攜歌者。

看燈元是菩提葉，依然會說菩提法。法似一燈明，須臾千萬燈。燈邊花更滿，誰把空花散。說與病維摩……而今天女歌。

【校】〔題〕四卷本丙集作『晉臣張菩提葉燈，席上賦』。『趙茂中扶病攜歌者來』注在『天女歌』句下。

【箋注】〔菩提葉〕酉陽雜俎木篇:『菩提樹出摩伽陁國，蓋釋迦如來成道時樹。莖幹黃白，枝葉青翠，經冬不凋。至佛入滅日，國王人民大作佛事，收葉而歸，以爲瑞也。』周必大詩自註謂杭州報恩寺菩提葉燈最佳。〔法似二句〕楞嚴經:『有法門名無盡燈。無盡燈者：譬如一燈然千百燈，冥者皆明，明終不盡。』〔誰把三句〕見本卷祝英臺近〈水縱橫閣〉箋注。

水調歌頭 題趙晉臣敷文真得歸、方是閑二堂。

十里深窈窕，萬瓦碧參差。青山屋上，流水屋下綠橫溪。真得歸來笑語，方是閑中風月，剩費酒邊詩。點檢笙歌了，琴罷更圍棋。

莫向癡兒說夢，且作山人索價，頗怪鶴書遲。一事定嗔我，已辦北山移。

【校】〔題〕四卷本丁集『趙晉臣敷文』作『晉臣』。 〔笙歌〕四卷本作『歌舞』。

【箋注】〔萬瓦句〕蘇軾宿南山蟠龍寺詩:『起觀萬瓦鬱參差，目亂千岩散紅綠。』 〔青山二句〕蘇軾司馬君實獨樂園詩:『青山在屋上，流水在屋下。』 〔剩費〕猶云『甚費』、『大費』。 〔王家竹〕世說新語任誕篇:『王子猷嘗暫寄人空宅住，便令種竹。或問:「暫住何煩爾?」王嘯詠良久，直指竹曰:「何可一日無此君。」』 〔謝家池〕謝靈運詩有『池塘生春草』句。 〔陶家柳〕陶淵明五柳先生傳:『先生不知何許人也，亦不詳其姓氏，門前有五柳樹，因以爲號焉。』 〔枕流〕世說新語排調篇:『孫子荊年少時欲隱，語王武子當枕石漱流，誤曰漱石枕流。王

曰：「流可枕，石可漱乎？」孫曰：「所以枕流，欲洗其耳；所以漱石，欲礪其齒。」〔莫向句〕『癡人說夢』一語不知起於何時，在北宋時已為人所習用。如黃庭堅論陶淵明詩有云：『觀淵明此詩，想見其人慈祥戲謔。俗人便謂「淵明諸子皆不肖，而淵明愁歎見於詩」，所謂癡人前不得說夢也。』〔山人索價〕韓愈寄盧仝詩：『少室山人索價高，兩以諫官徵不起。』注云：『李渤與仲兄涉借隱廬山，久之徙終南少室山。』〔鶴書〕孔稚珪北山移文：『及其鳴騶入谷，鶴書赴隴，形馳魄散，志變神動。』李善注引藏子良古今篆隸文體曰：『鶴頭書與偃皮書，俱招板所用。在漢則謂之尺一簡。』〔北山移〕鍾山在建康城北，亦曰北山。晉周彥倫隱居山中，後應詔出為海鹽縣令，欲卻過此山，孔稚珪乃為北山移文，假山靈之意以移之，使不許得至也。

念奴嬌

趙晉臣敷文十月望生日，自賦詞，屬余和韻。

看公風骨，似長松、磊落多生奇節。　世上兒曹都蓄縮，凍芋旁堆秋甃。　結屋溪頭，境隨人勝，不是江山別。　紫雲如陣，妙歌爭唱新闋。　尊酒一笑相逢，與公臭味，菊茂蘭須悅。　天上四時調玉燭，萬事宜詢黃髮。　看取東歸，周家叔父，手把元龜說。　祝公長似，十分今夜明月。

【校】〔題〕四卷本丁集無『趙』及『敷文』三字。

【箋注】〔蓄縮〕漢書息夫躬傳注：『蓄縮謂丟於事也。』　〔凍芋句〕韓愈石鼎聯句詩：『秋瓜未落蒂，凍芋強抽

萌。』

（結屋溪頭）趙晉臣居臨彭溪，見後太常引（論公著德舊宗英閣）稼軒自注。　（紫雲）指歌妓。唐詩紀事卷五十六：『杜牧爲御史，分務洛陽，時李愿罷鎮閑居，聲伎豪侈，高會朝客，杜瞪目注視，問李云：「聞有紫雲者，孰是？」李指之，杜凝睇良久，曰：「名不虛得，宜以見惠。」李俯而笑，諸伎亦回首破顏。』　（玉燭）爾雅釋天篇：『四時和謂之玉燭。』　（黃髮）謂老年也。　尚書泰誓：『尚猶詢茲黃髮，則罔所愆。』　（看取三句）周武王崩，三監及淮夷叛，周公相成王，將東征，作大誥，中有云：『寧王遺我大寶龜，紹天明即命。』『元龜』即『大寶龜』，尚書各篇屢見。

喜遷鶯　謝趙晉臣敷文賦芙蓉詞見壽，用韻爲謝。

暑風涼月，愛亭亭無數，綠衣持節。掩冉如羞，參差似妒，擁出芙渠花發。步襯潘娘堪恨，貌比六郎誰潔？添白鷺，晚晴時公子，佳人並列。　休說，寧木末；當日靈均，恨與君王別。心阻媒勞，交疏怨極，恩不甚兮輕絕。千古離騷文字，芳至今猶未歇。都休問；但千杯快飲，露荷翻葉。

【校】（題）四卷本丁集無『謝趙』及『敷文』四字。　（花菴詞選作『荷花』）。　（芙渠）花菴詞選作『芙蓉』。

【箋注】（亭亭）周敦頤愛蓮說：『中通外直，不蔓不枝。』　（掩冉）應作『奄冉』，和柔貌。　（步襯潘娘）南史齊東昏侯紀：『鑿金爲蓮華，以帖地，令潘妃行其上，曰：「此步步生蓮華也。」』　（貌比六郎）新

唐書楊再思傳：『楊再思鄭州原武人，第明經，爲人佞而智。……張昌宗以姿貌倖，再思每曰：「人言六郎似蓮華，非也；正謂蓮華似六郎耳。」其巧諛無恥類如此。』按：張昌宗張易之皆以姿容見幸於武后，貴震天下，諸武兄弟及宗楚客等爭造其門，伺望顏色，親執轡鞚。號易之爲五郎，昌宗爲六郎。〔添白鷺二句〕杜牧晴賦：『白鷺忽來，似風標之公子。』〔白鷺忽來，似風標之公子。〕楚辭九歌湘君：『采薜荔兮水中，搴芙蓉兮木末。心不同兮媒勞，恩不甚兮輕絕。』〔芳至句〕離騷：『芳菲菲而難虧兮，芬至今猶未沫。』〔露荷句〕荷葉喻酒杯，露荷翻葉謂一飮傾杯。

洞仙歌

趙晉臣和李能伯韻，屬余同和。趙以兄弟皆有職名爲寵，詞中頗叙其盛，故末章有『裂土分茅』之句。

舊交貧賤，太半成新貴。冠蓋門前幾行李。看匆匆哂笑，爭出山來，憑誰問：小草何如遠志。悠悠今古事，得喪乘除，暮四朝三又何異。任掀天事業，冠古文章，有幾箇、笙歌晚歲。況滿屋、貂蟬未爲榮，記裂土分茅，是公家世。

〔校〕〔題〕四卷本丁集無『趙』字；『兄弟』作『弟兄』。廣信書院本無『皆』字，茲據丁集補。〔哂笑〕廣信書院本及四卷本並作『西笑』，茲從王韶校刊本及四印齋本。〔小草、掀天、分茅〕廣信書院本誤作『水草』、『軒天』、『分封』，其他各本俱不誤。〔事業〕四卷本作『勳業』。

【箋注】　〔李能伯〕未詳。　〔兄弟皆有職名〕趙晉臣爲士稱子，兄弟六人先後登進士第，時人名所居曰叢桂坊。

晉臣、茂中諸人均歷任顯秩。　〔六人者爲〕朝請大夫直華文閣不遇，中奉大夫直敷文閣不

迂，朝請郎不遹，贈通奉大夫不迹，朝請大夫不迨，儒林郎不逤。　〔匆匆三句〕世說新語排調篇：『謝公（安）始

有東山之志，嚴命屢臻，勢不獲已，始就桓公司馬。　時人有餉桓公藥草，中有遠志，公取以問謝：『此藥又名小

草，何一物而有二稱？』謝未即答，時郝隆在坐，應聲答曰：『此甚易解：處則爲遠志，出則爲小草。』謝甚有愧

色。　桓公目謝而笑曰：『郝參軍此過乃不惡，亦極有會。』　〔暮四句〕莊子齊物論：『勞神明爲一，而不知其同也，謂之朝三。

賦芋曰：「朝三而暮四。」衆狙皆怒。曰：「然則朝四而暮三。」衆狙皆悅。　名實未虧而喜怒爲用，亦因是也。』　〔得喪乘除〕韓愈詩：『無善名以聞，無惡聲以揚，名

聲相乘除，得少失有餘。』　〔裂土分茅〕裂土謂裂地受封也。　分茅者，古代王者均封五色土爲社，建諸侯則各割其方色土與之，使立社。燾

以黃土，直以白茅。　用茅，取其深也。　見尚書禹貢傳。

江神子　和李能伯韻呈趙晉臣

五雲高處望西清，玉階升，棣華榮。　築屋溪頭，樓觀畫難成。　長夜笙歌還起問：誰放月，又西沉？

家傳鴻寶舊知名。　看長生，奉嚴宸。　且把風流、水北畫耆英。　咫尺西風詩酒

社，石鼎句，要彌明。

【箋注】（五雲句）杜甫送李祕書赴杜相公幕詩：『五雲多處是三台。』五雲謂五色雲。　（玉階升）當謂趙氏曾為朝官或曾召對而晉，其事莫可考矣。　（棣華榮）趙氏兄弟均有職名，見前闋洞仙歌。　（溪頭）趙氏居臨彭溪，見後太常引（論公耆德舊宗英闋）自注。　（放）致也。　（鴻寶）漢書劉向傳：『淮南有枕中鴻寶苑祕書，言神仙使鬼物為金之術。』　（石鼎二句）韓愈石鼎聯句詩序：『衡山道士軒轅彌明，自衡山來，舊與劉師服進士衡、湘中相識。……有校書郎侯喜新有能詩聲，夜與劉說詩，彌明在其側，……指鑪中石鼎謂喜曰：子雲能詩，能與我賦此乎？』劉往見衡，湘間人說，云年九十餘矣，……不知其有文也，……即授筆題其首兩句，夾傳於喜，喜踴躍即綴其下云云。……劉與侯皆已賦十餘韻，彌明應之如響，皆穎脫含譏諷。夜盡三更，二子思竭不能續，因起謝曰：『尊師非世人也，其伏矣，顧爲弟子，不敢更論詩。』』參本卷滿江紅（半山佳句）箋注。

【校】（題）廣信書院本作『悠然閣』，茲從四卷本丁集。　（旁聳）四卷本作『旁俗』。　（削就）此從廣信書院本及四卷本。王詔校刊本、六十家詞本及四印齋本俱作『削盡』。　（更上層樓）廣信書院本作『重上層梯』，茲從四卷本。　（更上句）王之渙詩：『欲窮千里目，更上一層樓。』

西江月　和晉臣登悠然閣

一柱中擎遠碧，兩峯旁聳高寒。被公詩筆盡追還，更上層樓一覽。　橫陳削就短長山，莫把一分增減。我望雲煙目斷，人晉風景天慳。

破陣子

趙晉臣敷文幼女縣主覓詞

【箋注】〔莫把句〕宋玉登徒子好色賦：『增之一分則太長，減之一分則太短。』

菩薩叢中惠眼，碩人詩裏蛾眉。天上人間眞福相，畫就描成好醫兒。行時嬌更遲。　勸酒偏他最劣，笑時猶有些癡。更着十年君看取，兩國夫人更是誰。殷勤秋水詞。

【箋注】〔縣主〕趙晉臣爲宋宗室，故其幼女得封縣主。　〔惠眼〕無量壽經：『慧眼見眞，能渡彼岸。』　〔碩人句〕詩衞風碩人：『螓首蛾眉，巧笑倩兮，美目盼兮。』　〔最劣〕作『最善於』解。　蘇軾與梁左藏會飲詩有『識字劣能欺項籍』句。　〔秋水〕稼軒自號。

西江月

和趙晉臣敷文賦秋水瀑泉

八萬四千偈後，更誰妙語披襟？綴蘭結佩有同心，喚取詩翁來飲。　鏤玉裁冰著句，高山流水知音。胸中不受一塵侵，却怕靈均獨醒。

【箋注】〔八萬二句〕冷齋夜話卷七，東坡廬山偈：『東坡遊廬山，至東林寺，作二偈，其一云：「溪聲便是廣長舌，山色豈非清淨身。夜來八萬四千偈，他日如何舉似人。」……山谷云：「此老人於般若橫說豎說，了無剩語，非其筆端有口，亦安能吐此不傳之妙！」』　〔綴蘭句〕見卷二蝶戀花（九畹芳菲蘭佩好閒）箋注。　〔高山句〕見

卷一 滿庭芳（傾國無媒闕）箋注。 〔韞玗句〕見卷二賀新郎（雲臥衣裳冷闕）箋注。

太常引 壽趙晉臣敷文。 彭溪，晉臣所居。

論公耆德舊宗英。吳季子、百餘齡，奉使老於行，更看舞、聽歌最精。 須同衞武，九十

入相，蒙竹自青青。富貴出長生，記門外，淸溪姓彭。

【校】 題下『彭溪，晉臣所居』六字，王詔校刊本及四印齋本俱移於『淸溪姓彭』句下，並改『所居』爲『居也』。

【箋注】〔論公句〕趙不迁爲宋之宗室。〔吳季子三句〕史記吳太伯世家：『壽夢有子四人，長曰諸樊，次曰餘

祭，次曰餘眛，次曰季札。……王餘祭四年，吳使季札聘於魯，請觀周樂，爲歌周南、召南，曰：「美哉，始基之矣。

猶未也。然勤而不怨。」見舞象箾、南籥者，曰：「美哉，猶有憾。」去魯，遂使齊；；去齊，使於鄭，自衞

如晉。王僚十三年春，吳欲因楚喪而伐之，使季札於晉，以觀諸侯之變。』按：趙晉臣爲宋宗室，故稼軒用吳季

札相况。 唯趙氏是否曾出使金國，無可考。 〔須同三句〕詩衞風淇奧：『瞻彼淇奧，綠竹青青。』毛序：『淇奧，

美武公之德也。 有文章，又能聽其規諫，以禮自防，故能入相於周。』按：世傳彭祖享壽最高，凡數百歲。

貴二句〕莊子晉義引世本：『彭祖，在商爲守藏史，在周爲柱下史。』按…世傳彭祖享壽最高，凡數百歲。〔箋

滿江紅 呈趙晉臣敷文

老子平生，元自有、金盤華屋。還又要、萬間寒士，眼前突兀。一舸歸來輕似葉，兩翁相對清如鵠。道如今、吾亦愛吾廬，多松菊。　人道是，荒年穀；還又似，豐年玉。甚等閒却爲鱸魚歸速？野鶴溪邊留杖履，行人牆外聽絲竹。問近來、風月幾篇詩？三千軸。

【筆注】〔萬間二句〕杜甫茅屋爲秋風所破歌：『安得廣廈千萬間，大庇天下寒士盡歡顏，風雨不動安如山！嗚呼，何時眼前突兀見此屋，吾廬獨破受凍死亦足。』　〔兩翁句〕蘇軾題別子由詩後：『想見茅簷照水開，兩翁相對清如鵠。』　〔荒年穀、豐年玉〕世說新語賞譽篇：『世稱庾文康爲豐年玉，穉恭（翼）爲荒年穀。庾家論云是文康稱恭爲荒年穀，庾長仁爲豐年玉。』　〔爲鱸魚歸速〕見卷一木蘭花慢（老來情味減閒）筆注。　〔風月句〕歐陽修詩：『翰林風月三千首，吏部文章二百年。』

又　游清風峽，和趙晉臣敷文韻。

兩峽嶄巖，問誰占、清風舊築？怕淒涼、無物伴君時，多栽竹。　風采妙，凝冰玉。詩句好，餘膏馥。嘆只今人物，一夔應足。客休迎肅。人似秋鴻無定住，事如飛彈須圓熟。笑君侯、陪酒又陪歌，陽春曲。

【筆注】〔清風峽〕鉛山縣志山川志：『狀元山，在縣西北五里，有清風洞，宋狀元劉輝讀書其中。東即龍窟山，西有清風峽，空嵌巉岊，寒氣逼人。有讀書岩，天成石龕。』　〔詩句二句〕新唐書杜甫傳贊：『他人不足，甫乃厭

餘，稜脅涮顧，沾丐後人。故元稹謂詩人以來未有如子美者。」（一·夔句）韓非子外儲說左：「魯哀公問于孔子曰：「吾聞夔一足，信乎？」對曰：「夔人也，何故一足？彼其無他異而獨通於聲，堯曰：如夔者一而足矣。」使爲樂正。非一足也。」（人似二句）蘇軾與潘郭二生出郊尋春詩：「人似秋鴻來有信，事如春夢了無痕。」王直方詩話：「謝朓嘗語沈約曰：「好詩圓美流轉如彈丸。」故東坡答王巖云：「新詩如彈丸。」又送歐陽季默云：「十有清圓句，銅丸飛柘彈。」蓋詩貴圓熟也。」（按：謝朓語見南史王筠傳。）

鷓鴣天 和趙晉臣敷文韻

綠鬢都無白髮侵，醉時拈筆越精神。愛將燕語追前事，更把梅花比那人。　　回急雪，過行雲。近時歌舞舊時情。君侯要識誰輕重，看取金杯幾許深。

【箋注】（白髮侵）蘇軾九日泛小舟至勤師院詩：「白髮長嫌歲月侵。」（回急雪）指舞態。蔣防詩有「舞袖拾回雪」句。（過行雲）見卷二御街行（闌干四面山無數闋）箋注。

菩薩蠻 題雲巖

游人占却巖中屋，白雲只在檐頭宿。呦鳥苦相催，夜深歸去來。　　松篁通一徑，嗟唉山花冷。今古幾千年，西鄉小有天。

【校】（只在）四卷本丙集作『只向』。　（曉鳥二句）四卷本作『誰解探玲瓏，青山十里空』。

【箋注】（雲巖）鉛山縣志：『雲巖在縣西四十八里，直嵩山之前。松徑數百步，始至其巔。兩崖怪石峻峭，有一穴，可容百人。雲出則雨降。』又上饒縣志：『雲巖在縣南六十里乾元鄉，巉岩峭拔，雲氣往來，中空如室，有石觀音、半面羅漢等形。』不知此詞題中之雲巖果何所指。（白雲句）陶淵明擬古九首：『青松夾路生，白雲宿簷端。』蘇軾和李太白詩：『白雲南山來，就我簷下宿。』（嚌嘈）即嘈囋。（小有天）茅君內傳：『大天之內有洞天三十六所，第一王屋山之洞，周回萬里，名曰小有青虛之天。』杜甫秦州雜詩：『萬古仇池穴，潛通小有天。』

又　重到雲巖，戲徐斯遠。

君家玉雪花如屋，未應山下成三宿。啼鳥幾曾催？西風猶未來。　山房連石徑，雲臥衣裳冷。倩得李延年，清歌送上天。

【箋注】（玉雪）韓愈殿中少監馬君墓誌：『眼如畫，髮漆黑，肌肉玉雪，可念殿中君也。』（雲臥句）見卷二賀新郎（雲臥衣裳冷閣）箋注。（山下句）後漢書襄楷傳：『浮屠不三宿桑下，不欲久生恩愛，精之至也。』（李延年）見卷一滿江紅（天與文章閣）箋注。

【編年】慶元末。——右詞題中云『重到』，疑爲隱居瓢泉之後所作。朱熹於慶元中致蔡仲至書有云：『斯遠省闈不偶，家無內助，嗣續之計亦復茫然。急欲爲謀婚之計而未有其處，不知親舊間亦有可爲物色處否？』詳詞

中戲語，或當在徐氏已經續婚之後，則最早當在慶元末年。前一首及後『雲巌道中』行香子之作年亦俱難考知，姑彙錄於此。

行香子 雲巌道中

雲岫如簪，野漲挼藍。向春闌，綠醒紅酣。青裙縞袂，兩兩三三。把麴生禪，玉版局，一時參。

拄杖彎環。過眼嵌巖。岸輕烏，白髮鬖鬖。他年來種，萬桂千杉。聽小綿蠻，新格礫，舊呢喃。

【校】〔玉版局〕四卷本丙集作『玉板句』。

【箋注】〔青裙句〕蘇軾於潛女詩：『青裙縞袂於潛女。』〔麴生〕見本卷添字浣溪沙（楊柳溫柔是故鄉閣）箋注。〔玉版局〕冷齋夜話東坡戲作偈語條：『東坡又嘗要劉器之同參玉版和尚，至廉泉寺，燒筍而食，器之覺筍味殊勝，問此筍何名，東坡曰：「即玉版也。此老師善說法，要能令人得禪悅之味。」於是器之乃悟其戲。』〔格礫〕本草：『鷓鴣生江南，鳴曰鈎輈格礫。』

【附錄】沈雄古今詞話：『東坡有二韻事，見於行香子。秦、黃、張、晁為蘇門四學士，每來必命取密雲龍供茶，家人以此記之。廖明略晚登東坡之門，公大奇之，一日，又命取密雲龍，家人謂是四學士，窺之，則廖明略也。坡為賦行香子一闋。又嘗約劉器之參玉版和尚，至廉泉寺，燒筍而食，劉問之，東坡指筍曰：「此玉版僧最善說

法，使人得禪悅味。」遂有「麵生禪，玉版局，一時參」之句，亦行「香子也。」按，沈雄所舉後一事，蓋即本於冷齋夜

話。夜話只云東坡戲作偈語，不云作詞。沈氏所引錄之三語，實即稼軒此詞中句。其以為東坡詞者，殆出於

一時之誤記。龍沐勛東坡樂府箋引錄古今詞話此段，並附加按語，以為『後闋各本〔蘇詞〕俱失載』，亦誤。

洞仙歌　浮石山莊，余友月湖道人何同叔之別墅也。山類羅浮，故以名。同叔嘗作遊山次序榜示余，且索詞，爲賦洞仙歌以遺之。同叔頃遊羅浮，遇一老人，龐眉幅巾，語同叔云：『當有晚年之契。』蓋僊云。

松關桂嶺，望青葱無路。費盡銀鈎榜佳處。恨空山歲晚，窈窕誰來，須著我，醉臥石樓風雨。僊人瓊海上，握手當年，笑許君攜半山去。剗疊嶂，卷飛泉，洞府淒涼，又却怪先生多取。怕夜半，羅浮有時還，好長把雲煙，再三遮住。

【校】〔題〕『浮石山莊』四卷本丁集作『浮石莊』。〔却怪〕廣信書院本作『却怕』，茲從四卷本。

【箋注】〔何同叔〕宋史何異傳：『何異字同叔，撫州崇仁人，紹興二十四年進士。調石城主簿。……以寶章閣直學士知泉州，從所乞予祠。進寶章閣學士，轉一官致仕，卒年八十有一。異高自標致，有詩名，所著月湖詩集行世。』

〔羅浮山〕太平寰宇記：『南越志云：增城縣東有羅浮山，浮水出焉，是謂浮山。與羅山並體，故曰羅浮。非羽化莫有登其極者。……北通句曲之內傳所云「第七洞」，名「朱明羅真之天。」』又云：『羅浮二山隱天，唯石樓一路可登。』又云：『羅山絕頂曰飛雲峯，夜半見日。……其下與浮山相接處，有石如梁曰鐵

橋。

浮山之絕頂曰「蓬萊峯」，在鐵橋之西。」〔遊山次序榜〕已佚。直齋書錄解題卷八：『何氏山莊次序本末

一卷，尚書崇仁何同叔撰。其別墅曰「三山小隱」。三山者：浮石山、巖石山、玲瓏山，其實一山也。周回數里。

叙其景物次序爲此編。自號月湖，標韻淸絕如神仙中人，膚高蔣而終。其山開今蕪廢矣。』〔頭遊羅浮至蓋

僊云〕貴耳集卷中：『月湖何文昌異爲廣幕，校文惠州，因遊羅浮，至大石樓，遇黃野人，一見便言：「做得尚書。

年九十。」袖出一柑分食之。月湖由是淸健無疾，後果如其言。或云：黃野人有云（？）箋，長三丈餘，止一節，

授一箋於月湖。問其孫，未嘗有之。』〔銀鈎〕書苑：『晉索靖草書絕代，名曰銀鈎蠆尾。』〔石樓〕當即指大石

樓言，亦即石樓路也。

〔又却怪句〕蘇軾越州張中舍壽樂堂詩：『但恐遭物怪多取。』

【編年】 慶元末（一二〇〇）。──據『至山歲晚』句，右詞當作於何氏閒退之時。宋史何異傳文甚簡略，唯於

韓侂胄當權時叙其廢退事綠云：『太廟芝草生，韓侂胄率百官觀焉。』異謂其色白，慮生兵妖。侂胄不悅。又以

劉光祖於異交密，言者遂以異在晉路不彈承相留正及受趙汝愚薦，劾罷之。久乃予祠。』其事蓋在慶元中年，

而此詞之作則猶當稍後也。

千年調 開山徑得石壁，因名曰蒼壁。事出望外，意天之所賜邪，喜而賦。

左手把靑霓，右手挾明月。吾使豐隆前導，叫開閶闔。周遊上下，徑入寥天一。覽玄圃，

萬斛泉，千丈石。

鈎天廣樂，燕我瑤之席。帝飮予觴甚樂，賜汝蒼壁。嶙岣突兀，正在

一丘壑。余馬懷，僕夫悲，下恍惚。

【校】（蒼壁）四卷本丁集無『因名曰蒼壁』句，又『賦』下有『之』字。　（玄）四卷本作『縣』，並於其下跨注『平』字。

（蒼壁）四卷本作『蒼壁』。

【箋注】（豐隆）離騷：『吾令豐隆乘雲兮。』注：『豐隆雲師，一曰雷師。』　（閶闔）離騷：『吾令帝閽開關兮，倚閶闔而望予。』注：『閶闔，天門也。』　（周遊句）離騷：『及余飾之方壯兮，周流觀乎上下。』　（徑入句）莊子大宗師篇：『安排而去化，乃入於寥天一。』按：寥天一謂天之空虛至一者。　（鈞天四句）史記趙世家：『趙簡子疾，五日不知人。……居二日半，簡子寤，語大夫曰：「我之帝所甚樂，與百神遊於鈞天，廣樂九奏萬舞，不類三代之樂。……帝甚喜，賜我二笥，皆有副。」』注云：『縣圃神山，在崑崙之上。』　（玄圃）離騷：『朝發軔於蒼梧兮，夕余至乎縣圃。』　（余馬二句）離騷：『僕夫悲余馬懷兮，蜷局顧而不行。』

臨江仙　蒼壁初開，傳聞過實，客有來觀者，意其如積翠、清風、巌石、玲瓏之勝，既見之，乃獨爲是突兀而止也，大笑而去。主人戲下一轉語，爲蒼壁解嘲。

莫笑吾家蒼壁小，稜層勢欲摩空。　相知惟有主人翁。　有心雄泰華，無意巧玲瓏。

高山誰得料，解嘲試倩揚雄。　君看當日仲尼窮，從人賢子貢，自欲學周公。

【校】（題）廣信書院本作『戲爲山圍蒼壁解嘲』，茲從四卷本丁集。

【箋注】　【積翠】謂積翠巖。　【清風】謂清風峽。　【嚴石、玲瓏】謂何異別墅所在之浮石山，見本卷洞仙歌（松
關桂嶺關）箋注。　【泰華】謂泰山、華山。　【天作高山】詩周頌：『天作高山，大王荒之。』　【解嘲句】揚雄作
解嘲。　【君看三句】論語：『叔孫武叔語大夫於朝曰：「子貢賢於仲尼。」』又：『子曰：「甚矣吾衰矣，久矣吾不復夢見周公。」』陳子禽謂子貢曰：「子為恭也，仲
尼豈賢於子乎。」』

【編年】　右二詞作年無可考。　臨江仙題中以蒼壁與趙晉臣積翠巖相比擬，知為隱居瓢泉之晚期所作。

柳梢青

辛酉生日前兩日，夢一道士話長年之術，夢中痛以理折之，覺而賦八難之辭。

莫鍊丹難。　黃河可塞，金可成難。　休辟穀難。　吸風飲露，畏忍飢難。

何處有西王母難。　休採藥難。　人沉下土，我上天難。

勸君莫遠遊難。

【箋注】　【八難】此詞中諸『難』字，均係只取其音而用作語助者，略如口語中之哪字啊字也。　【鍊丹】道家均
修鍊丹藥，食之以謀長生。　晉書葛洪傳：『從祖玄，吳時學道得仙，號曰葛仙公，以其鍊丹祕術授弟子鄭隱。』
【黃河二句】漢書郊祀志：『康后聞文成死，而欲自媚於上，乃遣藥大人，因樂成侯求見言方。……大為人長美
言，多方略，而敢為大言，處之不疑。　大言曰：「臣常往來海中，見安期羨門之屬。……」臣之師曰：「黃金可成而河
決可塞，不死之藥可得，僊人可致也。」然臣恐效文成死則方士皆掩口，惡敢言方哉！」　蘇軾詩：『東坡先生無一
錢，十年家火燒凡鉛。　黃金可成河可塞，惟有雙鬢無由玄。』　【辟穀】道書云：『神仙以辟穀為下，然却粒則無

淳溜，無淳溜則不漏，由此亦可入道」。（吸風飲露）莊子逍遙遊：「藐姑射之山，有神人居焉，肌膚若冰雪，綽約若處子，不食五穀，吸風飲露。」

【編年】嘉泰元年（一二〇一）。

臨江仙　壬戌歲生日書懷

六十三年無限事，從頭悔恨難追。已知六十二年非。只應今日是，後日又尋思。　少是多非惟有酒，何須過後方知。從今休似去年時：病中留客飲，醉裏和人詩。

【編年】嘉泰二年（一二〇二）夏。

又

醉帽吟鞭花不住，却招花共商量。人生何必醉為鄉。從教斟酒淺，休更和詩忙。　百篇風月地，饒他老子當行。從今三萬六千場。青青頭上髮，還作柳絲長。

【箋注】（從教）猶言『任遣』。（一斗百篇）杜甫飲中八仙詩：『李白斗酒詩百篇，長安市上酒家眠。』（饒）任也。

又 鬢花屬墮,戲作。

鼓子花開春爛熳,荒園無限思量。今朝拄杖過西鄉。急呼桃葉渡,爲看牡丹忙。 不管昨宵風雨橫,依然紅紫成行。白頭陪奉少年場。一枝簪不住,推道帽簷長。

【箋注】〔鼓子花句〕王禹偁詩:『而今寂寞山城裏,鼓子花開亦喜歡。』 〔桃葉渡〕見卷一念奴嬌(晚風吹雨閼)箋注。 〔白頭句〕白居易重陽席上賦白菊詩:『還似今朝歌酒席,白頭翁入少年場。』

【編年】 右同韻臨江仙二首,前首語意與壬戌生日書懷之一首頗相近,故附綴於其後。

水龍吟 別傅倅先之。 時傅有召命。

只愁風雨重陽,思君不見令人老。行期定否?征車幾輛,去程多少?有客書來長安,却早去聲傳聞追詔。問歸來何日?君家舊事,直須待,爲霖了。 從此蘭生蕙長,吾誰與、玩茲芳草?自憐拙者,功名相避,去如飛鳥。只有良朋,東阡西陌,安排似巧。到如今巧處,依前又拙,把平生笑。

【校】〔題〕廣信書院本作『別傅先之提舉,時先之有召命』。茲從四卷本乙集。 〔却早〕四卷本『早』字下無『去聲』二字。

【箋注】〔只愁句〕潘大臨詩：『滿城風雨近重陽。』〔思君句〕古詩十九首：『思君令人老，歲月忽已晚。』〔君家三句〕指傅說。《尚書‧說命》：『若歲大旱，用汝作霖雨。』〔吾誰句〕此用楚辭成句。〔拙者〕潘岳閒居賦序：『雖通塞有遇，抑亦拙者之效也。』

【編年】疑嘉泰二年（一二〇二）。——傅先之於慶元中宰龍泉縣，已見前婆羅門引箋注中。右詞題中稱傅倅，當在其曾任湖州通判之後。談鑰嘉泰吳興志卷首有傅氏序文，末署『嘉泰改元臘月，郡丞廣信傅兆敬序』。其於何時任滿而歸信上，今不可考，但至晚當不出嘉泰二年。既歸而復有召命，稼軒乃賦詞相送。嘉泰三年稼軒已起廢為浙東帥，且據『中興行在雜買務雜賣場提轄官題名』，傅兆於嘉泰三年七月初十日任提轄官，當月定母憂。故此詞當作於二年也。

鷓鴣天　和傅先之提舉賦雪

泉上長吟我獨清，喜君來共雪爭明。已驚竝水鷗無色，更怪行沙蟹有聲。　添爽氣，動雄情。奇因六出憶陳平。却嫌鳥雀投林去，觸破當樓雲母屏。

【箋注】〔爽氣、雄情〕世說新語豪爽篇：『桓宣武平蜀，集參僚，置酒於李勢殿，巴蜀縉紳莫不來萃。桓既素有雄情爽氣，加爾日音調英發，敘古今成敗由人，存亡繫才，其狀磊落，一坐嘆賞。』〔奇因句〕史記陳丞相世家：『陳丞相平者，陽武戶牖鄉人也。……高帝南過曲逆，……乃詔御史更以陳平為曲逆侯，盡食之，除前所食戶

闕。其後常以護軍中尉從攻陳豨及黥布，凡六出奇計，輒益邑，凡六益封。奇計或頗祕，世莫能聞也。』按：此因雪花六出而聯想及六出奇計之陳平也。

【編年】右詞不見四卷本，提舉之稱不知是否後來所追改者。傅氏曾任何路提舉，其事在何年，今均無可考，唯其必在被召赴都之後則無可疑。以不能確知，姑附次於此。

賀新郎

嚴和之好古博雅，以嚴本莊姓，取蒙莊、子陵四事，曰濮上、曰濠梁、曰齊澤、曰嚴瀨，爲四圖，屬余賦詞。余謂蜀君平之高，揚子雲所謂『雖隨和何以加諸』者，班孟堅獨取子雲所稱述爲王貢諸傳序引，不敢以其姓名列諸傳，尊之也。故余以謂和之當併圖君平像，置之四圖之間，庶幾嚴氏之高節備焉。作乳燕飛詞使歌之。

濮上看垂釣。更風流、羊裘澤畔，精神孤矯。楚漢黃金公卿印，比着魚竿誰小？但過眼、繞堤一笑。惠子焉知濠梁樂，望桐江、千丈高臺好。煙雨外，幾魚鳥。　古來如許高人少。細平章、兩翁似與，巢由同調。已被堯知方洗耳，畢竟塵汚人了。賈名字、人間如掃。我愛蜀莊沉冥者，解門前、不使徵車到。君爲我，畫三老。

【校】〔題〕四卷本丁集『余』字皆作『予』。『以韻』作『謂』。『高節』下有『者』字。　〔徵車〕四卷本作『徵書』。

【箋注】〔嚴和之〕事歷未詳。　〔蒙莊〕史記老莊列傳謂『莊子者蒙人也』，後世因稱莊子爲蒙莊。　〔濮上〕莊

四二四

欹枕婆娑兩鬢霜，起聽簷溜碎喧江。那邊玉箸銷啼粉，遣裏車輪轉別腸。　詩酒社，水

鷓鴣天　送元濟之歸豫章

【編年】　右詞作年無可考，疑是作於隱居鉛山期內者。

子秋水篇：『莊子釣於濮水，楚王使大夫二人往先焉，曰：「願以境內累矣。」莊子持竿不顧。』〔濠梁〕見卷二〔滿江紅〕（笑拍洪崖閎）箋注。〔子陵、齊澤、嚴瀨、羊裘〕後漢書逸民傳：『嚴光字子陵，一名遵，會稽餘姚人也。少有高名，與光武同遊學。及光武即位，乃變名姓，隱身不見。帝思其賢，乃令以物色訪之。後齊國上言有一男子披羊裘釣澤中。帝疑其光，乃備安車玄纁，遣使聘之，三反而後至。……除為諫議大夫，不屈，乃耕於富春山。後人名其釣處為嚴陵瀨焉。』〔蜀君平〕揚子法言問明篇：『蜀莊沉冥，蜀莊之才之珍也。不作苟見，不治苟得，久幽而不改其操，雖隨和何以加諸。』高士傳：『嚴遵字君平，蜀人也。隱居不仕。嘗賣卜於成都市，日得百錢以自給。卜訖，則閉肆下簾，以著書為事。』〔班孟堅至尊之也〕漢書王吉、貢禹諸人列傳，其序引均錄自揚子法言，其中有谷口鄭子真等人事蹟，而『蜀莊沉冥』諸語獨不見稱引。　〔桐江〕即富春江，為子陵釣臺所在地。　〔巢由至洗耳〕謂巢父、許由也。堯以天下讓巢父，巢父不受，更讓許由，由以為污已，乃臨池洗耳。見高士傳。　〔塵污人〕世說新語輕詆篇：『庾公權重，足傾王公。庾在石頭，王在冶城坐，大風揚塵，王以扇拂塵，曰：「元規塵污人。」』

雲鄉，可堪醉墨幾淋浪。畫圖恰似歸家夢，千里河山寸許長。

【校】〔題〕四卷本乙集作『送元省幹』。〔玉筋〕廣信書院本課作『玉筋』，其他各本俱不誤。

【箋注】〔元濟之〕歷代名臣奏議卷一四七用人類載吏部尚書趙汝愚薦張漢卿、元汝楫狀有云：『承節郎元汝楫嘗監復州酒稅，課亦登辦。時郡中公使庫有煮醖酸腐，太守令酒務變賣，汝楫辭曰：「在城拍戶，困於省額，不聊生矣，豈能任無用之酒，陪無名之錢乎。」堅拒不受。太守怒，押汝楫下簽廳供責，吏稍侵之，汝楫曰：「我直彼曲，何供之有。」遂取印歷一抹而歸。今躬耕畎畝蓋二十餘年矣。……伏望聖慈將漢卿、汝楫并與堂除差遣一次。』〔楫〕與『濟』義甚相屬，疑汝楫即濟之之名。〔玉筋〕白氏六帖：『魏甄后面白，淚雙垂如玉筋。』劉孝威詩：『誰憐雙玉筋，流面復流襟。』〔簷溜句〕韓愈孟郊雨中寄孟刑部聯句：『簷寫碎江喧，街流淺溪邁。』〔車輪句〕古樂府歌：『離家日趨遠，衣帶日趨緩。心思不能言，腸中車輪轉。』韓愈孟郊遠遊聯句：『別腸車輪轉，一日一萬周。』

江神子　送元濟之歸豫章

亂雲擾擾水潺潺，笑溪山，幾時閒？更覺桃源、人去隔仙凡。（桃源乃王氏酒壚，與濟之作別處。）萬壑千巖樓外雪，瓊作樹，玉爲欄。

倦遊回首且加餐。短篷寒，畫圖間，見說嬌鸞、攜醫待君看。二月東湖湖上路，官柳嫩，野梅殘。

【校】〔注〕『仙凡』下注文，四卷本丙集無。　〔瑢〕四卷本作『瑢』。

【箋注】〔擁影〕趙飛燕外傳附伶玄自叙：『伶玄字子于，潞水人。……買姜樊通德，顏能賣趙飛燕姊弟事。通德占袖顧視燭影，以手擁髻，淒然泣下，不勝其悲。』　〔官柳二句〕杜甫西郊詩：『市橋官柳細，江路野梅香。』

【編年】趙汝愚於光宗紹熙二年九月召為吏部尚書，其奏狀中所述元氏仕歷僅『嘗監復州酒稅課』一事，而不云其曾任省幹，濟之倘果即元汝楫，則後來所任省幹，必因趙氏奏薦而得之者，則右二詞必作於紹熙之後。茲姑附次瓢泉諸作之後。

定風波　大醉自諸葛溪亭歸，窗間有題字令戒飲者，醉中戲作。

昨夜山公倒載歸，兒童應笑醉如泥。試與扶頭渾未醒，休問，夢魂猶在葛家溪。

醉鄉今古路，知處。溫柔東畔白雲西。起向綠窗高處看，題徧；劉伶元自有賢妻。

【校】〔題〕廣信書院本作『大醉歸自葛園，家人有痛飲之戒，故書於壁』。茲從四卷本乙集。　〔山公〕廣信書院本作『山翁』，茲從四卷本。　〔欲覓句〕四卷本作『千古醉鄉來往路』。茲從四卷本乙集。

【箋注】〔諸葛溪亭〕疑為諸葛元亮家園亭。　〔山公二句〕見卷二烏夜啼（江頭醉倒山公園）箋注。　〔溫柔句〕飛燕外傳：『后進合德，帝大悅，以輔屬體，無所不靡，謂為溫柔鄉。曰：「吾老是鄉矣，不能效武皇帝求白雲鄉也。」』　〔劉伶句〕世說新語任誕篇：『劉伶病酒，渴甚，從婦求酒，婦捐酒毀器，涕泣諫曰：「君飲太過，非攝生之

道，必宜斷之。」怜曰：「甚善。」……』

【編年】右詞作年無可考，諸葛溪亭不知即諸葛元亮之家園否。姑以附於瓢泉諸作之後。

南鄉子 送趙國宜赴高安戶曹。趙乃茂嘉郎中之子。茂嘉嘗爲高安幕官，題詩甚多。

日日老萊衣，更解風流蠟鳳嬉。膝上放教文度去，須知：要使人看玉樹枝。剩記乃翁詩，綠水紅蓮覓舊題。歸騎春衫花滿路，相期：來歲流觴曲水時。

【校】（題）四卷本丁集作『送筠州趙司戶。茂中之子。茂中嘗爲筠州幕官，題詩甚多』。

【箋注】（趙國宜）始末未詳。〔高安〕郡名。唐置，原名靖州，後改筠州，宋曰筠州、高安郡，屬江南西路。其地卽今江西高安縣。〔老萊衣〕孝子傳：『老萊子至孝，年七十，著五色斑斕衣，弄雛烏於親側。』〔蠟鳳〕南史王僧虔傳：『僧虔，僧綽弟也。父曇首與兄弟集會子孫，任其戲。……僧綽採蠟燭珠爲鳳皇，僧達奪取打壞，亦復不惜。……或云僧虔採燭珠爲鳳皇，弘稱其長者云。』〔膝上句〕世說新語方正篇：『王文度爲桓公長史，時桓爲兒求王女，王許咨藍田。既還，藍田愛念文度，雖長大猶抱著膝上。……』按：晉王坦之字文度，藍田謂其父王述。〔玉樹〕世說新語言語篇：『謝太傅問諸子姪：「子弟亦何預人事，而正欲使其佳？」諸人莫有言者，車騎（謝玄）答曰：「譬如芝蘭玉樹，欲使其生於階庭耳。」』〔綠水紅蓮〕南史庾杲之傳：『庾杲之字景行，新野人也。……王儉謂人曰：「昔袁公作衛軍，欲用我爲長史，雖不獲就，要是意向如此。今亦應須如我輩人也。」

乃用泉之爲衛將軍長史。安陸侯蕭緬與俛書曰：『盛府元僚，實難其選，庾景行汎綠水，依芙蓉，何其麗也。』時人以入俛府爲蓮花池，故緬書美之。』

【編年】陳克齋集有送趙國宜赴筠州戶掾詩云：『苦無多路旅程寬，正是江南綠打圍。欲濕征衫梅雨細，不成客夢麥秋寒。官閒詩可頻搜句，親近書宜月間安。自笑無才媿之子，明時君祿詎能干。』據知趙氏之赴高安，其時節當在春夏之間，其年則無可確考，姑附於瓢泉諸作之後。

賀新郎　別茂嘉十二弟。　鵜鴂杜鵑實兩種，見離騷補註。

綠樹聽鵜鴂。更那堪、鷓鴣聲住，杜鵑聲切。啼到春歸無尋處，苦恨芳菲都歇。算未抵、人間離別。馬上琵琶關塞黑，更長門翠輦辭金闕。看燕燕，送歸妾。

將軍百戰身名裂。向河梁回頭萬里，故人長絕。易水蕭蕭西風冷，滿座衣冠似雪。正壯士、悲歌未徹。啼鳥還知如許恨，料不啼、清淚長啼血。誰共我，醉明月？

【校】〔身名裂〕四卷本丙集作『身名列』。

【箋注】〔茂嘉十二弟〕劉過龍洲詞有『送辛稼軒弟赴桂林官』之沁園春詞，有句云：『入幕來南，籌邊如北，翻覆手高來去棋。』詳此詞語意，蓋即作於『送辛稼軒弟赴桂林官』之時，則劉詞當亦送茂嘉者。茂嘉事跡僅見此二詞中。〔鵜鴂至補註〕宋洪興祖離騷補註：『禽經云：嶲周，子規也。江介曰：子規，蜀右曰杜宇，又曰鷓鴣，鳴而草衰。』〔鷓

云：『鶗鴃，爾雅謂之伯趙。』然則子規、鶗鴃二物也。

曰鶗鴃，春分鳴則衆芳生，秋分鳴則衆芳歇。』〔芳菲都歇〕廣韻：『鶗鴃，關西曰巧婦，關東

云：『昔公主嫁烏孫，令琵琶馬上作樂，以慰其道路之思，其送明君，亦必爾也。』〔馬上琵琶〕此當暗用漢王昭君出塞事。石崇樂府王明君辭序

失寵，退居長門宮。此處仍承上句意，謂王昭君自冷宮出而辭別漢闕也。〔看燕燕二句〕詩邶風燕燕毛傳

云：『燕燕，衞莊姜送歸妾也。』〔將軍三句〕李陵與蘇武詩：『攜手上河梁，游子暮何之？』將軍指李陵言。陵

數與匈奴戰而終降匈奴，故謂爲『身名裂』也。〔易水三句〕史記荊軻傳：『秦王之遇燕太子丹不善，故丹怨而

亡歸，歸而求爲報秦王者。……於是尊荊卿爲上卿，舍上舍，……恣荊軻所欲，以順適其意。久之，……遂發。

太子及賓客知其事者，皆白衣冠以送之。至易水之上，既祖，取道，高漸離擊筑，荊軻和而歌，爲變徵之聲，士

皆垂淚涕泣。又前而歌曰：「風蕭蕭兮易水寒，壯士一去兮不復還！」復爲羽聲慷慨，士皆瞋目，髮盡上指冠。

於是荊軻就車而去，終已不顧。』〔還知〕此處『還』字應作『倘』或『如果』解。

【附錄】 劉永濟先生讀辛稼軒送茂嘉十二弟之賀新郎詞書後，談此詞者多以恨賦、或擬恨賦相擬，以予之考之，實

本之唐人賦得詩，與李商隱詠『淚』之七律尤復相似。唐人集中有一種『賦得』體，後代沿爲應制詩定例，得某

字五言八韻，即五言排律。唐人每用此體贈別，如韋應物賦得暮雨送李冑詩云：『楚江微雨裏，建業暮鐘時。漠

漠帆來重，冥冥鳥去遲。海門深不見，浦樹遠含滋。相送情無限，沾襟比散絲。』高適賦得征馬嘶送劉許事充

朔方判官詩云：『征馬向邊州，蕭蕭嘶不休。思深應帶別，聲斷爲哀秋。歧路風將遠，關山月共愁。贈君從此

去，行日大刀頭！』兩詩體格極相似。韋詩前六句均賦雨，高詩中四句則征馬與送友兩面夾寫，而皆於結句中

方表贈別之意。此點在稼軒此詞中亦同。李商隱詠『淚』之七律云：『永巷長年怨綺羅，離情終日思風波。湘江竹上痕無限，峴首碑前洒幾多！人去紫臺秋入塞，兵殘楚帳夜聞歌。朝來灞水橋邊過，未抵青袍送玉珂。』此詩題只一淚字，實亦賦得淚以送別。詩中列舉古人揮淚六事，句各一事，不相連續，至結二句方表送別之意。稼軒此詞列舉別恨數事，打破前人前後二闋成規，與之正復相似。又，李詩用『未抵』字以承上作結，辛詞用『未抵』字以承上之啼鳥而起下之別恨；李詩用在列舉典實之後，辛詞用在列舉典實之前，殆所謂擬議以成其變化者歟？

永遇樂　戲賦辛字，送茂嘉十二弟赴調。

烈日秋霜，忠肝義膽，千載家譜。得姓何年，細參辛字，一笑君聽取：艱辛做就，悲辛滋味，總是辛酸辛苦。更十分、向人辛辣，椒桂搗殘堪吐。　世間應有，芳甘濃美，不到吾家門戶。比著兒曹，纍纍却有，金印光垂組。付君此事，從今直上，休憶對牀風雨。但贏得、幠紋縐面，記余戲語。

【校】〔題〕四卷本丁集無『茂嘉』二字，又『赴調』作『赴都』。　〔幠紋〕四卷本作『皺紋』。

【箋注】〔椒桂句〕曾布有從駕詩二首，其一押『辛』字韻，蘇軾曾次韻以和；後又成再和二首，恐曾之厭其煩數，故於首篇結語云：『最後數篇君莫厭，擣殘椒桂有餘辛。』南宋初，蔡絛撰西清詩話乃云：『曾子開賦扈蹕詩，

押辛字韻，韻窘束而往返絡繹不已，東坡厭之，復和云：「讀罷君詩何所似，揭殘蒫桂有餘辛。」顧問客曰：「解此

否？謂唱首有辣氣故耳。」〔對牀風雨〕韋應物詩：「寧知風雨夜，復此對牀眠。」〔鶯鶯二句〕見卷二瑞鶴仙（黃金

堆到斗閣）箋注。不唯顛倒事實，且至改竄原詩，則誣妄爲甚矣。　蘇轍逍遙堂詩引：『轍幼從子瞻讀書，未

嘗一日相舍。既壯，將遊宦四方，讀韋蘇州詩至「安知風雨夜，復此對牀眠」，惻然感之，乃相約早退爲閑居之樂。

故子瞻始爲鳳翔幕府，留詩爲別曰：「夜雨何時聽蕭瑟。」其後子瞻通守餘杭，復移守膠西，而轍滯留於淮陽、濟

南，不見者七年，熙寧十年二月始復會於澶濮之間，相從來徐，留百餘日，時宿於逍遙堂，追感前約，爲二小詩

記之。』　〔轉紋縐面〕歐陽修歸田錄卷二：『京師諸司庫務皆由三司舉官監嘗，而權貴之家子弟親戚因緣請託

不可勝數，爲三司使者常以爲患。田元均爲人寬厚長者，其在三司深厭于請者，雖不能從，然不欲峻拒之，每溫

言強笑以遣之。嘗謂人曰：「作三司使數年，強笑多矣，直笑得面似靴皮。」士大夫傳以爲笑，然皆服其德量也。』

【編年】　右二詞作年均無可考。詞中有『霧邊如北』語，知茂嘉之『如北』必在稼軒起廢之前，其赴調或卽在由北邊歸來之後，是則

當在該年。據岳珂桯史，劉改之於嘉泰四年方被稼軒延入幕府，其送茂嘉之官桂林，最早

二詞均當作於稼軒隱居瓢泉期內。惜不得確知各在何年耳。

西江月　示兒曹，以家事付之。

萬事雲煙忽過，百年蒲柳先衰。而今何事最相宜？宜醉宜遊宜睡。　早趁催科了納，更

量出入收支。乃翁依舊管些兒：管竹管山管水。

【校】（題）四卷本丙集作「以家事付兒曹示之」。（百年）四卷本作「一身」。

【箋注】（雲煙）蘇軾寶繪堂記：「譬之煙雲之過眼，百鳥之感耳，豈不欣然接之，去而不復念也。」（蒲柳先衰）世說新語言語篇：「顧悅與簡文同年而髮早白，簡文曰：『卿何以先白？』對曰：『蒲柳之姿，望秋而落；松柏之質，經霜彌茂。』」

【編年】右詞作年無可考，旣云「以家事付兒曹」，自當在諸子多已成年之後，姑編入瓢泉諸作中。

鷓鴣天　送歐陽國瑞入吳中

莫避春陰上馬遲，春來未有不陰時。人情展轉閒中看，客路崎嶇倦後知。梅似雪，柳如絲。試聽別語慰相思。短篷炊飯鱸魚熟，除卻松江枉費詩。

【箋注】（歐陽國瑞）朱文公集跋歐陽國瑞母氏錫誥：『淳熙己亥春二月，熹以臥病鉛山崇壽精舍，邑士歐陽國瑞來見。……熹觀國瑞器識開爽，陳義甚高，其必有進乎古人爲己之學而使國人願稱焉。』（松江）卽古笠澤。源出蘇州之太湖。（春來句）杜甫人日詩：『元日到人日，未有不陰時。』

【編年】歐陽國瑞於何年入吳，其事無可考，今姑附於瓢泉諸作之後。

行香子

歸去來兮，行樂休遲。命由天，富貴何時。百年光景，七十者稀。奈一番愁，一番病，一
番衰。　名利奔馳，寵辱驚疑，舊家時都有些兒。而今老矣，識破關機。算不如閒，不如
醉，不如癡。

【箋注】〔命由天〕論語：『死生由命，富貴在天。』　〔舊家〕作『舊來』或『從前』解。

【編年】詞中有『七十者稀』語，當作於六十歲以後，無由知其確在何年，姑附於瓢泉諸作之後。

感皇恩　壽鉛山陳丞及之

【校】〔題〕四卷本丙集無『鉛山』二字。

【箋注】〔陳丞及之〕名籍及生平均未詳。

富貴不須論，公應自有；且把新詞祝公壽。當年僊桂，父子同攀希有。人言金殿上，他
年又。　冠冕在前，周公拜手，同日催班魯公後。此時人羨，綠鬢朱顏依舊。親朋來賀
喜，休辭酒。

〔富貴三句〕史記蔡澤傳：『蔡澤者，燕人也。游學于諸侯，小大甚衆，不遇，而從唐舉相。……乃曰：「富貴吾所自有，吾所不知者壽也，願聞之。」』〔當年二句〕謂陳及之父子同時領鄉薦。其事莫可考。『金殿』二句則祝其父子同舉進士，一榜及第也。〔冠冕三句〕公羊傳文公十三年：『周公何以稱大廟于魯？』封魯公以爲周公也。　周公拜乎前，魯公拜乎後。曰：生以養周公，死以爲周公主。

醜奴兒 和鉛山陳簿韻二首

鵝湖山下長亭路，明月臨關。明月臨關，幾陣西風落葉乾。　新詞誰解裁冰雪，筆墨生寒。筆墨生寒，會說離愁千萬般。

【校】〔題〕四卷本丁集作『和陳簿』。

【箋注】〔陳簿〕名籍及事歷均未詳。　〔鵝湖山〕鉛山縣志：『鵝湖山在縣東北，周迴四十餘里。其影入於縣南西湖。諸峯聯絡，若獅象犀狼，最高者峯頂三峯挺秀。鄱陽記云：「山上有湖多生荷，故名荷湖。東晉人龔氏居山蓄鵝……更名鵝湖。」』

又

年年索盡梅花笑，疎影黃昏。疎影黃昏，香滿東風月一痕。　清詩冷落無人寄，雪豔冰魂。雪豔冰魂，浮玉溪頭煙樹村。

【箋注】〔索盡梅花笑〕杜甫舍弟觀赴藍田取妻子詩：『巡簷索共梅花笑，冷蘂疎枝半不禁。』

臨江仙 戲為期思詹老壽

手種門前烏桕樹，而今千尺蒼蒼。田園只是舊耕桑。杯盤風月夜，簫鼓子孫忙。　七十
五年無事客，不妨兩鬢如霜。綠窗剗地調紅粧。更從今日醉，三萬六千場。

【箋注】　〔簧老〕未詳。　〔剗地〕此處應作『依舊』或『照樣』解。　〔更從二句〕蘇軾滿庭芳詞：『百年裏，渾敎是
醉，三萬六千場。』

瑞鷓鴣

期思溪上日千回，樟木橋邊酒數杯。人影不隨流水去，醉顏重帶少年來。　疎蟬響澀林
逾靜，冷蝶飛輕菊半開。　不是長卿終慢世，只緣多病又非才。

【箋注】〔疎蟬句〕王籍若耶溪詩：『蟬噪林逾靜，鳥鳴山更幽。』　〔長卿句〕漢書司馬相如傳贊：『長卿慢世，越
禮自放。竇嬰居市，不恥其狀。託疾避官，蔑此卿相。乃賦大人，超然莫尚。』　〔只緣句〕唐詩紀事卷二十三：
『明皇以張說之薦，召孟浩然，令誦所作，乃誦「北闕休上書，南山歸敝廬，不才明主棄，多病故人疏……」帝
曰：「卿不求朕，豈朕棄卿？」……』蘇軾喬太博見和復次韻答之：『非才更多病』二事可并案。

河瀆神　女城祠，效花間體。

芳草綠萋萋，斷腸絕浦相思。　山頭人望翠雲旗，蕙肴桂酒君歸。　惆悵畫簷雙燕舞，東

風吹散靈雨。香火冷殘簫鼓，斜陽門外今古。

【校】（題）四卷本丙集『祠』作『詞』。　（蕙肴桂酒）四卷本作『蕙香佳酒』。

【箋注】（女城）大明一統名勝志江西信州鉛山縣：『女城山在縣東三十里。志云山形似乳，故以女名之。其遙有藥雲洞。』　（蕙肴桂酒）楚辭九歌：『蕙肴蒸兮蘭藉，奠桂酒兮椒漿。』　（靈雨）邶風定之方中：『靈雨既零。』

鷓鴣天　石門道中

山上飛泉萬斛珠，懸崖千丈落鼪鼯。已通樵逕行還礙，似有人聲聽却無。　閑略彴，遠浮屠。溪南修竹有茅廬。莫嫌杖屨頻來往，此地偏宜着老夫。

【校】（山上飛泉）明曹學佺大明一統名勝志及鉛山縣志引均作『山下流泉』。

【箋注】（石門）曹學佺大明一統名勝志及鉛山縣志均謂此詞爲詠鉛山縣女城山之藥雲洞者，石門或卽女城山附近之地也。　（落鼪鼯）鼪，鼬屬，鼯，鼠屬。杜甫自閬州領妻子却赴蜀山行：『轉石驚魑魅，抨弓落狖鼯。』　（略彴、浮屠）略彴，小木橋也。指月錄：『曰：「如何是石橋？」曰：「度驢度馬。」曰：「如何是略彴？」曰：「个个度人。」』蘇軾詩：『略彴橫秋水，浮屠插暮煙。』

【編年】右詞七首，作年均無法確考，以其中所見地名，知均作於隱居鉛山期內。

作年莫考諸什　共詞一百二十五首　本卷所收各詞，皆閒退期內所作。其各作於何年何地，雖難確考，然其中什九當皆作

於隱居帶湖（一一八二——一一九二）及隱居瓢泉（一一九四——一二○三）之二十年

內。茲姑依廣信書院本次第彙錄於此。其

爲廣信書院本所不載者，則附次各調之後。

賀新郎 賦海棠

著厭霓裳素。染胭脂、苧羅山下，浣沙溪渡。鬢亂釵橫渾不醒，轉越江，剗地迷歸路。煙艇小、五湖去。　當時儁得春留住，就錦屏、一曲種種，斷腸風度。纔是清明三月近，須要詩人妙句。笑援筆、愬慇為賦。十樣蠻牋紋錯綺，粲珠璣、淵擲驚風雨。重喚酒，共花語。

【箋注】　〔苧羅山二句〕吳越春秋句踐陰謀篇：『越王得苧蘿山鬻薪之女曰西施。』注云：『苧蘿山在諸暨縣南五里，西施、鄭旦所居。下臨浣江，江中有浣紗石。』　〔吳宮〕越王句踐為吳所敗，乃以西施獻於吳王夫差，深得寵幸。　〔轉越江三句〕世傳越復平吳，西施仍隨范蠡去，後隨范蠡泛舟湖中。『剗地』在此應作『無端』或『反而』解。　〔十樣蠻牋〕韓浦詩：『十樣蠻牋出益州。』　〔淵擲句〕杜甫寄李白二十韻：『筆落驚風雨，詩成泣鬼神。』

又 賦琵琶

鳳尾龍香撥。自開元、霓裳曲罷，幾番風月？最苦潯陽江頭客，畫舸亭亭待發。記出塞、

黃雲堆雪。馬上離愁三萬里，望昭陽宮殿孤鴻沒。絃解語，恨難說。遼陽驛使音塵
絕。瑣窗寒、輕攏慢撚，淚珠盈睫。推手含情還却手，一抹梁州哀徹。千古事、雲飛煙滅。
賀老定場無消息，想沉香亭北繁華歇。彈到此，為嗚咽。

【校】〔題〕四卷本乙集作『聽琵琶』。　〔淚珠〕四卷本同，王詔校刊本、六十家詞本、四印齋本俱作『珠淚』。

【箋注】〔鳳尾句〕鄭嵎津陽門詩：『玉奴琵琶龍香撥。』自注云：『貴妃妙彈琵琶，其樂器閑於人間者，有邊沉檀
為槽，龍香柏為撥者。』蘇軾聽琵琶詩：『數絃已品龍香撥，半面猶遮鳳尾槽。』　〔自開元句〕白居易新樂府法曲
注：『霓裳羽衣曲，起於開元，盛於天寶。』又長恨歌：『漁陽鼙鼓動地來，驚破霓裳羽衣曲。』　〔最苦二句〕白居
易琵琶行序云：『元和十年，予左遷九江郡司馬。明年秋，送客湓浦口，聞船中夜彈琵琶者。聽其音，錚錚然有
京都聲。……予出官二年，恬然自安，……是夕始有遷謫意。』詩有云：『潯陽江頭夜送客，楓葉荻花秋瑟
瑟。……忽聞水上琵琶聲，主人忘歸客不發。』又，鄭仲賢詩：『亭亭畫舸繫寒潭。』　〔記出塞三句〕按：此蓋用
王昭君琵琶出塞故事。石崇樂府王明君辭序云：『昔公主嫁烏孫，令琵琶馬上作樂，以慰其道路之思。其送明
君，亦必爾也。』歐陽修明妃曲『不識黃雲出塞路，豈知此聲能斷腸』三輔黃圖卷二：『未央宮有增城、昭陽殿。』
〔遼陽句〕李白憶秦娥：『樂遊原上清秋節，咸陽古道音塵絕。』遼陽驛使未詳。　〔輕攏句〕琵琶行：『低低信手
續續彈，說盡心中無限事。輕攏慢撚抹復挑，初為霓裳後六么。』〔推手句〕釋名：『琵琶本於胡中馬上所鼓
也。推手前曰琵，引却曰琶，故以為名。』歐陽修明妃曲：『推手為琵却手琶，胡人共聽亦咨嗟。』〔梁州哀徹〕

元稹連昌宮詞：『逡巡大徧涼州徹，色色龜茲轟陸續。』

〔賀老句〕元稹連昌宮詞：『夜半月高絃索鳴，賀老琵琶

定場屋。』按：…賀老謂賀懷智，開元、天寶時之善彈琵琶者。　〔沉香亭北〕見卷二〈念奴嬌〉（對花何似關）箋注。

念奴嬌　戲贈善作墨梅者

江南盡處，墮玉京僊子，絕塵英秀。彩筆風流偏解寫，姑射冰姿清瘦。笑殺春工，細窺天

巧，妙絕應難有。丹青圖畫，一時都愧凡陋。　還似籬落孤山，嫩寒清曉，祗欠香沾袖。

淡竚輕盈誰付與，弄粉調朱織手。疑是花神，竭來人世，占得佳名久。松篁佳韻，倩君添

做三友。

〔校〕〔題〕四卷本乙集（吳訥唐宋名賢百家詞本）作『贈妓。善作墨梅。』汲古閣影鈔本『妓』字原作『奴』，後用

粉塗去右旁未改正。

〔箋注〕〔姑射句〕見卷二〈蝶戀花〉（莫向樓頭聽漏閱）箋注。　〔還似三句〕冷齋夜話：『衡州花光仁老以墨為

梅花，魯直觀之，歎曰：「如嫩寒春曉行孤山籬落間，但欠香耳。」』　〔竭來句〕『竭』為發語詞，以『來』為義。曾

疑是花神來到人世也。

沁園春　弄溪賦

有酒忘杯，有筆忘詩，弄溪奈何。看縱橫斗轉，龍蛇起陸；崩騰決去，雪練傾河。嫋嫋東風，悠悠倒影，搖動雲山水又波。還知否：欠菖蒲攢港，綠竹綠坡。 長松誰剪嵯峨？笑野老、來耘山上禾。算只因魚鳥，天然自樂；非關風月，閒處偏多。芳草春深，佳人日暮，濯髮滄浪獨浩歌。徘徊久，問『人間誰似，老子婆娑？』

【校】〔倒影〕四卷本乙集作『倒景』。

【箋注】〔弄溪〕未詳。 〔龍蛇起陸〕陰符經：『天發殺機，移星易宿。地發殺機，龍蛇起陸。』此處用此句，只是作為一句現成語言使用，與『地發殺機』全無關涉。 〔綠竹句〕漢黃香賣駿奴辭有『離離若綠坡之竹』句。

水調歌頭 醉吟

四座且勿語，聽我醉中吟。 池塘春草未歇，高樹變鳴禽。 誰要卿料理，山水有清音。 歡多少，歌長短，酒淺深。 鴻雁初飛江上，蟋蟀還來牀下，時序百年心。 閒處直須行樂，良夜更敎秉燭，高會惜分陰。 白髮短如許，黃菊倩誰簪。

【箋注】〔四座句〕鮑照詩：『四座且勿喧。』 〔池塘二句〕謝靈運登池上樓詩：『池塘生春草，園柳變鳴禽。』 〔鴻雁〕禮記月令：『季秋之月……鴻雁來賓。』杜牧詩：『江涵秋影雁初飛。』 〔蟋蟀句〕詩七月流火：『十月蟋蟀，入我牀下。』 〔時序句〕杜甫春日江邨五首：『乾坤萬里眼，時序百年心。』 〔誰要句〕見卷四木蘭花慢（舊時樓

上客閣］箋注。〔山水句〕左思招隱詩：『非必絲與竹，山水有清音。』 〔良夜句〕古詩：『晝短苦夜長，何不秉
燭游。』 〔惜分陰〕晉書陶侃傳：『大禹聖者，乃惜寸陰，至於衆人，當惜分陰。豈可逸遊荒醉，生無益於時，死
無聞於後？是自棄也。』 〔白髮二句〕杜甫春望詩：『白頭搔更短，渾欲不勝簪。』

又　賦松菊堂

淵明最愛菊，三徑也栽松。何人收拾，千載風味此山中。手把離騷讀遍，自掃落英餐罷，
杖履曉霜濃。皎皎太獨立，更插萬芙蓉。 水潺湲，雲頂洞，石龍從。素琴濁酒喚客，端
有古人風。却怪青山能巧，政爾橫看成嶺，轉面已成峯。詩句得活法，日月有新工。

【箋注】 〔松菊堂〕未詳。 〔淵明二句〕歸去來辭：『三徑就荒，松菊猶存。』 〔能巧〕『能』同『恁』，猶云『如許』或
『這樣』。 〔橫看二句〕蘇軾廬山與總老同遊西林詩：『橫看成嶺側成峯，遠近高低各不同。不識廬山眞面目，
只緣身在此山中。』 〔詩句得活法〕呂本中江西宗派詩序：『自得之，忽然有入，然後惟意所出，萬變不窮，是名
活法。』又，呂氏作夏均父集序云：『學詩當識活法。所謂活法者：規矩備具而能出於規矩之外，變化不測而亦
不背於規矩也。是道也，蓋有定法而無定法，無定法而有定法。知是者則可以與語活法矣。』 〔新工〕黃庭堅
詩：『杜郎覓句有新工。』

滿江紅 中秋

美景良辰，算只是、可人風月。況素節、揚輝長是，十分清徹。着意登樓瞻玉兔，何人張幕遮銀闕？倩蜚廉、得得爲吹開，憑誰說？　弦與望，從圓缺。今與昨，何區別？羨夜來手把，桂花堪折。安得便登天柱上，從容陪酹佳節。更如今、不聽塵談清，愁如髮。

【箋注】〔美景句〕見卷一聲聲慢（征埃成陣闋）箋注。　〔素節〕初學記：『秋節曰素節。』　〔蜚廉〕一作飛廉，風伯也。見風俗通義。　〔得得〕僧貫休入蜀詩：『一瓶一鉢垂垂老，千水千山得得來。』按：得得卽特地之意。

〔登天柱二句〕唐皇甫枚三水小牘卷上，趙知微雨夕登天柱峯翫月條：『九華山道士趙知微，乃皇甫玄真之師。諷誦道書，錬志幽寂，隱跡數十年，遂臻玄牝。去歲中秋，自朔霖霪，至於望夕。玄真謂同門生曰：「甚惜良霄而值苦雨！」語頃，趙君忽命侍童曰：「可備酒果。」遂遍名諸生謂曰：「能昇天柱峯翫月不？」諸生雖強應，而竊以謂濃陰缺雨如斯，若果行，將有墊巾角、折屐齒之事。少頃，趙君曳杖而出，諸生景從。既闢荊扉，而長天廓清，皓月如晝。捫蘿援篠，及峯之巓。趙君處玄豹之茵，諸生藉芳草列侍。俄舉巵酒，詠郭景純遊仙詩數篇。諸生有清嘯者，步虛者，鼓琴者，及峯之巓。以至寒蟾隱於遠岑，方歸山舍。既各就榻，而凄風苦雨，暗晦如前。衆方服其奇致。』　〔塵談淸〕世說新語容止篇：『王夷甫容貌整麗，妙於談玄，恆捉白玉柄麈尾，與手都無分別。』

稼軒詞編年箋注

四五四

家住江南，又過了、清明寒食。花徑裏、一番風雨，一番狼籍。紅粉暗隨流水去，園林漸覺清陰密。算年年、落盡刺桐花，寒無力。　庭院靜，空相憶。無說處，閒愁極。怕流鶯乳燕，得知消息。尺素如今何處也，綵雲依舊無蹤跡。謾教人、羞去上層樓，平蕪碧。

【校】〔題〕廣信書院本無，茲從四卷本乙集。〔紅粉句〕四卷本作『流水暗隨紅粉去』。〔刺桐〕廣信書院本誤作『拆桐』，其他各本俱不誤。〔綵雲〕四卷本作『彩雲』。王詔校刊本及四印齋本俱誤作『綠雲』。

又

敲碎離愁，紗窗外、風搖翠竹。人去後、吹簫聲斷，倚樓人獨。滿眼不堪三月暮，舉頭已覺千山綠。但試把、一紙寄來書，從頭讀。　相思字，空盈幅；相思意，何時足。滴羅襟點點，淚珠盈掬。芳草不迷行客路，垂楊只礙離人目。最苦是、立盡月黃昏，欄干曲。

【校】〔試把〕四卷本乙集作『試將』。

又

倦客新豐，貂裘敝、征塵滿目。彈短鋏、青蛇三尺，浩歌誰續？不念英雄江左老，用之可

憐我，爲簪黃菊。

以尊中國。歎詩書、萬卷致君人，翻沉陸。 休感慨，澆醽醁。 人易老，歡難足。 有玉人
憐我，爲簪黃菊。且置請纓封萬戶，竟須賣劍酬黃犢。 甚當年、寂寞賈長沙，傷時哭。

【校】〔翻沉〕四卷本乙集作『番沉』。 〔感慨〕四卷本作『感嘆』。 〔澆醽醁〕四卷本作『年華促』。 〔甚當年〕四卷本作『嘆當年』。

【箋注】〔倦客句〕新唐書馬周傳：『馬周字賓王。舍新豐逆旅，主人不顧，命酒一斗八升，悠然獨酌，衆異之。至長安，舍中郎將常何家。貞觀五年詔百官言得失，何武人，不涉學問，爲條二十餘事，太宗怪問何，何曰：『此家客馬周敦臣言之。』帝卽召與語，大悅，拜監察御史。』 〔貂裘敝〕見卷一水調歌頭（落日古城角，及落日塞塵起二闋）箋注。 〔彈短鋏〕見卷一滿江紅（漢水東流闋）箋注。 〔青蛇〕郭元振寶劍篇：『精光黯黯青蛇色』，文章片片綠龜鱗。』韋莊秦婦吟：『匣中秋水拔青蛇，旗上高風吹白虎。』 〔歎詩書二句〕東坡詞沁園春赴密州馬上寄子由：『當時共客長安，似二陸初來俱少年。有筆頭千字，胸中萬卷，致君堯、舜，此事何難。』又東坡詩：『讀書萬卷不讀律，致君堯、舜終無術。』陸沉金門乃東方朔事。 〔有玉人二句〕東坡詞千秋歲徐州重陽作：『美人憐我老，玉手簪金菊。』 〔請纓〕漢書終軍傳：『南越與漢和親，乃遣軍使南越，說其王，欲令入朝，比內諸侯。軍自請受長纓，必羈南越王而致之闕下。』 〔賣劍句〕見卷二水調歌頭（寒食不小住闋）箋注。 〔甚當年二句〕漢書賈誼傳：『賈誼，洛陽人也。……爲長沙王太傅。……數上疏陳政事，多所欲匡建。其大略曰：『臣竊惟事勢，可爲痛哭者一，可爲流涕者二，可爲長太息者六。』

【附錄】岳珂桯史稼軒論詞

是時潤有貴士姜君玉（瑩中），嘗與余游。……攜廄伯可順菴樂府一袠相示，中有滿江紅，作於婺女潘子賤席上者，如『詩書萬卷致君人，番沈陸』『且置請纓封萬戶，徑須賣劍酬黃犢。悵當年寂寞賈長沙，傷時哭』之句，與稼軒集中詞全無異。伯可蓋先四五十年。君玉亦疑之。然余讀其全篇，則他語却不甚稱，似不及稼軒出一格律。所攜乃板行，又故本，殆不可曉也。

又

風捲庭梧，黃葉墜、新涼如洗。一笑折、秋英同賞，弄香挼藥。天遠難窮休久望，樓高欲下還重倚。拚一襟、寂寞淚彈秋，無人會。　今古恨，沉荒壘。悲歡事，隨流水。想登樓青鬢，未堪憔悴。極目煙橫山數點，孤舟月淡人千里。對嬋娟、從此話離愁，金尊裏。

又　山居即事

幾箇輕鷗，來點破、一泓澄綠。更何處、一雙鸂鶒，故來爭浴。細讀離騷還痛飲，飽看脩竹何妨肉。有飛泉、日日供明珠，五千斛。　春雨滿，秧新穀。閒日永，眠黃犢。看雲連麥隴，雪堆蠶簇。若要足時今足矣，以為未足何時足？被野老、相扶入東園，枇杷熟。

【校】〔五千〕四卷本丙集作『三千』。　　〔麥隴〕四卷本作『麥壠』。

【箋注】（故來爭浴）杜甫春水詩：『已添無數鳥，爭浴故相喧。』（細讀句）世說新語任誕篇：『王孝伯言：名士不必須奇才，但使常得無事，痛飲酒，熟讀離騷，便可稱名士。』（飽看句）蘇軾綠筠軒詩：『可使食無肉，不可使居無竹，無肉令人瘦，無竹令人俗。』（雲連二句）王安石詩：『繅成白雪桑重綠，割盡黃雲稻正青。』（若要得閑方是閑二句）白居易詩：『自問此時心，不足何時足？』遯齋閑覽：『予嘗於驛壁見人題兩句云：謀生待足何時足，未老得閑方是閑。』」稼軒『京口有懷山中故人』之瑞鷓鴣有云：『君自不歸歸甚易，今猶未足足何時。』」

木蘭花慢 寄題吳克明廣文菊隱

路傍人怪問：此隱者、姓陶不？甚黃菊如雲，朝吟暮醉，喚不回頭。縱無酒，成悵望，只東籬搔首亦風流。與客朝餐一笑，落英飽便歸休。 古來堯舜有巢由，江海去悠悠。待說與佳人，種成香草，莫怨靈脩。『我無可無不可』，意先生出處有如丘。聞道問津人過，殺雞爲黍相留。

【校】（題）四卷本丙集作『題廣文克明菊隱』。

【箋注】（吳克明）名籍事歷均不詳。（路傍句）陳后山寄鄧州杜侍郎詩：『道傍過者怪相問。』（無酒三句）參卷四賀新郎（路入門前柳關）箋注。（與客二句）離騷：『朝飲木蘭之墜露兮，夕餐秋菊之落英。』餘參卷四鷓鴣天（莫殢春光花下遊關）箋注。（巢由）謂巢父、許由，堯、舜時隱者。堯欲以天下致之，均辭而不受。見

高士傳。

【靈脩】『離騷』：「指九天以爲正兮，夫唯靈脩之故也。」王逸注云：『靈神也，脩遠也，能神明遠見者君德也，故以諭君。』　【我無可句】論語：『不降其志，不辱其身，伯夷、叔齊與……我則異於是，無可無不可。』　【聞道二句】論語：『長沮、桀溺耦而耕，孔子過之，使子路問津焉。』又：『子路從而後，遇丈人，以杖荷蓧……止子路宿，殺雞爲黍而食之。』

又　中秋飲酒將旦，客謂前人詩詞有賦待月，無送月者，因用『天問』體賦。

可憐今夕月，向何處、去悠悠？是別有人間，那邊纔見，光影東頭？是天外，空汗漫，但長風浩浩送中秋？飛鏡無根誰繫，姮娥不嫁誰留？　謂經海底問無由，恍惚使人愁。怕萬里長鯨，縱橫觸破，玉殿瓊樓。蝦蟆故堪浴水，問云何玉兔解沉浮？若道都齊無恙，云何漸漸如鈎？

【校】　（光影）四卷本丙集同，凹印齋本作『光景』。王詔校刊本及六十家詞本俱脫此首。　（姮娥）四卷本作『嫦娥』。

【箋注】　【天問】楚辭篇名。　【玉殿瓊樓】拾遺記：『翟乾祐於江岸玩月，或問此中何有？翟曰：「可隨我觀之。」俄見月規半天，瓊樓玉宇爛然。』　【都齊無恙】猶云完全無缺。

水龍吟　愛李延年歌、淳于髡語，合爲詞，庶幾高唐、神女、洛神賦之意云。

昔時曾有佳人，翩然絕世而獨立。未論一顧傾城，再顧又傾人國。寧不知其，傾城傾國；佳人難得。看行雲行雨，朝朝暮暮，陽臺下，襄王側。堂上更闌燭滅，記主人、留髡送客。合尊促坐，羅襦襟解，微聞薌澤。當此之時，止乎禮義，不淫其色。但啜其泣矣，啜其泣矣，又何嗟及。

【校】〔難得〕廣信書院本作『難再得』，茲從四卷本丙集。

【箋注】

〔李延年歌，昔時七句〕見卷一〈滿江紅（天與文章關）〉箋注。

〔淳于髡語〕史記滑稽列傳：『淳于髡者，齊之贅壻也。長不滿七尺，滑稽多辯。數使諸侯，未嘗屈辱。……威王大悅，置酒後宮，召髡，賜之酒，問曰：「先生能飲幾何而醉？」對曰：「臣飲一斗亦醉，一石亦醉。……若乃州閭之會，男女雜坐，行酒稽留，六博投壺，相引為曹，握手無罰，目眙不禁，前有墮珥，後有遺簪，髡竊樂此，飲可八斗而醉二參。日暮酒闌，合尊促坐，男女同席，履舃交錯，杯盤狼藉，堂上燭滅，主人留髡而送客，羅襦襟解，微聞薌澤，當此之時，髡心最歡，能飲一石。」』

〔高唐、神女〕楚宋玉有高唐賦及神女賦。〔洛神賦〕魏曹植作。〔看行雲四句〕宋玉高唐賦：『昔者先王嘗游高唐，怠而晝寢，夢見一婦人，曰：「妾巫山之女也，為高唐之客，聞君游高唐，願薦枕席。」王因幸之。去而辭曰：「妾在巫山之陽，高丘之岨，且為朝雲，暮為行雨，朝朝暮暮，陽臺之下。」』〔止乎二句〕毛詩關雎序：『……至於王道衰，禮義廢，政教失，國異政，家殊俗，而變風變雅作矣。……故變風發乎情，止乎禮義。發乎情，民之性也；止乎禮義，先王之澤也。』……周南、召南，正始之道，王化之基，是以關雎樂得淑女以配君子，憂在

「進賢，不淫其色，哀窈窕，思賢才，而無傷害之心焉，是關雎之義也。」（嘬其三句）詩王風：『中谷有蓷，嘆其濕矣。有女仳離，嘬其泣矣。嘬其泣矣，何嗟及矣。』

又

老來曾識淵明，夢中一見參差是。覺來幽恨，停觴不御，欲歌還止。白髮西風，折腰五斗，不應堪此。問北窗高臥，東籬自醉，應別有，歸來意。須信此翁未死，到如今凜然生氣。吾儕心事，古今長在，高山流水。富貴他年，直饒未免，也應無味。甚東山何事，當時也道，為蒼生起。

【箋注】〔凜然生氣〕世說品藻篇：「庾道季云：『廉頗、藺相如，雖千載上死人，懍懍恆如有生氣。』」〔高山句〕見卷一滿庭芳（傾國無媒闊）箋注。〔富貴二句〕世說排調篇：『謝安在東山居布衣時，兄弟已有富貴者，翕集家門，傾動人物。劉夫人戲謂安曰：「大丈夫不當如此乎？」謝乃捉鼻曰：「但恐不免耳。」』〔直饒〕『郎使』之意。〔東山三句〕見卷四賀新郎（下馬東山路闊）箋注。

永遇樂 賦梅雪

怪底寒梅，一枝雪裏，直恁愁絕。問訊無言，依稀似妒，天上飛英白。江山一夜，瓊瑤萬

頃，此段如何妒得。細看來、風流添得，自家越樣標格。晚來樓上，對花臨鏡，學作半粧宮額。着意爭妍，那知却有，人妒花顏色。無情休問，許多般事，且自訪梅踏雪。待行過、溪橋夜半，更邀素月。

【校】〔直恁、江山〕王詔本及六十家詞本俱作『只恁』、『江上』。 〔晚來〕四卷本作『曉來』。 〔宮額〕廣信書院本、王詔本及六十家詞本俱脫『宮』字，茲從四卷本丁集及四印齋本。

一枝花 醉中戲作

千丈擎天手，萬卷懸河口，黃金腰下印、大如斗。更千騎弓刀，揮霍遮前後。百計千方久，似鬪草兒童，贏箇他家偏有。 算枉了，雙眉長恁皺，白髮空回首。那時閒說向、山中友。 看丘隴牛羊，更辨賢愚否。 且自栽花柳。 怕有人來，但只道：『今朝中酒。』

【箋注】 〔懸河口〕晉書郭象傳：『王衍每言：聽象言，如懸河瀉水，注而不竭。』 〔千騎弓刀〕晁无咎詞：『弓刀千騎成何事，荒了邵平瓜圃。』 〔黃金句〕見卷一西江月（秀骨青松不老閑）箋注。 〔鬪草〕荊楚歲時記：『五月五日有鬪百草之戲。』白居易觀兒戲詩：『撫塵復鬪草，盡日樂嬉嬉。』 〔丘壟牛羊〕古樂府：『今日牛羊上丘壟，當時近前面發紅。』

春已歸來，看美人頭上，裊裊春幡。無端風雨，未肯收盡餘寒。年時燕子，料今宵、夢到西園。渾未辦、黃柑薦酒；更傳青韭堆盤。

却笑東風從此，便薰梅染柳，更沒些閒。閒時又來鏡裏，轉變朱顏。清愁不斷，問何人、會解連環。生怕見、花開花落，朝來塞雁先還。

【校】〔題〕廣信書院本無『日』字，茲從四卷本丙集。陽春白雪（二）引，無題。

【箋注】〔春幡〕歲時風土記：『立春之日，士大夫之家，剪裁爲小旛，或懸於家人之頭，或綴於花枝之下。』〔渾未辦〕意卽『還未辦』。〔黃柑二句〕蘇軾詩：『辛盤得青韭，臘酒是黃柑。』〔更傳〕此處更字應作『登得』解。〔解連環〕戰國策齊策：『秦昭王嘗遣使者遺君王后玉連環，曰：「齊多智，而解此環否？」君王后以示羣臣，羣臣不知解，君王后引錐椎破之，謝秦使曰：「謹以解矣。」』〔生怕〕意卽『只怕』『最怕』。

洞仙歌　紅梅

冰姿玉骨，自是清涼□。此度濃粧爲誰改。向竹籬茅舍，幾誤佳期，招伊怪、滿臉顏紅微帶。　壽陽粧鑑裏，應是承恩，纖手重勻異香在。怕等閒，春未到，雪裏先開，風流噦，說與羣芳不解。更總做、北人未識伊，據品調難作，杏花看待。

【箋注】（冰姿二句）蘇軾洞仙歌:「冰肌玉骨,自清涼無汗。」（壽陽句）太平御覽時序部引雜五行書:「宋武帝女壽陽公主,人日臥於含章殿簷下,梅花落公主額上,成五出花,拂之不去。皇后留之,看得幾時,經三日洗之,乃落。宮女奇其異,竟效之。今梅花粧是也。」（睞）甚也。 （更總三句）西清詩話:「紅梅清豔兩絕,昔獨盛於姑蘇。晏元獻始移植西岡第中,特稱賞之。……公嘗與客飲花下,賦詩曰:「若更遲開三二月,北人應作杏花看。」客曰:「公詩固佳,待北俗何淺也」公笑曰:「顧儈父安得不然。」一坐絕倒。」茗溪漁隱叢話:「王介甫紅梅詩云:「春半花纔發,多應不奈寒。北人初未識,渾作杏花看。」與元獻之詩暗合。」按:「總做」意即「縱使」。

江神子　聞蟬蛙戲作

簟鋪湘竹帳籠紗,醉眠些,夢天涯。一枕驚回、水底沸鳴蛙。借問喧天成鼓吹,良自苦,為官哪？　心空喧靜不爭多。病維摩,意云何。掃地燒香、且看散天花。斜日綠陰枝上噪,還又問:是蟬麼？

【校】（籠紗）四卷本丁集作『垂紗』。

【箋注】（鼓吹）見卷一滿庭芳（傾國無媒娉）箋注。 （為官哪）晉書惠帝紀:「帝常在華林園,聞蝦蟆聲,謂左右曰:「此鳴者為官乎私乎?」或對曰:「在官地為官,在私地為私。」」 （病維摩四句）見卷四祝英臺近（水縱橫闋）箋注。 （喧靜句、枝上噪、是蟬麼）王籍若耶溪詩:「蟬噪林逾靜,鳥鳴山更幽。」

又

兩輪屋角走如梭，太忙些，怎禁他。擬倩何人、天上勸羲娥：何似從容來少住，傾美酒，聽

高歌。　人生今古不消磨，積敎多，似塵沙。未必堅牢、剗地事堪嗟。莫道長生學不得，

學得後，待如何！

【校】〔少住〕四卷本丁集作『小住』。　〔消磨〕四卷本作『須磨』。　〔事堪〕四卷本同，王詔本及四印齋本俱作

『實堪』。　〔莫道〕四卷本作『漫道』。

【箋注】〔兩輪〕謂日月。　〔羲娥〕謂羲和嫦娥，仍指日月言。　〔剗地〕此處當作『反而』或『越是』解。

感皇恩　慶嬸母王恭人七十

七十古來稀，未爲稀有。須是榮華更長久。滿牀靴笏，羅列兒孫新婦。精神渾似箇，西

王母。　遙想畫堂，兩行紅袖。妙舞淸歌擁前後。大男小女，逐箇出來爲壽。一箇一百

歲，一杯酒。

【校】〔題〕四卷本丙集作『爲嬸母王氏慶七十』。　〔稀有〕廣信書院本作『希有』，玆從四卷本。　〔渾似〕四卷

本作『渾是』。

【箋注】〔王恭人〕據詞中所述情形推求，疑為辛祐之之母，辛次膺之子媳也。既有『遙想』云云句，則是遠道客牽者，故作年亦莫可推考。

行香子　山居客至

白露園蔬，碧水溪魚，笑先生釣罷還鋤。小窗高臥，風展殘書。看北山移，盤谷序，輞川圖。　白飯青蒭，赤腳長鬚。客來時酒盡重沽。聽風聽雨，吾愛吾廬。笑本無心，剛自瘦，此君疏。

【校】〔釣罷〕四卷本丙集作『網釣』。　〔笑本〕廣信書院本作『歉苦』，茲從四卷本。

【箋注】〔北山移〕見卷四水調歌頭（十里深窈窕閒）箋注。　〔盤谷序〕唐李愿歸隱盤谷，韓愈作送李愿歸盤谷序以贈之。　〔輞川圖〕輞川為王維所居地，自為圖。唐朝名畫錄：『王維畫輞川圖，山谷鬱盤，雲水飛動，意出塵外，怪生筆端。』　〔白飯青蒭〕見卷四沁園春（我見君來閒）箋注。　〔赤腳長鬚〕韓愈寄盧仝詩：『一奴長鬚不裹頭，一婢赤腳老無齒。』　〔吾愛吾廬〕陶淵明詩：『吾亦愛吾廬。』　〔笑本三句〕『無心』、『此君』俱指竹言。

參本卷滿江紅（幾箇輕鷗閒）箋注。

一剪梅　中秋無月

憶對中秋丹桂叢。花在杯中，月在杯中。今宵樓上一尊同。雲濕紗窗，雨濕紗窗。渾

欲乘風問化工。路也難通，信也難通。滿堂惟有燭花紅。杯且從容，歌且從容。

又

記得同燒此夜香，人在回廊，月在回廊。而今獨自睡昏黃，行也思量，坐也思量。錦字

都來三兩行，千斷人腸，萬斷人腸。鴈兒何處是仙鄉？來也恓惶，去也恓惶。

【箋注】〔錦字句〕晉書列女傳：『竇滔妻蘇氏，名蕙，字若蘭，善屬文。滔苻堅時爲秦州刺史，被徙流沙，蘇氏思
之，織錦爲迴文旋圖詩以贈滔，宛轉循環以讀之，詞甚悽惋。』

踏莎行 賦木樨

弄影闌干，吹香岩谷。枝枝點點黃金粟。未堪收拾付薰爐，窗前且把離騷讀。 奴僕葵

花，兒曹金菊。一秋風露清涼足。傍邊只欠箇姮娥，分明身在蟾宮宿。

【箋注】〔奴僕〕杜牧李賀集序：『賀詩遠去筆墨畦徑，惜年二十七死矣。使賀少加以理，雖奴僕命騷可也。』

破陣子 贈行

少日春風滿眼，而今秋葉辭柯。便好消磨心下事，也憶尋常醉後歌。新來白髮多。　明
日扶頭顛倒，倩誰伴舞婆娑？我定思君拚瘦損，君不思兮可奈何。天寒將息呵。

【校】〔也憶〕四卷本丙集作『莫憶』。　〔新來〕四卷本作『可憐』。
【箋注】〔拚〕甘願之意。　〔將息〕保重身體之意。

臨江仙

小醫人憐都惡瘦，曲眉天與長顰。沉思歡事惜腰身。枕添離別淚，粉落却深勻。　翠袖
盈盈渾力薄，玉笙嫋嫋愁新。夕陽依舊倚窗塵。葉紅苔鬱碧，深院斷無人。
【箋注】〔惡瘦〕猶云怪瘦或好瘦也。

又

逗曉鶯啼聲昵昵，掩關高樹冥冥。小渠春浪細無聲。井牀聽夜雨，出蘚轆轤青。　碧草
旋荒金谷路，烏絲重記蘭亭。彊扶殘醉遶雲屏。一枝風露濕，花重入疏櫺。

又

春色饒君白髮了，不妨倚綠偎紅。翠鬟催喚出房櫳。垂肩金縷窄，醮甲寶杯濃。　睡起

鴛鴦飛燕子，門前沙暖泥融。畫樓人把玉西東。舞低花外月，唱徹柳邊風。

樓心月，歌盡桃花扇底風。』

【箋注】（醮甲）猶覺寮雜記：『酒斟滿，捧觴必蘸指甲。牧之云：「為君蘸甲十分飲。」』（睡起二句）杜甫絕句：

『泥融飛燕子，沙暖睡鴛鴦。』　（玉西東）謂酒杯。亦有稱作『玉東西』者。　（舞低二句）晏幾道詞：『舞低楊柳

（隨分）照例或相應之意。

又

金谷無煙宮樹綠，嫩寒生怕春風。博山微透暖薰籠。小樓春色裏，幽夢雨聲中。　別浦

鯉魚何日到，錦書封恨重重。海棠花下去年逢。也應隨分瘦，忍淚覺殘紅。

【箋注】（金谷）晉書石崇傳：『崇有別館在河陽之金谷。』按此處蓋指所居之山園，非實指石崇之金谷園也。

（宮樹綠）韋應物送王主簿詩：『蔡鐘春雨細，宮樹野煙和。』元稹詩：『初過寒食一百六，店舍無人宮樹綠。』

又

手撚黃花無意緒，等閒行盡回廊。捲簾芳桂散餘香。枯荷難睡鴨，疏雨暗添塘。　憶得

舊時攜手處，如今水遠山長。羅巾浥淚別殘粧。舊歡新夢裏，閒處却思量。

〔校〕〔添塘〕廣信書院本作『池塘』兹從王詔校刊本及四印齋本。

又

老去渾身無着處，天敎只住山林。百年光景百年心。更歡須歎息，無病也呻吟。試向浮瓜沉李處，清風散髮披襟。莫嫌淺後更頻斟。要他詩句好，須是酒杯深。

〔箋注〕〔老去句〕蘇軾豆粥詩：『我老此身無着處，實書來向東家住。』〔浮瓜沉李〕魏文帝與吳質書：『浮甘瓜於清泉，沉朱李於寒水。』〔後〕略似今口語中之『啊』字。不作先後解。

蝶戀花 客有『燕語鶯啼人乍遠』之句，用爲首句。

燕語鶯啼人乍遠。却恨西園，依舊鶯和燕。笑語十分愁一半，翠圍特地春光暖。只道書來無過雁，不道柔腸，近日無腸斷。柄玉莫搖湘淚點，怕君喚作秋風扇。

〔箋注〕〔燕語句〕皇甫冉春思詩：『鶯啼燕語報新年，馬邑龍堆路幾千。』〔湘淚〕見卷二江神子（寶釵飛鳳翼驚鸞閣）箋注。〔秋風扇〕見卷二朝中措（年年團扇怨秋風闕）箋注。

南鄉子

隔戶語春鶯，繚掛簾兒斂袂行。漸見淩波羅韈步，盈盈，隨笑隨睜百媚生。　着意聽新聲，盡是司空自教成。今夜酒腸難道窄，多情，莫放紗籠蠟炬明。

【校】〔難道〕四卷本乙集作『邊道』。

【箋注】〔淩波羅韈步〕見卷一賀新郎〔柳暗淺淺路閼〕箋注。　〔紗籠〕四卷本作『籠紗』。　〔司空〕雲谿友議卷中，中山海條::『中山公（劉禹錫）謂諸賓友曰:「昔赴吳臺，揚州大司馬杜公鴻漸爲余開宴，沈醉歸驛亭。似醒，見二女子在旁，驚非我有也，乃曰:『郎中席上與司空詩，特令二樂伎侍寢。』且醉中之作都不記憶，明且修狀啓陳謝，杜公亦優容之。」詩曰:「高鬟雲鬢官樣粧，春風一曲杜韋娘。司空見慣尋常事，斷盡蘇州刺史腸。」』

又　贈妓

好箇主人家，不問因由便去嗏。病得那人妝晃子，巴巴，繫上裙兒穩也哪。　別淚沒些些，海誓山盟總是賒。今日新歡須記取，孩兒，更過十年也似他。

【校】〔題〕四卷本乙集無，茲從辛啓泰補遺本。　廣信書院本無此首。　〔晃子〕四卷本作『晃了』，茲從補遺本。

【箋注】〔賒〕渺茫難憑之意。

鷓鴣天　代人賦

陌上柔桑破嫩芽，東隣蠶種已生些。平岡細草鳴黃犢，斜日寒林點暮鴉。　山遠近，路横斜，青旗沽酒有人家。城中桃李愁風雨，春在溪頭薺菜花。

【校】〔題〕廣信書院本無，茲從四卷本乙集。　〔桑破嫩芽〕四卷本乙集作『條初破芽』，花菴詞選作『桑初破芽』。　〔平岡〕花菴詞選作『平崗』。　〔薺菜〕四卷本作『野薺』。

【箋注】〔細草、黃犢、斜日〕王安石詩：『愛此江邊好，留連至日斜。眠分黃犢草，坐占白鷗沙。』

又　重九席上作

戲馬臺前秋雁飛，管絃歌舞更旌旗。要知黃菊清高處，不入當年二謝詩。　東籬，只於陶令有心期。明朝九日渾瀟灑，莫使尊前欠一枝。

【校】〔題〕廣信書院本無『作』字，茲從四卷本丁集。　〔九日〕四卷本作『重九』。

【箋注】〔戲馬臺〕見卷二〈朝中措〉（年年團扇怨秋風閣）箋注。　〔黃菊二句〕吳清翁逸老堂詩話卷下：『梅花不入楚騷，杜甫不詠海棠，二謝不詠菊花。』

有甚閒愁可皺眉？老懷無緒自傷悲。百年旋逐花陰轉，萬事長看鬢髮知。 溪上枕，竹間棋，怕尋酒伴嬾吟詩。十分筋力誇強健，只比年時病起時。

【校】〔題〕廣信書院本無，茲從四卷本乙集。

【箋注】〔旋〕漸漸意。 〔年時〕猶言『舊時』、『昔時』。

又 敗棋，罰賦梅雨。

漠漠輕陰撥不開，江南細雨熟黃梅。有情無意東邊日，已怒重驚忽地雷。 雲柱礎，水樓臺，羅衣費盡博山灰。當時一識和虀味，便道爲霖消息來。

【校】〔題〕四卷本乙集無『罰』字。 〔輕陰〕汲古閣影抄四卷本原作『輕陰』，後用粉塗去『陰』字，未補。

【箋注】〔漠漠句〕韓愈同水部張員外曲江春遊詩：『漠漠輕陰晚自開，青天白日映樓臺。』蘇軾有美堂暴雨詩：『遊人腳底一聲雷，滿座頑雲撥不開。』 〔有情句〕劉禹錫竹枝詞：『楊柳青青江水平，聞郎江上唱歌聲。東邊日出西邊雨，道是無晴（情）却有晴（情）。』 〔雲柱礎〕埤雅：『江湘二浙，梅欲黃時，柱礎皆汗，鬱蒸成雨。』 〔博山灰〕考古圖：『香爐象海中博山，下盤貯湯，使潤氣蒸香。』周邦彥詞：『衣潤費爐烟。』 〔和虀二句〕和虀，

切梅字；；爲霖，切雨字。

《尚書說命上》：『若歲大旱，用汝作霖雨。』說命下：『若作和羹，爾惟鹽梅。』

又

元溪不見梅

千丈冰溪百步雷，柴門都向水邊開。亂雲膬帶炊煙去，野水閒將日影來。　穿窈窕，過

崔嵬，東林試問幾時栽。動搖意態雖多竹，點綴風流却欠梅。

【校】〔冰溪〕四卷本乙集作『清溪』。　〔過〕四卷本作『歷』。　〔欠〕四卷本作『少』。

【箋注】〔元溪〕未詳。　〔膬〕多也。　〔穿窈窕〕意卽穿小徑。謝靈運《北山詩》：『徑側旣窈窕，環洲亦玲瓏。』

又

戲題村舍

雞鴨成羣晚未收，桑麻長過屋山頭。有何不可吾方羨，要底都無飽便休。　新柳樹，舊

沙洲，去年溪打那邊流。自言此地生兒女，不嫁余家卽聘周。

【校】〔未收〕四卷本丙集作『不收』。　〔余家〕四卷本作『金家』。

【箋注】〔屋山〕韓愈詩：『每騎屋山下窺闞。』　〔飽便休〕見卷四《鷓鴣天（莫殢春光花下遊闞）》箋注。

又

睡起卽事

水荇參差動綠波，一池蛇影噤羣蛙。因風野鶴飢猶舞，積雨山梔病不花。名利處，戰
爭多，門前蠻觸日干戈。不知更有槐安國，夢覺南柯日未斜。

【箋注】〔水荇參差〕詩關雎：『參差荇菜，左右流之。』 〔蠻觸〕見卷四哨遍（蝸角鬭爭鬩）箋注。 〔槐安國〕見

卷二水調歌頭（萬事幾時足閒）箋注。

又

自古高人最可嗟，只因疎嬾取名多。居山一似庚桑楚，種樹眞成郭橐駝。雲子飯，水
精瓜，林間攜客更烹茶。君歸休矣吾忙甚，要看蜂兒趁晚衙。

【校】〔水精〕此從廣信書院本，餘本俱作『水晶』。 〔趁晚〕廣信書院本作『晚趁』，茲從四卷本丙集。

【箋注】〔疎嬾句〕杜甫寄張彪三十韻：『疎嬾爲名誤，驅馳喪我眞。』 〔居山句〕莊子庚桑楚篇：『老聃之役，有
庚桑楚者，偏得老聃之道以北，居畏壘之山。』 〔種樹句〕柳宗元有種樹郭橐駝傳。 〔雲子飯二句〕杜甫與鄠
縣源大少府宴渼陂詩：『應爲西陂好，金錢罄一餐。飯抄雲子白，瓜嚼水精寒。』 〔要看句〕埤雅：『蜂有兩衙應
潮。』按：蜂衆繚繞蜂房，有如衙參；蜂房簇聚，又似官衙；故有蜂衙之稱。

出處從來自不齊，後車方載太公歸。誰知寂寞空山裏，却有高人賦采薇。　黃菊嫩，晚香枝，一般同是朵花時。蜂兒辛苦多官府，蝴蝶花間自在飛。

【校】【寂寞空山裏】四卷本丁集作『孤竹夷齊子』。　【却有高人】四卷本作『正向空山』。

【箋注】【出處句】蘇軾送歐陽主簿詩：『出處年來恨不齊，一樽臨水記分攜。』　【後車句】史記齊太公世家：『太公望呂尚者，東海上人。……周西伯獵，果遇太公於渭之陽，與語，大說，曰：「……吾太公望子久矣。」故號之曰太公望，載與俱歸，立爲師。』　【賦采薇】史記伯夷列傳：『伯夷、叔齊，孤竹君之二子也。……武王已平殷亂，天下宗周，而伯夷、叔齊恥之，義不食周粟，隱於首陽山，采薇而食之。及餓且死，作歌，其辭曰：「登彼西山兮，采其薇矣。以暴易暴兮，不知其非矣。神農、虞、夏，忽焉沒兮，我安適歸矣。于嗟徂兮，命之衰矣。」遂餓死於首陽山。』

又
　讀淵明詩不能去手，戲作小詞以送之。

晚歲躬耕不怨貧，隻雞斗酒聚比鄰。都無晉宋之間事，自是羲皇以上人。　千載後，百篇存。更無一字不清眞。若敎王謝諸郎在，未抵柴桑陌上塵。

【箋注】【晚歲句】淵明庚戌歲九月中於西田穫早稻詩：『人生歸有道，衣食固其端。孰是都不營，而以求自安。開春理常業，歲功聊可觀。晨出肆微勤，日入負來還。山中饒霜露，風氣亦先寒。田家豈不苦，弗獲辭此難。

四體誠乃疲，庶無異患干。盥濯息簷下，斗酒散襟顏。遙遙沮溺心，千載乃相關。但願長如此，躬耕非所歎。」 蕭統陶淵明集序：『陶淵明貞志不休，安道苦節，不以躬耕為恥，不以無財為病，自非大賢篤志，與道汙隆，孰能如此乎！』 〔雙雞句〕淵明歸田園居：『漉我新熟酒，雙雞招近局。』 〔都無二句〕『都無』當作『偷無』解。陶淵明生於東晉末年，卒於劉宋初年。其時內多篡弒之禍，而北方則先後分處於十六國統治下。淵明與子儼等疏雖云『五六月中北窗下臥，遇涼風暫至，自謂是羲皇上人』，然於擬古詩中有『飢食首陽薇，渴飲易水流』句，於讀山海經十三首中有『精衛銜微木，將以填滄海』句，皆寓有憤世之意。蓋晉宋之間既世局多故，亦殊不能全然與世相忘。故稼軒作此設詞，以為若無晉宋之間事，則彼自是羲皇以上人耳。 〔柴桑句〕柴桑為淵明居處。淵明雜詩：『人生無根蔕，飄如陌上塵。』

又

髮底青青無限春，落紅飛雪謾紛紛。黃花也伴秋光老，何似尊前見在身。 書萬卷，筆如神。眼看同輩上青雲。簡中不許兒童會，只恐功名更逼人。

【箋注】 〔尊前見在身〕見卷二沁園春（老子平生閒）箋注。 〔書萬卷二句〕見卷四念奴嬌（君時好處閒）箋注。

又

不寐

老病那堪歲月侵，霎時光景值千金。一生不負溪山債，百藥難治書史淫。　隨巧拙，任

浮沉。人無同處面如心。不妨舊事從頭記，要寫行藏入笑林。

〔校〕〔難治〕四卷本丙集同，王詔本及四印齋本俱作『難醫』。

〔箋注〕〔書史淫〕晉書皇甫謐傳：『謐耽玩典籍，忘寢與食，人謂之書淫。』　〔面如心〕左傳襄公三十一年：『子

產曰：「人心之不同，如其面焉。」』　〔笑林〕隋書經籍志有笑林三卷，後漢給事中邯鄲淳撰。

又　〔祝良顯家牡丹一本百朵〕

占斷雕欄只一株，春風費盡幾工夫。天香夜染衣猶溼，國色朝酣酒未蘇。　嬌欲語，巧

相扶。不妨老幹自扶疏。恰如翠幰高堂上，來看紅衫百子圖。

〔校〕〔酒未蘇〕四卷本丙集及全芳備祖前集（二）所引並同。　王詔本及四印齋本『酒』俱作『醉』。

〔箋注〕〔祝良顯〕名籍事歷均未詳。　〔占斷〕即佔盡。　〔天香二句〕李濬松窗雜錄：『會春暮，內殿賞牡丹花，

上〔文宗〕頗好詩，因問〔程〕脩己曰：「今京邑傳唱牡丹花詩，誰為首出？」對曰：「臣嘗聞公卿間多吟賞中書舍

人李正封詩曰：天香夜染衣，國色朝酣酒。」……上笑謂賢妃曰：「粧鏡臺前宜飲以一紫金盞酒，則正封之詩

見矣。」』

又　賦牡丹。主人以謗花，索賦解嘲。

翠蓋牙籤幾百株，楊家姊妹夜游初。五花結隊香如霧，一朵傾城醉未蘇。　閒小立，因相扶，夜來風雨有情無？愁紅慘綠今宵看，却似吳宮教陣圖。

【校】〔幾百、却似〕王詔校刊本及四印齋本俱作「數百」「恰似」。

【箋注】〔楊家二句〕唐玄宗天寶七載冬，以楊貴妃姊適崔氏者爲韓國夫人，適裴氏者爲虢國夫人，適柳氏者爲秦國夫人，三人皆有才色，上呼之爲姨。出入宮掖，並承恩澤，勢傾天下。十二載冬十月，三夫人將從車駕幸華清宮，會於楊國忠第，車馬僕從，充溢數坊。錦繡珠玉，鮮華奪目。楊氏五家，隊各爲一色衣以相別，五家合隊，粲若雲錦。見資治通鑑玄宗紀。松窗雜錄：「開元中禁中初重木芍藥，卽今牡丹也。」蘇軾有虢國夫人夜遊圖詩。上因移植於興慶池東沉香亭前。會花方繁開，上乘月夜，召太眞妃以步輦從。

〔吳宮敎陣〕見卷二念奴嬌(對花何似闋)箋注。

又　再賦

濃紫深黃一畫圖，中間更有玉盤盂。先裁翡翠裝成蓋，更點胭脂染透酥。　香漵灩，錦模糊，主人長得醉工夫。莫攜弄玉欄邊去，羞得花枝一朵無。

【校】〔深黃〕四卷本丙集作『深紅』。

【箋注】〔錦模糊〕杜甫送蔡希魯還隴右詩:『馬頭金匼匝,鴕背錦模糊。』〔弄玉〕稼軒賦白牡丹之念奴嬌(對花何似閬)有『最愛弄玉團酥,就中一朶曾入揚州詠』等句,疑弄玉卽一種白牡丹之名稱。

又 再賦牡丹

去歲君家把酒杯,雪中曾見牡丹開。而今紈扇薰風裏,又見疏枝月下梅。　　歡幾許,醉方回,明朝歸路有人催。低聲待向他家道:『帶得歌聲滿耳來。』

【校】〔題〕廣信書院本無題,茲從四卷本丁集。

【箋注】〔去歲句〕王安石與友人詩:『一日君家把酒杯,六年波浪與塵埃。』

又

欲上高樓去避愁,愁還隨我上高樓。經行幾處江山改,多少親朋盡白頭。　　歸休去,去歸休,不成人總要封侯?浮雲出處元無定,得似浮雲也自由。

【箋注】〔不成〕此處當作『難道』解。

玉樓春 客有游山者，忘攜具，而以詞來索酒，用韻以答。余時以病不往。

山行日日妨風雨，風雨晴時君不去。牆頭塵滿短轅車，門外人行芳草路。 城南東野應
聯句，好記琅玕題字處。也應竹裏着行廚，已向甕間防吏部。

【校】[題]四卷本乙集無「而」字，「余時以病不往」作「時余有事不往」。 [城南]四卷本作「南城」。 [甕間]
此從廣信書院本。王詔校刊本及四印齋本俱作「甕邊」。四卷本作「甕頭」。

【箋注】[城南句]韓愈孟郊有城南聯句。 [竹裏句]杜甫嚴公仲夏枉駕草堂兼攜酒饌詩：「竹裏行廚洗玉盤，
花邊立馬簇金鞍。」 [甕間句]世說新語任誕篇注引晉中興書：「畢卓字茂世，……太興末爲吏部郎，嘗飲酒廢
職。比舍郎釀酒熟，卓因醉，夜至其甕間取飲之，主者謂是盜，執而縛之。知爲吏部也，釋之。卓遂引主人燕甕
側，取醉而去。」蘇軾成伯家宴造坐無由戲作小詩：「隔籬不喚鄰翁飲，抱甕須防吏部來。」

又 再和

人間反覆成雲雨，鳧雁江湖來又去。十千一斗飲中仙，一百八盤天上路。 舊時「楓落吳
江」句，今日錦囊無着處。看封關外水雲侯，剩按山中詩酒部。

【校】[楓落]四卷本乙集作「楓葉」。

【箋注】〔反覆成雲雨〕杜甫貧交行：「翻手作雲覆手雨，紛紛輕薄何須數。」 〔十千一斗〕白居易詩：「十千一斗

猶賒飲，何況官供不著錢。」 〔一百句〕黃山谷次韻楙宗送別詩：「一百八盤天上路，去年明日送流人。」 〔楓

落吳江〕新唐書崔信明傳：「崔信明，青州益都人。……甕亢以門望自負，嘗矜其文，謂過李百藥，議者不許。揚

州錄事參軍鄭世翼者，亦驚倨，數佻輕忤物，遇信明江中，謂曰：『聞公有楓落吳江冷，願見其餘。』信明欣然多

出衆篇，世翼覽未終，曰：『所見不逮所聞。』投諸水，引舟去。」 〔錦囊〕見卷二生查子（昨宵醉裏行閒）箋注。

〔關外水雲侯〕曹魏置關外侯，位次關內侯及關中侯，不食租，爲虛封爵。爵位爲虛封，所管領者爲水與雲，實

卽放浪江湖之意。 〔剩按句〕「剩」作「多」解。宋代各路使臣按視所屬州邑，稱曰按部。

又

風前欲勸春光住，春在城南芳草路。 未隨流落水邊花，且作飄零泥上絮。 鏡中已覺星

星誤，人不負春春自負。 夢回人遠許多愁，只在梨花風雨處。

【箋注】 〔泥上絮〕朱弁風月堂詩話：「參寥自杭調坡于彭城，一日，……坡遣官妓馬盼盼就求詩，參寥援筆立

成，有『禪心已作沾泥絮，不逐春風上下狂』之句，坡喜曰：『吾嘗見柳絮落泥中，謂可以入詩，偶未收入，遂爲此

人所先。』」 按：參寥子詩題爲『子瞻席上令歌舞者求詩，戲以此贈』。『不逐』原詩作『肯逐』。

三三兩兩誰家女，聽取鳴禽枝上語。提壺沽酒已多時，婆餅焦時須早去。　醉中忘却來時路，借問行人家住處。只尋古廟那邊行，更過溪南烏桕樹。

【校】（女）廣信書院本作『婦』，茲從四卷本丙集。

【箋注】（提壺）鳥名。王禹偁初入山聞提壺鳥詩：『遷客由來長合醉，不煩幽鳥道提壺。』　（婆餅焦）禽言也。梅堯臣禽言詩：『婆餅焦，兒不食。爾父向何之？爾母山頭化為石。』

又

樂令謂衛玠：『人未嘗夢擣虀餐鐵杵，乘車入鼠穴。』以謂世無是事故也。余謂世無是事而有是理，樂所謂無，猶云有也。戲作數語以明之。

有無一理誰差別，樂令區區猶未達。事言無處未嘗無，試把所無憑理說。　伯夷飢采西山蕨，何異搗虀餐杵鐵。仲尼去衛又之陳，此是乘車穿鼠穴。

【校】（題）『猶云』四卷本丁集作『猶之』。　（猶未）四卷本作『渾未』。　（穿）四卷本作『入』。
【箋注】（樂令至故也）世說新語文學篇：『衛玠總角時，問樂令夢，樂云：「是想。」衛曰：「形神所不接而夢，豈是想邪？」樂云：「因也。未嘗夢乘車入鼠穴、擣虀敢鐵杵，皆無想無因故也。」』　（伯夷句）見本卷鷓鴣天（出處從

來自不齊閣）箋注。　〔仲尼句〕史記孔子世家：「居衞月餘，靈公與夫人同車，宦者雍渠參乘出，使孔子爲次

乘，招搖市過之，孔子曰：「吾未見好德如好色者也。」於是醜之，去衞。……遂至陳，主於司城貞子家。」

又　有自九江以石中作觀音像持送者，因以詞賦之。

琵琶亭畔多芳草，時對香爐峯一笑。偶然重傍玉溪東，不是白頭誰覺老。　　補陀大士神
通妙，影入石頭光了了。肯來持獻可無言，袞似慈悲顏色好。

【校】（補陀、肯來）王韶本及四印齋本俱作『普陀』、『看來』。

【箋注】（琵琶亭）在江西九江縣西大江濱。唐白居易送客湓浦口，夜聞隣舟琵琶聲，作琵琶行，後人因以名
亭。　（香爐峯）在九江西南，廬山之北，奇峯突起，狀如香爐，故名。　（玉溪）江西信江源出玉山縣懷玉山，在
玉山縣境曰玉溪，折西南至上饒縣境名上饒江。　　（補陀大士）見卷二水龍吟〔補陀大士虛空閣〕箋注。

鵲橋仙　贈鷺鷥

溪邊白鷺，來吾告汝：『溪裏魚兒堪數。主人憐汝汝憐魚，要物我欣然一處。　　白沙遠
浦，青泥別渚，剩有鰕跳鰍舞。聽君飛去飽時來，看頭上風吹一縷。』

【校】〔聽君〕四卷本丁集作『任君』。

又　贈人

風流標格，惺鬆言語，眞箇十分奇絕。三分蘭菊十分梅，鬭合就一枝風月。　笙簧未語，星河易轉，涼夜厭厭留客。只愁酒盡各西東，更把酒推辭一霎。

【校】〔十分梅〕『十』疑當作『七』，蓋承上文而誤。本詞唯見四卷本乙集，無可參校，姑仍之。

【箋注】〔風流句〕蘇軾詞荷葉媚。『霞苞電荷碧，天然地別是風流標格。』〔鬭合〕即『拼湊』意。

又　送粉卿行

轎兒排了，擔兒裝了，杜宇一聲催起。從今一步一回頭，怎睚得一千餘里。　舊時行處，舊時歌處，空有燕泥香墜。莫嫌白髮不思量，也須有思量去裏。

【箋注】〔粉卿〕當爲稼軒女侍之名。〔也須句〕『須』即『自』，『去』即『處』，『裏』即『哩』。意即『也自有思量處哩』。

西江月　春晚·

賸欲讀書已嬾，只因多病長閑。聽風聽雨小窗眠，過了春光太半。　往事如尋去鳥，清

愁難解連環。 流鶯不肯入西園，去喚畫梁飛燕。

【校】（去喚）王詔校刊本及四印齋本俱作『喚起』。

【箋注】（朕欲）頗欲也。 （解連環）見本卷漢宮春（春已歸來閣）箋注。

又 木樨

金粟如來出世，藥宮仙子乘風。 清香一袖意無窮，洗盡塵緣千種。 長為西風作主，更居明月光中。 十分秋意與玲瓏，拚却今宵無夢。

【箋注】（金粟如來）木樨色黃似金，花小如粟，故亦稱『金粟』。淨名經義鈔：『梵語維摩詰，此云淨名』般提之子。……過去成佛，號『金粟如來。』釋寂照谷響集：『李善注頭陀寺碑，引發迹經云：「淨名大士是往古金粟如來。」予嘗檢藏中，不得此經。』李白答湖州司馬問詩：『湖州司馬何須問，金粟如來是後身。』（藥宮）為藥珠宮之簡稱。黃庭內景經：『太上大道玉晨君，閒居藥珠作七言。』注云：『藥珠，上清境宮闕名也。』（拚却）此處為『情願』之意。

又 遣興

醉裏且貪歡笑，要愁那得工夫。 近來始覺古人書，信著全無是處。 昨夜松邊醉倒，問

松『我醉何如』。只疑松動要來扶，以手推松曰『去』。

【箋注】〔近來二句〕孟子：『盡信書則不如無書。』

又

粉面都成醉夢，霜鬢能幾春秋。來時誦我伴牢愁，一見尊前似舊。　詩在陰何側畔，字居羅趙前頭。錦囊來往幾時休？已遣蛾眉等候。

【箋注】〔伴牢愁〕漢書揚雄傳：『又旁惜誦以下至懷沙爲一卷，名曰畔牢愁。』注引李奇云：『畔，離也；牢，聊也。與君相離，愁而無聊也。』按：稼軒此句當即用揚雄事，蓋誤『畔』爲『伴』也。又，杜牧詩『文章應解伴牢愁。』〔詩在句〕杜甫解悶十二首：『陶冶性靈存底物，新詩改罷自長吟。熟知二謝將能事，頗學陰何苦用心。』按：陰鏗陰鏗，何謂何遜。〔字居句〕晉書衛恆傳：『恆作四體書勢曰：羅叔景、趙元嗣者，與張伯英並時，見稱於西州，故英自稱上比崔、杜不足，下方羅、趙有餘。』蘇軾次韻孫莘老見贈詩：『眞、黃側畔難言政，羅、趙前頭且眩書。』〔錦囊二句〕見卷二生查子（昨宵醉裏行閶）箋注。

又　題阿卿影像

人道偏宜歌舞，天教只入丹青。喧天畫鼓要他聽，把着花枝不應。　何處嬌魂瘦影，向

來軟語柔情。有時醉裏喚卿卿，却被傍人笑問。

【箋注】〔阿卿〕當是稼軒侍女之名。

朝中措

夜深殘月過山房，睡覺北窗涼。起遶中庭獨步，一天星斗文章。　朝來客話，山林鍾鼎，

那處難忘？君向沙頭細問，白鷗知我行藏。

又　爲人壽

年年黃菊豔秋風，更有拒霜紅。黃似舊時宮額，紅如此日芳容。　青青未老，尊前要看，

兒輩平戎。試釀西江爲壽，西江綠水無窮。

【箋注】〔兒輩平戎〕世說雅量篇：『謝公與人圍棋，俄而謝玄淮上信至。看書竟，默然無言，徐向局，客問淮上

利害，答曰：「小兒輩大破賊。」』

又　爲人壽

年年金藥豔西風，人與菊花同。霜鬢經春重綠，仙姿不飲長紅。　焚香度日盡從容，笑

語調兒童：一歲一杯爲壽，從今更數千鍾。

【校】〔題〕廣信書院本無，茲從四卷本乙集。

清平樂 賦木樨詞

月明秋曉，翠蓋團團好。碎剪黃金敎恁小，都着葉兒遮了。　折來休似年時，小窗能有高低。無頓許多香處，只消三兩枝兒。

【校】〔題〕廣信書院本作『木犀』，茲從四卷本丁集。　〔折來〕廣信書院本作『打來』，茲從四卷本，全芳備祖前集〔十三〕桂花門引同四卷本。

又 再賦

東園向曉，陣陣西風好。喚起仙人金小小，翠羽玲瓏裝了。　一枝枕畔開時，羅幃翠幙垂低。恁地十分遮護，打窗早有蜂兒。

【校】〔題〕四卷本丙集無。　〔垂低〕四卷本作『低垂』。

【箋注】〔金小小〕未詳。

又

清詞索笑，莫厭銀杯小。應是天孫新與巧，剪恨裁愁句好。　有人夢斷關河，小窗日飲亡何。　想見重簾不捲，淚痕滴盡湘娥。

【箋注】　〔莫厭句〕蘇軾有『莫笑銀杯小』詩題。　〔天孫〕柳宗元乞巧文：『竊聞天孫專巧於天，轇轕璇璣，經緯星辰，能成文章，輔歡帝躬。』　〔日飲亡何〕見卷四玉蝴蝶（貴賤偶然閒）箋注。

又　書王德由主簿扇

溪回沙淺，紅杏都開遍。鸂鶒不知春水暖，猶傍垂楊春岸。　片帆千里輕船，行人想見欹眠。誰似先生高舉，一行白鷺青天。

【箋注】　〔王德由〕未詳。　〔一行句〕杜甫絕句四首，其三云：『兩箇黃鸝鳴翠柳，一行白鷺上青天。』

又

春宵睡重，夢裏還相送。枕畔起尋雙玉鳳，半日才知是夢。　一從賣翠人還，又無音信

經年。却把淚來做水，流也流到伊邊。

好事近 中秋席上和汪路鈐

明月到今宵，長是不如人約。想見廣寒宮殿，正雲梳風掠。　夜深休更喚笙歌，簫頭雨聲惡。不是小山詞就，這一場寥索。

【箋注】〔汪路鈐〕路鈐爲某路兵馬鈐轄之簡稱，汪路鈐未詳何人。　〔廣寒宮〕龍城錄：『上皇與申天師道士鴻都客，八月望日夜，三人同在雲上遊，月中見一大宮，榜曰「廣寒清虛之府」。』

又 送李復州致一席上和韻

和淚唱陽關，依舊字嬌聲穩。回首長安何處，怕行人歸晚。　垂楊折盡只啼鴉，把離愁勾引。却笑遠山無數，被行雲低損。

【校】〔題〕四卷本乙集無。

【箋注】〔李致一〕名籍事歷均不詳。　〔復州〕南宋屬荊湖北路。即今湖北沔陽縣。

又 和城中諸友韻

雲氣上林梢，畢竟非空非色。風景不隨人去，到而今留得。 老無情味到篇章，詩債怕人索。却笑近來林下，有許多詞客。

【箋注】〔林下二句〕雲谿友議卷中，思歸隱條：『江西章大夫丹與東林鹽鐵上人驚忘形之契，篇章唱和，月唯四五焉。章偶爲思歸絕句詩一首以寄上人。……予謂章亞台歸意未堅，果爲高僧所誚。章寄廬山上人轍公詩曰：「王事紛紛無暇日，浮生冉冉只如雲。」已爲平子歸休計，五老巖前必共君。」轍奉酬詩曰：「年老身聞無外事，麻衣草座亦容身。相逢盡道休官去，林下何曾見一人！」』

菩薩蠻

又

江搖病眼昏如霧，迢愁直到津頭路。歸念樂天詩：『人生足別離。』 雲屏深夜語，夢到君知否？玉筯莫偷垂，斷腸天不知。

【箋注】〔玉筯〕謂眼淚。劉孝威詩：『誰憐雙玉筯，流面復流襟。』

功名飽聽兒童說，看公兩眼明如月。萬里勒燕然，老人書一編。　玉階方寸地，好趁風雲會。他日赤松遊，依然萬戶侯。

【箋注】〔勒燕然〕後漢書竇憲傳：『會南單于請兵北伐，乃拜憲車騎將軍，以執金吾耿秉爲副，與北單于戰於稽落山，大破之。……憲、秉遂登燕然山，去塞三千餘里，刻石勒功，紀漢威德，令班固作銘。』〔老人書〕見卷一木蘭花慢〈漢中開漢業關〉箋注。　〔他日二句〕史記留侯世家：『留侯乃稱曰：「家世相韓，今以三寸舌爲帝者師，封萬戶，位列侯，此布衣之極，於良足矣。願棄人間事，欲從赤松子游耳。」乃學辟穀道引輕身。』

又

送曹君之莊所

人間歲月堂堂去，勸君快上青雲路。聖處一燈傳，工夫螢雪邊。　麴生風味惡，辜負西窗約。沙岸片帆開，寄書無雁來。

【箋注】〔曹君〕未詳何人。　〔堂堂去〕薛能春日使府寓懷詩：『青春背我堂堂去，白髮欺人故故生。』　〔一燈傳〕釋氏以燈喻法，故紀載其衣缽相傳之史蹟者名傳燈錄。　〔螢雪邊〕晉書車胤傳：『胤博學多通，家貧，不常得油，夏月則練囊盛數十螢火以照書，以夜繼日焉。』尚友錄：『晉孫康，京兆人，性敏好學，家貧，燈無油，於冬月嘗映雪讀書。』　〔麴生〕見卷四行香子〈雲岫如簪閣〉箋注。

又　雙韻賦摘阮

阮琴斜挂香羅綬，玉纖初試琵琶手。　桐葉雨聲乾，眞珠落玉盤。　朱絃調未慣，笑倩春

風伴。　莫作別離聲，且聽雙鳳鳴。

【校】〔題〕廣信書院本無『雙韻』二字，茲從四卷本乙集。　〔眞珠〕四卷本及翰墨大全后丁集九引，並同，王詔校刊本、六十家詞本及四印齋本俱作『珍珠』。　〔春風〕四卷本同，王詔校刊本、六十家詞本及四印齋本俱作『東風』。

【箋注】〔摘阮〕阮謂阮咸，爲琴之一種。晉書阮咸傳：『咸字仲容。……妙解音律，善彈琵琶。』新唐書元行冲傳：『有人得古銅器似琵琶，身正圓，人莫能辨，行冲曰：「此阮咸所作器也。」命易以木，絃之，其聲亮雅，樂家遂謂之阮咸。』　〔眞珠句〕白居易琵琶行：『嘈嘈切切錯雜彈，大珠小珠落玉盤。』

又　贈張醫道服爲別，且令饋河豚。

萬金不換囊中術，上醫元自能醫國。　軟語到更闌，綈袍范叔寒。　江頭楊柳路，馬踏春

風去。　快趁兩三杯，河豚欲上來。

【箋注】〔張醫〕名籍事歷均不詳。　〔上醫句〕國語晉語：『平公有疾，秦景公使醫和視之。……趙文子曰：「醫及

國家乎？」對曰：「上醫醫國，其次疾人，固醫官也。」〔軟語句〕杜甫贈蜀僧閭丘師兄詩：『夜闌接軟語，落月如金盆。』〔綈袍句〕史記范雎傳：『范雎既相秦，秦號曰張祿，而魏不知，以為范雎已死久矣。魏聞秦且東伐韓、魏，魏使須賈於秦，范雎聞之，為微行，敝衣閒步至邸，見須賈，須賈見之而驚曰：「范叔固無恙乎？」須賈曰：「然。」須賈笑曰：「范叔有說於秦耶？」曰：「不也。雎前日得過於魏相，故亡逃至此，安敢說乎？」須賈「今叔何事？」范雎曰：「臣為人庸賃。」須賈意哀之，留與坐，飲食，曰：「范叔一寒至此哉！」乃取其綈袍以賜之。』〔河豚句〕蘇軾題惠崇畫春江曉景詩：『蔞蒿滿地蘆芽短，正是河豚欲上時。』

又

淡黃弓樣鞋兒小，腰肢只怕風吹倒。驀地管絃催，一團紅雪飛。　曲終嬌欲訴，定憶梨園譜。指日按新聲，主人朝玉京。

【箋注】〔梨園〕唐明皇選坐部伎子弟三百，敎於梨園。號皇帝梨園弟子。

又　贈周國輔侍人

畫樓影蘸清溪水，歌聲響徹行雲裏。簾幕燕雙雙，綠楊低映窗。　曲中特地惺，要試周

郎顧。醉裏客魂消，春風大小喬。

【箋注】〔曲中二句〕三國志周瑜傳：『瑜少精意於音樂，雖三爵之後，其有闕誤，瑜必知之，知之必顧，故時人謠曰：「曲有誤，周郎顧。」』〔大小喬〕見卷四鷓鴣天（歎息頻年廩未高閱）箋注。

卜算子 尋春作

脩竹翠羅寒，遲日江山暮。幽徑無人獨自芳，此恨知無數。　只共梅花語，嬾逐遊絲去。着意尋春不肯香，香在無尋處。

【校】〔題〕廣信書院本及四卷本丁集俱無題，茲從王詔校刊本及四印齋本。

【箋注】〔脩竹句〕杜甫佳人詩：『天寒翠袖薄，日暮倚脩竹。』〔遲日句〕杜甫絕句：『遲日江山麗，春風花草香。』

又 為人賦荷花

紅粉靚梳粧，翠蓋低風雨。占斷人間六月涼，明月鴛鴦浦。　根底藕絲長，花裏蓮心苦，只為風流有許愁，更襯佳人步。

【校】〔題〕四卷本丁集作『荷花』。　〔明月〕四卷本作『期月』。

【箋注】〔佳人步〕南史齊東昏侯紀：『鑿金為蓮花，以帖地，令潘妃行其上，曰：「此步步生蓮花也。」』

醜奴兒

醉中有歌此詩以勸酒者，聊櫽括之。

晚來雲淡秋光薄，落日晴天。落日晴天，堂上風斜畫燭煙。　從渠去買人間恨，字字都圓。字字都圓，腸斷西風十四絃。

又

【箋注】〔移家句〕杜甫飲中八仙歌：『恨不移封向酒泉。』

近來愁似天來大，誰解相憐？誰解相憐，又把愁來做箇天。　放在愁邊，却自移家向酒泉。放在愁邊，　都將今古無窮事，放在愁邊。

浣溪沙　漫興作

未到山前騎馬回，風吹雨打已無梅，共誰消遣兩三杯。　一似舊時春意思，百無是處老形骸，也曾頭上戴花來。

【校】〔題〕廣信書院本無題，茲據四卷本乙集。　〔戴花〕四卷本作『帶花』。

又　種梅菊

百世孤芳肯自媒？直須詩句與推排。不然喚近酒邊來。　自有淵明方有菊，若無和靖
即無梅。只今何處向人開？

【校】〔淵明〕廣信書院本作『陶潛』，茲從四卷本乙集。

【箋注】〔肯〕『豈肯』之意。　〔推排〕猶云『調度』、『安排』。　〔只今〕與『如今』、『而今』同。

添字浣溪沙

日日閑看燕子飛，舊巢新壘畫簾低。玉曆今朝推戊己，住卿泥。　先自春光留不住，那
堪更着子規啼。一陣晚香吹不斷，落花溪。

【校】〔住卿〕王韶校刊本、六十家詞本及四印齋本俱作『却卿』。

【箋注】〔玉曆二句〕續博物志卷六：『燕銜泥避戊己日，則巢固而不傾。』埤雅：『戊、己，其日皆土，故燕之往來
避社，而曕土避戊己日。』

又

與客賞山茶，一朵忽墮地，戲作。

酒面低迷翠被重，黃昏院落月朦朧。墮髻啼粧孫壽醉，泥秦宮。　試問花留春幾日，略無人管雨和風。瞥向綠珠樓下見，墜殘紅。

【校】（調）四卷本丙集誤作『浣溪沙』。

【箋注】（墮髻二句）後漢書梁冀傳：『封冀妻孫壽為襄城君。……壽色美而善為妖態，作愁眉啼粧、墮馬髻、折腰步、齲齒笑，以為媚惑。冀亦改易輿服之制。……冀愛監奴秦宮，官至太倉令，得出入壽所。壽見宮帷屏御者，託以官事，因與私焉。』（綠珠）晉書石崇傳：『崇有妓曰綠珠，美而豔，善吹笛。孫秀使人求之，崇勃然曰：「綠珠吾所愛，不可得也。」秀怒，矯詔收崇。崇正宴於樓上，介士到門，崇謂綠珠曰：「我今為爾得罪。」綠珠泣曰：「當效死於官前。」因自投於樓下而死。』

虞美人　賦茶靡

翠花泣盡朝來露，爭怨春歸去。不知庭下有茶靡，偷得十分春色、怕春知。　露華微浸玉肌香，恰似楊妃初試、出蘭湯。清中貴，飛絮殘紅避。淡中有味

【校】（爭怨）四卷本乙集作『爭奈』。　（殘紅）四卷本作『殘英』。　（微浸）四卷本作『微滲』。

【箋注】〔楊妃句〕長恨歌傳:『詔高力士潛搜外宮,得弘農楊玄琰女於壽邸,既笄矣。鬢髮膩理,纖穠中度,舉止閑冶,如漢武帝李夫人。別疏湯泉,詔賜藻瑩。既出水,體弱力微,若不任羅綺,光彩煥發,轉動照人。上甚悅。』楚辭九歌:『浴蘭湯兮沐芳華。』

又 賦虞美人草

當年得意如芳草,日日春風好。拔山力盡忽悲歌,飲罷虞兮從此、奈君何。 人間不識精誠苦,貪看青青舞。驀然斂袂却亭亭,怕是曲中猶帶、楚歌聲。

【校】〔斂袂〕全芳備祖後集(十一)引作『斂袵』。 〔亭亭〕全芳備祖作『無言』。

【箋注】〔當年至奈君何〕史記項羽本紀:『項王軍壁垓下,兵少食盡,漢軍及諸侯兵圍之數重。夜聞漢軍四面皆楚歌,項王大驚曰:「漢皆已得楚乎,是何楚人之多也!」項王則夜起飲帳中。有美人名虞,常幸從;駿馬名騅,常騎之。於是項王乃悲歌慷慨,自爲詩曰:「力拔山兮氣蓋世,時不利兮騅不逝。騅不逝兮可奈何,虞兮虞兮奈若何!」歌數闋,美人和之,項王泣數行下。』

浪淘沙 山寺夜半聞鐘

身世酒杯中,萬事皆空。古來三五箇英雄。雨打風吹何處是,漢殿秦宮? 夢入少年

叢，歌舞匆匆。　老僧夜半誤鳴鐘。　驚起西窗眠不得，捲地西風。

【箋注】〔夜半鐘〕王直方詩話：『歐公言：唐人有「姑蘇城外寒山寺，夜半鐘聲到客船」之句，說者云：「句則佳也，其如三更不是撞鐘時！」……』

又　賦虞美人草

不肯過江東，玉帳匆匆。　只今草木憶英雄。　唱着虞兮當日曲，便舞春風。

同，往事朦朧。　湘娥竹上淚痕濃。　舜蓋重瞳，堪痛恨，羽又重瞳。　兒女此情

【校】〔只今〕四卷本乙集及全芳備祖作『至今』。　〔舜蓋〕全芳備祖作『舜目』。

【箋注】〔虞美人草〕夢溪筆談樂律篇：『高郵桑景舒性知音，舊傳有虞美人草，聞人作虞美人曲則枝葉皆動，他曲不然。景舒試之，誠如所傳。詳其曲聲，皆吳音也。』　〔不肯句〕史記項羽本紀：『於是項王乃欲東渡烏江。烏江亭長檥船待，謂項王曰：「江東雖小，地方千里，衆數十萬人，亦足王也。願大王急渡。今獨臣有船，漢軍至，無以渡。」項王笑曰：「天之亡我，我何渡爲！且籍與江東子弟八千人渡江而西，今無一人還，縱江東父老憐而王我，我何面目見之！縱彼不言，籍獨不愧於心乎！」……乃自刎而死。』　〔舜蓋二句〕史記項羽本紀：『太史公曰：吾聞之周生曰：舜目蓋重瞳子。又聞項羽亦重瞳子，羽豈其苗裔也，何興之暴也。』

減字木蘭花　宿僧房有作

僧窗夜雨，茶鼎薰爐宜小住。却恨春風，勾引詩來惱殺翁。

狂歌未可，且把一尊料理我。我到亡何，却聽儂家陌上歌。

【校】〔題〕廣信書院本無題，茲從王詔校刊本及四印齋本補入。　〔儂家〕王詔本、六十家詞本及四印齋本俱作『農家』。

【箋注】〔料理〕猶言『安排』。　〔亡何〕見卷四玉蝴蝶（貴賤偶然閒）箋注。

又

昨朝官告，一百五年村父老。更莫驚疑，剛道人生七十稀。

使君喜見，恰限華堂開壽宴。問壽如何？百代兒孫擁太婆。

【箋注】〔剛道〕猶言『偏說』、『硬說』。

南歌子　山中夜坐

世事從頭減，秋懷徹底清。夜深猶送枕邊聲，試問清溪底事，未能平？　月到愁邊白，雞

先遠處鳴。是中無有利和名,因甚山前未曉,有人行?

【校】〔題〕廣信書院本及四卷本乙集俱無題,茲從王詔校刊本及四印齋本補入。 〔猶送〕四卷本作『猶道』。

〔未能〕四卷本作『不能』。

醉太平 春晚

熊濃意遠,眉嫵笑淺,薄羅衣窄絮風軟。 鬢雲欹翠捲。 南園花樹春光暖,紅香徑裏榆

錢滿。欲上鞦韆又驚嬾,且歸休怕晚。

【校】〔題〕廣信書院本無題,茲從王詔校刊本及四印齋本補入。

【箋注】〔熊濃句〕杜甫麗人行:『態濃意遠淑且真,肌理細膩骨肉勻。』

太常引 賦十四絃

仙機似欲織纖羅,髣髴度金梭。無奈玉纖何。却彈作、清商恨多。 朱簾影裏,如花半

面,絕勝隔簾歌。世路苦風波。且痛飲、公無渡河。

【箋注】〔公無渡河〕古今注中卷:『霍里子高晨起刺船而濯,有一白首狂夫亂流而渡,其妻隨而止之,不及,遂

墮河水死，於是援箜篌而鼓之，作公無渡河之曲，聲甚悽愴。曲終，自投河而死。」

東坡引 閨怨

玉纖彈舊怨，還敲繡屏面，清歌目送西風雁。雁行吹字斷，雁行吹字斷。 夜深拜月，瑣窗西畔。但桂影、空階滿。翠帷自掩無人見。羅衣寬一半，羅衣寬一半。

【校】〔題〕廣信書院本及四卷本丁集俱無題，茲從王詔校刊本及四印齋本補入。

又

君如梁上燕，妾如手中扇，團團清影雙雙伴。 秋來腸欲斷，秋來腸欲斷。 黃昏淚眼，青山隔岸。但咫尺、如天遠。病來只謝旁人勸。龍華三會願，龍華三會願。

【箋注】〔龍華句〕荊楚歲時記：「四月八日，諸寺各設齋，以五香水浴佛，作龍華會，以爲彌勒下生之徵也。」

又

花梢紅未足，條破驚新綠。 重簾下徧闌干曲。 有人春睡熟，有人春睡熟。 鳴禽破夢，

雲偏目瞤。起來香腮褪紅玉。花時愛與愁相續。羅裙過半幅。羅裙過半幅。

【校】〔半幅〕廣信書院本誤作『二半』，茲從王詔校刊本及四印齋本。

戀繡衾 無題

夜長偏冷添被兒。枕頭兒、移了又移。我自是、笑別人底，却元來、當局者迷。 如今只恨因緣淺，也不曾、抵死恨伊。合下手、安排了，那筵席、須有散時。

【箋注】〔當局者迷〕舊唐書元行沖傳：『當局稱迷，傍觀見審。』 〔抵死〕總是、老是意。

【校】〔夜長、下手〕王詔校刊本及四印齋本俱作『長夜』『手下』。 〔抵死〕廣信書院本作『底死』，茲從王詔校刊本及四印齋本。

杏花天

牡丹昨夜方開遍，畢竟是、今年春晚。茶蘼付與薰風管。燕子忙時鶯嬾。 多病起、日長人倦。不待得、酒闌歌散。副能得見茶甌面，却早安排腸斷。

【校】〔副能〕廣信書院本及王詔校刊本俱作『副能』，六十家詞本及四印齋本俱作『甫能』。

【箋注】〔副能〕意即方纔，宋詞屢見。毛滂最高樓詞:『副能小睡還驚覺。』石孝友茶瓶兒詞:『副能見也還拋

察。』亦有寫作『付能』或『甫能』者。

又　嘲牡丹

牡丹比得誰顏色？似宮中、太眞第一。漁陽鼙鼓邊風急，人在沉香亭北。　買栽池館多

何益，莫虛把、千金拋擲。若教解語應傾國，一箇西施也得。

【校】〔應傾國〕四卷本乙集作『傾人國』。

【箋注】〔太眞第一〕楊貴妃號太眞。李白宮詞:『宮中誰第一，飛燕在昭陽。』〔漁陽句〕白居易長恨歌:『漁陽

鼙鼓動地來，驚破霓裳羽衣曲。』〔沉香亭〕見卷二念奴嬌(對花何似闌)箋注。〔買栽句〕唐羅鄴牡丹詩:『買

栽池館恐無地，看到子孫能幾家。』〔莫虛句〕本事詩情感篇:『張郎中與楊虞州齊名，友善。張嘗語楊曰:「我

少年成美名，不憂仕矣，唯得美室，平生之望斯足。」既婚，殊不愜心，乃作詩曰:「牡丹一朵值千金，將謂從來色

最深。今日滿闌開似雪，一生辜負看花心。」』〔解語句〕天寶遺事:『唐太液池千葉白蓮開，明皇與妃子共

賞，指妃子謂左右曰:「何如此解語花耶?」』唐羅隱牡丹詩:『若教解語應傾國，任是無情亦動人。』〔一箇西

施〕詩話總龜卷一，諷諭門:『盧任門族甲於天下，舉進士，三十尙未第，爲一絕云:「惆悵興亡係綺羅，世人猶自

選靑娥。越王解破夫差國，一箇西施已是多。」』

春水，千里，孤舟浪起，夢攜西子。覺來村巷夕陽斜。幾家，短牆紅杏花。　晚雲做造些
兒雨。折花去，岸上誰家女。太狂顛。那邊，柳綿，被風吹上天。

【校】〔題〕『體』四卷本丙集作『集』。　〔狂顛〕廣信書院本誤作『顛狂』，茲從四卷本。　〔那邊〕四卷本作『那岸邊』。

【箋注】〔花間體〕花間集，書名，五代蜀趙崇祚編。爲長短句最初之總集。其爲體多濃豔秀麗，蓋詞之初體本如此也。

醉花陰　爲人壽

黃花漫說年年好，也趁秋光老。綠蟻不驚秋，若鬭尊前，人好花堪笑。　蟠桃結子知多
少，家住三山島。何日跨歸鸞，滄海飛塵，人世因緣了。

【校】〔題〕四卷本丁集無。‧　〔歸鸞〕廣信書院本作『飛鸞』，茲從四卷本。

【箋注】〔鬭尊前〕牛僧孺詩：『休論世上升沉事，且鬭尊前見在身。』　〔蟠桃〕十洲記：『東海有山，名度索山，上有大桃樹，蟠屈三千里，曰蟠桃。』　〔家住句〕三山謂海內之瀛洲、方壼、蓬萊三神山，居其地者均長生不老。見

《史記封禪書》：「〔滄海飛塵〕神仙傳：麻姑謂王方平曰：『見東海三變為桑田矣。向到蓬萊，水淺於往略半也，東海行復揚塵乎。』」

品令 族姑慶八十，來索俳語。

更休說，便是箇，住世觀音菩薩；甚今年，容貌八十歲，見底道，纔十八。　莫獻壽星香燭，莫祝靈椿龜鶴。只消得、把筆輕輕去，十字上、添一撇。

【校】〔靈椿龜鶴〕四卷本丙集作『重龜椿鶴』。

【箋注】〔族姑〕未詳。或當為辛次膺之女也。　〔觀音菩薩〕見卷二水龍吟（補陀大士虛空閣）箋注。

惜分飛 春思

翡翠樓前芳草路，寶馬墜鞭暫駐。最是周郎顧，尊前幾度歌聲誤。　望斷碧雲空日暮，流水桃源何處？聞道春歸去，更無人管飄紅雨。

【校】〔題〕廣信書院本及四卷本俱無題，茲從王詔校刊本及四印齋本補入。　〔暫駐〕四卷本乙集作『曾駐』。　〔尊前〕廣信書院本無此二字，茲從四卷本。

【箋注】〔翠樓〕未詳。　〔周郎二句〕三國志周瑜傳:「瑜少精意於音樂,雖三爵之後,其有闕誤,瑜必知之,知之必顧,故時人謠曰:『曲有誤,周郎顧。』」　〔流水桃源〕見卷一滿江紅(照影溪梅閣)箋注。　〔紅雨〕李賀詩:「桃花亂落如紅雨。」

武陵春　春興

桃李風前多嫵媚,楊柳更溫柔。喚取笙歌爛漫遊,且莫管閒愁。　好趁晴時連夜賞,雨便一春休。草草杯盤不要收,纔曉又扶頭。

【校】〔題〕廣信書院本及四卷本丙集俱無題,茲從王詔本及四印齋本補。　〔晴時〕四卷本作『春晴』。〔曉又〕四卷本作『曉便』,王詔本及四印齋本作『晚又』。

【箋注】〔草草句〕王安石示長安君詩:『草草杯盤供笑語,昏昏燈火話平生。』

又

走去走來三百里,五日以爲期。六日歸時已是疑,應是望多時。　鞭箇馬兒歸去也,心忌馬行遲。不免相煩喜鵲兒,先報那人知。

點絳唇

身後虛名，古來不換生前醉。青鞋自喜，不踏長安市。　竹外僧歸，路指霜鐘寺。孤鴻起，丹青手裏，剪破松江水。

【校】〔虛名〕四卷本丁集作『功名』。

【箋注】〔身後二句〕見卷二水龍吟（玉皇殿閣微涼閟）箋注。　〔霜鐘寺〕張繼楓橋夜泊詩：『月落烏啼霜滿天，江楓漁火對愁眠。姑蘇城外寒山寺，夜半鐘聲到客船。』　〔丹青二句〕杜甫題王宰畫山水圖歌：『安得并州快剪刀，剪取吳淞半江水。』

生查子 有覓詞者，爲賦。

去年燕子來，繡戶深深處。花徑得泥歸，都把琴書污。　今年燕子來，誰聽呢喃語。不見捲簾人，一陣黃昏雨。

【校】〔題〕四卷本丙集無。　〔繡戶〕四卷本作〔簾幕〕。　〔花徑〕四卷本作『香徑』。

【箋注】〔去年四句〕杜甫絕句漫興九首：『熟知茅齋絕低小，江上燕子故來頻。銜泥點污琴書內，更接飛蟲打

五一〇

着人。

又

梅子褪花時，直與黃梅接。煙雨幾曾開，一春江裏活。富貴使人忙，也有閒時節。莫作路旁花，長敎人看殺。

【箋注】〔看殺〕世說新語容止篇：『衛玠從豫章至下都，人久聞其名，觀者如堵牆。玠先有羸疾，體不堪勞，遂成病而死。時人謂看殺衛玠。』

又　重葉梅

百花頭上開，冰雪寒中見。霜月定相知，先識春風面。主人情意深，不管江妃怨。折我最繁枝，還許冰壺薦。

【箋注】〔百花句〕談苑：『王曾布衣時以梅花詩獻呂蒙正云：「而今未問和羹事，且向百花頭上開。」蒙正云：「此生已安排狀元宰相也。」』〔江妃〕唐明皇開元中，高力士使閩、粵，見江采蘋少而麗，選歸，侍明皇，大見寵幸。性喜梅，所居悉植之。上以其所好，戲名曰梅妃。

按：右生查子一闋，見永樂大典卷三八一〇梅字韻，云出辛幼安稼軒集。廣信書院本及四卷本俱失收。辛啓泰

輯稼軒集鈔存收入佚詩中，非也。

尋芳草 調陳莘叟憶內

有得許多淚，更閒却、許多鴛被。枕頭兒、放處都不是，舊家時、怎生睡。 更也沒書來，

那堪被、雁兒調戲。道無書、却有書中意，排幾箇、人人字。

〔校〕（調）四卷本乙集作『王孫信』。 （題）王詔校刊本及四印齋本『調』俱作『嘲』。四卷本作『調陳萊叟』。

〔更閒却〕四卷本作『又閒却』。

〔箋注〕（陳莘叟）陳止齋集中與陳莘叟唱和詩甚多，均稱『莘叟兄』，其卷八己未上巳淸明莘叟兄贅叟弟偕潘

養大過訪七律結句云：『頼得二昆同一客，蕨芽蒲笋短檠邊。』則止齋之同族。同卷己未生朝謝莘叟兄送梅七

律起云：『無歲探梅不恨遲，緝齋今送兩三枝。』緝齋當爲莘叟之別號，其名及事歷均未詳。 〔有得二句〕本事

詩情感篇：『朱滔括兵，不擇士族。有士子，容止可觀，滔召問有妻否？曰有。即令作寄內詩，援筆立成。詞曰：

「握筆題詩易，荷戈征戍難。慣從鴛被暖，怯向鴈門寒。瘦盡寬衣帶，啼多漬枕檀。試留靑黛着，回日畫眉

看。」……滔遺以束帛，放歸。』

昭君怨

人面不如花面，花到開時重見。　獨倚小闌干，許多山。　落葉西風時候，人共青山都瘦。說道夢陽臺，幾曾來？

〔校〕〔說道〕四卷本丙集同，王詔本及四印齋本俱作『說到』。

〔箋注〕〔人面二句〕本事詩情感篇：『博陵崔護，姿質甚美，而孤潔寡合。舉進士下第，清明日獨遊於都城南，得居人莊，有女子自門隙覘之。酒渴求飲，女子以杯水至，開門設床命坐，獨倚小桃，斜柯佇立，而意屬殊厚，妖姿媚態，綽有餘妍。崔辭去，送至門，如不勝情而入。及來歲清明日，逕往尋之，門牆如故，而已鎖扃之。因題詩於左扉曰：「去年今日此門中，人面桃花相映紅；人面只今何處去？桃花依舊笑春風。」……』

烏夜啼

晚花露葉風條，燕飛高。　行過長廊西畔、小紅橋。　歌再唱，人再舞，酒纔消。　更把一杯重勸、摘櫻桃。

〔校〕〔燕飛高〕廣信書院本作『燕高高』，王詔本、六十家詞本及四印齋本俱作『燕燕高』，茲從四卷本丙集。
〔歌再唱〕四卷本作『歌再起』。

如夢令 賦梁燕

燕子幾曾歸去？只在翠巖深處。重到畫梁間，誰與舊巢爲主？深許，深許，聞道鳳凰來住。

憶王孫 秋江送別，集古句。

登山臨水送將歸。悲莫悲兮生別離。不用登臨怨落暉。昔人非。惟有年年秋雁飛。

【校】〔題〕四卷本乙集作『集句』。廣信書院本無題。茲從王詔校刊本及四印齋本補入。

【箋注】〔登山句〕楚辭九辯：『悲哉秋之爲氣也，蕭瑟兮草木搖落而變衰。憭慄兮若在遠行，登山臨水兮送將歸。』〔悲莫句〕九歌少司命：『悲莫悲兮生別離，樂莫樂兮新相知。』〔不用句〕杜牧九日齊山登高詩：『但將酩酊酬佳節，不用登臨怨落暉。』〔昔人非〕蘇軾陌上花詩：『江山猶是昔人非。』〔惟有句〕李嶠汾陰行：『不見只今汾水上，唯有年年秋雁飛。』

糖多令

淑景闘清明，和風拂面輕。小杯盤、同集郊坰。着箇簷兒不肯上，須索要、大家行。　行步漸輕盈，行行語笑頻。鳳鞋兒、微褪些根。忽地倚人陪笑道：『眞箇是、脚兒疼。』

【校】　〔着箇〕辛啓泰補遺本『着』上有『頓』字。　〔簷兒〕辛啓泰補遺本作『轎兒』。　〔忽地〕辛啓泰補遺本『忽』上有『驀』字。

【箋注】　〔須索〕須得也。

浣溪沙 常山道中即事

北隴田高踏水頻，西溪禾早已嘗新、隔牆沽酒煮纖鱗。　忽有微涼何處雨，更無留影霎時雲。賣瓜人過竹邊村。

【校】（題）四卷本丙集無『即事』二字。　（煮）四卷本作空格。　（人過）四卷本作『聲過』。

【箋注】（常山）縣名，宋屬衢州，即今浙江常山縣。縣境內有常山，絕頂有湖，亦曰湖山。為衢、信間往來必經之路，所謂『嶺路』也。

【編年】嘉泰三年（一二〇三）。——稼軒於嘉泰三年以朝請大夫、集英殿修撰知紹興府，兼浙江東路安撫使。嘉泰會稽續志謂其於六月十一日到任。右詞中所述道中景物，如『踏水』、『嘗新』、『賣瓜』等，與其赴浙東帥任之時令恰相合，因推定其作年如上。

漢宮春 會稽蓬萊閣懷古

秦望山頭，看亂雲急雨，倒立江湖。不知雲者為雨，雨者雲乎。長空萬里，被西風、變滅須臾。回首聽、月明天籟，人間萬竅號呼。　誰向若耶溪上，倩美人西去，麋鹿姑蘇？至今

故國人望，一舸歸歟。歲云暮矣，問何不、鼓瑟吹竽？君不見、王亭謝館，冷煙寒樹啼烏。

【校】〔題〕陽春白雪（二）引，作『秋鳳亭』。　〔長空〕陽春白雪作『長安』。　〔誰向〕陽春白雪作『誰問』。

【箋注】〔會稽蓬萊閣〕會稽續志：『蓬萊閣在設廳之後臥龍山下，吳越錢鏐所建。淳熙元年其八世孫端禮重修。其名以蓬萊者，舊志云：「蓬萊山正偶會稽。元微之詩云：謫居猶得小蓬萊。錢公輔詩云：後人慷慨慕前修，高閣雄名由此起。故云。」』……汪綱復修，綱自記歲月於柱云：「蓬萊閣，登臨之勝，甲於天下。」〔秦望山〕輿地紀勝卷十，紹興府古迹：『秦望山在會稽東南四十里。輿地紀云：「在城南，爲衆峯之傑。」史記云：「秦始皇登之以望東海。」十道志云：「秦始皇登秦望山，使李斯刻石。其碑尙存。」』〔雲者〕莊子天運：「雲者爲雨乎？雨者爲雲乎？」〔月明二句〕莊子齊物論：『汝聞人籟而未聞地籟，汝聞地籟而未聞天籟夫。……夫大塊噫氣，其名爲風，是唯天作，作則萬竅怒號。而獨不聞之翏翏乎。』〔誰向三句〕會稽志：『若耶溪在會稽縣南二十五里，北流與鏡湖合。』按：若耶溪爲西子浣紗之所。吳越春秋謂越王句踐進西施於吳王閣廬。吳王得之，爲築姑蘇臺，游宴其上。後越王勾踐滅吳，范蠡取西施泛舟五湖而去。史記淮南王安傳：『伍被慨然曰：臣聞子胥諫吳王，吳王不用，乃曰：臣今見麋鹿游姑蘇之臺也。臣今亦見宮中生荊棘，露沾衣也。』〔鼓瑟吹竽〕詩小雅鹿鳴：『我有嘉賓，鼓瑟吹笙。』〔王亭謝館〕王謝爲東晉大族，多居會稽。王羲之曾宴集山陰之蘭亭，謝安曾隱居會稽之東山。

【附錄】姜堯章夔和韻（見白石道人歌曲集）

漢宮春　次韻稼軒蓬萊閣

一顧傾吳，苧蘿人不見，烟杳重湖。當時事如對弈，此亦天乎。大夫仙去，笑人間千古須臾。有倦客、扁舟夜

泛，猶疑水鳥相呼。　秦山對樓自綠，怕越王故壘，時下樵蘇。只今倚闌一笑，然則非與。小叢解唱，倩松風、

為我吹竽。更坐待、千巖月落，城頭眇眇啼烏。

又

會稽秋風亭觀雨

亭上秋風，記去年嫋嫋，曾到吾廬。山河舉目雖異，風景非殊。功成者去，覺團扇、便與人

疏。吹不斷、斜陽依舊，茫茫禹跡都無。　千古茂陵詞在，甚風流章句，解擬相如。只今

木落江冷，眇眇愁余。故人書報：『莫因循、忘却蓴鱸。』誰念我、新涼燈火，一編太史公書。

【箋注】〔秋風亭〕會稽續志：『秋風亭在觀風堂之側，其廢已久，嘉定十五年，汪綱卽舊址再建。綱自記於柱

云：「秋風亭辛稼軒曾賦詞，膾炙人口，今廢矣。余卽舊基面東為亭，復創數椽於後，以為賓客往來館寓之地，

當必有高人勝士如宋玉、張翰來游其間，遊目騁懷，幸爲我留，其毋遽起悲吟思歸之興云。」』按：續志此文，不

著秋風亭刱始於何人，唯據下引張鎡和章題中『稼軒帥浙東，作秋風亭成，以長短句寄余』諸語，知其為稼軒手

刱也。　〔亭上二句，只今二句〕楚辭九歌：『帝子降兮北渚，目眇眇兮愁予。』『嫋嫋兮秋風，洞庭波兮木葉下。』

〔山河二句〕世說新語言語篇：『過江諸人，每至美日，輒相邀新亭，藉卉飲宴，周侯（顗）中坐而歎曰：「風景不

殊，正自有河山之異！」皆相視流淚。』〔功成句〕戰國策秦策：『蔡澤謂應侯曰：「四時之序，成功者去。」』

【團扇句】見卷二朝中措（年年團扇怨秋風闋）箋注。　【禹跡】史記夏本紀集解云：『越傳曰：「禹到大越，上苗山，大會計，爵有德，封有功，因而更名苗山曰會稽。」　【茂陵詞】茂陵爲漢武帝陵。　武帝秋風辭云：『秋風起兮白雲飛，草木黃落兮雁南歸。蘭有秀兮菊有芳，懷佳人兮不能忘。汎樓船兮濟汾河，橫中流兮揚素波。簫鼓鳴兮發棹歌，歡樂極兮哀情多。少壯幾時兮奈老何。』　【江冷】見卷五玉樓春（人間反覆成雲雨闋）箋注。　【尊罍】晉張翰因秋風起而思吳江尊罍，因棄官歸。見卷一木蘭花慢（老來情味減闋）箋注。　【新涼燈火】蘇軾次韻孔毅父久旱已而甚雨三首：『蓬蒿下濕迎新來，燈火新涼催夜織。』　【太史公書】讚司馬遷嘗游會稽，探禹穴，亦或指史記之司馬相如傳，承茂陵數語爲言也。

【附錄】丘、姜、張諸人和章

一、漢宮春　丘崈（見丘文定公詞）

和辛幼安秋風亭韻。　癸亥中秋前二日。

聞說瓢泉，占煙霏霧翠，中著精廬。　旁連吹臺燕榭，人境清殊。　猶疑未足，稱主人胸次恢疏。　天自與、相攸佳處，除今禹會應無。　　選勝臥龍東畔，望蓬萊堆起，嚴豁屏如。　秋風夜涼弄笛，明月邀予。　三英笑粲，更與天、不隔尊罍。　新度曲、銀鉤照眼，爭看阿素工書。

二、漢宮春　姜夔（見白石道人歌曲集）

次韻　稼軒

雲曰歸歟，縱垂天曳曳，終反衡廬。　揚州十年一夢，俛仰差殊。　秦碑越殿，悔昔遊作計全疎。　分付與、高懷老

尹，管絃絲竹寧無。　知公愛山入劄，若南尋李白，問訊何如。年年雁飛波上，愁亦關予。臨皐領客，向月邊

攜酒攜鑪。今但借、秋風一榻，公歌我亦能書。

三、漢宮春　張鎡（見南湖詞）

稼軒帥浙東，作秋風亭成，以長短句寄余，欲和久之，偶霜晴，小樓登眺，因次來韻，代書奉酬。

城畔芙蓉，愛吹晴映水，光照園廬。清霜乍彫岸柳，風景偏殊。登樓念遠，望越山青楠林疎。人正在、秋風亭

上，高情遠解知無。　江南久無豪氣，看規恢意概，當代誰如。乾坤盡歸妙用，何處非余。騎鯨浪海，更那須、

采菊思鑪。　應會得，文章事業，從來不在詩書。

又　答李兼善提舉和章

心似孤僧，更茂林脩竹，山上精廬。維摩定自非病，誰遣文殊。傾蓋處、論心一語，只今還有公無。最喜陽春妙句，被西風吹墮，金玉鏗如。夜來

歸夢江上，父老歡予。　荻花深處，喚兒童、吹火烹鑪。歸去也、絕交何必，更脩山巨源書。

疏。

【箋注】〔李兼善〕名浹，彥穎子。水心文集卷十九，太府少卿福建運判直寶謨閣李公墓誌銘：『少卿諱浹，字彙善，有夙成之質。少游太學，諸生畏其能。授承務郎，監淮西惠民局，復鎖廳試禮部，詞致瓌特，有司異之。……改知徽州，尋提舉浙東常平。會稽督零稅急，械繫滿府縣，值公攝帥，盡釋之。士民歌呼，叉手至額，曰：「真李

參政兒也。』」會稽續志,浙東提舉『李泳,嘉泰三年十月初八以朝散大夫到任。』 〔茂林句〕蘭亭序:『此地有崇山峻嶺,茂林脩竹。』 〔維摩二句〕見卷四〔祝英臺近(水縱橫閣)箋注。 〔白頭、傾蓋〕史記鄒陽傳:『諺曰:白頭如新,傾蓋如故。何則,知與不知也。』 索隱引家語云:『孔子遇程子於途,傾蓋而語。』 〔陽春三句〕宋玉對楚王問:『……其爲陽春白雪,國中屬而和者數十人。其曲彌高,其和彌寡。』 世說新語文學:『孫興公作天台賦成,以示范榮期云:「卿試擲地,要作金石聲。」』 〔絕交二句〕晉山濤字巨源,與嵇康友善,爲吏部郎,欲舉康自代,康怨其不知己,因自說其不堪流俗而致絕交書。

又 答吳子似總幹和章

達則青雲,便玉堂金馬;;窮則茅廬。逍遙小大自適,鵬鷃何殊。君如星斗,燦燦密密疎疎。荒草外、自憐螢火,清光暫有還無。 千古季鷹猶在,向松江道我,問訊何如。白頭愛山下去,翁定嗔予。人生謾爾,豈食魚、必鱠之鱸。還自笑、君詩頓覺,胸中萬卷藏書。

【笺注】 〔玉堂金馬〕見卷二水調歌頭(萬事到白髮閒)箋注。 〔季鷹〕見卷一木蘭花慢(老來情味減閒)箋注。 〔逍遙二句〕蓋隱括莊子逍遙遊篇之大意。 〔謾爾〕聊復爾爾之意。 〔向松江二句〕杜甫送孔巢父謝病歸游江東兼呈李白詩:『南尋禹穴見李白,道甫問訊今何如。』 〔豈食魚二句〕詩陳風衡門:『豈其食魚,必河之鲂。』 〔君詩二句〕杜甫贈韋左丞丈濟:『讀書破萬卷,下筆如有神。』

上西平〔會稽秋風亭觀雪〕

九衢中，杯逐馬，帶隨車。問誰解、愛惜瓊華。何如竹外，靜聽窣窣蟹行沙。自憐是，海山頭、種玉人家。　紛如翦，嬌如舞，才整整，又斜斜。要圖畫還我漁簑。凍吟應笑，羌兒無分謾煎茶。起來極目，向彌茫、數盡歸鴉。

【箋注】〔杯逐馬二句〕韓愈詠雪贈張籍詩：『隨車翻縞帶，逐馬散銀杯。』〔種玉〕搜神記：『羊公篤孝，葬父母無終山，山高無水，作義漿於坂頭，有人就飲，飲訖，出石子一升與之，云：「此可以種玉，且得婦。」羊公求徐氏女，徐戲曰：「得白璧一雙來，當為婚。」公至所種石中，得五雙，以聘，遂娶焉。』〔羌兒〕謂酒。參卷二鷓鴣天〔莫上扁舟訪剡溪〕箋注。〔整整斜斜〕黃庭堅詠雪奉呈廣平公詩：『夜聽疏疏還密密，曉看整整復斜斜。』

【編年】嘉泰三年（一二〇三）。——右詞五首均作於嘉泰三年任浙東帥時。

瑞鷓鴣

膠膠擾擾幾時休？一出山來不自由。秋水觀中山月夜，停雲堂下菊花秋。　隨緣道理應須會，過分功名莫強求。先去聲自一身愁不了，那堪愁上更添愁。

【校】〔山月〕花草粹編（六）引，作『秋月』。　〔更添〕花草粹編作『又添』。

【箋注】〔膠膠句〕蘇軾東園詩：『岷峨東園可散愁，膠膠擾擾夢神州。』

【編年】嘉泰三年（一二○三）。——玩詞意，當亦是起廢帥浙東後所作。

滿江紅

紫陌飛塵，望十里、雕鞍繡轂。春未老，已驚臺樹，瘦紅肥綠。柳難成曲。問流鶯、能說故園無？曾相熟。巖泉上，飛凫浴。巢林下，棲禽宿。恨茶蘼開晚，謾翻紅玉。蓮社豈堪談昨夢，蘭亭何處尋遺墨？但羈懷、空自倚秋千，無心蹴。

【編年】嘉泰三年（一二○三）。

【校】〔紅玉〕廣信書院本作『船玉』，茲從王詔校刊本及四印齋本。

【箋注】〔紫陌〕唐撝言：『進士同年宴於曲江亭子，盧象載妓微服縱觀，主罰衆事崔沆判罰曰：「紫陌尋春，便隔同年之面。青雲得路，可知異日之心。」』〔瘦紅肥綠〕李清照如夢令詞：『應是綠肥紅瘦。』〔楊柳〕折楊柳，六朝曲名。柳枝、唐曲名。〔蓮社〕見卷四漢宮春（行李溪頭閱）箋注。〔蘭亭句〕王羲之曾與諸友於上巳日宴集於會稽山陰之蘭亭，自為序文並自書之，後世奉為希世之珍。

西江月

壽祐之弟，時新居落成。

【編年】嘉泰三年（一二○三）。——詞中有『問故園』及『蓮社昨夢』等句，知非閩退期內之作，據『蘭亭』云云句，知亦作於居官會稽時。

畫棟新垂簾幙，華燈未放笙歌。一杯瀲灩泛金波　先向太夫人賀。　富貴吾應自有，功名不用渠多。只將綠鬢抵羲娥，金印須教斗大。

【校】（題）四卷本丁集作『壽錢塘弟，正月十六日，時新居成』。

【箋注】（富貴二句）見卷四感皇恩（富貴不須問闕）箋注。　（羲娥）謂羲和嫦娥，指日月，意即光陰。　（金印句）見卷一西江月（秀骨青松不老闕）箋注。

【編年】嘉泰四年（一二○四）。——祐之名助，曾任錢塘縣令，已詳卷二臨江仙（莫向空山吹玉笛闕）箋注中。嘉泰四年稼軒召對之時，祐之或尚在職，或初受代，必其時適有新第落成，而稼軒於召對之便，就近以此詞相壽也。

據咸淳臨安志所載錢塘縣令姓名，辛氏列居程松之次。以宋史程松傳、安丙傳、及朝野雜記乙集安觀文誅韓勢順條文字相參，知程松之知錢塘蓋自慶元迄慶元末，是辛氏之知錢塘當在嘉泰中。

永遇樂　京口北固亭懷古

千古江山，英雄無覓，孫仲謀處。舞榭歌臺，風流總被，雨打風吹去。斜陽草樹，尋常巷陌，人道寄奴曾住。想當年：金戈鐵馬，氣吞萬里如虎。　元嘉草草，封狼居胥，贏得倉皇北顧。四十三年，望中猶記，烽火揚州路。可堪回首，佛狸祠下，一片神鴉社鼓。憑誰問：廉頗老矣，尚能飯否。

【箋注】〔京口〕見卷二蝶戀花(淚眼送君傾似雨閣)箋注。　〔北固亭〕讀史方輿紀要:『北固山在鎮江城北一里,下臨長江,三面濱水,迴嶺斗絕,勢最險固。晉蔡謨起樓其上,以貯軍實,謝安復營葺之,卽所謂北固樓,亦曰北固亭。大同十年,武帝改名北顧。』(按:北固亭在宋代之興廢史蹟,檢各志未得。)　〔孫仲謀〕孫權字仲謀,稱吳帝,都建業,始於丹徒縣置京口鎮。江,卽居於晉陵郡丹徒縣之京口里。　〔金戈鐵馬〕五代後唐李襲吉餽梁書:『毒手尊拳,交相於暮夜;金戈鐵馬,蹂踐於明時。』　〔元嘉〕南朝宋文帝年號。　〔封狼居胥〕史記霍去病傳:『元狩四年春,上令大將軍靑,驃騎將軍去病,將各五萬騎……驃騎始爲出定襄,當單于……約輕齎,絕大幕,涉獲章渠,以誅比車耆……封狼居胥山,禪於姑衍,登臨翰海。』　〔宋書王玄謨傳〕玄謨每陳北侵之策,上謂殷景仁曰:『聞玄謨陳說,使人有封狼居胥意。』　〔倉皇北顧〕宋書索虜傳:『(元嘉八年)上以滑臺戰守彌時,遂至陷沒,乃作詩曰:「逆虜亂疆場,邊疆嬰寇仇。……惆悵懼遷逝,北顧涕交流。」』(四十三年)稼軒於紹興三十二年(一一六二)率衆南歸,至開禧元年(一二○五)之出守京口,恰爲四十三年。·　〔佛貍〕後魏太武帝小字佛貍,見宋書索虜傳。　〔廉頗二句〕史記廉頗傳:『廉頗居梁,久之,魏不能信用。趙以數困於秦兵,趙王思復得廉頗,廉頗亦思復用於趙。趙王使使者視廉頗尚可用否,廉頗之仇郭開多與使者金,令毀之。趙使者旣見廉頗。廉頗爲之一飯斗米,肉十斤,被甲上馬,以示尙可用。趙使還報王曰:「廉將軍雖老,尚善飯,然與臣坐頃之,三遺矢矣。」趙王以爲老,遂不召。』

【附錄一】　岳珂桯史稼軒論詞

辛稼軒守南徐，已多病謝客，予來莅仕委吏，實辣總所，例於州家殊參辰，且望贄謁刺而已。余時以乙丑南宮

試，歲前蒞事僅兩旬，即謁告去。稼軒偶讀余通名啓而喜，又顧階父兄舊，特與其潔。余試既不利，歸官下，時

一招去。稼軒有詞名，每燕必命侍姬歌其所作。特好歌賀新郎一詞，自誦其警句曰：『我見青山多媚嫵，料青山

見我應如是。』又曰：『不恨古人吾不見，恨古人不見吾狂耳。』每至此，輒拊髀自笑，顧問坐客何如，皆歎譽如出

一口。既而又作一永遇樂，序北府事，首章曰：『千古江山，英雄無覓孫仲謀處。』又曰：『尋常巷陌，人道寄奴曾

住。』其寓感慨者則曰：『可堪回首，佛狸祠下，一片神鴉社鼓。憑誰問：廉頗老矣，尚能飯否。』特置酒召數客，

使妓迭歌，益自擊節，徧問客，必使摘其疵，遜謝不可。客或措一二辭，不契其意，又弗答，然揮羽四視不止。

余時年少，勇於言，偶坐於席側，稼軒因誦啓語，顧問再四，余率然對曰：『待制詞句，脫去今古轍轍，每見集中

有「解道此句，真宰上訴，天應嗔耳」之序，嘗以爲其言不誣。童子何知，而敢有議？然必欲以范文正公千金求

嚴陵祠記一字之易，則晚進倘竊有疑也。』稼軒喜，促膝亟使畢其說。余曰：『前篇豪視一世，獨首尾二腔警語

差相似，新作微覺用事多耳。』於是大喜，酌酒而謂坐中曰：『夫君實中予癥。』乃味改其語，日數十易，累月猶

未竟。其刻意如此。余既以一語之合，益加厚，頗取視其皉皉，欲以家世鷹之朝，會其去，未果。

【附錄二】 姜堯章夔和章

永遇樂 北固樓次稼軒韻

雲隔迷樓，苔封很石，人向何處？數騎秋烟，一篙寒汐，千古空來去。使君心在，蒼厓綠嶂，苦被北門留住。有

尊中酒差可飲，大旗盡繡熊虎。　前身諸葛，來游此地，數語便酬三顧。樓外冥冥，江皋隱隱，認得征西路。中

原生聚，神京耆老，南望長淮金鼓。問當時依依種柳，至今在否？

【編年】開禧元年乙丑(一二〇五)。——據詞中『四十三年』句及桯史中所記諸事節次考之，知此詞為開禧元年作。

南鄉子 登京口北固亭有懷

何處望神州？滿眼風光北固樓。千古興亡多少事，悠悠，不盡長江滾滾流。 年少萬兜鍪，坐斷東南戰未休。天下英雄誰敵手？曹劉。生子當如孫仲謀。

【箋注】〔不盡句〕杜甫登高詩：『無邊落木蕭蕭下，不盡長江滾滾來。』蘇軾詩：『長江滾滾空自流。』〔坐斷〕即『佔據住』之意。 〔天下至曹劉〕三國志蜀先主傳：『是時曹公從容謂先主曰：「今天下英雄惟使君與操耳，本初之徒不足數也。」』 〔生子句〕三國志注引吳歷：『曹公出濡須，作油船，夜渡洲上，權以水軍圍取，得三千餘人。……公見舟船、器仗、軍伍整肅，喟然歎曰：「生子當如孫仲謀，劉景升兒子若豚犬耳。」』

【編年】開禧元年(一二〇五)。

瑞鷓鴣 京口有懷山中故人

暮年不賦短長詞，和得淵明數首詩。君自不歸歸甚易，今猶未足足何時。 偷閒定向山

中老，此意須敎鶴輩知。聞道只今秋水上，故人曾榜北山移。

【箋注】（君自句）唐崔塗春日旅懷：『自是不歸歸便得，五湖煙景有誰爭。』蘇軾次韻子由相地築亭種柳詩：『劍關大道軍方軌，君自不去歸何難。』（今猶句）參卷五滿江紅（幾箇輕鷗閒）箋注。　（敎鶴知、北山移）南齊周彥倫初隱鍾山，後應詔出爲海鹽縣令，欲却過鍾山，孔稚珪乃假山靈之意移之，使不許得至，故名北山移文。中有句云：『至於還飆入幕，寫霧出楹，蕙帳空兮夜鶴怨，山人去兮曉猿驚。』此詞後章，蓋謂旣已決定回向山中渡晚歲，須將此意告知鶴猿，令其勿再怨驚也。

【附錄】韓澗泉漉和章

瑞鷓鴣　辛鎮江有長短句，因韻偶成，愧非禹步爾。

南蘭陵郡鷗鴣詞，底用登臨更賦詩。貴不能淫非一日，老當益壯未多時。　人間天上風雲會，眼底眉間歲月知。只有海門橫北固，宦情隨牒想推移。

【編年】開禧元年（一二○五）。

又　京口病中起登連滄觀偶成

聲名少日畏人知，老去行藏與願違。山草舊曾呼遠志，故人今又寄當歸。　何人可覓安心法？有客來觀杜德機。却笑使君那得似，清江萬頃白鷗飛。

【校】〔又寄〕王詔本、四印齋本俱作『宥寄』。

【箋注】〔連滄觀〕輿地紀勝卷七鎮江府景物下：『連滄觀在府治，乃一郡之勝絕處也。』〔山草句〕見卷四洞仙歌（舊交貧賤關）箋注。 〔寄當歸〕蜀志姜維傳注引孫盛雜語：『姜維詣諸葛亮，與母相失。復得母書，令求當歸。維曰：「良田百頃，不在一畝；但有遠志，不在當歸。」』吳志太史慈傳：『太史慈字子義，東萊黃人也。……曹公聞其名，遺慈書，以篋封之；發省，無所道，而但貯當歸。』〔安心法〕契嵩傳法正宗記慧可傳：『神光曰：「我心未安，乞師與安。」』章者曰：「將心來與汝安。」曰：「覓心了不可得。」章者曰：「我與汝安心竟。」』蘇軾和子由寄題孔平仲草菴詩：『逢人欲覓安心法，到處先為問道菴。』〔有客句〕莊子應帝王篇：『鄭有神巫曰季咸，知人之生死存亡』，禍福壽夭，列子見之，出而謂列子曰：「嘻，子之先生死矣，弗活矣。……」列子入，泣涕沾襟，以告壺子，壺子曰：「鄉吾示之以地文，萌乎不震不正，是殆見吾杜德機也。」』按：杜謂杜塞，德機不發，故曰杜德機。

生查子 題京口郡治塵表亭

【編年】開禧元年（一二○五）。

悠悠萬世功，矻矻當年苦。魚自入深淵，人自居平土。 紅日又西沉，白浪長東去。不是望金山，我自思量禹。

【箋注】〔塵表亭〕未詳。 〔悠悠四句〕均指夏禹治平水土事。 〔金山〕《輿地紀勝》卷七，鎮江府景物上:『金山，在江中，去城七里。舊名浮玉，唐李錡鎮潤州，表名金山。因裴頭陀開山得金，故名。』

【編年】開禧元年（一二〇五）。

玉樓春 乙丑京口奉祠西歸，將至仙人磯。

【編年】開禧元年（一二〇五）

【箋注】〔仙人磯〕未詳所在。

江頭一帶斜陽樹，總是六朝人住處。悠悠興廢不關心，惟有沙洲雙白鷺。 仙人磯下多風雨，好卸征帆留不住。直須抖擻盡塵埃，却趁新涼秋水去。

瑞鷓鴣 乙丑奉祠歸，舟次餘干賦。

【編年】開禧元年（一二〇五）

【箋注】〔乙丑奉祠〕《宋會要職官門黜降官十二》:『開禧元年七月二日新知隆興府辛棄疾與宮觀，理作自陳。』 〔餘干〕《讀史方輿紀要》:『餘干縣在饒州南百二十里，春秋時為越西境，所謂干越也。漢為餘汗縣，劉宋改汗為

江頭日日打頭風，憔悴歸來邴曼容。鄭賈正應求死鼠，葉公豈是好真龍。 孰居無事陪犀首，未辦求封遇萬松。却笑千年曹孟德，夢中相對也龍鍾。

「干。〔隋平陳，縣屬饒州〕。」〔打頭風〕逆風也。俗謂頂頭風。元稹詩：『船怕打頭風。』〔邴曼容〕漢書兩龔傳：『琅邪邴漢亦以清行徵用，至京兆尹，後爲太中大夫。……漢兄子曼容，亦養志自修，爲官不肯過六百石，輒自免去。』〔鄭賈句〕戰國策秦策：『鄭人謂玉未理者璞，周人謂鼠未腊者朴。周人懷朴過鄭賈，曰：「欲買朴乎？」曰：「欲之。」出其朴，乃鼠也，因謝不敢。』〔葉公句〕新序雜事：『葉公子高之好龍，雕文畫之，於是天龍聞而示之，窺頭於牖，施尾於堂，葉公見之，五色無主。是葉公非好龍也，好其似龍非龍也。』〔犀首句〕史記犀首傳：『犀首者魏之陰晉人也。名衍，姓公孫氏。』又，陳軫傳：『陳軫使於秦，過梁欲見犀首，……犀首見之，陳軫曰：「公何好飲也？」犀首曰：「無事也。」莊子天運：「夫居無事，推而行是？」未詳。〔曹孟德二句〕

六州歌頭

西湖萬頃，樓觀矗千門。春風路，紅堆錦，翠連雲，俯層軒。風月都無際，蕩空藹，開絕境，雲夢澤，饒八九，不須吞。翡翠明璫，爭上金堤去，勃窣媻姍。看賢王高會，飛蓋入雲煙。白鷺振振，鼓咽咽。

記風流遠，更休作，嬉遊地，等閒看。君不見：韓獻子，晉將軍，趙孤存；千載傳忠獻，兩定策，紀元勳。孫又子，方談笑，整乾坤。直使長江如帶，依前是□趙須韓。伴皇家快樂，長在玉津邊，只在南園。

【編年】開禧元年（一二○五）。

【箋注】【雲夢三句】司馬相如子虛賦：『臣聞楚有七澤，嘗見其一，未覩其餘也。臣之所見蓋特其小小者耳，名曰雲夢。雲夢者方九百里，其中有山焉。……秋田乎青丘，徬徨乎海外，吞若雲夢者八九於其胸中，曾不蔕芥。』

【翡翠三句】子虛賦：『於是鄭女曼姬被阿緆，揄紵縞，……錯翡翠之葳蕤，繆繞玉綏，眇眇忽忽，若神仙之髣髴。於是乃相與獠於蕙圃，嬁姍勃窣而上乎金隄。』

【白鷺二句】詩魯頌有駜：『夙夜在公，在公明明。振鷺，鷺于下。鼓咽咽，醉言舞。于胥樂兮。』

【韓獻子三句】史記韓世家：『晉景公之三年，晉司寇屠岸賈將作亂，誅靈公之賊趙盾，趙盾已死矣，欲誅其子趙朔。韓厥止賈，賈不聽，厥告趙朔令亡。朔曰：『子必不絕趙祀，死不恨矣。』韓厥許之。及賈誅趙氏，厥稱疾不出。程嬰公孫杵臼之藏趙孤，趙武也，厥知之。……於是晉作六卿，而韓厥在一卿之位，號爲獻子。晉景公十七年，病，卜大業之不遂者爲祟，韓厥稱趙成季之勳，今復無祀，以感景公。景公問曰：『尚有世乎？』厥於是言趙武，而復與故趙氏田邑，續趙氏祀。』

【千載至元勳】宋史韓琦傳：『韓琦字稚圭，相州安陽人。……嘉祐六年，……帝旣連失三王，自至和中，得疾不能御殿，中外惴恐，爭以立嗣固根本爲言。……帝曰：『宮中嘗養二子，小者甚純，近不慧；大者可也。』琦請其名，帝以宗實告。宗實，英宗舊名也。……琦等遂力贊之，議乃定。……乃下詔立爲皇子，明年，英宗嗣位。琦旣輔立英宗，門人親客或從問起居，琦曰：『此仁宗聖德神斷，爲天下計，皇太后內助之力，臣子何與焉。』……神宗立，拜司空兼侍中。……帝寢疾，琦入間起居，琦必正色曰：『陛下久不視朝，願早建儲以安社稷。』帝領之，即召學士草制立頴王。……熙寧八年換節永興軍，再任，未拜而薨，年六十八。……帝發哀苑中，哭之慟。……發兩河卒爲治冢，篆其碑曰『兩朝顧命定策元勳』，贈尚書令，諡曰忠獻。』

【玉津】園名。乾道臨安志苑囿門：『玉津園在龍山之

北。』〔南園〕韓侂胄園名。周密武林舊事：『南園，中興後所剏。光宗朝賜平原郡王韓侂胄，陸放翁為記。』

西江月

堂上謀臣帷幄，邊頭猛將干戈。天時地利與人和，燕可伐與曰可。 此日樓臺鼎鼐，他時劍履山河。 都人齊和大風歌，管領羣臣來賀。

【校】〔帷幄〕吳師道吳禮部詩話作『尊俎』。茲從四卷本丁集，下同。 〔猛將〕吳禮部詩話作『將士』。 〔此日〕吳禮部詩話作『今日』。 〔他時〕吳禮部詩話作『明年』。 〔都人齊和〕吳禮部詩話作『大家齊唱』。 〔管領羣臣〕吳禮部詩話作『不日四方』。

【箋注】〔天時句〕孟子：『天時不如地利，地利不如人和。』 〔燕可句〕孟子：『問：「燕可伐與？」曰：「可。」』 〔大風歌〕史記高祖本紀：『高祖還歸過沛，置酒沛宮，酒酣，自為歌詩曰：「大風起兮雲飛揚，威加海內兮歸故鄉，安得猛士兮守四方。」』

按：此詞又見劉過龍洲詞，字句與吳禮部詩話全同。

清平樂

新來塞北，傳到眞消息：赤地居民無一粒，更五單于爭立。 維師尚父鷹揚，熊羆百萬堂堂。 看取黃金假錢，歸來異姓眞王。

【校】　〔新來〕辛啓泰本作『如今』，茲從吳禮部詩話。　〔傳到〕辛本作『傳得』，茲從吳禮部詩話。

【箋注】　〔五單于爭立〕漢書匈奴傳：『呼韓邪單于歸庭，數月，罷兵，使各歸故地。……其冬，都隆奇與右賢王共立日逐王薄胥堂爲屠耆單于，發兵數萬人東襲呼韓邪單于。……西方呼揭王來與唯犁當戶謀，共讒右賢王，言欲自立爲烏藉單于。屠耆單于殺右賢王父子，後知其寃，復殺唯犁當戶。於是呼揭王恐，遂叛去，自立爲呼揭單于。右奧鞬王聞之，即自立爲車犂單于，葵事不名。……秋八月庚申，加假黃鉞。』　〔維師句〕詩大雅大明：『維師尙父，時維鷹揚。涼彼武王，肆伐大商。會朝清明。』　〔黃金假鉞〕晉書文帝本紀……〔文皇帝諱昭，甘露元年春正月加大都督，葵事不名。……〕　〔漢四年〕史記淮陰侯傳：『十二年來多戰場，天威已息陣堂堂。神靈漢代中興主，功業汾陽異姓王。』　〔異姓眞王〕史記淮陰侯傳……杜甫聞河北諸節度入朝絕句：『十二年來多戰場，天威已息陣堂堂。神靈漢代中興主，功業汾陽異姓王。』貴耳集卷中：『京師大相國寺有術士，蜀人，一命必得千。……顯肅后父鄭紳貧無藉，有姪居中在太學爲前廊，姪約同往議命，……術士先說紳命，只云：「異姓眞王。」再說居中命，又云：「亦是異姓眞王，因前命而發。」紳以后貴，積官果封王，居中作相，亦封華陽郡王。』〔外戚生封王爵者自紳始。〕　〔韓信〕使人言漢王曰：『齊偽詐多變，反覆之國也。南邊楚，不爲假王以鎭之，其勢不定。願爲假王便。』當是時，楚方急圍漢王於滎陽，韓信使者至，發書，漢王大怒。……張良、陳平躡漢王足，……漢王亦悟，因復罵曰：『大丈夫定諸侯，即爲眞王耳，何以假爲。』乃遣張良往立信爲齊王。

【附錄一】

慶元黨禁：『……侂胄用事十四年，威行宮省，權震天下……視公卿如奴僕，宰相以下，匍匐走趨，一則恩王，

二則恩王，甚者尊之以聖，呼以我王。……高文虎之子似孫爲祕書郎，因其誕日，獻詩九章，每章用一錫字，侂
胄當之不辭。辛棄疾因壽詞贊其用兵，則用司馬昭假黃鉞，異姓眞王故事。由是人疑其有異圖。

辛啓泰編稼軒年譜，開禧二年紀事有云：「先生因韓侂胄將用兵，値其生日，作詞壽之云：『如今塞北……』假鉞
眞王皆曹操司馬昭秉政時事。先生卒後爲倪正甫所論，盡奪遺恩，即指此詞。」

按：倪正甫彈章已佚，其劾稼軒事僅見鶴山集倪氏墓誌銘中，而亦語焉不詳，辛譜云云，未知所本。

【附錄二】

吳禮部詩話：『「新來塞北……」又云「堂上謀臣尊俎……」世傳辛幼安壽韓侂胄詞也。又有小詞二首，尤多俚
談，不錄。近讀謝疊山文，論李氏繫年錄，朝野雜記之非，謂乾道間幼安以金有必亡之勢，願詔大臣預修邊備，
爲倉卒應變之計，此憂國遠猷也，今摘數語而曰「贊開邊」，借江西劉過，京師人小詞，曰「此幼安作也。」忠魂
得無冤乎。故今特爲拈出。』

【編年】右三詞均爲壽韓侂胄或頌其功業者，當作於嘉泰四年稼軒起廢之後與開禧三年稼軒還信上之前者，
姑彙錄於此。　西江月與清平樂二詞亦不知究係稼軒所作否也。

歸朝歡　丁卯歲寄題眉山李參政石林

見說岷峨千古雪，都作岷峨山上石。君家右史老泉公，千金費盡勤收拾。一堂眞石室。

空庭更與添突兀。記當時，長編筆硯，日日雲煙溼。　野老時逢山鬼泣，誰夜持山去難

覓。有人依樣入明光，玉塔之下嚴嚴立。　琅玕無數碧。　風流不數平泉物。　欲重吟，青葱

玉樹，須倩子雲筆。

【校】　〔石室〕王詔校刊本誤作『石石』。　〔平泉〕廣信書院本作『平原』，茲從王詔校刊本及四印齋本。

【箋注】　〔眉山李參政〕宋史李壁傳：『李壁字季章，眉之丹稜人，父燾。』又宋史宰輔表：『開禧二年丙寅，七月癸卯，李壁自禮部尚書除參知政事。三年丁卯，十一月甲戌，李壁罷參知政事。』〔石室〕李氏眉山宅第中一堂名。陸游劍南詩稿六十二，有乙丑歲寄題李季章侍郎石林堂詩一首，有句云：『侍郎築堂聚衆石，坐臥對之忘食。千金博取直易爾，要是尤物歸精識。』按據詞中語意，石林堂上衆石應爲李仁甫所搜聚，放翁詩則謂係季章所聚，亦不知其孰是孰非也。又，程公許滄洲塵缶編卷二，擬九頌小序云：『鴈湖先生李公，以嗣世之賢爲儒林哲匠。參貳幾政，協謀鋤姦。……』其第五爲石林頌，有云：『胡拳拳兮石友，期歲晚兮相守。……』彼平泉父子與弟轟皆以文學知名，蜀人比之三蘇。　〔岷峨〕岷山在今四川松潘縣北，峨嵋山在今四川峨嵋縣西南，兩山相對如蛾眉。　〔右史老泉公〕蘇洵家有老人泉，因自號老泉。宋史李壁傳謂：『壁古稱藏書之處爲『石室』、『金匱』。……故此詞以老泉擬李燾。又，燾嘗屢爲史官，故稱右史。〔石室〕〔長編〕宋史李燾傳：『李燾字仁甫，眉州丹稜人。……博極載籍，搜羅百氏，慨然以史自任。本朝典故，尤悉力研繹。倣司馬光資治通鑑例，斷自建隆，迄於靖康，爲編年一書，名曰長

賢愚相去，算其間能幾？差以毫釐繆千里。細思量，義利舜跖之分，孳孳者，等是雞鳴而起。味甘終易壞，歲晚還知，君子之交淡如水。一餉聚飛蚊，其響如雷；深自覺：昨非今是。羨安樂窩中泰和湯，更劇飲無過，半醺而已。

洞仙歌 丁卯八月病中作

編。 〔野老二句〕莊子大宗師：『藏山於澤而夜半有力者負之而走。』黃庭堅詩：『有人夜半持山去。』〔明光見卷三清平樂（詩書萬卷閣）箋注。 〔嚴嚴立〕世說新語賞譽篇：『王公目太尉：嚴嚴清峙，壁立千仞。』〔平泉物〕見卷二水龍吟（汝江天馬南來閣）箋注。 〔青蔥二句〕見卷四賀新郎（逸氣軒眉宇闊）箋注。

【箋注】 〔差以句〕史記太史公自序：『失之毫釐，差以千里。』 〔細思量二句〕孟子盡心上：『雞鳴而起，孳孳為善者，舜之徒也。雞鳴而起，孳孳為利者，跖之徒也。欲知舜與跖之分，無他，利與善之間也。』 〔味甘三句〕禮記表記：『故君子之接如水，小人之接如醴。君子淡以成，小人甘以壞。』 〔一餉二句〕漢書中山靖王傳：『夫眾煦漂山，聚蚊成雷，朋黨執虎，十夫橈椎。』 〔昨非句〕陶潛歸去來辭：『覺今是而昨非。』 〔安樂窩三句〕宋史邵雍傳：『邵雍字堯夫。……初至洛，蓬蓽環堵，不芘風雨，……歲時耕稼，僅給衣食。名其居曰安樂窩，因自號安樂先生。且則焚香燕坐，晡時酌酒三四甌，微醺即止，常不及醉也。』邵雍無名公傳：『性喜飲酒，嘗命之日泰和湯。』

生查子 和夏中玉

一天霜月明，幾處砧聲起。客夢已難成，秋色無邊際。　旦夕是重陽，菊有黃花蘂。只怕又登高，未飲心先醉。

滿江紅

老子當年，飽經慣、花期酒約。行樂處、輕裘緩帶，繡鞍金絡。共何人、對飲五三鍾，顏如玉。　嗟往事，空蕭索。懷新恨，又飄泊。但年來何待，許多幽獨。海水連天凝遠望，山風吹雨征衫薄。向此際、羸馬獨駸駸，情懷惡。

【箋注】〔輕裘緩帶〕晉書羊祜傳：『祜鎮荊州，在軍常輕裘緩帶，身不披甲。』〔梨花院落〕晏殊詩：『梨花院落溶溶月。』

菩薩蠻 和夏中玉

與君欲赴西樓約，西樓風急征衫薄。且莫上蘭舟，怕人清淚流。　臨風橫玉管，聲散江

天滿。一夜旅中愁，蛩吟不忍休。

一剪梅

塵灑衣裾客路長。霜林已晚，秋藥猶香。別離觸處是悲涼。夢裏青樓，不忍思量。 天宇沈沈落日黃。雲遮望眼，山割愁腸。滿懷珠玉淚浪浪。欲倩西風，吹到蘭房。

【箋注】〔山割愁腸〕柳宗元與浩初上人同看山寄京華親故詩：『海畔尖山似劍鋩，秋來處處割愁腸。』〔蘭房〕宋玉諷賦：『女欲置臣堂上，太高；堂下，太卑；乃更于蘭房芝室，止臣其中。』

又

歌罷尊空月墜西。百花門外，煙翠霏微。絳紗籠燭照于飛。歸去來兮，歸去來兮。 酒入香腮分外宜。行行問道：『還肯相隨？』嬌羞無力應人遲……『何幸如之，何幸如之！』

【箋注】〔于飛〕詩衞風：『燕燕于飛，差池其羽，之子于歸，遠送于野。』

念奴嬌 謝王廣文雙姬詞

西眞姊妹，料凡心忽起，共辭瑤闕。燕燕鶯鶯相並比，的當兩團兒雪。合韻歌喉，同茵舞

袖，舉措脫體別。江梅影裏，迥然雙蕊奇絕。還聽別院笙歌，倉皇走報，笑語渾重疊。拾翠洲邊攜手處，疑是桃根桃葉。並蒂芳蓮，雙頭紅藥，不意俱攀折。今宵鴛帳，有同對影明月。

【校】〔脫體〕彊邨叢書本稼軒詞補遺改作『□□』，末附朱孝臧校記云：原本作『脫體』，誤。

【箋注】〔王廣文〕未詳何人。〔西眞句〕稼軒有西江月詞（宮粉厭塗嬌額閒）中有句云：『西眞人醉憶仙家。』疑西眞人指西王母，西眞姊妹則指西王母侍女董雙成許飛瓊。〔燕燕句〕葉夢得石林詩話卷下：『張先郎中字子野，……年已八十餘，視聽尙精强，家猶蓄聲伎。子瞻嘗贈以詩云：「詩人老去鶯鶯在，公子歸來燕燕忙。」全用張氏故事戲之。』此詞用『燕燕鶯鶯』則以喩雙姬也。〔拾翠洲〕唐陸龜蒙送李明甫之任南海詩：『居人愛近沈珠浦，候吏多來拾翠洲。』按：拾翠洲在今廣州西南，地屬南海縣，古有津亭。〔桃根桃葉〕古今樂錄：『晉王獻之愛妾名桃葉，其妹曰桃根，獻之嘗臨渡歌以送之。』李商隱詩：『當時歡向掌中銷，桃葉桃根雙姊妹。』〔對影明月〕李白月下獨酌詩：『舉杯邀明月，對影成三人。』

又 贈夏成玉

妙齡秀發，湛靈臺一點，天然奇絕。萬壑千巖歸健筆，掃盡平山風月。雪裏疏梅，霜頭寒菊，迥與餘花別。識人青眼，慨然憐我疏拙。退想後日蛾眉，兩山橫黛，談笑風生頰。

握手論文情極處，冰玉一時清潔。掃斷塵勞，招呼蕭散，滿酌金蕉葉。醉鄉深處，不知天

地空闊。

【箋注】〔夏成玉〕名籍事歷均未詳，疑當為夏中玉之昆仲也。　〔靈臺一點〕莊子庚桑楚：『不可內於靈臺，靈

臺者有持。』注云：『靈臺，心也。』裴度自題畫像：『一點靈臺，丹青莫狀。』　〔萬壑千巖〕世說新語言語：『顧長

康從會稽還，人問山川之美，顧云：「千岩競秀，萬壑爭流，草木蒙籠其上，若雲興霞蔚。」』　〔青眼〕晉書阮籍

傳：『籍能為青白眼，見俚俗之士，以白眼對之。』　〔冰玉句〕晉書衛玠傳：『玠風神秀異，妻父樂廣有海內重名，

議者以為婦公冰清，女壻玉潤。』

又　三友同飲，借赤壁韻。

論心論相，便擇術滿眼，紛紛何物。踏碎鐵鞋三百緉，不在危峯絕壁。龍友相逢，窪尊緩

舉，議論敲冰雪。何妨人道，聖時同見三傑。　自是不日同舟，平戎破虜，豈由言輕發。

任使窮通相鼓弄，恐是真□難滅。寄食王孫，喪家公子，誰握周公髮？冰□皎皎，照人不

下霜月。

【箋注】〔赤壁韻〕謂蘇軾所賦『大江東去』之韻也。　〔論心二句〕荀子非相篇：『故相形不如論心，論心不如擇

術。』　〔踏碎句〕古諺有『踏破鐵鞋無覓處，得來全不費工夫』之句，不知源於何時。　〔窪尊〕顏真卿山石樽

留仙初試研羅裙，小腰身，可憐人。江國幽香、曾向雪中聞。過盡東園桃與李，還見此，

一枝春。　　庾郎襟度最清真，挹芳塵，便情親。南館花深、清夜駐行雲。拚却日高呼不

起，燈半滅，酒微醺。

江城子　戲同官

【箋注】〔留仙句〕伶玄飛燕外傳：『帝於太液池作千人舟，號合宮之舟。后歌舞歸風送遠之曲。侍郎馮無方吹

聯句：『李公登飲處，因石為窪樽。』避暑錄話一：『杜子美飲中八仙歌，賀知章……李白……李適之也。適之坐

李林甫譖，罷政事，與親戚故人歡飲賦詩曰：「避賢初罷相，樂聖且銜杯……」可以見其超然無所芥蒂之意。……

今峴山有適之窪樽，顏魯公諸人嘗為聯句，而傳不載。』　〔三傑〕漢高祖謂張良、韓信、蕭何三人皆人傑，世因稱

為三傑。　〔同舟〕後漢書郭太傳：『郭太字林宗，……游於洛陽，始見河南尹李膺，膺大奇之。遂相友善。於

是名震京師。後歸鄉里，衣冠諸儒送至河上，車數千兩。林宗唯與李膺同舟而濟，眾賓望之，以為神仙。』

〔寄食句〕史記淮陰侯列傳：『淮陰侯韓信者，……常數從其下鄉南昌亭長寄食。數月，亭長妻患之，乃晨炊蓐

食。食時信往，不為具食，信亦知其意，怒，竟絕去。信釣於城下，諸母漂，有一母見信飢，飯信，竟漂數十日，

信喜，謂漂母曰：「吾必有以重報母。」母怒曰：「大丈夫不能自食，吾哀王孫而進食，豈望報乎！」　〔誰握句〕

史記魯周公世家：『周公戒伯禽曰：「我一沐三握髮，一飯三吐哺，起以待士，猶恐失天下之賢人。」』

笙以倚后歌。中流歌酣，風大起，后揚袖曰：「仙乎仙乎，去故而就新，寧忘懷乎？」帝令無方持后裙，風止，裙為之縐。他日，宮姝或襞裙為縐，號留仙裙。」〔可憐人〕謂可愛惜也。〔江國至一枝春〕諸句均指梅言，或同官之侍者以梅為名也。

惜奴嬌 戲同官

風骨蕭然，稱獨立、羣仙首。春江雪、一枝梅秀。小樣香檀，映朗玉、纖纖手。未久，轉新·聲，泠泠山溜。　曲裏傳情，更濃似、尊中酒。信傾蓋、相逢如舊。別後相思，記敏政堂前柳。知否···又拚了、一場消瘦。

【箋注】〔泠泠山溜〕古樂府：『山溜何泠泠。』　〔傾蓋〕史記鄒陽傳：『白頭如新，傾蓋如故。』　〔敏政堂〕未詳所在。

眼兒媚 妓

煙花叢裏不宜他。絕似好人家。淡妝嬌面，輕注朱脣，一朵梅花。　相逢比着年時節，顧意又爭些。來朝去也，莫因別簡，忘了人咱。

【箋注】〔爭些〕即『差些』。　〔人咱〕猶言本人。

如夢令 贈歌者

韻勝仙風縹緲，的皪嬌波宜笑。串玉一聲歌，占斷多情風調。清妙，清妙，留住飛雲多少。

【箋注】〔的皪句〕漢書司馬相如傳：『宜笑的皪。』郭璞曰：『的皪，鮮明貌也。』〔留住句〕用響遏行雲意。列子湯問篇謂秦青善歌，『能使聲振林木，響遏行雲』。

鷓鴣天 和陳提幹

剪燭西窗夜未闌，酒豪詩興兩聯緜。香噴瑞獸金三尺，人插雲梳玉一灣。傾笑語，捷飛泉。鮫綃到手莫留連。明朝再作東陽約，肯把鸞膠續斷絃。

【箋注】〔香噴二句〕羅隱詩：『噴香瑞獸金三尺，舞雪佳人玉一圍。』〔東陽〕縣名。宋屬浙江東路婺州府。即今浙江東陽縣。〔肯把句〕漢武外傳：『西海獻鸞膠，武帝弦斷，以膠續之，弦兩頭遂相著，終日射不斷，帝大悅，名續弦膠。』

踏莎行 春日有感

萱草齊階，芭蕉弄葉，亂紅點點圍香蝶。　過牆一陣海棠風，隔簾幾處梨花雪。　愁滿芳心，酒嘲紅頰，年年此際傷離別。　不妨橫管小樓中，夜闌吹斷千山月。

□□□□ 出塞春寒有感

鶯未老。花謝東風掃。鞦韆人倦綵繩閑，又被清明過了。　白長減破夜長眠，別聽笙簫吹曉。　錦箋封與怨春詩，寄與歸雲縹緲。

按：稼軒一生無出塞事，此詞當係誤收。

【校】〔調〕朱孝臧稼軒詞補遺校記云：『原來作「謁金門」誤。按此調詞律及詞律拾遺並未載，俟考。』

謁金門　和陳提幹

山共水，美滿一千餘里。　不避曉行並早起，此情都爲你。　不怕與人尤礙，只怕被人調戲。　因甚無箇阿鵲地，沒工夫說裏。

【箋注】〔因甚二句〕『阿鵲』，嚏聲也。『裏』猶今『哩』字。意謂未被人說及，故無噴嚏也。

好事近　春日郊遊

春動酒旗風，野店芳醪留客。繫馬水邊幽寺，有梨花如雪。　　山僧欲看醉魂醒，茗盌泛

香白。　微記碧苔歸路，裊一鞭春色。

又

花月賞心天，壇墠多情詩客。取次錦袍須貫，愛春醅浮雪。　　黃鸝何處故飛來，點破野

雲白。一點暗紅猶在，正不禁風色。

又

春意滿西湖，湖上柳黃時節。瀕水霧窗雲戶，貯楚宮人物。　　一年管領好花枝，東風共

披拂。已約醉騎雙鳳，歕三山風月。

水調歌頭 <small>和馬叔度游月波樓</small>

客子久不到，好景爲君留。西樓著意吟賞，何必問更籌。喚起一天明月，照我滿懷冰雪，

浩蕩百川流。鯨飲未吞海，劍氣已橫秋。　　野光浮，天宇逈，物華幽。中州遺恨，不知今

夜幾人愁。誰念英雄老矣，不道功名蕞爾，決策尙悠悠。此事費分說，來日且扶頭。

【箋注】〔馬叔度〕名籍事歷均不詳。 〔月波樓〕至元嘉禾志：『月波樓在郡治西北二里，下瞰金魚池。……乾道乙丑知州李孟堅重修，未及落成，李解綬去，知州徐蕆踵成之。』又，湖北黃岡縣西北城上亦有月波樓，不知建自何代，宋王禹偁有詩。 未知此處係指何者。

又

鞏采若壽

【校】〔汶口〕朱孝臧云：『原本作「汶文」誤。』

泰嶽倚空碧，汶□卷雲寒。萃茲山水奇秀，列宿下人寰。八世家傳素業，一舉手攀丹桂，依約笑談間。賓幕佐儲副，和氣滿長安。分虎符，來近甸，自金鑾。政平訟簡無事，酒社與詩壇。會看沙隄歸去，應使神京再復，款曲問家山。玉佩揖空闊，碧霧翳蒼鸞。

【箋注】〔鞏采若〕名湘。歷任湖州守，明州長史，知廣州兼廣南東路安撫使等官。均散見宋會要各門。籍貫未詳，玩此詞意，其祖籍當在泰山汶水附近。葉水心文集有鞏仲至（豐）墓誌銘，謂鞏豐原籍鄆州須城，渡江寓居婺州之武義。鄆州之地，與泰山汶水相去不遠，頗疑鞏采若之祖籍亦在於斯。 〔賓幕二句〕宋會要八八冊上佐官門：『淳熙四年六月十二日，詔明州長史鞏湘除直敷文閣。以皇子魏王愷言湘贊佐有補故也。』按：據咸淳臨安志，乾道七年四月二十七日，轉朝散大夫，淳熙三年四月到，四年十二月除明州長史。 〔分虎符三句〕嘉泰吳興志卷十四，郡守題名：『鞏湘，朝奉大夫，淳熙七年四月二十七日以皇太子領尹，置少尹。』按：鞏湘佐治臨安，有補政教，至明州長史任內方受襃獎，知其守吳興必與其佐治臨安相銜接。則此諸語必指其守吳興言也。 〔沙隄〕見卷二

賀新郎 和吳明可給事安撫

世路風波惡。喜清時、邊夫袖手，□將帷幄。正值春光二三月，兩兩燕穿簾幕。又怕箇、江南花落。與客攜壺連夜飲，任蟾光、飛上闌干角。何時唱，從軍樂？　歸歟已賦居巖壑。悟人世、正類春蠶，自相纏縛。眼畔昏鴉千萬點，□欠歸來野鶴。都不戀、黑頭黃閣。一詠一觴成底事，慶康寧、天賦何須藥。金盞大，為君酌。

【校】〔欠〕辛啓泰輯本『欠』字與上句『點』字相接，無空格，茲從朱孝臧校本補入。

【箋注】〔吳明可〕宋史吳芾傳：『吳芾字明可，台州仙居人。……知婺州，孝宗初卽位，陛辭，……知紹興府。……權刑部侍郎，遷給事中，改吏部侍郎，以敷文閣直學士知臨安府。……提舉太平興國宮。……起知太平州。……知隆興府。芾前後守六郡，各因其俗為寬猛，吏莫容奸，民懷惠利。再奉太平祠，屢告老，以龍圖閣直學士致仕。後十年卒，年八十。……晚退閑者十有四年，自號湖山居士。為文豪健俊整。』〔世路句〕六一詞聖無憂：『世路風波險。』蘇軾李行中醉眠亭三首：『從教世路風波惡，賀監偏不水底眠。』〔黑頭〕謂三公。世說新語識鑒篇：『諸葛道明初過江左，自名道明，名亞王、庾之下。……先為臨沂令，丞相謂曰：「明府當為黑頭公。」』〔昏鴉句〕隋煬帝詩：『寒鴉千萬點，流水遶孤村。』〔黃閣〕漢舊

儀：『丞相聽事門曰黃門。不敢洞開朱門，以別於人主，故以黃塗之，謂之黃閣。』

【編年】 右詞各本俱不收，唯見辛啟泰本補遺中。吳氏是否與稼軒相識，全無可考，因而此詞是否果爲稼軒所作，亦難遽斷。據朱文公文集吳氏神道碑，吳氏卒於淳熙十年，其致仕當在淳熙初元，奉祠閑退在乾道五六年頃。此詞有『歸歟』云云之句，必作於吳氏退隱之後。但題中仍以『給事安撫』相稱，疑當作於吳氏以直龍圖閣致仕之前，卽乾道六年至乾道九年間也。

漁家傲 湖州幕官作舫室

風月小齋模畫舫，綠窗朱戶江湖樣。酒是短橈歌是槳。和情放，醉鄉穩到無風浪。

有拍浮千斛釀，從教日日蒲桃漲。門外獨醒人也訪。同俯仰，賞心卻在鷗夷上。 自

【箋注】 〔湖州〕三國吳於烏程置吳興郡，隋於吳興郡置湖州。宋曰湖州吳興郡，後改安吉州，屬兩浙西路。今浙江吳興縣其舊治也。 〔獨醒〕楚辭卜居：『眾人皆醉我獨醒。』 〔鷗夷〕見卷二永遇樂(紫陌長安闌)箋注。

霜天曉角 赤壁

雪堂遷客，不得文章力。賦寫曹劉興廢，千古事，泯陳迹。 望中磯岸赤，直下江濤白。半夜一聲長嘯，悲天地，爲予窄。

【箋注】〔雪堂〕見卷二水調歌頭（寄我五雲字闋）。　〔不得句〕見卷一滿江紅（笳鼓歸來闋）。　〔賦寫曹劉與
殿〕赤壁磯爲劉備、孫權合力破曹操處。蘇軾赤壁賦：『西望夏口，東望武昌，山川相繆，鬱乎蒼蒼，此非孟德之
困於周郎者乎？方其破荆州，下江陵，順流而東也，舳艫千里，旌旗蔽空，釃酒臨江，橫槊賦詩，固一世之雄也，
而今安在哉。』〔悲天地二句〕赤壁賦：『蓋將自其變者而觀之，則天地曾不能以一瞬。』

蘇武慢　雪

帳暖金絲，杯乾雲液，戰退夜　颸颸。障泥繫馬，掃路迎賓，先借落花春色。歌竹傳觴，喚吳姬學舞，風流輕轉，弄嬌無力。塵世換、老盡青山，鋪成明月，瑞物已深三尺。探梅得句，人在玉樓瓊室。豐登意緒，婉娩光陰，都作暮寒堆積。回首驅羊舊節，入蔡奇兵，等閒陳迹。總無如現在，尊前一笑，坐中贏得。

【校】〔夜口〕辛啓泰輯本『夜』字下原無空格，茲從朱孝臧校本補入。

【箋注】〔帳暖句〕杜陽雜編：『元載所幸薛瑤英，處金絲之帳。』〔颸颸〕即颸戾。潘岳西征賦：『吐清風之颸
戾。』〔障泥句〕見卷二蝶戀花（淚眼送君傾似雨闋）。〔婉娩〕禮記：『姆教婉娩聽從。』正義，按九嬪注云：『婦
容婉娩。』此云：『婉娩光陰』，猶言光陰明媚，或大好光陰也。〔驅羊舊節〕漢書蘇武傳：『匈奴徙武北海上無
人處，使牧羝，羝乳乃得歸。』武旣至海上，廩食不至，掘野鼠，去草實而食之。杖漢節牧羊，臥起操持，節旄盡

落。」〔入蔡句〕唐書李愬傳：『愬字元直，有籌略，善騎射。……憲宗討吳元濟，……愬求自試，宰相李逢吉亦以愬可用，遂檢校左散騎常侍爲隋唐鄧節度使。……元和十一年十月……會大雨雪，天晦，澒風偃旗裂膚，馬，皆縮慄，士抱戈凍死於道十一二。始發，吏請所向，愬曰『入蔡州取吳元濟！』……行七十里，夜半至懸瓠城，雪甚，城旁皆鵝鶩池，愬令擊之以亂軍聲。……黎明雪止，愬入駐元濟外宅，蔡吏驚曰：『城陷矣！』」

綠頭鴨 ·七夕

歎飄零，離多會少堪驚。又爭如、天人有信，不同浮世難憑。占秋初、桂花散彩，向夜久、銀漢無聲。鳳駕催雲，紅帷卷月，泠泠一水會雙星。素杼冷、臨風休織，深訴隔年誠。飛光淺、青童語款，丹鵲橋平。　看人間、爭求新巧，紛紛女伴歡迎。避燈時、采絲未整，拜月處、蛛網先成。誰念監州，蕭條官舍，燭搖秋扇坐中庭。笑此夕、金釵無據，遺恨滿蓬瀛。敧高枕，梧桐聽雨，如是天明。

【箋注】〔天人有信至橋平〕荊楚歲時記：『天河之東有織女，天帝之子也，年年織杼勞役，織成雲錦天衣。天帝憐其獨處，許嫁河西牽牛郎。嫁後，遂廢織紝。天帝怒，責令歸河東，唯每年七月七日夜渡河一會。』風俗記：『織女七夕當渡河，使鵲爲橋。相傳七日鵲首無故皆髡，因爲梁以渡織女故也。』〔看人間至先成〕荊楚歲時記：『七夕，婦人結綵縷，穿七孔鍼，或以金銀鍮石爲鍼，陳瓜果于庭中以乞巧。有蟢子網於瓜上則以爲得。』

〔笑此夕二句〕白居易長恨歌：『含情凝睇謝君王，一別音容兩渺茫。……惟將舊物表深情，鈿合金釵寄將

去。……七月七日長生殿，夜半無人私語時。在天願爲比翼鳥，在地願爲連理枝。天長地久有時盡，此恨綿綿

無絕期。』〔梧桐聽雨〕長恨歌：『秋雨梧桐葉落時。』

烏夜啼 戲贈籍中人

江頭三月清明，柳風輕。巴峽誰知還是洛陽城。　春寂寂，嬌滴滴，笑盈盈。一段烏絲

闌上，記多情。

品令

迢迢征路，又小舸、金陵去。西風黃葉，淡煙衰草，平沙將暮。回首高城，一步遠如一

步。江邊朱戶。忍追憶、分攜處。今宵山館，怎生禁得，許多愁緒。辛苦羅巾，搵取幾

行淚雨。

右詞二十八首，各本俱不載，唯見辛啟泰編《稼軒詞補遺》云自永樂大典輯出者。補遺中原共收三十六首，就中

菩薩蠻（稼軒日向兒童說）一首，『爲葉丞相壽』之洞仙歌一首，『贈妓』之南鄉子一首，糖多令（淑景䴙清明）一

首，『送粉卿行』之鷓鴣（䳿仙）一首，『踏歌』（䫝䫱）一首，均與四卷本相複，已分別編入本書各卷內，此不重出。

天（『天上人間酒最尊』及『有箇仙人捧玉巵』）二首，則爲朱敦儒所作，見朱氏詞集樵歌中，此亦剔除。在此二十八首中，如『出塞春寒有感』一首，與稼軒事歷即不相合，疑其間仍有誤收者。以無可確證，姑彙附於此。

附錄 舊本稼軒詞集序跋文目錄

稼軒詞序　范開

器大者聲必閎，志高者意必遠。知夫聲與意之本原，則知歌詞之所自出。是蓋不容有意於作爲，

而其發越著見於聲音言意之表者，則亦隨其所蓄之淺深，有不能不爾者存焉耳。

世言稼軒居士辛公之詞似東坡，非有意於學坡也，自其發於所蓄者言之，則不能不坡若也。坡公

嘗自言與其弟子由爲文□多而未嘗敢有作文之意，且以爲得於談笑之間而非勉強之所爲。公之於詞

亦然：苟不得之於嬉笑，則得之於行樂；不得之於行樂，則得之於醉墨淋漓之際。揮毫未竟而客爭藏

去。或閑中書石，與來寫地，亦或微吟而不錄，漫錄而焚藁，以故多散逸。是亦未嘗有作之之意，其於

坡也，是以似之。

雖然，公一世之豪，以氣節自負，以功業自許，方將歛藏其用以事清曠，果何意於歌詞哉，直陶寫

之具耳。故其詞之爲體，如張樂洞庭之野，無首無尾，不主故常；又如春雲浮空，卷舒起滅，隨所變

態，無非可觀。無他，意不在於作詞，而其氣之所充，蓄之所發，詞自不能不爾也。其間固有清而麗、

婉而嫵媚，此又坡詞之所無，而公詞之所獨也。昔宋復古、張乖崖方嚴勁正，而其詞迺復有濃纖婉麗

之語，豈鐵石心腸者類皆如是耶。

開久從公游，其殘膏賸馥，得所霑焉爲多。因暇日裒集冥搜，才逾百首，皆親得於公者。以近時

流布於海內者率多贋本，吾爲此懼，故不敢獨閟，將以祛傳者之惑焉。

淳熙戊申正月元日門人范開序。

辛稼軒集序　劉克莊（後村大全集卷九十八）

自昔南北分裂之際，中原豪傑率陷沒殊域，與草木俱腐。雖以王景略之才，不免有失身符氏之愧。□建炎省方輦淮而守者百三十餘年矣，其間北方驍勇自拔而歸，如李侯顯忠、魏侯勝，士大夫如王公仲衡、辛公幼安，皆著節本朝，爲名卿將。辛公文墨議論尤英偉磊落。其策完顏氏之禍，論請絕歲幣及所進美芹十論、上虞雍公九議，筆勢浩蕩，智略輻湊，有權書衡論之風。乾道紹熙奏篇及所進美芹，其論與尹少稷、王瞻叔諸人絕異。符離之役，舉一世以咎任事將相，公獨謂張公雖未捷，亦非大敗，不宜罪去。又欲使李顯忠將精銳三萬出山東，使王任、開趙、買瑞輩領西北忠義爲前鋒。烏虖，以孝皇之神武，及公盛壯之時，行其說而盡其才，縱未封狼居胥，豈遂置中原於度外哉。機會一差，至於開禧，則向之文武名臣欲盡，而公亦老矣。余讀其書而深悲焉。

世之知公者，誦其詩詞，而以前輩謂有井水處皆倡柳詞，余謂耆卿直留連光景歌詠太平爾；公所作大聲鞺鞳，小聲鏗鍧，橫絕六合，掃空萬古，自有蒼生以來所無。其穠纖綿密者亦不在小晏秦郎之下。余幼皆成誦。公嗣子故京西憲□欲以序見屬，未遣書而卒，其子肅具言先志。恨余衰憊，不能發斯文之光焰，而姑述其梗概如此。

按：右文惟見後村大全集，而其中錯訛特甚。如『完顏氏』誤作『元顏氏』『尹少稷』上衍『君』字，『公所作』誤作『公所無』，『自有蒼生以來所無』脫『無』字，均其顯然可見者。九議第六，有『以精兵銳卒步騎三萬，令李顯忠將之，由楚州出沭陽，鼓行而前』等語，序文檃括其意，而竟誤作『又欲顯有大忠將精銳三萬出山東』，兹亦據以勘正。其餘紕漏尚多，以無可參校，姑仍之。

論稼軒詞　陳模子宏（見懷古錄卷中）

蔡光工於詞，靖康間陷於虜中。辛幼安嘗以詩詞參請之，蔡曰：『子之詩則未也』，他日當以詞名家。』故稼軒歸本朝，晚年詞筆尤好。嘗作賀新郎云：『綠樹聽啼鴂，更那堪、杜鵑聲住，鷓鴣聲切。啼到春歸無尋處，苦恨芳菲都歇。算未抵、人間離別。馬上琵琶關塞黑，更長門翠輦辭金闕。看燕燕，送歸妾。將軍百戰身名裂。向河梁回頭萬里，故人長絕。易水蕭蕭西風冷，滿座衣冠似雪。正壯士、悲歌未徹。啼鳥還知如此恨，料不啼清淚空啼血。誰伴我，醉明月？』此詞盡集許多怨事，全與太白擬恨賦手段相似。又，止酒賦沁園春云：『杯汝來前，老子今朝，點檢形骸。甚長年抱渴，咽如焦釜，於今喜睡，氣似奔雷。漫說劉伶，古今達者，醉後何妨死便埋。渾如此，歎汝於知己，真少恩哉。　更憑歌舞為媒。算合作、平生鴆毒猜。況怨無小大，生於所愛；物無美惡，過則為災。與汝成言：勿留亟去，吾力猶能肆汝杯。杯再拜，道『麾之則去，招則須來』。』此又如賓戲、解嘲等作，乃是把古文手段寓之於詞。賦築偃湖云：『疊嶂西馳，萬馬回旋，衆山欲東。正驚湍直下，跳珠倒濺；小橋橫截，缺月初弓。老合投

閒，天教多事，檢點長身十萬松。吾廬小，在龍蛇影外，風雨聲中。　爭先見面重重。看爽氣朝來三四
峯。　似謝家子弟，衣冠磊落；相如庭戶，車騎雍容。我覺其間：雄深雅健，如對文章太史公。　新堤路，
問偃湖何日，煙水濛濛？』說松而及謝家子弟，相如車騎，太史公文章，自非脫落故常者未易闚其堂
奧。

劉改之之所作沁園春，雖頗似其豪，而未免於鹵。

近時作詞者只說周美成、姜堯章等，而以稼軒詞爲豪邁、非詞家本色。潘紫岩牻云：『東坡爲詞
詩，稼軒爲詞論。』此說固當，蓋曲者曲也，固當以委曲爲體；然徒狃於風情婉孌，則亦不足以啟人意。
回視稼軒所作，豈非萬古一清風也哉。　或曰：『美成、堯章，以其曉音律，自能撰詞調，故人尤服之。』

辛稼軒詞序　劉辰翁（須溪集卷六）

詞至東坡，傾蕩磊落，如詩如文，如天地奇觀，豈與群兒雌聲學語較工拙；然猶未至用經用史，牽
雅頌入鄭衞也。　自辛稼軒前，用一語如此者必且掩口。及稼軒橫豎爛熳，乃如禪宗棒喝，頭頭皆是；
又如悲笳萬鼓，平生不平事並巵酒，但覺賓主酣暢，談不暇顧。詞至此亦足矣。　然陳同父效之，則與
左太沖入羣悃愊相似，亦無面而返。嗟乎，以稼軒爲坡公少子，豈不痛快靈傑可愛哉，而愁醫齲齒作折
腰步者闉然笑之。　勒勒之歌拙矣，風吹草低之句，與大風起句高下相應，知音者少顧。　稼軒胸中今
古，止用資爲詞，非不能詩，不事此耳。

斯人北來，喑嗚鷔悍，欲何爲者；而讒擯銷沮，白髮橫生，亦如劉越石。陷絕失望，花時中酒，託

之陶寫，淋漓慷慨，此意何可復道，而或者以流連光景、志業之終恨之，豈可向癡人說夢哉。為我楚

舞，吾爲若楚歌，英雄感愴，有在常情之外，其難言者未必區區婦人孺子間也。世儒不知哀樂，善刺

人，及其自爲，乃與陳若山等。嗟哉偉然，二丈夫無異。吾懷此久矣，因宜春張清則取稼軒詞刻之，復

用吾請。清則少遊杭浙，有奇志逸氣，必能彷彿爲此詞者。

批點稼軒長短句序　李濂

稼軒辛忠敏公幼安，歷城人也。少與党懷英同師蔡伯堅。筮仕，決以蓍，懷英得坎，因留金；

稼軒得離，遂浩然南歸。紹興末，屢立戰功。嘗作九議暨美芹十論上之，皆切中時務。累官兵部侍

郎、樞密都承旨。晚年解印綬歸，僑寓鉛山之期思，帶湖瓢泉，渚煙縱月，稼軒吟嘯於其間，亦樂矣哉。

今鉛山縣南二里許，有稼軒書院，而分水嶺下，厥墓在焉。

余家藏稼軒長短句十二卷，蓋信州舊本也，視長沙本爲多。　序曰：

稼軒有逸才，長於塡詞，平生與朱晦菴、陳同父、洪景盧、劉改之輩相友善。晦菴答稼軒啓有曰：『古豈無

人，可以似吾稼軒者乎？』後百餘年，邯鄲張埜過其墓而以詞酹之曰：『嶺頭一片青山，可能埋得淩雲

氣？』又曰：『謂人間留得陽春白雪，千載下無人繼觀！』同時之所推獎，異代之所追慕，則稼軒人品之

豪，詞翰之美，概可見已。晦菴之沒也，時黨禁方嚴，稼軒獨爲文哭之。卒之日，家無餘財，僅遺平生

『經綸事業，股肱王室之心；游戲文章，膾炙士林之口。』劉改之氣雄一世，其寄稼軒詞有曰：

著述數帙而已。烏虖，賢哉！

長短句凡五百六十八闋，余歸田多暇，稍加評點，間於登臺步壩之餘，負耒荷鋤之夕，輒歌數闋，神爽暢越，蓋超然不覺塵思之解脫也。惜乎世鮮刻本。開封貳郡歷城王侯詔讀而愛之，曰：『余忝爲稼軒鄉後進，請壽諸梓，願惠一言以爲觀者先。』余聊撫稼軒之取重於當時後世者如此。其中妙思警句，則評附本篇云。

嘉靖丙申春二月嵩渚山人李濂川父書於碧雲精舍。

稼軒詞提要　　四庫全書總目提要集部詞曲類

稼軒詞四卷〈江蘇巡撫採進本〉，宋辛棄疾撰。棄疾有南燼紀聞，已著錄。其詞慷慨縱橫，有不可一世之概，於倚聲家爲變調，而異軍特起，能於翦紅刻翠之外，屹然別立一宗，迄今不廢。觀其才氣俊邁，河謂賀新涼詞首尾二腔語句相似，永遇樂詞用事太多，棄疾乃自改其語，曰數十易，累月猶未竟，其刻意如此云云，則未始不由苦思得矣。

書錄解題載稼軒詞四卷，又云：『信州本十二卷，視長沙本爲多。』此本爲毛晉所刻，亦爲四卷，而其總目又註原本十二卷，殆即就信州本而合併之歟。其集舊多訛異，如二卷內醜奴兒近一闋，前半是本調，殘闋不全，自『飛流萬壑』以下則全首係洞仙歌，蓋因洞仙歌五闋即在此調之後，舊本遂誤割第

一首以補前詞之闕，而五闋之洞仙歌遂止存其四。近萬樹詞律中辨之甚明，此本尙未及訂正。其中

『歡輕衫幅幾許紅塵』句，據其文義，『幅』字上尙有一脫字，樹亦未經勘及，斯足證掃葉之喻矣。今並

詳爲勘定。其必不可通而無別本可證者，則姑從闕疑之義焉。

稼軒集鈔存序　法式善

萬載辛子敬甫，奇士也。嘗攜一硯來游京師，禮邸汲修主人雅愛重之，薦以館，不就。與予議論

古今上下，輒以宋辛忠敏公著作散佚爲念。予嘗於播芳大全文粹、鐵網珊瑚、各郡縣志、宋人詩話諸

書錄出稼軒詩文十餘首，敬甫並詞刻之，冠以所編年譜，殿尾則反復千餘言，辨述作之眞僞是非，既群

且盡，而益求所謂稼軒集者不已。會朝廷開唐文館，予効編纂之役，約同事見公詩文胥簽識，補從前

陋略。金匱孫平叔編修適亦以是諉予，蓋其識敬甫有日矣。

忠敏之在當時也，陳同父謂與朱子、子師同係四海之望，至謝疊山則直以聖賢之學歸之。公豪邁

英爽過東坡，乃於朱子、南軒諸賢，尊崇悅服，違禁忌不顧，此非篤於道、得於心者不能也，豈特節義文

章爲不朽哉。

茲從永樂大典各韻中採得詩文及詞若干首，皆世所未有。　敬甫彙前編，統名曰稼軒集鈔存，刻以

行世，足以慰天下學者慕望之心，而其心則尙未有已也。

敬甫先世出東平，於公爲別派，合拜曹之。

嘉慶十五年七月朔日，日講起居注官唐文館總纂官左春坊左庶子梧門法式善拜手序。

編輯稼軒集鈔存記　辛啓泰

忠敏公稼軒集，史莫詳卷數，刻本既亡，各體文字流傳殊少。新城王氏僅於後邨詩話見其詞一首，四庫全書有美芹十論、詞四卷，外間亦不多得。啓泰曾從法時帆先生借汲古閣詞本於楊蓉裳員外，重刻之，附以詩十首，文二首，將藉以求全集也。既欲購唐荆川史纂右編鈔錄十論，適時帆先生有撰集唐文之役，孫平叔太史亦雅以公文字爲汲汲，相與集散篇於永樂大典中，得奏議及駢體文共二十八篇，古今體一百十首，較前已十倍過之，而史所謂思陵詔跋、朱子祭文皆不及見。且此所得長短句凡五十首多出四卷外，則全集遺佚不少也。

庚午，啓泰敎習期滿，冒暑往來二先生家，次第鈔錄其稿。適南旋，鋟板於豫章，因合前刻編次之，統名曰稼軒集鈔存。又雜探各集中有關於公者，附錄以備覽。

竊維公全集，靈爽馮之，世必有寶而藏之者。顧文章之出，待時抑待人，好古闓幽如二先生，皦足感也已。

嘉慶十六年春仲萬載後學辛啓泰謹志。

跋元大德刻稼軒詞　黃丕烈

余素不解詞，而所藏宋元諸名家詞獨富。如汲古閣珍藏秘本書目所載原稿皆在焉。然皆糖鈔舊

鈔，而無有宋元槧本。頃從郡故家得此元刻稼軒詞，而歎其珍秘無匹也。

稼軒詞卷帙多寡不同，以此十二卷者爲最善，毛氏亦從此鈔出，惜其行款體例有不同耳。澗薲據

毛鈔以增補闕葉，非憑空撰出者可比，而洞仙歌中缺一字，鈔本亦無，因以墨釘識之。其十一卷中四

之五一葉，亦即是卷七之八一葉之例，非文有脫落而故強就之也。是書得此補足，幾還舊觀。至於是

書精刻，純乎元人松雪翁書，而俗子不知，妄爲描寫，可謂浮雲之汙。甚至強作解事，校改原文，如卷

十中爲人慶八十席上戲作有云『人間八十最風流，長貼在兒兒額上。』校者云：『下兒字當作孫。』澗薲

以爲兒兒或是奴家之稱，二語之意，當以八字作眉字解。如此則改兒爲孫，豈不大可笑乎。本擬滅此

幾字，恐損古書，故凡遇俗手描寫處，皆不滅其痕，後之明眼人當自領之。

嘉慶己未黃丕烈識。

又　顧千里

文獻通考：『稼軒詞四卷。』陳氏曰：『信州本十二卷，視長沙爲多。』此元大德間所刊，以卷數考之，蓋出於信州本。宋史藝文志云：『辛棄疾長短句十二卷』亦即此也。嘉慶己未，蕘圃買得於骨董肆內，缺三葉，出舊藏汲古閣鈔本，命予補之，因拾卷中所有之字集而爲之，所無者僅十許耳。既成，遂識數語於後。七月二十二日澗薲書。

校刻稼軒詞記 王鵬運

光緒丁亥九月，從楊鳳阿同年假元大德信州書院十二卷本，校毛刻一過。按毛本實出元刻，特體例既別，又併十二卷爲四，爲不同耳。元本所缺三葉，毛皆漏刻，又無端奪去新荷葉、朝中措各一闋。

尤可笑者，元本第六卷缺處，醜奴兒近後半適與洞仙歌飛流萬壑一首相接，毛遂牽連書之，幾似醜奴兒近有三疊，令人無從句讀。又鵲橋仙壽詞『長貼在兒兒額上』句，校者妄書『下兒字當作孫』，爲顧澗薲黃蕘圃所嗤，毛於此正改作『兒孫』，是以確知其出於此也。中間譌奪，觸處皆是。然亦有元本譌奪而毛刻是正之處。顧跋謂元本奪葉用汲古閣鈔本校補，何以此本缺處又適與元刻相符，殊不可解。

往年刻雙白漱玉詞成，卽擬續刊蘇辛二集，以無善本而止。今此本既已校正，閩鳳阿家尚有宋槧眉山樂府，倘再假我以畢此志，其爲益爲何如耶。

又，稼軒詞向以信州十二卷者爲足本，莫子偲經眼錄有跋萬載辛氏編刻稼軒全集云：『詞五卷，校汲古閣本增多三十六闋。』按毛本雖云四卷，實併十二爲四，併非不足。其間缺漏，亦只校元本共少十闋，不知辛氏所補云何。附誌以俟知者。

先冬三日半塘老人記。

校刊稼軒詞成率成三絕於後 前人

曉風殘月可人憐，婀娜新詞競筦絃。何似三郎催羯鼓，夙醒餘穢一時捐。

層樓風雨黯傷春，煙柳斜陽獨愴神。多少江湖憂樂意，漫呼靑兕作詞人。

信州足本銷沉久，汲古叢編亥豕多。今日雕鐫撥雲霧，廬山眞面問如何。

校刊稼軒詞成再記 前人

是刻既成，適同里況夔笙孝廉周儀來自蜀中，攜有萬載辛啓泰編刻稼軒全集，其長短句四卷，乃仍毛刻，詩文四卷，詞補遺一卷，則云自永樂大典鈔出。補詞共三十六闋，內唯洞仙歌壽葉丞相一闋已見元刻。近又見明人李濂評點稼軒詞，爲萬曆間刻本，始知毛刻誤處皆沿襲於此。安得薈圃所云毛鈔舊本一爲讎勘也。牟塘再記。

按：右四跋俱見四印齋刻稼軒長短句。

跋四卷本稼軒詞 梁啓超

文獻通考著錄稼軒詞四卷（宋史藝文志同），而引直齋書錄解題注其下云：『信州本十二卷，視長沙爲多。』或誤以爲此四卷者卽長沙本，實則直齋所著錄乃長沙本，只一卷耳。十二卷之信州本，宋刻

無傳，黃蕘夫舊藏之元大德間廣信書院本，今歸聊城楊氏，而王牛塘四印齋據以翻雕者，即彼太也。可

見稼軒詞在宋有三刻：一爲長沙一卷本，二爲信州十二卷本，三卽四卷本。明淸以來傳世者惟信州

本，毛刻六十一家詞亦四卷，實乃割裂信州本以求合通考之卷數，毛氏常態如此，不足深怪，而使讀者

或疑毛王二刻不同源、而毛刻卽通考與宋志之舊，則大不可也。

近武進陶氏景印宋元本詞集，中有稼軒詞甲乙丙三集，其編次與毛王本全別，文字亦多異同，余

讀之頗感興趣，顧頗怪其何以卷數畸零，與前籍所著錄者悉無合也。嗣從直隸圖書館假得明吳怡

訥所輯唐宋名賢百家詞，其稼軒集正採此本，而丁集赫然在焉，乃拍案叫絕，知馬貴與所見四卷本固

未絕於人間也。甲集卷首有淳熙戊申正月元日門人范開序，稱『開久從公游，暇日裒集冥搜，才逾百

首，皆親得於公者。以近時流布於海內者牽多贗本，吾爲此懼，故不敢獨閟，將以祛傳之之惑焉』。范

開貫歷無考，然信州本有贈送酬和范先之之詞多首，而此本凡先之皆作廓之，蓋一人而有兩字，開與

先與廓義皆相屬，疑卽是人，誠從公游最久矣。戊申爲淳熙十五年，稼軒四十九歲，知甲集所裁皆四

十八歲以前作。　稼軒年壽雖難確考，但六十八歲尙存，則集中有明證，乙丙丁三集所收，則戊申後十

餘年間作也。　其是否並出范開裒錄，抑他人續輯，下文當更論之。

此本最大特色，在含有編年意味。蓋信州本以同調名之詞彙錄一處，長調在先，短調在後，少作

晚作，無從甄辨。　此本閱數年編輯一次，雖每首作年難一一確指，然某集所收爲某時期作品，可略推

見。

考稼軒以二十九歲通判建康府，三十一歲知滁州，三十五歲提點江西刑獄，三十七歲知江陵府，三十八歲移帥隆興（江西），僅三月被召內用，旋出為湖北轉運副使，四十歲移湖南，尋知潭州兼湖南安撫，四十二三歲之間轉知隆興兼府江西安撫，五十間（？）以言者落職，人之主管冲佑觀，五十二歲起福建提點刑獄，旋知福州兼福建安撫，五十四歲被召還行在，五十六歲落職家居，五十九歲復職奉祠，六十二歲間起知紹興府兼浙東安撫，六十五歲知鎮江府，明年乞祠歸，六十七歲差知紹興府又轉江陵府，皆辭免。未幾遂卒。其生平仕歷大略如此。

以上所考，據本傳，參以本集題注等，雖未敢謂十分正確，大致當不謬。

此本甲集編成在戊申元元日，明見范序，其所收諸詞，皆四十八歲前官建康滁州湖北湖南江西時所作，既極分明。乙集於宦閩時之詞一首未見收錄，可推定其編輯年當在紹熙二年辛亥以前，所收詞以戊申己酉庚戌等年為大宗，亦間補收丁未以前之作。丙集自宦閩詞起收，其最末一首為辛酉生日，蓋壬子至辛酉十年間，五十三歲至六十二歲之作，中間強半為落職家居時也。丁集所收詞，時代頗廣漠難辨，似是雜補前三集之所遺。惟有一點極當注意者，稼軒晚年帥越、帥鎮江時諸名作，如登會稽蓬萊閣、京口北固亭懷古諸篇，皆未收錄。

北固亭懷古詞云：『四十三年，望中猶記，烽火揚州路』稼軒於紹興三十二年以忠義軍掌書記奉表歸朝，以嘉泰四年知鎮江府，相距恰四十三年。作此詞時年六十六，

此決非棄而不取，實緣編集時尚未有此諸詞耳。然則丁集之編，當與丙集略同時，其年雖不能確指，要之四集皆在稼軒生存時已編成，則可斷言也。若欲為稼軒詞編年，遞藉茲本，按歷年游宦諸地之次第，旁考其來往人物，蓋可什得五六。就中江西一地，稼軒家在廣信，故在江西所作詞及贈答江西人之詞，集中最多，其時代亦最難梳理，略依此本甲乙丙二集所先後收

錄，劃分爲數期，而推考其爲某期所作，雖未能盡正確，抑亦不遠也。

惟四集中丙丁集所甄採，似不如甲乙集之精嚴，其字句間與信州本有異同者，甲乙集多佳勝，丙丁集時或劣誤，似非同出一手編輯。若吾所忖度范廓之卽范開之說果不謬，則似甲乙集皆范輯，丙丁集則非范輯。蓋辛范分攜，在紹熙元二年間，廓之赴行在，稼軒起爲閩憲，故丙集中卽無復與廓之往還之作。

廓之既不侍左右，自無從檢集篋稿，他人因其舊名而續之，未可知也。

信州本共得詞五百七十二首，此本四集合計，除其複重，共得四百二十七首，但其中却有二十首爲信州本所無者，〔內四首辛敏甫補遺本有之。〕丙集有六州歌頭一首，丁集有西江月一首，皆詆頌韓平原作。西江月之非辛詞，吳禮部詩話引謝疊山文已明辨之；六州歌頭當亦是嫁名。本傳稱：『朱熹歿，僞學禁方嚴，門生故舊至無送葬者，棄疾爲文往哭之。』時稼軒之年已六十一矣，其於韓不憚批其逆鱗如此，以生平澹榮利尙氣節之人，當垂暮之年而謂肯作此無聊之媚竈耶？范序謂懼流布者多贋本，此適足證丙丁集之未經范手簽訂爾。

戊辰中元，新會梁啓超。

跋稼軒集外詞 前人

此所謂集外者，謂信州十二卷本稼軒長短句所未收也。其目如下：

生查子　和夏中玉　　一天霜月明

菩薩蠻　稼軒日向兒賣說　　此首亦見稼軒詞甲集。

一翦梅　塵濛衣裾客路長

念奴嬌　謝王廣文雙姬詞　　西真姊妹

念奴嬌　贈夏成玉　　妙齡秀發

惜奴嬌　戲同官　　風骨蕭然

糖多令　淑景闌清明　　此首亦見乙集

眼兒媚　妓　　燭花縈裊裏不宜他

鷓鴣天　和陳提幹　　翦燭西窗夜未闌

□□□　出密春寒有感　　鶯未老

鵲橋仙　送粉卿行　　轎兒挑了

好事近　花月賞心天

水調歌頭　和馬叔度游月波樓　　客子久不到

賀新郎　和吳明可給事安撫　　世路風波惡

霜天曉角　赤壁　　雪堂還客

綠頭鴨　七夕　　歎飄零離多會少

滿江紅　老子當年

菩薩蠻　和夏中玉　　與君欲赴西樓約

一翦梅　砍罷秋空月隙西

念奴嬌　三友同飲借赤壁韻　　論心論相

江城子　戲同官　　留仙初試研羅裙

南鄉子　贈妓　　好箇主人家　　此首亦見稼軒詞乙集

踏歌　顰厭看精神　　此首亦見甲集

如夢令　贈歌者　　韻勝仙風漂渺

踏莎行　春日有感　　萱草齊階

謁金門　和陳提幹　　山共水

好事近　春日郊遊　　春勸酒旗風

好事近　春意滿西湖　　泰嶽倚空碧

水調歌頭　翠釆若壽　　⋯⋯戀倚空碧

漁家傲　湖州幕官作筋室　　風月小齋模蜃舫

蘇武慢　雪　　帳暖金絲

烏夜啼　戲贈籍中人　　江頭三月清明

品令　迢迢征路

右三十三首，見辛敬甫〈啓泰〉輯稼軒集（朱氏彊邨叢書稼軒詞補遺本），皆采自永樂大典者。原輯共三十六首，內洞仙歌壽葉丞相一首已見信州本，鷓鴣天二首（天上人間酒最尊。有簡仙人捧玉卮）則誤采朱希眞樵歌，今皆刪去。

南歌子　萬萬千千恨

右一首見稼軒詞甲集（陶氏涉園景宋本，乙丙集同）。甲集本有三首爲信州本所無，內菩薩蠻一首（稼軒日向兒曹說）踏歌一首（攧厥看精神）皆已見辛輯，不復錄。

浣溪沙　贈子文侍人名笑笑　　儂是嶔崎可笑人

行香子　歸去來兮

虞美人　夜深困倚屏風後

右五首見稼軒詞乙集。乙集原有八首爲信州本所無，內糖多令一首（淑景闘清明）南鄉子一首（好箇主人家）鵲橋仙一首（轎兒挑了）皆已見辛輯，不復錄。

鵲橋仙　贈人　　風流標格

一翦梅　記得同燒此夜香

右四首見稼軒詞丙集。

清平樂　春宵睡重

六州歌頭　西湖萬頃

西江月　題可卿影像　　人道偏宜歌舞

菩薩蠻　贈周國輔侍人　　畫樓影蘸清溪水

祝英臺近　綠楊堤青草渡

鷓鴣天　一片歸心擬亂雲

右四首見稼軒詞丁集（吳文恪唐宋名賢百家詞鈔本）。

金菊對芙蓉

右一首見草堂詩餘。

凡四十八首，散在各本，可最收繕寫。

稼軒詞自陳直齋即已推信州本為最備，信州本有詞五百七十二首，益以此所錄，都為六百二十首，辛詞傳世者盡是矣。惟此四十八首在辛詞中價值何若，則有更待許量者。案稼軒甲集范開序稱『近時流布於海內者率多贋本』，甲集編成於淳熙戊申，時稼軒方在中年，而范開已有慨於贋本之混真，此後尚二十年，稼軒齒益尊，名益盛，則嫁名之作益多，蓋意中事耳。丁集所收西江月『堂上謀臣帷幄』一首，謝疊山已明辨其為京師士人所作，不容以冤忠魂（見吳禮部詩話）。考韓侂胄下詔伐金，在開禧二年，此西江月決當作於彼時（據詞中『天時地利與人和，燕可伐與日可』及『此日樓臺鼎碗，明年帶礪山河』等語），依畢氏續通鑑，則稼翁已於開禧元年乙丑前卒，雖縣年未確，然翁於乙丑解鎮江（京口）帥任，奉祠西歸，兩見本集題注，翁薨京口似未及一年，所以遽解職之原因雖不可確考，以理勢度之當是不贊開邊之議，故或自引退，或為執政所排，歸後方飾巾待盡（翁蓋卒於開禧三年），安肯更學勢利市兒獻頌朝貴，此不待疊山之辨已可一言而決也。六州歌頭亦侂胄封王時媚竈之作，事同一律，集中於其年有戊午拜復職奉祠之命鷓鴣天一詞，文云：『老退何曾說着官，今朝放罪上恩寬，便支香火真祠俸，更綴文書舊殿班。扶病脚，洗衰顏，快從老病借衣冠。

此身忘世渾容易，使世相忘却自難。』此種懷抱，此種意興，豈是作『看賢王高會飛蓋入雲煙』等語之
人耶？惟彼兩詞皆學稼軒而頗能貌襲者，意當時傳誦甚盛，編集者無識，率爾摻收，正乃范開所謂『吾
爲此懼』耳。

永樂大典所載佚詞，內失調名一首，題爲出塞字樣，稼軒生平無從出塞；又漁家傲一首，
題有湖州幕官字樣，稼軒宦跡未到湖州；似皆屬贗鼎。自餘數十首，或妓席游戲題贈，或朋輩酬應成
篇，即使眞出稼軒，在集中亦不爲上乘（諸佚詞中要以丁集之祝英臺近『綠楊堤芳草渡』一首爲巨擘）。

大抵辛詞傳本以范氏所編甲集爲最謹嚴可信，惜僅及中年之作，不能盡全豹，乙集倘亦出范手，但編
成亦僅後四年耳。（甲乙集所收出信州本外者共十一首，皆當認爲眞辛詞。）信州本蓋輯於稼軒身後，
故自少作以迄絕筆皆蒐采不遺。信州爲稼軒釣游地，門人後學甚多，其愼擇或不讓范開，在宋代辛詞
諸刻中當最爲完善。此諸佚詞或爲輯者所曾見而淘棄者，今重事掇拾，毋亦過而存之云爾。

戊辰孟秋，啓超記。

稼軒詞丁集校輯記　趙萬里（校輯宋金元人詞）

辛稼軒詞，自宋迄元，版本可考者得三本爲：一曰長沙坊刻一卷本，今已無傳，見直齋書錄解題。
二曰信州刻十二卷本，直齋書錄解題宋史藝文志並著於錄，傳世有元大德己亥廣信書院刊本。此本
流傳最廣，明嘉靖間大梁李濂重刻之，毛氏汲古閣再刻之。毛本雖併爲四卷，然其章次與信州本合，其
沿誤與李本同，蓋即自李本出，非眞見原本也。劉須溪集六載辛稼軒詞序，稱宜春張濟則取稼軒詞刻

之，是宋末又有宜春張氏刻本。宜春於宋世屬袁州，或與信州本相近。三曰四卷本，馬端臨通考著於錄。

天津圖書館藏吳文恪訥四朝名賢詞本，以甲乙丙丁分卷，較信州本互有出入，蓋即通考所云之四卷本。

武進陶氏嘗據影宋殘本刊入叢書中，而缺其丁集，今吳本丁集獨完，辛詞四卷本殆以此爲碩果矣。

余嘗據花菴詞選、陽春白雪、全芳備祖、草堂詩餘諸書所引以校四卷本及信州本，凡異於信州本者

大都與四卷本合，且所載亦罕出四卷本外者，足徵四卷本乃當時通行本，而信州本爲晚出，無可疑也。

然辛詞除此三本外恐尚有他本。法式善自永樂大典錄出佚詞，除洞仙歌『爲葉丞相壽』一首已載

信州本第六卷、四卷本甲集，鷓鴣天二首爲朱希眞詞外，餘則見於四卷本者僅菩薩蠻『稼軒日向兒曹

說』、南鄉子『贈妓』、唐多令『淑景闌清明』、踏歌、鵲橋仙『送粉卿行』等五首；其他生查子等二十八

首，諸本俱未載。設大典所引非誣，則辛詞必尚有他本。劉後村大全集九十八載辛稼軒序中盛稱

其詞：『橫絕六合，掃空萬古，穠纖綿密不在小晏、秦郎下。』是宋世稼軒文集必附載其詞，而大典所引

殆據集本矣。惜法氏錄自大典全卷者僅佚詞數十首，至其他不佚諸闋，亦未據他本校之，其有無異同更不

可知矣。茲迻錄四卷本丁集全卷如後，（明鈔本多譌字，其顯見者悉爲改正）並據信州本校之，以補陶本之遺。

新會梁先生啓超嘗據以草稼軒年譜，且認爲有編年意味，有跋語考之甚詳；顧於自來辛詞版刻，

迄未眞切言之，故聊發其概焉。禺里記。

跋毛鈔本稼軒詞　夏敬觀

右毛鈔稼軒詞甲乙丙丁集四卷，明吳文恪公訥曾輯入四朝名賢詞，當與此同出一源。稼軒詞在

清代二百餘年間，倚聲家幾於人手一編，大率毛氏汲古閣刊本最為通行。萬載辛啓泰編刊全集，其長

短句四卷悉仍毛刊；補遺一卷，云自永樂大典鈔出。黃蕘圃獲元大德廣信書院刊本十二卷，其次第

與毛刊無異，毛特變其體例，化十二卷為四卷耳。顧澗蘋為蕘圃據毛鈔增補缺葉，所謂毛鈔，殆即刊

汲古閣詞之底本歟。此甲乙丙丁四卷本，蕘翁蓋未之見也。元大德刊本，至光緒間，臨桂王氏四印齋

海豐吳氏石蓮庵始傳刊之。獨此四卷本最晚出，武進陶氏刊其前三卷，海寧趙萬里補印丁卷，顧皆未

見毛鈔原本也。

以毛刊、辛刊、王刊三本與此本對校，（吳刊與王刊同。）如念奴嬌賦雨巖之『喚做真閒客』句，『客』字是叶，

而三本均作『篰』，則失一韻。烏夜啼之『酒頻中』句，是用三國徐邈事，三本『頻』皆作『杯』。玉樓

春之『日高猶苦聖賢中』句，亦是用徐邈事，王本知其誤而校正之矣，毛辛二刊本則『中』作『心』。定風

波之『昨夜山公倒載歸』句，是用晉山簡事，三本『公』皆作『翁』。稼軒詞往往以鄉音叶韻，

全集中不勝枚舉。江神子，博山道中書王氏壁詞，前結『不爭多』句，以『多』字入佳麻韻叶，此其例甚

夥：如玉蝴蝶杜叔高書來戒酒一首，用『多』、『何』、江神子『豐鋪湘竹帳垂紗』一首，用『羹』字，皆

『麼』、『何』、『麼』，鷓鴣天『自古高人最可嗟』一首，用『多』、『驢』，上西平『九衢中』一首，用『羹』字，皆

叶入佳麻韻；江神子『兩輪屋角走如梭』一首，用『沙』、『加』，鷓鴣天『困不成眠奈夜何』一首，用『家』

字，皆叶入歌戈韻；；而三本『不爭多』之『多』字皆作『些』，以下半闋『晚寒些』之『些』字與上重複，則作

『晚寒咱』，試問『晚寒咱』成何語句。又如浣溪沙之『臺倚崩崖玉滅瘢』句，是用漢書王莽傳『美玉可以滅瘢』，此詞用元寒韻之『瘢』、『言』、『軒』，與眞諄韻『璽』、『村』同叶，殆亦其鄉音如此；如沁園春『老子平生』一首，用『宛』『園』入眞諄韻亦其例，而三本『瘢』皆作『痕』，匪特不典，且忘『言』『軒』亦在元寒韻。此類妄為竄改之迹實不可掩。他若沁園春『杯汝知乎』一首，詞尾小注『用邠原事』四字，而毛辛二刊本則以此注冠於『甲子相高』一首之題上，云『用邠原事壽趙茂嘉郎中』，王氏知其非是而校正之矣。稼軒詞用典甚富，前一首末『用邠原事』固無須自注，此必後人所加，刊者誤冠次首題上，其迹猶可推想。又感皇恩題『讀莊子有所思』，三本皆作『讀莊子聞朱晦菴即世』，詳此詞未有追挽朱子之意，且朱子不言老莊，稼軒奈何於讀莊子時追念朱子耶？此六字不知從何而來，亦必後人妄增。此本兩題均無其語。已足證此鈔之優於元大德刊本，微論毛辛兩刊矣。此外可借以校正三本之訛者尚不可勝數，略舉數端，備載校記，不復贅為。

已卯臘盡，新建夏敬觀跋。

又　張元之

光緒季年，余為涵芬樓收得太倉謏聞齋顧氏藏書，中有汲古閣毛氏精寫稼軒詞甲乙丙三集，詫為罕見。取與所刊宋六十一家詞相校，則絕然不同：刊本以詞調長短為次，此則以撰作先後為次也。久思覆印，以缺丁集，不果行。未幾，雙照樓景印宋金元明人詞刊是三集，顧不言其所自來，而行款悉

合，意必同出一源，然何以亦缺丁集，殆分散後而始傳錄者歟。吾友趙裴雲據鈔明吳文恪輯本補印丁集，同一舊鈔，滋多誤字，拾遺補闕，美猶有憾。

去歲裴雲南來，語余：近見某估得精寫丁集，爲虞山舊山樓趙氏故物，正可配涵芬樓本，且或爲一書兩析者。余蹤跡得之，介吾友潘博山、顧起潛索觀，果如裴雲言，毛氏印記與前三集悉同，且原裝亦未改易，遂斥重金得之。龍劍必合，不可謂非書林佳話矣。

新建夏劍丞精於倚聲，亟亟假閱，謂與行世諸本有霄壤之別，定爲源出宋槧。余初不能無疑，回環覆誦，乃知毛氏寫校，即一點一畫之微亦不肯輕率從事；丹鉛雜出，其爲字不成、暨空格未填補者，凡數十見，蓋爲當時校而未竟之書。然即此未竟之工，尤足證其有獨具之勝：如乙集最高樓第三首答晉臣：『甚喚得雪來白倒雪，□喚得月來香殺月。』諸本空格均作『便』，而是本塗去者却是『便』字。水龍吟（第二見）第一首過南劍雙溪樓：『峽□□江對起』，諸本『峽』下二字均作『束蒼』，而是本塗去者，上爲『夾』字，下却是『蒼』字。鷓鴣天第二首席上再用韻：『落日殘□更斷腸』，諸本空格均作『陰』，而是本塗去者却是『鴉』字。丙集玉蘭花慢第二首，題上饒郡圃翠微樓，『漠漠輕□撥不開』，諸本空格均作『陰』，而是本塗去者却是『陰』字。又第三首敗棋賦梅雨，『笙歌霧鬢□鬟』，諸本空格均作『風』，而是本塗去者却是『鴉』字。踏莎行賦稼軒集經句：『日之夕矣□□下』，諸本『夕矣』下二字均作『牛羊』，而是本塗去者却是『牛羊』二字。雨中花慢登新樓有懷昌父斯仲止子似民瞻：『舊雨常來，今□不來。』諸本空格均作『雨』，而是本塗去者却是『雨』字。揣其所以塗改之故，必爲誤書而非本字，諸本臆改適蹈其非。其他竄補，與既塗之字絕不同者爲數尤夥，原存空格亦大都填注，無迹可尋，以上文之例推

之，絕不能與原書脗合。得見是本，殊令人有猶及闕文之感矣。稼軒詞爲世推重，余既得此僅存之本，且賴良友之助得爲完璧，其何敢不公諸同好。今劍丞既爲之書後，胡君文楷又取行世諸本勘其異同，撰爲校記，其爲是本獨有而不見於他本者，亦一一臚舉。俱附印於後，俾閱者有所參覈。范開序謂『裒集冥搜，才逾百首』，是編乃有四百三十九首。梁任公疑丙丁二集未經范手董訂，然即甲乙二集亦已得二百二十五首，或范序專爲甲集而作，乙集而下，續序不無散佚。又諸家所刊在是編外者有詞一百七十九首，豈卽出於范序所言近時流布海內之贗本歟？吾甚望他日或有更勝之本出，得以一釋斯疑也。

民國紀元二十有九年二月四日海鹽張元之。

書諸家跋四卷本稼軒詞後　編者

稼軒詞自來傳誦極廣，而歷代刻本實未多見。劉後村集有辛稼軒集序，於稼軒詞備極稱揚，可知此全集中必包括詞集在內。（後村詩話後集亦謂『辛詩爲長短句所掩，集有詞無詩』），此一本也。岳珂桯史稼軒論詞條有云：『待制詞句脫去古今軫轍，每見集中有「解道此句，眞宰上訴，天應嗔耳」之序，嘗以爲其言不誣。』所引序文不見於現行各本之中，當爲另一本也。元王惲玉堂嘉話卷五，載：…『徒單侍講與孟解元駕之亦善誦記。取新刊本稼軒樂府吳子晉前序，一閱卽誦，亦一字不遺。』云是『新刊』，

而吳序亦復不見於他本，則又爲一本也。劉辰翁須溪集有稼軒詞序，謂是宜春張淸刋，其在宋末或元初雖莫可考，要之又嘗有此一本也。以上四本既均無傳，其編次，其篇卷，其各本相互間及其與現存諸本間之關係各何若，俱所不曉。茲僅就現存各本而論，雖優劣互殊，究其本源均不出四卷本及十二卷本二者。

十二卷本收有『丁卯八月病中作』之洞仙歌，丁卯即稼軒卒年，則其編刋必在稼軒卒後。此本之流傳至今者，有元大德三年廣信書院孫粹然張公俊之刻本（原爲聊城楊氏海源閣藏書，今歸北京圖書館）。依此本重刻者，明嘉靖中有歷城王詔校刊於開封之本，有李濂序文及批點。毛晉收入六十名家詞中者，則又由王詔本出，唯刪去序文批點，且併十二卷爲四卷，以牽合文獻通考及宋史藝文志所著錄之卷數而已。有淸一代之研讀稼軒詞者，毛本幾爲唯一之憑藉（四庫所收亦毛本，當纂修時竟不能得一別本以相參校，可見）。辛啓泰刻入稼軒集抄存中者亦卽此本。顧王詔刻本頗不免於明人刻書率意竄亂之惡習，甚至有因祖本偶有脫葉，遂乃牽合前後絕不相干之二詞而爲一者，毛刻亦均未能是正。光緒中臨桂王氏四印齋取六十家詞中之稼軒詞而重刻之，復據廣信書院本還原其卷第，而對自王詔以來各本誤處亦稍稍有所勘正。此十二卷本流傳之梗概也。

四卷本中，凡稼軒晚年帥浙東、守京口時作品，概未收錄，則各集之刊成當均在宋寧宗嘉泰三年前。直齋書錄解題、文獻通考及宋史藝文志所著錄者均是此本，南宋人所徵引之稼軒詞與此本亦率多相合，蓋當時最爲通行也。明吳訥採入唐宋名賢百家詞，汲古閣亦有影宋精抄之本。然在有淸二

百餘年中獨寂然無聞。十數年前，武進陶氏始影刻甲乙丙三集，行款闕筆等與汲古閣抄本俱同。其

祖本疑卽出於汲古閣抄本者。梁啓超於得此影刊三卷之後，又於天津圖書館發見吳訥之唐宋名賢百

家詞本，對此四卷本曾一再爲文表揚，世人乃加注意。惜此百家詞爲極拙劣之抄本，錯訛極多，不能

卒讀。陶本刻印雖精而校勘欠審，魯魚亥豕亦所不免。涵芬樓於光緒末收得汲古閣精抄之甲乙丙三

集原本，後卽列名於四部叢刊三編預告中，而以缺丁集故，迄未印行。一九三九年春滬上書買突持丁

集一冊赴北平張允亮氏處求售，索價甚昂，張氏以誤記涵芬樓收有四集全帙，遂卽退還其書。事爲趙

萬里先生所知，料度其或卽毛抄原本，而又深恐其從此再致亡佚，於是年夏間赴滬之便蹤得之，

見其字跡行款及其前後收藏印記，知果與涵芬樓所藏前三集爲一書，乃亟告張元之先生購得之，不唯

使汲古閣舊物得成完璧，且卽爲之影印流布，而宋刊四卷本之原面目亦依稀隱約可藉以推見。此又

四卷本由晦復彰之經過也。

汲古閣影抄四卷本之精，由涵芬樓新印本所附校記及夏敬觀、張元之跋文中已可槪見。其餘勝

處，梁啓超亦已言之綦詳。雖然，猶有可以補充之一事：十二卷本之題語及詞中字句，多經後來改定

之處，改動後之字句大都較勝於四卷本，則當是稼軒晚歲所手訂者。然見於詞題中之辛氏友朋，其名

姓、字號、官爵等亦間有通各卷各闋而悉改從一律者：如與傅先之唱和諸作，大多以『提擧』相稱，而傅

氏曾任知縣，曾充通判，曾領漕事，各詞實不盡作於其既充提擧之後；又如與徐衡仲唱和之作，其以

『撫幹』相稱者，亦未必均作於徐氏充福建安撫司幹官之後。凡此等處，四卷本均一仍原作時所著之

稱謂而未改。吾人於千載下而欲對其各詞作年稍加鉤考，此實爲極好之資據。且范開序甲集有云：

『公之於詞，苟不得之於嬉笑，則得之於行樂；不得之於行樂，則得之於醉墨淋漓之際，……或閒中書石，與來寫地。』四卷本題語既未經後來改動，故其賓朋雜遝，觥籌交錯之勝跡留存獨多。如甲集滿江紅『折盡荼蘼』闋，題云：『稼軒居士花下與鄭使居惜別，醉賦。侍者飛卿奉命書。』着語未多，風流盡得；十二卷本改爲『餞鄭衡州厚卿席上再賦』非特意趣較遜，亦且失却一段故實矣。

此外則梁、夏、張諸跋及胡文楷校記中，亦尚多未盡的當之處，茲略申所見如下：

梁啓超首謂稼軒詞在宋有三刻，除四卷本及十二卷本外，另一爲長沙之一卷本。其言曰：『文獻通考著錄稼軒詞四卷（宋史藝文志同），而引直齋書錄解題注其下云：「信州本十二卷，視長沙本爲多。」或誤以此四卷者卽長沙本，實則直齋所著錄乃長沙本，只一卷耳。』今按：書錄解題所著錄之稼軒詞亦明言爲四卷，其下注文，與文獻通考所引正同，並無『一卷』字樣。且直齋於歌詞類起南唐二主詞、陽春錄等，中包于湖詞、稼軒詞、笑笑詞，迄於鶴林詞，共凡百家，於笑笑詞下有總括之注文云：『自南唐二主詞而下，皆長沙書坊所刻，號百家詞。其前數十家皆名公之作，其末亦多有濫吹者，市人射利，欲富其部帙，不暇擇也。』是已指明其所著錄之四卷本稼軒詞卽其注中之所謂長沙本者，梁氏必謂另是一本，誤矣。

梁跋謂四卷本之最大特色爲含有編年意味，張跋亦謂他本以詞調長短爲次，四卷本則以撰作先後爲次。按：所謂編年意味者之最大特色，實僅能適用於甲集，而其適用之程度，亦祇可謂凡見甲集中者必爲某

年以前之作，其中編次，雖非嚴格依詞調長短為先後，然仍是同調之詞彙錄一處，其撰作之先後實不能依編次順序以求之也。

梁啟謂：『甲集編成在戊申元旦，明見范序，其所收諸詞皆四十八歲前官建康、滁州、湖北、湖南、江西所作，既極分明。』今按：此說有范序之作年為證，似可無問題矣。而實亦不然。甲集凡同調之詞均彙錄一處，獨聲聲慢、滿江紅二調均於卷末重見，其滿江紅『折盡茶蘼』闋，與十二卷本改正之題語相參，知其為送鄭厚卿赴衡州守任之作。查永樂大典衡字韻中載有南宋人所修衡州圖經志之全文，其中於南宋一代之郡守所載甚詳，而在孝光兩朝之鄭姓者，僅有鄭如霋一人，為繼劉清之之後任者；到任於淳熙十五年四月，至紹熙元年正月被劾去。『霋』與『厚』義甚相近，知稼軒所餞送之鄭厚卿必即淳熙十五年抵衡州之鄭如霋。然則餞詞之作亦必在十五年春茶蘼方開之時。據此推知甲集卷尾重出二調中之各詞，必為書將刻成時又陸續收得者，其中亦必有若干首為淳熙十四年後之新作，非皆作於稼軒四十八歲之前也。

梁啟又云：『乙集於宦閩時之詞，一首未見收錄，可推定其編輯年當在紹熙二年辛亥以前。』此亦不然。查乙集清平樂『詩書萬卷』闋題云：『壽趙民則提刑，時新除，且素不喜飲。』趙民則名像之，楊誠齋為行狀，有云：『改西外知宗，......未幾即拜福建路提點刑獄公事。建台之始，風采一新。未幾，請為作祠官，丞相京公鐘遺公書......』據福建通志宋代職官文臣提點刑門，稼軒之後為盧彥德（即屢見稼軒詞中之盧國華），盧後即趙像之。　　樓鑰攻媿集中有趙像之除福建提刑制，亦在福建提刑盧彥德除本

路運制制之後。據此諸事，知趙民則之除提刑乃在稼軒帥閩之時（稼軒帥閩有送盧國華由閩憲移漕建安詞），其時已爲紹熙五年甲寅矣。梁氏後於所作稼軒年譜中，將最高樓『吾襄矣』闋編置帥閩諸作之末，其考證有云：『此詞題中雖無三山等字樣，細推當爲閩中作。……故以附閩詞之末。』而此詞原卽爲乙集所收錄者。是則梁氏已不能堅守己說；殆於編撰年譜之頃，已察知跋語所云之有誤乎。

梁跋又云：『丙集自宦閩詞起收，其最末一首爲辛酉生日，蓋壬子至辛酉十年間，五十三歲至六十二歲之作。』今按：丙集鷓鴣天『聚散匆匆不偶然』闋，題云『離豫章別司馬漢章大監』，乃淳熙五年去江西帥任時作。；滿庭芳『傾國無媒』闋乃和洪景伯韻者，洪氏原作今存盤洲集中，詞下自注爲『辛丑春日作』，則淳熙八年稼軒再度帥江西時也。此均遠在稼軒繡衣使閩之前十餘年，不得謂爲『自宦閩詞起』收』。

夏跋謂：『稼軒詞往往以鄉音叶韻，全集中不勝枚舉。……如浣溪沙之「臺倚崩崖玉滅瘢」句，是用漢書王莽傳「美玉可以滅瘢」，此詞用元、寒韻之「瘢」、「言」、「軒」，與眞、諄韻「甕」、「村」同叶，殆亦其鄉音如此。而三本「瘢」皆作「痕」，匪特不典，且忘「言」、「軒」亦在元寒韻。此類妄爲竄改之迹實不可掩。』今按：夏氏此見甚卓。其所指之詞見四卷本丙集，其在十二卷本中者，則自王詔校刊本至四印齋本確皆改「瘢」爲「痕」。當吾未見大德廣信書院原刻本丙集時，曾疑此項改動乃稼軒所自爲之者，因十二卷本中此首之後尚有用同韻之一首，起句爲『妙手都無斧鑿痕』，不押『瘢』字，遂推想以爲是必在後闋未作之時，前闋已旣改定矣。及檢對大德刻本，見兩首起句全押『瘢』字，乃知改『瘢』爲『痕』，蓋始於

王詔校刊本，若非出自李濂，殆即出自王詔。夏氏因未得見大德刻本，故未能發此覆耳。

夏跋又云：「感皇恩題『讀莊子有所思』三本皆作「讀莊子聞朱晦庵即世」。詳此詞未有追挽朱子

之意，且朱子不言老莊，稼軒奈何於讀莊子時追念朱子耶？此六字不知從何而來，亦必爲後人妄增

今按，感皇恩全詞云：『案上數編書，非莊即老。會說忘言始知道，萬言千句，自不能忘堆笑。

雨霽，青天妷。一壑一丘，輕衫短帽，白髮多時故人少。子雲何在，應有玄經遺草。江河流日夜，何

時了？』前片云云，自是讀莊子之所感，後片之白髮句，則明是聞故人噩耗而發者，而子雲以下諸語，

更爲最適合於朱晦庵身分之悼語。玄經句用以喻朱氏註釋經傳之各著述，江河二句則係隱括杜甫『爾

曹身與名俱滅，不廢江河萬古流』詩句，以反諷當時攻道學禁僞學之徒者，實寓有若干隱痛在內。當

丙集刊布之時，韓侂胄勢燄正盛，蓋不欲以此引惹糾紛，故於題中削去刺人耳目之朱晦庵云而改著

『有所思』三字以爲代；泊夫十二卷本編刻之時，則韓氏已被誅戮，遂得無所避忌而復其原題之舊，此

絕非不明曲折之人所能憑空增入者也。至其所以將莊子與朱氏牽連於一處者，則題中一『聞』字即足

爲最好之說明，必是適在稼軒披讀莊子之頃，遽得朱氏之死訊也。夏氏將此一字輕輕放過，遂致不得

其解矣。

張跋謂：『諸家所刊，在是編外者，有詞一百七十九首，豈即出於范序所言近時流布海內之贗本

歟？』今按：四卷本編刻於稼軒在世之時，故凡稼軒晚年帥浙東守京口諸作皆不及收錄，而在此期內

所作各詞，如『會稽秋風亭觀雨』之漢宮春，『京口北固亭懷古』之永遇樂等，不惟時人爭相傳誦，而一

時詞人如姜白石張南湖等人亦均有和章，另據岳珂桯史之記事，則知凡此諸詞不但確爲稼軒所作，

且均爲稼軒極得意之作，此斷斷不容稍存疑念者。十二卷本編次體例頗精嚴，稍涉輕僄或拙濫之作，

尚多擯而不錄，更無論於贋鼎矣。是則其餘之一百七十餘首，凡載在十二卷本內者均不生眞僞問題，

張氏於此，蓋不免所不當疑矣。且范開之所編定者甲集也，其中所收才逾百首而已，此明見范氏序

文者也，後來所出乙丙丁三集是否亦出范氏手編，頗不可知，必如張氏所云，應須並此三集中之各詞

亦置諸可疑之列，又何止以一百七十九首爲限哉。此尤爲說之必不可通者矣。

夏張兩先生如是云云者，蓋皆爲證實四卷本所以較他本優勝之故。然四卷本佳處故自有在，且

兩先生與梁任公跋語中所舉他例已極繁夥，盡足證明四卷本之優越而有餘，實無須再假藉於此數端

以爲重，更無待於過分貶抑他本而始顯見。然則右之駁難，雖似爲他本辯解，而於四卷本之價值固無

絲毫之減損也。

涵芬樓影印四卷本，分裝二冊，而校勘記乃另成一巨冊，其量不爲不多，宜其詳實可憑也，而竟又

不然。茲姑舉數例，略見一斑：

壹、四卷本與各本均異而爲校記所漏列者：

一、丙集三十二至三十四葉，凡詞十一首，均列置浣溪沙調名之下，而其中實雜有攤破浣溪沙四

首，此兩調字句多寡不同，自來詞家亦不混爲一談，不知此處何竟參差互出。在十二卷本中，將攤

破浣溪沙另行編次，而彙錄於添字浣溪沙（四印齋本俱改作山花子）調名之下。此其所關非小，不

知校者何以存而不論。

二、乙集鷓鴣天『千丈陰崖百丈溪』闋，前片末句爲『橫理庚庚定自奇』，此乃脫胎於山谷詩句者，故

十二卷本於句下有注云：山谷聽摘阮歌云：『玄壁庚庚有橫理。』乙集無此注文，校記中亦未之及。

貳、四卷本僅與某某本不同而校記誤以爲與各本異者：

一、甲集滿江紅『鵬翼垂空』闋，『料想寶香黃閣夢』句，毛本辛本『黃』誤作『熏』，王氏四印齋本不

誤，而校記乃云『三本「黃」作「熏」』。

二、乙集一枝花『千丈擎天手』闋，『雙眉長恁皺』句，毛本辛本脫『恁』字，王本不脫，而校記乃云『三

本無「恁」字』。

叁、四卷本與三本全不同而校記誤以爲僅與某某本異者：

一、甲集木蘭花慢『老來情味減』闋，『共西風只等送歸船』句，王、毛、辛三本『等』俱作『管』，而校記

只云『毛本辛本「等」作「管」』。

二、乙集水調歌頭『褰食不小住』闋，『小』字三本俱作『少』，而校記只云『毛本辛本「小」作「少」』。

肆、四卷本與各本不同處被校記妄加改動者：

一、乙集生查子『青山非不佳』闋，四卷本題作『獨遊西岩』，三本俱無題，而校記以爲『王本「西」作

「雨」』。

二、丙集浣溪沙『細聽春山杜宇啼』闋，題爲『泉湖道中，赴閩憲，別諸君』。三本均作『壬子春，赴閩

憲，別瓢泉』。而校記乃云『三本作「季春赴閩憲，別瓢泉」』。

校書如秋風中掃落葉，自來從事於此者即多深感其難，然苟慎審爲之，疏漏亦非絕不可免。且辛啓泰本出於毛氏六十家詞本，毛本出於王詔本，王本今猶具存，則校勘之時捨毛辛二本而獨取王本及四印齋本相與參覆可也，今乃捨本逐末，反致顧此失彼，以如此巨量之校語，乃使人絕不敢稍存信心，殊爲遺憾耳。

稼軒詞索引

稼軒詞索引

稼軒詞索引

補遺頁四九原見稼軒集抄存

蘇武慢（帳暖金絲）　　　　　　　　　　　　　　無　　　　　　無　　　　　　同右頁三五五　同右

綠頭鴨（歎飄零）　　　　　　　　　　　　　　　無　　　　　　無　　　　　　同右頁三五六　同右

注釋補正

稼軒詞編年箋注重排製版已就，現又發現以下諸條注釋須加補正，特印爲專頁，附入書後。

一、滿江紅（鵬翼垂空闋）——見卷一、頁一○。

〔袖裏二句〕在原注所引史記補三皇本紀條下增入：淮南子天文訓：『昔者共工與顓頊爭爲帝，怒而觸不周之山，天柱折，地維絕。天傾西北，故日月星移焉；地不滿東南，故水潦塵埃歸焉。』

二、最高樓（吾衰矣闋）——見卷三、頁二七九。

〔富貴是危機〕刪去原注所引歐陽修六一筆記一條，換入：晉書諸葛長民傳：『自以多行無禮，恆懼國憲，……既而歎曰：「貧賤常思富貴，富貴必履危機。今日欲爲丹徒布衣，豈可得也！」』

三、玉樓春（客來事逢迎晚闋）——見卷四、頁三○八。

〔聖賢〕在原注所引魏志徐邈傳之開首處增入：『徐邈字景山，燕國薊人也。……時科禁酒，而邈私飲，至於沈醉。校事趙達問以曹事，邈曰：「中聖人！」達白之太祖，太祖甚怒。』

四、賀新郎（逸氣軒眉宇闋）——見卷四、頁三○九。

〔王良〕在原注所引淮南子覽冥訓及高誘注下增入：韓愈送石處士序：『先生居嵩邙瀍穀之間，……與之語道理，辨古今事當否，論人高下，事後當成敗，若河決下流而東注，若駟馬駕輕車，就熟路，而王良造父爲之先後也。』

五、沁園春（甲子相高閣）——見卷四、頁三五〇。

〔文爛句〕原注引用卿雲歌，誤，應刪，改注如下：卿謂司馬長卿，雲謂揚子雲。劉孝標廣絕交論：『舒向金玉淵海，卿雲繡藻歟河漢。』卿雲二字旁原來所標符號，亦相應改正。

六、賀新郎（拄杖重來約閣）——見卷四、頁三八五。

〔雙黃鶴〕原注引用雲笈七籤朱庫事，誤，應刪，改注如下：漢書翟方進傳：『初，汝南舊有鴻隙大陂，郡以為饒。成帝時，關東數水，陂溢為害。方進為相，與御史大夫孔光共遺掾行視，以為決去陂水，其地肥美，省隄防費。而無水憂，遂奏罷陂云。及翟氏滅，鄉里歸惡，言方進請陂下良田不得而奏罷陂云。王莽時常枯旱，郡中追怨方進，童謠曰：『壞陂誰？翟子威，飯我豆食羹芋魁；反乎覆，陂當復。誰云者？兩黃鵠。』

七、賀新郎（聽我三章約閣）——見卷四、頁三八五。

〔當年眾鳥看孤鶚〕意颼然橫空，直把曹吞劉攫』後漢書禰衡傳：『禰衡字正平，平原般人也。……唯善魯國孔融。融上疏薦之曰：『……鷙鳥累百，不如一鶚。使衡立朝，必有可觀。……』『把曹吞劉攫』當指禰衡辱罵曹操及侮慢劉表事。（此三句原未注。）

中華語文叢書

稼軒詞編年箋註

作　　者／本局編輯部 編

主　　編／劉郁君

美術編輯／鍾　玟

出 版 者／中華書局

發 行 人／張敏君

副總經理／陳又齊

行銷經理／王新君

地　　址／11494 台北市內湖區舊宗路二段181巷8號5樓

客服專線／02-8797-8396　　　傳　真／02-8797-8909

網　　址／www.chunghwabook.com.tw

匯款帳號／華南商業銀行　　西湖分行

　　　　　179-10-002693-1　中華書局股份有限公司

法律顧問／安侯法律事務所

製版印刷／維中科技有限公司　海瑞印刷品有限公司

出版日期／2018年7月台七版

版本備註／據1985年8月台六版復刻重製

定　　價／NTD 500

國家圖書館出版品預行編目（CIP）資料

稼軒詞編年箋註 ／［中華書局］編輯部編. — 台
七版. — 臺北市 ：中華書局, 2018.07

　　面 ；　公分. —（中華語文叢書）

　　ISBN 978-957-8595-41-5(平裝)

852.4523　　　　　　　　　　　107007995